浙江师范大学中国语言文学论丛

中国古代文学研究论集

浙江师范大学人文学院 编

梅新林 主编

上海古籍出版社

浙江师范大学中国语言文学论丛
编委会
（以姓氏笔画为序）

王嘉良　方卫平　刘彦顺　刘力坚　张涌泉　张　法
张先亮　吴泽顺　李贵苍　赵山奎　高　玉　聂志平
梅新林　黄灵庚　傅惠钧　葛永海

总　序

　　浙江师范大学中国语言文学学科始建于1956年,为学校传统优势学科。自1979年开始招收硕士研究生,此后从未间断。2006年中国语言文学学科被国家批准为硕士学位一级学科授权点。2009年,被浙江省确立为一级学科博士点立项建设单位。该一级学科现拥有三个省级重点学科:中国现当代文学、中国古代文学、汉语言文字学;两个省级重点研究基地:浙江省社会科学重点研究基地——江南文化研究中心、浙江省高校人文社科重点研究基地——中国现代文学与传统文化研究基地。良好的学术平台、优越的研究条件和浓郁的科研氛围吸引了各地人才,形成了一支高职称、高学位、年龄结构合理、学科分布均衡、具有较强创新能力的科研队伍。

　　本学科师资力量雄厚,专任教师高级职称占80%以上,博士比例近80%。在职教师中,有教育部"长江学者"2人,享受国务院特殊津贴2人,国家"新世纪百千万人才工程"入选者2人,教育部"新世纪优秀人才支持计划"入选者2人,全国优秀教师3人,国家与省有突出贡献中青年专家各1人,省特级专家1人,省功勋教师1人,省"新世纪151人才工程"重点资助入选者1人,第一、二层次入选者5人,省高校中青年学科带头人7人,曾宪梓奖获得者3人。

　　本学科以教学为本,取得了丰硕的成果。2009年,汉语言文学专业成功申报为"国家级特色专业",使本学科专业建设迈上一个全新的台阶。同年,荣获第六届国家级教学成果二等奖2项。2010年,"中国现当代文学"教学团队入选"国家级教学团队"。"语言学概论"入选"国家级精品课程"。这些国字号教学成果的取得,表明本学科的教学综合实力已位居全国先进行列。

　　本学科又以科研为重。历经几代学者的艰苦创业,已有丰厚的学术积淀,形成了中国现当代文学、中国古代文学、汉语言文字学、文艺学、比较文学与世界文学等多个稳定发展的优势学科,并注重学科间的交融与贯通,逐步整合、凝练成多个在全国独树一帜的研究方向。

　　本学科以3个省级A类重点学科、2个省级重点研究基地为依托,追求"上层次、出精品",学术研究成果丰硕。近5年,主持国家社科基金重大招标项目、重点项目各1项,一般项目和青年项目17项、国际合作研究项目3项、各部委项目及省社科规划项目68项;在《中国社会科学》、《文学评论》、《新华文摘》、《中国语文》、《文艺研究》等权威期刊上就发表论文59篇,在《文学遗产》、《中国现代文学研究丛刊》、《方言》、《文艺理论研究》、《外国文学研究》等国家一级学术刊物发表论文162篇,出版专著54部,获中国出版政府奖3项,教育部人文社会科学优秀成果二等奖2项,省级科研成果奖27项,还有2部学术著作入选国家第一、二届原创出版工程。高层次、高水平学术论著的发表与获奖,有力地提升了本学科在国内学术界的地位。

浙江师范大学位于金华,这是一片具有丰厚文化底蕴与历史积淀的热土。历史上名家辈出,南宋著名思想家吕祖谦即生于金华(婺州),乃为婺学创导者、浙东学术文化之先驱,其学与朱熹闽学、张栻湘学鼎足为三,成就卓著,影响深远。南宋另一著名思想家、文学家陈亮则为金华永康人,其所创立的"永康学派",力倡事功之学,志在通经达用,对近代经世实学有重要影响。宋元时期著名的理学学派"北山学派"亦出于金华,生于金华的何基、王柏、金履祥和许谦被时人称为"北山四先生",北山学派历史悠久,人数众多,是当时十分重要的朱子学派别。

金华历史上的这些前贤往哲为我们留下丰富的文化遗产,也成为我们奋然前行的学术动力。重温昔日的学术情怀,以实证求其绵密,以思辨求其精粹,沐浴和感悟先贤遗风,足以温暖人心。

本论文集主要收入学科成员近年来较具代表性的成果,这是对浙江师范大学中国语言文学学科学术成果的一次总检阅,意在见证成长、感奋人心、强化信念。金华北山巍巍,浙中文脉绵延。站在浩瀚的历史天宇下,面对全新的时代起点,将浙江学术文脉传承延展,发扬光大,正是吾辈的历史责任!

是为序。

主编
2011 年 3 月

目　录

文学古今演变研究

经典"代读"的文化缺失与公共知识空间的重建 ………… 梅新林　葛永海　3
"红楼遗产"与21世纪的中国小说 ……………………………… 梅新林　21
论古诗今译中汉语诗体传统的继承与发展 ……………………… 陈玉兰　24
论"境界"说及其对新诗批评理论建设的意义 ………………… 陈玉兰　39
"林译小说"对中国文学语言演变的贡献 ……………………… 韩洪举　53

古代诗词研究

论中国古典诗歌研究的文学生态学途径 ………………………… 陈玉兰　63
论古代六言诗 …………………………………………………… 俞樟华　79
论绝句的结构艺术 ……………………………………………… 陈玉兰　86
《毛诗故训传》名义考释
　　——兼论《毛诗故训传》独传的原因 ……………………… 于淑娟　101
离骚：生与死交响曲 …………………………………………… 黄灵庚　110
历史追忆与现世沉迷：唐诗中的金陵与广陵
　　——以江南城市文化圈为研究视阈 ………………………… 葛永海　131
论李清照南渡词核心意象之转换及其象征意义 ……………… 陈玉兰　141

古代小说研究

明清白话小说中的俗赋及其文学史意义 ……………………… 葛永海　151
八股文"技法"与明清小说、戏曲艺术 ……………………… 邱江宁　162
《三国演义》研究的百年回顾及前瞻 ………………………… 梅新林　171
对鲁迅所谓《三国演义》"缺点"的不同看法 ……………… 刘永良　184
《西游记》：秩序与自由的悖论 ……………………………… 崔小敬　192
《金瓶梅》研究百年论衡 …………………………… 梅新林　葛永海　199
"游戏谰言"与"孤愤之书"
　　——袁枚与蒲松龄小说观比较 ……………………………… 高玉海　211
清代中晚期小说的"粤民走海"叙述及其文化意义 ………… 葛永海　218

文学与宗教考论

"紫姑"信仰考 …………………………………………………… 崔小敬 235
"黑头虫"考辨
　　　——佛藏、道藏及相关文献综理 ………………………… 陈开勇 243
和合神考论 ……………………………………………………… 崔小敬 254
寒山：重构中的传说影像 ……………………………………… 崔小敬 267
《太平广记》神仙小说中"青竹"的宗教文化意蕴探析 ……… 曾礼军 276
道化剧《黄粱梦》"杀子"情节的佛教渊源 …………………… 陈开勇 284

古代文学杂论

文学地理空间的拓展与文学史范式的重构 …………………… 梅新林 295
文学世家的历史还原 …………………………………………… 梅新林 317
论悲剧的美育作用 ……………………………………………… 俞樟华 335
游记文体之辨 ………………………………………… 梅新林 崔小敬 344
奎章阁文人与元代文坛 ………………………………………… 邱江宁 353
消费文化与文学文体研究 ……………………………………… 邱江宁 369
类书体例与明代类书体文言小说集 …………………………… 刘天振 384
汪琬的古文理论及其价值刍议 ………………………………… 李圣华 393
误读与重释：作为古文家的林纾 ……………………………… 慈　波 403
附录　古代文学学科成员近年主要论文辑录 ……………………………… 418

文学古今演变研究

经典"代读"的文化缺失与公共知识空间的重建

梅新林* 葛永海*

2004年9月,开播8年、几度改版的央视《读书时间》栏目黯然谢幕。而在同一年,与央视科技频道同时诞生于2001年7月的《百家讲坛》却走出低谷,人气飙升,高潮迭起。据统计,该栏目的最高收视率达0.57%,意味着当时竟有570多万普通观众在同时收看这一栏目。此后,《百家讲坛》一直保持着令人惊叹的高收视率,一批学者经过媒体精心包装,以文化经典解读者的身份,在电视荧屏上频频亮相,引起了社会各界的广泛关注和强烈反响。他们的著作也一路畅销,接连创下了版权拍卖的惊人纪录。其中,易中天和于丹堪称这些快速成名"学术明星"中的"双子星座"。所有这一切,都意味着在大众传媒高度发达的当今时代,人们对文化经典、学者群体、传播媒体的固有观念发生了重大乃至根本性的改变。或许,这正预示着一个崭新经典解读时代的到来。这一独特的文化现象日益引起传媒界及学术界的关注和论争,但尚缺少宏观的文化审视和深刻的理性思考。本文提出"经典代读"这一核心概念,然后从大众的文化渴求与角色缺位、媒介的文化策略与角色越位、学者的文化使命与角色错位三个层面展开系统论述,最后归结于从"代读"到"自读"——公共知识空间的重建。

一、何谓"经典代读":缘起与走向

经典是民族文化智慧的结晶,是民族文化传承的精神源泉。而经典阅读则是传承与激活民族文化精神的关键环节,只有通过阅读经典,才能理解经典,进而重释并重建经典。在

---

* 梅新林(1958—),男,浙江温岭人,文学博士,教授,博士生导师。中国《红楼梦》学会副会长,中国《西游记》文化研究会副会长。主要研究方向为文学地理学、明清小说、中国学术史。在《中国社会科学》、《新华文摘》、《文学评论》等刊物发表论文百余篇,出版文学类学术著作5部,先后主持国家社科基金重大招标项目1项、国家社科基金一般项目2项,省部级项目4项。曾获"全国优秀教师"荣誉称号、教育部高等学校科学研究优秀成果奖(人文社会科学)二等奖1项、国家新闻出版署第二届"三个一百"原创出版工程图书奖1项,浙江省人民政府社科成果奖一等奖1项,二等奖2项。

* 葛永海(1975—),男,浙江嵊州人,文学博士,教授,硕士生导师。中国《红楼梦》学会理事、浙江省文学学会理事。主要研究方向为古代小说与传统文化、文学地理学。曾获浙江省"青少年英才奖"、浙江省高校"教坛新秀"、浙江省高校"优秀共产党员"等多种荣誉。入选浙江省"新世纪151人才工程"第二层次。已参与或主持完成国家级、省部级社科项目4项,现正主持国家社科基金项目1项。在《中国社会科学》、《文艺研究》等刊物上发表学术论文60余篇,其中10余篇被《新华文摘》、《中国社会科学文摘》、人大报刊复印资料等转载。曾获浙江省哲社优秀成果二等奖、浙江省高校科研成果二等奖等多种奖项。

相当长的历史阶段内,经典阅读主要限于少数学者,并通过相对固定的教育场所得以薪火传递。然而到了当今大众传媒时代,则可以借助大众媒体的多元途径与巨大影响,将经典阅读由学者个体阅读推向大众广泛参与的公共阅读。在此过程中,本有两种选择:一是由学者个体阅读引导大众阅读;二是由学者个体阅读取代大众阅读。从当前选择结果来看,显然以后者更受欢迎。当一些学者走出书斋、走向荧屏,向电视机前的大众群体广泛传播其经典阅读心得与体会,受众群体则藉此获得对经典的认知和理解。于是,这些学者即以学术权威的身份,担当起了经典"代读"者的角色。这标志着传统经典阅读与传授方式的重大变化:一是在对象上,由知识阶层转向大众群体;二是在空间上,由教育场所转向媒体空间;三是在方式上,由讲—读互动转向单向传授。学者、媒体与大众群体三向合力及其所引发的巨大社会效应,即意味着一个新的经典传播时代——经典"代读"时代的到来。

经典"代读"热的兴起,是大众传媒发展到一定历史阶段的必然结果,是大众传媒与学者群体携手合作、一同满足大众群体精神文化需求的时代产物。在人类文化传播从口授时代、印刷时代迈入电子时代之时,经典"代读"既是其中不可或缺的一个重要环节与阶段,同时又综合了三个传播时代的各自优势。经典"代读"主要利用电视媒体的强势效应得以广泛、迅速传播于大众群体,这是电子传播时代的最大优势所在。但学者在电视荧屏上的经典讲读,显然与口授时代的传播方式一脉相承,是口授时代传播方式的现代"改版";然后再将经典讲读内容付梓出版,并借助电视媒体的广泛传播行销天下,再次激活印刷时代的传播能量。以上三者之所以在经典"代读"中融为一体,相互促进,主要基于以下三大原因:一是大众媒体的泛生活化。在当今大众传媒时代,媒体无时无处不在,已广泛渗透到人们日常生活的方方面面,内化为人们生活的有机组成部分;二是知识精英的抗边缘化。面对市场经济的严峻挑战与商业逻辑的残酷选择,日益趋于边缘状态的知识精英渴望走出书斋,走向荧屏,重返文化中心舞台,重温昔时"文化英雄"的光荣与梦想;三是经典崇尚的中介化。随着大众群体文化精神追求的高涨,回归传统、崇尚经典,成为新的时代风气,然而由于意识、能力与时间等因素的限制,大众群体普遍无法自主阅读经典,而不得不求助于大众传媒中的学者"代读",以获得对经典意义的了解和体会。正是以上三者的综合作用,一同促成了经典"代读"时代的到来,央视《读书时间》与《百家讲坛》的兴替交接,自然地成为其典范性的标志。

从渊源上说,经典"代读"直接导源于二十世纪九十年代以央视《读书时间》为代表的一批读书栏目。《读书时间》创办于1996年5月,主要以访谈形式介绍名人名著。论其文化背景,主要得益于1993—1995年肇始于上海、勃兴于全国的"人文精神大讨论"①的激发与影响。此后,从央视到地方台相继推出了10余个读书栏目,如中国教育电视台《书苑

---

① "人文精神大讨论"的发生,大致从1993至1995年间,持续两年。1993年夏《上海文学》率先发起,自1994年春始,北京三联书店的《读书》上陆续登载以上海学者为主的6篇对话。此后,讨论形成热潮,许多报刊如《光明日报》《文汇报》都辟有专栏,作者群体也逐渐超出了人文学者的范围。1996年,上海和北京两地同时出版《人文精神讨论文选》,则表明大讨论接近尾声。其主要话题为:中国社会的文化危机主要表现为哪些现象?是什么导致了文化人格的萎缩、批判精神的消失,艺术乃至生活趣味的粗劣?如何倡导人文精神,来推动社会对精神价值的追求?

漫步》、北京电视台《东方书苑》、上海电视台《阅读长廊》、香港凤凰卫视中文台《开卷有益》、青岛电视台《一味书屋》，等等，一时蔚为风气。然而，出乎意料的是，在这些栏目开办之后，一直无法摆脱收视率低迷的困扰，难以为继。自1998年上海电视台《阅读长廊》最先停播之后，其他各台的读书栏目也相继叫停，出现了值得关注的"集体谢幕"现象。其中央视《读书时间》尽管一再改版、几番挣扎，最终也不得不于2004年9月黯然落幕。内容曲高和寡，形式封闭呆板，是节目难以吸引观众的根本原因。

严格地说，《百家讲坛》在2001年7月创办之初，无论是其理念、内容、形式，乃至生存困境都与《读书时间》并无二致，甚至可视为《读书时间》的另一种"翻版"。然而，《百家讲坛》之以"讲坛"为名，在于充分吸取大学讲授方式的优点，实际上是大学课堂在媒体虚拟空间的延伸与革新，遂为经典解读与传播提供了一个崭新的文化场域。此为《百家讲坛》不同并超越于《读书时间》的卓异之处。

在此，简要解剖一下《百家讲坛》的兴盛历程，的确颇有启示意义。《百家讲坛》在其初创阶段，基本延续了《读书时间》的单调形式与困窘状态，直至2004年3月，由于推出阎崇年"清史揭秘"系列讲座引起轰动，人气迅速飙升，此实为《百家讲坛》走出低迷困境、由衰而盛的转折点。然后，经过反复的调整、磨合，栏目内容由历史向文、哲双向拓展，重心落在以文、史、哲为核心内容的传统文化经典上，《百家讲坛》终于找到了自己的文化定位，并由此精心打造了一批"学术明星"[①]。2005年易中天的《品三国》，2006年于丹《论语》、《庄子》心得系列讲座，终于将《百家讲坛》推向峰巅。易中天与于丹也因此成为"学术明星"中的"双子星座"。这是媒体、学者、受众相互选择与融合的结果。

在共同促成经典"代读"空前盛况的媒体、学者、受众三大要素中，彼此具有不同的文化指向与角色定位。就静态而言，"代读"者与接受者是通过媒体中介贯而通之的；就动态而言，则三者构成了一个先导—主导Ⅰ（导控）—主导Ⅱ（导读）—受导四大环节的循环过程。在此，媒体上升为导控者的角色，学者成为受制于媒体的导读者，而大众群体同时兼有先导者与受导者的双重身份，终端回到始点，构成一个不断循环往复的传播历程。但严格地说，在三大要素、四大环节的循环历程中，各自都存在着明显的缺陷，远未臻于和谐状态，需要不断加以完善。

从大众传媒时代本身的发展历程与规律来看，经典"代读"之火爆或缺陷，都具有某种历史必然性。早在20世纪70年代，欧美发达国家率先经历了类似的历史阶段。其中法国电视二台创办于1975年1月的《毕沃读书》最具典范意义。《毕沃读书》由主持人贝纳尔·毕沃（Bernard pivot）命名，定于每周五晚九点半播出，在约90分钟节目里，

[①] 根据对2005年12月21日央视网站所登节目单的综合分析，2003年9月15日至2004年9月27日，《百家讲坛》节目的九类话题所占比重无显著差异，其中"文学经典"占23.3%，"自然科学"占24.8%，两者几乎平分秋色。而2004年10月则是个重要的转折点，在2004年9月28日至2005年12月24日期间，"历史探秘"由7.1%增至39.3%，"文学经典"由23.3%增至33%，"哲学伦理"由2.9%增至8.5%，文、史、哲三类占了整个节目比重的80.8%，而"自然科学"则从24.8%骤降至2.2%，完全处于附属地位。这种以文、史、哲为主的格局一直持续至今。参见任中峰、彭薇《〈百家讲坛〉的"雅俗"变革》，《传媒》2006年第3期。

不插播画面与音乐，全由主持人、作者和读者一起自由论谈。在毕沃主持《读书》的10多年间，这个高雅节目赢得了难以想象的20%左右的收视率，长时间在法国全国收视率排行榜上处于前列，成为法国电视史上最著名、最长寿的文化节目，被称为法国的"文学弥撒"①。法国作家、学者都将在《毕沃读书》中亮相视为无上荣耀。其声誉与影响已超越了国界。类似《毕沃读书》栏目者，在美国有"奥普拉读书俱乐部"；在英国有"理查德和朱迪读书俱乐部"等等。此外，还需要提及的专题系列节目有英国广播公司制作的电视系列节目《思想家——当代哲学的创造者们》（Men of Ideas）；英国广播公司第三台制作的《人文科学中大理论的复归》（The Return of Grand Theory in Human Science）②以及"美国之音"制作的《美国划时代作品评论集》（Landmarks of American Writing）③。其中《思想家——当代哲学的创造者们》录制于20世纪70年代中期，由英国广播公司先后邀请十几位当代著名哲学家、主要思想学派的代表人物，如柏林、马尔库塞、奎因等，进行哲学对话和辩难，然后制作成15集电视系列节目。以上同时兼顾普及性与学术性的读书栏目或专题系列节目，无疑具有多重指向性意义，包括强化文化导向、标示思想高度、激活传播方式等意义。由此表明，在西方发达国家已形成优良的电视读书氛围与传统，这是由其文明发展阶段与整体国民素养所决定的。与西方相比，当前我国所处的经典"代读"时代在文化导向上与此无疑是一致的，但在思想高度与传播方式方面却存在着明显的差距或差异。在此，需要我们深刻反思的问题有三：一是我们为何不能在《百家讲坛》兴盛之际，依然坚守《读书时间》？二是我们为何不能选择多方互动的自由论辩，只能接受由学者单向灌输的"代读"？三是我们为何总是局限于故事性、趣味性、娱乐性的欣赏口味，而缺乏应有的思想锐度与精神高度？以上三个问题更加印证了经典"代读"的历史必然性与局限性，同时也昭示了经典"代读"走向更高层次、实现自我超越的紧迫性与可能性。

二、经典"代读"：大众的文化渴求与角色缺位

经典"代读"热的兴起，首先是基于受众群体对文化经典的精神渴求，这一受众群体

---

① 该节目一直延续到1990年。次年，毕沃另行创办了《文化汤》专栏节目，基本延承《读书》的风格与传统，依然好评如潮。至2001年6月，毕沃在"整个法国文化界的一片反对和哀求声"中主动结束这一栏目。

② 这是20世纪80年代英国广播公司第三台组织的一组谈话。这组节目旨在讨论人文科学当时的理论趋势，在"大理论的复归"（The Return of Grand Theory）总标题下，分别有对汉斯—格奥尔格·伽达默尔、米歇尔·福柯、托马斯·库恩、约翰·罗尔斯、约根·哈贝马斯、路易·阿尔杜塞、年鉴派史学家等在当代产生重大影响思想家的评介。后来，剑桥大学政治学学者昆廷·斯金纳在把这些谈话编辑成书时，增加了书目和阅读指南，还增加了"德里达"和"列维—斯特劳斯"两章，书名就叫《人文科学中大理论的复归》（The Return of Grand Theory in Human Science），并由王绍光、张京媛等学者译成中文，于1991年12月由社会理论出版社（Social Thought Press）出版。

③ 此节目集合众多专家学者，讨论32部代表美国历史及精神价值的重要作品。后由美国学者柯恩（Cohen, H.）编为《美国划时代作品评论集》一书，朱立民等译，北京生活·读书·新知三联书店收入《美国文化丛书》于1988年5月出版。

的从"小众"到"大众",以及"大众"群体的逐步扩大,即构成了一个日益扩张的巨大精神需求市场。

根据《百家讲坛》的调查分析,其受众主要有三大重点人群:1.老年知识分子;2.中年女性;3.初高中以上文化程度的人群①。显然,这三大人群存在着交叉关系。而就这三大群体的扩展进程而言,大致可以概括为两度扩展:一是从知识群体向非知识群体的扩展;二是在知识群体中从专业知识群体向非专业知识群体的扩展。《百家讲坛》在把握这一受众群体的扩展趋势中,也曾经历了一个自我定位与调适的过程。在创办初期,《百家讲坛》的栏目受众定位与《读书时间》大体趋同,重点定位于"具有系统的、较专门的学问"的受众,即相当于上文所说的专业知识群体。这样定位不仅不可能拥有更广泛的受众群体,而且容易引来专业知识群体的质疑与批评。经过一段时间的思考与探索之后,该栏目重新定位,决定将受众群体分别作以上的两度扩展。伴随着受众群体的从知识群体向非知识群体的重心下移,以及知识群体中从专业向非专业的重心外移,《百家讲坛》栏目逐步赢得了规模空前的受众群体,成为央视的主打品牌栏目。

从社会动因分析,以上两度扩展归根到底是由城乡一体化与高教大众化双重动力共同促成的。就第一重动力而言,改革开放以来,轰轰烈烈的城市化运动极大地改变了我国原有城乡二元对立结构以及城乡人口比例。在改革开放之初的1978年,我国城市与农村的人口总量分别为17 245万和79 014万,人口比大约为1∶4.6,城市人口数占总人口数的17.9%。至2006年,城市人口达到57 706万人,城市人口数占总人口数的43.9%②,实际上,在农业人口中,还有大量人员流入城市,相当一部分长期居于城市之中,成为准城市居民。这一庞大人群多为初高中文化程度,他们对于城市居民身份与生活方式的向往,又强有力地推进城市化运动的向前发展。而在文化消费行为上,他们普遍具有仿拟城市居民的渴求与冲动。这正是构成从知识向非知识受众群体重心下移的原初动力。

就第二重动力而言,高教大众化以1999年高校大规模扩招为转折点,中国高等教育迅速完成了从精英教育向大众化教育的历史性转变。1977年恢复高考时,全国招生总数仅为27万人。至1999年扩招后,招生人数增为108万,然后从2001年到2003年,高校招生总数分别为250、320、335万。再到2007年,招生总数达到540万人,在校生突破2 000万人③。高教大众化的直接成果是知识群体的超常扩展。这一庞大群体的文化消费又构成了另一个巨大的精神需求市场。当高校忙于应对扩招带来的各种问题与困境而无法满足他们的精神需求时,大学生群体的知识探求触角也就自然从高校

---

① 参见赵允芳《做电视科教节目的王牌——访中央电视台〈百家讲坛〉制片人万卫》,《传媒观察》2006年第11期;陈明等《〈百家讲坛〉成功背后的隐忧》,《视听界》2006年第2期。
② 参见许成安、王昊、杨青《我国城市化理论研究与实践发展中的若干问题——兼评"广义小城镇"为主的城市化理论》,《江淮论坛》2001年第3期;《中国城市发展报告(2006)》,中国市长协会编,中国城市出版社2007年版。
③ 李骏、罗忆源《转型中国的高等教育、社会分层与社会公平》,《上海交通大学学报》(哲学社会科学版)2005年第1期。

课堂延向媒体公共讲台,这正是促使由专业向非专业知识群体外移的原初动力。

在受众群体急剧扩展过程中,他们对经典文化渴求的高涨正反衬了他们的精神缺失。这种精神缺失主要表现为对传统文化的隔膜和对经典名著的疏离。就其本质而言,这是长期以来人文教育缺失的必然结果。然而,另一方面,随着经济的发展和国力的提升,传统文化开始复兴,知识群体对于经典名著的回归与崇尚也由隐而显、由微而宏,并因此引发了一股新的文化经典热,这可说是对1980年代第一次文化"寻根热"的承传、发展与升华,其巨大影响也深度波及广大非知识群体,强烈激发了他们对传统文化与经典名著的浓厚兴趣,进而改变了并继续改变着他们的精神生活空间与方式。

尽管经过两度扩展的庞大受众群体具有回归、崇尚传统文化与经典名著的精神渴求,但是限于意识、能力与时间等因素,除了其中专业知识群体之外,绝大部分都未曾直接接触名著,更不可能认真阅读。所以,他们迫切需要寻找一个由专业学者担当的"代读"者,在此背景下,一批明星学者闪亮登场,成为当今时代新的"文化英雄"。

在经典"代读"的过程中,学者与受众分别扮演着主导者与受导者的角色,一方面,学者以学术权威的身份居于强势地位,由他决定对经典的取舍,决定经典解读的内容与方式;另一方面,受众以经典解读的接受者身份,居于弱势地位,被动地接受着学者对经典的解读。在此不对等、不平衡的文化传播过程中,学者的"代读"行为既是不可避免的,也是很有意义的,但是这不能成为惟一的永久性的知识传播模式。否则,受众群体只能成为被动的受导者,而不能成长为自主的阅读者。

俗语说得好:"师傅领进门,修行在个人。"本来,学者的经典阅读主要是起到导读与示范作用,然而,学者始终高居于受众之上,一味地将个人的阅读体会与心得,单向灌输于受众群体,人为地阻碍了受众群体从被动的受导者向自主的阅读者角色转换的可能性,使受众群体止于对经典"代读"者的崇拜,而于经典名著本身渐行渐远。那些扮演代读角色的"学术明星"自撰著作的火爆与经典原著的相对冷落形成鲜明对比,也恰好证明了这一点。就受众群体本身而论,其作为自主阅读者角色缺位的原因也是多方面的。在非知识群体中,主要是自主阅读能力的限制;而在知识群体中,则主要是由于时间或意识的问题,而未能进入自主阅读之境。当然,也有少数专业知识分子对此现象提出质疑与批评,但是他们过于微弱的声音完全淹没于大众群体狂热的追捧之中,无法弥补受众群体角色缺失的局限。

在此,我们想提出一个比喻性概念——"精神代乳",再略加申说之。经典原著犹如"精神母乳",是哺育一个民族文化的精神源泉。而经典"代读"就如用人工合成的代乳品,替代原汁原味的母乳①,向大众灌输。由此导致的结果:一是人为切断了受众群体与精神母体的联系,阻隔了受众群体充分吸取"精神母乳"的渠道;二是使受众群体对人

---

① 2006年12月5日,《中国青年报》发表署名"老愚"的文章《〈百家讲坛〉拉开了文化奶妈时代》,认为《百家讲坛》这种对于经典的宣讲如同"文化哺育",而宣讲者则属于"文化奶妈"。其实,由于其所提供的并非纯正的"文化乳汁",这种观点是可以商榷的。

工合成的"精神代乳"品产生了强烈的依赖性,长此以往,必然会养成一种文化惰性,形成片面乃至偏执的文化口味;三是使受众群体对"精神代乳"品失去鉴别力与鉴赏力,进而会产生一种文化幻觉:"精神代乳"品就是"精神母乳"本身,最终导致对经典本义的误读与历史本相的误解。以上行为无异于"买椟还珠",受众群体以走向经典始,而以背离经典终,这一文化传播中的悖论现象的确值得我们深思。

三、经典"代读":媒体的文化策略与角色越位

作为演播经典"代读"的中心舞台,媒体在沟通、调适学者与受众群体的关系时,同样不能不受到社会效益与商业利益双重诉求的制约,彼此之间的交合、冲突,常常使媒体的文化策略选择与文化角色的定位陷入两难境地,也因此引发了诸多的质疑与批评。

媒体是集合电视、广播、报纸、网络等诸多传播类型的综合性指称,它不仅仅是一种物质形态的显性存在,更重要的是在其背后有着多重隐性力量的作用,所以媒体具有"一体二性"的本质特征。从第一个层次划分,媒体是由显性的媒介质与隐性的媒体人共同构成的主客体的复合。前者是后者意图的显性表现,后者是前者取向的隐性主导。再就媒体人而言,也同样存在着显性与隐性的不同层面。其中节目制片人是媒体人中显性力量的代表,而节目制作组其他成员的作用则似乎被淡化或弱化。然后依次还有三级、四级等更多层次的划分。比如,从三级层次来看,相对于整个电视机构而言,具体节目制作者在前台的作用被突出、放大,同样可视为显性力量的代表,电视机构则匿身幕后,更多发挥隐性作用。如果再从整个社会的更大范围来看,则电视机构成为显性力量的代表,而来自政府、社会各界的要求则无时无处不起到隐性制约作用。如此层层推绎下去,很显然的,所谓显性与隐性只是一个相对的概念,人们通常将媒体视为一种传播空间、渠道、方式,实际上仅仅看到其显性的物质形态,而忽视了其背后的诸多要素的角力与多重利益的博弈。媒体本身的多元性、复杂性、矛盾性正是导致其文化策略选择与角色定位常常陷入困境的内在原因所在。即使是如经典"代读"之类的高雅栏目,也同样无法从根本上摆脱其强势制约,而这正是我们进一步探讨后续相关问题的逻辑起点。

在经典"代读"过程中,学者的"代读"与受众的"听读"交汇于电视屏幕上,但在学者的学术理想与受众群体的欣赏口味之间,始终存在着巨大鸿沟。诚然,学者有权利坚守他的学术理想,可以决定"讲什么"及"如何讲";但在电视机前的受众群体却可以用遥控器作出"听"或"不听"的自由选择,这反过来对学者的"讲什么"与"如何讲"起到关键性的制约作用。媒体首先面临的严峻挑战就是如何弥合彼此的鸿沟,从而寻找到一个最佳的平衡点。央视《读书时间》与《百家讲坛》的不同命运,恰好为我们提供了如何应对这一严峻挑战的失败与成功两个典型案例。然而,《百家讲坛》的成功,是以更多迎合、迁就受众群体为代价,而与最佳平衡点距离甚远。创办之初,栏目制作人就将其定位为"开放的大学",《百家讲坛》取名即仿自大学论坛,其功能即等同于大学课堂,是大学论

坛与课堂向公共空间的扩展与延伸。所以,在价值取向上,也更多地吸取大学精神,坚守学术理想,然而曲高和寡,无法为更多的受众群体所接受。鉴此,《百家讲坛》从内容到形式不断进行调整。在内容上,舍弃了自然科学、社会科学而偏重于人文科学,在人文科学中又偏重于历史文化层面的经典名著;在形式上,由开始模仿大学论坛的常规形式逐步走向表演化,甚至带有书场说书的特征,这是媒体为迎合大众口味而不断进行自我调适的结果,是媒体在收视率指挥棒下,急于获得社会认可而不得不做出的巨大让步。

基于以上的价值取向,必然会进一步导致媒体在沟通、调适与学者关系方面的变形。本来,媒体同时兼有引导学者走近大众群体与提升大众欣赏品位的双重任务,然而在事实上,媒体关注的重心是如何充分利用自身的强势地位,把学者纳入既定的传播模式之中,使之尽可能接近大众口味。充分尊重学者的文化理想与学术个性往往成为一种奢望,至少会受到某种伤害。凤凰卫视中文台副台长刘春的阐述颇具代表性,"我们不愿给学术披上盛装,因此极力避免与那些总是乐于用曲高和寡来诠释学术水平的人相遇,《世纪大讲堂》的原则就是要让学术能够被人听懂"[①]。而于丹说得更直接、更明白:"不是我们用文化教育民众,而是民众用遥控器选择我们。"在媒体的强势之前,学者群体不得不作出妥协,不得不改变自己。陈平原认为:"到了 20 世纪 90 年代,最擅长利用大众传媒的中国文人、作家当推王朔,学者则非余秋雨莫属。"然后着意提醒那些指责余先生表述夸张、有哗众取宠之嫌的批评家:不要忘了,进入大众传媒且如鱼得水的余先生,已经不再是原先的戏剧史专家了[②]。这是媒体对学者群体选择与改造的必然结果。

媒体之于学者与受众群体之间的艰难调和,其深层原因在于社会效应与商业利益双重诉求的内在矛盾。实际上,这也是全球传媒界所面临的一个共同难题,西方一些国家比如法国的应对之策是确立"公共服务"的"共和国原则",力图以法律形式加以确认和保障[③]。2002 年 6 月,法国女作家卡特琳娜·克莱芒受文化部长委托,以"国营电视与文化"为主题,对法国电视中的文化节目现状、问题及改善方向进行调查,并于同年 12 月 10 日递交报告。在这份以《夜晚与夏天》为题、长达 100 多页的报告中,描述和分

[①] 程曦《学术电视大有可为——从《〈世纪大讲堂〉看电视栏目的创新》,《新闻知识》2002 年第 7 期。
[②] 陈平原《大众传媒与现代学术》,《社会科学论坛》2002 年第 5 期。
[③] 二十世纪六十年代初,由国家垄断经营的惟一广播电视机构——法国广播电视台(ORTF)成立的时候,便以法律形式确立了它的"资讯、教育、娱乐"三大公共服务使命,明确规定资讯、教育的公共服务应超越于娱乐之上。法国国营电视台的文化节目形式多样,或是介绍书籍和科普知识的专题栏目,或利用历史和文学遗产资源制作电视故事片,或在每天新闻中插播文化新闻,介绍新书新出版物。它极力倡导一种"适合大众的精英主义"文化,对于这类文化节目,国营电视台从不确定"收视率"指标,其收视率也远不如私营电视台,却在法国普通观众中享有很高声誉,连年的电视台形象排名都名列榜首。但是二十世纪八十年代以来,随着法国电视台私营化的大力推行,电视的商业竞争和收视率专制愈演愈烈,文化节目虽然没有在荧屏上消失,其生存空间却因一再受到挤压而日显狭仄和困窘。资料来源:让·居易(Jean Guy)《夜晚与夏天:法国电视中的文化节目空间》(La culture et la télévision en France),《南方周末》2003 年 6 月 26 日。

析了法国国营电视台各类文化节目的现状和问题,提出了一系列建议。其中最重要的一项动议是:在宪法序言中,加入"组织广播电视公共服务是一项国家应尽的义务",使它与现有的"组织免费与非宗教的公共教育是一项国家应尽的义务"一样,成为一项宪法原则。此外,这份报告还建议通过在国营电视台与规管法国视听行业的独立行政当局——法国高级视听委员会(CSA)签署的协议中,加入某些限制性条款,要求"把时钟往前拨",保证文化节目最迟能在晚间 10 时 30 分至 11 时之间开播,以便这些节目能够面对尽可能多的电视观众[1]。

  法国的经验的确富有借鉴与启示意义,然而细究之下,我国当前电视业状况毕竟与法国存在着较为明显的差异。法国的国营电视台与私营电视台在公共责任承担与商业利益追求上各有侧重,因而在权、责、利等方面的区分,界限相对明晰。而我国正在经历着经济与文化的转型过程,电视业尚处于一个公共电视和商业电视杂糅并举的状态,许多电视台往往以公共电视之名,行商业电视之实,在高收视率的导向下过度追求商业利益,从而造成文化传播与接受的种种混乱。这是尤其值得关注和反思的。

  在计划经济时代,文化传播往往不计成本,不惜代价,一切以社会效应为目的,然而在转向市场经济的过程中,商业利益逐渐占据重要位置,甚至有时会置于社会效应之上,《读书时间》在屡经改版之后最终仍不免停播之命运,包括诸多《读书》栏目"集体谢幕"现象的出现,归根到底为收视率所击败,也是社会效应之于商业利益的失败。同样,《百家讲坛》的成功,关键即在于收视率的暴升以及由此带来的巨大商业利益,否则,也难逃《读书》节目的覆辙。可见,在社会效应与商业利益的博弈中,已不知不觉地向商业利益倾斜,社会效应被迫退居次要地位。只有在商业利益得到充分满足之后,才可能谈论和追求社会效应。

  上述问题的归结,就是媒体本位立场的困境:究竟是以学者为本位,还是以受众为本位?以社会效应为本位,还是以商业利益为本位?在此矛盾冲突中,媒体文化策略运用的失当,进一步导致了其文化角色定位的偏移,因而常常出现角色越位现象。

  本来,经典"代读"过程之不同于一般的文化传播,在于学有专长、术有专攻的学者群体应该成为主导者,居于核心地位,媒体应为学者自主性的经典解读提供丰富的信息资源与强有力的技术支持,尽可能地尊重和呵护学者的文化理想和学术个性。但是,在媒体的强势导控下,学者反而往往被同化和改造,文化理想消息,学术个性削弱。做一个不甚恰当的比喻,媒体就如"文化之舟",学者就是"摆渡者"[2],不断地将渡客从此岸载往彼岸。但是媒体不甘于隐匿后台,单纯地充当文化传播的载体,而是不时地冲向前台,与"摆渡者"争夺主导权,甚至操纵"摆渡者",按照自己的意图,改变航向与线路。另一方面,媒体本应在充分满足受众群体精神渴求的同时,同样要充分关注如何培养受众群体的自主阅读能力。但是,媒体为追求轰动效应,而屈从于商业利益,以"精神代乳"

---

[1] 让·居易(Jean Guy)《夜晚与夏天:法国电视中的文化节目空间》。
[2] 参见罗锋《电视学术节目:商业逻辑与文化传播的博弈》,《重庆邮电大学学报》2007 年第 1 期。

的方式迎合大众口味,使之常常沉迷于一种虚拟的文化幻觉之中而无法自拔。以上两者即是媒体角色越位的两种不同表现形态,严格地说,是对学者群体与受众群体自主性的双重削弱乃至剥夺。

这一角色越位正突出地映射出现代媒体所拥有文化霸权的明显弊端。加拿大两位学者克楼克与库克曾这样描述电视:"凡是没有进入电视的真实世界、没有成为电视所指涉的认同原则、凡是没有经由电视处理的现象与人事,在当代文化的主流趋势里都成了边缘,电视是'绝对卓越'的权利关系的科技器物。"①德国学者阿多诺则指出:"大众传播媒介是根据效果来考虑,并按照所预计的效果,以及决策者的意识形态目标来制作的。"②在媒体的导控下,大众常常失去了自主思维的空间与能力,只能认同和服从媒体社会的趋同化,最终必然导致"个体的终结"。《百家讲坛》栏目中媒体的强势操控,即与此相仿。

当前,《百家讲坛》迫切需要从角色越位回归本位,同时作为具有强大号召力和影响力的国家级媒体,则应具有更高的自我定位,正如著名学者王兆胜所论,"它应该是最优秀学者的高层论坛,是国家发展的一面透视镜,是国民精神提升的一个指示标,是人类发展的一个调节器","应该以其宽阔的视野、博大的情怀、深刻的见解、高尚的品质、优雅的风度以及中正的趣味,一扫以往的世俗虚妄、混乱不堪、低级趣味等风气,成为引领国民精神的强大引擎"③。诚哉斯言,确为的论。

四、经典"代读":学者的文化使命与角色错位

在大众媒体兴起之初,知识精英群体逐步趋于边缘化。当人们普遍关注世俗世界、追求物质利益时,传统文化的冷落与知识精英的失语势在必然。而当人们逐步超越世俗世界与物质利益,重新激发出对精神文化的渴求时,则为知识精英走出边缘状态、重返文化中心舞台,提供了空前难得的历史机遇。其中一小部分文人从原有的知识群体中分化出来,走出书斋,走上荧屏,在大众群体的热捧下,经过强势媒体精心包装和打造,以经典"代读"者的身份,一跃成为新时代的"文化英雄",开始扮演"精神导师"的角色。

具体分析一下这些"精神导师"的构成,主体是大学教师,也包括一些科研人员和中学教师。尽管专业背景、知识结构、文化素养各不相同,但他们都有以下共同点:(1)对所"代读"的经典都有较深的研究;(2)能较准确地把握受众群体的欣赏口味;(3)从思维到表达能较从容地适应大众媒体的传播方式。因此可以说,以上三者的同时兼备,是决定这些"精神导师"成功与否的关键所在。而在这三者之间,其重要程度刚好与上述排序相反,这看似有些本末倒置,却正反映了媒体对学者素质的本然要求。法国社会学

---

① 汤林森《文化帝国主义》第116页,冯建三译,上海人民出版社1999年版。
② 阿多诺《艺术社会学》,载陆梅林《西方马克思主义美学文选》第378页,漓江出版社1988年版。
③ 张法、肖鹰、陶东风等著《会诊〈百家讲坛〉》第75页,安徽教育出版社2007年版。

家布尔迪厄曾提出电视"快思手"的概念,他说:电视"是一种极少有独立自主性的交流工具,电视之赋予一部分快思手(fast-thinkers)以特权,让他们去提供文化快餐,提供预先已形成的思想"①。固然,我们不能简单地将担当经典"代读"的"精神导师"视为"快思手",但毫无疑问,他们普遍具有电视"快思手"的鲜明特征。

在经典"代读"过程中,"精神导师"肩负着"文本重释"与"精神领航"的双重使命。其中,文本重释是精神领航的基础,精神领航是文本重释的升华。先就文本重释而言,经典"代读"者必须在尊重经典本义与适度发挥之间寻求平衡。一方面,"代读"者应对经典文本素有研究,能够比较准确、透彻地理解经典本义,并能通过媒体中介最大限度地将经典的原汁原味传达给受众群体;另一方面,应以新的时代精神激活传统文化,并通过个性化的重释,重建一个新的精神世界,使传统文化资源转化为当代大众共享的人生智慧。再就精神领航而言,经典"代读"者必须着重处理好世俗此岸与理想彼岸的关系。一方面,他必须直面大众群体的精神需求,表现高度的现实关怀,即将经典重释的价值导向与受众群体的现实诉求紧密结合起来,以前者的文化智慧解答后者的人生困惑;另一方面,经典"代读"者应以自己所确认的精神高度为坐标,由个体性而群体性,由局部性而整体性,由阶段性而持续性,不断提升受众群体的文化素养与精神境界,如同"文化之舟"的摆渡者,将受众从此岸的世俗世界引向彼岸的理想世界。

以上两项文化使命,对于经典"代读"者而言,的确是一个严峻的考验。由于"代读"者各自的人生经历、知识结构以及表达能力的差异,在扮演"精神导师",完成文本重释与精神领航两项文化使命中,产生了不同的社会反响。受众反应冷落者,显然未能完成其文化使命,而受众反应强烈者,也未必真正完成其文化使命。其中最重要的取决于两大要素:读什么与如何读。于丹的成功之处首先在于她能较好地处理这两者的关系。在"读什么"方面,她选择的《论语》与《庄子》具有厚重的精神含量,代表了中国传统文化的核心价值;在"如何读"方面,她巧妙地以"心得"两字关合了经典解读与人生体悟两个层面,最后归结为对受众人生困惑的解答,而受到大众的热捧,被称为学术版的"知心姐姐"。反观刘心武,无论在"读什么"还是"如何读"上,都出了问题。在"读什么"方面,尽管他所"代读"的《红楼梦》为中国文学与文化的旷世经典,但他居然撇开整部《红楼梦》,撇开"金陵十二钗"的形象群体,仅仅抽出"金陵十二钗"之一的秦可卿大做文章,无限放大,然后将小说视同历史,进行猜谜式的索隐考证,得出匪夷所思的结论,还美其名曰"秦学"。在此,刘心武至少犯了两大常识性错误:一是将小说完全等同于历史,二是以对小说中个别人物的分析完全取代对小说整体意义的把握。结果以所谓"秦学",扰乱"曹学",阉割"红学",这无疑是一个经典误读的典型案例。

然而,对于学者而言,究竟有多少能对自己的文化使命有着自觉意识?或者虽有自觉意识,而又有多少能时时处处地加以身体力行?其中的角色错位集中表现在精神导向者与迎合者的两相悖离上。本来,当学者走出书斋,走向荧屏,必然要受到大众群体

---

① 布尔迪厄《关于电视》第30页,许钧译,辽宁教育出版社2000年版。

的欣赏口味与大众传媒的市场逻辑的双重制约,但他应该始终是一个主导者,一个坚持自己文化理想,努力挣脱与超越以上双重制约因素而臻于相济相融状态的主导者。但事实上,学者更多的是迁就甚至屈服于大众媒体的市场逻辑与受众群体的欣赏口味,难免从一个文化理想的导航者渐渐蜕变为大众趣味的迎合者,甚至成为曲意媚俗者。

在当今日益走向世俗化而又重新呼唤精神价值的时代,的确需要同时兼具"精神导师"与"学术明星"双重角色的新的"文化英雄"出现。受制于大众媒体的强势导控与"受众为王"的商业逻辑,这些"文化英雄"在担当文化使命中,不得不面临角色错位的种种尴尬。应该说,"精神导师"与"学术明星"本是依据不同标准、产生于不同场域的两种文化角色,彼此兼融于一身,仅仅是一种理想状态,在更多的情况下会出现角色悖离,主要表现为舍弃精神导师责任,淡化文化理想,降低学术含量,一味追求明星效应。

正如前文所喻,学者在"精神代乳"中,必须直面"营养"与"口感"的矛盾。为了迎合大众欣赏口味,学者往往将"口感"置于"营养"之上,甚至不惜为了"口感"而牺牲"营养",实际上是奉行"口感至上"的原则。从目前受到大众欢迎的学者包括于丹、易中天、刘心武等来看,无不以契合大众口味而迅速走红。至于各人"代乳"的"营养"如何,反倒在其次。当然,在"口感"俱佳的前提下,彼此的"营养"并不相同。刘心武的《红楼梦》解读,定位于猜谜式的历史揭秘,以此迎合和放大受众的窥秘欲望,助长了一种不健康的心理,"口感"愈佳,危害愈甚。与刘心武相比,易中天的"品三国"系列对历史真相的还原下了不少工夫,对《三国》文本的体悟也不无独到之处。但从整体上说,解读的内容缺乏学术新见,且存在片面性,尤其是过分渲染政治斗争中的权谋韬略,使人感到《三国志》就是一部权谋之书。在解读方式上,又刻意引入书场说书方式,逐步形成了带有表演性的讲述风格与模式。比如说到刘禅乐不思蜀,易中天即以说书人的口吻与动作,惟妙惟肖地表现刘禅的无能形象。再如说到对"跽"与"避席"两词含义的解释,他先是脱下皮鞋,席地而坐,解释前者;又匆匆起身,离席数步,伏地长拜,来演示后者,都带有明显夸饰性的表演意味,也同样是将"口味"置于"营养"之上。较之刘、易二人,于丹《论语》《庄子》系列讲座重在以传统文化智慧解答当世人生困惑,在"营养"与"口感"的调和上,取得较大的成功,但严格地说,依然不能摆脱"口感"重于"营养"的局限。她对《论语》《庄子》的解读,存在着简约化、世俗化的明显不足:一是在文本重释方面,重在形而下的人生感悟,忽视形而上的哲理思辨;二是在精神领航方面,重在世俗世界的人生解惑,忽视理想世界的精神升华,未能达到与经典相应的精神高度与深度,未能复原经典本身应有的精神含量。

对于经典代读中学者的角色错位现象,学界的过激反应与学者的自觉意识缺失,同样都值得人们深思。西方神话中有一个"魔鬼之床"的寓言,讲的是人被魔鬼捉到床上,长了截短,短了拉长。马瑞芳教授借此寓言著书,以调侃与自嘲的口吻讲述自己在《百家讲坛》这张魔鬼的床上被"修理"的过程与体验①。对此,学界有人提出尖锐的批评:"《百家讲坛》主讲人在心甘情愿躺到这张床之前,还经过了一个'祛学术之魅'的过程,而这个过程的完成得力于

---

① 马瑞芳《百家讲坛:这张魔鬼的床》,作家出版社2007年版。

主讲人与制片人的通力合作。制片人非常清楚擒贼先擒王的道理：一旦解除了学者的武装，学术就变成了掌中玩物。"①显然这一结论不无偏颇之处，平心而论，这些学者作为知识精英群体中由书斋走向公共空间的先锋，他们在解读文化经典、提升大众素养过程中的确付出了诸多努力，也取得了显著成效，他们的得失成败为后人提供了有益的启示与借鉴，具有实验性质与示范意义。客观分析他们在担当文化使命中的角色错位，指出其中的矛盾与症结所在，并不意味着对其主观努力与传播效果的简单否定。

另一方面，既然学者要借助媒体进行经典解读与传播，就难以避免"魔鬼之床"的"修理"。据《百家讲坛》制片人万卫等人介绍，阎崇年、易中天、纪连海等主讲者都不同程度经历了一个从勉强接受到通力合作的过程，实际上这就是被"魔鬼之床"反复"修理"的过程。对于学者而言，不管是主动的迎合，还是被迫的无奈，或者从无奈、勉强到欣喜，关键的问题在于学者是否对于自身文化使命有着自觉的意识，并能够不懈地坚持，在妥协中坚守学术底线，在互融中捍卫学术理想。

五、从"代读"到"自读"：公共知识空间的重建

经典"代读"热的兴起，是受众群体、大众媒体与学者群体三方合力作用的结果，彼此的文化指向与角色缺陷互为因果，构成了当下经典文化热的独特景观。那么这股文化热潮究竟会持续多久？最终又会归向何处？由此引发了我们对于从经典"代读"走向"自读"，以及如何重建公共知识空间的理性思考。

（一）从经典"代读"走向"自读"

毫无疑问，目前的经典"代读"热是学者适应大众群体精神需求，经大众媒体不断放大、增值、变形所炮制出来的文化现象。从某种意义上说，是一种在一个虚拟化的公共空间中，满足社会各方需要的精神游戏。尽管它契合了当下的时代精神，开创了一种崭新的文化经典传播模式，并引发了热烈的社会反响。然而，它毕竟是社会转型期的特定产物，其轰动效应本身正蕴含着固有的先天不足，概而言之，有以下几个方面：

一是世俗化。即是以世俗的眼光与思维来审视经典，解读经典。除了少数相关的专家学者外，对于受众群体的绝大多数而言，经典都带有某种神圣性或神秘性，似乎不可企及。然而，现在经过一些"学术明星"的解读——以高度世俗化了的语言或事例，任意剪裁、重释经典，这其实是一种"学术勾兑"行为，当在经典中大量掺入水分，就不仅改变了经典的原味，而且稀释了经典的浓度。比如易中天"品三国"，对袁绍与刘备两人进行对比分析时如此表达："在大家都认为袁绍是绩优股时，郭嘉却看出那是垃圾股；而在大家都以为刘备是垃圾股时，诸葛亮却把他看作绩优股。"②这样的表述方式的确非常

---

① 张法、肖鹰、陶东风等著《会诊〈百家讲坛〉》第38页。
② 易中天《品三国》（上）第132页，上海文艺出版社2006年版。

通俗易懂,形象生动,一下拉近了与观众的距离,容易引起共鸣。但是他在突出表达袁绍、刘备不同政治命运之时,实已遮蔽甚至抹杀了两人丰富的历史文化内涵。更为不堪的是,他将诸葛亮对刘备的选择,视为捞取政治资本,完全把后者的政治信念与人生哲学庸俗化了。如此经典解读,其实是取其一点,不及其余,与经典本义相去甚远。

二是趋同化。即是指学者解读经典的方式因受媒体规则制约,而逐渐丧失学术个性,普遍趋于雷同。事实表明,许多大学教授在走向电视荧屏之初,往往难以适应,而最终不得不屈从于媒体要求,"这就意味着,教授也被纳入到了节目生产和最大化传播的程序之中。此间,教授已主要不是被作为电视之外的异质因素输入,而是首先要考虑自己的角色融入——熟悉电子场景的规则并配合节目的播出"①。学者一旦被纳入到电视节目的生产流程之中,必然会被打造为面目相似、规格相同的"标准件"。

三是泡沫化。主要是指在大众媒体和受众群体一同推波助澜之下,以学者为主体,经典"代读"热潮被一再放大,呈现为虚幻的文化繁荣景象,其中也包含着失真的无效增值。但是,经典"代读"著作的狂销并未带动经典原著的畅销,恰恰证明了这并非真正的经典热,而带有明显的文化泡沫成分。

以上世俗化、趋同化、泡沫化三种倾向,极大妨碍了人们对于经典本意的深入发掘与理解,从本质上说是对经典意义的误解与消解。

在人类文化传播从口授时代、印刷时代迈入电子时代之时,经典"代读"是其中不可或缺的一个重要环节与阶段,由此引发的经典"代读"热潮也在情理之中,然而却无法持续性的向前推进,其理性回归之路应是从"代读"走向"自读"。

学者"代读"之于大众"自读",诚然具有不可或缺的导向与引领作用,但不能以前者来取代后者。试想,即使有效"代读",学者对经典原著深有研究,他向大众传播的解读心得也非常接近经典本义,但是由他的个体阅读取代大众阅读,由他的个体思考取代大众思考,长此以往,大众群体将无意也无能进行自主阅读,显然会导致其思考力、批判力、创造力的衰退。更何况还有不少属于无效"代读",甚至是负效"代读"。假如学者以自己对经典曲解、误解、庸解所得传播于大众群体,而大众群体又缺乏自主阅读能力与经验,自然对此不具有相应的判断力与鉴别力,误以为这就是经典本义,岂不是以讹传讹。大众个体的"买椟还珠"并不可怕,可怕的是它进而衍为大众群体的普遍行为,那就遗害无穷了。

透过对"代读"种种负面效应的分析,我们更强烈地意识到大众群体"自读"的重要性与不可替代性。一个民族的整体文化素养是通过无数个体个性化的阅读、思考和智慧逐步累积而成的,学会阅读、学会思考、学会批判,是一个民族文化自信心与创造力的重要源泉。为了促进全球化的读书活动,1995年联合国教科文组织把4月23日确定为"世界读书日"。自此之后,每年的这一天,世界上100多个国家和地区在政府的支持下,学校、图书馆、社区、出版机构等各界人士都要开展丰富多彩的读书日庆典活动,把

---

① 李明伟、陈力丹《教授走进电视直播间的学理追问》,《当代传播》2004年第2期。

读书日的宣传活动变成一场热闹的欢乐节日。日本、韩国更是以前瞻性的战略眼光将读书日活动延伸于儿童群体。在日本东京，政府颁布法令，指定4月23日为儿童读书日，并以培养儿童在语言、想象和敏感度各方面的能力，以助他们更深刻地"体验人生"为长远目标。在韩国，政府一般在4月23日会发行"世界读书日"纪念邮票，让当地的儿童通过一枚枚精美的邮票，把阅读和写作的风气随信件传遍世界每个角落。[①] 有鉴于此，我们大声呼请：大众群体应尽快从经典"代读"的文化幻像中解脱出来，走向个性化的"自读"，这种个性化"自读"的培养应始于童年阶段，并伴随其生命而不断成长。

在从经典"代读"走向"自读"的过程中，首先由"代读"引领，然后应是"代读"与"自读"两相并行，最后的重点应回归于"自读"，通过亲近经典，感悟经典，进而重建经典。在此，经典"自读"也完成从补充、并行到超越的历史性转变。

（二）公共知识空间的重建

本文所谓的"公共知识空间"，主要是指以大学、公共图书馆、媒体等为核心的公共知识传播场所，这是一个信息密集、交流频繁、优势互补的特殊文化场域。大学、公共图书馆、媒体三者具有各自不同的功能，在"公共知识空间"重建中应该实现优势互补。

德国学者哈贝马斯在讨论"公共领域"（Public Sphere）时指出："公共性本身表现为一种独立的领域，即公共领域，它和私人领域是相对立的。"[②]他所指的"公共领域"具有相当的开放性，核心内容则突出"公共领域"是与"公共权利机关"相抗衡的"公众舆论领域"，媒体即是公共领域机制化的载体之一。在对媒体结构特征的论述中，哈贝马斯深刻地指出传统知识载体（书籍、报纸杂志）的时代特征变化和电子传媒等知识新载体的出现对公共空间产生的重大影响，他在《公共领域的结构转型》中论道："书籍生产面向新的读者层，趋向扩大化和专业化，报纸杂志的内容也变化了。随着书籍和报纸杂志生产的组织、销售和消费形式的变化，公共领域的基本结构也发生了变化。随着电子传媒的出现，广告获得了新的意义，娱乐和信息的不断交融，所有领域趋于集中化，以及自由主义协会和一目了然的地区公共领域的瓦解，公共领域的基本结构又一次发生了转型。"作为后一次结构转型的直接产物，"一种新的影响范畴产生了，即传媒力量。具有操纵力量的传媒褫夺了公众性原则的中立特征，大众传媒影响了公共领域的结构，同时又统领了公共领域"[③]。哈贝马斯所要指出的是：作为公共空间机制化重要平台的媒体，一方面在消除封建专制主义统治，为公众赢得公共话语空间的过程中起了极为重要的作用；另一方面，随着十九世纪以来市场经济的发展，国家与社会渐趋融合，国家干预主义增强，公共权利介入私人交往过程，以媒体为代表的公共领域在自身转型中则成为

---

① 蒋益文《世界读书日，全球在读书》，载《新华博客》。http://news.xinhuanet.com/book/2007-04/18/content_5987639.htm
② ［德］哈贝马斯：《公共领域的结构转型》第2页，曹卫东等译，学林出版社1999年版。
③ 同上，"序言"第15页。

再次封建化的"公共牢笼"。当公共讨论成为消费形式、交换成为批判原因时,公众即由曾经的文化批判者变成了文化消费者。《公共领域的结构转型》一书给我们的重要启示主要有以下三点:

第一,哈氏提出了"公共领域"发展的两个阶段论,即前一阶段以文化批判为主,后一阶段则主要表现为文化消费。哈氏认为,资产阶级公共领域形成的前提是具有批判意识的"市民社会",资产阶级社会与文化的发展繁荣正是循此而来,然后进入文化消费阶段。而我国并没有经过前一阶段的充分发育与发展,便直接进入了后一阶段——文化消费阶段。对照哈氏的有关论述,我们可以清楚地看到发展阶段错位的不协调性以及由此给当前公共知识空间重建带来的负面影响。

第二,哈氏提出了"公共领域"发展两个阶段的主体论,即从文化批判的公众到文化消费的公众。哈氏一直将"公共领域"视为资产阶级通过公共讨论方式来调节社会冲突的一个公共话语空间。在这里,资产阶级公众显然是公共空间的主体,他们曾经以公共空间为平台反抗封建专制的压迫,并取得成功。此后,随着电子媒体兴起带来公共领域的第二次结构转型,他们由文化的批判者蜕变为消费者。尽管如此,哈氏出于对公众自身理性的信赖,认为他们可以凭借自身的力量来重拾文化批判精神,重建公共领域。这启示我们,在我国现阶段讨论"公共知识空间"的重建问题,关键在于真正确立公众的主体地位,使之在文化消费中同时拥有文化反思的意识与能力。

第三,哈氏提示我们,在"公共领域"的重建中,必须呼唤文化批判的回归,而文化批判的回归,则取决于公众的主体意识与媒体的公共品格。以此观照我国当今现实,也同样亟需解决双重提升问题:一是媒体公共品格的提升;二是公众主体性的提升。而贯通两者的优选方案就是努力促使由媒体主导的经典"代读"向公众自身主导的"自读"转变,并聚合媒体之外的诸多社会公共资源一同涵育公众知识理性,重建公共知识空间。当然,从经典"代读"向"自读"的转变,并不是简单的从文化消费回归文化批判,而应是两者的兼容与提升。在此过程中,尤其要共同发挥大学、公共图书馆、媒体三者各自不同的功能,尽快扭转目前媒体强势主导、一家独大的局面,实现优势互补,形成文化合力,达到公共知识传播的最优化①。

从经典"代读"到"自读",意味着公共知识空间中心场域的转移。在经典"代读"时代,中心场域在媒体空间,此时的媒体处于绝对强势的地位,扮演着导控受众与学者群体的角色。而到了"自读"时代,中心场域将转向公共图书馆,此时的公共图书馆作为公共知识空间的一种重要形式,其功能与地位得以凸现,成为大众阅读的主要场所。当然,两个中心场域的转移会经历相当长的历史阶段,也可能出现两个中心场域交叉并重的局面。

对于媒体而言,最为关键的是要从"为所欲为"回归于"为所当为"。一是如何更加

---

① 需要说明的是,本文虽然引入了哈贝马斯的"公共领域"理论的部分观点,但并不认为其理论完全适用于对当今中国"公共知识空间"发展演变与重建的分析。尽管许多观点给予我们有益的启示,但由于社会发展阶段差异的客观存在,哈氏某些观点更具社会意识形态的针对性,需要在借鉴中加以具体分析。

理性定位,避免角色越位。媒体对于受众不能仅是迎合,还应该加以引领,要摈弃浮华,祛除泡沫,不片面追求商业利益,不盲目追求轰动效应。二是如何与大学、公共图书馆更加密切配合,实现资源整合,优势互补。媒体之于大学,不仅仅在于吸纳其学术资源,更重要的是如何充分汲取大学精神,凸现人文关怀。媒体之于公共图书馆,应建立密切联系,扩大交流渠道,促使两大中心场域的相互贯通。三是媒体应逐步树立"文化优先"的原则,媒体自身要更密切地合作,形成电视、网络、报刊三位一体、良性互动的传媒体系,以更好地在公共知识传播中发挥正面导向作用,并为推动从经典"代读"走向"自读"的历史性转移创造良好的舆论氛围。四是应从"授人以鱼,不如授人以渔"的古训中受到启发,将经典"代读"转变为"导读",逐步提高大众的经典阅读、鉴辨与反思能力。这也说明,在未来时间里,回归《读书时间》,使大众都参与经典阅读,将是经典"代读"走向"自读"的必由之路。

  面对公共知识空间中心场域的转移,目前的公共图书馆显然远未做好相应的准备,主要存在着认识不深、数量不足、层次不高、配合不力等种种弊端。1994年国际图联与联合国教科文组织联合发布的《公共图书馆宣言》指出:"公共图书馆是地区信息中心,它向用户即时提供各种知识和信息。"在当今信息时代,公共图书馆作为信息中心的功能已居于首要地位,遂有"信息社会心脏"、"终身学校"之称。有学者将图书馆与学校的教育作用比作同一辆车上的两个轮子,缺一不可。所以西方发达国家甚至通过立法,来进一步保障公共图书馆的文化传播功能。比如欧美一些国家甚至规定在1.5公里半径内应设置1个图书馆,从住处最远步行10—15分钟的距离应能找到1个图书馆。在美国洛杉矶,每个约2—3万人的社区都建有社区图书馆,平均50%的居民持有借书证,每人年均去图书馆10次,借书10.2册。社区图书馆的密集分布,就如在社区居民的生活海洋中筑起了发达完善的"知识岛"体系,可以充分满足社区居民对知识的渴求。与此同时,图书馆努力由原先单一借阅向文化传播多重功能拓展。欧、美、日、韩等发达国家社区图书馆广泛流行读书、竞赛、讲座、沙龙、演出等文化活动,为读者搭建文化交流的重要平台。①

  所有这些,都对我国重点加强公共图书馆建设,大幅提升图书馆的公共知识传播功能,具有重要的启示意义。鉴此,公共图书馆要充分意识到自身的历史责任,为公共知识空间中心场域的转移提前制定应对之策,做好充分准备。一是克服认知障碍,提升角色定位。与媒体的自我膨胀截然相反,目前公共图书馆普遍自我定位过低,功能偏窄,社会影响力有限。所以,公共图书馆的当务之急是解放自我,提升自我,充分发挥公共知识传播中心场域的应有作用,以努力提升公众整体文化素养;二是重点加强图书馆的信息资源建设。从国家图书馆到社区公共图书馆,逐步形成一个层级分明、相互衔接、传送有序、资源共享的信息网络体系,从而为公共知识空间中心场域的转移奠定最重要的物质基础;三是与大学、媒体建立更密切联系,加强交流与互动,为"代读"与"自读"的

---

① 关于欧美、日、韩等发达国家的公共阅读活动,可参见王艳《中外读书活动初探》,《中国图书馆学报》2005年第1期;张凌《高校图书馆参与社区图书馆建设研究》,《中国图书馆学报》2006年第6期等。

相互响应、相互配合以及两者之间的转换创造条件①。

令人欣喜的是，以国家图书馆为龙头，包括上海图书馆、浙江图书馆以及部分社区图书馆，主动与媒体携手，邀请一些大学教授、博士开设学术讲座、举办文化沙龙，对于引导读者如何更好地阅读经典起到了重要作用。这预示着从经典"代读"走向"自读"，以及公共知识空间中心场域转移的变化趋势。

为了主动适应以上的历史性变化，大学应该充分意识到自己的历史使命，更好地发挥主导性作用：一是资源分享。大学要充分利用自身拥有的资源优势，主动参与并倡导公共知识空间的重建，其中心任务是实现媒体与公共图书馆两大中心场域的衔接与贯通。二是精神引导。一方面，要以大学精神引领大众媒体走出世俗化、趋同化、泡沫化的文化幻象，在充分尊重商业逻辑的前提下追求更高的精神境界；另一方面，要通过开设讲座、合作研究以及学术咨询等方式，以大学精神重塑公共图书馆的文化品格。三是理论支撑。大学有责任也有能力对有关公共知识空间重建的一系列重要理论与实践展开全面、系统、深入的研究，提出富有前瞻性的理论创见和可操作性的解决方案，促使从经典"代读"走向"自读"的顺利转换，从而更好地发挥公共知识空间的综合效能。

但是，我们应清醒地看到，目前大学在公共知识空间重建中所发挥的实际作用与此相距颇远。从整体上说，大学还缺乏对自身历史使命的自觉意识，在大众媒体与受众群体的双重选择下，显得进退失据，处境尴尬，为数众多的一流学者未能进入媒体视野，其优质学术资源就无法为大众群体所分享。相反地，一些活跃于银屏的"学术明星"往往多为布尔迪厄所称的"快思手"，而非真正的一流学者，由他们包办"代读"经典，然后向大众传播，实际上是降低了应有的学术品位与质量，这既是对受众群体也是对经典本身的一种伤害。对此，大学显然难辞其咎。

重建公共知识空间是当今大众传媒时代一项十分重要而迫切的任务，它直接关乎国民文化素养与精神境界的提升。除了大学、媒体与公共图书馆三方鼎力合作，相互配合之外，更需要政府的参与、支持与推动，包括舆论引导、制度保障、政策倾斜等等。甚至还可以借鉴西方国家，通过立法的方式，确定"文化优先"的原则，要求国家电视台在适宜的时间段里提供较丰富的文化类节目，履行法律所强调的"公共服务"使命，从而在根本上保障公共知识空间优质资源的整合，为全民所共享②。而这正是本文所衷心期待的。

原载《中国社会科学》2008 年第 2 期，《新华文摘》2008 年第 15 期、
《高等学校文科学术文摘》2008 年第 3 期、《作品与争鸣》
2008 年第 11 期、《文化学刊》2009 年第 1 期转载

---

① 如何提升公共图书馆的服务职能，在学术界有一些讨论，如王子舟在《公共知识空间与图书馆》（载《中国图书馆学报》2006 年第 4 期）中就认为：图书馆是公共知识空间的一种重要形式，它不仅承担了公共空间的永恒意义和价值，同时也与其他公共知识空间形式，如学校、博物馆等有着不同的特质。图书馆要发展，应解决好两个问题：一是要以提升公众知识理性为己任，二是其发展重心应由"高端"向"低端"转移。
② 让·居易（Jean Guy）《夜晚与夏天：法国电视中的文化节目空间》。

"红楼遗产"与21世纪的中国小说

梅新林

《红楼梦》自清中叶问世以后,两百多年来,一方面,它以其无穷的魔力吸引着代代学人形成绵延不绝、自成体系的红学研究传统;另一方面,它又以杰出的艺术创作为历代作家所借鉴,也同样形成了一部延绵不绝、别具一格的红学精神承传史。彼此都以《红楼梦》的诞生为起点,但却一显一隐,各自分流了两百多年,造成了精神资源的严重流失与浪费。在新的21世纪中,红学家与小说家完全有理由也有必要将此二者相互贯通,共同把红楼遗产转化为文学创造的精神基因和血液。而这一转化的过程与结果反过来也可以为红学研究拓展新的视野与路径,为红学研究带来新的生机与活力。

概而言之,《红楼梦》自它问世之后影响于中国小说的创作,主要表现在以下三个方面:续作、仿作与借鉴。自乾隆至道光、嘉庆间,《红楼梦》的续作纷纷问世,尔后一直相沿而未尝间断。据赵建忠先生《红楼梦续书研究》一书的精心勾稽甄别,今流传于世的续红之作多达98种,其中的类型也相当繁杂。有据原著直接续写者,如逍遥子《后红楼梦》30回;有对原著进行增订者,如佚名《红楼梦平话》100回;有对原著另行改写者,如陶明睿《木石缘》120回;有据原著借题发挥者,如吴趼人《新石头记》40回;有取原著某些情节予以演绎者,如萧赛《红楼外传》64回;刘心武《秦可卿之死》(未分回);有据探佚学研究对原著补佚者,如张之《红楼梦新补》30回;端木蕻良《红楼梦补》30回,等等。这些续作虽在艺术手法上间有可取之处,但都无法接续《红楼梦》原作之于人生感悟的深邃性与艺术思想的独创性。其中不少作品热衷于贾府的家道复兴,一改宝黛悲剧为大团圆结局,所谓"遂使吞声饮恨之红楼,一变为快心满志之红楼"。

约至道光末年,因红楼续书陈陈相因,令人生厌,且世风日变,旧瓶装新酒总有诸多不便,一些小说家便试图摆脱《红楼梦》原著的限制,转而以《红楼梦》为范本展开相对独立的小说创作,于是据原著而补撰的续红之风转衰,而对原著进行摹拟的仿红之作渐盛。代表作有《镜花缘》、《儿女英雄传》、《品花宝鉴》、《花月痕》、《青楼梦》、《海上花列传》、《水石缘》、《一层楼》、《泣红亭》、《绣囊记》等等,凡20余种。此外,在朝鲜也出现了两部红楼仿作:南永鲁《玉楼梦》64回,无名子《九云记》35回。虽然从总体上看,这些仿作较之"狗尾蛇足"的续作要出色得多,但成就依然相当有限。兹以问世于嘉庆间的比较成功的仿红之作——李汝珍《镜花缘》为例。的确,在《镜花缘》"哀群芳之不传,因笔志之"与《红楼梦》"可使闺阁昭传"的作者自白之间,在《镜花缘》喻指"镜花水月"与

《红楼梦》喻指"红楼一梦"共同传达人生空幻和哀婉女性不幸命运之间,在《镜花缘》的"薄命岩"、"红颜洞"、"泣红亭"与《红楼梦》的"薄命司"、"千红一窟"、"万艳同杯"的命名取意之间,在《镜花缘》海外"女儿国"与《红楼梦》太虚幻境与大观园"女儿国"的奇妙构思之间,在《镜花缘》"女魁星北斗垂景象"、"百花获谴降红尘"与《红楼梦》石头下凡历劫及其"木石前盟"的神话结构之间……皆可见前者刻意摹仿之痕迹。令人遗憾的是,《镜花缘》的作者却将他对现实的不满和批判,对于女性的崇高与哀悯化解为一场充满喜剧色彩的智力游戏,而未能臻于感悟和探索人生、生命意义与价值的哲理深度。至于如陈森《品花宝鉴》、魏秀仁《花月痕》、俞达《青楼梦》、韩邦庆《海上花列传》等作虽然都曾有意摹拟《红楼梦》,然为才识学所限,终不能得红楼之精髓。

与续作、仿作相比,借鉴是更为潜在化、内质化的吸取。作为中国古典小说的集大成者,《红楼梦》启思予后代小说创作以及后代小说家的,是普遍存在的。从20世纪的文学创作与变革进程来看,《红楼梦》之施惠于现代新小说乃至整个新文学都至为明显。比如鲁迅先生,他能如此独具慧眼地体验和感悟《红楼梦》,乃是因为他在心灵深处与《红楼梦》产生了深深的共鸣:"宝玉在繁华丰厚中,且亦屡与'无常'觌面,……悲凉之雾,遍披华林,然呼吸而领会者,独宝玉而已。""在我的眼下的宝玉,却看见他看见许多死亡,证成多所爱者,当大苦恼,因为世上,不幸人多。""爱博而心劳,而忧患亦日甚矣。""总之有《红楼梦》出来以后,传统的思想和写法都被打破了。"过去,我们总是将这些精辟论述仅仅视为鲁迅先生对于《红楼梦》的独特体验,殊不知这是一种内在的精神对话与共鸣。换一个角度,这也是《红楼梦》悲剧精神引发鲁迅生命悲剧意识的思想结晶,并已成为鲁迅艺术生命的不可分割的组成部分。此外,也有一些学者已注意到了巴金、茅盾、张爱玲、白先勇等小说名家接受《红楼梦》创作经验的事实。还有一些作家则径直自我告白,比如李准说他创作"影响最大的是《红楼梦》",茹志鹃说她"觉得这部书有汲取不完的养料",菡子则认为"如果要写小说,曹雪芹的手法总该一点一点地去学"……所有这些,都说明《红楼梦》与现代小说之间并没有古今时代的隔阂,现代作家应该而且可以将红楼遗产转化为文学创作的精神基因和血液。

在对《红楼梦》的续作、仿作与借鉴的三重取向中,续作被反复证明是一条死胡同。而借鉴——通过借鉴而创新,尚有可能登达理想的彼岸。鉴此,需要红学界与小说界携起手来,密切协作。一方面红学界再也不能像以往那样仅仅关注过去,而同时要关注现实与未来;不能满足于对《红楼梦》的批评与阐释,而同时要直接参与对《红楼梦》精神价值现实转化的研究。具体地说,可以在"本"、"源"、"流"三个层面同时并进,寻求突破:

一是"本"的研究,即对《红楼梦》自身艺术创新精神和原理的研究。《红楼梦》的成功之要在于现实性与超越性,即形而下的生动性与形而上的深邃性的完美统一,并通过开放性的象征体系表现出来,在此统率下,作者能将红楼艺理与红楼哲理、世俗形象与神性形象、现实时空与魔幻时空、生活故事与意念故事、叙事模式与抒情模式、表层结构与深层结构、历史逻辑与情感逻辑、经验之美与超越之美有机地融为一体。从某种意义上说,《红楼梦》就是一部蕴含人类生命及其存在意义的文化寓言。所以《红楼梦》具有无可穷尽的重释性,正如著名作家宗璞先生所言:"《红楼梦》是一部挖掘不尽的书,随着时代的变迁、读者的更换,会产生新的内容,新的活力。它本身是无价之宝,又起着聚宝盆的作用,把种种的睿思、色色深情都聚在周围,发出耀目的光辉。"有鉴于此,我们应该通过对《红楼梦》的艺术创新精神和原理全面系统深入的理论总结,为小说创作界提供有益的参照和启示。

二是"源"的研究,即《红楼梦》如何充分吸纳前代文学及文化遗产并实现价值转化的成功经验的研究。《红楼梦》可谓集中国小说、文学、文化之大成,从神话文化、宗教文化、儒家文化、家族文化直至民俗文化,都曾在《红楼梦》中留下了精神烙印;从诸子散文到汉赋、唐诗、宋词、元曲乃至对联,都为《红楼梦》所借鉴;从六朝志怪、唐代传奇、宋元话本,到《三国演义》、《水浒传》、《西游记》、《金瓶梅》等四大奇书,也都为《红楼梦》所取法,然后融会贯通,浑然一体,臻于炉火纯青之境,其中的成功经验对于21世纪的小说创作来说具有直接的借鉴作用,因为后者同样面临如何更好地吸取前代文学和文化遗产实现精神价值现实转化的问题。

三是"流"的研究,即后代续作、仿作、借鉴于《红楼梦》的成败得失之经验教训的研究。如前所述,《红楼梦》自问世至今,续作者近100种,仿作者20余种,至于借鉴者,可以说历代有成就的作家都不同程度地从中吸取了精神养料。然而其中的成败得失究竟如何?对此作系统梳理和理论总结,应该成为《红楼梦》接受史研究的重要内容,同时,也应该成为《红楼梦》精神承传史研究的核心内容。

另一方面,对于小说家来说,也应主动关注红学研究的进展,尤其要关注以上有关"本"、"源"、"流"三个层面的具体研究成果,努力使自己对《红楼梦》艺术智慧与精神资源的摄取和融通,从自发进入自觉,从表层进入深层,从局部进入整体,然后融合自己的创作经验,贯古通今,推陈出新,真正实现红楼精神价值的现实转化。值得欣喜的是,一些著名作家已经在创作之余加入了红学研究行列,并结合自己的创作实践提出了许多独到的新见,王蒙先生的《红楼梦启示录》即是其中引人注目的成功范例。可以相信,学者与作家们的携手合作,相互沟通,相互激励,将在这方面不断取得新的进展。我们衷心期待着21世纪的中国小说创作能在继承和借鉴《红楼梦》的基础上超越红楼艺术高峰。

原载2001年10月17日《光明日报》,《新华文摘》2002年第1期转载

论古诗今译中汉语诗体传统的继承与发展

陈玉兰*

  1923年郭沫若选译《诗经·国风》成《卷耳集》,做了古诗今译的首位"食螃蟹者"。这引发了关于诗是否可译的热烈讨论,又使为古诗作今译者接踵而起。如今古诗今译成果之多已难以统计,而单书印量之大也远超一般学术书籍。然而,就现在已发表、出版的古诗今译成果看,能接近于原诗的情致韵味、艺术风貌的实属鲜见。这说明:古诗今译已经不是一个需从理论上探讨该不该做的问题,而应是一个从实际上来研究如何做的问题。它直接影响着对祖国传统诗性文化遗产的继承和向世界的推广。同时,做好这项工作对推动新诗诗体建设也将有着现实的启示意义。因此,古诗如何今译已成了目前诗性文化建设工作的当务之急。

  现有的古诗今译成果质量普遍不高,问题何在?从大量今译文本看,译者的目的似乎只是疏通文字障碍,说明文本意思,而对如何复现原作中的情绪、意象和意境等往往少有考虑,结果,这些今译诗也就普遍地显示为在语言上只把无严格语法规范的文言转成有严格语法规范的白话,而根本不顾及古诗独特的点面感发式语言体系在今译中该如何转化的问题;在形式上只把绝句、律诗、词和散曲小令一律转成大致押韵的自由体或半格律体,而根本不顾及它们各有特殊音节设置的、形态有别的格律如何在今译中移植的问题。而中西方对译诗同对诗本身一样,有一个相同的判断标准。法国大诗人瓦莱里曾十分赞同马拉美的意见:"诗歌须予字意、字音甚至字形以同等价值。"这引起我国当代一位诗歌翻译家的共鸣,认为在译诗时应考虑到"音美"、"形美"与"意美"同等重要,而不是诗歌可有可无的"装饰"[①]。因此我们认为:古诗今译当然也得把诗的意思转达出来,但诗中的"意思"只是所指,是通过能指活动体现出来的;而诗歌的能指活动是一个包括情绪、想象、意象、意境诸多方面围绕着意境而展开的多向交流系统,"意境至上"乃是中国古诗之所以能特立于世界诗歌之林的决定性因素。因此,对古诗今译者来说,首先是——或

---

* 陈玉兰(1965—),女,浙江东阳人,文学博士,教授,硕士生导师。主要研究方向为清代诗词及汉语诗体古今演变研究。在《中国社会科学》、《文学评论》、《文学遗产》等刊物上发表论文20余篇,出版专著4部。已主持完成省社科项目2项,二人合作完成国家社科基金项目1项。现正主持教育部人文社科项目1项、国家社科基金项目1项。入选浙江省新世纪151人才工程第二层次,为浙江省高校中青年学科带头人、浙江省第十一届人大代表,兼中国李清照辛弃疾学会副会长、浙江省文学学会副秘书长。

① 许渊冲《文学与翻译》第19页,北京大学出版社2003年版。

者说只能是忠实地传达出原诗的意境才算是完成了今译的使命。而意境并非神秘又抽象的存在,它的物化形态是意象及其组合体,所以意境实为对意象及其组合体具体而真切的体验。至于意象及其组合体,乃情绪—想象的产物,它也有自己的物化形态,那就是情绪感兴的语言与声音象征的形式。所以,说到终了,古诗今译只有圆满实现语言的转换和形式的移植,才能完成意境的复现,也方可把诗中的"意思"真正转达出来。不过,诚如郭延礼在《中国近代翻译文学概论》中所说的:"翻译外国诗歌用中国古典诗体,又用文言,很难成功。"[①]但古诗今译中语言的转换和形式的移植却也并不是只凭变文言为白话、再拿自由体凑上几个韵脚就能解决问题的,而必须加以认真深入的探讨。

一

古诗今译在语言的转化中首先应以继承古典汉诗语言的优良传统为原则,这表现为两个方面:一是点面感发式隐喻语言的保持,二是意境感兴化抒情特征的坚守。

中国古诗所采用的语言是在神话思维的观物态度和天人感应的感物方式作用下的一个属于直觉世界的符号传达系统。它具有以下特点:一、排斥分析演绎、逻辑推延性,强调词法、句法对对象直接显示和直观感兴的作用;二、淡化语法甚至不受语法规范;三、按对等原则开展词法、句法和连续性句法活动。这些特点是从古诗的下述反常语言现象中概括出来的:词性活用、人称不明、成分省略、词序错综、关联脱落等等。这些反常语言现象说明古诗所属的语言体系不同于新诗的线性陈述,它是一种点面感发式语言体系[②]。从这一语言体系出发,今译者对这些反常语言现象本应重视,在今译中当尽量保持其反常的原貌。可事实上今译者大体上都没有这样的认识,他们通常采用新诗的那种词法、句法,按照逻辑推延关系,用严守语法规范的语言来译古诗,结果这些今译文本中,原作词性活用的变得规范了;人称不明的,也代原作者明确了;成分省略的,全补足了;词序错综的,按语法规范序列要求理顺了;关联脱落的,全都有机地连接起来了。总之,凡是按对等原则[③]进行的词法、句法活动,都遭到了破坏,一切全照语法规范办。这样一来,今译文本力求"意思"明白的目的确已达到,但原诗提供给读者的想象余地却所剩无几,意象及其组合体因趋向如实化而使得兴发感动功能受到极大削弱,意境就更是随之而淡薄。这方面的例子随处可见。如徐昌

---

① 郭延礼《中国近代翻译文学概论》第 101 页,湖北教育出版社 1998 年版。
② 参骆寒超、陈玉兰《论传统汉诗的语言体系及其表现策略》,《首都师范大学学报》2005 年第 2 期,《人大复印报刊资料·中国古代、近代文学研究》2005 年第 8 期转载。
③ 关于雅可布森提出的对等原则,可参看高友工、梅祖麟《唐诗的魅力》第 120—121 页中引用译文,上海古籍出版社 1989 年版。该专著还接着作了这样的发挥:"在普通语言中,相邻的语言成分是由语法结构连接的;而在诗性语言中,语法限制就不再适用了,不相邻的语言成分可以通过对等原则组合起来。"见该书第 122 页。

图［临江仙］词下片："今夜画船何处？潮平淮月朦胧。酒醒人静奈愁浓。残灯孤枕梦，轻浪五更风。"这里的最后两行，各由三个光秃秃的、不见关联的并置意象按对等原则组合成两个并置的意象群，用来作为"奈愁浓"的"浓缩象征"。两个诗行各自的内部和相互之间的关系都反映着对分析—演绎和关联性表达的摒弃，因此显得破碎、断裂。但正是这种破碎、断裂，却反倒能给接受者以刺激，激活他们的记忆联想，让这些孤零零并列在一起的名词之间建立起隐含的关联，形成一个富于兴发感动性的意境。因此，这两行诗反常的语言现象实具有"浓缩象征"式的隐喻功能。可是唐五代词的今译者见不到这种语言现象的重要性，有人就把这两句诗译成："夜深灯残里醒了寒枕独梦，／伴随我的只有五更轻浪和寒风。"[1]显然，他们把这两行诗中的并列名词按分析—演绎的观物态度、逻辑推论的感物方式纳入语法序列了，以致使原作这两个诗行藉对等原则获得的意境感兴变成了事物及其关系的陈述。这是与原作大相径庭的。当然，这不是译者的水平问题，而是他采用的语言体系问题。新诗的语言立足于分析演绎，合于语法规范、排斥对等原则，强调修饰成分，在词法、句法和连续性句法活动中遵守逻辑序列，重视相互关联，根据这一类语言在新诗中种种表现现象看，它已发展成一个线性陈述式语言体系。这两类语言体系和西方符号学者提出的隐喻的语言和分析的语言正相一致。雅各布森在《语言的两极与语言的失语症》中曾以俄裔学者的身份指出："在俄国抒情诗歌中"，以隐喻结构的语言处于优势，而"在英雄史诗中"，占优势的则是分析结构的语言[2]。既然抒情诗以采用隐喻的语言为主，而古诗的点面感发式语言体系既和隐喻的语言很一致，那么，古诗今译者从诗学的要求看也得在白话即现代汉语的基础上，尽可能让语言的转换工作保持古诗点面感发式语言即隐喻结构的语言的根本特色，也即不连续的、客观的、直接诉之于感觉并包含了绝对时空的特色。按照这个原则，我们如果把徐昌图《临江仙》中的"残灯孤枕梦，／轻浪五更风"译成如下的样子也许更合适一些："呵，残灯，孤枕，／怀人的幽梦；／轻浪，五更，／旷远的风……"比较而言，这样译与原诗语言那种"浓缩的象征"性能更接近一些，因为它保持了不守语法规范、坚持对等原则组词组句的特质，因此也较能合于隐喻语言的基本要求，即不连续性、客观性和直接诉之于感觉性。但这样的语言却并不属于文言即古代汉语，而是白话即现代汉语的。因为译文之基本词汇虽直接沿袭，但对过分光秃秃的词已给予了一些必要的修饰成分，如用"怀人的"和"幽"去修饰"梦"，"旷远的"去修饰"风"，以强化"梦"与"风"这两个意象，使之具有适度定向的时空感受度，而古体诗用文言来完成的隐喻性语言结构则总是尽可能不使用修饰成分的。

　　古诗今译中把原来的隐喻语言转化成分析语言派生出来的一个结果是：把古诗所擅长的意境感兴化抒情表现改成了事理叙述性说明。这是需要警惕的。如李商隐的七律《锦瑟》，历来解说纷纭，以致元好问在论诗绝句中也感叹"独恨无人作郑笺"。歧见主

---

[1] 赵仁珪、朱玉麒、李建英、杜媛萍《唐五代词三百首译析》第360页，吉林文史出版社1997年版。
[2] 参考俞建章、叶舒宪著《符号：语言与艺术》第193—194页，上海人民出版社1988年版。

要出在颔联与颈联:"庄生晓梦迷蝴蝶,/望帝春心托杜鹃。/沧海月明珠有泪,/蓝田日暖玉生烟。"这两联四句诗,全凭四个意象群的兴发感动功能来抒情;而这四个意象群又是景象与典故很复杂的一种组合,它们之间的事理关系本来就搞不清楚,并且越想搞清楚会越糊涂的,所以后人大有欲作郑笺颇恨难之感。对它们的解释,我们很赞成台湾学者陈晓蔷先生的提示,他在《论"象外象景外景"兼谈晚唐二李诗》中提出应对它们作"综合的印象"的把握[①]。的确,这两联四行诗不能坐实,而应凭我们从意象群的兴发感动所得的"综合的印象"来理解,其中一联即是一个单元。按此思路,我们认为:颔联给人从梦的瞬间迷乱到心的永恒哀怨的综合印象感受,颈联则给人从心的无边哀怨到梦的飘然消散的综合印象感受。而颔联的综合印象是时间的,颈联则是空间的,属于不同层次;不过这不同层次的两联也可以合成一个更大的单元,给人以从时间上对虚无人生的执著到空间上对人生虚无的神往——这样更大的综合印象感受。要今译这首诗,必须对这两联具有一个比较近于诗学本质的认识思路——如同上述的综合印象感受才是,同时也必须明确这两联还具有一种堪称中国传统诗歌精华也很现代的艺术表现技巧:凭意象群兴发感动出来的意境来抒情。也就是说:所译对象是表现的、富于隐喻感发性的,而不是说明的、属于推论陈述性的。可是,我们读到不少《锦瑟》的今译,几乎都没有考虑这些问题。且拿人民文学出版社出的《唐诗名译》中该诗颔联、颈联的译文来看一看:"庄周不知自己是蝴蝶,蝴蝶是自己?/他在梦中,天亮也没有醒意,/在他的梦里,原没有醒的日子。/望帝死去化为杜鹃,/借杜鹃的鸣声,/诉说自己心的不死。/望帝是杜鹃,杜鹃是望帝!/他在永远追求,在永远悲啼。/海上的明月照见:/滴落眼泪化为珍珠的人鱼,/天空的太阳下射:/埋在蓝田生起轻烟的暖玉里。"四行诗放大成十二行,三倍。这里两个对子的今译语言容量很不匀称,颔联今译占了八行,全是事理的说明,并且添加了不少内容。如果为使隐喻的表现发挥得更充分、丰富一点,今译中适度添加意象倒是可以的,但添加说明性内容,就是强化了分析、推论,乃抒情诗之大忌。所以推论"晓梦迷蝴蝶"的庄周"天亮也没有醒意"已是不当,但今译还进一步推论"在他的梦里,原没有醒的日子",更令人不得要领了。"望帝春心托杜鹃"的今译中,把"望帝死去化为杜鹃"的笺释硬塞进文本中,已是不当,但后面又推论说"望帝是杜鹃,杜鹃是望帝",更有蛇足之感。颈联四行,却一变主观分析、推论而为客观转述,不过不是用对等原则下的隐喻的语言,而是采用分析的语言紧紧扣住事理关系来作线性陈述,原本须在今译中以客观表现的方式凸现意象、意象群的,也一笔勾销了。所以这一段译文显出了散文的松松垮垮,外加颠三倒四,条理不清。不过,《锦瑟》今译文本中出现的类此的问题,并非"无人作郑笺"之故,恰恰相反,是好"作郑笺者"在今译中实在太多了,以致忽略了诗性语言的转化问题。因此,丢掉今译中好"作郑笺"的不良习惯,在语言转化中尽量保持传统的点面感发式隐喻语言体系的特色,才有可能今译得好一些。在此,我们不妨对《锦瑟》当中两联作这样的今译:

[①] 《李商隐诗研究论文集》第471页,台湾天工书局1984年版。

>　　彩蝶恋花丛狂舞翩翩——
>　　这庄生晓梦，瞬间的迷乱；
>　　杜鹃啼残夜泣血点点——
>　　这望帝春心，永恒的哀怨。
>
>　　浩浩沧海呵，月白霜天，
>　　鲛人的珠泪晶莹凄艳；
>　　莽莽蓝田呵，日暖秦川，
>　　良玉的浮烟飘忽灵幻……

我们无意于说这样的今译就成功了，但有几点语言转换上的问题倒值得一谈：一、原诗两联四行，现在译成八行，扩大一倍，但并没有释稀意象及意象群和冲淡意境，以致化解了浓缩的象征。如"沧海月明珠有泪"的今译不仅没有把"沧海"、"月明"、"珠有泪"三个意象组合成的意象群释稀，且因采用了"月白霜天"、"鲛人的珠泪"这样的今译词语而使"月明"、"珠有泪"更具象化，更使这两个意象的质感（包括旷远的空间感和凄艳的情态感）得以强化，从而深化了意境，浓缩的象征发散出了定向的感受力度。二、今译虽立足于白话，却又是白话与文言杂凑成的。如"杜鹃啼残夜，泣血点点"，从词语到句式，大有文言色彩，和下一行"这望帝春心，永恒的哀怨"杂凑，并不感到别扭；"浩浩沧海呵，月白霜天"则前是白话词语后是文言词语，杂凑在一起也还和谐。有学者指出："翻译中所采取的一切手段"，"是服从于'和谐'，即译文与原文之间的和谐，以及译文本身的和谐"①。这和我们不谋而合。更何况像"凄艳"、"啼残夜"、"泣血点点"、"月白霜天"等，虽都有文言色彩，但由于它们在古体诗中常用，已有意象定位，能给接受者以特定的感兴，所以进入今译的文本中，也有利于在浓缩语言容量中凸现意象、强化意境。由此看来：新诗采用的白话诗性语言，在词语、句式上完全可以掺入古诗采用的文言诗性语言。三、今译虽基本上采用具有语法规范的白话，而这样的白话在这个今译文本中也基本上是按语法序列展开词法、句法和连续性句法活动的，但也体现出一种超越，即为了使原诗的意象和意象群得到较好的转述而使诗性白话所属分析的语言得以适度改造，使之具有一定的隐喻功能，把对等原则引入诗性白话的词法、句法、连续性句法活动中。如"这庄生晓梦，瞬间的迷乱"，"良玉的浮烟，飘忽灵幻"等。尤其是原诗颔联与颈联各是对句，是对等原则的体现；颔联、颈联之间也是对等原则的体现，今译也一律译成对句——为了体现对等原则。四、古诗今译不能不采用线性陈述式分析的语言体系，但这是容易导致诗思分析化、对象陈述化的，流弊所及，也导致了古诗今译因采用这套语言体系，鲜见有成功的。所以在《锦瑟》今译中应尽力秉承对等原则来打破语法序列对词法、句法活动的干扰。但新诗的语言体系强调修饰成分，倒也可以对古诗点面感发式隐喻语言体系起一点矫枉的作用，使其光秃得像电报密码一样的词语句式所导致的

---

① 郑海凌《文学翻译学》第155页，文心出版社2000年版。

过分扑朔迷离有个缓解,诗思也得以明朗一点。因此,在这个今译中较多起用了修饰成分,如"沧海月明珠有泪"的句"泪"前加上"鲛人的"、"珠(的)"两个定语,这就带出了南海鲛鱼对月泣泪、滴泪成珠的典故,强化了意境,并从而避免了上引今译中"珠也会流泪"的望文生义。

二

　　综上所述,古诗今译在语言的转化上给人这样一个印象:新诗的语言建设,一方面必须把古诗的点面感发式隐喻性语言体系作为一个根本传统来继承,并在继承中改造新诗现今通行的分析性语言体系;同时新诗线性陈述式分析性语言体系中某些策略(如强化修饰成分)也能给传统诗性语言体系提供新鲜血液——使其功能机制更显合理化,以适应于表现现代人的精神境界与现代世界的生活情调。

　　这就进一步涉及古诗今译中的文白关系问题。

　　这里首先需要注意的是:古诗采用的点面感发式结构的隐喻语言和文言是不是一回事?新诗采用的线性陈述式结构的分析语言和白话是不是一回事?按诗学原理说都不是,因为诗性语言不能和日常交际语言相等同;但这和古诗、新诗的语言实况一结合,就显得比较复杂,不能简单化对待。文言是古代人的书面交际语言,古诗的语言是在文言的基础上形成的、以点面感发式结构为特征的诗性语言,但诗中纯粹用点面感发式结构的语言显然是不现实的,也是办不到的,因为诗性语言也是出于交流的需要而确立的,它必须以日常交际的语言为基础。所以古诗语言从总体上说属于点面感发式结构、强调对等原则对词法、句法、连续性句法活动的控制,排斥语法序列的规范,但在过程性的叙述和说明性的传达中还得掺入日常的书面交际语言,即古诗也会出现接受文言语法序列规范的诗句,这些诗句有主谓宾的正常关系,也使用了关联性的虚词。这反映着:古诗的语言只是尽可能地(而不是完全地)做到了从对等原则出发组织词法、句法和连续性句法的活动。白话是现代人的书面交际语言,新诗采用的那种以线性结构为标志的分析语言和现代人日常书面交际语言完全一致。因此从本质上说,以白话为基础的这一新诗语言只是白话而已,不能算是诗性语言。中国新诗几十年的历史起色不佳,这是关键之所在。用现在流行的那套新诗语言来今译古诗,语言转化这关首先就通不过,成绩不大也是势所必然的。因此对古诗今译工作极待探讨且对未来新诗的发展极有启示作用的一点是:必须改造现行的新诗语言,使它的词法活动、句法活动、连续性句法活动在最大可能上接受对等原则的控制,而尽可能地少受语法序列的规范;当然,像古诗中一样,面对过程性的叙述、说明性的传达也允许新诗适当保持白话的线性陈述式结构的分析语言的存在,适度接受语法序列对词法、句法、连续性句法活动的规范。总之,古诗今译在语言的转化中要求我们在白话的基础上做到以点面感发式结构为本,让点面感发式与线性陈述式两类结构相结合;也就是说,在语言转化中允许白话的线性陈述性适当地存在,即有适度的语法序列的规范,但要尽可能做到对等原则对词

法、句法、连续性句法活动的控制,而这也正是新诗未来语言建设的方向。有鉴于此,我们在今译中还可以有如下两项措施:

一项是:古诗中或有这样的诗句,其过程性叙述或说明性传达虽不显著,但在词法、句法、连续性句法活动中却受语法序列的规范,这在今译中完全可以使它对等原则化。如李白的《送孟浩然之广陵》的后二行:"孤帆远影碧空尽,唯见长江天际流。"有人这样译:"望着你坐的那只小船的帆影/一点一点地远了/直到碧空的尽处,/而我仍没有离去呢!/可是这时候/能看到的/却只有那浩荡的长江/——还在天边上奔流!"①今译的前三行对"孤帆远影碧空尽"的译法,完全改点面感发为线性陈述,改对等原则对句法和连续性句法活动的控制为语法序列的规范,并不很妥当。今译第四行凭空添入,是废话。后面四行是对"唯见长江天际流"的今译。原句因"唯见"的存在,使它和上一行之间的连续性句法活动由原本完全可以用对等原则体现的点面感发结构变成了受语法序列规范的线性陈述结构;也即使原本完全可以是隐喻的语言而有了分析意味。这可说是这位大诗人的败笔。可是今译者却在败笔上进一步做文章,"可是"呀,"却只有"呀,"还在"呀,这些转折词使转折关联更为明确,从而使转化了的语言也更显出分析性。其实我们完全可以按对等原则来这样译:

  孤帆,贴住江波的扁舟
  远影,沉入碧空的哀愁
  寂寞的人生路,迢迢遥遥
  无言的长江水,天际奔流……

这样译,为的是推出几组语言意象"蒙太奇",使今译中语言的转化真正落实到隐喻化上,这效果大致是达到了。

另一项是:古诗中有些带点说明性内容的诗句,它的作用是对隐喻情境的点化,但语言表达时却也按对等原则来展开句法活动,弄得需要意思明确处反而含混。为此,今译则可以按语法序列的规范来补足省略的词语,使之转化为线性陈述的分析语言。如李煜[浪淘沙]《帘外雨潺潺》末两句:"流水落花春去也,天上人间。"前一句是三个词语按对等原则组合的隐喻语链,它们之间有内在的感兴联想关联,作为一种语言现象它具有美的消逝这一浓重感伤情绪的兴发感动功能;后一句是两个词语按对等原则的组合,是按上一句的隐喻语境的推延来作的点化。隐喻语境到一定时候需要点化,而点化是必须明确不可含混的,所以这一句是以自己曾在"天上"现在却已落"人间"的说法来对美好人生已逝作点化,但"天上人间"的对等组合使欲点化之意含混了,于是歧义顿生,使今译也出现不少问题。如有人这样译:"流水漂走了落花,漂走了春天,/把一切都漂到了天上,只把我留在了人间!"这完全是从"流水"出发对两行诗中的意象"落花"、"春"、"天上"、"人间"作了逻辑串联,语言的转化彻彻底底陈述化、分析化了,这就不正常。其实前一行必须维持点面感发结构、对等原则化的句法活动,后一行倒要改成线性

---

① 徐放《唐诗今译》第58页,人民日报出版社1984年版。

陈述结构、语法序列化的句法活动。不妨译成这样：

> 我的存在：流水、落花，
> 消逝了阳春的残秋天。
> 呵，我曾在天上
> 却已落人间……

对"天上人间"作这样的今译足以表明：点面感发的隐喻语言被转化成线性陈述的分析语言是必要的——为了点化前面一句的隐喻语境。

古诗今译在语言转化上的上述策略途径启示着：未来新诗的语言形态应该是以白话为基础，以点面感发结构为本，让点面感发结构与线性陈述结构相结合、隐喻性语言与分析性语言相交融的诗性语言形态。

三

古诗今译在语言转化上之所以采取以上措施，究其根本，为的是使诗歌语言充分凸现意象，藉语言意象的隐喻功能来达到抒情的意境感兴化或氛围象征化。而氛围象征才是抒情的最高类追求。不过，这不只是显示在语言上，也十分重要地显示在形式上。

在中国诗学中，形式就是格律，就是节奏。闻一多在《诗的格律》一文中就认为："格律在这里是 form（即形式）的意思"，"form 和节奏是一种东西"，因此"格律就是节奏"①。有鉴于此，古诗今译中形式的转化，要按节奏——格律——形式这样的顺序来考虑。其中节奏问题是形式转化的核心内容，因为节奏是诗歌音乐性的具体体现。诗歌的音乐性是诗歌中的语音效果，而这就涉及声音象征的问题。凯塞尔·沃尔夫冈在《语言的艺术作品》一书中说："发音本身以决定的方式呼唤出每一样客观的东西并且创造出客观的东西的灵魂的情调。客观的东西对于这种情调的关系比对于明显的存在和现实的关系要密切得多。"在这个认识之下他提出了"声音的象征"的主张②。这是很有见地的。因此在诗学中必须把节奏——格律——形式作为十分重要的方面来考虑，这都是为了音乐性，为了可与氛围象征相对应的声音象征。因而在古诗今译中，节奏表现与格律形态——也即形式的转化，也是不容忽视的工作。

可是在古诗今译中形式上存在的问题也许比语言转化中的更大。这缘于今译者几乎都不考虑节奏、格律的相应转化。当然，认识古诗、新诗的形式特征以及把握古诗向新诗作形式转化的特定要求需要一定的专业知识。中国诗歌，无论古诗还是新诗，其鲜明的节奏显示总体上依赖的是不同型号的音组（即闻一多提出的"音尺"）的

---

① 《闻一多论新诗》第 81、83 页，武汉大学出版社 1985 年版。
② 陈铨中译本第 127 页，上海译文出版社 1985 年版。

等时停逗(当然,此外,古诗还讲协平仄,新诗则否)。音组一般可分为性能不同的四种型号:单字音组,徐缓;二字音组,次徐缓;三字音组,次急逼;四字音组,急逼。其中四字音组除了在新诗的自由体中有较多使用外,一般新旧体格律诗中使用得并不多;此外,即使偶尔有使用三字以上音组的,在实际吟诵中也大多分裂为二。这些不同型号的音组在不同诗行长度上的有机组合,正是诗行节奏的显示。① 就近体诗来说,一般只使用单字、二字音组;有三个音组组合而成的诗行,即三顿体;也有四个音组组合而成的诗行,即四顿体。一般来说三顿体诗行是由两个二字音组和一个单字音组组合成的,如"床前/明月/光";四顿体诗行由三个二字音组和一个单字音组组合成,如"风急/天高/猿啸/哀";三顿体诗行的节奏急促,四顿体的舒徐。近体诗诗行煞尾的总是单字音组,使诗行节奏还具有吟唱的性能。近体诗就以这样的诗行节奏重复四次(绝句)或八次(律诗)而成富于吟唱味的均齐匀称型诗篇节奏,且因此而有了绝句、律诗这两大格律体。就词而言,一般使用单字、二字、三字音组。其诗行节奏借这几个音组的有机搭配而体现,有一顿体、二顿体、三顿体、四顿体甚至五顿体的诗行根据循序渐进、两极对比等调节律,有机搭配成诗节节奏或诗篇节奏。诗行煞尾的音组有单字的,也有二字的。单字尾的诗行既是吟唱味的,那么双字尾呢?则是诉说味的。两者在词中也有机搭配,从而形成一种由多种节奏类型综合的、具有以吟唱为主,吟唱、诉说兼备的、非均齐匀称而是节奏起伏较大,但又显示出往复回环特征的旋律化节奏,且因此有了多种词牌的格律形态。至于新诗的形式,迄今未定型,流行的自由体诗很难说有音乐性,更遑论声音的象征,它必须改造;新格律体诗也基本上停留于新月诗派的"豆腐干"体,而未走上正规。不过,闻一多的《死水》和戴望舒的《雨巷》可说是继承古诗传统节奏—格律的形式样板。《死水》是近体诗型的,属均齐匀称的节奏—格律形态;《雨巷》是词型的,属复沓回环的节奏形态。

　　根据这样一些关于中国诗歌形式的专业知识,我们在古诗今译中,在节奏转化方面须坚持以四类型号的音组在有机组合中作等时停逗来显示节奏的原则。据此,节奏的转化需要掌握一些操作要求:鉴于古诗中诗行节奏的显示以单字、二字音组的有机组合为本,今译为了适应白话这一语言容量比文言要大为扩张的实际,音组也可以升格为以二字、三字音组的有机组合为本。不过,诗行以音组量显示出来的相对长度(即三顿体诗行、四顿体诗行)不能变,可变的是绝对长度,即原诗一行今译可扩大为两行,原诗一个三顿体或四顿体诗行可今译成两个三顿体或四顿体诗行,绝句四行可译成八行,律诗八行可译成十六行,[临江仙]十行可译成二十行,等等。这样做同样是为了使以白话代文言的古诗今译工作适应语言容量扩张的实际需要。鉴于古诗中的近体诗属于吟唱调性,而新诗属诉说调性,故形式转化中近体诗煞尾的单字音组今译时一律改成二字音组。词没有统一的节奏调性,在一行译成两行时,后一行煞尾音组型号今译仍旧不变,前一行煞尾可以用与之相对立型号的音组。正是上述要求,

---

① 参骆寒超《新诗创作论》第406页,上海文艺出版社1990年版。

决定了今译中格律的转化会是：第一，五绝、七绝转化成三顿、四顿体，各八行，四行一节、译成两节；第二，五律、七律转化成三顿、四顿体，各十六行，四行一节，译成四节，至于它们的颈联、颔联也得相应地转化成双行对，不能改变对句形态；第三，词的今译，各词牌的规定行数在转化中也应扩大一倍，原诗上下片若是对应地匀称的，扩大一倍后对应的诗行也应一致，以保持其转化后上、下片的匀称格局。如此等等，不一而足。

令人遗憾的是：从极大多数今译文本来看，译者大多并没有考虑这些形式转化的要求。由此产生许多问题，其中最突出的是节奏转化不到位。

节奏转化不到位，表现为丢弃了原诗的音乐美，以致削弱或根本消解了原诗的声音象征。

先看诗行节奏转化的不到位。温庭筠的五律《商山早行》的前两行"晨起动征铎，/客行悲故乡"，有一今译文本是这样的："黎明起来，车马的铃铎已丁当作响，/出门人踏上旅途，还一心想念故乡。"①今译者把三顿体诗行转化成六顿体，结果是原诗急促不宁的诗行节奏对早行人急促烦躁的心情所作的十分贴切的声音象征，被拖沓沉涩的今译诗行节奏所消解了。如果我们这样译呢？——

  微明里，车马，行装
  铃铎声沉沉回荡
  游子又一段苦旅
  迢遥了，我的故乡

虽然原诗两行在今译中扩大成了四行，但能保持原诗三顿体的节奏，并因今译中诗行扩大为两个三顿体诗行，急促不宁的诗行节奏复沓多了一次，强化了抒情主人公仓促烦躁的心绪，声音象征还是凸显出来了。

再看诗节节奏转化的不到位。徐昌图[临江仙]下片说："今夜画船何处？/潮平淮月朦胧。/酒醒人静奈愁浓！/残灯孤枕梦，/轻浪五更风。"诗行长度（即音组数）不同，诗行节奏感也不同，比较而言，愈短愈明快，是"扬"的节奏感；愈长愈沉滞，是"抑"的节奏感。这一节诗以三顿体、四顿体共五个诗行组合成诗节。诗节节奏显示为"扬-扬-抑-扬-扬"，并靠这声音的象征传达出一股由旷放到沉郁再以旷放消解沉郁的情感流程。但有人这样译："今天晚上船儿将要停泊在哪里呢？/淮水上风平浪静月色朦朦胧胧。/夜深人静酒醒人散时怎样排解这无穷的离恨？/孤灯下孤枕上又做起了思乡美梦。/五更时忽然一阵轻风拍打着浪潮把梦惊醒。"②把三顿体、四顿体诗行混在一起毫无规律地转化为或六顿体或五顿体或八顿体，于是作为长短句组合的抑扬顿挫感全消，声音象征也荡然无存。如果这样译呢？——

---

① 《唐诗名译》第127页，人民文学出版社2000年版。
② 郭彦全《历代词今译》第48页，中国书店2000年版。

夜重重,何处让画船
　　云帆落篷?
　　唯见淮水潮平
　　月色更朦胧。
　　酒醒,江天寂寂里,
　　愁情比酒浓。
　　呵,残灯,孤枕
　　怀人的幽梦;
　　轻浪,五更,
　　旷远的风。

应该说长短句所特有的旋律化节奏感在这今译中算有了一定的显示,接近了原诗声音象征的要求。

　　最后看一看诗篇节奏转化不到位的情况。诗篇节奏的音乐性更多情况下是以诗节匀称组合造成的复沓回环感来体现的。在古诗今译中,对词的诗篇节奏作转化尤其值得注意,因为不少词的上下片往往就是节的匀称组合,复沓回环的诗篇节奏就更显著也更讲究。但词的今译对这一项转化却是最为薄弱的。如苏轼的[卜算子]《黄州定惠院寓居作》:"缺月挂疏桐,漏断人初静。谁见幽人独往来,缥缈孤鸿影。　惊起却回头,有恨无人省。拣尽寒枝不肯栖,枫落吴江冷。"这是两个匀称的诗节的组合,按理,对应诗行都应音组数(顿数)一致,音组型号也对应地一致。但几个今译文本不仅对长短句诗节的旋律化节奏作转化都做不到,诗篇复沓回环的要求也不到位。根据上面提出的今译要求我们考虑作这样的今译:

　　叶落尽,疏桐剩残柯
　　挂缺月一痕
　　梆声敲遍漏滴断
　　宵深梦初沉
　　可谁见神秘幽人
　　漫漫长夜独游行
　　呵,缥缈的孤鸿
　　黄州寂寞魂

　　心骤惊,展翅欲远行
　　又眷顾难腾
　　流徙生涯蹉跎年
　　向谁诉长恨
　　虽拣尽凝霜寒枝
　　茫茫远夜难栖身——

呵,飘零的丹枫
　　吴江冷艳魂

这个今译文本因诗节格式的重复而使得诗篇节奏有鲜明的回环性能,也许这样做才能对主体那一脉彷徨情绪的内在流程多少起点声音象征作用。

　　古诗今译在节奏转化方面的这种经验教训启示我们:新诗必须像古诗那样讲究形式的音乐性,重视声音的象征作用。

四

　　古诗今译格式转化不到位的情况,表现为丢弃原诗格律形态的精致严谨,成为蹩脚的自由体诗,甚至典型的分行散文。对古诗今译之形式采取这种作派本不值得提倡,可是有些人还在为今译者的"变形术"作经验推广。有学者在给《宋词三百首今译》写的序中就这样说:"在译诗的形式方面,(译者)则作了多种尝试,有的比较整齐,像格律体的新诗;有的更像民歌;也有类似自由诗的……这一切都说明他是化了心血的。"①作这种肯定是不够慎重的。写诗在形式上可以作多种追求,而古诗今译若在形式上去作"多种尝试"则断断使不得。这是常识。可是不少今译者对这常识就是不认账。人民日报出版社一连出了好几本徐放的古诗今译集。这位今译者是专写自由体诗的,就全用自由体来今译绝句、律诗。李商隐的七绝《夜雨寄北》:"君问归期未有期,巴山夜雨涨秋池。何当共剪西窗竹,却话巴山夜雨时。"他就译成了这样一首自由体诗:"你问我归去的日期/我还未定归期,今夜/一个人在这巴山驿馆的楼头看雨/雨呀/都涨满了秋天的水池。/怀念你,亲爱的。/可是/要到哪一天/我们才能够相依偎在西窗下/一起剪烛花儿?/那时候我当低低地对你说:/在巴山看雨的这夜晚/我是怎样的在相思着你!"这当然使这首传诵千百年的名篇变形了!前面已提及的诗歌翻译家许渊冲针对这种作风提出过诘问:"既然形式和内容不可分割,那么原诗有韵有调的形式,译成无韵无调的自由诗体,不管诗句里的音响和节奏多么丰富,这种自由诗体能说是忠实于原文的吗?"②其实,只要认真地按上述形式转化的要求来译,还是可以相对完好地保持原诗的形式美的。我们不妨这样译:

　　你若问归帆进港的日期
　　客舍的游子怎向你说呢
　　烛影摇曳里,这巴山夜雨
　　淋湿了怀念也涨满秋池
　　到何时能重叩故园门扉
　　剪烛在西窗下一起回忆

---

① 《宋词三百首今译》霍松林序,陕西人民出版社1988年版。
② 许渊冲《文学与翻译》,第16页。

远方的人啊，那时我会说
　　这巴山夜雨伤感得美丽……

这样的今译文本就是按上述格律形态要求，朝着尽可能保持原作形式本体特征的方向努力的。古诗今译界就是因为没有定出统一的今译格律模式，所以今译中形式转化显得很乱，以致许多今译文本在形式转化上给人失真之感。这里我们得提一提《唐诗名译》中诗人绿原对王翰《凉州词》的今译文本。这个今译文本很出名，《唐诗名译》在《编辑缘起》中作为样品首先作了推崇。的确，译者把"神"译出来了。但若以"信达雅"的标准来衡量，它既"达"又"雅"，却不太可"信"。为什么这样说呢？因为原作是七绝，而绿原的今译文本使人无论如何联想不到它是七绝形式的转化，而使人感到是词曲转化来的。所以这还不值得大力推崇。当然，为古诗——特别是近体诗和词在今译的形式转化中相应地确立今译的格律模式，难度不小。但若能有一个约定俗成的模式，那就能使形式转化工作容易做了。确立绝句的今译格律模式或许比较简单，难的是律诗与多种词牌的词的今译格律模式的确立。

　　就律诗今译而言，形式转化中至关重要的一点是两副对子必须相应译出。可是今译者中很少有人把这当回事。如李商隐的《无题·相见时难别亦难》："相见时难别亦难，东风无力百花残。春蚕到死丝方尽，蜡炬成灰泪始干。晓镜但愁云鬓改，夜吟应觉月光寒。蓬山此去无多路，青鸟殷勤为探看。"我们读到几个今译成自由体的文本，都对两个对子的相应转化根本没作考虑，至于其他方面的更不用说了。而律诗这种极严谨的格律形式里原本潜藏着多少浓缩的情感信息！我们真的不能轻易放弃其格律形态的转化工作！那么该怎样做呢？我们尝试着这样译：

　　相见，又别了，时光短暂
　　聚难，散更难，能不心酸
　　三月的软风慵倦地吹来
　　惆怅的季节，惆怅花残

　　呵，万缕苦情已幻成春蚕
　　到死丝方尽，难续难断
　　呵，一颗痴心愿化为红烛
　　成灰泪始干，无悔无怨

　　深闺卷帘时，你盈泪低叹
　　画屏，晓镜，愁老了容颜
　　他乡飘泊中，我敛眉长吟
　　暮砧，月光，轻寒着诗篇

　　相信吧，你纵已身处蓬山

碧波的通途当并不遥远

我要让青鸟去殷勤探问

叼一粒相思子,向你呈献……

从这一今译文本可以看到：此诗当中两个对子决不是可有可无的。作为七律的格律形态极其重要的构成要素,这两个对子对全诗至少起着以下的作用：第一,从结构关系看,近体诗都显示为起承转合的圆美组合关系,这首七律的一、二句提出了全诗中这段爱得刻骨铭心的情感流程的引发性内容,有着开启意义。三、四句承接了首联,把抒情主人公满腔爱意的表达拉了开来,围绕"春蚕"、"蜡烛"这两个中心意象形成两大意象群,来隐喻他对她爱得至死不渝。而这两大意象群之间,内、外相结合而生一种情意的复沓效应,其依靠对句才体现出来。五、六句转,是他对她爱得至死不渝情意别开生面的表现,即从直接抒发情意转为从生活场景中透现情意。这是经历激情后的深情表现,却通过两人不同时空中的生活实况交互映衬表现出来。这种时空意象的相互映衬,只有使用并列对照的对句才更能产生感应效果。所以,为加深至死不渝的爱恋之情的表现而在转柁处使用对句,其功能意义也极不容忽略。七、八句是"合"：从宿命的忧伤起,通过灵肉失衡的情绪大骚动而进入超越的净境,完成了一个圆美结构。从这一结构关系可以看出,在律诗中,承与转是结构核心,强化它们的功能十分重要,而这种强化通过颔联、颈联两组对句的形式能收到超常效果,所以古诗今译必须重视对句的转化。第二,从旋律进程看,律诗具有气势流转的特性,诗情表现的往复回环使它能以螺旋状的旋律进程来诱导接受者进入使人沉静或兴奋的心灵境界,因此其旋律进程的构成颇值得研究。《无题·相见时难别亦难》由于中间两联是激情、深情的表达,节奏感是升调,属"扬",第一组"起"的忧伤感与第四组"合"的超越感相应合的关系显出了降调,属"抑"。因此,这首诗是"抑扬扬抑"的旋律进程,显示着一场能使人沉静的心灵流转。不过,这"抑"——沉静人的节奏感由"扬"——持续鼓舞人的节奏感在对比中反衬出来、强化起来。使人沉静的心灵流转(其他律诗的旋律化进程也可能显示为"扬抑抑扬"——能兴奋人的心灵流转)要得到充分体现,一个极重要的条件是当中两联是对句的设置。对句以其往复回旋的性能而把兴奋人(在其他律诗中可能是沉静人)的节奏感应强化了,从而也以强有力的反衬张力而推进此诗沉静人的那种心灵旋律化流转进程。由此看来,颔联与颈联的对句在今译中的转化工作切切丢弃不得。根据这一些思考译成的《无题·相见时难别亦难》当中两联的今译也以扩大了的对句形式出现,使这首七律的今译文本也多少近似于原诗的形式,所以从某种意义上说这可作为律诗今译格律模式的一个参考了。

应该为古诗中的特定格律在今译中的转化确立相应的模式,尤其是词。由于词有多种词牌,每一个词牌就是一种特定的格律形态,所以我们有必要为一个个词牌确立相应的今译格律模式。然而,在对词的今译中要么被译成自由体诗,要么被译成节的匀称、句的均齐的现代格律体诗,鲜见有人考虑到也得把词抑扬顿挫的旋律化节奏以相应的格律形态显示出来。我们认为非作节奏表现的移植不可。如皇甫松的[梦江南]："兰烬落,屏上暗红蕉。闲梦江南梅熟日,夜船吹笛雨萧萧。人语驿边桥。"这首精美而富于梦幻情调的小令,我们作了这样的今译：

　　　　兰蕊儿似的灯花
　　　　快凋尽在残宵
　　　　画屏上，光影无力地摇淡
　　　　艳红的美人蕉
　　　　呵，我乃有闲情五月的江南梦
　　　　青梅熟了
　　　　船泊烟水迷濛里
　　　　笛迢迢，雨潇潇
　　　　人语驿馆外
　　　　在小桥……

　　这样译，首先是根据上文已提及的一些形式转化原则的。此外，词是长短句的组合，今译就还它个长短句，有点像自由体诗，实际上不是。长短诗行的搭配是有机的，一要根据诗行节奏"抑扬"或"扬抑"相间的原则来组合。长诗行相对而言是"抑"，短诗行则是"扬"。因此"兰蕊儿似的灯花"是三顿体，接下去要用"快凋尽在残宵"这个二顿体承接。二要根据原诗对应诗行定今译长短诗行的搭配，如"夜船吹笛雨萧萧，人语驿边桥"，前一行是四顿体，后一行是三顿体。今译前一行是"船泊烟水朦胧里／笛迢迢，雨萧萧"——一个三顿体跟一个二顿体。今译后一行是"人语驿馆外／在小桥"，一个二顿体跟一个一顿体。至于一行译成两行，这两行间的关系如何处理，和我们译近体诗不同。译近体诗时一行译成的两行，是顿数相同长度一致的，因为它是均齐节奏。词的节奏是旋律化的，有波伏，不均齐，故一行译成两行时前一行长些，即顿数多出一两个；后一行短些，顿数至少要少一个。煞尾的音组，原诗行是单字尾，译成两行后的后一行一般说必须也是单字尾；前一行一般就该二字尾。译诗须按原诗的韵押，转韵也按原诗，韵一般押在由原诗一行译成两行的后一行煞尾处。如"兰蕊儿似的灯花／快凋尽在残宵"的"宵"同"画屏上，光影无力地摇淡／艳红的美人蕉"的"蕉"押韵。在对［梦江南］（兰烬落）作今译中，我们根据这样的原则来对原诗的格律作转化，其实也是试着来为［梦江南］确立一个白话格律模式。今后碰到用这个词牌填的词，今译时也多少可作点参考吧！

　　总之，讲究点格律还是必要的。千百年来广为流传的古体诗，大抵都是些讲究格律、重视音乐美的经典诗歌文本。古诗今译者若不注意这点，完全用自由体来译，无疑会对这些文本造成损害。当然这种损害的存在倒也表明用自由体写诗并不就是最好的。

　　通过以上的论析我们可以说：古诗今译中语言和形式的转化工作是十分重要的，并且也并非绝难做到。当然，如果我们探讨语言和形式转化只是为了使古诗今译更"信达雅"，那似乎要求太低了些。我们感到更重要的还是通过这一场语言和形式的探求来返观新诗，思考新诗如何通过继承传统和发展传统，来推动自身的诗体建设。

　　　　　　　　　　　本文与骆寒超合作，原载《中国社会科学》2006年第2期

论"境界"说及其对新诗批评理论建设的意义

陈玉兰

20世纪中国文坛"进口"了不少西方批评理论,但这种"进口"往往表现为未经反刍的囫囵吞,它和中国传统批评理论榫接得并不到位,甚而至于错位。在这方面,王国维《人间词话》之"境界"说则颇显出了既立足本土传统而又与西方接轨的特色。作为诗学批评理论专著,《人间词话》"境界"说之立论以主体心灵与客观外物相交感时所媒蘖的兴发感动力为基础,提出了一整套基于对批评对象作感性把握的理性规律提纯思路。这不仅对新诗批评理论建设颇具启示性,尤其对当今诗界强调零度写作、寻求观念演绎之风尚更具纠偏意义。

一

若将《人间词话》作一番综合研析,可以梳理成一个颇为系统的批评理论体系——一个由主体批评、文本批评和接受批评三者组构而成并且彼此处于互动关系中的"境界"说理论体系。

此批评体系之逻辑起点为"感受经验"。诚如叶嘉莹在其专著《王国维及其文学批评》中所言:"所谓境界实在乃是专以感觉经验之特质为主的。换句话说,境界之产生全赖吾人感受之作用,境界之存在全在吾人感受之所及";"只要吾人内在之意识中确实有所感受,便亦可得称为'境界'"[①]。《人间词话》的确颇强调"境界"出于感受经验所得之"情语"这一点。《词话》中说:"境非独谓景物也,喜怒哀乐亦人心中之一境界"[②];"一切景语皆情语也"[③];"能写真景物、真感情者,谓之有境界;否则谓之无境界"[④]。凡此种种,足见王国维将"境界"定位于"喜怒哀乐"的"情语"上;"境界"说作为一种批评理论,所强调者乃感受经验。

1. 就主体批评而言,王国维"境界"说从感受经验出发,对主体提出了"能观之"、"能感之"、"能写之"[⑤]层相递进、互为关联的具体要求,以作为对主体创作活动作价值

---

① 叶嘉莹《王国维及其文学批评》第192—193页,河北教育出版社1997年版。
② 见王国维《人间词话》第193页,人民文学出版社1992年版徐调孚注《蕙风词话人间词话》本。下引王国维《人间词话》及《人间词话·删稿》、《人间词话·附录》中语,版本同此。
③ 《人间词话·删稿》(以下简称《删稿》)第225页。
④ 《人间词话》第193页。
⑤ 《删稿》第252页。

评估之标准。对此三者所含之义蕴,王国维均作了具体说明:

就主体"能观之"而论,王氏确立了一个显具西方理论色彩的认识世界之境界要求。他将要求诗人"能观之"的世界看成非常人的、唯诗人所独有的认识世界——"宇宙人生",并要求诗人对宇宙人生,"须入乎其内,又须出乎其外"[①];而要真正做到"能观之",则又须在入乎其内后又出乎其外。这岂非实指诗人的创作活动既要源于生活又要高于生活?而要做到这一点,"须用诗人之眼"去"通古今而观之",即要求诗人永葆其"赤子之心"[②]之单纯与真诚,使之在创作冲动萌生之过程中自觉不自觉地融自我于世界,个人之哀乐也就自然而然地与人类之哀乐融为一体,从而在入乎宇宙人生后又出乎宇宙人生,升华出"诗人之忧生"、"诗人之忧世"[③]等高格情感。如此,方可谓"通古今而观之"了。王国维为此盛赞李后主,认为他"俨有释迦、基督担荷人类罪恶之意"[④],且将其词作和宋徽宗之《燕山亭》作比,对"道君不过自道身世之戚"不以为然[⑤],并进而认为以"域于一人一事"的"政治家之眼"去看待世界尤"不可用"[⑥]。这就提出了主体认识境界之最高标准,即:怀着一种与全人类的、历史的、必然的生存永恒法则相符契的哀乐感,以"通古今而观之",在"观"的过程中,要免受私人性的、偶然或暂时的哀乐情绪之薰染;或者说,诗人之认识境界须建立在对全人类命运殷切关怀的基础上,从而避免囿于个人天地的狭窄的抒情,亦屏弃政治家型诗人仅服务于政治的功利的抒情。此等认识境界其实即所谓高远的创作视野,开阔的创作胸襟。《人间词话》中说:"词至李后主而眼界始大,感慨遂深。"[⑦]还说冯正中"堂庑特大,开北宋一代风气"。这些都是对主体创作中此类高格认识境界之推崇。如今我们也不时申论诗人对生活的认识要高瞻远瞩,要以正确之世界观去认识生活、分析概括生活,这与上述王氏之论似乎有某些相通之处。然今人之立论,往往忽略认识生活必须以"入乎其内"之感受经验为基础这一关键,因此不如提主体的认识境界更为周全和妥当。

就主体"能感之"而言,王国维提出了一些有关诗人禀赋气质的要求;其中感受力尤为王氏焦聚之所在。《人间词话》强调由感官接受外在世界之刺激而生发的诸种感觉,以及其中因审美敏感区之特质而导致的感受力。正是这种感受力会使主体"能感""真景物"、"真感情",从而获致真境界。为了深入阐明这一点,王国维引尼采之语,认为一切文学值得爱者乃是"以血书者"[⑧]。这正意味着诗人必须倾注从感受经验中酿出的"真感情"来创作,才能获得接受者真切的共鸣。而在由感受力酝酿出真感情的过程中,主体必须充分调动感受经验,以激活想象和联想。在论及辛弃疾的《木兰花慢》时,王氏赞叹了其中之想象,以为"词人想象,直悟月轮绕地之理,与科学家密合"[⑨];并认为正是

---

① 《删稿》第220页。
② 《人间词话》第197页。
③ 同上第202页。
④ 同上第198页。
⑤ 同上第198页。
⑥ 《删稿》第238页。
⑦ 《人间词话》第197页。
⑧ 同上第198页。
⑨ 同上第214页。

这种想象，可以使主体在用感受力酿出真感情中，达到"可谓神悟"的境界。值得注意的是：王氏提出的诸如感觉、感受、想象、感情、神悟等种种主体"能感之"的气质，实即西方文学批评中有关作家之心理、直觉、意识、联想等研究课题；这些复杂的研究课题，在东方的古典诗论中早已有王国维所归纳的兴发感动境界与之相呼应。正是这种对兴发感动境界的发现，使主体"能感之"的追求在"境界"说中之意义大大地凸显了出来。

但兴发感动境界往往以极易流逝的形态呈现，发现容易，把握却难。王国维认为，区别大诗人与否，不在于主体能否及时发现自己心中蓦然涌出的兴发感动，而在于能否把握住它。王氏说："夫境界之呈于吾心而见于外物者，皆须臾之物。唯诗人能以此须臾之物镌诸不朽之文字，使读者自得之。遂觉诗人之言，字字为我心中所欲言，而又非我之所能直言，此大诗人之秘妙也。"①这就涉及"能写之"的问题了。在王国维看来，以兴发感动为表征的"诗人之境界"，不仅包括主体特别可贵的"能感之"素质，并且也应包括与这场兴发感动的"能感之"相匹配的"能写之"修养。他说："若夫悲欢离合、羁旅行役之感，常人皆能感之，而唯诗人能写之。故其入于人者至深，而行于世也尤广。"②然则主体"能写之"的特质究竟是什么呢？首先是对语汇之组合须有特别敏感的审美能力。《人间词话》中对一些诗句的词性活用大加赞赏，说"'红杏枝头春意闹'著一'闹'字而境界全出"③，"'云破月来花弄影'著一'弄'字而境界全出"④。而这些其实是对词性活用的讲究。其次是对字质之选择有异常敏悟的鉴别能力。《人间词话》评史达祖《双双燕》中"软语商量"与"柳昏花暝"，认为"前后有画工化工之殊"⑤，这实即在文字的色彩、情味上作字质掂量与选择的体现。尤其是对"柳昏花暝"这样的意象化语言结构称之为有"化工"之妙，更显示出王氏对主体字质敏悟的赞赏。再次，王氏特别强调主体若要达到"能写之"则必须深谙内容和形式之间相互转化的艺术辩证规律，即所谓内容是向内容转化的形式，形式是向形式转化的内容。《人间词话》在论及双声叠韵如何按情绪之内在规律使用时，说："余谓苟于词之荡漾处多用叠韵，促节处多用双声，则其铿锵可诵，必有过于前人者。惜世之专讲音律者，尚未悟此也。"⑥这是对情绪之内在节奏如何更好地体现为外在节奏的艺术敏悟。凡此等实已牵涉到主体在"能写之"中如何适应兴发感动之境界要求而去创造"有意味的形式"的问题，这可谓对这一现代诗学批评理论自发的接近。

2."境界"说在文本批评上也自有一套要求。这套要求的总出发点是主体对构成文本之对象须怀有兴发感动之心，从而去构成具有兴发感动功能之文本。

具体而言，要求之一是必须考虑文本中的"境界"构成与主体之间的离立关系问题，

---

① 《人间词话·附录》（以下简称《附录》）第251—252页。
② 同上。
③ 《人间词话》第193页。
④ 同上。
⑤ 《删稿》第235页。
⑥ 同上第223页。

亦即主体是自我投入对象世界还是超越对象世界的问题。对此,王国维提出"有我之境"与"无我之境"①。所谓"有我"、"无我",是就作品中所表现的"物"与"我"之间是否有对立关系而言。大部分诗歌文本之构成显示为主体之意志、欲望的表现,因此,"我"与"物"对立而显示出"有我"之境者较多。而超越了意志的驱使和欲望的支配,使"我"与"物"没有对立之冲突,这样的文本构成则显示为"无我"之境。文本构成的这两种境界之别其实就是主体在兴发感动中投入与超越之分。不同的感受经验同出于宇宙人生,以此立论,本不该有所谓高下之分,只不过要做到意志之绝灭、欲望之超越尤难。"无我"之境往往显示出沉静悠远、超尘脱俗之兴发感动特征,因而不易为一般诗人在文本构成中体现。然超越意志、欲望又往往会被人目为无须感受经验,而只需从理性概念出发来构成文本。如此,则这种文本构成虽也可以做到"无我",却也就无境了。这种"无我无境"之文本,如若与"无我之境"的文本鱼目相混,则有悖王国维"境界"说之本意了。

由于受兴发感动之制约,主体在面对对象世界进行文本构成时,可以有出之于直观反射的客观性,也可以有出之于曲笔虚构的主观性。为此王国维又提出了文本批评的第二个要求:要分"造境"与"写境"并处理好二者之间的关系②。从特定的角度而言,这是个文本构成取材于现实还是虚构的问题。出之于自然的写实追求谓之"写境";出之于自然而作虚构的理想追求,谓之"造境"。因此他认为"造境"与"写境"实质上是"理想与写实二派之所由分"的问题③,其实已意味着文本构成可以有浪漫主义与写实主义的不同追求。不过,王氏也看到"二者颇难分别",因为任何一个诗人,无论如何发挥想象进行虚构,总也离不了来自于现实的种种经验与知识;而无论如何忠实于现实,也还是需要发挥想象、进行适度之虚构。所以,凡高格之文本构成境界须是"所造之境,必合于自然;所写之境,也必邻于理想"④。

第三个要求是让写真景物的"景语"和写真感情的"情语"在主体兴发感动之际辩证地统一起来,即在"以景寓情"、"一切景语皆情语"的前提下把景语意象化,而情语则作为意象感发的提纯,以及意象与意象之间、意象群与意象群之间相连系的媒介,使文本在构成中形成一个意象抒情系统。《人间词话》中的"景语",究其实即具有兴发感动功能之意象的语言呈现。王国维没有点明的这个意象抒情系统,正是以其独特的感发功能对意象化语言作了新颖而独特的变异,采用词性活用、语句颠倒、成分残缺等特殊词法、句法,使意象得以充分浮现与流动。这种以景语与情语辩证统一所构成的语言化意象抒情境界,由于受制于主体兴发感动之真实度与强烈度,会在文本构成中表现出"隔"与"不隔"的问题⑤。王国维的文本批评理论要求文本境界"不隔"。"境界"说原是以兴

---

① 《人间词话》第191页。
② 同上。
③ 同上。
④ 同上。
⑤ 同上第210页。

发感动之感受经验为基础的,因此要使文本"有境界",主体首先要对他所欲表现之对象世界怀着由衷的兴发感动,同时又要对此具有真切地表达的能力。如果在文本构成中主体对对象世界确然有着兴发的感动,且能做到真切表达,其境界就"不隔";否则就会"隔"。可见这"隔"与"不隔"乃受兴发感动之真切与否制约的诗歌表达问题,而在文本构成中这其实已具体化为如何以语言意象来抒情的问题,具体包括意象之选择、拟喻意象之构筑以及意象之组合这三个方面。王氏认为欧阳修咏草的"谢家池上,江淹浦畔"乃一种"隔"的表达,这属于意象选择的问题。因为此类意象出于使事,只是以与春草有关的文化典故型事象来替代春草概念,而对春草本身并未作直接描绘,因而并不具有真切的感发功能。王氏分析"数峰清苦,商略黄昏雨"、"高树晚蝉,说西风消息"等,认为有点像"雾里看花","终隔一层"①;这属于拟喻意象的构筑问题。意象以拟喻形态呈现,并无不可,但必须出之于自然真切的感受,而不能游离客观存在本身的"度"太远,否则会给人有意为之、矫揉造作之感。与之构成鲜明对比的是,王氏很赞赏"红杏枝头春意闹"、"云破月来花弄影",认为著一"闹"、"弄"而成的拟喻化意象构筑"使境界全出",此实因主体的这类拟喻乃源于自然真切的感受,故而"不隔"了。王氏又指出黄山谷、吴梦窗等在文本构成中使事过多,意象语言化时选字造词过于生硬、晦涩、抽象,所构意象浮泛而不真切,此自然也属"隔"之流了。总之,"隔"与"不隔"的提出,是王国维对文本构成中有失自然真切之伪意象抒情的不满,这为文本之境界批评作了深化的阐释。

3. 既然王国维之境界批评理论体系是以"感受经验"来贯穿的,因而在接受批评中之接受者(读者、评诗者)也得具有和主体相应的"感受经验"。主体之感受在文本中是通过意象的兴发感动功能以景寓情地传达的,此已如上述,那么接受者如何接受呢？王氏认为得通过接受者对具有兴发感动功能而不是理性譬比功能的意象作具体而真切的体验而得的意境来接受。意境也属于"境界"范畴,然此概念是针对具有兴发感动功能之意象而言的,比境界所具之内涵要小得多。接受者是通过意境才接受到诗人的"感受经验"的。王氏在《人间词话》中强调"诗人的境界"。其包括为人品格、诗人气质、创作胸襟、生活敏感区域、语言敏感能力等等。而接受者的接受境界也相应地须具有此等境界。正像没有音乐的耳朵也就无法欣赏音乐一样,不具"诗人的境界"的诗歌接受者,或者说没有确立起相应的接受境界,以致对意象所具的兴发感动功能接受力不强,难以把文本转化为意境以接受主体之"感受经验"的批评家,也就不可能很好地完成接受的任务。此乃"境界"说中接受批评第一个特点。

其二,从王国维之理论体系中可以见出,接受批评始自接受者对文本意境之接受。因此,批评家本无需将文品与人品相联系,若以人品取代文品则尤不可取。然而在接受批评过程中,若能把二者统一于一个境界平面上展开,则更好。王国维之"境界"说作为一个理论系统,正是在确立了主体境界与文本境界各自所具之特质间的内在逻辑关系后来探索批评家的接受批评的。只有这样,方能让批评家在对"诗"与"人"作双向交流

---

① 《人间词话》第210页。

中探求出诗歌生命的源流与命脉之所在。《人间词话》中把李后主文本意境中自然率真的一面与主体境界中为人真挚单纯的一面联系起来,由此所获得的接受境界与所完成的接受批评就更能让接受者把握住这位悲剧诗人诗歌命脉之所在,其批评活动也就更近乎感性真实了。

"境界"说中接受批评的第三个特点是极重视批评对象内美与修能(即"态")之间的关系。《人间词话·删稿》第48则说:"'纷吾既有此内美兮,又重之以修能'。文学之事,于此二者,不可缺一。然词乃抒情之作,故尤重内美。无内美而但有修能,则白石耳!"①所谓"内美"即受主体之人品胸襟所制约的情感、旨趣,所谓"修能"即受文本之传达策略所制约的形式技巧。此二者皆可以为对象世界所激起的感发力所渗透,因而可以辩证地统一起来——这在现代批评理论中已属共识。王国维在诗歌批评中尤重内美,而重中之重则是对"无内美而但有修能"的反感。所以就接受批评而言,"境界"说是在注重情感旨趣的基础上主张内容与形式的辩证统一,反对形式主义之诗风。因而,王氏对一味追求音律体制、技巧格调的诗人提出了批评。如评周邦彦说:"美成词多作态,故不是大家气象。"尤其对姜夔,批评更多,说"白石写景之作"虽然"格韵高绝","然如雾里看花,终隔一层"。如此这般,对缺乏"内美"的形式主义追求之批评不可谓不严肃,这也为接受批评提出了一条评价诗人诗作极为重要的思路。

"境界"说中接受批评的第四个特点是:强调以"气象"来作为评估诗人诗作之最高标准。所谓"气象",指主体之精神透过文本中之意象组合体及其时空存在规模所呈现出来的整体精神风貌。《人间词话》中以"气象"来评估诗人诗作之处屡见,其中评李白有曰:"太白纯以气象胜。'西风残照,汉家陵阙',寥寥八字,遂关千古登临之口。"②王国维之所以如此盛赞李白诗句,正因其所表现之精神与意象皆极寥阔高远,所体现之时空规模也极绵邈宏大之故。《人间词话》评李后主又曰:"词至李后主而眼界始大,感慨遂深……'自是人生长恨水长东','流水落花春去也,天上人间',《金荃》、《浣花》能有此气象耶?"③如此赞赏李后主诗句,一方面以其精神与意象所表现之生命哀感极其浓郁深广;另一方面,从"花"之零落、"水"之东逝暗喻"人生"无常之感喟飞跃。这种感喟的一往不复以及飞跃之与"天上人间"意象所构成的对比,衬托出茫茫无尽之空间规模,也无不给人以悠悠远远之感。这当然不是以写狭隘的闺阁儿女之情见长的作品如《金荃》、《浣花》所可比拟的。王氏对李后主词与宋徽宗词有着迥然相别的评价,以为"后主则俨有释迦、基督担荷人类罪恶之意",而"道君不过自道身世之戚",因此"大小固不同矣"。这其实也是指气象大小之不同,审美评价也自有不同。王国维说过:"境界有大小,不以是而分优劣"④,然气象的大小看来则是可以分优劣的。盖因境界用以评判所

---

① 《删稿》第242页。
② 《人间词话》,第194页。
③ 同上第197页。
④ 同上第193页。

谓诗歌文本是不是诗的问题,其大小确不存在优劣之分;气象则用来评估以有境界为标志的诗如何更能体现诗本体的问题,其大小当然存在优劣之分了。由此可见,以判断主体禀赋中精神元气的强盛与否、文本意象中时空规模的宏阔与否为内涵的"气象"说来作为接受批评之主要标准,是王国维"境界"说显著的特色。

以上我们为王国维《人间词话》梳理出了一个"境界"批评理论体系。这个体系的逻辑起点——对"感受经验"之强调,毋庸置疑地对新诗之批评理论建设提供了继承传统的启示意义。但"境界"理论观照之下的诗歌批评,其终极价值标准何在呢?就在于主体批评、文本批评和接受批评相综合的层相递进的评估活动中。《人间词话》有曰:"温飞卿之词,句秀也;韦端己之词,骨秀也;李重光之词,神秀也。"①三句评语分别着落的"句"、"骨"、"神",当指三人通过兴发感动的创作活动而具现于作品中的三种不同之质素。这三种质素,就温飞卿之"句秀"而言,指的是诗句藻饰之美;韦端己的"骨秀",指的是情意本质之美;而李后主的"神秀",则指精神上生动飞扬、足以超越现实而涵盖一切的一种美。如此看来,只对诗句作藻饰之美的追求,其价值评估仅得初等;在藻饰之美的基础上进一步作情意本质之美的追求,其价值评估也只是略高一筹;唯有把对现实情意之美的追求转向超越现实而涵盖一切的宇宙人生灵悟之美的体验,方得荣膺"境界"说终极价值评估之最高等级。

二

以"境界"理论观照新诗批评活动,颇具实践意义。

《人间词话》看起来并无所谓诗潮之批评理论,然有较多条目提到"有我之境"与"无我之境"、"写境"与"造境"之问题,则颇引人作思潮方面的思考。从特定角度看,王氏"境界"说中提及的此类概念,对如何认识与评估新诗思潮很具启示性。此处"思潮"二字,并非指诗歌思想潮流,和诗歌创作潮流也不完全相伴。确切地讲,应该称之为诗歌创作境界潮流。王国维提出的"有我"与"无我",前已论及,是就作品中"我"与"物"之间是否有对立关系而言的。在"有我之境"中,二者有着对立关系,由对立而冲突,以致"物"必须从属于"我",为"我"服务。"有我之境"的诗显示为"以我观物,故物皆著我之色彩"②。显然,这属于生存于地球、具有社会经验感受者在表达世俗经验感受时的创作追求。"无我之境"中,"我"与"物"同一甚至两忘,主体融于对象世界而合成一体,没有对立冲突倾向。"无我之境"的诗,"以物观物,故不知何者为我,何者为物"③。显然,这属于生存于宇宙、富于灵界超验感受者在表现灵界超验感受时的创作追求。"无我"

---

① 《人间词话》第197页。
② 同上第191页。
③ 同上。

的超验境界作为一种独特的创作追求,无疑显出了现代主义特色。那末同样作为一种创作追求,"有我"的经验境界又表现为什么呢?王氏为此又提出"写境"与"造境"之命题。这二"境"都属"有我之境"。王氏认为这"有我之境"中存在着的"造境"与"写境",是"理想与写实二派之所由分"。可见这二"境"分别派生出了浪漫主义与现实主义。就这样,王国维以"境界"为依据,实质上已经提出了与现实主义、浪漫主义和现代主义相吻合的三股创作诗潮。《人间词话》中还说,将"自然中之物,互相关系,互相限制"之特性写入作品时,"必遗其关系、限制之处","故虽写实家,亦理想家";又说"虽如何虚构之境,其材料必求之于自然,而其构造,也必从自然之法则","故虽理想家,亦写实家"①。这就使得现实主义与浪漫主义显得颇难分别了,特别是当"大诗人所造之境,必合乎事实,所写之境,亦必邻于理想"时。因此,所谓现实主义与浪漫主义,根据"境界"说是可以双向交流甚至"二结合"的。《人间词话》中又说:"古人为词,写有我之境者为多。然未始不能写无我之境,此在豪杰之士能自树立耳。"②可见以"无我之境"为标志之现代主义是更不易写也更具高格的。凡此种种说明:境界说中一系列有关诗潮的批评理论若运用到新诗创作、新诗诗潮研究中,很有借鉴作用。

  作用之一,是可用以对新诗中的现实主义与浪漫主义作诗潮鉴定和价值评估。此类鉴定或评估之依据为王氏赋予"有我之境"中"写境"与"造境"之要求。这要求概括地说就是真"写境"、真"造境",也即真境界,或者更推进一步,就是真境界渊源所自的、由兴发感动而触发之真感情。用这样的标准来对新诗中的现实主义与浪漫主义作诗潮鉴定和价值评估,自会更近乎真实。试以"境界"说对 20 世纪 20 年代之现实主义与浪漫主义作鉴定与评估。在此期间,从文学研究会诗群到"莽原"诗群再到"沉钟"诗群,构成了一条对苦难人生怀有人性、人道主义真挚同情并加以如实描写的现实主义追求线。其中,徐玉诺的《故乡》、韦丛芜的《君山》、冯至的《北游》等,都追求"写境",具有"能写真景物真感情"的现实主义境界。然其时却也有叶绍钧《浏河战场》等诗,感情稀薄,写实如同记事,大大淡化了作品应有之抒情性,削弱了意境之感染力。然此作却因为题材具有揭露军阀混战的现实意义而被看作具有较高价值的现实主义之作,这未免有拔高之嫌。因为它在"写境"上意境显然比较淡漠,诗美的感染力不强。既然境界不高,称它为现实主义成功之作也就十分勉强。从创造社到新月诗派,再到后期创造者、太阳社和后期新月诗派,构成了一条在黑暗现实中谋求个性解放、向往红色革命或渴求爱与美的极为理想化的浪漫主义追求线。郭沫若的《凤凰涅槃》,徐志摩的《爱的灵感》,闻一多的《剑匣》,朱湘的《月游》,蒋光慈的《新梦》,殷夫的《意识的旋律》等,都追求"造境",是能写真理想、真感情的浪漫主义境界之作。然则却也有后期创造社、太阳社的某些诗人,把诗写成热气有余、虚构乏力的革命标语口号;也有后期新月派的某些诗人,将诗作无聊调情之具,其感情之抽象,理想之空洞,虚构之不足,使其"造境"确乎并不高明。既然

---

① 《人间词话》,第192页。
② 同上第191页。

境界不高,诗美的感染力不强,称之为浪漫主义成功之作,也就十分勉强。

　　作用之二,是对新诗中之现代主义作诗潮鉴定和价值评估。鉴定和评估之参照是王氏"境界"说中对"无我之境"之范型规定。"无我之境"既是"以物观物,故不知何者为我,何者为物"之产物,那么,我与世界——宇宙人生之间须有一种直觉超验型兴发感动,方能使此种境界入诗。因此具有"无我之境"的诗,当是一类把握与表现世界具有更高层次的现代主义诗歌。综合新诗中有关现代主义之多种鉴定标准,可以说都不如"境界"说中之"无我之境"更为合适。以此标准来衡量,郭沫若之《偶成》、《夜步十里松原》、《密桑索罗普的夜歌》、《新生》等诗,可谓具有现代主义雏形之作,因其所表现之对象世界皆已转化为具有兴发感动功能之意象,在对此等意象的真切体验中,能感悟到"无我"之境。宗白华两首同题的《夜》、闻一多的《也许》、徐志摩的《云游》、李金发的《弃妇》、卞之琳的《一块破船片》、戴望舒的《古神祠前》等,亦皆可谓进入了"以物观物"之"无我之境";因此,也可以说是现代主义的。这一类"无我之境"的现代主义诗篇,其境界都靠直觉把握到的意象激发出来。然亦有一类似也属"无我之境"的现代诗,其境界却出于凝神观照而得之智慧玄想。此类超越感性的知性型"无我之境",最典型的莫过于冯至1940年代初所写的一批十四行诗和郑敏1980年代后期所写的一些抒情诗。虽然,这些现代主义诗篇以其智慧玄想而使文本达到形而上的高层次,惜乎其"无我之境"缺乏真感情,故而对此类现代主义作较高评价是不实事求是的。"境界"说作为批评理论,意在强调诗歌要具真境界,而真境界来自于真感情,故高格的境界必然来自高格的"情语",而冯至在《十四行集》中所营造之境界则显然出于"理语"。能"情"、"理"互渗而造出新人耳目的"无我之境",并将此类境界溶凝成一个个现代主义成熟文本者,是穆旦。其《森林之魅》就有此两类互补的"无我之境"在,既富有体己的感受经验,又不乏超验的灵性升华。其"无我之境"如此高格,故堪称现代主义文本之精品。

　　"境界"说除可资以对新诗作诗潮鉴定与价值评估外,对新诗其他方面之批评亦有较好之参照价值。偿试言之如下:

　　1. 1930—1940年代新诗成就反比红色挂帅的1950—1970年代更高出几筹,何以故? 以"境界"说言之,正缘于1930—1940年代的诗人们置自身于民族大抗争、阶级大解放的现实生活,有着真切的时代感受,并普遍地怀有一份"通古今而观之"的"诗人之忧世"、"诗人之忧生"情怀,也即普遍地具有一种社会人生与宇宙人生相结合的、有关生命存在的真切体认,一种深沉的人生境界。而1950—1970年代之诗人浮沉于文艺为政治服务的极左思潮中,无奈地以"域于一人一事"的"政治家之眼"看待生活,主体之感受经验自无法上升到对生命存在的体认层次;认识境界既已不高,复加脱离生活实际而作假大空浪漫理想之追求以配合政治宣传之需要,此无异于游离脚踏实地之"写境"而幻设天马行空之"造境"。田间之七卷本叙事长诗《赶车传》即为显例,其"写境"与"造境"之"二结合",使此诗所完成者仅仅是对政治命题理性联想式之印证,主体既无丰富之感受经验,文本也就无所谓兴发感动之境界。

2. 1940年代以胡风为代表之"七月"诗派和以臧克家为代表之"诗创造"诗群都忠于现实,真诚地讴歌了时代斗争,表现了社会真实,但"七月"诗派的成就和影响远在"诗创造"诗群之上,何以故?以"境界"批评理论作观照,不难看出,此正由于前者不局囿于眼前事象,而能把眼前正在发生之战争惨象提升为人类普遍的生存命运,以"人之子"的目光停驻于1940年代现实人生的困苦、抗争和理想,主体认识境界十分高远开阔。与此相对照,后者则拘泥于眼前具体之人事现象,认识境界较为狭窄。前者诗中"有我",立足于"写境"而让"造境"渗透,具有浪漫理想之冲击力,文本之构成境界自然阔远。后者专注于"写境",主体大有"无我"而又"无境"的倾向,文本之构成境界就狭窄且缺乏诗力——无"情语"渗透,"写境"也就无境,此为问题症结之所在。

3. 1940年代以穆旦为代表之九叶诗派,作为一个现代主义诗歌流派,其成就比1980年代中期以后出现的"非非"、"他们"等诗派更高,何故?首先,在于前者发端于强烈的生命感受经验,而后者则是简单地演绎哲学理论观念。因而,九叶派作品以强烈的真感情与兴发感动力所达成的"无我之境"来显示境界高格,而"非非"、"他们"派表现的只是感觉——且是无感情渗透的、近似麻木状的平凡感觉,吐不出一句"情语",既"无我",也"无境"。以境界说论,这样的诗属非诗,当然更谈不上现代主义品位了。其次,九叶派能把本能直觉、灵觉和生存之历史演变律相结合来感受和体现,后者则只满足于本能直觉的放纵表现,主体之认识境界相距太远。作为现代主义文本,穆旦之《赞美》、郑敏之《金黄的稻束》、杭约赫之《复活的土地》就以现代主义思路与手法来把握和表现生存现实与社会人生之演变规律。这是一个极其宏伟、阔大的抒情课题,主体怀着"以物观物"的心态,在悠远开阔之时空幅域上,去写"真景物"、"真感情",确乎气象万千。如郑敏的《金黄的稻束》,实把"无我之境"推向了高格。这是以超验之灵觉境界为标志的现代主义成熟文本。而周伦佑的《狼谷》,虽出自于直觉本能的那种"不知何者为我,何者为物"的"无我"表现,却没有"真感情",并且"景物"也呈现不出意象化的兴发感动,文本于"无我"中呈现出"无境"的粗劣,就谈不上对它作现实主义的价值评估了。

4. 20世纪中国新诗界的一些大诗人若以"境界"批评理论作评估,亦可以分出高下。如艾青、穆旦、昌耀,就比郭沫若、冯至、郭小川略高一畴,前者对社会人生、生命存在具有更具体、深入、真切的感受经验,他们大体上都达到了"俨有释迦、基督担荷人类罪恶之境"。艾青在《向太阳》里写道:"我曾狂奔在/阴暗而低沉的天幕下的/没有太阳的原野/到山巅上去/伏倒在紫色的岩石上/流着温热的眼泪/哭泣我们的世纪。"① 气象何其开阔!主体对人类命运之哀感,充分地显示出其人生感受经验之深沉博大,确乎"俨有释迦、基督担荷人类罪恶"之感受。穆旦、昌耀认识境界之高远开阔亦有类于此。相对而言,后三人在对人类命运的感受上强烈度和真切感略弱,郭沫若和郭小川还又多了一点"政治家之眼",认识境界比较而言就略低;其笔下"真景物"、"真感情"而化生的意象,兴发感动功能也较弱,有的甚至在生命哲学观念演绎的路上走得太远,缺乏感受

---

① 张同道等主编《二十世纪中国文学大师文库》(下)第377页,海南出版社1994年版。

经验的积累——如冯至的《十四行集》，纯以理性经验胜，在一定程度上"无我之境"理当具有的感发功能为理性印证联想所替代，因此，价值之评估也就比前者低一档。所谓"境界"说特别适用于诗人创作之价值评估，由以上论述可得而见。

三

新诗批评界在借鉴西方理论中初步形成了社会学批评、主体批评、文本批评、印象批评和结构主义批评等批评理论。遗憾的是，此类理论与传统接轨不密，借鉴西方又大多存有食洋不化、生搬硬套倾向，致使这些批评理论在实践中科学含金量不足。因此，本文拟在回顾此类批评理论之实践情况的基础上，申论"境界"说潜在的对新诗批评理论建设之启示意义。

社会学批评是一种是否以诗印证或者阐释了时代政治命题、阶级经济关系为绳衡的新诗批评。此类批评家中，当然也有借鉴西方，从地域、社会文化心理结构之角度来对诗人、诗派作批评者，如茅盾，其《徐志摩论》、《冰心论》，由社会阶级分析之表象向社会深层文化心理结构开掘，对批评对象所作之价值评估，相当新颖而有深度。谢冕对新边塞诗之批评，接近于茅盾，且更细致深入。他们的批评实践都丰富且发展了社会学批评理论。

主体批评立足于抒情主体与社会现实之审美关系，并以此为切入口对诗人之创作现象作价值评估。此类批评理论中有一派以胡风为代表，走的是主观拥抱客观的体验现实主义批评路子；另一派以艾青、朱光潜、孙绍振、杨匡汉为代表，走的是美学批评的路子，他们共同以真善美之统一，来作为主体创作批评之标准；还有一派则从主体之抒情个性出发来对其创作活动作价值评估，如闻一多评《女神》作者郭沫若[①]，冯雪峰评《北方》作者艾青[②]，骆寒超评《预言》作者何其芳[③]，皆显示出这方面的特色。

文本批评是一种把批评限定在作品范围内的"内部批评"。此类批评有两派，一派走单篇作品分析之路，其中以朱自清和孙玉石成就最高；另一派走文本综合分析之路，即将一位诗人全部作品或某部诗集，经归类后作意象组合和语言组织之综合分析，将其抒情形象构成理出一个系统，从而在批评中，对其创作活动作出价值定位，其中朱湘、李广田、李元洛等做得较好。李广田分析卞之琳《十年诗草》之长篇论文《诗的艺术》，就是从"章法与句法"、"格式与韵法"这两大类形式问题出发所作的综合性文本批评。

印象主义批评和结构主义批评都是综合性的。印象主义批评立足于批评者对主体和完成文本之感觉印象，并通过这些感觉印象把社会学、文化学批评，主体、文本批评作

---

① 闻一多《〈女神〉的时代精神》，见《创造周报》第四号，1923年6月3日。
② 冯雪峰《论两个诗人及诗的精神形式》，见《文艺阵地》第四卷第十期。
③ 骆寒超《论何其芳抒情个性的形成及其演变》，见骆寒超《中国现代诗歌论》第159—204页，江苏人民出版社1994年版。

综合考察，以此来对批评对象作出价值评估。因此，印象主义批评文本显示为知识渊博、行文洒脱、讲究感性体悟、表达上点到即止等特色。其代表人物是刘西渭（李健吾）、废名、唐湜等。刘西渭《咀华集》、《咀华二集》中对卞之琳、田间等之批评，唐湜收在《意度集》中之《搏求者穆旦》等，对这些批评对象作了提示性综合评析。结构主义批评强调批评者之客观性。此客观性源于对批评对象所抱的整体观念、转换观念和自动调节观念，要求批评者能在批评对象——包括社会文化背景、创作主体和完成文本中找出那些反复出现的构成因素及因素间的关系，并从中提纯出关系间之组合法则，以形成一个有机系统。此系统则以其内蕴之整体观念、转换观念和自动调节观念的作用，把批评对象由文本之构成价值推向主体之创造价值，再由主体之创造价值推向社会之认识价值，以此来对诗人及其创作作出客观而全面的价值评估。此类批评以柯可（金克木）、骆寒超为代表。骆寒超之《论左联十年的现代诗歌》、《论晋察冀、七月、九叶三诗派及其交错关系》、《论艾青诗的意象世界及其结构系统》，是此类批评实践中较到位之批评文本。

在对新诗五大批评理论及其实践作了上述回顾后，还必须指出：新诗在20世纪之批评理论建设中仍存在着一些不容忽视的问题，欲求得妥善解决，以便在新世纪将这场建设搞得更好，只有立足于民族诗学批评思路，让借鉴西方与继承传统有机交融。而提倡王国维之"境界"说，以之对新诗批评理论作渗透，将会对新诗批评理论建设起积极作用。

问题首先在于，新诗几种批评理论对于作为实践之基础的"感受经验"，几乎都很漠然。社会学批评所关心的是作品如何去印证时代政治命题，如何去阐释阶级社会状态，却无视批评对象与感受经验之关系和兴发感动之必要。主体批评中除胡风所提倡的体验现实主义较重视感受经验以外，其他几种也是漠视感受经验的。恶性发展之结果，就是把主体之政治态度、阶级立场作为唯一标准来评估创作高低优劣。文本批评则流行着一种孤立的技巧分析。对卞之琳《距离的组织》等作文本批评，就存在这方面的严重倾向。尤其是，当诗歌界临到20世纪末，西方传来的知性追求，在中国实质上成了理性追求，成了观念之图解。这和零度写作的主张一结合，更是发生一场哲学、文化学闯进诗坛的喧宾夺主闹剧，把创作和批评的出发点——感受经验丢弃得远远的了。类此现象，要想通过诗学批评来矫枉，的确只有藉"境界"说以对上述几种新诗批评理论作渗透；提倡渊源于感受经验的那个"境界为最上"来充实新诗批评理论，乃当务之急。

其次，新诗的几种批评理论还有意无意地忽略了对主体之创作视野提出更高远的要求。社会学批评孜孜以求的是诗人对一时一地阶级社会中政治人生现象反映之深度，而无视主体创作视野之重要性；主体批评断断不休的只是主体的世界观、阶级立场，批评者拿作品来印证主体之生命经历和政治态度，并以此作为评估批评对象——主体时的根本依据。1950年代中期，诗歌界先宣判艾青革命意志衰退、社会主义政治热情不高，因此连优秀的国际题材诗篇——如组诗《南美洲的旅行》，也被说成只写殖民地人民的苦难而不写他们的抗争,作品之思想性缺失,价值不高①。在这种把作家之世界观限定在对政治现实的认识态度上的批评理论观照之下,主体创作视野之隘狭也就可想而知了。新诗批评理论建设中对主体高远创作视野的忽略如何矫枉?那就是将"境界"说中所强调的诗人要具有"通古今而观之"的创作境界,向以上几类批评理论作渗透。在"通古今而观之"的前提下,王氏盛赞李后主"俨有释迦、基督担荷人类罪恶之意",这无疑表明:主体之创作要放眼宇宙人生,要面向全人类的生存命运。境界说对新诗批评理论建设之启示意义,这一点尤其值得珍视。

第三,在对批评对象作价值评估时,新诗几种批评理论几乎都没有选择主体与对象之关系作为切入口。而主体是投入对象的还是融入对象的恰恰是对新诗作价值评估的特佳角度。主体投自身于对象,则必然引发主体与对象世界之冲突,这在诗创作中体现为"有我之境";主体融自身于对象,则自然物我同一以致两忘,这在诗创作中表现为"无我之境"。根据境界之不同,新诗从把握世界到表现世界相应地也可归纳为两大类型,一类是以人之觉醒为标志的"现实"的诗,另一类是以灵之觉醒为标志的"超现实"的诗。新诗中颇有一批属"现实"之诗。从艾青到昌耀的现实主义、从郭沫若到田间的浪漫主义,都显示着人与外在世界对立冲突中个人意志之高扬、生命张力之发散,都体现出一种因人之觉醒而焕发出来的伟美生命强力,可惜几种新诗批评理论对此类"现实"之诗缺乏深入的价值评估。新诗中还有一部分"超现实"之诗。这类诗是主体融入对象世界之产物,内蕴着一股宇宙诗思,是真正客观地呈现的"超现实"宇宙诗。从宗白华的《流云》到冯至的《十四行集》,再到孔孚的《山水灵音》,都给人以消解个人意志以与真正"大我"邂逅之灵悟。可惜几种新诗批评理论对此类"超现实"诗更无深入之价值评估。令人惶惑的是,新诗中更多的是既不见人之觉醒也不显灵之妙悟之作。其创作主体既未投入对象世界也未融入对象世界,其文本不是政治宣传之传声筒,就是庸常现实之拷贝。而恰恰此类新诗反蒙批评家青睐。此类不正常现象亟须矫正,而"境界"说正是矫枉以至于正的参照系。简单地说,作品中所表现的若是"有我之境",则就是我们称之为"现实"的——现实主义或浪漫主义的诗;作品中所表现的若是"无我之境",也就是我们所谓的"超现实"的——现代主义的诗。"现实"之诗与"超现实"之诗价值、意义何在?《人间词话》第60则指出:"诗人对宇宙人生,须入乎其内,又须出乎其外……入乎其内,故有生气;出乎其外,故有高致。"此处之"入",是主体投入宇宙人生,如此所作"有我之境"的诗,王氏认为即"有生气"。综合从郭沫若到田间、从艾青到昌耀的"现实"诗,"有生气"之评价是很允当的。至于此处之"出",是主体对宇宙人生在投身其内后又超脱其外,所作"无我之境"的诗,王氏认为即"有高致"。综合从宗白华到冯至再到孔孚的"超现实"诗,"有高致"的评价也是很熨帖的。但的确"无我无境"之作,在新诗中俯拾皆是。将"无我无境"之作与"无我之境"之作混为一谈已属可笑。若将政治传声筒般的或现实

---

① 参见《沸腾的生活和诗——中国作家协会创作委员会诗歌组对诗歌问题的讨论》中郭小川发言,《文艺报》1956年第3期。

拷贝式的新诗供奉起来，则更是罪过了。正是在这些方面境界说对新诗创作与批评所具之意义不可谓不多。

第四，批评者（接受者、读者）是否相应地具有主体生命认知之感受意识和文本赏析品评之意境意识，这是王氏"境界"说中屡有涉及而却被现今几种新诗批评理论普遍忽略的问题。批评者面对批评对象时自身是否进入兴发感动境界，这是批评是否到位之关键。致力于社会学批评者，大多无视这一点，其思维往往定势于捉摸主体之艺术构思是否和社会政治主流意识相合拍，文本之构成形态能否与特定之社会政治命题相印证。此为理性之探求而缺乏感性之体贴，因此而屈解批评对象之个案在新诗批评中层出不穷。这些都是不正常现象。将王氏"境界"说中以兴发感动为基础的接受批评原则渗透于各类批评中，坚持批评者必须与创作主体相应地具有生命认知之感受意识和文本品赏之意境意识，也就是使批评者和主体站在同一条生命认知之感受线上，对文本之意象作具体而真切之体验，融入文本之意境氛围，从而深入地把握作品之灵魂，这对矫正上述非正常现象必是能起大作用的。

综上所述，本文认为：为新诗批评理论建设所构筑的大体系中，王国维之"境界"说不仅应作为不可或缺的子系统而纳入；并且还应作为一种营养素，去滋润、充实现有之新诗批评理论，强化其基于兴发感动之功能的"境界"意识。这不仅因为诗毕竟是以抒情为本质特征的感性艺术形态，更在于"境界"说体现了我们民族审美文化心理之特征——我们民族的诗歌批评传统乃是对诗人与诗作之感受经验的探究。

原载《文学评论》2003年第2期

"林译小说"对中国文学语言演变的贡献

韩洪举*

林纾(1852—1924)是我国近代著名的翻译家、古文家。他虽然曾反对过白话文运动,翻译小说也基本上使用的是文言文,但我们不可把"林译小说"中的语言简单地以"阻碍新文化发展"的"古文"视之。若对林译小说的语言做一番客观分析的话,它恰恰有力地推动了中国文学语言的变革,在中国文学语言演变过程中起到了过渡性的桥梁作用。

一

一般认为,中国近现代对文学语言的发展做出杰出贡献的是胡适、陈独秀等大力倡导白话文运动的先驱们,这种说法自然有一定道理。但我们认为,如果从中国文学语言发展史的宏观角度来看,在文学语言演变过程中真正起到桥梁作用、贡献更为突出的,当推大翻译家林纾。

林纾虽然反对白话文运动,但他对文学语言的见解和他的翻译实绩都证明,他不仅没有违背文学语言的发展规律,而且是完全遵循之。这是因为,文学语言由"雅"到"俗"的演变是一个循序渐进、曲折发展的过程,这是人力无法抗拒的。事实上,自古至今语言的革新从未停止过,它由难懂的方言、典雅的书面语言逐渐向规范化、通俗化方向发展。上古时期的"周《诰》殷《盘》"被韩愈称之为"佶屈聱牙"[①],也就是说因其多用方言,异常难懂;而发展至先秦诸子散文和历史散文,方言已不多见,文体明显趋于规范化;至两汉政论文、《史记》、《汉书》等,则进一步规范和通俗化,稍有文学修养的文人都可以读懂;六朝骈文将韵文"雅"文学推向极致,使得一般文人无法接受,这可以说是文学语言发展中的一个曲折;至唐宋散文则又走上规范和通俗化的正确轨道;元明清时期的"三言"、"两拍"及《水浒传》、《金瓶梅》、《红楼梦》等通俗小说的出现,其语言完全是白话,可以说已接近口语。"五四"时期,继续主张文学语言的通俗化、口语化并没有错,但所谓

---

* 韩洪举(1966—)男,河南范县人,文学博士,教授,硕士生导师。主要研究方向为中国小说、翻译小说研究。曾在《光明日报》、《明清小说研究》、《红楼梦学刊》等发表论文40余篇;主持浙江省社科规划重点课题3项;出版专著2部;获浙江省高校科研成果二等奖1项。入选浙江省"新世纪151人才"第三层次、教育部学位中心专家库,中国红楼梦学会理事。

① 韩愈《进学篇》,见《中国古代文学作品精读》(下册)238页,张大新主编,河南大学出版社1994年版。

的"新文化运动"的旗手们却要求彻底废除文言文,文学语言完全统统改为"口语式"的"白话",这实际上违背了文学语言自身演变的规律。

作为文学修养极高的林纾,自觉不自觉地意识到文学语言的演变有其自身发展的规律。当他敏感地发现"五四"时期的极端做法将割裂传统与现实的联系而违背其发展规律时,自然要站出来予以制止。这样以来,林纾反对白话文运动、维护古文的行为,在许多人的心目中似乎使他成为一个冥顽不化的语言进化的反对者。其实,问题并不是如此简单,林纾不仅不反对白话文运动,而且是白话文写作的积极倡导者。

早在"五四"前六年即1913年的2月24日,林纾就在新创刊的《平报》"社说"栏发表了《论中国丝茶之业》一文,提倡创办白话报,以宣传养蚕知识①。他还是白话诗的最早写作者,他的白话诗集《闽中新乐府》(1897)比胡适的《尝试集》要早二十年。他对白话文学的意义和价值给了充分肯定,盛赞《水浒》、《红楼》皆白话之圣,并足为教科之书",还说:"非读破万卷书,不能为古文,亦并不能为白话"②。这足以说明,他对白话小说《水浒传》、《红楼梦》是肯定的,并认为只有读破万卷书的作者才能为之。笔者认为,林纾之所以反对"五四"新文化运动,与他对待辛亥革命的态度一样,认为社会和文学的发展须循序渐进,不可走"极端"。这亦与其性格不无关系。林纾幼年受尽苦难,颇富同情心,虽脾气暴烈而不能容物。其为人则忠厚善良,加之读书人固有的温和,故不主张"激进主义"。当代著名学者王元化也持同样的观点,他著文指出:

> 洋务运动失败后,接下来就要考虑了,为什么接受了西方的自然科学后我们还是不行?思考下来认为光靠科学还不行,必须有一个很好的政治国家体制,在这个前提下才能实现自然科学的发展。这以后就有了戊戌变法。可是戊戌变法也失败了。后来孙中山起来了,推翻满清,打倒帝制,实行民国,可是民国一来,军阀混战。这样一来大家又想,这又是为了什么呢,得出结论是因为革命革的不彻底,政治体制还不行,人的思想还很陈旧还很落后,所以"五四"就开始思想革命。中国的每次革命都觉得前面的做得不彻底,于是就要做得更彻底。一直到"文革","两个彻底决裂"就彻底得不能再彻底了,封、资、修全部打倒,新旧道德全都没有了。③

因此我们说,林纾反对辛亥革命和"五四"新文化运动的是是非非,不能粗暴地简单化处理,应做具体分析。他之所以维护古文,亦有其历史渊源。林纾反对激进,主张在倡导白话文的同时亦须为古文留一席之地,以免割断传统文学与当代文学的联系,万不可将数千年的古文学统统掷之"垃圾堆"。使用白话亦应有所区别,有些文章须用白话文,比如前文曾提到的介绍养蚕知识等一般民众需了解的科普读物以及普通文章,均可使用白话文,但不可统"白话"。因此,若不加分析地视林纾为语言进化的"顽固派"是不公允的。

---

① 薛绥之、张俊才《林纾研究资料》第38页,福建人民出版社1983年版。
② 林纾《致蔡鹤卿书》,见《林琴南书话》第207页,浙江人民出版社1999年版。
③ 王元化《我不赞成激进主义》,《英才》2000年第九期。

林纾既维护文言,又不完全排斥采用白话。换言之,他并不是反对白话文,而是反对取消文言文。如果"五四"前后文学革命派们既提倡白话,又不诋毁文言的话,林纾是不会站出来反对的。正因"白话文运动"的倡导者们呼吁彻底废除文言,才激怒了林纾。如果说有人以林纾是用古文翻译外国小说作为例子,证明他在文学语言方面的主张是"顽固"的话,那就大错特错了。恰恰相反,"林译小说"的语言更加证明林纾在文学语言演变方面做出的巨大贡献。

二

首先需要说明的是,新文化运动的倡导者们攻击林纾使用"古文",其实"五四"文学的语言也并非纯净的白话文。它基本具备了白话文的性质,但与今日之白话文并不完全一致。它是由白话口语、少量浅近文言词和部分外来语组合而成的。外来语的引进,说明现代语言的形成离不开外国语的渗透和影响;少量浅近文言词的继续使用,说明现代语言是从古代文言演变而来的。事实证明这一规律是谁都无法抗拒的。"林译小说"中的语言与当时语言发展的规律并非相悖,它也遵循了文学语言"循序渐进"的演变规律。

正如前文所分析,林译小说的语言并非传统意义上的"古文"。但有人不加分析地断言林译小说的语言就是从司马迁到桐城派相沿袭的独特意义上的传统古文,甚至还有人直接认定它就是桐城派的语言,这不是对待学术应有的严肃态度。胡适在著名的《五十年来中国之文学》中指出:

> 平心而论,林纾用古文做翻译小说的试验,总算是很有成绩的了。古文不曾做过长篇的小说,林纾居然用古文译了一百多种长篇的小说。古文里很少滑稽的风味,林纾居然用古文译了欧文与狄更司的作品。古文不长于写情,林纾居然用古文译了《茶花女》与《迦茵小传》等书。古文的应用,自司马迁以来,从没有这种大的成绩。①

胡适虽肯定林译小说在体制、内容、风味上对传统古文的继承与突破,但他未能从语言的角度指出林译小说与传统古文的"质"的区别,更没有进一步论述"林译小说"在语言通俗化的进程中所起的巨大作用、对中国文学语言的变革所具有的意义,而仍把林译小说视为古文。如前文所说,即使"五四"时期的白话文亦不免受传统古文的影响,何况林纾的文言文呢。

"林译小说"中的语言自然与传统古文有着密切的关系,林纾本人就是一个古文家,具有深厚的古文根底。他自幼酷爱读书,因家贫无力购买,靠拣旧书或借书抄读。十一岁时家境有所好转,林纾就师从薛锡极学习韩愈和欧阳修文,尤喜唐宋小说,后来又对《尚书》《左传》《史记》等下过很大工夫,熟谙《史记》用笔之妙。1882 年中举后,他结识了同榜举人李宗言,得以借阅李家藏书,阅读量不下三四万卷,扎实的古文学功底逐

---

① 《胡适文存二集》第 121—122 页,上海亚东图书馆 1924 年版。

渐形成，进入20世纪时，林纾已经成为公认的大古文家了。林纾总结自己学习古文的体会时，特别重视《左传》、《史记》、《汉书》和韩文："左氏传、马之史、班之书、昌黎之文。以为此四者，天下文章之族庭也。"①他的古文成就主要得力于此四家。林纾翻译外国小说，主要承袭了中国古文的优秀传统，堪为"古文"一绝。

林译小说中的语言与林纾的纯古文作品有着很大的区别，他本人也从不把自己的译文与古文混同。他在《春觉斋论文》中曾说："适译《洪罕女郎传》，遂以《楞严》之旨掇拾为序言，颇自悔其杂，幸为游戏之作，不留稿也。"②他连译书序跋尚且不承认属于纯正的古文，更不必说译文了。

众所周知，古文的作用自古以来就是被用来"载道"的。为了表示"道"的神圣，古文家特别重视语言的"纯正"、"雅洁"。至桐城派初祖方苞出现，对古文语言的要求更严格。桐城派古文对语言的运用有严格的规则，如不许用时文评语、传奇小说、市井白话、尺牍口气以及艳词丽句，林纾本人的古文创作和古文理论较之桐城派规则更为严格，他绝不许古文中"窜猎艳词"、"鄙俗语"和近代才出现的"东人新名词"。他从袁宏道文集中摘引出"徘徊色动"、"魂消心死"等词语，指斥道："'破律坏度'，此四字足以定其罪矣。"③但当翻译外国小说时，他已感觉到桐城古文的家法和自己的规定太严，用语禁忌过多，遂对传统古文加以改进。故"林译小说"中的语言通俗简洁、流畅明快，极富表现力。其译文使用了大量俗词白话，书名如《恨绮愁罗记》、《恨缕情丝》、《金台春梦录》等亦用纤艳的丽句，其他词如"小宝贝"、"爸爸"、"阿姨"、"儿子"、"姑娘"、"接吻"、"伙伴"、"母鸡"、"老伴"等都是俗语。此外，他还使用许多刚出现的新名词，如"股票"、"专制"、"自由"、"民主"、"社会"、"地球"、"个人"、"团体"、"神经"、"俱乐部"等；许多更不属于"古文"的外来词的音译，如"马克"、"法郎"、"布丁"、"安琪儿"、"咖啡"等；对人物的称呼用"列底"、"密斯脱"、"密斯"，使其古文适当带有"洋味"，令读者一看就知是翻译作品。请看《迦茵小传》中的一段描写：

> 迦茵入室，易湿衣，衣湿直透肌肤之上。乃易取礼拜日礼服，焕然照眼，衣作灰色，而领缘袖口，均白罗折叠，通明作云态，尽梳整其发作懒妆，垂巨结于后。迦茵初不觉，而绝世风姿，益以妆点，其一时无两之秀媚，殆出天然。妆毕，至客座，啜茗而已，不能进膳。自念吾命胡为人凌践至此？觉此时荣卫之内，均如火灼。顾今亦不管许事，且进省格雷芙矣。阿姨十二句钟可归，今日殆终局之日，见格雷芙一倾吐其款曲，明日或为阿姨所逐，正在意中。于是秉烛入面亨利。甫至门，迦茵足停，适见亭立一巨镜，再以烛奴一照，遂得备细自照其姿容，此第一次己与己相见而惊其美也。自觉具此绝世风格，在希腊古史中，正宜演出无穷事业，乃一身竟孤飘至

---

① 陈希彭《十字军英雄记》，见《春觉斋著述记》卷三第30页。
② 《论文偶记·初月楼古文绪论·春觉斋论文》第111页。
③ 《春觉斋论文·论文十六忌·忌轻儇》，见香港商务印书馆1963年出版《论文偶记·初月楼古文绪论·春觉斋论文》第101—102页。

是。瞥见己之双波,如剪秋水;睫毛秀润,适当双蛾之下;樱口微绽,如乳婴浓睡弄笑状;饱犀微露,灿白如象牙……一堆金黄发,蓬蓬若结云气。此时衣色深灰,愈显其倾国之貌。迦茵徘徊审视久之,曰:"镜中人良不吾欺也。"以此之故,希望遂生。①

这段文字写迦茵雨中受土豪洛克侮辱后回家更换新衣,入见情人亨利·格雷芙的一个场景。其中许多词语均不能登"大雅"之堂,与古文"雅洁"的要求极不相符。出现这种情况决不可能是林纾的一时疏忽。其实,用严格意义上的"古文"无法写表现人物七情六欲、悲欢离合的小说,林纾对此非常清楚。

关于"林译小说"的语言,钱锺书的《林纾的翻译》说得好:"林纾译书所用的文体是他心目中以为较通俗、较随便、富于弹性的文言。它虽然保留着若干'古文'的成分,但却比'古文'自由得多。在词汇和句法上规矩不严密,收容量很大。"②的确,林译小说中有不少白话口语,钱锺书就举出《滑稽外史》第二十九章有句译文用了"便宜"二字:"惟此三十磅亦非巨,乃令彼人占其便宜,至于极地。"类似的例子在林译小说中比比皆是,如《块肉余生述》:

而余之恨壁各德至于次骨,即斥之曰:"畜生!"(第2章)

迦茵勿多言,讵吾之性质汝弗知耶!(第4章)

即六辨士之微,亦不之受。(第5章)

股肱皆紧附如香肠。(第7章)

汝为我世界上知心之良友。(第8章)

彼又思及老伴矣。(第10章)

专为吾肆招延贸易。(第11章)

此人空前绝后之大学问家也。(第17章)

且未交一言,已涌身投于情海。(第26章)

尤利亚曰:"伙伴言之。"(42章)

出表,待此五分钟。(第52章)

由于小说属于"俗"文学的范畴,其语言多叙述日常生活,不可能像传统古文那样处处"典雅"。有些新名词无法找到对应的文言词汇,因而林译中不可避免地要使用许多白话口语。这些译文中的"畜牲"、"性质"、"辨士"、"香肠"、"世界"、"老伴"、"贸易"、"大学问家"、"情海"、"伙伴"、"五分钟"等,无法用文言恰切地表达。另外,有些口语必须使用白话,这是刻画人物所必要的。我们看一下《迦茵小传》中的描写:"格林华德氏大笑,以手指迦茵曰:'妮子,果诚悫哉?以汝发披其肩,容颜如玉,大似天仙化人,宜其不打诳语。以吾决之,汝必不忍于密室中亲吻,人果欲亲汝者,想汝必回身避之矣。'"③这是迦

---

① 《迦茵小传》第十四章第89—90页,见商务印书馆1981年版。
② 钱锺书《七缀集》第94—95页,三联书店2002年版。
③ 《迦茵小传》第十四章第117页,商务印书馆1981年版。

茵贪鄙的姨妈格林华德的一段话。林纾在此使用了"妮子"这样的口语。有着极高文学修养的林纾，意识到如果不使用"妮子"一词，就无法表现出格林华德虚伪地对迦茵的亲昵之态。可见，林译小说中的白话口语，使得林译小说更加通俗和富于表现力，显然是小说而不是传统意义上的古文。

  林译小说中还使用了大量的外来语。如前文所举"布丁"、"辨士"、"星球"等。再如，《黑奴吁天录》第15章："彼夫妇在蜜月期间，两情忻合无间。"《离恨天》第10章："人生地球之上，地之沐阳光者亦仅有其半。"《块肉余生述》第4章："余译其意，即专制之别名。"第19章："且在此小社会中实冠其曹偶。"等等。此外，林译小说中还有大量外来名词的音译，如"佛郎"、"马克"、"卢布"和所有人名、地名等。林纾之所以这样做，一方面使自己的译作带些"洋味"，另外有些音译是"信"所必须要求的。对中国读者较为熟悉的读音，他就直接采用音译，如"密斯"、"密斯脱"、"密昔司"、"咖啡"、"布丁"、"安琪儿"等，而对中国读者较陌生的外文读音则加汉文注释或将外文单词照录在译文中。如："列底（尊闺门之称也），安可以闺秀之名保此人，此人听老夫保之。"①此外，林译小说中还出现了不少欧化的句法，使得林译小说的语言与传统古文的区别更为明显。

  由此可见，"林译小说的语言不是古文的语言，这应该是无须怀疑的了"②。作为古文家的林纾，既反对废除古文的极端做法，同时在翻译小说时又对文学语言进行大胆的改革，其目的还是想让古文更加适应新时代、新形势的要求。这岂可视为"保守"？

三

  正如前文所说，文学语言由雅到俗的演变有一个循序渐进、曲折发展的过程，"五四"时期新文化运动的倡导者们采取极端的做法，要求彻底废除文言文，这违背了文学语言演变的规律，以至于造成了严重的后果。笔者亦认为"五四"新文化运动过于极端，譬如诗歌和学术论文甚至包括部分小说，就不一定强制其使用"白话"，过分强调白话诗以至于造成传统古诗失去传人，这不就是一个明显的失败么？在晚清众多的翻译小说中，保持"古文"语言风格的林译小说却大受读者青睐，甚至在1981年商务印书馆出版《林译小说十种》竟迅速销售一空，这不是也很能说明问题么？如果没有精通古文者，我国古代大量优秀的文学遗产任何继承呢？现在的大学教育非常重视古代汉语的学习，这不是在纠正过去的极端做法吗？

  早在"五四"时期，林纾在《论古文白话之相消长》一文中，从语言演变规律的角度反复申诉自己的看法："古文者，白话之根柢，无古文安有白话？"说明他并不反对白话，而是认为写白话文也必须有古文的基础，白话文与口语不是一回事，这毕竟是文学！可惜的是，林纾本人仅仅凭着自己对文学的感悟说这番话，而不会从传统与现实不可分割的

---

① 《撒克逊劫后英雄略》第5章，务印书馆1981年版。
② 张俊才《林纾评传》第149页，南开大学出版社1992年版。

理论上进行概括,故没有说服力,还是无法阻止当时的极端做法。林纾无可奈何之下,只好说:"吾辈已老,不能为正是非,悠悠百年,自有能辩之者,请诸君拭目俟之。"①林纾撰此文至今将近百年矣,果不出其所料,古文至今没有彻底被废,而且意识到古文重要的人越来越多。

可见,林纾一直为白话文运动的倡导者的极端做法深感遗憾,惟恐传统古文失去传人,祖国的文学遗产将会被葬送。但林纾并没有悲观,他知道迟早人们会理解他的。因此,1924年9月5日林纾病危期间,仍谆谆告诫儿子林琮说:"无用粗笨家伙,尽拍卖,以免堆积。唯书不可卖,琮儿宝守之。"还说:"琮子古文,万不可释手,将来必为世宝贵。"②这表现了一代文学语言大师的远见卓识!他用"古文"翻译小说的良苦用心由此亦见一斑。

总之,林译小说中的语言还不是严格意义上的古文,他已经对传统古文进行了改革,他所使用的翻译语言既有传统古文的某种韵味,同时又进行了通俗化的"改革",显得更为生动、形象、明快而流畅,尤其译文中出现许多白话,使得林译小说的语言较之传统古文更接近口语。外来语和欧化句法在文中大量出现,说明作为古文家的林纾在从事翻译活动时,面对外国小说这种新的体裁,他不得不探索一种与之相适应的新的文学语言。"林译小说"中的语言可以说是古文和白话文之间的必要环节,对"五四"时期语言改革的拔苗助长的做法是一个修正,它在中国文学语言演变过程中确实起到了一个重要的桥梁作用。

原载《明清小说研究》2005年第4期,《人大复印资料》
(《古代、近代文学研究》)2006年第4期全文转载

---

① 林纾《论古文白话之相消长》,见《文艺丛刊》第一期,1919年4月。
② 薛绥之、张俊才《林纾研究资料》第60页,福建人民出版社1983年版。

古代诗词研究

论中国古典诗歌研究的文学生态学途径

陈玉兰

生态学是研究生命系统和环境系统相互关系的学科,它与文学一样都以人为最根本的出发点。因而,在文学研究领域借鉴生态学的视野、观念和方法,不仅颇为必要,而且极有可能。文学生态学作为一种正日益引人注意的文学研究方法,是从作为人学之文学的作家生物圈出发,以系统网络的观点,全面分析各种生态环境(包括自然的、社会的、文化的)对作家生存状态、精神心态——合言之,即文学主体生态(包括创作主体和接受主体的个体生态、群体生态、生态系统)——的决定性影响,进而研究文学主体生态对文学作品本体生态(即作品形态)的作用机理和作用规律,以及文学家的个体生态、群体生态和生态系统与文学产生、存在和发展之间的相互关系。

由此看来,文学生态学的核心内涵是:文学是一个生态系统的存在。文学生态系统指的是以文学活动为中心,让创作主体、作品本体、接受主体这些互相关联的因素,按逻辑序列作出动态组合的一个整体。其中,文学主体(包括作者与读者)的个体生态、群体生态和生态系统——这"三态"之间有一种顺向合成与逆向笼盖的关系;文学主体的生存状态、精神心态和文学作品形态——这"三态"之间,有一种顺向生成与逆向印证的关系。因而,不论是文本读解,或是主体考察,都只有将其统纳于这个系统中,才能求得较科学的结论。文学生态系统中各个子系统之间的这种彼此关联,构成了一条彼此衔接、互相吻合的生态长链,使文学生态具有复杂开阔、内涵丰富的特点。促使文学在八面来风的生态环境中强化文学主体与作品本体的生态功能,藉以提高特定文学生态系统的生态位。

由此亦可见,文学生态学的理论和方法对文学研究的其他理论和方法(如文学社会学、文学心理学、文学地理学、文学解读学等)具有较强的包容性和涵盖性,用这种研究思路进行文学研究,对文学现象的本质还原和作品意蕴的深层掘发,无疑都有重要意义。

中国古典诗歌研究正可以走一条文学生态学途径,这条途径的起点是文本解读。

现代解读学认为:"文学是由作家(writer)、作品(writing)和读者(reader)共同构成的'三r关系'的整体,读者的解读活动是文学整体过程中一个基本的构成部分,对实现文学的意义和价值有着不可缺少的重要作用。"[①]的确,解读既是一切文学功能得以发

---

① 曹明海《文学解读学导论》第3页,人民文学出版社1997年版。

挥的基础,也是一切文学解释过程的前提。但解读是文本——读者的双向运动,还是作家——作品——读者的交互作用?在解读过程中,读者主观能动的创造性发挥有何限度?解读的目的是进行创造性发挥呢还是尽量贴近作者意旨?是应该进行客观的解读还是主观的解读?在解读方法中,以文本为主体的接受美学、完形理论、结构主义、直觉感悟,与以作者为本体的实证主义解读、社会历史批评、创作心理分析,可否兼容?是否排斥?孰优孰劣?这些问题是现代"新批评"解读理论与传统诠释学之间歧义之所在。之所以产生这些问题,在很大程度上可以说是我们一直以来没有把文学研究,或者说中国诗歌研究纳入文学生态学视野的缘故。

　　本文拟从生态系统出发考察生态环境对创作主体——诗人、作品本体——文本、接受主体——读者的影响,以及这三者之间的交互制约,意在为以文学生态学为途径研究中国古典诗歌的方法作一个兼具实践操作意义的说明。

一

　　古典诗歌研究者历来将编撰诗人年谱、考证诗人生平、探究作品本事作为诗歌研究之基础和前提,这种原本不失为优良的传统曾几何时却备受现代派诟病甚至讥嘲。传统风尚固然有其拘泥不化、繁琐细碎之弊,然而,那种无视本源,一味从文本分析出发、排斥任何参照系的"新批评"风尚,无疑也不无偏颇。"新批评"的解读理论认为:"天下的好作品都是私生子,它们没有父亲,也没有母亲","它一生下来就脱离了作者而独自来到世上"[①]。如果将作为心灵载体的诗歌作品作这样的真空处理,那无异于凝滞了它原本流走的血脉、僵化了它原本蕴具的鲜活的生命力,而仅仅成为"为艺术而艺术"的供人玩赏的骨董。虽然,诗歌作品如同所有文学作品一样,本身具有自足的审美价值;但封闭式的感知赏玩,毕竟只是诗歌学术研究徘徊于外围、悬浮于浅层的初步;把握作品的生成过程,亦即了解文学作品的原生态,无异于创设了一个触摸、体贴作者的有效空间和感受、体验作品的具体情境;只有步入其间,才能走近作者心灵、挖掘作品内蕴,从而挺进研究深度、提高研究层次。总之,任何作品都不是无父无母的私生子。它是创作主体在具体的生存状态之下,由特定的精神心态酝酿孵化的。因而,研析创作主体——诗人,把握其生命的脉息和心灵的悸动,无疑是提高作品解读层次的中介。

　　因此,对主体的考察是中国诗歌研究绕不开的基础,而这场考察只有在文学生态系统中展开才能获得如期的成功。虽然,表面看来,作为创作主体的诗人的创造,犹如春天里的种子,到一定时候自然要发芽抽枝的,并不是非有明确的目的不可。但有一点却不能否认:真正属于心灵的创造,必然取决于生态的需要,正好比花开的形态,除了取决于种子的质性之外,离不开气候、环境、土壤的影响一样。那么,诗人创造的需要是如何促成的呢?我们认为:除了来自于诗人自己的内在生命冲动外,更来自于自然、社

[①] 曹明海《文学解读学导论》第6页。

会、文化这三大生态环境对主体(作者、读者)的制约作用中产生的生存需要。说具体一点,更来自于特定时代广大人民群众向宇宙人生的自然和社会人生的政治、经济、文化索取的生存需要。由此可知诗人为什么要创作这个问题表面看来可以认为是无目的的,其实有着潜在的大目的。所以在中国诗歌研究中,若把一个诗人置于生态系统中去看其创作行为和文本意蕴,就意味着不能脱离生存环境——特别是社会大环境,以及这大环境牵制的、由诗人自己和读者组成的文学主体对政治、经济、文化所怀有的包括审美理想在内的生态需要。因此,中国诗歌研究必须充分重视文学主体生态。首先是创作主体生态。它由诗人个体生态和与之相关联的群体生态,以及统制一切个体与群体的国家生态系统构组而成。概括而言,创作主体生态包括以下几方面内容:个人履历表、家族文学链、闺阃生物圈、乡邦文化场、交游唱和群、国家"订货单"(即国家文化政策)等。其次是接受主体生态,由接受者个体生态、群体生态以及与之相连的审美文化生态构成。其可包括以下几方面内容:业内同仁群、师承授受链、情趣组合圈、社会关系网及信仰派系、党派团体等。如能对文学主体生态作这样深入的考察,那中国诗歌研究中的不少疑难问题就会有一个合乎事理的解说了。

为说明文本分析中主体生态考察的重要性,我们试着来解读下面这首诗——《诟鼠诗》:

        鼠为穴虫总[①],至黠传往籍。品侪逐臭蝇,庋并含沙蜮[②]。挟邪作奸利,如禾有蟊虫。要当屋梁伏,冀免铜丸掷[③]。主人有闲斋,倦游事栖息。洒扫敞十弓,经帷敷片席。扈班与裘钟[④],各各令修饬。不知始何年,精鼩[⑤]窟其侧。卜术惭仲能[⑥],须材负不律[⑦]。忝号中书君[⑧],雄长金枷国[⑨]。分无凭社威[⑩],粗具搬姜力。旁舍窥余蔬,邻厨艳残炙。耽耽历岁时,唧唧似谋画。一夕率其群,乘予出门隙,翻腾败瓶罂,沸乱到书册,触屏类穿墉[⑪],啮帐等裂帛——只期偷太仓,扰及扬云宅!有若古语云:"室怒而市色。"朝来入书堂,什器半狼藉。周观得其由,睚眦肯缄默?贪饕本

---

① 《说文》曰:"鼠,穴虫之总名也。"
② 《春秋·庄公十八年》:"有蜮。"疏谓:"含沙射人影。"《博物志》曰:江南山溪中有射工虫,长二三寸,口中有弩形气,射人影,不治则杀人。
③ 《广博物志》卷四七:"王肃造逐鼠丸,以铜为之,昼夜自转。"
④ 《说郛》卷三一:"羲之有巧石笔架名扈班,献之有班竹笔筒名裘钟,皆世无其匹。"
⑤ 《说文》:"鼩,精鼩,北地风鼠也。"《本草纲目》卷五一下:"鼩鼱,似鼠而小,即今地鼠也。"
⑥ 《广博物志》卷四七引《玉策记》称:"鼠寿三百岁,满一百岁者则色白,善凭人而卜,名曰仲能,知一年中吉凶及千里外事也。"
⑦ 《世说》曰:"王羲之得用笔法于白云先生,遗之鼠须笔。"《法书要录》云:"钟繇、张芝皆用鼠须笔。"
⑧ 韩愈《毛颖传》("毛颖"即笔):颖为人强记而便敏,自结绳之代,以及秦事,无不纂录。累拜中书令,上尝呼为"中书君"。……后因进见,上将有任使,拂拭之,因免冠谢。上见其发秃,又所摹画不能称上意,上嘻笑曰:"中书君,老而秃,不任吾用。吾尝谓君中书,君今不中书邪?"
⑨ 《广博物志》卷四十七曰:"西域有鼠王国。……鼠头悉已白,然带金环枷。"
⑩ 沈约《恩倖论》曰:"鼠凭社贵,狐藉虎威。"
⑪ 《诗》:"谁谓鼠无牙,何以穿我墉?谁谓女无家,何以速我讼?"

天性,爱书不汝劾!顾予澹荡人,风牛渺焉隔。奈何肆牙吻,如盲昧黑白?急思掘隧攻,酷拟迎猫食;或伺用鱼斗,或烧类地拍①。叱呼社君前,肃听张汤磔②。鼠若跽致词,无言对以臆:"我侪长于斯,空庑恣安适,饮水腹期满,拱穴计诚得。自子来摊书,致我形昼匿。由来盗憎主,此理讵难识?子书富填胸,利齿莫能蚀;子文颇光焰,寸目奚解测?予若国狗耳③,遇物无不咋。相妍固妄动,见怒亦量窄。曾闻千金弩,轻发良可惜。即令五技穷④,岂复一钱值?况未公然来,对面为盗贼。推情更应恕,薰逐无乃刻!"俯思迪尔笑,挥手罢诃责。移我绳穿床,收我韦编《易》,逝将远去汝⑤,诛茅室重辟。舍肉尚有余,庭虚任跳掷。舞门⑥毋我猜,裹珠勿报德⑦。但冀发悔心,吐肠成感格⑧。请学梁简文,留尘看行迹⑨。

此诗文字极其晦涩,即便不说字字有来历,至少也是句句有出处。为方便文本字面意思的把握,今择其中典故之要者脚注如下。典故如此之多,出处如此之广,作者创作动因安在?目的指向若何?是故弄玄虚,炫耀学问渊博?还是隐约其辞,设置阅读障碍?对于文本内涵,又该作何理解?可以说,如果脱离任何可供参照的创作背景而全凭"直觉感悟"(结构、完形、接受诸理论都以直觉感悟为前提),则难免只留下表面的、外在的、肤浅的、乏味的印象或者得出展衍的、貂续的、讹变的结论:文字游戏而已!或"鼠"患而已!或此"鼠"即彼"鼠",与《诗经》里的"硕鼠"并无二致,只是一"硕"一"黠"之别罢了。至于"鼠"是实指还是象征,则就人言人殊了。而如若象征,象征谁何?更是智者仁者。因为不同的人眼里的鼠是可以不一样的。若将这首诗完全按"新批评"派那样作真空处理,那么,上面一连串问题的确会接踵而至,无由解决。在这里,如若我们试着为《逭鼠诗》的解读添注一个作者,并为之作一番文学主体生态的考察,那么,原先直觉感悟所得的印象就会大为改观。

此诗作者为清代嘉道时期寒士诗人彭兆荪,诗写于嘉庆六年(1801)的江南。其时正是大部分江南士人为前此波赓浪叠的文字案狱震怖得心魂未定、噤口结舌、钻入故纸堆之际。这是一个颇有意味的时空,颇具个性化特征的主体与这特定的时空相遭遇,碰

---

① 《钦定重订契丹国志》卷二十七《岁时杂记》:正月一日,帝以糯米饭白羊髓相和为团,掷团于外,得奇数,于帐内诸火炉内爆盐,并烧地拍鼠,谓之惊鬼。
② 《史记》曰:张汤,杜陵人也。其父为长安丞,出外,汤为儿守舍,而鼠盗肉。其父还,怒,乃笞汤。汤掘得盗鼠及肉,掠治讯鞫论报,并取鼠与肉具狱,磔堂下。
③ 《左传·襄公十二年》曰:"长木之毙,无不摽也;国狗之瘈,无不噬也。"瘈,狂也。
④ 《荀子》谓鼫鼠五技而穷。五技谓:"能飞不能上屋,能缘不能穷木,能游不能渡谷,能穴不能掩身,能走不能先人。"
⑤ 《诗·硕鼠》:"逝将去女,适彼乐土。"
⑥ 《文献通考》卷三一四:"京房《易传》曰:'诛不原情,厥妖鼠舞门。'师古曰,不原情者,不得其本情。"
⑦ 《山堂肆考》卷二二二:"景平中,东阳大水,永康蔡喜夫避水住南垄。有鼠浮水来,伏喜夫奴床角,奴愍而不犯,每以食与之。水既退,喜夫返故居,鼠衔捧青绢纸裹三寸许珠着奴床前,啾啾如欲语也。"
⑧ 《水经注》:"唐公房,成固人,学道得仙","白日升天,鸡鸣天上,犬吠云中,惟以鼠恶留之。鼠乃感激,以月晦日吐肠胃更生,故时人谓之唐鼠"。
⑨ 《世说新语》:"晋简文为抚军时,所坐床上尘,不听拂,见鼠行迹,视以为佳。"

撞出了特定的诗情,为我们解读此作提供了非常丰富的参考信息。

作为诗人的彭兆荪瓣香杜诗之沉郁顿挫,其总体诗风与老杜亦颇相类。他讲究比兴寄托,强调"勿无为而作",因而绝不屑于将诗歌作为游戏的技艺、炫耀的工具。这种创作态度在他的《小谟觞馆诗集》卷六《寒夜题沈钦韩诗卷》七首之三中说得很明白:"古人咏史诗,一一皆有托。今人咏史诗,纷纷乃无著。徒抱炫学心,聊博时流愕。……令皆入歌诗,毋乃弹词若。欲探风骚原,先须体裁度。一言以蔽之,毋无为而作。"在上题之五中彭兆荪曾自谓年轻时诗作"所嫌好奇博,不复勤簸扬。墨潘恣淋漓,心苗转微茫"。但《诋鼠诗》作于他"迷途返康庄"之后的晚年,自是"立言必根情,选字必撷芳"的。"弔诡其辞",以怪异荒诞的形式,寓丰富深刻的内容,并以此达到"言者无罪、闻者足戒"的效果①,这是彭兆荪常用的艺术手法。这种特点在《诋鼠诗》中也表现得非常显豁。

诗写鼠与人的矛盾冲突及其结局,冲突的媒介是人的财产横遭鼠之破坏。但特定的时间和特定的作者让我们觉得这冲突绝非表面看来的这么简单,而有着深层的意味。

先来看看诗中的"鼠"。"鼠为穴虫总",而作者要说的是其中特殊的一种,它是北地的凤鼠(䑕鼩),它戴金枷枷("雄长金枷国"),与一般的鼠面目不同。而且它也不具备一般的鼠通常有的用须髭尾毛制笔的作用("须材负不律"、"忝号中书君"),即这鼠与风雅翰墨毫不相干。它没有什么本事("粗具搬姜力"、"即令五技穷"),但凭社而贵("分无凭社威"),昼潜夜出("况未公然来,对面为盗贼"),尽干些含沙射影("庋并含沙蝛")、见人乱咬("予若国狗耳,遇物无不咋")、颠倒黑白("如盲昧黑白")的勾当。

再来看冲突的另一方"主人"。这是一个倦游幽隐的士人("倦游事栖息"),日常以读书著述为事("经帷敷片席","扈班与裴钟"),自以为胸怀坦荡,不会卷入任何的诉讼纠纷之中("顾予澹荡人,风牛渺焉隔。奈何肆牙吻,如盲昧黑白?"),然而老鼠却破坏了他的家园。他很想来一番张汤磔鼠式的报复("叱呼社君前,肃听张汤磔"),但最后却宽容作罢("俯思迺尔笑,挥手罢诃责"),携着儒家典谟("收我韦编《易》"),另觅乐土("逝将远去汝,诛茅室重辟"),希望以淡出的姿态免灾避祸("舞门勿我猜"),并以自己的宽容("裹珠勿报德")来赢得老鼠的痛悔和自新("但冀发悔心,吐肠成感格")。

而冲突的原因此"鼠"说得很清楚,是因"自子来摊书,致我形昼匿。由来盗憎主,此理讵难识?子书富填胸,利齿莫能蚀;子文颇光焰,寸目奚解测?予若国狗耳,遇物无不咋"。

至此,我们已不难感受到,诗中所写实为与"鼠辈"有着相似行为方式的人对于知识者、文化人的骚扰与迫害。但仅仅停留在这一层面还是远远不够的!文本本身所提供的诗情信息,若与创作主体所处的特定时空及由此时空决定的特定心态相结合,则诗中作为异类鼠的意象之对于作为异族("生于金枷国")而入主华夏的文字案狱的酿造者和

---

① 《小谟觞馆诗集》卷二有《拟新乐府六首》,其序有曰:"独爱乐天、文昌、仲初诸新乐府,比事类情,长于讽喻……暇时偶有闻见,辄效为之,仅得六首。中间或弔诡其辞,要取言者无罪、闻者足戒。若以为元叔嫉邪、刘四骂人,则吾岂敢。"

禁书毁书政策的颁布者及其帮凶（"若国狗耳"者）的影射可谓历历可辨。用诗歌这种艺术形式来隐曲而又生动地描述文字案狱的发生、发展和结局，及文化政策的策划、出笼和影响，并给予案狱的制造者和政策的施行者以辛辣的嘲讽和挖苦，这在同时代的诗人中，不说绝无，也是仅有。然而，文字案狱的威慑，文化政策的高压，是当时文人生存的总体状态，而彭兆荪独有这样的诗歌作品，何者？这又取决于彭氏在社会总体生态下的个体微观生态。不考察诗人的微观生态而纯用所谓"没有姓名的艺术史"理论，是无法解释富于个性的艺术现象的。彭兆荪为骈文名家，学养有素，玩汉字组合的魔方自有其超乎常人的技巧。《逭鼠诗》创构于作者由塞北而迁江南之后。江南士人为清代各种案狱打击的主要对象，虽然彭氏南迁时文字案狱已近尾声，但生于江南长于塞北的诗人还是能明显感受到南北空气自由度的差异。一方面，诗人要发泄对异族残酷统治政策的强烈愤慨之情；另一方面又不便把发自内心的生命冲动毫无摭掩地表现出来，于是就发挥起他玩汉字组合魔方的专长，写下了这首内蕴丰富的寓言体诗歌。此诗在文字魔方掩盖下，对当局文化政策可谓极尽嘲讽之能事。全作采用了大量口语和典故，叫人一时莫名所以。但若对此略加索隐，便会让人会然于心，知其妙处。如"须卞负不律"、"忝号中书君"中，"不律"或为"笔"之缓读，或通常有贬义，指无规矩不守法之人；"中书君"既可以是笔的代称，也可以是封建社会最高权力机构(中书)中秉承君主之意掌文翰、发号令之官员；"忝"意谓羞愧，"忝号中书君"令人自然想起《尚书·尧典》中"否德，忝帝位"之语。有巧用多义词的，如"本无凭社威"、"叱呼社君前"中，"社"可指神社，也可指社稷，"社君"既可指主社稷的君主，也可以是老鼠的别称，即所谓"城狐社鼠"，进而引申为仗势作恶之人。还有妙用同义词的，如"予若国狗耳"的"国狗"，语出《左传》，其《襄公十二年》曰："长木之毙，无不摽也；国狗之瘈，无不噬也"；"国狗"一词在同书《襄公十七年》中，径作"瘈狗"，"狂犬"；而诗中典故的妙用更在于信息含量的丰富，如"穿墉"，表面看来是袭用《诗》中"谁谓鼠无牙，何以穿我墉？"之意，但事实上却同时蕴含着同诗后半"谁谓女无家，何以速我讼？"的诉讼纠纷之意；而"凭社"一词，除了"鼠凭社贵"之意外，也自然令人连类而及《晏子春秋》中晏子关于"国之社鼠"的比喻①。……这些词，或借音，或借形，或隐括省略，皆语带双关，义有兼具，冷峻凌厉，利用汉字组合的魔方，虚虚实实，时隐时显，暗寓着创作主体对国家最高统治者偏狭疯狂的文化专制统治的斥责。诗末直接借用了《硕鼠》篇中的"逝将远去汝"一句，但两诗作者"去"时的心态是不同的：一是深受剥削的贫民在"毋食我黍"的哀哀求告之后无可奈何，怀着乌托邦幻想，决绝而去；一是深受屠戮威胁、面对残破家园，而仍怀"政治良心"的士人临行也不忘捎上儒家典谟，心怀沉痛地发出"但冀发悔心，吐肠成感格"的讽喻，迟迟疑疑地离去。我们只有在认清了嘉道时期总体文化生态之后，进一步充分认识创作主体对清代统治者及其文字案狱所抱的激愤态度，挖掘出了这样的个体微观生态，才能体察《逭鼠诗》在平易和古

---

① 《晏子春秋》曰："景公问晏子：'治国何患？'对曰：'社鼠者不可薰，不可灌。君之左右，出卖寒热，入则比周，此国之社鼠也。'"

奥相杂的字面涵盖下丰富的诗情信息和社会意蕴,从而与历朝历代不同作家的同类作品(如《诗·硕鼠》、后魏卢元明《剧鼠赋》、唐陆龟蒙《记稻鼠》、宋王禹偁《竹鼺》、宋苏轼《黠鼠赋》、宋李纲《蓄猫说》)相区别,也只有这样才能避免在直觉兴会下目该诗为文字游戏的皮相的感悟。

如果说上述种种仍嫌牵强,那么,我们还可以为"影射"说再加一条佐证:此诗距作《题徐山民待诏达源家藏国初诸老寄吴汉槎塞外尺牍册子》不久,而吴兆骞是深受文字案狱之苦的一个典型,两诗在彭氏的按创作时间编排的诗集中排得很近,当决非偶然。

再看文学主体生态中的接受主体生态。彭兆荪何以敢、何以能把这样"悖逆"的诗付诸枣梨,任其流传?这是同当时有一大批与彭氏处于同一审美生态位的读者的认同和接受分不开的。《诖鼠诗》系彭氏生前由其"友生"刊刻流传。这些靠师承关系、信仰派系、情趣圈子组合成的"友生",以其独特的接受主体生态环境——尤其是其中的感情共鸣,并凭仗着诗歌语言本身所具有的迷彩效应,对此诗作出了无惧杀身之祸的热情支持。

从以上分析我们可以看出这首晦涩难懂的寓言诗的本义了:它是文明与野蛮、在野与在朝两股势力的对抗,结果以在野的文明力量暂时隐忍退让为结局,但隐退者仍怀有复兴的希望。这种解读也许也是有所附会有所变形的,但至少这是在文本解读的基础上,由文学主体生态至作品本体生态的逻辑推理得出的结论。

由此可见,文学主体的生存状态、心理心态,始终是作品文本解读的参照系!而在中国古典诗歌研究中,作品本体的考察确实也存在一种就文本论文本的封闭式倾向,这就难免出现文本误读的情况。提倡文学生态学,把文本置于文学主体生态系统中来考察,是使作品本体研究走上正途的有效策略。

二

通过对文学主体生态的考察来深化对文本的理解,固然是以文学生态学研究中国诗歌的一条行之有效的策略途径,但同样也可以逆向地通过对作品本体生态的考察来深化对主体生态的理解。从某种意义上说,这也许是以文学生态学的策略途径来研究中国诗歌的尤其重要的一个方面,其突破口,则是探求作品本体生态系统。

作品本体生态主要包括三个方面:文本的内在尺度、文本的意象群落和文本的传达功能。这三个方面是和文学主体生态的以下三个重要方面相对应的,即从文本的内在尺度可以看出主体的创作生态位;从文本的意象群落可以看出主体的审美敏感区;从文本的传达功能可以看出主体的节律感应度。

从文本的内在尺度看主体的创作生态位大意即指从作品研究诗人人品。所谓文本的内在尺度,实指创作过程中把主题思路、情感色调、艺术层次等方面交融得有机而匀称的作品建构标准。所谓生态位,是指一定的生物物种在生态系统的结构中所占有的独特位置。文学生态学要求从作品的内在尺度看主体的创作生态位,这实际上看的是综合文本各因素而得的总体格局在主体生态系统结构中所有的独特位置。的确，诗人的创作生态位必须从作品的总体格局中去把握。我们说诗史即心史、诗歌是诗人心灵的载体，意思也就是说从诗歌文本中可以看出诗人的人生态度、思想境界、审美趣味，而这一切也就构成了一个诗人独特的创作生态位。

从文本的意象群落看主体的审美敏感区，是通过作品研究一个诗人的生活阅历和审美视野的重要依据。所谓意象群落指的是综合一个成熟诗人的主要作品而获得的基本意象，经过延展和组合而形成的意象系列。诗是通过意象来抒情的。一个诗人的主要作品中频繁出现的几个意象就是基本意象，它们可以向周边联类延展，如"夕阳"为韦庄诗的基本意象，由这个意象又可以联类而及"晚钟"、"流水"、"落花"、"暮角"、"衰草"等意象，又可以延伸而衍展出"残月"、"梦"、"秋"、"愁"等意象，那就在创作生态中形成了一个意象系列，在文本构成中也就出现了一个个意象群落。一个成熟的诗人所拥有的基本意象，从现实生态角度看，实属诗人生存状态中的生活敏感区；从文学生态角度看，则实属诗人心理状态中的审美敏感区；而在一个创作生态系统中，主体的意识和存在是相互作用的。诗人凭自发或自觉的意识投入生活，形成自己的生活敏感区；又自发或自觉地在这生活敏感区中，经长年的审美体验而获得自己的审美敏感区。由此可见，从文本的意象群落可以追踪到主体的独特的审美意识及其对生活作审美概括的规律、对世界作审美把握的程度。也就是说，文本的意象群落可以显示主体的生活阅历和审美视野。

从文本的传达功能看主体的节律感应度是通过作品研究诗人之抒情灵商（相应于"智商"）的重要依据。所谓传达功能，指文本构成中语言意象化与结构象征化相交融的诗情信息传达形式所要求的灵敏性能。节律感应是针对节奏律动而言的。节奏之于诗，既是其外形，又是其生命。宇宙内的存在物没有一种是僵死的，那是因为都有一种节奏——也可以说是生命在里面流贯着。诗人应该从一切仿佛死的东西里感应出生命，从一切似乎平板的东西里感应出节奏。这样的节奏（或者节律感应），其实就是一种对情绪消涨的特殊感应。这种特殊感应首先总是停留在内在情绪中，随后通过一串串疏密有间的意象化语言和一个个层次分明的象征性结构交融而成的形式显示出来，这就是情调。这种情调用外在的抑扬顿挫的声音表现出来，就是音调。因此，从作品的由意象化语言、象征性结构以及抑扬顿挫、铿锵有致的韵律所形成的传达功能中，可以追踪到主体在创作生态中对情调和音调所特具的节律感应内容和产生这种感应的心理能力。这种能力可以是感觉范畴的，也可以是超越感觉的灵觉。显然这场追踪可以直达主体创作生态系统中的抒情灵商。

总之，包含以上三个方面的作品本体生态系统，相应地透现出了由三个层次组成的创作主体生态结构。这个结构显示为主体从人生境界推延到美学趣味；进而推延到感知素质的逻辑递进关系。这种关系的两极是创作主体的生存状态和精神心态。其间又以审美活动为中介而显示出双向交流。考察了这种逻辑递进并相互交流的关系，就可较全面也较真实地见出主体的生态特征。下面我们就试着凭这样的文学生态学策略途径,来考察中国诗歌史上一位颇为独特的诗人。

　　李商隐的《无题》诗,历来为人瞩目和称颂。但它们究竟是属于什么性质的诗,莫衷一是。有人认为那是李商隐情场屡次受挫后,在失意心态下写的艳情诗;也有人认为那是他奔走于牛李两党之间,在政治夹缝中疲于逢迎却两不讨好,仕途失意之际写的哀叹命运不济的托喻诗。这些都促使历来的研究者专从《无题》诗出发索隐李商隐的人生经历。典型的一例是周振甫。他在《中国历代著名文学家评传·李商隐》里,把《无题》中的下述五首全看成是托喻。如对"入京未补太学博士"时诗人"借住在令狐绹家里所写"的《无题·来是空言去绝踪》、《无题·飒飒东风细雨来》作了这样的理解:"第一首说令狐不来,五更上朝前派人催商隐有所书写。金翡翠指住处陈设华丽。蓬山指翰林院,恨已不能进入翰林院。次首轻雷指令狐车声归来,虽金蟾衔锁,亦将烧香透入,正写迫切陈情;贾氏爱少年,宓妃爱才华,说明已非其人,已不为所爱,相思只成灰而已,见得令狐不肯汲引。"对《无题·相见时难别亦难》他也采用同样的思路来理解:"末联说蓬山近,指离翰林院不远,希望令狐绹推荐。虽他已很难相见,但缠绵之情,到死方了。"至于《无题二首》,则更是按此思路发挥:"他去东川以前,跟令狐绹告别,住在令狐家,又写了《无题二首》(凤尾香罗薄几重;重帏深下莫愁堂)。首言'车走雷声'是令狐归而不得见,直到烛暗下来,只能跟柳仲郢去西南。次言不寐凝思,空斋无侣。难禁风波,难赏桂香。虽相思无益,终抱痴情。在临走时,还在想令狐的援引,希望进入翰林院。"①类此分析并非从作品本体生态系统出发透视作者主体生态结构,也非从主体的生态位出发来分析作品,而是采取了最简单的互证法:拿主体片段的人生经历,凭想象硬套在文本某几个孤立的意象组合体上,赋予各个孤立的意象组合体以托喻的特权,再反过来印证主体片段人生经历。这样做可谓把香草美人的托喻传统滥用了。这种研究既没有深究文本的内在尺度所显示的主体人生态度、思想境界、审美趣味,也没有细味文本的意象群落所呈现的主体审美敏感区之类型,更遑论从文本传达功能看主体节律感应度了。此类现象反映出一个问题:研究者没有建立起创作主体和作品本体的生态系统,并将其纳入整个文学生态系统中去作考察。如此,失误在所难免。

　　上述五首《无题》诗可谓李商隐诗歌之代表作,体现了李商隐诗歌创作的整体风貌。因此,从中可以概括出李商隐诗所特具的内在尺度、意象群落和传达功能。

　　首先,这五首《无题》诗都具有文本构成独特的内在尺度,表现为主题思路的一致,即忠实于人性的自然表现。按这条思路展开,可以将上述五首《无题》诗所抒发的男女相爱无门的苦恋之情置于如下一个生态结构中:"原我"欲从"自我"的控制下挣扎出来,以争取两心相契;但因这种完美境界不能达到,从而使主体对真实的生命价值是否存在发生怀疑,以致作出炙心的拷问。在"相见时难别亦难,东风无力百花残。春蚕到死丝方尽,蜡炬成灰泪始干"——在这种"原我"与"自我"尖锐的冲突中,主体让"原我"

---

① 上引俱见《中国历代著名文学家评传》(隋唐五代卷)第686—687页,周振甫撰《李商隐》,山东教育出版社1983年版。

把本能充分地发泄,并以此来显示这场拷问的震撼人心。反映在情感的激情化特征上,则显示为"原我"的本能狂乱的奔突与"自我"的社会规范残忍的压抑相交织的生命焦虑。如果说"贾氏窥帘韩掾少,宓妃留枕魏王才。春心莫共花争发,一寸相思一寸灰"是希望中的绝望——一片生涯茫然,那么"曾是寂寥金烬暗,断无消息石榴红。斑骓只系垂杨岸,何处西南待好风"则是绝望中的希望——一片生存饥渴。这样的诗毋庸多说,的确处处闪烁着心境的焦虑。至于"神女生涯原是梦,小姑居处本无郎!"则更把焦虑提升为人生哲学的无奈了。就艺术层次看,在《无题·来是空言去绝踪》里,显示出从"梦为远别啼难唤,书被催成墨未浓"这一经验人生的现实困顿,向"刘郎已恨蓬山远,更隔蓬山一万重"这一超验人生的灵界大虚无作空茫而神秘的宿命转型。这里有着形而上感受信息的象征性表现。所以,《无题》以坚持人性本色的人生态度、世俗超越的思想境界和形式超验的灵境感召,为李商隐定出了如下一个创作生态位:不屑于奔逐朝市追求利禄,耽爱于超然尘俗浪迹心灵。

  其次,这五首《无题》诗,意象群落所显示的生活敏感区是集中而有机地串联在一起的。其中的"夜"写得最多也显示得最集中。由"夜"派生出来的生活敏感区计有"卧后清宵细细长"、"碧文圆顶夜深缝"、"月斜楼上五更钟"、"夜吟应觉月光寒"等诗句中对"夜"的意象化表现。由"夜"派生出来的还有如下几个生活敏感区:"月"——有"月斜楼上五更钟"、"夜吟应觉月光寒"、"月露谁教桂叶香"、"扇裁月魄羞难掩";"卧房"——包括一系列卧房用品,计有"晓镜但愁云鬓改"的"晓镜","蜡照半笼金翡翠"中的灯罩"金翡翠","麝熏微度绣芙蓉"中麝香四溢的"麝熏"和蚊帐"绣芙蓉","金蟾啮锁烧香入"中蛤蟆香炉"金蟾";"贾氏窥帘韩掾少"中的"帘","宓妃留枕魏王才"中的"枕","凤尾香罗薄几重"中的凤尾香罗锦被,"碧文圆顶夜深缝"中的碧天圆顶罗帐,"重帏深下莫愁堂"中的帏帐;"蜡烛"——计有"蜡炬成灰泪始干"、"一寸相思一寸灰"("灰"当指"蜡炬成灰"的"灰")、"曾是寂寥金烬暗";"女性"——计有"晓镜但愁云鬓改"中的"云鬓改"者,"扇裁月魄羞难掩"中用扇掩盖者,"重帏深下莫愁堂"中的"莫愁","小姑居处本无郎"中的"小姑",以及"贾氏"、"宓妃"、"神女"。综上所举当可以看出:这五首《无题》诗中不时出现的幽夜、明月、卧房、蜡烛、女郎,均属李商隐的生活敏感区,而它们之间因类的关联而形成的意象群落,在诗中反复使用,也就进一步表明它们实属主体生态中的审美敏感区。李商隐在其生态系统中之所以如此耽爱这几个审美敏感区,不正验证了他作为诗人具有阴柔之美的审美性格、女性化的生态位和耽爱幽渺、宁静的精神心态特征吗?这样的精神心态和由此延伸出来的人生追求,与浮躁的现实世界中争利禄于朝市者的人生追求相距实在太远、太格格不入了。

  再看这五首《无题》诗的表达功能。总体而言,五首《无题》的表达功能几乎都依凭朦胧得神秘的梦幻境界来显示。这其实是由李商隐特具的审美敏感区促成的。在这些诗中,李商隐特具的表达功能生态系统,在创作中能发挥核心功能的,是致力于"月斜楼上五更钟"的感发活动。正是这月斜西楼五更沉时分,"蓬山此去无多路,青鸟殷勤为探看"——随残梦遗留的幻思于烛影摇曳中放飞远去,换来的却是"刘郎已恨蓬山远,更隔蓬山一万重"——这一生命愁绪的宿命萦回。于是在李商隐的创作生态中形成了一个独特的创作心理机制,这个机制是以似真似幻的梦为动能的。五首《无题》诗中,"来是空言去绝踪"的梦带出了忽近忽远的"蓬山","蓬山"上若有若无的楼阁,楼阁临窗处时隐时现的"贾氏"、"宓妃"、"莫愁"、"神女",而欲去殷勤探看的"青鸟"始终也抵达不了这个圣境,只能哀叹"神女生涯原是梦"。这道出李商隐的诗情信息始终是框在从梦的实有出发到梦的虚无结束——这样一个不断循环的功能结构中传达出来的。这个功能结构作用于作品本体生态系统的,乃是"希望→幻灭→再希望→再幻灭……"的情感流态,并在意象组合的文本抒情表现中得以落实。就这五首《无题》诗而言,单体意象的组合,有"相见时难别亦难"这样的二极同位并置,有"来自空言去绝踪"这样的二极同位递进;也有"断无消息石榴红"这样的二极同位逆折。从意象群落的组合看,《无题·相见时难别亦难》由前六行表虚无的意象并置转入后二行表实有的意象逆折;《无题·飒飒东风细雨来》由前六行表实有的意象并置转入后二行表虚无的意象逆折;《无题·来自空言去绝踪》则由前六行表虚无的意象并置转入后二行表更大虚无的意象递进。总之,五首《无题》的文本生态都显示为"虚无中的实有"或"实有中的虚无",甚至"虚无中的更虚无"。其中,"虚无中的实有"反映出主体创作生态中情绪内在律属"扬"的节奏感,而"实有中的虚无"与"虚无中的更虚无"则反映出其情绪内在律属"抑"的节奏感。如果说文宗大和六年(832)李商隐从楚太原幕时写的《无题·相见时难别亦难》以"蓬山此去无多路,青鸟殷勤为探看"这结束的两句,显示出全诗还具有"虚无中的实有"或"绝望中的希望",让情绪内在律还显示"扬"的节奏感的话,那么翌年写的《无题·来是空言去绝踪》,以"刘郎已恨蓬山远,更隔蓬山一万重"这结束的两句,则表现为对"蓬山此去无多路"的否定,显示出"虚无中的更虚无"或"绝望中的更绝望",情绪内在律无疑属"抑"的节奏感。这以后写的其他三首《无题》也都是"实有中的虚无",显示出"抑"的节奏感。可见从这几首《无题》诗的总体情绪流态看,是从幻美到幻灭的,情绪内在律也无疑表现为"扬抑"格。无需赘言,先扬而后抑的节奏是沉静之人的,故从这五首《无题》诗中可以见出李商隐创作生态中的节律感应是沉静型的,富有超然于世俗荣禄而耽于作生态大虚无凝想的精神心态特质。

至此,我们可以对上引关于五首《无题》诗处处体现为李商隐奔走于两党之间、为获得一官半职而献媚于令狐绹的说法下一断语:那是不确切的,因为这不符合李商隐的生态位。

当然,欲明辨对李商隐社会经历与人生境界的误识可以走多条途径,如傅璇琮在《李商隐研究中的一些问题》中,就运用历史考证法,得出结论:"李商隐绝不是历史上所说的汲汲功名仕途者、依迷于两党之间的软弱文人。"这无疑是对的,但若以诗为心声论,那么着眼于李氏的作品,从文本出发深入考察主体的生态系统,从中透视主体创作的生态结构,并为这位诗人的悲剧人生提供一份"心史"之佐证,则也不失为一条同样行之有效的途径。

这就是说:中国诗歌中研究中对创作主体的考察欲求深入,也离不开文学生态学的途径。

三

　　中国诗歌研究中尤其需要采用文学生态学策略途径的,是流派研究。

　　我们知道:包括自然、社会、文化这三个层面的大生态环境具有绝对的笼盖性,任何一个个体生态系统都必须自我调节以与之相适应。个体生态系统的这种独特的适应过程其实也是群体生态系统的调节过程。文学生态系统亦如之。一方面,文学主体个人的人生态度、思想境界、美学趣味、艺术宗尚等,会随着三大生态环境不平衡的变迁,而调整自身格局和相互关系;另一方面,生态环境的影响与调整,能促使文学主体的个人之间因心性气质的相近而产生文学格局的某种认同。这就使在特定的文学生态下产生特有的文学群体和流派有了基础。当然,这个基础对群体和流派的形成只是一种可能性,要成为现实还必须在各个主体之间寻找一个中介。这个中介就是"互文本性"。所谓"互文本性"指的是处在同一个文学生态中的作家(或诗人)都能以认同对方及其作品为前提,使自己的角色从创作主体兼而为接受主体,使得看来各自独立的文学主体发生生态关联,并进而使其作品本体既各具风貌,又互济共生,以此构成一个特定的文学群落,并呈现出一道由群落中的个体共同挥就的文学风景。这样,凭依"互文本性"的中介作用,文学群体和流派也就自然而然地摇首而出。

　　有鉴于此,我们认为:在文学群落的形成和文学流派的产生过程中会出现两种情况。一种是:共同的生态环境对文学生态的影响会导致主体间潜移默化地形成一种共识,这共识是文学流派产生的前提,体现为构成流派的作家至少都是有着相近文学趣味的群体成员。在群体文学生态系统中,创作主体之间的认同有一个基本的条件,那就是必须既互认为自己是对方的读者——接受主体,又互认为自己就是对方的作者——创作主体。这是走向相互认同的必由之路。其中的关键,则是互为接受主体。具备了这一点,也就具备了文学流派产生的基础;而要真正具备这一点,条件则是必须有一个文本交流的园地——聚会、唱和、书简往还、别集交流,以及系列丛书、群体合集的刊刻。另一种是:由"互文本性"效应产生的文学生态关联作用形成的文学群落,对文学流派的确立,有决定性的意义,具现为构成群落的个体作家们已在其作品本体生态的某一方面或某些方面显示出同一类美学风格。总之,文学生态学从作为人学的文学的作家生物圈出发,以系统网络的观点,既注重三大生态环境——包括由此推延出来的种族、宗族、家庭、生命、地域、交际圈、时代等的生态环境,对作家的生存状态与精神心态的决定性影响,又不忽视创作主体、作品本体和接受主体在文学生态系统中的互动关系,认为唯其如此,文学方能正式形成流派。

　　中国诗歌研究中的群体和流派研究,也只有遵循这样的文学生态学策略途径,才能深入。

　　这里试以清代嘉道时期江南寒士诗群为例,来作一番文学生态学的考察。

　　清代嘉道时期的江南寒士诗群是受当时生态大环境的影响而形成的。当然,这并不否定寒士诗人代不乏人且所在皆有,只不过清代寒士诗群人数更众,且有鲜明的江南地域色彩和衰世时代特征。若对徐世昌《晚晴簃诗汇》所录诗人作一个地域分布统计,我们会发现清代寒士诗人江南占了泰半。何者?这是与特殊的自然和人文环境赋予江南人特有的生存状态和精神心态分不开的。诗人之为人,难免受其所处地理景观的陶冶,而其作品,则在某种程度上可谓地理景观的独特反映。文学生态的地域特征和分布结构是影响作品体裁、题材和风格的重要因素,是创造性的文学活动附着其中无由腾离的大背景;各种类型的诗作莫不是特定的地理景观薰染陶育之下,作家特定心性气质的反映。杏花春雨江南以绮丽景致细腻温雅了一代代的江南文人,赋予江南人以特有的,包括尚文、享乐、仕进、隐逸等为表征的区域文化心理。这些心理气质氤氲出一种特殊的文化氛围,薰习其中的江南人在人生价值取向上注重当下的世俗生活情趣,崇尚修饰,讲究艺术品味。于是,这种区域文化心理与区域文化构成特质合成了江南文人群体生态的重要内容。两者相互推演,相互激荡,组构成特有的文学生态,孕育了江南文学的群体风格,其中,尤以寒士的个人抒情诗为特征。同时,江南寒士的群体生态在清代嘉道时期又烙上了新的时代的印记。先此,生活条件相对优裕的江南汉族士人,因执著于"夷夏大防"或畏惧于政治高压而产生消极抗争的退隐心理,其消磨心智的重要一途是钻入古纸堆中讨生活,因而导致"朴学"盛行,考据成癖,诗坛就整体而言也就冲淡了言志抒情、崇尚虚无的诗美追求。而此际,夷夏观念已趋淡漠,文字案狱也渐缓解,士人重又回归到挤挤攘攘的科举之途。为过科举之独木桥的千军万马在人仰马翻之后,因功名无望而对仕进心灰意冷、又因生活艰难而无法退隐到故纸堆中,其中的不少人就因科举而接受过严格的诗歌培训,从而成为寒士诗人。正是这些寒士诗人却因心性散淡、甘苦备尝而在创作中体现出人性真实抒情的倾向。于是,重清远的神韵诗、重雅正的格调诗、重考据的肌理诗、重程式的试帖诗渐渐淡出诗坛。因此,作为一个大的生态环境,嘉道时期是清代世道人心的转折期,反映着社会演变的文学,也正发生着由古代到近代的演变。这是个盛世的讴歌声渐渐消失的时代,这是个需要寒士诗人"鸣其不平"的时代,在诗歌王国中,这是个寒士诗人的时代。国家不幸诗家幸,寒士诗人因相同的命运自然而然地结成群体,并通过集体结社、群体联吟等等诗歌活动而渐渐地有了自觉的以诗抗衡社会的群体意识。因此,这一时期江南寒士诗群既显示出因生态的困顿而在心态上或狂或狷或耿或介或雅或俗的特点,又因他们生存际遇的隐幽沉沦,而使其创作也更具生活真实性,更富现实包容量,更显艺术感染力。另外,此期的寒士诗群除了在时代文化政策统属之下的江南地域特征外,还因谋生方式的变化而与幕客文化息息相关,更因生活情趣的注重而颇受闺阁文化的影响。这些构成了此期寒士诗人和诗歌个体生态、群体生态、生态系统的特殊而又重要的内容。其中,尤其不能忽视的是闺阁文化对江南寒士诗群的影响。

闺阁文化作为江南特殊的地域文化生态之一种,是推助寒士诗群队伍壮大的一股重要力量。在嘉道时期的江南——尤其苏杭一带,文化家族之间,地方才士之间,往往因联姻而有戚谊。姻亲网络在地域文化的创建中所起的作用颇令人瞩目。首先,这些以才学相矜尚的才士之间原本就是同气相求的同道；其次，其人在姻缘的红线贯串之下，自具某种凝聚力；再次，网络内的姻亲们共同参与的文化活动，活跃并升华了地方文化建设。这种带有一定地域色彩、具有某种姻亲关系或友朋之谊的社会群落，以其相同的政治经济地位而有着相似的生活方式与人生际遇，其成员大体包括以下四个层面：一、终身窘门桑户穷处陋巷者；二、才华英特而华年殂谢者；三、坐塾入幕饮食依人者；四、虽身达位显而不得其意具有典型的寒士心态者。正是这样一个社会群落，特别讲究诗化人生，群体的诗性文化氛围也往往特别浓郁。而闺阁诗人既是个体寒士诗意人生的伴侣，又是寒士群体活动的热心襄助者和参与者，更以其敏锐细腻的心灵体察着寒士的才情和际遇，发为由衷的赞赏与真切的同情，故而被落寞之士引为知音和知己，成为这些零落散处的寒士们凝聚胶合的黏性因子之一种，也成了这一生意略显暗淡的社会群落的足以感发人心的鲜亮的点缀。

　　以上种种，使清代嘉道时期的江南寒士诗群终于获得了一个属于自己的文学生态系统。这个系统是以下三个方面的有机组合：

　　首先，江南寒士诗人相互间大都怀有"嘤其鸣矣，求其友声"的内驱力，从而建立起了一种诗学知己式的生态关联。如这个诗群中三位代表诗人郭𪏭、彭兆荪、姚椿，其生存状态就很有一致之处，即都是科场失意之人，后又都做过幕僚，由此带来的是三人精神心态的某些相似。对封建士人来说，科第失意带来的创伤是一道很难逾越的无形的沟坎。处于这条无形的沟坎之前不自觉产生的心理障碍，对士人未来的生活影响深远。而仰人鼻息的幕客生涯、寄人篱下的精神压抑，对有强烈个性意识者也实难忍受。于是同处于此种境地的人之间就有了惺惺之惜[①]。这种相知相惜之情是一种不仅仅拘于诗文风格也不关乎个人功利的心灵底蕴的融合。寒士诗人的诗歌创作在很大程度上就表现为"求其友声"，相互支持以跨越这道沟坎，克服因此而产生的心理障碍。而也就在这种生态中，彼此之间才有了诗友和知己这一层关系。

　　其次，这些寒士诗人大都以双重身份出现在同一个主体生态关系中，他们既是创作主体，又是接受主体，藉以达到接受他人影响又影响他人的目的。他们互认自己是对方的接受者，这种相互虚心接纳对方的态度，使他们自发地形成一种群落意识。他们既聚会、唱和、联吟，相互切磋诗艺，同时又辑刊同仁诗集，如郭𪏭辑《碎金集》，朱春生辑《吉光片羽集》、蒋伯生辑《秋唱集》等。类此工作莫不对江南寒士诗群起了巩固与壮大的促进作用。

　　再次，江南寒士诗群真正的凝聚力在于充分发挥互文本性效应。这集中表现在，这个诗群的作品本体几乎不约而同地经常出现两大抒情主题：一、抒发自己穷困潦倒的生存状态。如在郭𪏭的《灵芬馆诗》二集中，处处可见如下抒情："未亡弱妹期年妇，垂老女婆七岁儿"之恸家门不幸；"一寸烛随乡梦短，二分月为旅人寒"之诉羁旅乡愁；"屋低起立轩碍眉，窗暗摊书墨生鼻"之状居室湫隘等等。再如彭兆荪，他曾是个铁血男儿，

[①] 参笔者关于清代寒士诗群系列论文中相关篇目，如《彭兆荪的不世诗情》、《郭𪏭其人其诗》、《任兆麟及其清思雅韵》、《姚椿雅正诗心论》等。

早年在《兵车行》中高唱："三边健儿好身手,金印须当觅如斗";而在游幕时期,所吐属的则尽是"逢迎讵乏贤,摧折气终下"、"无田无酒我不惜,惜此身当太平日"之类的抑郁之苦;而到后来的《悼亡》诗中,"以此报卿卿许否?佛烟禅榻送生涯"之类诗句,苦度人生的感慨则更其沉痛。二、除表现穷困潦倒外,江南寒士诗群还普遍流行一个很新颖的抒情主题:追求个性自由。朱筼在《物我》中说"相看梁上燕,未肯傍人飞",对表达这种主题的追求可谓最具代表性。个性自由的追求具体显示在两个方面:首先是抒唱超凡脱俗、神与物游的灵性自由。如任兆麟,他是一个特别向往神与物游的诗人。在诗中他充分营造了物我谐和的化境。其诗中"云"之意象出现的频率极高,且意态纷呈。如"云自无心水自闲"、"云水悠悠神与遇",以及由"云"而感兴出来的"孤鹤天空任飞去",可谓其诗心最好的说明。再如彭兆荪也标榜个性自由,他自道为诗为人的态度,有两句名句:"我似流莺随意啭,花前不管有人听!"这无异于不随流俗、张扬个性的宣言。其次是江南寒士诗群对于情爱已开始作真实的抒露。如寒士的闺中诗侣就曾轻吟"修到人间才子妇,不辞清瘦似梅花",这颇换得了寒士诗人"青衫未脱庸非福,红粉能怜倘是才"的心灵的餍足与心理的平衡。汪彦周在《慰甘亭悼亡》之一中说彭兆荪对爱情的执著是一种"万劫难空情世界"的追求。是的,这一批江南寒士诗群由于有闺阁诗侣的人生情趣渗透,较自由地抒唱情爱已成诗坛风尚,这虽引来了一批封建卫道之士的侧目,但他们依旧我行我素。如寒士诗人陈基之闺中诗侣金逸病在膏肓之际,得寒士诗人吴兰雪屡次邮诗讯病,金逸作《病甚题兰雪拜梅图》曰:"埋骨青山后望奢,种梅千树当生涯。孤坟三尺能来否?记取诗魂是此花。"这种情思真诚而大胆,其中包藏的脉脉温情较之不相授受时代的冰冷,无疑是人性复苏甚或舒张的标志。抒唱异性间的情思恋意,显然已是此期寒士诗歌显示个性自由追求的主题特色之一。郭麐在《甘亭见赠五言诗五章如数答之》中有句曰:"情多每恨儿女态,遇穷或出危苦词。"这显然是把这个诗群抒发穷困潦倒之哀苦和个性自由之渴求,概括地表达了出来,于是也可见出这批江南寒士诗人"互文本性"的存在。当然,除主题情绪的表现显示出他们的"互文本性"以外,这些诗人的那种与女性修养相通的"软性"诗艺修养特色,也为"互文本性"增添了色彩。那就是:江南寒士诗群因着和闺中诗侣的唱和切磋而颇具女性化的抒情风格:纤巧、细腻、性灵……满纸的柔媚,较少的清刚,又绝无峨冠博带、故作雍容的缙绅气,却在真切的吟唱中颇显深情摇曳、活泼灵动,从而使性灵末流率意滑易的颓靡诗风也因灌注了真情实感而略显生机。以上种种,强化了嘉道时期江南寒士诗群的"互文本性",也强化了这一诗群的内在凝聚力。

这也说明:一个完整的文学生态系统,必然会使文学群体和流派更呈独特的风彩,一个具有独特风格的群体和流派,必然会使文学生态系统更显完整。

结　语

这一场中国古典诗歌研究的文学生态学思考,是有一定的启示意义的。

无论是中国诗歌的主体研究,或者作品的本体研究,都必须纳入特定时期的文学生态系统中去进行。只有在这个系统中,我们才会发现,诗歌主体生态或者作品本体生态都统属于一个特定的诗歌生态关联网。被罩在这个网中的诗人、作品和流派,我们都不能以封闭自足的方法作单一的研究,必须考虑相互间的互动作用。如要真正把握作品本体的内在意蕴——特别是某种象征意蕴,就有必要从构成诗人生态的两大方面——生存状态与精神心态出发去深入了解和印证;如要真正了解诗歌主体的生存状态和精神心态,并进而判定其特定阶段的人生经历,则也有必要从文本所体现的审美敏感区去追踪出其生活敏感区,从中既能了解到主体的审美趣味,也能认定其生存行迹的基本规律,更能把握到他的节律感应的特殊性以及灵商高低度,从而判断出他的诗歌素质;而如要真正弄清一个流派构成的内在规律及其独特性,则有必要全面了解其代表性成员及其代表性文本的"互文本性"。

　　但是,如果我们只停留于对诗歌现象本身进行系统研究,那还是没有把握住文学生态学的真谛,也还会落入封闭自足的单一性研究格局。文学生态学进一步启示我们:在一个特定的文学生态系统中,特定的生态关联必然要和由自然(宇宙)、社会、文化三个层次有机构成的生态环境建立"互联网",并发生互动关系。这个三层次的生态大环境就实质而言,自身就是个宏观生态。它那动态的存在通过"互联网"影响着特定的文学生态系统。又通过这个生态系统影响着中国诗歌生态在系统中的文学主体、作品本体和诗歌流派,并藉这三者在生态关联中显示的人生态度、政治观念、审美趣味,来确立这一阶段诗歌现象的独特生态位,并进而以此为标准去不断调节好中国诗歌各个阶段、各个部分之间的新一层关系。只有这样,才能使我们对只满足于考证诗人生平经历、只关注于编撰创作年谱、只醉心于作唯文本构成考察等封闭自足的研究弊端得以避免;也只有这样,才能使中国诗歌研究在纳入文学生态系统作全方位探求中获得学术的深化。

原载《文学评论》2004年第5期

论古代六言诗

俞樟华*

在浩瀚的中国古代诗歌中,五、七言诗如同汹涌奔腾的长江黄河,气势宏伟壮观,引得无数文人的陶醉仰慕与倾心研究;而六言诗却如一条名不见经传的平凡小溪,虽然也是潺潺而流,但却不能奏出宏伟的乐章和展现壮阔的景象,以至被冷落到很少有人顾及的地步。可是这种起自汉魏、存在于中国历史每朝各代的文学样式,却是与五、七言诗体有着相似文学发展轨迹的诗体之一。因此,对六言诗根源与发展的探究,对于拓展古代诗歌研究的领域,是不无裨益的。

一

六言诗是我国古代诗体的一种,全片每句六字,体式上可为古体,也可为近体。对于六言诗产生的确切时代,由于原始文献资料的匮乏,至今尚无定论。但有一点可以确定,即六言诗的产生并不晚于五言、七言诗。在刘勰的《文心雕龙·明诗》篇中记载:"至于三、六杂言,则出自篇什。"[①] 即六言诗的源头是来自《诗经》的,像《周颂·烈文》篇中有"无封靡于尔邦",在《魏风·园有桃》篇中有"谓我士也罔极"[②],这是六言单句始于《诗经》的有力例证,同时也表明六言诗与"《召南·行露》,始肇半章"的五言诗有着基本相同的产生渊源和时间。在《文心雕龙·章句》篇中,刘勰又道:"六言、七言,杂出《诗》《骚》,而体之篇,成于西汉。"[③] 由于历史原因,今天我们已经无法看到西汉时期六言诗的全篇,但刘勰所言,必然有其依据。像任昉在《文章缘起》亦云:"六言自汉大司马谷永始。"[④] 明代谢榛《四溟诗话》卷二也有"六言体起于谷永、陆机长篇一韵"之说[⑤]。由于谷永的诗已失传,以前又确未见有完整的六言,所以赵翼在《陔余丛考》中辨析曰:"任昉云

---

* 俞樟华(1956—),男,浙江临安人,教授,硕士生导师。主要从事传记文学研究。曾在《文学评论》、《史学月刊》等刊物发表论文60余篇,出版专著5部,主持省社科规划课题4项,获省高校优秀科研成果奖二等奖1项,省社会科学优秀成果奖1项,省人民政府教学优秀成果一等奖1项(合作);省人民政府社科优秀成果二等奖1项(合作)。

① 《文心雕龙注释》,人民文学出版社1981年版。
② 《诗经》,中华书局1983年版。
③ 《文心雕龙注释》,人民文学出版社1981年版。
④ 任昉《文章缘起》,载《丛书集成初编》,商务印书馆1937年版。
⑤ 何文焕《历代诗话》,中华书局1981年版。

'六言始于谷永',然刘勰云'六言、七言,杂出《诗》《骚》'。今按《毛诗》'谓尔迁于王都'、'曰予未有室家'等句已开其端,则不始于谷永矣。或谷永本此体创为全篇,遂自成一家。"①西汉时期的六言诗,如今仅在《文选》中保留了东方朔的六言诗单句。《文选》卷四所载左思《蜀都赋》中有"和樽促节,引满相罚"句,李善注引东方朔六言曰:"和樽促节相娱";又卷二十一左思《咏史八首》中有"计策弃不收"句,李善注引东方朔六言:"计策弃捐不收"②。在逯钦立所编《先秦汉魏南北朝诗》中,还录有商五成《醉歌》中残留的一句六言诗:"出居安能郁郁"③。这些例子都说明早在西汉初年,就有完整的文人六言诗了,但由于数量较少,加上历史的散佚,大多没有被保留到今天。现存诗文总集中最早的比较完整的六言诗是孔融所作的三首:

  汉家中叶道微,董卓作乱趁衰。僭上虐下专威,万官惶怖莫违。百姓惨惨心悲!

  郭李分争为非,迁都长安思归。瞻望关东可哀,梦想曹公归来。

  从洛到许巍巍,曹公忧国无私。减去厨膳甘肥,群僚率从祁祁。虽得俸禄常饥,念我苦寒心悲。④

与孔融同时或稍后的曹丕、嵇康,西晋的陆机,南北朝的王规、庾信、陆琼等都有少量的六言作品,而且都是古体。在赵翼的《陔余丛考》中还录有:"古六言诗间有可见者。《文选》注引董仲舒琴歌二句。又《乐府》'月穆穆以金波,日华耀以宣明。'边孝先解嘲:'寐与周公通梦,静与孔子同意。'《满歌行》:'命如凿石见火,居世竟能几时。'《三国志》注曹丕答群臣劝进书,自述所作诗曰:'丧乱悠悠过纪,白骨纵横万里。哀哀下民靡恃,吾将以时整理。复子明辟致仕。'《北史·綦连猛传》童谣云:'七月刘禾太早,九月唉羔未好。本欲寻山射虎,激箭旁中赵老。'"⑤此外,曹植有《薄命行》六言体长诗,大概是汉魏六言诗中最长和极具文采之作。其中有云:"携玉手喜同车,北上云阁飞除。钓台蹇产清虚,池塘灵沼可娱。仰泛龙舟碧波,俯擢神草枝柯。"⑥此诗既兼有赋体的沉思翰藻,又具备诗体的灵动典雅,在堂皇整齐的词句中显示出六言诗内容上的坚实和厚重。它不仅说明六言诗在汉魏之际已经比较成熟,而且可以看出建安诗人在诗体形式方面的积极探索精神。

对于六言诗的形成,有学者认为"如果把《离骚》句尾的语气词'兮'字去掉,略加调整,便是长篇巨制的六言诗。"⑦对于这种说法,颇有附和者。鄢化志就认为,"六言是在两个三言句结合和《楚辞》七言句省去'兮'字的基础上形成"⑧。其实对于这种解释,古人早有驳斥。刘熙载在《艺概·赋概》中有云:"骚调以虚字为句腰,如之、于、以、其、

---

① 赵翼《陔余丛考》卷二十三,商务印书馆1957年版。
② 萧统《文选》,中华书局1965年版。
③ 逯钦立《先秦汉魏晋南北朝诗》,中华书局1983年版。
④ 萧艾《六言诗三百首》第1页,中州古籍出版社1987年版。
⑤ 赵翼《陔余丛考》卷二十三,商务印书馆1957年版。
⑥ 曹植《曹植集校注》第480页,人民文学出版社1984年版。
⑦ 萧艾《六言诗三百首》前言,中州古籍出版社1987年版。
⑧ 鄢化志《中国古代杂体诗通论》第170页,北京大学出版社2001年版。

而、乎、夫是也。"①骚体句在"兮"字等虚词的连缀下将两层涵义的词或短语贯穿于一体。正是由于后人忽略了这种"以虚字为句腰"的结构方式,以为去掉"兮"字就成为六言诗,这实际上是一种形式上的误解。因为六言诗一般没有虚词,而且是三个节拍,这与两节拍的骚体句有着完全不同的结构方式,因而两者之间不可能有形式上的直接承继关系。但六言诗毕竟产生于骚体盛行之际,因而它与同属产生于民间的可以歌唱的楚骚亦有关联,再加上后人的六言诗中偶尔亦可见"兮"字的句子,如元代虞集《题柯博士画》:"登孤丘而望远,见江上之枫林。放予舟兮澧浦,何天高而水深?"②这可能是导致误解产生的原因之一。

二

从前代保存下来的六言诗看,在最初阶段,如孔融、曹丕诸家的作品,都是句句押韵的,而且大多数为五句一首。以后逐渐有了变化,到了齐、梁朝代,强调声律,讲究对偶,整整齐齐,间句一韵,成为常式;到萧纲、庾信手里,诗的格律化、骈偶化,基本上已经形成。唐以后的六言诗,大都讲究声律,律绝区分尤其严格,已属于近体诗。所以明代胡震亨说:"律体有五言小律,七言小律,有六言律等(刘长卿集有之),及六言绝句(王维集有)。"③六言诗与五、七言诗由古体走向近体的发展趋势几乎是一致的。

据《全唐诗》统计,唐代共有六言诗七十五首,计四百四个二句。根据任半塘在《唐声诗》中的总结分类,六言诗可以分为以下几种:六言三句一调,如《渔父辞》;六言四句五调,如《回波乐》、《三台》、《舞马辞》、《轮台》、《塞姑》等;六言六句一调,如《何满子》;六言八句三调,如《三台》、《破阵乐》、《谪仙怨》等;还有六言十句一调者,如《寿山曲》。像《回波乐》、《轮台》、《塞姑》、《破阵乐》、《谪仙怨》等诗体,内容多是边地舞曲、塞上之词,颇具战争之象。

在唐代,写作六言诗的诗人逐渐增多,其中王维、刘长卿、皇甫冉、张继、顾况、韦应物、王建、刘禹锡、白居易、杜牧、鱼玄机等都有较好的作品。六言绝句也已出现,在清代严长明的《万首唐人绝句》中将六言诗附于五言绝句之后,共有五十首。其中最具代表性的是王维的《辋川六言》,王维在辋川作《田园乐》七首,亦题为《辋川六言》(录三),这使六言绝句有了名篇佳作:

  采菱渡头风急,策杖村西日斜。杏树坛边渔父,桃花源里人家。
  萋萋春草秋绿,落落长松下寒。牛羊自归村巷,童稚未识衣冠。
  山下孤烟远村,天边独树高原。一瓢颜回陋巷,五柳先生对门。④

---

① 刘熙载《艺概》(卷三),上海古籍出版社 1978 年版。
② 萧艾《六言诗三百首》第 152 页,中州古籍出版社 1987 年版。
③ 胡震亨《唐音癸笺》(卷一),上海古籍出版社 1981 年版。
④ 萧艾《六言诗三百首》第 34 页,中州古籍出版社 1987 年版。

辋川六言诗在艺术上有两个显著的特点：一是论古代六言诗均用四句整对之体，而且诗作偏重对仗的要求已超过了七绝的初唐标格；二是诗歌更偏重写景，意象密度较大，情语较少，注重在实实在在的景物中蕴涵无限飘渺情致。诚如赵翼所言："至王摩诘等又以之创为绝句小律，亦波峭可喜。"①说的一点不错。

对于六言诗的创作，宋以前的作者，大多偶尔为之，而且作品甚少。入宋以后，才出现了以六言见胜的诗人。在严长明编辑的《千首宋人绝句》卷十中收录了四十四家六言绝句诗共九十八首。其中王安石有四首，苏轼八首，黄庭坚四首，秦观六首，沈括四首，范成大十二首，姜夔二首，陆游四首，它如尤袤、杨万里、朱熹等名家也都有一些可读的六言诗。其中王安石的《题西太一宫壁》二首："柳叶鸣蜩绿暗，荷花落日红酣。三十六陂烟水，白头相见江南。""二十年前此地，父兄持我东西。今日重来白首，欲寻陈迹都迷。"②景色绮丽迷人，感情含蓄蕴藉。当时作家，无不倾服。南渡诗人亦有精心于六言者。以范成大而言，其六言诗足与其五、七言诗相媲美。如他的《有叹二首》："春秋兰菊殊调，南北牛马异方。心醉井蛙海若，眼空鹏海鸠坊。""贫福交情乃见，炎凉岁序方成。越亲本异肥瘠，鲁卫何曾弟兄。"③情感浓郁悲切，咏叹深沉有致，读来令人感动。此外，《宋史·艺文志》六还载有"吴逢道《六言蒙求》六卷"④，可能是传授六言诗基础知识的书籍，可惜现今已无缘再见。

明代诗人如"明初四杰"中的杨基、"三杨"中的杨士奇、"茶陵派"的李东阳、"前七子"中的何景明、"公安派"中的袁宏道、"竟陵派"中的谭元春均有六言诗传世，其中不乏佳作。另外李攀龙编有《六言诗选》，杨慎编有《古六言诗》，这些选本的出现，说明六言诗作在明代已经引起文人比较大的重视。杨慎自己也创作六言诗，如《正月六日温泉晚归》"月似银船劝酒，星如玉弹围棋。几杵林钟敲后，两行灯火归时"一诗⑤，巧妙地将明月咏为"银船"，用词十分新颖。在清代，不仅诗人们偶尔有写作六言诗者，而且将六言诗运用于小说创作之中，像《红楼梦》第五回《金陵十二钗图册判词》又副册判词之二存有一首完整的六言绝句："枉自温柔和顺，空云似桂如兰。堪羡优伶有福，谁知公子无缘。"⑥诗歌轻快自然，婉转流畅。可见六言诗在清代已经达到了典雅含蓄、技法高超的境界。

三

六言诗的发展和流传，首先与乐府有紧密联系。像魏晋六朝的六言诗，许多就是乐

---

① 赵翼《陔余丛考》卷二十三，商务印书馆 1957 年版。
② 严长明《千首宋人绝句》卷十第 240 页，上海书店 1987 年版。
③ 萧艾《六言诗三百首》第 119 页，中州古籍出版社 1987 年版。
④ 脱脱《宋史》卷二百七，中华书局 1977 年版。
⑤ 萧艾《六言诗三百首》第 171 页，中州古籍出版社 1987 年版。
⑥ 曹雪芹、高鹗《红楼梦》，人民文学出版社 1980 年版。

府。如曹丕、陆机均作有归属乐府的《董逃行》六言诗。崔豹在《古今注》中曰："董逃歌，后汉游童所作也。终有董卓作乱，卒以逃亡，后人习之为歌章。乐府奏之，以为儆诫焉。"①又如《怨歌行》《舞媚娘》《回波乐》《妾薄命》等六言诗均为乐府歌辞。在史传材料中，我们亦可见到六言诗与音乐之间的关系。《北史》：

次（阳）俊之，位兼通直常侍，聘陈副，尚书郎。当文襄时，多作六言歌辞，淫荡而拙，世俗流传，名为《阳五伴侣》，写而卖之，在市不绝。俊之尝过市，取而改之，言其字误。卖书者曰：'阳五古之贤人，作此《伴侣》，君何所知，轻敢议论？'俊之大喜。②

《宋书》卷二十乐二：

右歌黑帝辞。六言，依水数。③

《隋书》卷十五音乐下：

献奠登歌六言，象《倾杯曲》。④

北周庾信也有两首用乐府旧题做的六言诗，一首是《怨歌行》，一首是《舞媚娘》。《怨歌行》与《伤歌行》《长歌行》均为乐府歌曲，但是一般多系五言体，惟有庾信的这两首诗用的是六言，其《怨歌行》曰："家住金陵县前，嫁得长安少年。回头望乡泪落，不知何处天边？胡尘几日应尽？汉月何时更圆？为君能歌此曲，不觉心随断弦。"⑤《舞媚娘》曰："朝来户前照镜，含笑盈盈自看。眉心浓黛直点，额角轻黄细安。只疑落花漫去，复道春风不还。少年惟有欢乐，饮酒那得留残。"⑥乐府歌辞原本是五言诗，庾诗却写成六言八句。"如果将这种事实与用六言四句的诗歌配合的《回波乐》曲调首先在北朝制作的事实相联系起来，可见庾信的这两首六言八句是明显受《回波乐》一类胡乐制约的结果。"⑦《怨歌行》婉转含蓄地写出羁旅北方的悲苦，正如萧涤非先生所言："不直言陷虏思乡，却托之于远嫁之少妇。固知未变其绮艳之初体。"⑧《舞媚娘》则通过描写舞女清早对镜梳妆的情态和心理活动，表现青春短暂、及时行乐等汉魏古诗中常见的主题，具有宫体诗的轻艳精工。尤其是后者，"上继曹植乐府《妾薄命行》以六言诗写宫廷宴饮的歌舞场面的传统，下开唐代六言歌辞尤大用于艳曲及酒筵著辞两面的先声"⑨，在六言诗发展过程中起着承前启后的重要作用。

六言诗在其发展过程中与词曲亦有着密切的关系，正如《全唐文》所载许敬宗《上恩光曲歌词启》所言："某启：少傅元龄奉宣令旨，垂使撰《恩光曲》词，六言四章，章八韵。……

---

① 萧艾《六言诗三百首》第5页，中州古籍出版社1987年版。
② 李延寿《北史》卷四七，中华书局1974年版。
③ 《二十五史》，上海古籍出版社、上海书店1986年版。
④ 同上。
⑤ 萧艾《六言诗三百首》第24页，中州古籍出版社1987年版。
⑥ 同上第25页。
⑦ 李炳海《民族融和与中国古代文学》，东北师范大学出版社1997年版。
⑧ 萧涤非《汉魏六朝乐府文学史》第301页，人民文学出版社1984年版。
⑨ 姜必任《庾信对北朝文化环境的接受》，《文学遗产》，2001年第5期。

窃寻乐府雅歌,多皆不用六字。近代有《三台》、《倾杯乐》等艳曲之例,始用六言。"①但是像韦应物的《三台》和王建的《江南三台词》、《宫中三台词》等六言诗在后代均被划归词部。又如刘长卿的《苕溪酬梁耿别后见寄》:"清川永路何极,落日孤舟解携。鸟向平芜远近,人随流水东西。白云千里万里,明月前溪后溪。独恨长沙谪去,江潭芳草萋萋。"②全诗一共八句,是六言律诗中最工之作。后来词家将此诗改题为《谪仙怨》,又算作词了。由此可见,六言诗与词曲之间的密切关联。另外,六言诗的词句全部运用真实意象,这与元代马致远的《天净沙·秋思》"枯藤老树昏鸦,小桥流水人家。古道西风瘦马,夕阳西下,断肠人在天涯"这首"秋思之祖"在艺术手法上有相通之处。像陆游《夏日六言》"溪涨清风拂面,月落繁星满天。数只船横浦口,一声笛起山前"和文天祥的"流水白云芳草,清风明月苍苔"、"野竹疏梅沙路"等诗句,每句均有实像景物和事物,绘声绘色地写出了江南的山清水秀和雨过新晴的夏夜景象,在恬淡静谧的风情中透露出作者怡然自得的心境,充满诗情画意。

四

  为什么传统诗歌最终以五言、七言体为主要形式,而六言诗却没有大行其道、蔚为大观?首先主要是诗体自身的问题,其中最重要的是句式问题。古代汉语诗歌的"句式和字数是有密切关系的。偶字句和奇字句是显然不同的两个类型。所谓偶字句,主要是四言和六言;所谓奇字句,主要是五言和七言"③。诗歌的音步(顿),可以分为双音步(两字构成)和单音步(一字构成)两种,单音步一般出现在句尾,其时值与双音步相同,所以在吟诵中能形成抑扬顿挫的拖声。像五言的音步为二二一,七言的音步为二二二一,每一句的最后一字在吟诵时便得以适当拖长,使诗歌显得铿锵有力,韵味无穷。而六言诗因为总是以整齐的"双句"形式出现,其音步为二二二,所有的字在吟诵中,时值都是一样的,由于在音节反复过程中缺乏单音节音步的调剂,即没有音数的等差律,缺少五七言以"单""复"相间迭代时所产生的节奏感,声促调板,因此吟诵起来略嫌呆板单调,缺少变化。所以清人赵翼说:"盖此体本非天地自然之音,故虽工而终不入大方之家耳。"④同时,六言诗的写作特别讲究对仗的工巧,这不仅增加了创作难度,而且容易导致板滞不畅。宋人洪迈早就说过六言难工的话:"予编唐人绝句,得七言七千五百首,五言二千五百首,合为万首,而六言不满四十,信其难也。"⑤目前六言诗存量不多,佳作更少,大概与此有关。另外,在皇甫冉集中,有《酬张继》诗一首,其序云:"懿孙,余之旧好,祗役武昌,枉六言诗见怀,今以七言裁

---

① 《全唐文》卷一五二,中华书局1983年版。
② 萧艾《六言诗三百首》第37页,中州古籍出版社1987年版。
③ 王力《古代汉语》(通论二九),中华书局1999年版。
④ 赵翼《陔余丛考》卷二十三,商务印书馆1957年版。
⑤ 洪迈《容斋三笔》卷十五,上海古籍出版社1978年版。

答。盖拙于事者繁而费也。"①可见,六言较之五、七言,创作要求更高。所以六言诗作者不多,作品亦少,远不及五、七言诗的繁荣昌盛。

其次,六言诗不能流行还有深刻的社会和文体发展原因。唐代进士考试以五七言取士,从而使五七言诗歌成为进入仕途的捷径。作为闲暇之作的六言诗当然不可能与统治阶级所倡导的诗歌形式相抗衡。号称"道济天下之溺,文起八代之衰"的韩愈,他与柳宗元等人一道掀起古文运动,主张用参差不齐、长短交错的语言句式来写作古文,大力反对六朝以来盛行文坛的骈俪之文,极大地动摇了霸占文坛已久的骈文的统治地位。因为正宗的骈文,也叫四六文,其句式都是四字、六字一句的,整整齐齐,规规矩矩,思想感情的表达受到了严重的束缚,所以遭到了唐代古文家的极力反对。六言句式因为长期运用于骈文写作之中,诗歌自然而然作了某种程度的让步;另一方面,以四六言为主的骈文遭到古文家的猛烈攻击之后,诗人们有意无意作了相应的回避,以免遭人非议。这又从一个侧面影响了六言诗的发展,使得注重对偶双字的六言诗只能成为抒写情景和闲余心境的偶尔之作。另外,古代六言诗的产生与句式主要以四、六字为主的辞赋有着密切关联。而在辞赋由诗向文的转变和发展过程中,一方面是辞赋与诗文划清了界限,另一方面也意味着诗句中四言、六言的减少。唐代及其以后的诗歌都以五言、七言为主,而四言和六言相对较少,其中六言更少,应该与此有关。再加上六言诗的形成和发展都离不开与音乐的和谐,然而唐代以后,乐工歌伎多将抑扬婉转的五、七言诗被之管弦,六言诗则成为纯正的诗,而非歌。所以音乐与六言诗歌的分离,也是导致六言诗走向衰微的原因之一。

再次,作品的繁荣促进了理论的产生,反过来,理论的升华亦会促进创作的昌盛。然而在古代诗话中,有关五言、七言诗歌的理论总结比比皆是,对于六言诗理论的总结则寥寥无几,绝大多数诗话都没有谈论到六言诗,即便偶有涉及者,也非常简短,主要以介绍作品为主,缺乏理论上的真知灼见和宏观整体把握。像明代谢榛《四溟诗话》卷二说:"六言诗起于谷永、陆机长篇一韵,殆张说、刘长卿八句,王维、皇甫冉四句,长短不同,优劣自见。若《君道曲》'中庭有树自语,梧桐推枝布叶',此虽高古,亦太寂寥。"②明代陆时雍《诗镜总论》道:"诗四言优而婉,五言直而倨,七言纵而畅,三言矫而掉,六言甘而媚,杂言芬葩,顿跌起伏。"③这些议论都很简单,三言两语,不关痛痒。更严重的问题是,就是像这样简单的几句评论,在诗话中也不易找到。历代诗话对于六言诗的轻视或者说是忽视,使得六言诗的创作缺乏一种理论的指导和可以遵循的规矩,其创作之沉寂不兴,就不难解释了。

本文与盖翠杰合作,原载《文学评论》2002 年第 5 期

---

① 萧艾《六言诗三百首》第 41 页,中州古籍出版社 1987 年版。
② 何文焕《历代诗话》,中华书局 1981 年版。
③ 同上。

论绝句的结构艺术

陈玉兰

绝句在传统汉诗中成就最高。这种仅有四句、每句或五字、或七字的诗歌体式乍看起来是如此精巧,却竟能容纳一段完整的情思,尽显生活感受的丰富性、开阔度,这不能不归功于其独特的结构艺术。这种结构艺术的独特性就在于以小见大、言近旨远,甚或"咫尺有万里之势"[1]。借用清人冒春荣《葚原诗说》中的形象说法,绝句妙就妙在"务从小中见大,纳须弥于芥子,现国土于毫端"[2]。绝句的这种结构效应充分呈现在千百年来无数诗人的创作实践中。它的"以小见大"的结构经验亦渗透于我们民族诗学的传统中。这种渗透虽悄无声息,却涓涓流走,成为传统汉诗生命的血脉。然则现在该是对这无声的流走作一个源流的溯回和规律的探究的时候了。为此,本文拟对绝句的结构艺术作一番探索。

一

绝句要真正做到"以小见大",得靠暗示、凭含蓄。这首先是个内在结构问题。内在结构是绝句结构的线路,是绝句意象设置和运转的网络,在此我们径称之为运思线路。运思是内在的,绝句运思的终极追求就是要达到抒情的暗示性。

和诗人的运思线路关系密切的暗示对绝句来说具有超常的魅力。运思开始于诗人的心灵与客观对象神秘的交融。心物融洽无间,客观对象也就成了一种可作"借端托寓"之用的审美意象,而暗示的魅力就来自于对这些意象具体而真切的体味。因此,追求绝句的结构艺术,首先应该尽可能设置好一个意象组合系统,使接受者在此系统的感发活动中产生身历其境般的感兴。只有当绝句的意象组合系统既能激起接受者内心特定的情感波澜,又能使接受者领悟到诸多含蕴不露的生存体验时,这样的绝句结构才算具有了情旨的含蓄深藏、传达的兴发感动、容积的富有弹性等潜在的功能。因而,意象抒情是绝句的命脉。绝句从来不适宜用来绘声绘色地叙事或机智巧妙地说理,它的使

---

[1] 倪谦《倪文僖集》卷十二《画士汪孟文小像赞》曰:"笔端造化,咫尺有万里之势;胸中丘壑,磊落成一代之名。"有《四库全书》本。
[2] 《葚原诗说》卷三,《清诗话续编》第1603页,上海古籍出版社1983版。

命是抒情,是通过意象组合体的兴发感动来抒情。当然,绝句有时也难免作事件的叙述交待,但这只是抒情中的叙述交待;绝句有时也可能在感慨之余来点谈玄说理,但那也只是抒情中的说理和推测玄机。总之:致力于意象抒情,才会有绝句的含蓄暗示、小中见大可言。刘熙载在《诗概》中说:"以鸟鸣春,以虫鸣秋,此造物之借端托寓也,绝句之小中见大似之。"①这也就是说:要使绝句的结构能"小中见大",必须致力于"以鸟鸣春,以虫鸣秋"式的"借端托寓"之意象抒情。

因此,绝句是一些相关意象有机搭配而成的。其意象抒情则是意象的组合系统本身所具的兴发感动功能充分发挥的必然。若对绝句中的意象组合成系统后所具的兴发感动功能加以归类,则大略可分为三种:兴发感应式、兴发感知式和兴发感悟式。对于绝句创作者来说,安排意象,展开意象组合系统的运作,在运作中有区别地对待这三种兴发感动功能,乃是绝句展开运思线路、完成内在结构的重要环节。在运思线路的作用下把这三种感发功能不同的意象系统作巧妙的设置,也便相应地产生了绝句内在结构的三大类型:推宕型、提点型和升华型。

先看推宕型内在结构:

这一类型的内在结构源于主体在心物契合中使"物"转化成情调化的意象。所谓情调化指的是心物因相契而相互转化中,主体对客观事象作直观式兴发感动,从而使这类心物相契合式意象虽无现象的超越,却有感应的韵味。因而,情调实属情绪体验,它具有凝聚浮荡的性质。主体通过对意象具体而真切的品味从而把握住情调后,依附于意象而浮荡不散,在意象组合系统中显示出荡开而回环的存在。绝句的推宕型内在结构正是以情调回荡为标志的、兴发感应式运思线路。情调的荡开——回环在绝句结构艺术中魅力无穷,它能让主体把涵蕴于意象组合系统中的情致韵味充分而又动人地感应出来。因而,用兴发感应式运思线路编织而成的推宕型内在结构,若要富具含蓄的容量和暗示的功能,就必须强化情调的创造及其荡开回环的性能。

刘长卿的五绝《逢雪宿芙蓉山主人》曰:"日暮苍山远,天寒白屋贫。柴门闻犬吠,风雪夜归人。"全作由"日暮——苍山"、"天寒——白屋"、"柴门——犬吠"、"风雪——归人"这八个四组意象系统化组合而成,组合体内部没有任何说明、交代性言辞,全凭其自身的兴发感应来说话。作为主体的作者对他投宿的山村的一景一事所作的心物相契,呈现为直观式的感发,而意象化了的一景一事(如"风雪夜归人")也都使主体产生对现实人生真切的品味。因此,每个诗句所含的意象都在感发着一片生涯孤寂困窘的情调。这片情调同几组意象感应效果的直观性、感发内容的同一性相呼应,呈现为单一的荡动回环。"日暮苍山远"之于"柴门闻犬吠","天寒白屋贫"之于"风雪夜归人",可谓是形态不同的意象群所兴发感动出来的同一情调的持续回荡。这场持续回荡能使主体对山村生活经历的感发活动获得强化,也能使他对这种生活感应的真切性获得深化,从而不露声色地把现实社会大荒芜的情致意绪既丰富又感人地暗示出来。而为了呼应情调的回

---

① 刘熙载《诗概》,《清诗话续编》第 2438 页,上海古籍出版社 1983 年版。

荡,诗人在对意象群作系统化组合时,也就相应地采用那条兴发感应式运思线路,来编织出一个推宕型内在结构。

所以,采用推宕型内在结构的绝句所展示的实在是一片情调感兴。其审美归结点是情的把握,而并不强调要明确表达某种主题,有点纯诗的意味。杜牧的七绝《江南春》很能说明这一点:"千里莺啼绿映红,水村山郭酒旗风。南朝四百八十寺,多少楼台烟雨中。"全诗由"莺啼——绿映红"、"村郭——酒旗风"、"南朝——寺(院)"、"楼台——烟雨"共四组八个意象合成一个意象组合系统。前二句从莺啼绿映红感应出明媚的江南春,从村郭酒旗风感应出闲适的江南春;后二句从南朝留存众多寺院感应出伤感的江南春,从亭台楼榭烟雨迷蒙感应出朦胧的江南春,从而使人在前两句中感发出生机盎然的情调,有一种亮丽感;在后两句中感发出多愁善感的情调,有一种迷茫感。这两股情调各自回环,并让季节复苏的亮丽情绪和春情怡荡的迷茫情绪统一在对江南春的总体感兴中,作交替萦荡,使情调象征出诗人潇洒人生中不免染上几分迷茫的情致韵味。若说明确的主题,则没有,有的只是一阵情调的回荡、一团情绪的体验,并没有什么微言大义。诚如王国维在《人间词话·删稿》中所说的:"兴到之作,有何命意!"这种内在结构的绝句,盛行于唐,如李白的《黄鹤楼送孟浩然之广陵》等。

再看提点型内在结构:

这一类内在结构源于心物类比。在类比活动中,"物"转化成情意化意象。所谓情意化指的是在心物相交并相互印证中,主体对客观事象作类比式兴发感知,从而使这类心物相类比式的意象既有事象的推延,又显感知的理趣。因而,所谓"情意"实属对事理机智的体察,它具有联想互动性。主体通过对意象具体而真切的品味从而把握住情意后,情意就会依附于意象而层层推进,在意象组合系统中显示出递进而点化的存在。因此,提点型内在结构是以情意点化为标志的、兴发感知式运思线路。情意的递进——点化在绝句结构艺术中也显得魅力无穷。它能让主体把涵蕴在意象组合系统中的理味意趣机敏而又深刻地感知出来。因而,用兴感知式运思线路编织而成的提点型内在结构,若要富具含蓄的容量和暗示的功能,就必须强化情意的创造及其递进——点化的性能。

王之涣的五绝《登鹳雀楼》曰:"白日依山尽,黄河入海流。欲穷千里目,更上一层楼。"此诗前二句写登临所见。面对日落苍山、河入莽海的客观景色,主体沉入心物相交的凝神观照中。既使事象转化为气象宏伟壮阔、富于动感的两组意象群,又使主体在对这些事象进行感发的活动中感知出一股理味悠远的情意:极目天地,人何以追踪生存极限?这里显然已潜藏着"欲穷千里目"的递进势能,从而推出了这首诗最后一句的意象群,深入展开兴发感知活动,并予"穷目之观,更在高处"的点化。因此,这一片情意同几组意象之间感知关系的推延性、感发内容的类比性相呼应,呈现为高度提纯的飞跃意味。欲纵目千里而更上层楼的视境正是第一、二句两组意象群感发而得之视域的推延。而这番推延既能使主体对事象的感兴获得强化;又能使主体对这种事象的感知性启示获得深化,从而机智巧妙地将对人生大境界作大领会的理味意趣暗示出来。因此,诗人在对意象群作系统化组合时,也就采用了兴发感知式运思线路,编织出一个提点型内在结构。

因此,具有提点型内在结构的绝句所展示的实在是一次情意领会,其审美归结点是理的把握,它强调的是一个明确的命题。这种情意追求的极至,就是以理为本的寓意诗。朱熹的七绝《观书有感二首》就是其中典型。绝句采用寓意化的运思线路意在以意象组合体去递进——点化某一个哲理命题,这也就使得提点型内在结构往往为重说理的宋诗人所青睐。苏轼的《题西林壁》、叶绍翁的《游园不值》、王安石的《燕》等,均属此类结构的代表作。

推宕型与提点型的有机综合,则形成了绝句内在结构的又一类型:升华型。

这是一种凭依意象组合体兴发感悟性能,与情境在感悟中的升华相呼应,从而按"推宕——提点——再推宕"的运思线路编织而成的绝句内在结构。这一结构艺术的关键是兴发感悟。兴发感悟在绝句创作中显示为诗人在心物相交融的凝神观照中灵视客观事象,从而在由事象转化成的意象群中感发出一片情调。这片情调在全诗中始终处于持续回荡之中,从而使主体在情调感受中产生一片氛围情境。主体对客观事象的灵视使交融式意象组合体及其情调的显示既有事象的依附,又有超验的感悟,所把握到的氛围情境也就具有激活想象——联想的较强功能,从而把涵蕴于中的大觉既充分又富有灵性地升华出来。

柳宗元《江雪》曰:"千山鸟飞绝,万径人踪灭。孤舟蓑笠翁,独钓寒江雪。"诗的前两句由"千山——鸟飞绝"、"万径——人踪灭"这两组意象构成,出于对客观事象独特的兴发感应,能使人感发出一股天地悠悠、生机寂然的情调,并在这两句诗中回环荡动。但体现这种情调的意象群设置,是内蕴着推延势能的,能给人以一种期待。因此第三句就出现了递进作用下的点化:由"孤舟——蓑笠——(钓)翁"合成的意象群就以逆折的方式点化出了生机不灭、生命不歇的宇宙存在律。紧接着第四句的"寒江——钓雪"意象群,又从第三句的点化处荡开去,使它既是第一、二句形成的情调反衬式回环荡动的表现;又是对第三句意象群的点化作了递进一层的显示。所以,《江雪》中主体的感发活动具有"推宕——点化——再推宕"这样一条否定之否定的轨迹。如果说第一个"推宕"使主体对客观事象的"江雪"风景作直观感应而获得情调,"点化"使他超越直观感应而进入凝神观照获得意趣,那么第二个"再推宕"则使主体进入高层次的感发活动。主体怀着智慧受点化之心去看待生命存在,以致能从一己的现实人生推延到万汇的宇宙人生,去俯仰天地、感受一种同物我、齐枯荣,既无孤寂感、也无名利欲,纵浪大化、不喜不惧,以"独钓寒江雪"的姿态独立特行于世,并以此灵觉而获得对现世的超越、宇宙的大觉、生存的升华、生命的顿悟。而与之相呼应的乃是以"推宕——提点——再推宕"这一运思线路编织而成的升华型内在结构。"以小见大"最能于此中求得。

升华型内在结构的关键是营造一片情境。情境有两大特点:其一,情境须靠感兴情调持续回荡所形成的氛围作兴发感悟的基础;其二,情境还须凭依这团氛围激活想象和联想,使主体有了灵的觉悟,确立一个宇宙时空坐标,去灵视一切,获得顿悟。因此,我们称情境为氛围情境。《江雪》有宇宙空间感应的深广,但缺了点宇宙时间感应的悠远。张继的《枫桥夜泊》在这方面做得好一些。该诗曰:"月落乌啼霜满天,江枫渔火对愁眠。姑苏城外寒山寺,夜半钟声到客船。"诗由"月落——乌啼——霜天"、"江枫——渔火"、"姑苏——寒山寺"、"夜半——钟声——客船"共四组十个意象组合而成一个意象系统。前二句两组意象由江村夜景转化而成。作为一场空间感应,兴发出来的是"江枫渔火对愁眠"那种天涯孤栖的情绪体验。后二句转为寒山寺夜半钟声引起的时间感应。这姑苏城外悠悠祷钟荡向枫桥边夜泊船中不寐之飘魂,既是对上片天涯孤栖这一情绪体验的应和,也是以寺僧、旅人的悲凉生活来点化天涯孤栖乃生态之必然,从而使上下片在同一情调的回荡中感发出一片时空情境。在此情境中,"江枫渔火对愁眠"的空间感应同"夜半钟声到客船"的时间感应有机交融了。但"江枫渔火对愁眠"这一场向空间广延的情绪体验因出现于"月落乌啼霜满天"这一颇带点感伤色彩的环境中而飘浮起来,以致超验成一种宇宙空间感应;而"夜半钟声到客船"这一场时间悠远的情绪体验因来自于"姑苏城外寒山寺"而神秘起来,超验成一种宇宙时间感应。于是处于宇宙时空坐标中的文本就在情调的持续回荡中推延出了"夜半钟声到客船"的顿悟:生命的存在乃无尽的羁旅、永恒的孤独。这首七绝就这样运作成了一个具有高度感兴功能、不显理性比附的氛围情境,使一场"枫桥夜泊"事象终于超越社会人生而进入宇宙人生,从而使该诗呈现为"推宕——提点——再推宕"这条运思线路编织成的升华型内在结构。

由于绝句的升华型内在结构所展示的是一片感悟情境,其归结点是灵的觉醒,因此在绝句中这是属于高级象征的内在结构,也是最上品位的运思策略。情调回荡的运思追求中潜藏着的情意的点化,使这场情调回荡在持续中荡出一片能升华现象、具有超验感应性能的氛围,把宇宙大觉悄没声息地顿悟暗示出来,而这作为文本往往给人以水晶般莹润透明的浑成感、冷艳美和生命的宇宙感应味。宋严羽在《沧浪诗话》中认为盛唐绝句的妙处在于"透彻玲珑,不可凑泊","如空中之音,相中之色,水中之月,镜中之象,言有尽而意无穷"[①]明胡震亨在《唐音癸籤》中也说:"盛唐绝句,兴象玲珑,句意深婉,无工可见,无迹可寻。"[②]他们称颂的大概主要就是这类升华型内在结构的绝句。的确,它是绝句中最高格的。王维的《竹里馆》、《鸟鸣涧》、李白的《独坐敬亭山》等,均属这类代表作。

二

绝句结构的审美功能基础在于"以小见大",而"以小见大"是靠两方面获得的。首先靠的是暗示。暗示总是和象征联系在一起的,其最高层次是达到充分的感兴化效果。故凡以"暗示——象征"而显示"以小见大"的,一般属于运思线路如何开通、延展的事,

---

[①] 严羽《沧浪诗话·诗辩》,《历代诗话》第688页,中华书局1981年版。
[②] 《唐音癸籤》卷十,《四库全书》。

也就是上一节所论内在结构的问题。另外,"以小见大"还要靠含蓄达到。含蓄总是和表达的委婉曲折联系在一起,其最高层次是达到充分的陌生化效果。故凡是以"委曲——含蓄"而呈示"以小见大"的,一般属于陈情策略如何设计、实践的事,也就是本节将要讨论的外在结构的问题。

关于绝句的外在结构,刘熙载在《诗概》中多处提及,认为和"他体"比较而言,绝句"尤以委曲、含蓄、自然为尚";又认为,若要达到"如睹影知竿"的绝句艺术效果,则构思时"取径贵深曲"①。沈德潜的《唐诗笺注序》则从相反角度提出:绝句"若径直而无含蓄,则索然味尽矣"。这些诗论家在提出了绝句外在结构上"取径贵深曲"的总体方案后,虽并未对具体操作方法作进一步的系统提示,却也提供了一些零碎的结构原则,值得我们重视。现在我们把这些零见原则纳入句法和章法两大方面,来对绝句的外在结构作一番考索。先论绝句句法。

绝句的抒情立足于以句为单位的意象群,而四个诗句形成一个意象组合系统,来完成一首诗的整体抒情。因此绝句句法十分重要,它关系到组词成句以形成意象群这个抒情单位如何结构的问题。也就是说:绝句的句法不仅是诗性语言结构的问题,也是意象抒情结构的问题。

绝句的句法特征首先显示于以名词词组为中心的句子结构独特性,其标志是纯粹以名词和名词词组、短语作平列式的组合。如上引杜牧《江南春》的第二句"水村山郭酒旗风",这是由三个名词词组和最后一个名词"风"组合而成的诗句。又如上引刘长卿《逢雪宿芙蓉山主人》的第四句"风雪夜归人",这是以"风"、"雪"、"夜"三个名词和"归人"这个表示归来者的名词短语拼合而成的诗句。内中没有动词、副词和形容词,分不出主谓宾,也无虚词架桥以相通,表面看只是名词和名词性短语之间无任何关系的拼合,算不得一个句子。其实,它们之间是一种内具肌质关系的有机组合。绝句注重艺术材料——作为构成意象之用的客观事象所具的内在性质而不是材料本身的实际内容,因此绝句多采用单个名词或名词词组的简单意象,免去了通常的细节罗列和逻辑修饰。这样就使得与此相应的语法手段在绝句的句法活动中地位极不重要,甚至被忽略。上引两个诗句的名词简单意象之间拼合得十分紧凑和谐,所凭依的正是取代句法关系的肌质。肌质是显示简单意象的各个客观事象能发生相互影响的基础。正是肌质关系才使得上引两个诗句中的单个名词和名词词组、名词短语原本光秃秃的平列一经组合成结构后就显出电报密码般的简单而神秘。并且,电报密码的排列具有的只是一种认知的符号功能,而绝句中让名词、名词词组光秃秃地平列在一起功能则远远不止于此。这只需分析一下以名词构成的简单意象的特征就可以说明。上引"风雪夜归人"中"风"、"雪"、"夜"三个名词简单意象并非根植于事象本身,而有类的意义,因此具有抽象性。这使它们在孤立存在时很难说能引起人多少兴发感应,但类性质的相近或相同却能促成它们相互间的吸附;而平列式拼合中存在的句法断裂又产生了一股张力,以特有强势

---

① 刘熙载《诗概》。

把联想的潜能激活,并藉联想活动进一步超越事象的具体内容;在性质的互补中形成一个感兴氛围圈,使"风"、"雪"、"夜"组合成的生态环境能融入这个氛围圈,感发出无比荒凉的生态性质,去映衬一个"归人"——游子、归来者,从而加浓"归人"的凄寂色彩。作为"归人",由于处在同一个感兴氛围圈里,也能反作用于"风"、"雪"、"夜"组合成的生态环境,更显明地映衬出这个环境的荒凉。因此,可以说"风雪夜归人"一句实在显示为不讲句法的句法活动——让几个有相近或相同肌质因素的光秃秃的名词来形成诗句结构,以强而有力地凸现绝句的意象抒情功能,从而实现"取径贵深曲"的绝句结构艺术所追求的直接目的。除了"风雪夜归人",那句"水村山郭酒旗风"也一样,几个名词词组的并列呈现了一串鲜明的、富有特色和新鲜感的简单意象。这些简单意象构成的句子既表现了优雅的江南春景,也抒发了潇洒的人生春情,"取径"不可谓不曲,含蓄不可谓不丰。

  绝句的第二个句法特征显示于以动词短语为中心的句子结构独特性。这类句子结构有两种:静态动词短语展开式和动词短语展开式。

  所谓静态动词短语指的是作为主语的名词和处于谓语位置的形容词或名词无须系词连接而作直接组接,从而形成以判断形态表示性质的主谓短语。这样一个静态动词短语的扩张或几个静态动词短语的并列式拼合,就形成了静态动词短语型句子结构。如杜甫的《绝句二首》之一中的"迟日江山丽,春风花草香",意思是:春天里的江山是美丽的,春风里的花草是芬芳的。在这里,"迟日"与"春风"作为定语分别修饰"江山"和"花草",再让"迟日江山"和"春风花草"这两个名词短语充当的主语与处在谓语地位却省略掉系词"是"的形容词"丽"和"香"作直接组接,呈现为静态动词短语型句子结构。两个肌质相近的句子并列地存在,则合成了一个静态动词短语扩张型句子结构。再如钱起《归雁》中的"水碧沙明两岸苔",是三个主谓判断关系的静态动词短语的组合。它们在感发活动中因明丽、和谐、温馨的肌质相近而并列地拼接成展开式句子结构。作为静态动词短语型句子,扩张式结构和展开式结构是具有相同句法功能的:使具有相同性质意味的静态动词短语意象在高度密集中产生巨大张力,以激活联想,感发出一个色彩浓郁的抒情氛围圈。另外,这类动词短语型句子还可以显示出隐喻性句法功能,就是说,省略系词"是"所形成的主谓判断关系还可以是一种反约定俗成的修辞逻辑——谬理判断关系,从而使处于主语位置的名词意象成了处于谓语位置的名词或形容词意象的隐喻。文天祥七绝《扬子江》的后两句"臣心一片磁针石,不指南方不肯休"中,前一句把"臣心"判断成"磁心石",在逻辑上显然是谬理,却因了"臣心"和"磁针石"那种"不指南方不肯休"的精神性质一致而使它们的肌质也十分相近,所以作这样的判断完全可以成立。这样一来,"磁心石"也就成了"臣心"的隐喻。于是这个句子结构就以静态动词短语为中心,两个名词意象之间出现了比拟叠映现象,呈现为一层隐喻关系,含蕴丰富地传达了这位忠烈之士坚贞的爱国情怀。上引杜牧《江南春》中的"千里莺啼绿映红",可以理解为:千里莺啼声是一片碧草映红花。这是把名词短语"千里莺啼"充当的听觉类主语,用形容词短语"绿映红"充当的视觉类谓语来判断,显然是谬理。但三月流莺的鸣声和碧草映红花的景色都是"江南春"性质的反映,肌质相近,在心理体验上让视觉来为听觉作出判断也行得通,于是就有了"绿映红"对"千里莺啼"的通感叠映式隐喻关系。这个以静态动词短语为中心的句子结构,也就因采用了这样的句法而越显得深曲而含蕴丰富了。

再看以动词短语为中心展开的句子结构特征。这里可以分为不及物动词短语型和及物动词短语型,它们各有自己一般的句法要求。张祜的《听筝》有句曰"水咽云寒一夜风",它以三个以不及物动词为中心的主谓结构并列拼接成。王昌龄的《西宫春怨》有句曰"斜抱云和深见月",它以两个省掉主语、以及物动词为中心的动宾结构并列拼接而成。显然,前者的句法强调主谓关系,而没有补语,后者强调动宾关系而省掉主语,这种尽可能减却句子成分的做法两者是一致的,且使得以动词短语为中心展开的两个并列分句拼接起来;五言或七言的诗句"容器"也因此而有了弹性,包容量扩大,便于意象密集地呈现。这就叫殊途同归。这种殊途同归的句法追求还反映在如下一点上:以不及物动词短语为中心展开的结构更多地显示为主从复合句形态,如杜甫《绝句·迟日江山丽》中"泥融飞燕子,沙暖睡鸳鸯",其中"泥融"和"沙暖"就是两个以不及物动词短语为中心展开的条件从句,去修饰"飞燕子"和"睡鸳鸯"这两个主句的,意即由于冻泥已融化燕子才来飞了,由于寒沙已转暖鸳鸯才来睡了。这种句法使一个诗句在错综复杂的结构中凸现并密集了意象,抒情信息量增大。以及物动词短语为中心展开的结构更多地显示为兼语式。如杜甫《客夜》中有"卷帘残月影",显示为"动词+名词+动词+名词"的兼语式结构。这个诗句乍一看似乎是由两个省去主语的动宾结构展开式分句拼接而成,其实不然。省去主语的动宾结构"卷帘"之"帘"是宾语,但它同时又是"残月影"这个动宾结构的主语。意即"卷帘残剩着月影"——卷起的帘竟然有月影残剩着,虽是想入非非,却很好。因使用了兼语式结构,这个句子把主体对故乡思念之情深、情切曲折新鲜而又含蓄地传达了出来,使仅有五个字的诗句"容器"中意象更密集,抒情信息容量更大。

绝句句法还显示在语序错综和成分省略上。

绝句中的诗性语言通常不受语法规范限制,语序尤甚。绝句的语序是受诉说者对所要强调对象的关注程度决定的,一切为了突出主题。周容在《春酒堂诗话》中说:"有人问'绝句如何炼意?'予曰'意在句中'。友不悟。予笑曰崔惠童诗'今日残花昨日开',若是'昨日开花今日残',便削然无意矣。"[①]这正是不同语序的不同审美效果。其实这两种语序正反映出"径曲"与"径直"的不同。若写成"昨日开花今日残",那就是按时间顺势而下的叙述,语序"径直";作为一个复合句,它所传达的"开"与"残"是按自然逻辑程序进行的,欲达到的目的只是对自然现象的一点认知。"今日残花昨日开"则把语序调整成为主谓结构的简单句。诉说者的关注点在主语"花"和谓语"开"的成分修饰及由此导致的性质界定上。因此"今日"的"残花"在"昨日"开放作为一种花的性质界定,使

---

① 《清诗话续编》第112页,上海古籍出版社1983年版。

这个句子显示为按时间逆流而上的表现,造成一种历史地对待现象存在的观照视角,以此去看"花残"现象,就能超越一般的认知而在生命的感伤中把握到一脉有关存在的哲理感悟。语序的调整达成了句子结构的"径曲",这足以表明绝句句法中语序错综的重要性和必要性。此外不容忽略的是:绝句语序的变动还往往会导致词语在句法活动中成分的变化。关于李白《峨眉山月歌》的首句"峨眉山月半轮秋",有人认为这是"月"的定语"秋"被挪到句末的一种"定语挪后"现象,实即"峨眉山秋月半轮"[①],这自然没有错。只是绝句如果采用语序如此规范的句子,就显得太过平淡,与散文的直截了当的陈述并无二致。把作为定语的"秋"挪后,和"半轮"(此处轮作为量词,是"月轮"之"轮"这个名词的词性转化)这个数量词组合成一个表示性质判断的静态动词谓语,即"山月"是"秋",但"秋"只有"半轮"。从这里可以使人联想到,这峨眉山月还处在半圆时。当以"秋"来判断"山月"的性质时,这用来表示季节之"秋"也就虚拟成一个实体,半圆的山月也就可以被人象征地看成"半轮秋"了。这种语序错综的句法活动,也就使这个诗句强化了意象联想,曲径而通幽,主体表达的这一脉由峨眉山月引发的"秋"的感兴,也就能给人以深长的回味。由此可见:虽然语序的错综给诗句的阅读带来不顺畅感,却也因而使绝句意象更密集、诗情信息更丰富。

　　成分的省略在绝句句法活动中也相当重要。它指的是意思里有、话语里并不出现的一种句子成分缺失现象。这是绝句句法活动的特点:尽可能避免让定语、状语、补语(均包括介宾结构形态)等次要成分对主语、谓语、宾语作修饰或补足。这使得绝句的句子结构几乎杜绝了拖泥带水现象,主谓宾之间关系非常直接,给人以整个光秃秃的感觉。在王维《鸟鸣涧》里,作主语的"人"、"桂花"、"夜"、"春山"、"月"和介宾结构中作宾语的"山鸟"、"春涧",这些名词都只是类的属性,用来表现事物的性质,而没有用定语去修饰,以使之具体化、个性化。因此这些名词在诗句结构中显得比较抽象。充当谓语的"闲"、"落"、"静"、"空"、"出"、"惊"、"鸣",也都是行为状态的类性质表现,没有状语的修饰、补语的补足[②]使之更具体化、个性化,因此也显得抽象,和主语、宾语也只有很简单的关系,光秃秃的。但即便已是如此简单,绝句的句法活动还要进一步对主要成分加以省略,即把成分省略的视点转向主谓宾。主语的省略在绝句的句子结构中最为常见,如李白的《静夜思》,前二句合起来是个兼语式句子,意即"疑床前的明月光是地上的霜"。但谁"疑"? 主语省却了;第三句谁"举头望"? 第四句谁"低头思"? 主语也省却。所以,在这首诗的句子结构中,找不到抒情主体。如此,它的几个行为动作者(施动者)也就变得模糊起来,可以是"我"、是"你"、或"他",也可以是"我们"、"你们"、"他们"——大家,可以是人类中的任何一个人,都有可能出现这种感觉(第一、二句),发生这种动作(第三句),产生这种感情(第四句)。没有主语的诗句也就成了泛指,这首绝句因此浮了起来,

---

[①] 王锳《古典诗词特殊句法举隅》第 16—17 页,新华出版社 1999 年版。
[②] 当然,"时鸣春涧中"的"时"作状语,修饰"鸣";"春涧中"前面省掉介词"在",但仍可认为以介宾结构补足"鸣",因此该句是此诗的一个例外。

成了人类普遍的抒情活动。这比标出主语(某一个对象)的特指,艺术天地要开阔得多。因此,绝句(也包括律诗)的主语省略作为句法中的独特现象成了这一类汉语诗体特显抒情魅力的重要因素。谓语的省略在绝句中有几类:其一是判断句中系词"是"的普遍省略,从而产生了上面已提及的某些诗句中那种以静态动词为中心的句法活动,如"迟日江山丽"、"水碧沙明两岸苔"等。其二是比喻句中比喻词"如"、"像"、"似"的省略。王昌龄在《芙蓉楼送辛渐》之二中有句曰:"高楼送客不能醉,寂寂寒江明月心。"高楼饯行酒酣伤情,而心有寂寂寒江明月之叹。这"寂寂寒江明月心"作为一个倒装句,又在挪后的主语"心"之后省略了比喻词"似",成了"寂寂寒江——明月——心"这么三个意象的并列拼接,凸现出"心"与"寒江"、"明月"的精神境界的一致性,于是成了佳句。类似的句法也表现在李商隐《嫦娥》末句"碧海青天夜夜心"中。再一类是叙述句中普通动词性谓语的省略。此举杜牧特别喜爱,如在他的《秋夕》中那句"银烛秋光冷画屏",实系"银烛秋光映着冷冷的画屏",普通动词性谓语"映着"省略了;《秋浦途中》那句"浙浙溪风一岸蒲",实系"浙浙溪风吹着一岸蒲",普通动词性谓语"吹着"省略了。刘彦冲的《汴京纪事·空嗟复鼎误前期》中有"夜月池台王傅宅,春风杨柳太师桥",前句"池台"后省略了"见证了",次句"杨柳"后省略"掩映着"这么两个普通动词性谓语。谓语成分的省略,使一个主谓宾结构的叙述句无法辨认施动者和受动者之间的因果施受等关系,而成了纯粹几个名词或名词词组意象的拼接。这使得一个容量十分有限的诗句中的词语大大地浓缩了,意象就此凸现了出来;而句子结构中这种因果、施受关系的模糊,也必然导致理性联想功能的削弱、感性想象功能的激活,意境空间也因此开阔起来。

三

章法是安排绝句篇章的原则。从总体看,四个句子可以分为上下片。第一、二句作为上片,职责是提出抒情的中心事件,并设景营造感兴氛围作为烘染,体现"起承"的关系。第三四句作为下片,职责是照应上片转换视角,设新景于点化中推宕开去,把生存体验宕入一片化机,令接受者心目俱远,体现"转合"的关系。对此种原则,前人已多有论述。清仇兆鳌在《杜诗详注》中提出:"首句点题,而下作承转,乃绝句正法也。"[1]元杨载在《诗法家数》中更深入地说:"绝句之法要婉曲回环,删芜就简,句绝而意不绝,多以第三句为主,而第四句发之。"又说:"大抵起承二句固难,然不过平直叙起为佳,从容承之为是;至如宛转变化,工夫全在第三句,若于此转变得好,则第四句如顺流之舟矣。"[2]清马鲁在《南苑一知集》中亦以"绝句四句内自有起承转合"一语,强调了章法系统化,但他更把注意力集中于下片,认为"大抵以第三句开宕气势,第四句发挥情思"[3]。凡此种

---

[1] 《杜诗详注》第 334 页,《四库全书》。
[2] 杨载《诗法家数》,《历代诗话》第 732 页,上海古籍出版社 1983 年版。
[3] 马鲁《南苑一枝集·论诗》,清同治间《马氏丛刻》本。

种足以表明,若要深入把握绝句的章法,必须从三个方面的考察入手:一、绝句的上片与下片之间究竟是怎么样一种关系?二、在上片转向下片中,第三句扮演了何种角色?三、第三句与第四句之间应该是怎么样一种关系?

先考察第一个方面。绝句的上片与下片之间一般说体现了三种关系:气势从微澜到宕开;情调从兴发到回环;寓意从隐含到点化。

绝句短小,容不得拖沓,情绪感应的内在节律只能在上片与下片之间显示出收放缓急、跌宕顿挫的界线,而这也就使绝句的章法活动表现为一种从微澜到宕开的气势。李白《望庐山瀑布》的上片"日照香炉生紫烟,遥看瀑布挂前川",是庐山瀑布存在状态的表现,反映出主体情绪的发端,心灵感应之门的初开。但下片"飞流直下三千尺,疑是银河落九天"则是感觉的扩展,想象的飞跃,心灵的豁朗,其气势具有从微澜推向宕开的特征。这种从微澜到宕开的气势显示其实是诗歌境界的层次性拓展。岑参《碛中作》的上片"走马西来欲到天,辞家见月两回圆",意思是碛中走了两个月,几乎要走到天上去了。这"走马西来"的空间感受是大的。下片"今夜不知何处宿,平沙万里绝人烟",更是把空间境界推到了极限,全作气势因而大大地宕开。李商隐《咏史》上片"北湖南埭水漫漫,一片降旗百尺竿",这是对金陵王气销沉的兴叹,只是时间感应的微澜。下片"三百年间同晓梦,钟山何处有龙盘",是说在历史老人看来,朝代的兴衰不过是一场又一场晓梦的更替而已,非关钟山有无龙盘虎踞事,这就把时间感应推向了更其悠远的境界,使全诗气势到下片大大地宕开了。

绝句的短小还容不得它具体描摹客观对象,而总把主体在感应对象中把握到的精神印象作为表现的目的,或者说把称之为情调的情绪体验作为表现之本,故绝句的章法运动致力于对情调的强化,并在追求情调从兴起到回环中建立上下片的关系。上片提出中心事件,兴发情调;下片设置新景,兴发出与上片相呼应的情调,作复沓回环。温庭筠《瑶瑟怨》的上片"冰簟银床梦不成,碧天如水夜云轻",写碧天如水、夜景清寥,旷远的氛围映衬着深闺佳人幽梦难成的孤寂。作为一种情调的兴发,这上片自有其动人处,却也不免单薄,于是有"雁声远过潇湘去,十二楼中月自明"的下片,推宕出一片雁唳远去相思地、高楼月照孤栖人的情景,再次显示了无眠怀人者清怨渺思的情绪体验,完成了同一情调的复沓回环,也使全诗的总体情调得以加浓。绝句上下片之间的关系历来最被看重的是寓意从隐含到点化,即上片提出中心事件,设置抒情场景,预设隐含的诗美情致以给接受者期待中的进一步的感发,下片以转折——递进的途径对上片中隐含的诗美情致作点化。的确,绝句上下片之间能否建构成这样一层有机的关系,是作品能否立得起来的关键。苏轼的《中秋月》上片"暮云收尽溢清寒,银汉无声转玉盘",提出的中心事件是中秋赏月,设置的场景是天宇澄清、银汉灿烂、花好月圆;但这里隐含着对情致作深一层表现和点化的预期,于是出现了下片:"此生此夜不长好,明月明年何处看。"这是针对上片作出的转折和递进,并以"明月明年何处看"的设问作了对"明月此夜"无比留恋之情的点化。上下片之间也因此获得了十分有机的组合。当然,绝句寓意在上下片篇章结构关系中从隐含到点化的充分呈示更有审美价值的是对生命存在之大觉顿悟作出画龙点睛的一笔。韩琮有《暮春浐水送别》曰:"绿暗红稀出凤城,暮云宫阙古今情。行人莫听宫前水,流尽年光是此声。"此诗上片写诗人送客出城,见一片宫阙隐现于暮色苍茫中而引起无数兴亡往事的回忆、名利争斗的感叹。这种回忆与感叹作为一团复杂的"古今情"隐含着一种人生哲理升华的预期,促使全作从上片推向下片,在宫前浐水年年奔流中获得了荣华无常这一感兴的超越和生涯苦短这一意绪的升华,并以"流尽年光是此声"作了生命顿悟的点化。这也就使得绝句上下片有着推延——递进的密切关系。

再来考察第二个方面,即在绝句由上片转向下片的章法活动中第三句扮演的角色问题。从显示转柁的意图看,大致说来,绝句的第三句对上片起了实接、虚接、逆接这三种作用。

第三句的实接要求该句在承接上片中必须对上片的中心事件作如实转柁,来显示其抒情视角的变换。宋人周弼对"实接"有如是之说:"截句之法,大抵第三句为主,以实事寓意,接处转换有力,若断而续,涵蓄不尽之趣。"①这也就是说:作如实转换之"实",必须是"实事寓意"的。只有这样才能"转换有力"。这样的实接可以成为动与静的转柁,如岑参的《送人还京》:"匹马西从天外归,扬鞭只共鸟争飞。送君九月交河北,雪里题诗泪满衣。"这首诗写某奉召还京者怀着兴奋的心情快马加鞭从西方赶到了交河。作为一场中心事件是高度动态的。而下片写送行者的诗人交河送别,于雪里题诗,其中心事件已转换成静态。动态中的还京者与静态中的滞留边塞者一喜一哀,达到两相对照的目的,靠的是第三句实接得有分寸。正是"送君九月交河北"这第三句,作为静态的"实事"所含寓意在于还为上片"共鸟争飞"与下片"雪里题诗"这一喜一悲埋下了相比照的伏笔。因此这场"转换有力"的实接成全了传达视角的变换。审美预期的效应也获得了显示。这样的实接也可以成为时空的转柁,如杜甫《绝句》:"两个黄鹂鸣翠柳,一行白鹭上青天。窗含西岭千秋雪,门泊东吴万里船。"这诗的上片所设置的情境是空间性的,而下片则是时间性的。上下片在一个时空坐标中展现出来的是一幅充满生机且具有永恒性的生态世界图。第三句以"西岭千秋雪"这个永恒而凝固化的时间意象承续第二句"白鹭上青天"这个生动而充满朝气的空间意象,实接得很自然,富有时空转换的力度,且因"千秋雪"所隐含的凝固化的时间之永恒性寓意而能在相互呼应中推出"万里船"这流动化时间的无限性寓意,全诗在视角的变换中使主体满怀生机的春天感受得到全新而境界开阔的传达。从杜甫这首诗里也可以看出:第三句实接而转柁虽有内在的章法标志,如上述时空视角的变换等,但不一定有外在特征,即不一定要采用设问、感叹、否定等句式的句法手段来实现转柁。再说虚接,指第三句以虚语接上片。刘禹锡《乌衣巷》曰:"朱雀桥边野草花,乌衣巷口夕阳斜。旧时王谢堂前燕,飞入寻常百姓家。"这"旧时王谢堂前燕"当然是虚接,呼应于前二句中"朱雀桥"、"乌衣巷"两个衰颓意象的表征。至此虚晃一枪,转出了一个全新的视角。然后在第四句中点明当年染上贵族化色彩的

---

① 见宋周弼《三体唐诗》卷首《选例》,《四库全书》本。

一切，随着世事沧桑，也都已平民化。这一虚接显然使下片的传达视角和上片直观反射的衰颓景象有所不同，而推出了一片富于历史沧桑感的抒情。值得注意的是：第三句虚接而转柁，在绝句的章法结构中往往是有外在特征的，即该句较多采用设问、假定等句式，以使所接之事通过这类句式的语气而虚化。第三句采用设问句的，如陆游的《剑门道中遇微雨》："衣上征尘杂酒痕，远游无处不消魂。此身合是诗人未？细雨骑驴入剑门。"第三句采用假定语气接的，如司空曙的《江村即事》："钓罢归来不系船，江村月落正堪眠。纵使一夜风吹去，只在芦花浅水边。"再说逆接。这是通过第三句视角的极端变化而产生上下片之间正与反、顺与逆交相承接的关系，使二者在比照中出现一种抒情张力。如王昌龄的《西宫秋怨》："芙蓉不及美人妆，水殿风来珠翠香。却恨含情掩秋扇，空悬明月待君王。"上片写尽宫嫔之美艳盛妆、宫帏的富丽豪华，大有君王就将驾临，宠幸就会发生的兴奋气氛。但第三句却以独处之怀愁带恨相承，这正是逆接，从而推出了第四句明月空悬、人生空待的"秋怨"。正是这一逆折，导致上下片的抒情视角极其相反。由于第三句这一逆向转柁，全诗也就获得了一波三折的效果。这种一波三折的逆接还有一种情形，那就是在第三句对上片作逆接后，第四句对第三句再作一次逆接。如骆宾王《易水送别》："此地别燕丹，壮士发冲冠。昔时人已没，今日水犹寒。"这首诗的上片写荆轲易水告别，慷慨赴秦，自有其"风萧萧兮易水寒"的悲壮豪情。紧接着第三句以壮士已没作出逆接，把视角转换成对抒情主人公死后情状的表现。第三句从抒唱荆轲生前到死后这样极端的转柁，发展到第四句，如果顺势作寄以哀思的推宕，则和上面论及的《西宫秋怨》不见得有什么不同，全作也只是一波三折而已。不同的是此诗第四句，不是应第三句作顺势而下的推宕，而是对第三句又作了一次逆接，推出呼应于第二句的"今日水犹寒"，暗示斯人虽已没，犹待后人再次去慷慨赴难。如此，此诗也就更有一波三折的效果。崔护的《题都城南庄》与此同类。"去年今日此门中，人面桃花相映红。人面只今何处去，桃花依旧笑春风"，第四句对第三句的逆接和对第二句的呼应，大大加浓了人生虚无的伤感情味。第三句逆接往往也有独特的句子形态，即大多采用否定句、疑问句或转折性设问句。上引《易水送别》中的"昔时人已没"就是针对第二句的否定句；《题都城南庄》中的"人面只今何处去"，是针对第二句的疑问句，等等。

绝句的第三句是上下片的分界线，起了转柁的作用。这是就一般规律而言。然也有越出常规的情况，即第三句不作上下片的分界线而被划归上片，起了承继第一、二句对同一情调加以推宕的作用；下片及下片的转柁任务则整个儿划给了第四句。这种情况在李白的《越中览古》中表现得很明显："越王勾践破吴归，义士还家尽锦衣。宫女如花满春殿，只今唯有鹧鸪飞。"对这首诗李锳在《诗法易简录》中评曰："前三句极写其盛，末一句始用转笔以写其衰，格法奇矫。"[1]这就是说：极写其盛的上片包括了第三句，而写其衰的下片只靠第四句用"转笔"形成。《千首唐人绝句》的评解者富寿荪等也指

---

[1] 见富寿荪所辑《千首唐人绝句》第 169 页《越中览古》"集评"，上海古籍出版社 1985 年版。

出:"七绝多以第三句转折,第四句缴结",然"此诗末句陡转上缴"①,显出了立格之异。而这一异格,由于"极力振宕一句"反使全诗的"感慨怀古,转有余味"②。这些说法值得珍视:首先,下片转柁,不一定非得藉第三句不可,也可以由第四句来承担;其次,三句一气直通,让第四句来个急拐弯、大转柁,造成上片与下片显明的对比,的确能给接受者"转有余味"的印象。再退一步而言,绝句上下片转柁纵使非第三句不可,则单靠第三句,下片的转柁也还是难以真正完成的,最多只完成了一半。马鲁在《南苑一枝集》中说:"绝句四句内自有起承转合,大抵以第三句开宕气势,第四句发挥情思。"此说可取之处在于:他把三、四句看成一个辩证统一体,互相牵制,相得益彰。第三、四句的这种一体化追求,最常见的章法处理是让第三句与第四句成为一个或因果或条件或处所关系的复合句,其中以一行为主,另一行对主句作修饰、补足,这样就使整个下片的意象有机组合,以圆满完成抒情视角的全局性转换。杜牧《南陵道中》曰:"南陵水面漫悠悠,风紧云轻欲变秋。正是客心孤迥处,谁家红袖凭江楼。"后两句以一个处所状语复合句形成了下片,对上片作大转柁。李商隐《宿骆氏亭寄怀崔雍崔衮》曰:"竹坞无尘水槛清,相思迢递隔重城。秋阴不散霜飞晚,留得枯荷听雨声。"诗的下片两句也是很典型的条件关系。它们中不管哪一句脱离了条件主从关系,这下片就完不成抒情视角的转换。当然,更多的情况是以三、四句之间双向交流互补成一体的关系来作下片抒情视角的转换。在这种情况下第三句与第四句之间是会有所分工的。叶绍翁《游园不值》曰:"应怜屐齿印苍苔,小叩柴扉久不开。春色满园关不住,一枝红杏出墙来。"此诗第三句提点,第四句推宕。侧重点在第三句,二者双向交流,完成了一项转柁。王昌龄《听流人水调子》曰:"孤舟微月对枫林,分付鸣筝与客心。岭色千重万重雨,断弦收与泪痕深。"第三句推宕,第四句提点,侧重点在第四句,二者双向交流完成了转柁。值得注意的是:三、四句双向交流互补成一体也有不分工的,它们或显示为"提点——提点",或显示为"推宕——推宕"。"提点——提点"类在宋诗中较普遍,如朱熹的《观书有感》、苏轼的《赠刘景文》、《题西林壁》,王安石的《燕》、《登飞来峰》等。如《燕》:"处处定知秋后别,年年常向社前逢。行藏自欲追时节,岂是人间不见容。"上片两句写出了燕子栖歇的行止,下片两句一起提点出燕子如此行止的道理。这种以说理见长的绝句缺乏具有兴发功能之意象的推宕,纯粹从现象出发在推理中作提点,以显示下片的转柁,往往会导致借题的发挥,机智的说教,以致走向空泛、抽象。"推宕——推宕"类做法在唐诗中十分普遍。成就很高的作品也可以举出一大批,如孟浩然的《宿建德江》,戴叔伦的《过三闾庙》,张祜的《题金陵渡》,韦应物的《滁州西涧》、《登楼寄王卿》等。如《过三闾庙》曰:"沅湘流不尽,屈子怨何深?日暮秋风起,萧萧枫树林。"上片提出诗人屈原的怨愤往事,下片整个儿撇开屈原遭遇,来一个大转柁,写日暮秋风,萧萧枫林。这两组感发功能很强的意象推宕,使得下片以情调的回环呼应上片,强化了诗人过三闾庙的感慨抒怀。《登楼寄王

---

① 见上书《越中览古》"评解"。
② 见上书同页所录清人宋顾乐《唐人万首绝句选》评语。

卿》可说是绝句中很具结构艺术之作:"踏阁攀楼恨不同,楚云沧海思无穷。数家砧杵秋山下,一群荆榛寒雨中。"上片写诗人登楼远眺中对远方友人的无穷思念,下片却撇开了这场"思无穷"的具体内容,而用了"砧杵秋山下"与"荆榛寒雨中"这两组意象作了情调表现,好像推出了两个蒙太奇镜头,只有画面,别无其他。因此,表面上看,抒情视点已大大转换,但实质上却是更丰富了无穷的思念:既有"砧杵秋山下"所唤起的流浪人的哀感,又有"荆榛寒雨中"所触发的跋涉者的兴叹。这种章法可以说已具有现代抒情艺术的特色了。

综上所述,虽然我们可以大体肯定绝句须分上下片、并且下片须以第三句为主作转柁的说法,但也不能绝对忽略例外情形的存在。对上述说法,历史上就有不少人提出过否定意见,如清人潘德舆《养一斋诗话》中就曾说:"杨仲弘论七言绝句,以第三句为主,而第四句发之。沈确士谓盛唐人多与此合。此皆臆说也!绝句四语耳,自当一气直下,兜裹完密。三句为主,四句发之,岂首二句便成无用邪?此徒爱晚唐小巧议论,止在末二句动人,而于盛唐大家元气浑沦之作,未曾究心,始有此等曲说。"①此说无疑有些脱离绝句创作中章法活动的普遍规律,反倒有"臆说"之嫌。不过,也不可否认,确也有一些绝句章法上是采取一气直通的,它们既难分上下片,也不存在以第三句为主的问题,并且也成了绝句中的精品。李白《春夜洛城闻笛》曰:"谁家玉笛暗飞声,散入春风满洛城。此夜曲中闻折柳,何人不起故园情。"清人宋顾乐在《万首绝句选》中认为此诗是"信笔直写"。又如陆游的《十一月四日风雨大作》曰:"僵卧孤村不自哀,尚思为国戍轮台。夜阑卧听风吹雨,铁马冰河入梦来。"这也是一气直下,没有转换抒情视点。对绝句中这种不走"径曲"之路的章法而使文本仍然显出结构艺术高水准者,其根本性条件是从情绪的感兴体验出发,"元气浑沦",而不是从事理的推论联想出发。但是,也有从事理的推论联想出发的,历来为人推崇的金昌绪《春怨》,就是这类诗的典型文本。清徐芑山《汇纂诗法度针》中就说:"前人教人作绝句,令熟读'打起黄莺儿,莫教枝上啼。啼时惊妾梦,不得到辽西'等诗,谓自肺腑中一气流出。愚谓绝句之妙,在婉曲回环,令人含咏不尽。若但习此,恐格调卑弱,渐流于轻率油滑而不可救治矣。"说《春怨》这样的诗"格调卑弱",是指其没有能在章法上做到转柁以求"婉曲回环",说隐含着"流于轻率油滑"的危险正是指其只从事理的推论联想出发,以致走上一条机巧而易走的"理路"。

因此,不管怎么说,绝句篇章结构若不分上下片,章法活动不显示出下片抒情视角的转换,第三句不起"径曲"的关键作用,而追求一气直通,是违反绝句外在结构"委曲——含蓄"这个总体策略的,发展下去并不健康,过分提倡大可不必。

原载《文艺研究》2004 年第 6 期

---

① 潘德舆《养一斋诗话》卷三,《清诗话续编》第 2048 页。

《毛诗故训传》名义考释

——兼论《毛诗故训传》独传的原因

于淑娟*

《毛诗故训传》失其全称而代之以简称，早自汉代始。《后汉书》记载："中兴后，郑众、贾逵传《毛诗》，后马融作《毛诗传》，郑玄作《毛诗笺》。"郑玄的著作《毛诗笺》，应指流传至今的《毛诗传笺》，可知以上所说的"毛诗"，即《毛诗故训传》。不仅郑玄如此，当时的经学家郑众、贾逵、马融等人都简称《毛诗故训传》为"毛诗"。可以推测，这一简称在东汉时期已经通用。

这一简称使书名成为单纯的指称，《毛诗故训传》书名的旨义被忽略，使名、实相离，名义不彰。至清代，考据之学大兴，《毛诗故训传》的名义得到重视。清人马瑞辰在《毛诗传笺通释·毛诗诂训传名义考》中有所辨析：

> 盖诂训第就经文所言者而诠释之，传则并经文所未言者而引伸之，此诂训与传之别也。古有《仓颉训故》，又有《三仓训诂》，此连言故训也。①

马瑞辰将"故训"与"训诂"视为相同，以为"故训"是"训诂"连言，看似通顺，实则悖谬。

首先，汉代"训故"一词虽然多见，却未见以"故训"相称者。"故训"一词仅见《毛诗故训传》一处，其他典籍中无此用法。若两者在当时通用，则绝不会仅此一例。仅凭训故、训诂的相同就将"故训"与之视为等同，未免过于轻率。

其次，孔颖达疏"故训传"："今定本作'故'，以《诗》云'古训是式'，毛传云：'古，故也。'则故训者，故昔典训。依故昔典训而为传，义或当然。"②孔氏之义，"故训传"就是"依故昔典训而为传"的意思，其依据是《毛诗故训传》一书之内证，即释《烝民》中"古训是式"的诗句为："古，故也。"郑玄《毛诗传笺》中也说："古训，先王之遗典也。"由此可知，即便是两者连读，视为一词，"故训"也只相当于"古训"，与"训诂"并不完全相同。

"故训"与"训诂"，无论是从其本义考证，还是从先秦汉初词语的实际使用情况来考

---

* 于淑娟（1974—），女，吉林汪清人，文学博士，副教授，硕士生导师。主要研究方向为先秦两汉文学、经学，曾于《读书》、《孔子研究》等杂志发表论文20余篇，承担教育部社会科学研究项目1项，曾获中国人民大学优秀博士论文奖。

① 马瑞辰《毛诗传笺通释》第5页，中华书局1989年版。

② 孔颖达《毛诗正义》，《十三经注疏》第269页，中华书局1979年影印本。

察,都不能完全等同于"训诂"。那么,《毛诗故训传》这一书名中的"故训传"在先秦西汉时期究竟是指什么?

笔者不揣浅陋,不带任何先见,力求从书名、内容以及汉代经学情状等方面考释《毛诗故训传》名义,以一己之见,求教于方家。

一、释　故

《汉书·艺文志》列《诗经》类典籍,其中有《鲁故》二十五卷、《齐后氏故》二十卷、《齐孙氏故》二十七卷、《韩故》三十六卷,三家诗皆单列故体,自成一书。《毛诗故训传》三十卷,则故、训、传合编为一书。故体是解说《诗经》的一种重要方式,四家诗皆用之。

何谓故？颜师古注:"故者,通其指意也。它皆类此。今流俗《毛诗》改'故训传'为'诂'字,失真矣。"颜师古指出后代改故为诂属于失误,他的看法是正确的。但是,故究竟指的是什么样的解《诗》方式,颜氏说得很含混,他没有点明是以哪种具体方式"通其指义",只是概括言之而已。

关于故的具体含义,需要将它置于先秦到西汉的具体文献和语境中加以考察,从而准确认定诗学中的故,是怎样一种解经方式。

《国语·楚语上》记载了楚国的申叔时对贵族子弟教育的观点:"教之《故志》,使知兴废者而戒惧焉。"韦昭注:"《故志》,谓所记前世成败之书。"①《故志》是记事之书,而且记载的是前世之事,这里的故字,指的是古代、过去。

《国语·鲁语上》有如下记载:

> 哀姜至,公使大夫、宗妇觌用币。宗人夏父展曰:"非故也。"公曰:"君作故。"对曰:"君作而顺则故之,逆则以书其逆也。"

韦昭注:"故,故事也。"②

韦昭所说的故事,即指以往的惯例,以往做事的规矩。这样一来,故就兼有以往、过去和事情两种含义。

故,有时也单指事情。《国语·郑语》:"王室多故。"多故,谓发生许多事故。《韩非子·显学》:"不道仁义者故,不听学者之言。"仁义者故,指仁义者所做的事情。

故,兼有古代、过去和事情两方面的含义,早期的几部字书及其注解都是从这两方面进行解释。

《尔雅·释诂下》:"治、肆、古,故也。"郝懿行《义疏》写道:

> 盖故有二义,……《尔雅》之故,亦兼二义。知者:《招魂》篇云:"乐先故些!"王逸注:"故,旧也。"《榖梁·襄九年传》云"故宋也",范宁注:"故,犹先也。"先、旧义俱为古也。是皆故训古之证。《墨子·经上》篇云:"故,所得而后成也。"即《说文》

---

① 上海师范大学古籍整理组《国语》第529页,上海古籍出版社1978年标点本。
② 上海师范大学古籍整理组《国语》第156页。

"故,使为之"之意。《公羊·昭卅一年传》云"习乎郲娄之故",《周语》云"且无故而料民"。何休及韦昭注并云:"故,事也。"是皆故训事之证。①

郝懿行所作的辨析很有力,故兼有古旧和事情两种含义,在先秦及西汉典籍中有大量例证,经常可以见到。他在辨析过程中提到《说文》对于故字所作的解释,见于《说文》卷三下:"故,使为之也。"段玉裁注:"今俗去原故是也。凡为之必有使之者,使之而为之则成故事实,引伸之为故旧。故曰:古,故也。"许慎对于故释为缘故,引伸为故实。段玉裁的注兼顾到故字的古旧、事情两种含义。

《广雅·释诂》:"故、士,事也。"这是直接把故字解释为事情,与《尔雅》所下的定义有相通之处。

故字在先秦及西汉兼有古旧和事情两种含义,解《诗》的方式称故,是取它的这两种意义,即讲《诗》的古事旧事,也就是介绍《诗》的本事。对于汉代经师而言,《诗》的本事对他们来说已经成为历史,是很久以前发生的事情,当然可以称之为故。

按照讲《诗》的惯例,首先要介绍诗的写作缘起,产生背景,也就是讲述作品的本事。这是导入文本解读的关键环节,古今概莫例外。《汉书·艺文志》对四家诗书目的排列顺序,反映出以故解《诗》的先行性,它是讲《诗》的第一个环节。《鲁故》排在《鲁说》之前,《齐后氏故》、《齐孙氏故》排在《齐后氏传》、《齐孙氏传》、《齐杂记》之前,《韩故》排在《韩内传》、《韩外传》、《韩说》之前,《毛诗故训传》排在首位的是故。经师讲《诗》最先讲作品的本事,因此,以故命名的著作排在以传命名者的前面,体现出讲《诗》的程序。

《毛诗故训传》是四家诗流传至今惟一的全本,它把故列为首位,它对绝大多数作品都有本事方面的介绍,只是详略有别而已。如《周南·葛覃》的解题:

《葛覃》,后妃之本也。后妃在父母家,则志在于女功之事。躬俭节用,服浣濯之衣,尊敬师傅,则可以归。安父母、化天下以妇道也。②

这就是以故解《诗》的方式,也就是以事说《诗》。不过,所说之事比较笼统,指的是一类事象,而不是具体事件。

再如《鄘风·载驰》:

《载驰》,许穆夫人作也。闵其宗国颠覆,自伤不能救也。卫懿公为狄人所灭,国人分散,露于漕邑。许穆夫人闵卫之亡,伤许之小,力不能救,思归唁其兄,又义不得,故赋是诗也。③

这也是以故解《诗》,对于《载驰》的创作缘起介绍得很具体,和《左传·闵公二年》的记载可以相互印证。这是以历史事实解《诗》,交待它的写作背景。《毛诗》的解题,也就是各诗篇名下的小序,都属于以故解《诗》。

《汉书·儒林传》称:"申公独以《诗经》为训,故以教。"申公讲《诗》采用训和故两种

---

① 郝懿行《尔雅义疏》卷二第12页,中国书店1982年影印本。
② 孔颖达《毛诗正义》,《十三经注疏》第276页。
③ 同上,第320页。

方式,申公以故解《诗》的材料还有少数遗留,如对于《周南·汝坟》的解说:

> 鲁说曰:周南之妻者,周南大夫之妻也。大夫受命平治水土,过时不来,妻恐其懈于王事,盖与其邻人陈素所与大夫言。国家多难,惟勉强之,无有谴怒,遗父母忧。昔舜耕于历山,渔于雷泽,陶于河滨,非舜之事而舜为之者,为养父母也。家贫亲老,不择官而仕。亲操井臼,不择妻而娶。故父母在,当与时小同,无亏大义,不罹患害而已。夫凤凰不离于蔚罗,麒麟不入于陷阱,蛟龙不及于枯泽。鸟兽之智,犹知避害,而况于人乎?生于乱世,不得道理而迫于暴虐,不得行义然而仕者,为父母在故也。乃作诗曰:"鲂鱼赪尾,王室如毁。虽则如毁,父母孔迩。"盖不得已也。君子以是知周南之妻而能匡夫也。①

《鲁诗》解说《周南·汝坟》讲述的是一个首尾完整的故事,把这首诗的写作缘起交待得非常具体。至于是否合乎历史实际,那应另当别论。从讲述中可以看出《鲁诗》重视历史故实的特点。《毛诗》对《周南·汝坟》也以历史故实解题:

> 《汝坟》,道化行也。文王之化行乎汝坟之国,妇人能闵其君子,犹勉之以正也。②

和《鲁诗》相比,《毛诗》的解说要简单得多,说得比较笼统,但依然是以故解诗。故,指的是以事说《诗》,以史说《诗》,用以交待作品产生的背景、缘起,这在四家诗是相同的。

二、释　　训

《毛诗故训传》列在第二位的讲《诗》方式称作训,鲁诗的创始人申培也重视这种解《诗》方式。何谓训?这还要从先秦两汉典籍中去寻找答案。

《国语·楚语上》记载,楚国申叔时论贵族子弟教育时说道:"教之《训典》,使知族类,行比义焉。"这里所说的《训典》,指的是记载有关族类内容的文献,属于讲授专门知识的教材。《国语·楚语下》记载:"又有左史倚相,能道训典以叙百物。"这里的训典,指的是记载有关各种物类事象的文献,是知识性的读物。以训命名的典籍,侧重于知识性。《国语·楚语下》还写道:"楚之所宝者观射父,能作训辞,以行事于诸侯,使无以寡君为口实。"什么是训辞,文中没有具体说明。不过,从对观射父的相关记载中,可以看出他所擅长的训辞是什么。《国语·楚语下》记载:

> 昭王问于观射父曰:"《周书》所谓重、黎实使天地不通者,何也?若无然,民将能登天乎?"③

楚昭王向观射父提问的是《周书》关于重、黎绝地天通的记载,观射父长篇大论,作

---

① 王先谦《诗三家义集疏》第56页,中华书局1987年版。
② 孔颖达《毛诗正义》,《十三经注疏》第282页。
③ 上海师范大学古籍整理组校点《国语》第559页。

为圆满的回答。《国语·楚语下》还有如下记载：

> 子期祀平王，祭以牛俎于王。王问于观射父曰："祀牲何及？"①

昭王此次向观射父询问的是祭祀用品的问题，观射父也作了详细的回答，所提到的许多细节都可以从礼书的记载中找到根据。

观射父对楚昭王所作的两次回答，可视为两篇训辞，充分显示出他渊博的学识。由此推断，解《诗》的方式称为训，当是注重知识的传授，以解决知识难点为主。训的这种含义，从汉代的著述中可以得到验证。《汉书·艺文志》记载：

> 至元始中，征天下通小学者以百数，各令记字于庭中。扬雄取其有用者作《训纂篇》，顺续《苍颉》，又易《苍颉》中重复之字，凡八十九章。……《苍颉》多古字，俗师失其读，宣帝时征齐人能正读者，张敞从受之。传至外孙之子杜林，为作训故，并列焉。②

《汉书·艺文志》所列小学书目，其中包括：扬雄《训纂》一篇、扬雄《苍颉训纂》一篇，杜林《苍颉训纂》一篇。上述字书都以训纂命名。纂，指汇合、汇集、编纂、继承，是对以往字书的整理和扩充。训，当是指对字义的解说，属于训诂学范畴。

训，从川。《说文》："川，贯穿通流水也。"引申为贯通之义。从言从川，则有使言语贯通之义。《说文》："训，说教也。"段注："说教者，说释而教之，必顺其理，引伸之凡顺皆曰训。"由此可知，训有解释阐说使事通达之义。训在经学中是一种对事物加以解释、描述，使之事理通达的讲解方式。《淮南子》中的训体③，正是对训这一讲解方式的扩大，两者方式相同，只不过在篇幅规模上有较大的差异。如《原道训》中第一句："夫道者，覆天载地，廓四方，柝八极，高不可际，深不可测，包裹天地，禀授无形。"正是对道的描述和解说。《天文训》、《地理训》等篇章也正是对标题所划定的事物的描述和解说。不仅在汉初经学中有"训"体，后汉经学中也曾提及此类讲经方法、文体。《后汉书·儒林列传》记载："扶风杜林传《古文尚书》，林同郡贾逵为之作训，马融作传，郑玄注解，由是《古文尚书》遂显于世。"据《后汉书·马融列传》中记载，马融"尝欲训《左氏春秋》，及见贾逵、郑众注，乃曰：'贾君精而不博，郑君博而不精。既精既博，吾何加焉！'但著《三传异同说》"。可见，训是众多讲经方法的一种。这在汉代的经学典籍中也可找到直接的证据，《汉书·艺文志》在经学《易》类著作目录中记载："《淮南道训》二篇，淮南王安聘明《易》

---

① 上海师范大学古籍整理组校点《国语》第 564 页。
② 班固《汉书》第 1721 页，中华书局 1962 年版。
③ 由淮南王刘安所编著的《淮南子》，全书共 21 卷，其中 20 卷以"训"名篇，如《原道训》、《俶真训》、《天文训》等等。姚范"疑'训'字高诱自名其注解，非《淮南》篇名所有"。但《淮南子》全书中只有第 21 卷《要略》未以"训"名篇，如果是高诱自加"训"字以标其注，则此篇既已加注，则无理由例外。如果从《淮南子》全书的角度来看，本身有注经倾向，《要略》一篇处于卷末，其内容大致是对《淮南子》全书各篇内容的总括。"凡《鸿烈》之书二十篇，略数其要，明其所指，序其微妙，论其大体，故曰'要略'。"见刘文典《淮南鸿烈集解》第 700 页，中华书局 1989 年版。不以"训"名篇恰恰体现出其总括全书的篇章性质。再参考刘安所编的《易》经经书命名为《淮南道训》，则可知"训"字很可能是《淮南子》本书所有而非高诱标注。此外，汉武帝于建元五年(前 136)置五经博士，而淮南王刘安广招宾客在建元二年(前 139)，《淮南子》应作于五经立于官学前后。而在此之前，"经"绝不特指儒家经典，《老子》、《墨子》也被称为《道德经》、《墨经》，可见诸子经典皆以"经"称述。由此看来，"训"字出于《淮南子》本书，用以表示对先秦经学的解说，是极有可能的。

者九人,号九师说。"由此推断,汉代经学中确有训这种解经方式。

现在来看《毛诗故训传》中的训。《周南·关雎》开头两句是"关关雎鸠,在河之洲。"对此,《毛诗》解释道:"兴也。关关,和声也。雎鸠,王雎也,鸟挚而有别。水中可居者曰洲。"这段释文首先标示诗句采用的是起兴手法。《毛诗》在讲解具体作品时,独标兴体,这是它的惯例。接着是对字词的解释,对鸟名、地形的辨析。《小雅·彤弓》写道:"彤弓弨兮,受言藏之。"《毛诗》解释道:"彤弓,朱弓也,以讲德习射。弨,驰貌。言,我也。"这里有词义训诂,有对器物的说明。《小雅·甫田》:"以伐齐明,与我牺羊,以社以方。"《毛诗》解释道:"器实曰齐,在器曰盛。社,后土也。方,迎四方气于郊也。"这里有词义训诂,又有对祭祀方式的说明。《大雅·旱麓》写道:"瑟彼玉瓒,黄流在中。"《毛诗》解释道:"玉瓒,圭瓒也。黄,金所以饰。流,鬯也。九命然后锡以秬鬯圭瓒。"这里有器物考证,有制度标示。从上面的例证可以看出,为《诗》作训,主要包括训诂和考辨两种方式。训诂是对字词进行解释,考辨的范围则极其广泛,涉及名物、器具、制度、仪式等诸多方面。为《诗》作训,就是要扫除阅读中的障碍,能够理解作品。从经学中的文字学也可以找到依据。《尔雅》中有《释训》篇,邢昺认为:"此篇以物之事义形貌告道人也,故曰释训。"这与《毛诗故训传》中的训体正相吻合。这种解《诗》方式需要有渊博的学识、扎实的功底。为《诗》作训,是《毛诗故训传》的主干部分。

三、释　传

《汉书·艺文志》中《春秋》类著录的书目多有以传命名者,传世的有《左氏传》、《公羊传》、《穀梁传》,统称为《春秋》三传,都是为阐发《春秋》而作。《左传》成书较早,而《公羊传》、《穀梁传》的成书时期与三家诗的创立基本处于同一历史阶段,都在汉文帝到武帝期间,鲁诗的创始人申培同时还传授《穀梁传》。《公羊传》、《穀梁传》为《春秋》作传的风格和路数,也是西汉经师为《诗经》作传的风格和路数。传作为一种解经方式,在阐释各种经典时是相通的。《公羊传》、《穀梁传》主要是借《春秋》而阐发微言大义,《公羊传》还多以灾异相附会。这两部经典主要不是解释《春秋》,而是借《春秋》表达自己的理念、想法,这是汉初以传释经的基本路数和风格,此种传统一直延续到东汉。

《毛诗故训传》产生于西汉经学的昌盛时期,它在为《诗》作传的过程中,也有和《公羊传》、《穀梁传》类似的做法,就是凭借经典阐发自己理念、观点。还是以《诗经》首篇《周南·关雎》为例加以说明。对于开头两句"关关雎鸠,在河之洲",《毛诗》先是进行文字训诂,对于关关、雎鸠、洲都作了解释,属于训。接着写道:

> 后妃说乐君子之德,无不和谐,又不淫其色,慎固幽深,若关雎之有别焉,然后可以风化天下。夫妇有别则父子亲,父子亲则君臣敬,君臣敬则朝廷正,朝廷正则王化成。①

---

① 孔颖达《毛诗正义》,《十三经注疏》第273页。

这段话是《毛诗》作者对《关雎》开头两句诗所作的评论，表达自己的看法。通过这番评论，表达了持家治国的理念。而短短的两句诗，成为他生发理念的媒介。再如《鄘风·定之方中》有"卜云其吉，终然允臧"两句，《毛传》写道：

> 建国必卜之，故建邦能命龟，田能施命，作器能铭，使能造命，升高能赋，师旅能誓，山川能说，丧纪能诔，祭祀能语。君子能此九者，可谓有德音，可以为大夫。①

《毛传》是由诗中提到的占卜一事得到启示，从占卜说起，进一步加以演绎，列出有德者应该具备的九项才能。除了占卜一事与诗歌本身有关联之外，其余所作的引申都游离于作品之外，表达的是《毛诗》作者的人材观。

为《诗》作传可以用自己本身的话语加以论述，也可以引用前人的解说。《毛传》在解释《小雅·小弁》的"我躬不阅，遑恤我后"两句诗时写道：

> 念父孝也。高子曰："《小弁》，小人之诗也。"孟子曰："何以言之？"曰："怨乎！"孟子曰："固哉，夫高叟之为诗也。有越人于此，关弓而射之，我则谈笑而道之，无他，疏之也。兄弟关弓而射我，我则垂涕泣而道之，无他，戚之也。然则《小弁》之怨，亲亲也；亲亲，仁也。固哉夫，高叟之为诗。"曰："《凯风》何以不怨？"曰："《凯风》，亲之过小者也；《小弁》，亲之过大者也。亲之过大而不怨，是愈疏也；亲之过小而怨，是不可矶也。愈疏，不孝也；不可矶，亦不孝也。孔子曰：'舜其至孝矣，五十而慕。'"②

这段文字见于《孟子·告子下》，是孟子论《诗》之语。《毛诗》在以作传的方式解释《小弁》一诗时，大段引用孟子的话语，用以表达自己对作品的理解以及所持的仁孝理念。为《诗》所作的传，无异一篇首尾完整的议论文，并且是借用前人已有的作品。

《毛诗》的传，有的还是情节具体的传说故事。《小雅·巷伯》有"哆兮侈兮，成是南箕"两句，《毛传》写道：

> 侈之言是必有因也，斯人自谓辟嫌之不审也。昔者颜叔子独处于室，邻之釐妇又独处于室。夜暴风雨至而室坏，妇人趋而至，颜叔子纳之，而使执烛。放乎旦而蒸尽，缩屋而继之，自以为辟嫌之不审矣。

> 若其审者宜若鲁人然。鲁人有男子独处于室，邻之釐妇又独处于室。夜暴风雨至而室坏，妇人趋而托之，男子闭户而不纳。妇人自牖与之言曰："子何为不纳我乎？"男子曰："吾闻之也，男子不六十不间居，今子幼，吾亦幼，不可以纳子。"妇人曰："何不若柳下惠然，妪不逮门之女，国人不称其乱。"男子曰："柳下惠固可，吾固不可。吾将以吾不可，学柳下惠之可。"孔子曰："欲学柳下惠可者，未有似于是也。"③

这是两则带有对比性的传说故事，河南汉代武梁祠画像石有这两幅画，分置于左右

---

① 孔颖达《毛诗正义》，《十三经注疏》第316页。
② 同上第453页。
③ 同上第456页。

石室。《毛传》不吝笔墨，把这两则传说故事娓娓道来，用以表达自己有关男女避嫌的理念。这种为《诗》作传的方式，与韩诗学派的《韩诗外传》以叙事为主的篇章极其相似，传写得都很铺张，可以与当时铺张扬厉的文风相印证。

《毛诗故训传》中的故、训，每篇必备，而传却带有较大的随意性。有的《诗》有传，多数《诗》则无传。可以针对某句诗作传，也可以针对全诗作传。传文可长可短，可以用作传者自己的语言，也可以援引已有的材料。传文可以议论为主，也可以叙事为主。但有一点可以肯定，传体主要是借评论作品的机会阐发作传者的理念、观点，其中不乏微言大义、牵强附会。《汉书·儒林传》称："申公独以《诗经》为训故以教，亡传，疑者则阙弗传。"申培只用训和故的方式传授《诗经》，而不用传，其中很重要的一个原因就是为了避免凿空之论，浮泛无根之言。

西汉《诗经》有传，《离骚》也有传。《离骚传》出自淮南王刘安之手，班固《离骚序》写道：

> 昔在孝武，博览古文。淮南王安叙《离骚传》，以《国风》好色而不淫，《小雅》怨悱而不乱。若《离骚》者，可谓兼之。①

刘安为《离骚》作传，《汉书·淮南衡山济北王传》有记载："初，安入朝，献所作《内篇》，新出，上爱秘之。使为《离骚传》，旦受诏，日食时上。"

刘安所作的《离骚传》，班固的《离骚序》有所引录，但作了压缩。《史记·屈原贾生列传》对《离骚》所作的评论，用的就是刘安的《离骚传》。从"《国风》好色而不淫"，至"虽与日月争光可也"，这一大段议论淋漓酣畅，很能体现以作传方式传授经典的风格，可以和当时的《诗》传相互印证。

四、《毛诗故训传》的讲经体例与其独存后世的原因

西汉经学著作的命名方式有统一的内在规律，即：以经师国籍或姓氏作诗派名称，诗派名称后再加上讲经的方式，合而为书名。如鲁诗有：《鲁故》、《鲁说》，齐诗有《齐后氏故》、《齐孙氏故》、《齐后氏传》、《齐孙氏传》、《齐杂记》，韩诗有《韩故》、《韩内传》、《韩外传》、《韩说》。可以看到，以上经学著作无一不遵循这一规律。毛公以故、训、传三种讲经方式解诗，称为毛诗，其经学著作因而命名为《毛诗故训传》，与三家诗的著作命名方式一致。惟一不同的是，毛诗将三种讲经方式合为一书，以故训传三体合一的方式讲解诗篇。

《毛诗故训传》将故、训、传三种讲经方式合而为一，一改今文三家诗学多种讲经体例各自独立成书的模式，表现出不同的经学讲解方式。这种讲经形式及方法上的差异，并不是分立和综合的简单区别，它影响了《诗经》今古文经学不同的走向和最终命运。

首先，在《毛诗故训传》中，传的内容在篇幅上被极大地削减，有些篇章甚至并没有

---

① 严可均《全上古三代秦汉三国六朝文》第611页，中华书局1958年版。

传,而是以故、训为主,只讲授诗的写作缘起、本事和相关知识。相比于三家诗繁冗的解说,毛诗简明扼要的内容讲解,当然更容易被学习者记忆、理解和接受。其次,故、训、传三者合一,也使得字句理解与义理学习同时进行,一书在手而每首诗篇的背景、缘起、字词、义理皆收眼底。比之今文经学各自独立的讲经方式,自然更为便利实用。可以说,与三家诗往往学习数年还不能登堂入室的漫长教学过程相比,《毛诗故训传》提供了一种相对简易而完整的经学学习过程,它符合人们的学习认知规律,更能引发学习的兴趣,也更适应现实需求。

汉代今古文之争中,今文经学因其官学地位而占有优势。也正因如此,《汉书·艺文志》中鲁、齐、韩三家诗著作排列在前,而毛诗则列于最后。但这并不意味着毛诗在传播及影响上处于绝对的劣势。实际上早在西汉时期,《毛诗故训传》已经在民间及部分贵族中传习,至东汉郑玄作《毛诗传笺》并广为传播后,三家诗的诗学主流地位最终被毛诗取而代之。三家诗最终亡佚而毛诗独存,原因是多方面的,但不可否认,三体合一的经文解说形式,以及这种独特的讲经体所具有的实用性和生命力,是《毛诗故训传》得以流传至今的重要原因之一。

原载《孔子研究》2010 年第 3 期

离骚：生与死交响曲

黄灵庚[*]

在中国古代文学史上，屈原的《离骚》是一座挺拔巍峨的丰碑，对后世文学传统所具有的巨大影响力，称得上是独步古今的最伟大奇诗！

但是，前人在尊崇《离骚》的"辞赋之宗"的地位时，不无感叹地说，在《楚辞》作品中，"其最难读者，莫如《离骚》一篇"[①]。

《离骚》之所以"难读"，从微观上说，固然是由于它文字生僻，词义古奥，名物奇异，或者文句诘诎，都将成为理解其作品大义的障碍，然而毕竟经过了历代众多《楚辞》学者不懈努力，属于训诂、句读与辞章方面的"零言碎义"，似乎不会留下太多的难题了。应该说，这首诗之所以"难读"，还是在于《离骚》全篇旨意的领会、把握和概括。即是说，贯穿于《离骚》全篇的"义理"是什么？屈原在这首诗中，究竟表现了一个怎样内容的中心主题？

这实在是一个研讨了两千多年、似乎永远说不尽的话题，以后还将继续下去。

综观自两汉以来，历代的《楚辞》学者都围绕着这个话题展开探索。只是前代学者在概括和抽绎《离骚》的"义理"时，往往习惯于儒家社会政治学的视角，用儒家的君臣伦理作为思考和研究的出发点。其结论，在文字的表述上虽有差异，而基本内容的格调几乎千篇一律，要么字字句句落于屈原事迹的史实，说《离骚》旨在高扬屈原"正道直行，竭忠尽智"的"忠贞"、"忧国"的思想，表现他虽遭"放逐离别，中心愁思，犹依道径以风谏君也。故上述唐、虞三后之制，下序桀、纣、羿、浇之败，冀君觉悟，反于正道而还己也"[②]；要么说，屈原"依诗人之义而作《离骚》"[③]，"皆出于忠君爱国之诚心"[④]；"大夫毕生忠孝，全副精神，尽萃于此"。[⑤]因而，"忠君爱国"的说教和考订屈原的史实，似乎已经成为研

---

[*] 黄灵庚（1945—），男，浙江浦江人，教授，硕士生导师。主要从事楚辞学、文献学、训诂学研究。曾在《中国语文》、《文史》、《文献》等刊物发表论文70余篇，出版学术专著及文献整理10部，先后承担国家社科基金重点项目1项、一般项目3项（其中1项科研成果入《国家社科基金成果文库》），全国高校古委会项目1项，浙江省社科规划项目2项，金华市重大文化工程项目2项，境外项目2项，获教育部人文社科优秀学术成果奖二等奖1项、省人民政府将二等奖1项。学术兼职有复旦大学中国古代文学研究中心、首都师范大学中国诗歌研究中心、南通大学中文系兼职教授，浙江省社会基金学术委员，中国屈原学会副会长，台湾佛光大学文学院学术顾问。

① 朱冀《离骚辩》，见杜松柏《楚辞汇编》（第九册）第27页，台湾新文丰出版公司1986年据清康熙丙戌本影印。
② 洪兴祖《楚辞补注》第2页，白化文等点校，中华书局1981年版。
③ 同上第48页。
④ 朱熹《楚辞集注》第2页，上海古籍出版社1979年版。
⑤ 洪兴祖《楚辞补注》第2页。

究《离骚》的固定模式和思维定势。

毋庸置疑,《离骚》确实有表现屈原"忠君"、"忧国"的重要内容,但这不等于就是《离骚》这首诗作的"灵魂"和中心主题的所在。在考察《离骚》这篇诗作时,固然需要遵循"知人论世"的古训,少不了要用"史"的眼光,审视一下屈原处世态度及其创作《离骚》所特定的历史政治背景、社会矛盾斗争诸种因素,前人在这方面确是做出了很大成绩的。但是,这些因素只算作是研究《离骚》大义的外部参照系,何况像《离骚》这样的鸿篇巨制,毕竟不是屈原历史的机械翻版。其内容之幽深玄远,意象之缥缈纷杂,情感之起落激荡,结构之奇幻多变,大大超越了史乘实录的范畴。解读这首奇诗,抽绎大义的真谛所在,仅仅依据儒家的政治伦理说教和历史考订,会显得多么苍白无力。譬如,"《离骚》之尤难读者,在中间'见帝'、'求女'两段"①,前代学者总在托意"男女君臣"上兜圈圈,或者落实于屈原本事,不免捉襟见肘,顾此失彼,"读之使人头闷"矣②。

古人云:"死生亦大矣!"屈原的个体生命的由来、成长、存在乃至最终的归宿,始终是备受《离骚》关注的基本问题。解读《离骚》这篇诗作,把握其中心内容,抽绎其"义理"所在,审视的起点就必须升格到生命哲学的高度,然后紧密结合《离骚》的特有内容和文本结构,多角度、多学科、多层面加以综合考察和研究,"沈潜反复,嗟叹咏歌,以寻其文词指意之所出"。我们通过对《离骚》所叙述的内容和文本结构的具体分析,力图疏理出贯穿于全篇中心主线,综合运用社会学、文化学、神话学、考古学、文献学以及楚国的宗教礼俗、南国风尚等,尤其注意新出土的楚墓文物、简帛文献、图画等,努力探究屈原所特有的生命哲学观念及其对死亡形态的认知,试对《离骚》的"义理"、内容主题以及某些"难读"的重点章节作一番深入而实际的探讨。

一、"离骚":从原始舜乐排箫到"吾与重华游"

首先,需要花费一番功夫,重新考证一下"离骚"的题意。

这是读《离骚》首先要遇到的一个难题。因为"离骚"一词在古代是一个孤例,无法得到其他古典文献的印证,所以众说纷纭,莫衷一是。据笔者粗略统计,自司马迁在《史记·屈原列传》提出"离骚者,犹离忧也"以来,恐怕至今已达近百家的不同训释,颇为通行的训释也有三四家,即西汉班固的"遭忧"说③、东汉王逸的"别愁"说④、近人游国恩先生的"牢骚"说⑤和"古乐曲名"说⑥等,常使读《骚》者感到无所适从。

---

① 王邦采《离骚汇订自序》,清光绪二十六年庚子《广雅书局》本。
② 陈辅《陈辅之诗话》"屈原宋玉"条,见《宋诗话全编》(第一册)第332页,江苏古籍出版1998年版。
③ 洪兴祖《楚辞补注》第51页。
④ 同上第2页。
⑤ 游国恩《楚辞论文集》第285页,上海古典文学出版社1957年版。
⑥ 游国恩《离骚纂义》第6页,中华书局1980年版。

"离骚"固然是个具有"多义性"的词语,但它的原意只能是一个。

如果将屈、宋诸赋的题目稍加分析一下,便会发现其诗作的题名,自有体例在。约而言之,可以归纳为三端:一是以远古的帝乐为题名,如《九歌》、《九辩》二篇,取夏启的天乐"九歌"、"九辩"为名。二是以篇内首句的数字为题名,如《九章》中的《惜诵》、《思美人》、《惜往日》、《悲回风》等。三是以概括全篇内容的词语为题名,如《天问》、《涉江》、《哀郢》、《抽思》、《怀沙》、《招魂》等。看来,《离骚》的题意只有第一、第三例的可能性。那么,只要把准《离骚》这首诗的基本内容,"离骚"二字的旨意也就思之过半了。

从结构上看,《离骚》分上、下两篇,夹在上、下篇中间的"陈词重华"一节,起到关键性的转折作用,是向"彼岸世界"远征的"关捩"。上半篇基本上是写实的,开头数节,叙述了自己出生世系、平生抱负及无端被弃不幸遭遇,而后满腹悲愤,控诉时世之涸浊、党人之贪婪、灵修之浩荡,且一再披露心迹:"亦余心之所善兮,虽九死其犹未悔。""宁溘死以流亡兮,余不忍为此态也。""伏清白以死直兮,固前圣之所厚。"直至作出了"愿依彭咸之遗则"的死亡选择。这是由生转入死,展开了生与死的第一次较量。

紧接着写他"回朕车以复路"、"将往观乎四荒"的行装准备,说要"复修吾初服"了。衣芰荷,裳芙蓉,高冠长佩,芳香菲菲。这纷红骇绿的"初服"固然含有兴寓高洁之性、忠直之行的意思,但并不是一种简单的比喻,更非屈原现实生活中实有的妆扮,而是有其深邃的民俗意义。如《涉江》开头一节,类此"初服"只在"吾与重华游"的场合中才出现,而且是必不可少的,实在是一种用以沟通人神、含有宗教性质的"吉宜"之服。这似乎是在作死亡远游的前奏节目。"初服"既成,可以起程远游,导觅其生命之本初。按理说,《离骚》至"虽体解吾犹未变兮,岂余心之可惩"止,屈原关于生死命运的去向已经确定,全文也可以戛然结束了。忽然插入女媭詈骂一节。女媭看到屈原有死亡之患,出于天伦之情,大意是责备屈原,让他毋以"婞直以亡身"的鲧为榜样,取容时世以苟活。这不过是借着女媭的口实,由死转入生,展开了生与死的二次较量。

屈原在媭詈之后,郑重其事,"济沅湘以南征兮,就重华而陈词",来到九嶷的"舜祠",向大舜陈诉,以求得"节中"是非,决断自己生命的去向。屈原"瞻前顾后",考察了历代君臣际遇的故事以后,终于明白了"不量凿而正枘兮,固前修以菹醢"的道理。尽管他据义行善,直道而行,却不能立身君朝而见斥荒陬,根本原因就在于他与惨遭菹醢的前贤比干、梅伯等一样,不幸地遇上了昏君。在是非颠倒的时世中,行正直、守清白与苟且活命不可两存,要么苟生而弃其正直、清白之行,要么为正直、清白的人格而死。屈原最终选择了后者,即接受"耿吾既得此中正"这样的结局。"得此中正"意味是什么?中正者,"正气"也。《远游》说:"神倏忽而不反兮,形枯槁而独留。内惟省以端操兮,求正气之所由。"据此,正气即神气,谓灵魂也。灵魂与形体分离,是意味着死亡。"得此中正",其义也不辨自明。又案:《易·姤》:"九五:以杞包瓜,含章,有陨自天。"《象传》:"九五、含章,中正也。有陨自天,志不舍命也。"高亨先生读"不"为"否",谓"闭塞不通"之义,说"'含章'者,有正中之德也。文章以正中之德为质,人有正中之德而后成文章之美。'有陨自天'者,事昏暴之君,正中之志闭塞不得行,故舍弃生命而陨亡也"①。《象传》及高注对此卦爻辞的阐释,也可以作为"耿吾既得此中正"句意的绝妙的注脚。"哀朕时之不当"而"得此中正",屈原唯有等待"舍弃生命而陨亡"的结局了。屈原最终选择死亡,重华的感召是起了关键作用的,于是"揽茹蕙以掩涕兮,沾余襟之浪浪",满怀悲愤地将离开人世而往观四荒,开下半篇叩阍求帝、三次求女和西行求女的死亡远游,直至篇末"吾将从彭咸之所居"。至此由生又转入死,展开了生与死的三次较量。

《离骚》从"帝高阳之苗裔兮"始到"吾将从彭咸之所居"末,实在是深刻地表现了一个倔强的生命由出生、成长、呼号、抗争、彷徨、绝望,直至毅然选择死亡的曲折悲壮的历程,表现了屈原关于生存与死亡的反复较量的内心斗争,是一首震撼人心的生与死的命运交响曲。由此看来,"遭忧"、"别愁"或"发泄牢骚"等,在《离骚》中仅其一端耳,皆不足涵概全篇内容,体现不了贯穿其中的生死较量的主旋律的。根据屈赋题名的体例,"离骚"后两种题名的可能性,似乎可以排除。

"离骚"作为古乐曲名的说法,倒是一种很值得深究的新鲜解释。游先生说:"第考本书《大招》云:'伏戏《驾辩》,楚《劳商》只。'王逸注:'《驾辩》、《劳商》,皆曲名也。言伏戏氏作瑟,造《驾辩》之曲,楚人因之作《劳商》之歌。或曰劳,绞也,以楚声绞商音为之清激也。'按:'劳商'与离骚本双声字,古音宵、阳、幽并以旁纽通转,疑'劳商'即'离骚'之转音,一事而异名耳。盖《楚辞》篇名,多以古乐歌为之,如《九歌》、《九辩》之类。"②可是,说"'劳商'即'离骚'之转音,一事而异名耳",到底有多少文献依据?仅有音理的推究是不可靠的。王逸或说解"劳"为"绞",说是"以楚声绞商音","商"是五音宫商的商。"劳商"不是双声连语,自是确解。或许今人田彬氏从游说得到启发,说苗语里的"离"是"叙述、陈诉"的意思,"骚"是"诗歌"的称呼。用苗家的话来说,"离骚"即是"言志述怀的歌诗"③。屈原分明是楚人,而不是三苗的后裔,其诗是否有采用苗语的可能,终是臆断。后来,萧兵先生一方面沿袭田氏以"歌诗"释"骚"的训释,另一面他对"离"字重作诠释,认为"离"不是"述理长陈"的意思,是《山海经》的"离朱",是太阳神鸟;说"楚人的一支'远祖'确实崇拜神鸟,甚至以鸟为图腾","《离骚》的最古义便可能是'太阳神鸟的悲歌'"④。萧氏的诠释确有可商之处,但他到底从"忠君爱国"的传统研究模式中挣脱出来,把目光投向远古时代的民俗和神话,为《离骚》研究开辟了一条新途径,这恐怕不是拘守旧学训诂家法者所可企及的。

"离朱"是哪个民族的图腾神鸟?"离骚"是哪家太阳神鸟的悲歌?与《离骚》表现的选择生死的主题到底有着怎样的联系?看来,在萧氏的阐述里,这些问题还是比较模糊

---

① 高亨《周易大传今注》第380页,齐鲁书社1979年版。
② 游国恩《离骚纂义》第6页,中华书局1980年版。
③ 田彬《离骚意为离别之歌》,《民族教育》1987年第2期。
④ 萧兵《楚辞的文化破译》第185页,湖北人民出版社1991年版。

的,需要进一步追究下去。

《山海经·大荒南经》:"赤水之东有苍梧之野,舜与叔均之所葬也。爰有文贝、离俞、鸱久……"郭璞注:"离俞,即离朱。"又注《海外北经》说:"离朱,今图作赤乌。"袁珂先生说,离朱"即日中踆乌(三足乌)"①。其说皆确。离,即离朱、三足乌。在《山海经》的神话里,乌不在"日中",而是驼载太阳运行的神乌。《大荒东经》:"汤谷上有扶木。一日方至,一日方出,皆载于乌。"屈原《天问》:"羿焉彃日,乌焉解羽?"后羿射日,恐怕也是以载日的乌为矢的,神乌一旦被射中而解羽,太阳自然陨落了。日中有乌的神话,盖始于汉初,如马王堆汉墓帛画,乌即在日中。《淮南子·精神训》"日中有踆乌",高诱注:"踆,犹蹲也,谓三足乌。踆音逡。"而日中的三足乌取名"踆乌",这又是根据《山海经》帝俊的神话而演变来的。踆,即帝俊。即是说,踆乌或离、离朱,本是同一太阳神乌的不同称呼,是帝俊的精灵,帝俊是太阳神。帝俊、帝舜是一个人。《大荒东经》:"大荒之中有山名曰合虚,日月所出,有中容之国。帝俊生中容。"郭璞注:"俊,亦舜字,假借音也。"其说极是。"离俞"(离朱)神乌降落到了帝舜所葬之"苍梧之野",即知"离朱"是日神帝舜的精灵,是有虞氏之图腾鸟。骚,在古代文献里,没有一条可以训释为"诗歌"的书证。田、萧二氏之说皆未可信。骚,读如箫。箫的异体字作箾,《书·益稷》"箫韶九成",《左传》襄公二十九年:"见舞韶箾者。"《正义》引此句云:"此云韶箾即彼箫韶也。"《困学纪闻》曰:"箫韶,古文作箾韶。"箾通作矟,或作梢。《庄子·让王》"孔子削然反琴而弦歌",《释文》:"削,亦作梢。"削然、梢然,实则骚然。《史记·乐书》"马名蒲梢",《索隐》:"梢,又本作骚。"故知骚、箫二字通用。又,《汉书·张汤传》"北边萧然",颜师古注:"萧然,犹骚然也。"刘向《九叹·思古》"风骚屑之摇木兮",王逸注:"骚屑,风声貌。"骚屑,训诂字作飍飍,省作萧瑟。《文选·思玄赋》"拂穹岫之骚骚兮",李善注:"骚骚,风劲貌。"通作萧萧,《史记·刺客列传》"风萧萧兮易水寒"是也。皆其相通之例。而萧、箫二字古书亦通用。唐写本《玉篇·音部》"韶"字引《尚书》"《箫》、《韶》九成",箫字作萧。《庄子·列御寇》"河上有家贫恃纬萧而食者",《太平御览》卷七〇、卷四八五、卷八〇三引并作萧。《九歌·东君》"箫钟兮瑶簴",《考异》:"箫,一作萧。"《广雅·释诂》:"萧,邪也。"《礼记·曲礼》"凡遗人弓者,右手执箫",郑注:"箫,邪也。萧、箫同训邪,知二字通用不别。故骚、箫二字当亦通用。箫,是帝舜之乐。《史记》《夏本纪》"《箫》、《韶》九成",《集解》引孔《传》:"《箫》、《韶》,舜乐名。备乐九奏而致凤皇也。"刘向《九叹》《忧苦》"恶虞氏之《箫》《韶》兮,好遗风之《激楚》",王逸注:"言世人愚惑,恶虞舜《箫》、《韶》之乐,反好俗人淫佚《激楚》之好音也。"《汉书·礼乐志》第二"行乐交逆,《箫》、《勺》群慝",颜师古注引晋灼说:"《箫》,舜乐也。"又,《说文·竹部》:"箫,参差乐管,象凤之翼。"《九歌·湘君》"吹参差兮谁思",王逸注:"参差,洞箫也。"训诂字作篸篆。洪兴祖《楚辞补注》引应劭《风俗通》:"舜作箫,其形参差,象凤翼。"这种乐器见通行于楚国。而"韶",也是乐器名,通作"磬"或"勺",俗名"拨浪鼓",是

---

① 袁珂《山海经校注》第 204 页,上海古籍出版社 1980 年版。

导引舞容的乐器。① 这种乐器显然与有虞氏先民的图腾崇拜有关系。"在时常举行的庆典里,同一图腾的人跳着正式的舞蹈,模仿且表现着象征自己的图腾动物的动作和特征。"②有虞氏先民在祀典帝舜时,吹起了形如离朱翅翼的乐器,其声啾啾然如鸟,其舞也是"凤皇来仪"、"止巢乘匹",无不具有鸟的特征,来表示对先祖帝舜的敬意,歌颂帝舜的圣德。所以,"离骚"即"离箫"也,其题名虽是与"九歌"、"九辩"同属一类,但属于两种不同文化性质。九,即屮,古虬字,龙的别名。虬龙,或称句龙,《左传》昭公二十九年:"共工氏有子曰句龙,为后土。"共工是鲧,"句龙"当指夏禹。句龙是夏禹的精灵,也是夏后氏的宗神、图腾。虬歌、虬辩是夏后氏的图腾之乐,是属于夏后氏的龙文化③。离箫,咏颂大舜的功德之乐,是歌咏有虞氏的图腾之歌,是属于有虞氏的凤鸟文化。

楚人祖高阳,有虞氏也祖高阳。《世本》说帝舜是帝高阳氏的五世孙,《帝系》说帝舜是帝高阳的七世孙,说明二人是楚人同一血脉的先祖,所以在历史和神话的古代文献中,帝舜与帝高阳的故事往往交错融汇,很难分别。如《墨子·非攻》下:"高阳乃命禹于玄宫,禹亲把天之瑞令,以征有苗。"而《竹书纪年》:"帝舜三十五年,帝命夏后征有苗,有苗氏来朝。"同是一件事,《墨子》以高阳命禹征有苗,《竹书纪年》以帝舜命禹征有苗,高阳、舜,则成为一人了。《大荒东经》说"帝俊生中容",而《左传》文公十八年载,高阳有才子八人,中容为其一。帝俊即帝舜,帝舜与高阳相互融合,无法判别。《大荒北经》:"务禺之山,帝颛顼与九嫔葬焉。……丘方圆三百里,丘南帝俊,竹林在焉,大可为舟。竹南有赤泽水,名曰封渊。有三桑无枝。丘西有沈渊,颛顼所浴。"这"务禺之山"所说的事迹全是帝颛顼的传说,中间忽然插进了"丘南帝俊(舜),竹林在焉",帝颛顼、帝舜也已杂糅不分,同体莫辨。

正因为如此,楚人对帝舜如同对帝高阳一样,怀有特殊的敬意和宗教之情。在南楚沉湘之地,广为传播帝舜巡狩而死于九疑的遗迹。《山海经·海内南经》:"苍梧之山,帝舜葬于阳,帝丹朱葬于阴。"郭璞注:"即九疑山也。《礼记》亦曰,舜葬苍梧之野。"又,《大荒南经》:"赤水之东,有苍梧之野,舜与叔均之所葬也。"郭璞注:"叔均,商均也。舜巡狩,死于苍梧而葬之,商均因留,死亦葬焉,基在今九疑中。"出土于长沙马王堆三号汉墓的《古地图》,在九疑山绘有九条柱状的图画,山的西侧还标有"帝舜"二字,谭其骧先生指出,这九条柱状后面的"建筑物是舜庙",而"九条柱状物当系舜庙前的九块石碑"④,且引《水经·湘水注》记载"南山有舜庙,前有石碑,文字缺落,不可复识"为证。其说确乎不拔。这座巍峨壮观的帝舜神庙和九大柱形石碑,不太可能是汉代的遗迹,而实实在在是楚人祀舜的遗存,当年楚人隆重祀典大舜的情景和规模也由此可以想见。箫是舜

---

① 闻一多《离骚校诂》第61页,上海古籍出版社1985年版。
② [捷克]佛洛伊德《图腾与禁忌》第15页,杨庸一译,中国民间文艺出版社1986年版。
③ 黄灵庚《九歌源流丛论》,中华书局《文史》2004年第2期。
④ 谭其骧《二千一百多年前的一幅地图》第45页,载《文物》1975年第2期。

乐,在湖北擂鼓墩战国楚墓中就出土过排箫二件,其大小有异,而形制相同,都由十三根长短不齐的竹管编成,十三管按长短编序,最长、口径最大的在左边,然后依次递减至最短、口径最小的第十三根箫管,并列呈现为单鸟翼的"参差"状①。又在河南淅川下寺的春秋楚墓中还曾出土石制的排箫一件,箫管均由汉白玉石精制而成,也有十三根,模仿竹制排箫,从左至右按管的长短次序编排,"参差"作单鸟翼的形状②。排箫在中原地区的先秦古墓葬中还未曾有过发现,却先后出土于春秋战国时期的楚墓,决非偶然性的巧合。这些丰富的古代地下实物遗存,无不渗透着楚人对帝舜一腔炽烈的宗族情感。

楚人郊祀帝舜,必然有一种与其乐舞相应的、颂扬其功德和精神的祭歌存在。笔者以为,《史记·项羽本纪》所写到的"四面楚歌",庶几可以当之。南朝宋裴骃《集解》引应劭说:"楚歌者,谓鸡鸣歌也。汉已略得其地,故楚歌者多鸡鸣时歌也。"唐张守节《正义》引颜师古说:"楚人之歌也,犹言'吴讴'、'越吟'。若鸡鸣为歌之名,于理则可,不得云'鸡鸣时'也。高祖戚夫人楚舞,自为楚歌,岂亦鸡鸣时乎?"③案:应劭是东汉时期著名的民俗学专家,他或许在调查楚地的流风遗俗时,发现楚地民间还流行一种"鸡鸣时歌"的习俗。至于它的民俗意义,应氏似乎也不甚了然,所以没有任何具体说明。鸡在帝舜的神话传说中非常特殊,与离朱、赤乌之类神鸟的地位相伴,也是帝舜精灵的化身。《法苑珠林》第四十九引刘向佚书《孝子传》:"舜父夜卧,梦见一凤皇,自名为鸡,口衔米以哺己,言鸡为子孙,视之,如凤皇。《黄帝梦书》言之,此子孙当有贵者。"这段荒诞不经的传说,确切无疑地证明了这一点。颜氏的非难,恰恰暴露了他在楚国习俗方面知识的欠缺。流播于南国楚地的"鸡鸣歌",或许就是楚人迎接太阳升降、祀典帝舜而且具有楚韵楚调的"离骚"之歌了。每当朝阳将起、雄鸡啼叫的时候,楚国境内,上下四方,以悠长激越的楚韵楚调齐声高唱"离骚"之歌,表现他们对先祖虞舜最虔诚的敬礼。身陷汉营的楚人,在生死不测、兵败国破之际,伫立于太阳"暾将出兮东方"(《九歌·东君》),"四面楚歌"骤然而起,那种深切呼唤先祖精灵、哀伤"楚魂"陨落的慷慨悲壮的情怀,更是不言而喻。楚式的"离骚"无疑是风靡南国全境、老少皆唱的"楚歌"。

在生死未决之际,屈原向帝舜"陈词",以求折中,成为本篇由此岸向彼岸过渡的关键内容。"重华不可遌兮,孰知余之从容"!(《怀沙》)屈原诚挚地呼唤重华,可是重华已经不可逢遇,还有谁会了解我的举动?帝舜是屈原的重要的精神支柱。有趣的是,屈原在"世溷浊而莫余知"、处境极端孤独的时候,常作飘然高举之想,"驾青虬兮骖白螭,吾与重华游兮瑶之圃",以达到生命的永恒:"与天地兮同寿,与日月兮同光。"(《涉江》)可见"吾与重华游"又是其生命的终极归依,这不就是在呼唤一个民族的魂么?看来,屈原用国人隆重祀帝舜的楚歌式的"离骚",作为他这首史乘体式的诗作的题名,是与《离骚》所表现的生死命运的主题一脉相承的,决不会是旧瓶装新酒,仅仅是借用"乐府"旧题作新诗而已。

---

① 杨匡民、李幼平《荆楚歌舞乐》第273页,湖北教育出版社1997年版。
② 河南省文物考古所《淅川下寺春秋楚墓》第95页,文物出版社1991年版。
③ 司马迁《史记》第333页,中华书局点校本1982年版。

二、彭咸：投水而死和魂归本初

屈原是能够观照自我死亡之"醒者"，在他的死亡意识里，彭咸始终是他效法的偶像，《离骚》先后出现过两次："虽不周于今之人兮，愿依彭咸之遗则"；"既莫足与为美政兮，吾将从彭咸之所居"。王逸说："彭咸，殷贤大夫，谏其君不听，自投水而死。"①颜师古说："彭咸，殷之介士，不得其志，投江而死。"②可是，彭咸是何朝殷王的贤臣、介士？投水于何时何地？惜皆语焉不详。汉、唐学者唯对彭咸投水自杀的史实是深信不疑的，且认为屈原效法彭咸的"遗则"，从其"所居"，不过是想仿效他"投水而死"的方式。"然死亦多术也，何必定取一投水死之古人以为法乎"？③古今学者都表示难以理解。这也是《离骚》又一个"难读"的问题。

明人汪瑗说，彭咸即刘向《神仙传》的彭铿，《史记·楚世家》的彭祖，或名彭翦、老彭、篯铿，帝颛顼的玄孙，陆终第三子，"历夏至殷末年七百六十七岁而不衰老"，或曰"八百余岁"，"大抵彭祖乃古之有德有寿之隐君子也"④。在我们看，"寿星"彭祖历夏至商，竟有长达八百余年的寿命，不可能是一人，而是一个彭姓的部落或诸侯国的阳寿。据《国语·郑语》载，祝融之后有八姓，昆吾氏为夏伯，大彭、豕韦氏为商伯，而"彭祖、豕韦诸稽，则商灭之矣"。韦昭注："大彭，陆终第三子，曰篯，为彭姓，封于大彭，谓之彭祖，彭城是也。豕韦，彭姓之别，封于豕韦者也。殷衰，二国相继为商伯。其后世失道，殷兴而灭之。"⑤彭咸则大约是生于殷纣无道之世的贤大夫，与屈原有相似的人生际遇。彭氏与楚族同出于帝颛顼，又都是祝融（陆终）氏的后裔，故和楚国同姓的屈原与彭咸在血管中流淌的血液并无异质的东西。楚人向来对祝融八姓怀有深挚的血亲之情，如春秋之世的楚灵王曾自豪地说："昔我皇祖伯父昆吾，旧许是宅。"⑥屈原效法彭咸"谏其君不听，自投水而死"，既是仿效彭咸地种为了维护正直、高洁的品德的殉道精神，是对生命存在价值的认定和理性的判断，高度体现了屈原"中正"理性人格的原则；又是他蕴藏于内心的"亲切而有味"的血缘情感的深切流露，这种血缘情感更是基于历史悠远、古朴奇特的高阳文化的背景中的。关于屈原死因的探索，前一方面毋庸赘言，古今学者多有深刻独到的阐述，而后一方面多为一般人所忽略。

> 帝高阳之苗裔兮，朕皇考曰伯庸。
> 摄提贞于孟陬兮，惟庚寅吾以降。

《离骚》在叙述出生世系时，传递出一条重要的信息，即在屈原的生命意识里，其血

---

① 洪兴祖《楚辞补注》第13页。
② 班固《汉书·扬雄传》第3522页，颜师古注，中华书局点校本1962年版。
③ 俞樾《读楚辞》，《俞楼杂纂》卷二十四"彭咸"条，《春在堂全书》第三册，凤凰出版社2010年影印本。
④ 汪瑗《楚辞集解》第330页，董洪利点校，北京古籍出版社1994年版。
⑤ 韦昭《国语注》第185页，上海书店1987年版。
⑥ 司马迁《史记》第1705页，中华书局点校本1982年版。

缘系统是二元的、双重的：一个楚国贵族伯庸夫妇赋予的生理血缘，一个是高阳氏赋予的文化血缘。生理血缘只给予他的生命的血液和体魄，而文化血缘给予他的生命的精神和灵魂。这二元血缘的关系，说到底是一个中国古代的神与形、魂与魄的生命哲学命题。

  魂与魄是构成人的生命的两大因素，在生命中的作用是各不相同的。《左传》昭七年："人生始化曰魄，既生魄，阳曰魂。"杜预注："魄，形也。魂，隔神气也。"《礼记·郊特牲》也说："魂气归于天，形魄归于地。"这是说魂是气、是神，是流动而不定的，魄是形，是静止而可见的。魂气上属于天为阳；形魄下附于地为阴。魂有知而魄无知，魂贵而魄贱。孔颖达所谓"附形之灵为魄，附气之神为魂。附形之灵，谓初生之时，耳目心识手足运动，啼呼为声，此则魄之灵也；附气之神者，谓精神性识渐有所知，此则附气之神也"①及《越绝书》所谓"魄者至贱，魂者至贵"②。说的就是此意。对于人的生命来说，魂是精神的，魄是形体的。魂固然寄附于魄，也可以离开魄而东西游走。体现在古人的死亡观念里，似乎不存在真正的死亡形态，人死"骨肉复归于土，命也；若魂气则无所不之也"③。魂是永恒不灭的，形魄虽死而神魂依然存在，人死不过是让灵魂安然地"回到他的本民或列祖那里去"④，所以古人常常将死亡解释为"回老家"。在以氏族血缘为基础的社会里，"家"的概念仅局限于一姓之内，或者局限于一氏族、一血亲关系之内，生活在同一个家族的成员都为"一个确定的女祖先——即氏族的创造者"的裔孙⑤。每个生命的灵魂是"女祖先"给的，最终都要还归于"女祖先"。"回老家"，就是回到其氏族的"女祖先"的身边去。与屈原同宗于帝高阳的彭咸，生当殷末乱世，无端遭遇昏君斥逐，既不忍废其正直之行，而随从世俗以苟且求生，在心理上又无法承受无"家"可依之寂寞，渴望让其孤独的灵魂重返"故里"，回到先祖帝高阳的身边去，于是愤然自杀。至于彭咸为什么要采取这种投水自杀的方式，还需要进一步结合楚人崇拜的图腾祖先的文献材料来分析。

  《左传》昭公十七年说："自颛顼以来，不能纪远，乃纪于近，为民师而命以民事。"所谓"纪远"，是说追忆远古各族的图腾物的名称；而所谓"纪近"，则指各族的先祖所充任"民师"、"民事"作为官名的历史遗存。"纪远"的情况已无法直接得知，而可以通过分析"纪近"的"民事"来探求。昭公二十九年载："少皞（昊）氏有四叔，曰重，曰该，曰修，曰熙，使重为句芒，该为蓐收，修及熙为玄冥，世不失职，遂济穷桑，此其三祀也。颛顼氏有子曰黎，为祝融；共工氏有子曰句龙，为后土，此其二祀也。"颛顼氏之子黎的"民事"是火正，而少皞（昊）氏之子重也是火正，重黎实是一人，与祝融为一神之分化，均是帝颛顼之子。《国语·楚语》："及少昊之衰也，九黎乱德。民神杂糅，不可方物。颛顼受之。乃命

---

① 洪兴祖《楚辞补注》第83页。
② 袁康《越绝书·枕中篇》，金溪王氏清乾隆56年刻本。
③ 班固《汉书·扬雄传》第1953页。
④ ［俄］费尔巴哈《费尔巴哈哲学著作选集》第373页，商务印书馆1984年版。
⑤ ［德］马克思、恩格斯《马克思恩格斯选集》第四卷第81页，人民出版社1990年版。

南正重司天以属神，命火正黎司地以属民。"即其证。据"火正"的"民事"推断，颛顼氏的图腾物应该是离朱、凤鸟之类的神鸟。又，《吕氏春秋·孟冬篇》："其帝颛顼，其神玄冥。"高诱注："颛顼，黄帝之孙，昌意之子，以水德王天下，号高阳氏，死后为北方水德之帝也。玄冥，宫也。少昊氏之子曰修，为玄冥师；死，祀为水神。"颛顼氏又成为"水正"玄冥神，与少昊之子修、熙融合为一人了。可见在远古的帝王谱系里，帝高阳实在是一个"绝地天通"的大神。他的神格是双重的：一是煊赫的东方少昊氏太阳神的意象，其精灵是一只硕大的凤鸟；一是幽深的北方玄冥氏水神的意象，其精灵变为一具水怪"禺强"（鲸鱼）了。《山海经·大荒西经》说："有鱼偏枯，名曰鱼妇。颛顼死即复苏。风道北来，天乃大水泉，蛇乃化为鱼，是为鱼妇，颛顼死而复苏。""鱼妇"即是"玄冥"神的精灵，是帝颛顼氏的图腾物。但是，同是这个帝高阳，为什么在"纪远"的图腾神话里又是神鱼（鱼妇）的化身？面对这双重身份的高阳的神格，古今学者为之绞尽了脑汁，百思未得其解。或以为高阳和颛顼是二人。①

现在总算有了可靠的解释材料。出土于战国郭店楚墓的简书里有一篇题为《太一生水》的佚文，其解释宇宙起源和生成，极有荆楚的高阳文化精神的特征，说："太一生水，水反辅太一，是以成天；天反辅太一，是以成地。天地复相辅也，是以成神明，神明复相辅也，是以成阴阳，阴阳复相辅也，是以成仓然（沧热）；仓然（沧热）复相辅也，是以成湿燥；湿燥余复相辅也，成岁而止。故岁者，湿燥之所生也。湿燥者，仓然（沧热）之所生也。仓然（沧热）[四时之所生也]。四时者，阴阳之所生也。阴阳者，神明之所生也。神明者，天地之所生也。天地者，太一之所生也。是故太一藏于水，行于时。"②原来"太一"和"水"都是化生宇宙万物的本始，"太一"生"水"而"藏于水"，"太一"是"水"的神魂，而"水"是"太一"的形魄，二者本是密不可分的。楚人所崇拜的帝高阳所承担的火水双重"民事"以及鸟、鱼双重图腾意象，岂不是神格化了的"太一"和"水"么？颛顼、高阳本是一人，而后分化为"火正"鸟图腾的高阳和"水正"鱼图腾的颛顼，当出于"太一生水"而"藏于水"的哲学基础。彭咸采用投水而死的方式，其用意就不言而喻了。这可能是一种宗教巫术式的"血缘认同"，投水而死，象征生命回归于氏族的本始，让灵魂彻底地"回复到那自然的、生物的状态"③，与水神"妇鱼"同游水中，与帝颛顼共存于江河。这是说，彭咸投水自杀既是在命不逢时的历史条件下而舍生取义的理性选择，又带有野蛮的、古朴的、用生命献祭于血缘先祖的宗教巫术的性质，他对死亡形态的认知还处在人类童年期的原始感性阶段，弥漫着浓郁、神秘的"图腾——神话"的气氛。

屈原效法彭咸水死而沉湘自杀，恐怕也当如是观。

在战国时期，南方楚族一直较多的保留着原始巫官文化的遗俗，以巫为中心的宗教活动充斥了楚国朝野的社会政治生活的方方面面，"信巫鬼，重淫祀"的楚人对死亡形态的认

---

① 张正明《楚史》第5页，湖北教育出版社1996年版。
② 荆门博物馆《郭店楚墓竹简》第125页，文物出版社1998年版。
③ [美]朱尔希·埃利亚德《神秘主义、巫术与文化风尚》第48页，光明日报出版社1972年版。

识水平即生动而具体地体现于巫觋招魂复魄的礼俗和仪式中,《招魂》《大招》可称得上是凝聚了楚人的死亡意识之精华的艺术结晶。楚人认为,亡魂的归宿不在东西南北、天上地下,"魂兮归来,反故居些"。"归来反故室,敬而无妨些"。所谓"故居"、"故室",当然不应看作是死者在世时所居住过的某一具体的居室,而是指广义的一族之室、一国之居。"自恣荆楚,安以定只。"《大招》更确切的说,它是楚人传统文化意义上的、经过历史洗炼的、超验的精神一族之"故居":"魂兮归来,定空桑只",王逸注《大招》为列二说:"空桑,瑟名也。《周官》云:'古者弦空桑而为瑟。'言魂急徕归,定意楚国,吸琴瑟之乐也。或曰,空桑,楚地名。"①其实,二说并不矛盾。琴瑟取材于空桑之地,因以名其瑟为"空桑"。但是,这"空桑"的地望宜在楚国。楚何以有东方的"空桑"之地,究在何处?似未能详考。案:《吕氏春秋·古乐篇》:"帝颛顼生自若水,实处空桑,乃登为帝。"有的学者据此断定颛顼在蜀之若水,"拟为西方之人物","其为西方民族传说之先",楚人之祖来自西方民族②。其说非是。空桑在东而不在西。若水,非在蜀,是指若木、扶桑之水,本是神话传说中的地名。吕思勉先生说若水即桑水,在东方③。其说是可信的。空桑,即《左传》"遂济穷桑"的"穷桑",帝颛顼与帝少昊实一人之分化。《山海经·东山经》:"《东次二经》之首曰空桑之山。"《大荒东经》:"东海之外大壑,少昊之国,少昊孺帝颛顼于此。"又,《文选·思元赋》引《旧注》及《左传》杜预注皆说帝少昊所居的穷桑,"地在鲁北"。《史记·鲁世家》载"封周公于少皞之虚曲阜",《太平御览》六百九十引《田俅子》也说"少昊都曲阜"。皆其证。又,《左传》昭公十七年:"卫,颛顼之虚也,故为帝丘。"杜预注:"帝丘,今东郡濮阳县,故帝颛顼之虚,故曰帝丘。"卫国还有一个"楚丘"的地名。《春秋》僖公元年"戎伐凡伯于楚丘以归",杜注:"楚丘,卫地,在济阴成武县西南。"这个"楚丘"恐怕原是高阳氏中最初南迁荆楚的先民的居地,濮阳与曲阜地望相近,都"在鲁北",都在中土的东方而非西方。楚人的先祖是从东方往南迁移来的。东方的高阳氏先民是崇拜太阳神的民族,是以鸟为其族的图腾物的。空桑,原是帝高阳之发祥地,是东方高阳氏先民之社树、宗庙,也是高阳氏人死后灵魂归返的精神"故居",以后才渐渐地演变成以昆仑空桑汤谷为内容的太阳神的神话。而在太阳神话的传说中,空桑,是太阳神灵所栖之木,传说在昆仑的汤谷中。《玉函山房辑佚书》载《归藏·启筮》:"空桑之苍苍,八极之既张,乃有夫羲和,是主日月出入,以为晦明。"又说:"有夫羲和之子,出于阳谷。"阳谷,即阳水之谷,是太阳沐浴的地方。尽管如此,这个神话内容基本上还是保留着古老的楚人"太一生水"和"太一藏于水"的宇宙生成认识模式。楚国有空桑之地,必是随某支南徙的高阳氏先人从卫地的"颛顼之虚"移置来的。大凡一个部落迁移,必挟带其原有的宗教习俗等民族文化因子,并且在新的居地内扎根、传布,因而把原居地内的祖先的发祥地、宗庙等迁入了新的居地,在新居地内选择名山大川而立观建庙以名之。所以,楚国的昆仑、空桑、汤谷设立在何处,并不重要,只要有合适

---

① 洪兴祖《楚辞补注》第 221 页。
② 姜亮夫《离骚首八句解——屈原身世参证》,《社会科学战线》1978 年第 3 期。
③ 吕思勉《吕思勉读史札记》第 52 页,上海古籍出版社 1982 年版。

的名山大川均可以充当。它是楚人所共同认可的灵魂依归的"故居"。屈原自幼沐浴着高阳文化的剡剡灵光,他的死亡观念怎么也摆脱不了充满诗意、堂皇而古朴的高阳文化的浪漫情调和神秘的巫风景象。

司马迁评述《离骚》时有段精彩的议论:"夫天者,人之始也;父母者,人之本也。人穷则反本,故劳苦倦极,未尝不呼天也;疾痛惨怛,未尝不呼父母也。"①我以为,"天"不妨看作是屈原的精神之祖——帝高阳意象,是楚族人有关祖先的宗教意识、情感等历史与文化的积淀,如同法国人类文化学家列维·布留尔所概括的"集体表像",它作为无意识潜藏于屈原的心灵深层之下。"父母",是屈原亲身父母伯庸夫妇,是他亲身体验过的有关父慈母爱的全部生活的记忆。"人穷而反本",是说坚持"中正"理性人格而招致穷困不达的屈原,离乡背井,倍尝长期放逐的艰辛和痛苦,极容易激起他生命的"反本"的冲动,情不自禁地回忆起童贞时代依偎于伯庸夫妇之怀的温馨甜蜜的辰光。而且,无意识的冲动把他个体生命融汇到了楚民族的文化历史的长河中,由其个体童年期一举追溯到整个楚民族乃至远古的东方民族的"邃古之初"(《天问》),因而,"灵皇皇兮既降",其精神父母——楚人的始祖大神帝高阳从他的心底冉冉而出。"反本",不妨说是屈原自觉地走向死亡的同义语。《离骚》首八句开宗明义,既自叙其出生之本初,又是暗示其精魂"反本"的最终归宿。屈原的精魂"降"自帝高阳,终当"反本"于高阳的空桑之居。因而,屈原一方面是理智地效法彭咸,"谊先君而后身","行婞直而不豫"(《惜颂》),"知死不可让,愿勿爱兮"(《怀沙》),只要是捍卫其高洁的"中正"人格的需要,就坦然地奉献出自己的生命肉体,绝无后悔之言、恐惧之色。另一方面,屈原一遍又一遍地呼唤彭咸,没有摆脱"太一生水"、"太一藏于水"的楚人的宇宙生命观念影响,睁大了充满稚气的双眼,注视着那一片为常人所不敢顾望的、遥远而神秘、水汪汪的"故土",冥思和体验"从彭咸之所居"、魂归楚人先祖帝高阳的福地——空桑之居的死亡冥路。尽管死后的体魄藏归于土而化为乌有,唯有灵魂可以与天地同在,与日月齐光,但必须回到列祖列宗那儿去"复命",返归于楚族的最初之本始。所以,屈原始终把楚人的发祥圣地、把太一神帝高阳当作自己灵魂的惟一依归来崇拜,他对"故居"的爱恋、远离楚国"故都"的痛苦和对始祖高阳的敬意,成为反复出现于他的诗作的重要话题:

　　昔余梦登天兮,魂中道而无杭。
　　　　　　——《惜颂》
　　去终古之所居兮,今逍遥而来东。
　　羌灵魂之欲归兮,何须臾之忘反。
　　　　　　——《哀郢》
　　唯郢路之辽远兮,魂一夕而九逝。
　　愿径逝而未得兮,魂识路之营营。
　　　　　　——《抽思》

---

① 司马迁《史记》第 2482 页。

夜耿耿而不寐兮，魂茕茕而至曙。
高阳邈以远兮，余将焉所程？
——《远游》

一旦受到其"中正"理性精神的感召和不幸的人生际遇的冲击，"宁溘死以流亡兮，不忍为此之常愁"（《悲回风》），屈原便极容易接受彭咸的方式而沉湘自杀。如果不从屈原的二元血缘结构和楚人"太一生水"、"太一藏于水"的宇宙生命哲学方面考察，不从"纪远"图腾神话中发微索隐，读着这些灼烫的诗句，人们也很容易把本来属于魂返血缘始祖的、带有浓烈的宗教性质的死亡意识，就简单地抽象纯粹的忠君爱国之举，升华为彪炳千古的爱国主义精神了。

三、上征：魂反帝丘的死亡飞行

屈原"从彭咸之所居"的死亡旅途分明在水中，为什么他在"思旧故之想象"（《远游》）中却总是发轫苍梧、夕登县圃、走"上征"飞行之路呢？不但《离骚》如此，《悲回风》紧接于"凌大波而流风兮，托彭咸之所居"二句之后，也是极写一路"上征"高攀以至飞行的途程："上高岩之峭岸兮，处雌蜺之标颠。据青冥而攄虹兮，遂倏忽而扪天。吸湛露之浮源兮，漱凝霜之雰雰。依风穴以自息兮，忽倾寤以婵媛。冯昆仑以瞰雾兮，隐岷山以清江。"有学者据此说"彭咸所居"本不在水府，而在天国，甚至对彭咸水死的古训、屈原投水汨罗的本事也发生怀疑。这是庸人自扰。从表面看，"上征"飞行与水死是一对不可理喻的矛盾，二者很难得到统一。这似乎又是《离骚》一个"难读"的问题。如果把它放到楚人"太一生水"、"太一藏于水"宇宙生成哲学观和对死亡形态的认识的民俗文化的背景上审视，那么这一非理的矛盾也就涣然冰释了。

在南楚的死亡意识里，尽管有地下"幽都"的名称，可是它与西方的基督教、印度佛教的"地狱"根本不同。"地狱"是与"天堂"相对的，基督教、佛教都认为，好人死后升"天堂"，恶人下"地狱"。楚人没有此等善恶的区别，而有贵贱高下的区别。在楚人，不论贵贱、善恶与否，人死后统统"反本"、"复命"于始祖帝高阳的"故居"去。帝高阳以及老僮、祝融、吴回等楚人列祖列宗的"故居"莫不在昆仑之上，其裔孙"反本"、"复命"就非得登升"上征"不可。"上天，犹上山也。"（《论衡·纪妖篇》）鄂西土家族的葬俗也称出殡埋棺作"上天"或者"上山"。可是在神话传说中，地下的"幽都"似乎在天上或者山上。如，《山海经·北山经》："西望幽都之山，浴水出焉。"《海内经》："北海之内，有山，名曰幽都之山，黑水出焉，其上有玄鸟、玄蛇、玄豹、玄虎、玄狐蓬尾。"而《淮南子·地形训》说"幽都"是登不周山的天门，实际上在昆仑之墟的西北隅。所以，"下幽都"，既要涉水，又要"上征"登山。1949年出土于长沙陈家大山战国楚墓的《人物龙凤帛画》，正中画一妇人，侧立，高髻细腰，广袖宽裾，合掌祈祷，足踏一个残存的半月形的舟船，而舟船若在水上行驶状。1973年出土于长沙子弹库战国楚墓的《人物御龙图》，正中画男子，侧立，危冠束发，博袍佩剑，手持缰绳，御一龙，而龙似"乙"字形的龙舟状，人立在龙脊上，也若在水上行走。这两幅帛画都是"上征"飞天图,表现各自的男、女墓主人乘舟作水中飞升的情状。涉水和登山在两幅帛画里得到了非常和谐的统一。这是对"太一生水"和"太一藏于水"哲学见解的最好的图像说明。因而,《离骚》下半篇"耿吾既得此中正"之后,铺写屈原先后三次惊心动魄的"上征"飞行,也是"驷玉虬以乘鹥",既御舟渡水,而又把登昆仑之山当作升天"反本"的阶梯。这三次"上征"飞行,实质上就是屈原对死亡的出神遐想,是先后三个"反本"祖先"故居"的死亡幻梦。那幽暗、冰冷、僵硬、恐怖的死亡自然形态完全为芳香菲菲、繁饰缤纷的宗教仪式和凤皇、飞龙、飘风、云霓等这样一些光彩照人的神话形式所掩盖,古朴、辉煌的南国文化为屈原从容投水之思注入了奇崛多彩、浪漫丰富的原始宗教的辉煌图景,因而,死亡被诗化为求帝、三求女与期约西海,登遐天国的赫戏而热烈的神游之乐:

> 邅吾道夫昆仑兮,路修远以周流。
> 扬云霓之晻蔼兮,鸣玉鸾之啾啾。
> 朝发轫于天津兮,夕余至乎西极。
> 凤皇翼其承旗兮,高翱翔之翼翼。
> 忽吾行此流沙兮,遵赤水而容与。
> 麾蛟龙使梁津兮,诏西皇使涉予。
> 路修远以多艰兮,腾众车使径待。
> 路不周以左转兮,指西海以为期。

这真是一曲探索死亡历程的千古绝唱!这种借助于高阳氏礼俗文化内容以诗化死亡的表现形式,很容易被后世简单地类同为或曲解为西方文学的"浪漫主义"形态或"仙游"形式。至今文学史教材均千篇一律地借用西方的"浪漫"之词来评骘《离骚》的"上征"飞升,这不能不说是对《离骚》的一大曲解。

屈原神游的终极之所是"西海",那是一个荡漾于昆仑之上的神秘之海。它与日阳所浴的汤谷、咸池或许是出于同一神话原型,是帝高阳、少昊、祝融等远古的楚人先祖的"故居"。清刘献庭说:"西游者,欲死也。"① 这是极有眼光的。在屈原,登升"西海"与投水自杀之间有着不可喻于理的神秘互渗的关系,换言之,投水自杀意味着他的灵魂邀游日浴之海、"反本"于帝高阳的空桑"故居",所以,"吾从彭咸之所居",非得"上征"飞行不可。通往"西海"之路委委迤迤,修远而多艰阻,说要越过千里流沙,淌过浩瀚赤水,穿过数不尽的关隘和梁津。死亡似乎也不那么容易,经受种种难以忍受的折磨和考验。这固然一方面是屈原在内心展开的生与死的剧烈斗争的延宕,也是《离骚》所表现的生与死的主旋律所在,说明屈原选取择自杀,"非一时忿怼而自沈也"②。另一方面,"反本"先祖的历程常常象征着其氏族迁徙历史的线路。据云南永宁纳西族的葬俗的送魂仪式,人死后要返回到先祖居住过的地方,要请巫师念诵"开路经"以导路。"开路经"除劝

---

① 刘献庭《离骚经讲录》,浙江图书馆藏钞本。
② 洪兴祖《楚辞补注》第 13 页。

说亡灵前往先祖所由来的北方之外,还详细描述了所谓送魂线路,即其氏族迁徙的历史及迁入永宁的经过。亡人的灵魂要顺着这条线路回到其先祖的居住地去①。楚人建国的历史非常悠久,在殷商已有文字记载。如武丁期的卜骨有"舞于楚京"、"于楚又雨"之辞,陈梦家考证说,楚京,即是《卫风·定之方中》"升彼虚兮,以望楚兮,望楚与堂,景山与京"的楚与京,在卫地②。其说是也。楚族先人从卫地的楚丘南迁,经汉水的"鲋禺之山"往南发展;至西周初,其"先王熊绎,辟在荆山,筚路蓝缕,以处草莽,跋涉山林,以事天子"③,备尝开创期的艰辛。然后历春秋至战国中期,开拓疆土,富国强兵,倔起于南方,已经能与中原强国抗衡的诸侯之雄。这实在是一条漫长而艰难的道路。"路曼曼其修远兮,吾将上下而求索"。屈原神魂归返西海,当是循着楚族先人南迁于楚的路程飞行的,所以走的也是一条跋山涉水、"修远以多艰"的道路。

屈原如何才能使灵魂到达彼岸的"西海"？龙舟、龙车为其超渡的工具,是必不可少的。但是光有此还是不够的,最要紧的是必须借助于高阳大神的精灵凤皇的导引、带路。第一次飞行叩阊求帝,但见"凤鸟之飞腾兮,继之以日夜";第二次飞行求宓妃,以"蹇修"为媒。蹇修,即鹔鹛之音转,子规鸟也④。求有娀佚女、二姚,以鸩、雄鸠、凤皇为使;第三次期归西海,浮游求女,玉鸾啾啾、凤皇承旗。这些描写决非只是为了渲染行游场面的宏大、壮观而作随心所欲的润笔点缀,而都是有深刻的、特定的民俗宗教意义的。"魂乎归来,凤皇翔只。"(《大招》)凤鸟与呼魂归来联系到了一起,是很耐人寻味的。作为高阳氏精灵的凤皇,本是楚人的图腾祖先,其地位至高无上,无与伦比。从西周到战国,不论何种出土文物,以凤皇为花纹的图案,中原地区古墓出土遗物日益少见,在楚国古墓出土遗物却愈来愈多,凤皇始终占据着主导的地位。如,湖北江陵马山一号楚墓出土的一件绣罗单衣,绣以一凤斗二龙一虎的图案,凤皇舒张双翼,居主导位置,十分雄武,其一翼击中龙脊,龙作痛苦挣扎状;另一翅击中虎背,虎作逃窜哀号状。⑤ 江陵望山一号楚墓、天星观楚墓、雨台山楚墓、包山楚墓、河南信阳楚墓都先后出土过凤架虎座的鼓架,左右相对的两只翘首长鸣的凤皇,气宇昂扬地立于两只俯伏其下的虎背之上。出土于地下的大量文物都表明了楚人有尊凤、贱龙虎的习俗和心理特征。河南信阳楚墓彩绘锦瑟巫师升天图,巫师首戴凤鸟头饰,身着凤服。在楚人的丧葬礼俗中,凤皇则是充当了导引亡魂登升"反本"的天使,习惯于把魂魄与鸟融为一体。清陈元龙《格致镜原》卷八十一引《古今注》(今本无此引文)说:"楚魂鸟,一曰亡魂;或云楚怀王与秦昭王会于武关,为秦所执,因咸阳不得归,卒死于秦,后于寒食月夜,入见于楚,化而为鸟,名楚魂。"楚怀王的亡魂也终于靠神鸟的帮助,才回达了先祖之居,招魂的巫祝用"秦篝"的鸟笼子作为"招具",恐怕也是出于凤图腾崇拜的习俗。出土于长沙的两幅帛画都有此

---

① 严汝娴、宋兆麟《永宁纳西族的母系制》第 172 页,云南人民出版社 1983 年版。
② 陈梦家《殷虚卜辞综述》第 208 页,中华书局 1988 年版。
③ 《左传》昭公十二年,十三经注疏本。
④ 黄灵庚《楚辞章句疏证》(第一册)第 388 页,中中华书局 2007 年版。
⑤ 陈跃钧、张绪珠《江陵马砖一号墓出土的战国丝织品》,《文物》1982 年,第 10 期。

类导引死者亡魂归宗的"楚魂鸟",且都画在左上部,凤鸟的体态硕大,振翅飞翔,在人物的前方作导引状。江陵包山楚墓是楚怀王时期的左尹邵佗墓,棺盖及棺板两侧都绘以龙凤图案,凤压在龙上。龙,是左尹"上征"所乘之龙舟;凤,是超渡左尹"反本"先祖之居的引魂天使。在楚人,亡魂"反本"于祖先,必须有凤皇作先导,靠它引路才能到达彼岸的先祖"故居",否则,亡魂会迷路,成为无所依归的游魂;即使侥幸地到天国,也将遭到把守天关的虎豹的伤害,遭到帝阍的阻拦。屈原"诏西皇使涉予","西皇"与上句"蛟龙"为对文,蛟龙是渡航的工具,而西皇是指象征帝少昊的精灵凤鸟。屈原正是以"西皇"为引魂之鸟才走完了通向西海的征程。

"陟升皇之赫戏兮,忽临睨夫旧乡"。陟升,是并列的复合词,二字同义,犹说登。皇,通作遐。"陟升皇",即登遐的意思①。登遐,是古代表示死亡的忌讳语。《礼记·曲礼》:"天王崩,告丧,曰:'天王登遐。'"郑注:"登遐,若仙去云耳。"《墨子·节葬篇》:"秦之西有义渠之国者,其亲戚死,聚柴薪而焚之,熏上谓之登遐。"或作登霞,《远游》"载营魄而登霞"是也。说当屈原登遐天国之际,龙腾千乘,宾从如云,奏响了那《九歌》悦耳动听的旋律,变幻着那《九韶》鼓声导引下的奇妙多姿的舞列,屈原神彩飞扬,高驰邈邈,再也抑制不住内心的兴奋,放怀畅快地"愉乐"起来。《远游》"泛容与而遐举兮"以下一段,古今许多学者指出它是《离骚》"陟升皇之赫戏兮"一段的续篇,它绘声绘色地叙述了屈原入帝宫、天国的经历和宏大场面。这是甚有见地的。屈原教祝融先戒,使鸾皇迎宓妃,在咸池奏演《承云》之曲,娥皇、女英唱着原始的《九歌》,跳着古老的巫舞,"音乐博衍无终极兮,焉乃逝以徘徊"。死亡,在屈原笔下犹如一曲优美动听的赞歌,犹如温馨甜蜜的梦。屈原经营上下、周游六合,到过天边的"列缺"、海底的"大壑",一直进入"下峥嵘而无地兮,上寥廓而无天"的"太初",终于"从颛顼乎增冰",达到了"太一生水"、"太一藏于水"的最高哲学意境,完成了生命的彻底回归。在这里,没有悲伤、哭泣,不存在"荒草何茫茫,白杨亦萧萧,严霜九月中,送我出远郊"(陶潜《挽歌》)那种生命灭寂后的萧条、苍凉的氛围,嵯峨的高坟仿佛就是一座令人神往、流连忘返的瑰丽无比的殿堂。当他从出神的死亡梦幻中猛然苏醒过来时,但见"旧乡"的尘海滚滚,黑暗、溷浊、荒谬、恐怖变本加厉,愈演愈烈,"时缤纷其变易兮,又何可以淹留"?"国无人莫我知兮,又何怀乎故都?既莫足与为美政兮,吾将从彭咸之所居。"生命的存在不再有任何的价值意义,神秘的"本初"世界诱以他毅然奔向帝颛顼的水府,拥抱那销魂夺魄的一瞬间。

《离骚》以及《涉江》、《悲回风》、《远游》等诗作的超现实的"上征"飞行、遨游昆仑的神话,都是屈原"反本"于始祖"故居"的死亡梦幻(或者是祭祀的形式),他对死亡形态的认识和内心体验是充斥了原始感性的神秘而亘古的历史回响。尽管如此,基于这样的生命哲学观念的沉湘自杀,毕竟还有屈原人格精神的另一层面——"伏清白以死直"的理性的生命价值观的积极参与。屈原既有儒家舍生取义的生命价值的取向,又为道家"涉青云以泛滥游"(《远游》)的精神飞翔。屈原选择自杀是以求得他个体感性生命返归

---

① 黄灵庚《楚辞章句疏证》(第一册)第539页。

其本而达到永恒为宗旨,让受创伤的灵魂在为他绝对尊崇的楚族始祖的"故居"中继续追求崇高的人格理想,完成在他生存的情况下无法实现那先在赋予了他的人格使命,所以,仅仅用"理性的觉醒"或者"情感的冲动"来诠释屈原的自杀行为,都是片面的。

四、求女:魂归"故宅"的女祖先神

诚如上述,《离骚》下半篇三次"上征"飞行是屈原"反本"于始祖"故居"的死亡梦幻,那么,屈原在死亡梦幻中为什么要去求帝?求帝不果之后为什么"哀高丘之无女"?接着又跌转出三次求女与西行求女等奇奇怪怪的故事来?《离骚》的"帝"、"女"到底是指什么?

《离骚》最"难读"之处即在于此。

古今学者总是摆脱不了男女君臣的"比兴"模式,以"帝"为比楚国的怀、襄二王,而"女"的喻义则有喻君与喻臣的两种说法。或说求女是喻求"贤臣"[1],或说求女是喻求"贤君"[2]。不审《离骚》前半篇至"耿吾既得此中正",屈原对时世君王绝望至极,从终彭咸的死志诚决,他哪来求贤或求君的心思?再说,楚国朝廷即使无人,让他这样一个早为楚国朝廷废弃、时时感到"玷余身而危死"的逐臣的身份为君王求贤辅政,岂非天大笑话?其于情理也是决无可能的。而求女比求遇贤君说愈见其荒谬不通。天无二日,国无二君,莫非楚国朝廷之上除"雍君"外,更有"贤君"的存在么?且夫尊妇贱、君贵臣卑,在战国之世是人所共知的伦理观念,岂可将臣比作夫君而抬上了天,将君比作妇人而屈于卑贱之位?笃守"中正"理性原则的屈原不会使用如此不伦不类的比喻。游国恩先生说女以"隐喻可通君侧之人",求女是说求得通君侧以达到返归朝廷的目的[3]。游说在当世楚学界影响极大。诚若其说,"女"不过是比与屈原同列之臣。可是屈原所求的女,身份至为显赫,都属远古三代圣君之妃,当非区区君侧之辈所可比拟的。而且,屈原三次求女,总是媒妁先行,礼数俱到,如求其通君侧之人也用不着如此郑重其事。再说,屈原求女都是以须眉男子身份出现的,这又不是将自己推上了比拟夫君的君王位置上了么?屈原也不至于会糊涂到要"僭越"君王的地步。最近有学者说求女只是为了"寻求知音,寻求理解"[4]。殊不知《离骚》求女之前,屈原再三声明自己"不周于今之人","吾独穷困乎此时","众不可户说","世并举而好朋",根本无望还有所谓的"知音"或"同志"的存在了,而至临终绝命之际,忽转生求"知音"理解之想,不感到有些唐突、勉强么?还有学者从屈原创作思维的特征分析说,《离骚》求帝、求女是诗人的"自我幻化"[5]。《离骚》在折中重华之后,屈原的处境分明

---

[1] 洪兴祖《楚辞补注》第 31 页。
[2] 朱熹《楚辞集注》第 17 页。
[3] 游国恩《游国恩学术论文集》第 158 页,中华书局 1989 年版。
[4] 赵逵夫《离骚的比喻和抒情主人公的形貌问题》,《中国社会科学》1992 年第 4 期。
[5] 潘啸龙《论离骚抒情结构及意象表现》,载《艺术研究》1993 年第 3 期。

是"固前修以菹醢",必死无疑,可是他在临死前为什么要"幻化"(或者"浪漫"想象)出求帝、三求女、西行求女诸多意象来?其深层的心理背景又是什么?学者多局限于所谓的"浪漫主义的表现方法"来涵盖《离骚》"惊彩绝艳"、汪洋恣肆的特征,终是隔靴搔痒,未得要领。如果撇开男女君臣的比喻,把求女放到"反本"血缘祖先的民俗宗教的意义上来思考,问题就不难解决了。

在我看来,"求帝",即是求《离骚》篇首的"帝高阳"之帝。帝,同《礼记·曲礼》"天王登遐,措之庙,立之主曰帝"之帝,是宗庙神主之称,引申之为最原始或最根本的宗神,《周书·周祝》:"危言不干德曰正,正及神人曰极,世之能极曰帝。"《淮南子·诠言训》:"四海之内,莫不系统,故曰帝也。"皆其证。上帝之称也恐怕是由此义而引申来的。《离骚》的"帝"是用始祖宗神的意思。叩阍"求帝"之帝,是指帝高阳。"哀高丘之无女",王逸注说:"楚有高丘之山。或云:高丘,阆风山上也。旧说:高丘,楚地名也。"①二解皆汉时旧说,王氏杂而陈之而未能决。高丘者,高阳之丘也,实即帝丘。与"空桑"一样,都是楚人始祖帝颛顼高阳氏的发祥地,本在卫。在帝高阳的神话传说里,发祥地的"高丘"则迁移到昆仑之墟了。如《淮南子·地形训》:"昆仑之丘,或上倍之,是谓凉风之山,登之而不死。或上倍之,是谓悬圃,登之乃灵,能使风雨。或上倍之,乃维上天,登之乃神,是谓太帝之居。""凉风"也即"阆风",在昆仑山之上。闻一多先生说:"古所谓昆仑,初无定处,诸民族各以其境地内大山为昆仑。"②楚国也有昆仑山,但楚之昆仑、高丘,是伴随远古的高阳文化南迁而来的。包山战国楚墓的墓主是楚怀王的左尹邵佗,墓中出土的简牍有记载卜筮的祷辞:"□祷楚先老僮、祝融、□酓各两□,宜祭,□之高□(丘)、下□(丘)各一全□。"③下丘,与高丘相对为言,恐怕是指低于帝高阳或支庶、旁系的楚先所居。高□(丘)、下□(丘),类宗法"百世不迁"之大宗与"继弥"之小宗。楚人宗法与周礼别,自卑不别于尊者,凡出自楚族血统者皆上祖君统,故屈原自表世系亦以君统称之,上高丘以求帝高阳,固不以为僭也(说详参下章"帝"条)。高阳之丘,是楚人始祖神的宗庙。而帝高阳的精灵在"火正"的图腾意象中应是一只雌性的赤皇,而非雄性的金凤,与"水正"的图腾物为"死而复苏"的"鱼妇"一样,所以,高阳是属于女性的先祖神。求帝,也即求女,是向居于高丘的女祖先高阳"反本"、回归。正是由于见阻帝阍,这才引起他"哀高丘之无女"的感叹,屈原直呼帝高阳为女。又因为高丘无女,接着便有神游春宫而"相下女之可诒",三度转求下女的故事。求归高阳不遂,说帝阍不肯接纳他,于是退回到了"世溷浊而不分兮,好蔽美而称恶"的时世。说明屈原的内心深处又在生与死的岔路上徘徊。

"下女"即"下丘"之女。屈原所追求的"下女",每一位都与高阳氏有密切关系。洛神宓妃本是太皞伏羲氏之女,而太皞伏羲氏为楚人所尊崇的先帝之一。据出土于长沙

---

① 洪兴祖《楚辞补注》第 30 页。
② 闻一多《离骚解诂》第 46 页,上海古籍出版社 1985 年版。
③ 湖北省荆沙铁路考古队《包山楚简》第 36 页,文物出版社 1991 年版。

子弹库战国楚墓的《楚帛书》记载创世神话说:"曰故[天]熊雹戏(伏戏)出自端(颛)项,居于睢。"①伏羲出自高阳之后,宓妃当是楚族之先。有娀氏简狄是帝高辛之妃,高辛即帝喾,与帝舜及殷商卜辞中的"高祖夔"是同一人②,也与楚先高阳氏有相同的血统,故高辛之妃简狄可算得上是楚人旁系的先祖。姚氏,是帝舜的姓,与楚人也有血亲关系。何况屈原对帝舜怀有诚挚的异乎寻常的宗亲之情,所以在极其孤独的时候,他总是想到了帝舜,把帝舜当作是惟一的知音。少康之二姚,也是楚人的先祖。若论起帝王谱系来,三女皆非楚族的直系的先祖,求之不成也在情理之中。但是,三求女不遂的真正的含意在于,表现了屈原内心的在生与死的关节上的精神活动,每一次求女的失败,他都要发出深沉的感叹:"世溷浊而嫉贤兮,好蔽美而称恶。"让他的灵魂处在一种求生不得、求死也不成的两难的尴尬境地。最后导致他西行求女,女是指帝少昊。诚如上述,少昊与颛顼本系一神的分化。由此看来,不论求帝、三求下女,还是西行求女,所求的都是与楚族有血亲关系的女祖先神。屈原求女的真正寓意,是让灵魂皈依于其族的女先祖。

《离骚》叙述屈原求帝、三求下女之不遂之后,并非立即转入西行求帝少昊的,中间插入了占卜灵氛与巫咸吉告两个段落。屈原在三求女之后,又为什么要向灵氛占卜?占卜灵氛之后,又为什么乞求巫咸"扬灵"?

"闺中既以邃远兮,哲王又不寤。"前一句是结求帝、三求下女的未果,后一句是总结《离骚》上半篇见斥于君王而决意自杀;前一句是表示屈原求死既不能,后一句是表示他求生又不得。是求女"反本"以死,还是"冀君之一悟"、留待其时而生?这才引发屈原去占卜灵氛而后问巫咸。灵氛劝他远逝求女,其意固切于"反本"女祖先的死亡神游上;而巫咸"吉故"告其滞留待时,"求矩矱之所同"的明君,是反意灵氛而阻止屈原自杀。屈原反复掂量、思索,深感巫咸告语里那些君臣相遇的故事在当世绝无重现之可能,故悲怆地说:"何琼佩之偃蹇兮,众菱然而蔽之。惟此党人之不谅兮,恐嫉妒而折之。时缤纷其变易兮,又何可以淹留?兰芷变而不芳兮,荃蕙化而为茅。何昔日之芳草兮,今直为此萧艾也。岂其有他故兮,莫好修之害也。余以兰为可恃兮,羌无实而容长。委厥美以从俗兮,苟得列乎众芳。椒专佞以慢慆兮,樧又欲充夫佩帏。既干进而务入兮,又何芳之能祗?固时俗之流从兮,又孰能无变化?览椒兰其若兹兮,又况揭车与江离。"屈原对时世已绝望之极,从灵氛而不从巫咸,表示他最终还是选择了"从彭咸之所居",于是历选吉日,"将远逝以自疏",向昆仑飞行,期约西海以求女。可见,《离骚》后半篇始终紧扣在求女的主题上,以表现其"反本"、求归女祖先的艰难的死亡飞行。中间插入卜氛问咸的周折,是借了灵氛和巫咸之口,表现屈原在生与死的取舍上的一段小插曲。

然而,最令人困惑不解的是:屈原为什么在"反本"女祖先的死亡梦幻里放浪着那么浓烈缠绵的男女爱慕的浪漫情调?以至荒诞到要与远古的氏族的老祖母们求合通婚?

---

① 饶宗颐、曾宪通《楚地出土文献三种研究》第 232 页,中华书局 1993 年版。
② 郭沫若《卜辞通纂》第 234 页,科学出版社 1983 年版。

首先,盛传于楚国朝野的巫山神女荐枕楚顷襄王此类神话以及充斥了男女交合的"淫祀",成为风行上下、习以为常的祭典仪式,楚人在与生死之神交往之间同样离不开此类男女交合的"淫祀"仪式的文化背景的。当人们撩开笼罩在夜祭司掌人间生死的大小司命神的宗教雾纱,楚人那炽热、粗野的情欲本态便赤裸裸地扑入了人们的眼帘:钟情于死神大司命的恋人乘龙高驰,与大司命期约于帝高阳的居所"空桑"福地。可是,两情无缘相会,害得这患"单相思"的恋人痛苦不堪,"老冉冉兮既极,不寝近兮愈疏";"结桂枝兮延伫,羌愈思兮愁人"。司掌人间生育之神少司命以其美貌多情,博得了满堂"美人"的爱慕。"悲莫悲兮生别离,乐莫乐兮新相知。"一对幽会于"帝郊"而且才相互认识的恋人是何等快活!可是随着夜祭的结束,第二天与少司命又不得不分手,各自奔走前程,也许无缘重逢,因而悲痛欲绝。说明楚人与司掌生与死的神灵交往,完全为一种表现男女情欲的"淫祀"仪式所替代。楚人在为亡人呼魂复魄时,除了有宫室之华丽、游猎之壮观、饮食之丰盛、歌舞之艳羡等节目外,更是少不了多情妖娆的女色之乐:

二八侍宿,射递代些。九侯淑女,多迅众些。
盛鬋不同制,实满宫些。容态好比,顺弥代些。
弱颜固植,謇其有意些。姱容修态,絙洞房些。
蛾眉曼睩,目腾光些。靡颜腻理,遗视矊些。
美人既醉,朱颜酡些。娭光眇视,目曾波些。
被文服纤,丽而不奇些。长发曼鬋,艳陆离些。
——《招魂》

朱唇皓齿,嫭以姱只。比德好闲,习以都只。
丰肉微骨,调以娱只。魂乎归徕,安以舒只。
——《大招》

这不是楚人"淫祀"鬼神的生动写照么?屈原在与女祖先交往的死亡之梦中,也不可能游离于"重淫祀"的大文化背景之外,恰恰是这"重淫祀"的礼俗作为一种特有的文化因子,渗入了屈原"反本"飞行的幻梦之中,使他那"反本"于女祖先"故居"的死亡体验充斥了男欢女爱的情调,而用通情远古神女,即与"老祖母"们的男女交合的"淫祀"方式表现出来。

其次,《离骚》"求女"的死亡梦幻,如果在不喧宾夺主,即用偶然出现的比喻义来替代其整体内容,改变《离骚》表现生与死的主旋律的前提下,解释可以是多义性的。在"反本"于先祖的死亡体验中,屈原也确实很难拒绝其他情感的渗入。正因为如此,使得《离骚》的内涵更加复杂、丰富和厚重起来,同时也增加了读懂它的难度。前人将"女"比附为"君王"或"贤臣"、"知心"等,是可以理解的。人们读着《离骚》表现男女交欢的诗句时,似乎更可以感受到屈原那颗渴求情欲需求的躁动不安的心。屈原的爱情生活、个体家庭至今确是一个谜,从现存的诗作看,他恐怕是个独身生活者,诚如梁启超先生所说,

"至少在他放逐到湖南以后,过的都是独身生活"①。不然,他必定在"发愤以抒情"(《惜诵》)的诗作中为后世提供其家庭、妻儿等个体生活的真实内容。但是,屈原毕竟也是活生生的人,他有普通人所渴望的情欲。"怀朕情而不发兮,余焉能忍而与此终古!"这个"情"固然是表现了屈原对高丘、下丘的女先祖们刻骨铭心的追求和敬意,但也可以是多义的。譬如有对君王的忠情、对同列的友情、对时俗和奸臣的怨情,对故土的乡情等,更包含着他的男女恋情。然而屈原渲泄男女情欲的方式确乎大异于人。在生命意识里,屈原把火辣辣、活泼泼的情欲需求,按其理"中正"人格的理性原则,转换为参与时政的政治能量,把"美人"、"荃"、"灵修"之类极富女人味的情感强加于君王,并把君王当作理想的"美人"进行刻意追求。"结微情以陈词兮,矫以遗夫美人。昔君与我成言兮,曰黄昏以为期"。(《抽思》)诚如郭老所言,"假使屈子不系独身,则美人芳草的幽思不会焕发"②。这是极有见地的。同样,屈原也将现世爱情的不幸所酿成的痛苦会不经意地带入了他的"反本"于女先祖的死亡意识里,他以堂堂正正的"吉士"身份,以引魂的凤鸟为媒使,大胆追求为其所悦的神女,并将男女不偶的怨思倾泄于"哀高丘之无女"、"理弱而媒拙"、"好蔽美而称恶"等嗟叹声中。郭老以诗人的直观感受,说《离骚》等诗作"有色情的动机在里面"③。这也并不是亵渎了屈原的高尚人格。这足以表明,像《离骚》这样的诗作,其内涵是非常丰富的,屈原在表现内心的死亡意识时,而潜在的内在冲动总是顺其天性多层面、多角度地喷涌而出,在"发而有言,不自知为文"的冲动中,时时挣脱理性的枷锁,向人类展示出一个不为理性力量所完全制约的、"不合传体"的、"谲怪"、"诡异"、"荒淫"的艺术世界。如果必局限于单一的社会政治学的视角和单一的君臣比喻思维模式来窥测《离骚》求女的微意,"必欲以后世文章开合承接之法求之,岂可论屈子哉"④?

屈原吟唱帝舜的"离骚",在江湖泽畔踯躅徘徊,带着不尽的哀怨和悲愤,终于"吾与重华游兮瑶之圃",走上了不归之路。这对于屈原的个体生命来说,是不幸的悲剧。但是,屈原在《离骚》后半篇借助于求帝、三求女和西行求女的上征神游的故事,表现其回归氏族本始的死亡遐想,却十分庆幸地获得了充斥高阳精神的礼俗宗教文化的要素和独特的思维形式,不仅唤醒了一个高古遥远的民族之魂,而且创造出了"气往轹古,辞来切今,惊彩绝艳,难与并能"的诗化死亡的杰作⑤,谱出了一曲震轹千古、回肠荡气的生死命运的乐章。

原载《中国诗歌研究》2003 年第 2 辑,《楚辞二十讲》
(华夏出版社 2009 年版)全文转载

---

① 梁启超《屈原研究》,《梁任公学术讲演录》第 170 页,商务印书馆 1943 年版。
② 郭沫若《郭沫若古典文学论文集》第 672 页,上海古籍出版社 1985 年版。
③ 同上。
④ 钱澄之《庄屈合诂》,见《饮光先生全书》,清同治 3 年刊本。
⑤ 洪兴祖《楚辞补注》第 53 页。

历史追忆与现世沉迷：唐诗中的金陵与广陵
——以江南城市文化圈为研究视阈

葛永海

唐代江南[①]经济文化格局发生了大的改变，曾经的六朝都城——金陵（南京）开始衰落，长江和运河交汇处的广陵（扬州）却日趋繁荣，唐人以诗歌见证这两座城市兴衰消长的历史。鉴此，本文对唐诗中的金陵与广陵[②]分别作了爬梳和分析，对这两所城市吟咏内容、情感意向等进行多方面的比较。本文对唐诗中的金陵与广陵进行比较研究基于两个维度，一是江南文化格局的维度；二是"城市艳歌"[③]发展的维度，前者是空间的、横向的，后者是时间的、纵向的。首先是在江南地域范围内，两座城市之中心地位的此消彼长，将给区域文化的发展方向乃至整体格局带来重要影响。就抒情文体而言，六朝以宫体诗与吴歌为文学载体的建康风月逐渐隐入历史，留给唐代诗人的多是劫后的感伤和光荣的追忆。另一方面，广陵成为唐人新的温柔乡，续演着六朝的城市生活格调，比较解读将使我们更深入地理解唐代广陵对于六朝城市艳歌的传承。

一

如果说金陵是六朝的代表性城市，那么唐代江南的中心城市则无疑是广陵。这两座城市都体现了当时江南城市经济的最高水平。在六朝末期金陵被毁后，广陵历史性崛起，于是六朝金陵的繁华逐步发展为唐代广陵的繁华。江南的政治、经济、文化中心由此发生位移。

南朝梁后期侯景之乱，使建康城遭到严重破坏，陈时稍稍恢复。隋开皇九年（589）文帝灭陈，平建康城邑为耕地，又废毁东府城及丹阳郡城，繁华的六朝古都，被夷为平地。"于石头置蒋州，依汉置太守。"[④]原南京地区与丹阳、胡孰并入江宁县，与溧水、当涂二县同

---

① 对于江南的理解向来歧杂，本文所言的"江南"乃是狭义，即长江以南的苏南、浙北地区，而扬州虽处长江北岸，但一般将它视为江南城市。
② "金陵"与"广陵"是唐人对南京与扬州较为常见的称呼。本文在论述中除特定时代的称谓如"六朝的建康"等之外，其他都以"金陵"、"广陵"作为习称，不再一一注明。
③ 这是一个本文自创的概念。"城市艳歌"是"城市"与"艳歌"的叠合，对之的命名，是基于两个特性的判断：一是诗歌（或歌曲）的城市属性以及所带来的商业化与通俗化特色；二是诗歌（或歌曲）题材对于情爱等世俗欲望的突出，从而具有绮艳的风格特征。中国古代自六朝以来的许多描写城市生活的诗歌都具有这些特征。
④ 《秣陵集·秣陵集图考·隋》。

属蒋州统辖。隋炀帝继位,复改蒋州为丹阳郡。大业十三年(617),炀帝命起丹阳宫,准备迁都,计划未及实现已为唐所代。唐王朝继续推行隋朝抑压六朝旧都建康的方针,先后在此设蒋州和昇州,下面设过金陵、白下、江宁、上元等县,金陵(南京)的政治地位已趋中衰。而广陵作为政治军事中心在唐初开始崛起,武德九年(626),李渊将扬州大都督府从丹阳迁到广陵(扬州)。唐太宗时,在全国设四大都督府,广陵(扬州)为其一。大都督由亲王遥领,由长史主其事。睿宗景云二年(711),定大都督府长官阶为三品。安史之乱以后,又在广陵(扬州)置淮南节度使,并兼扬州大都督府长史。朝廷多慎选其人,常以名臣或宰相领之,故有"来罢宰相,去登宰相"之说①,由此可见出广陵政治地位的特殊。

在经济功能方面,造成金陵衰而广陵兴最大的原因是隋炀帝开凿大运河,大运河贯通后,江南经济中心城市的格局发生巨大变化。隋灭陈后,即将建康城"平荡耕垦",连接秦淮河与三吴之间的破岗渎也遭到废弃。大运河开通之后,以建康为中心的水运体系完全被大运河所取代,而广陵正处于大运河与长江天然航道的交汇点上,南连江、海,北接淮、汴,成为南北水路交通与运输的枢纽和财货的集散地,以广陵为中心的水上运输网络体系开始形成。唐后期经济重心南移后,广陵的地位更见重要,史称"淮、海奥区,一方都会。兼水漕陆挽之利,有泽渔山伐之饶,俗具五方,地绵千里"②。唐政府派盐铁转运使在扬州兼理漕运与盐运。代宗广德年间(763—764),刘晏对漕运大力改革,使江南之运积广陵以后,"岁转粟百一十万石"③。江淮以南八道的漕运都以广陵为转运点,所谓"舟樯栉比,车毂鳞集,东南数百万艘漕船,浮江而上,此为滥觞"④。唐代的主要盐产地有嘉兴、海陵、盐城、大昌等十监,除大昌监在山南东道外,其余九监均在江、淮地区,所产淮盐大都于广陵集散。故洪迈在《容斋随笔》中云:"唐盐铁转运使在扬州,尽斡利权,判官多至数十人。商贾如织,故谚称扬一、益二,谓天下之盛,扬为一而蜀次之也。"⑤正是广陵在水运上独一无二的地位造就了经济的繁荣。

值得注意的是,广陵的全面兴盛是在"安史之乱"后,正如陈正祥在《中国文化地理》中指出"永嘉之乱"、"安史之乱"和"靖康之难"成为迫使文化中心南迁的三次波澜⑥。如果说"永嘉之乱"后六朝的金陵开创了江南文化格局,那么广陵无疑是南迁第二波最大的受益者,它凭借盐业、珠宝、妓业等特色产业推动着城市的商业化和世俗化,开创了唐代江南文化崛起的盛况。安史乱后,大量北方移民南下江淮,广陵人口急剧增加,城市规模迅速扩大。例如德宗兴元元年(784)杜亚为淮南节度使,广陵城内侨居市民及工商户等多侵衢造宅,行旅为之拥塞⑦。晚唐诗人许浑在诗中曾惊叹:"十万人家如洞

---

① 杜牧《樊川文集》卷十《淮南监军使院厅壁记》。
② 陆贽《陆宣公集》卷九《授杜亚淮南节度使制》。
③ 《唐会要》卷八四《杂录》。
④ 康熙《扬州府志》卷四《疆域》。
⑤ 洪迈《容斋随笔》卷九《唐扬州之盛》。
⑥ 陈正祥《中国文化地理》第3—5页,北京三联书店1983年版。
⑦ 见《新唐书·杜亚传》。

天。"(《送沈卓少府任江都尉》)这里"十万人家"虽然不是确指,可以想见当时广陵城的规模。于邺的《扬州梦记》云:"扬州,胜地也。每重城向夕,娼楼之上,常有绛灯万数,辉罗耀列空中。九里三十步街中,珠翠填咽,邈若仙境。"①经济的富庶,海内外交流的频繁,吸引了大量文人墨客会聚此间,如历任淮南节度使的就有高适、杜佑、李吉甫、李德裕、李绅等,任淮南节度使掌书记的则有刘禹锡、杜牧等,其他术业有专攻的学者、作家、艺术家更是不胜枚举。另外,当时的广陵城里还有大量的南迁人口,他们大多是有技艺的工匠和有才华的文人。正是这些文人才士、能工巧匠的参与和努力,共同推动唐代广陵发展成为江南地区商业发达、人文昌盛、才士荟萃的中心城市。

二

随着唐代政治格局的变化,经济文化中心的位移,江南的金陵与广陵形成各自不同的城市风貌,性喜游赏的唐代文人对此有着不同的观感。

唐人对金陵的吟咏②,也历经了初、盛、中、晚四个阶段,其中由历史遗迹而触景生情;由国运兴衰而感怀各异,主题旨趣的演变之迹清晰可见。初唐多描绘江山之胜,抒发政治情怀。初唐诗人虞世南的《赋得吴都》称颂孙吴都城建康的不凡气象,诗中既有"画野通淮泗,星躔应斗牛。玉牒宏图表,黄旗美气浮。三分开霸业,万里宅神州"的豪迈情怀,又有"吴趋自有乐,还似镜中游"的自在自得。张九龄作为开元名相,他的《经江宁览旧迹至玄武湖》在写景之外,侧重探讨历史功罪,如"风俗因纡慢,江山成易由。驹王信不武,孙叔是无谋。佳气日将歇,霸功谁与修"等句,包含了较深刻的兴亡检讨。

李白是盛唐金陵诗创作的代表,其内容多是对六朝政治文化遗存的游赏和追怀,最有名的是《登金陵凤凰台》:"凤凰台上凤凰游,凤去台空江自流。吴宫花草埋幽径,晋代衣冠成古丘。三山半落青天外,二水中分白鹭洲。总为浮云能蔽日,长安不见使人愁。"此诗无论内容还是格调都颇具代表性。就内容而言,它突出了金陵诗多取材山水景物的特点。世事多变,而山水永恒。以山水写人事,却又水乳交融,这正是太白的高明处。之所以写山水,则是因为除此之外几无可写,"天地有反覆,宫城尽倾倒。六帝余古丘,樵苏泣遗老"(李白《金陵白杨十字巷》),前代宫苑惟有遗迹,现实中的繁华楼院已很难寻觅。其后的金陵诗在内容取材上大多类此。就格调而言,尽管太白是如此的意气风发,洒脱飘逸中那一丝哀伤却又隐隐约约、挥之不去。

中唐诗人面对日渐衰败的国势,其悲愤和沉痛则通过金陵诗充分表现出来,写金陵也就是写江山之变,检讨历史经验和教训。"辇路江枫暗,宫过野草春。伤心庾开府,老

---

① 见丛书集成初编本《教坊记》(及其他九种),中华书局 1985 年版。
② 翻检《全唐诗》,仅诗中带"金陵"两字的作品就有 123 首。参以夏晨中等的《金陵诗词选》(南京大学出版社 1986 年版)、俞律等《诗人眼中的南京》(南京出版社 1995 年版)、季伏昆《金陵诗文鉴赏》(南京出版社 1998 年版)、叶皓《金陵颂——历代名家咏南京诗文精选》(南京出版社 2005 年版)等,保守估计,唐诗中写金陵的作品当在 500 首以上。

作北朝臣。"（司空曙《金陵怀古》）更为深沉的咏叹来自于刘禹锡，他所作的大量金陵诗，在盛衰之叹外，有着更多的现实寄寓，《金陵怀古》、《西塞山怀古》、《金陵五题》等都堪称怀古绝唱，所谓"兴废由人事，山川空地形。后庭花一曲，幽怨不堪听"（《金陵怀古》），更著名的则是《金陵五题》之《乌衣巷》："朱雀桥边野草花，乌衣巷口夕阳斜。旧时王谢堂前燕，飞入寻常百姓家。"

到了晚唐，则是末世飘零，金陵怀古诗大量涌现，杜牧、许浑、李群玉、韦庄等的诗作都很有代表性。在数量上，已是大大超越前代，在情感基调上，诗人们完全坠入"金陵悲情"，无法自拔。强大的唐帝国在经历"安史之乱"后，已是繁华过眼，风流消尽。旧日的辉煌，已化为"万里伤心极目春，东南王气只逡巡"的愤懑和"霸业鼎国人去尽，独来惆怅水云中"的感伤。而感伤的极至就是挽歌式的哀悼，唐末韦庄的《上元县》有着比《台城》中的"江雨霏霏江草齐，六朝如梦鸟空啼"更深沉的悲哀，"南朝三十六英雄，角逐兴亡尽此中。有国有家皆是梦，为龙为虎亦成空。残花旧宅悲江令，落日青山吊谢公。止竟霸图何物在，石麟无主卧秋风。"《上元县》之于唐人金陵诗的意义在于，向来的一山一水之咏，一朝一代之叹，最后归结为"有国有家皆是梦，为龙为虎亦成空"这种终极意义上的人生如梦，万事皆空。乱世的无可收拾，人生命运的不可把握，都浓缩在对"金陵"的咏叹中。此时怀古即是伤今，历史就是现世，"金陵怀古"成为家国之悲、乱离之感的附着和寄托。

以上金陵诗歌尽管内容各异，情感有别，总的来说，对金陵旧日政治地位、军事景观的怀恋和评说作为一条思想线索却又贯穿始终。

与金陵相比，唐代文人在南方活动时更多地往来于广陵，尤其是在"安史之乱"后，广陵进入空前繁盛状态。唐代文人或居于此、或仕于此、或游于此，写下了大量歌咏广陵的诗篇[①]。唐代诗人对广陵的歌咏，大致可分为三个阶段，即初唐、盛唐、中晚唐，初唐以张若虚为代表，盛唐与中晚唐以"安史之乱"为界，前者以李白为代表，后者以杜牧为代表。

较早反映六朝城市艳歌在唐之流变的是唐代广陵人张若虚的《春江花月夜》。《春江花月夜》原为陈后主创制的乐曲名，原歌辞已不传。隋炀帝在江都继作两首，今存者，乃五言二韵小诗，如"暮江平不动，春花满正开。流波将月去，潮水共星来"云云。《春江花月夜》在唐代广陵问世有着特别的意义，一方面是地理因素。张若虚之创作，应该说与其家乡的自然环境有关，诗中的"春江潮水连海平，海上明月共潮生。滟滟随波千万里，何处春江无月明？江流宛转绕芳甸，月照花林皆似霰"，实际上是艺术地再现了广陵南郊近江处的自然风光。另一方面则是时代风气的流向。当唐代广陵逐步发展为当时

[①] 从《全唐诗》及其《补编》看，整个唐代大约有120名诗人留下了400多首与扬州有关的诗篇，其数量是较为惊人的。诗人中声名较著者也不下数十人，如张若虚、骆宾王、李白、王昌龄、孟浩然、崔颢、祖咏、高适、刘长卿、顾况、李益、李端、戴叔伦、王建、权德舆、白居易、刘禹锡、李绅、章孝标、姚合、徐凝、张祜、许浑、李商隐、杜牧、皮日休、杜荀鹤、韦庄，等等，他们即景抒情、触物起兴，多角度、多层次地写出了扬州的秀美风光和各自不同的人生感受。另参见李廷先《唐代扬州史考》第十四章《唐代诗人和扬州》第528—587页，江苏古籍出版社2002年版。

全国的第一大商业都会,被时人号为"扬一益二"的时候,诗人对广陵的选择就是历史的选择。六朝以来至于唐,对于几乎气数已尽的宫体诗而言,《春江花月夜》是一种成功的归结。宫体诗虽已走向尽头,但并不意味着城市艳歌就此消亡,《春江花月夜》同时又是一个新的强盛朝代城市艳歌的开端。

此后的诗人对于广陵的歌咏各有侧重,如果说盛唐诗人所重的是风物,偏于写意,那么中晚唐诗人所重的就是风情,更多写实。就时代气象而言,前一时期思致高远,情味悠长,而后一时期则低回婉转,语带感伤。

李白同样是写广陵诗的代表。这位"仗剑去国,辞亲远游"的大诗人最早游览的大城市就是广陵,他于开元十四年(726)动身来到广陵,同年夏又由广陵游越中,这一阶段他写了不少歌咏广陵的诗篇,如《秋日登扬州西灵寺塔》、《广陵赠别》等。第一次广陵之游显然令他印象深刻,所以两年后,当好友孟浩然从武昌赴广陵时,他写下了名篇《送孟浩然之广陵》,"故人西辞黄鹤楼,烟花三月下扬州",作者送别地点是在武昌,却不期成为写广陵的名作。广陵三月显然是个特别的时节,当时已成为许多诗人的共识,"广陵三月花正开"(韦应物《酬柳郎中春日归扬州南郭见别之作》)、"暮春三月晴,维扬吴楚城"(刘希夷《江南曲》其六)。而此诗的特点在于,它对于广陵无一字正面描绘,却令人赞叹地展示了一个使人无限遐想的艺术空间:春日广陵,当是草长莺飞,繁花似锦。

同一时期的孟浩然、王昌龄、岑参、高适等都留下了吟咏广陵风物的诗篇,如孟浩然的《宿桐庐江寄广陵旧游》、王昌龄的《客广陵》、岑参的《送扬州王司马》、高适的《广陵别郑处士》等,以俊爽之笔所描摹的都是广陵的风物特色。

而中晚唐的徐凝、张祜、陆畅、柳公权、陈羽、赵嘏、杜牧、许浑、李商隐等着力歌咏的却是广陵的风情,其描绘更偏于内在格调。如赵嘏《广陵道》:"斗鸡台边花照尘,炀帝陵下水含春",则是借隋代故典写广陵之奢华;张祜的《纵游淮南》:"人生只合扬州死,禅智山光好墓田",写的是广陵的风月民俗;陆畅《赠贺若少府》:"十日广陵城里住,听君花下抚金徽",则是写广陵的声色之乐。

在这些诗人中,兼备众长、最具代表性的是杜牧。杜牧在广陵居留的时间其实并不长,较明确的一为文宗大和七年(833),杜牧时年三十一岁。"春,奉沈传师命至扬州,聘淮南节度使牛僧孺",任淮南节度推官、监察御史里行,转掌书记,直到大和九年乙卯(835)春,转为真监察御史,赴长安供职。这次在广陵前后两年多,是最长的一段时间。另一次是开成二年(837),杜牧三十五岁。"春,弟𫖮患眼疾,不能见物,居扬州禅智寺。杜牧迎同州眼医石生至洛阳,告假百日,与石生东赴扬州,视弟𫖮眼病。"此后因假满百日按例去官,暂居广陵至秋①。广陵繁华的城市生活,显然给诗人留下了极为深刻的印象,其诗作直接写到广陵的就有十余首,如《扬州三首》、《题扬州禅智寺》、《寄扬州韩绰判官》、《赠别二首》等,提及广陵生活的更为数不少,最有名的则首推《遣怀》:"落魄江湖载酒行,楚腰纤细掌中轻。十年一觉扬州梦,赢得青楼薄幸名。"三年的广陵生活让杜牧

---

① 缪钺《杜牧年谱》第144—155页,河北教育出版社1999年版。

沉入到这个城市的精神深处，感受着城市的独特脉搏，他那才情勃发的个人体悟代表了整个时代对广陵的理解。可以说，杜牧的诗作在前人基础上对广陵文化底色添加了浓重的、也是最为重要的一笔。从此"扬州梦"成为所有城市中最有名的风月梦，"广陵"也成为"风月绮丽"的代名词。

从张若虚到李白，再到杜牧，诗人一次次的别去来，成就了"广陵风月"的美名。唐人通过自身的亲历与感悟终于完成了对广陵由外而内，由虚而实的抒写过程。

三

从历时来看，从六朝之金陵到唐之广陵体现了诗歌风气的衍变，唐代写广陵诗的开篇名作《春江花月夜》就是对六朝宫体诗风的承传接续，其后对于广陵风月繁华的歌咏和渲染更成为唐诗的一个重要内容。从共时来看，唐之金陵和广陵诗则又在吟咏内容、情感意向等方面表现出巨大的差异，这是我们在下文要重点讨论的。

唐诗对金陵的吟咏在叙述时态上属于过去时，在很多情况下，金陵总是与怀古联系在一起，表现对历史的追怀和感悟。在唐人的诗歌中很少正面描绘唐代金陵的景象，即使写到眼前之景，也只是为其后的历史抒怀作一个铺垫，李白由"三山半落青天外，二水中分白鹭洲"想到"吴宫花草埋幽径，晋代衣冠成古丘"；司空曙由"辇路江枫暗，宫过野草春"想到"伤心庾开府，老作北朝臣"（《金陵怀古》）。因为现实的荒芜使诗人无可述说，在诗歌中变幻着的始终是那个笼罩在历史雾气里的六朝都城，最引人注目的现象就是刘禹锡写作《金陵五题》。他在诗前《引》云：

> 余少为江南客，而未游秣陵，尝有遗恨。后为历阳守，跂而望之。适有客以金陵五题相示，逌尔生思，欻然有得。他日友人白乐天掉头苦吟，叹赏良久，且曰：《石头》诗云"潮打空城寂寞回"，吾知后之诗人，不复措词矣。余四咏虽不及此，亦不孤乐天之言尔。①

由此我们惊异地发现，刘禹锡甚至不身临其地，就以穿越时空的想象，写出清新隽永的《金陵五题》来。这正契合了美国学者宇文所安所说的："面对金陵就是回忆历史，但却是一种历史的过去和文学的过去于其中无法分开地交织在一起的历史。"②刘禹锡的《金陵五题》除了《石头城》是对一种特殊情境的揣测和虚构外，如《乌衣巷》："朱雀桥边野草花，乌衣巷口夕阳斜"；《台城》："万户千门成野草，只缘一曲《后庭花》"；《生公讲堂》："生公说法鬼神听，身后空堂夜不扃"；《江令宅》："南朝多旧第，江令最知名"，都是在对六朝历史故事的探询中寻获灵感的。

我们可以看到，哪怕是在意气风发的唐代前期，诗人写金陵也大都充满感伤。唐代

---

① 刘禹锡《刘禹锡集笺证》第708页，瞿蜕园笺证，上海古籍出版社1989年版。
② [美]宇文所安《地：金陵怀古》，乐黛云等编选《北美中国古典文学研究名家十年文选》第141页，江苏人民出版社1996年版。

诗人的精神源头本属于六朝,金陵诗的感伤早在六朝诗人笔下就已有了,如谢朓《晚登三山还望京邑》描绘眺望南京,只见"余霞散成绮,澄江静如练。喧鸟覆春洲,杂英满芳甸",不禁产生了"佳期怅何许,泪下如流霰"的伤感,以及"有情知望乡,谁能鬒不变"的悲叹。再如阴铿的《晚出新亭》面对"潮落犹如盖,云昏不作峰",也不由怅惘而问:"大江一浩荡,离悲足几重?"这些都是金陵诗的精神之源。当然使诗人们不甚关注金陵之现世,更主要的原因应该是唐代恰逢了金陵的盛衰之变,即如初唐王勃所言:"(金陵)昔时地险,尝为建业之雄都;今日太平,即是江宁之小邑。"[①]六朝的光荣与今日的衰落无疑形成了鲜明的对比,诗人们也许无法面对这种历史的嘲弄,于是诗人都将笔触朝向六朝,追慕从前的荣耀。

而对于广陵却恰恰相反,唐诗中的广陵抒写是现在时,是现世的沉溺,乃是多夸饰、重渲染的城市艳歌。商业繁华熏染着人们的性情,形成这个地区喜文爱美的风尚。从源头上说,广陵的另一称谓"扬州"的由来就有耐人寻味的种种说法。如《尔雅疏》引《太康地记》云:"以扬州渐太阳位,天气奋扬,履正含文,故取名焉"[②],《通典·州郡·古扬州》又有"亦曰州界多水,水波扬也"的说法。沈括《梦溪笔谈》记述:"荆州宜荆,蓟州宜蓟,扬州宜杨。"阮元《尔雅注疏校勘记》卷七辨扬州之"扬",曾引唐许嵩《建康实录》,谓该书引《春秋元命苞》云:"地多赤杨,因取名焉,则扬州实为杨州。"但诸多说法中,以"扬州人性轻扬"[③]这一观点得到较多认同。扬州究竟如何得名我们这里不拟深究,但唐代扬州人少含蓄、喜夸饰的这种性格特点似已为世人所认可。

表现现世繁华的作品在唐人的广陵诗中占了很大的比重。姚合在《扬州春词》里用了大量笔墨来描写广陵的艳丽景象:"满郭是春光,街衢土亦香。竹风轻履舄,花露腻衣裳。"这种繁丽是具有感染力的,以至于"谷鸟鸣还艳,山夫到亦狂",诗人用清丽婉转的语言所描绘的,似乎是自然美景与世俗生活交融的人间胜景。更多的广陵诗则重在展示时人对世俗生活的沉溺,如权德舆《广陵诗》对于唐广陵的描绘最为全面与细腻,从全景的鸟瞰:"广陵实佳丽,隋季此为京。八方称辐凑,五达如砥平",到亭台的宏伟壮观:"大旆映空色,笳箫发连营。层台出重霄,金碧摩颢清。交驰流水毂,回接浮云軿",再到声色繁华的旖旎:"青楼旭日映,绿野春风晴。喷玉光照地,颦蛾价倾城。灯前互巧笑,陌上相逢迎。飘飘翠羽薄,掩映红襦明。……"诗人着力刻画繁华都市楼台耸立、流光溢彩的街市美景,更可注意的是诗句背后作者啧啧称赏的心态。

再从情感意向来看,唐人金陵诗多表现诗人的政治热情,展示他们的胸襟和抱负,以及对社会责任的担当。从中可以看出三个层次的思想脉动:一是抒发政治豪情;二是反思历史;三是干预现实。如前面提到的初唐诗人虞世南的《赋得吴都》,通过描绘孙

---

① 王勃《江宁吴少府宅宴序》,《全唐文》第 129 页,中华书局 1983 年版。
② 见《十三经注疏》第 2614 页,上海古籍出版社 1997 年版。
③ 杜佑《通典》第 969 页上卷一八二《风俗》一节,商务印书馆,中华民国二十四年版。唐李匡乂《资暇集》卷中《扬州》条云:"扬州者,以其风俗轻扬,故号其州。"宋邢昺《尔雅疏》卷七《释地第九》也引用李巡语解释扬州之名的由来:"江南其气燥劲,厥性轻扬。"

吴都城的政治气象,来表达对"三分开霸业,万里宅神州"之建康的赞美。而唐人写金陵更多的是写历史兴亡感,考量历史是为了反思历史,寻求历史教训。李商隐《南朝》:"玄武湖中玉漏催,鸡鸣埭口绣襦回。谁言琼树朝朝风,不及金莲步步来";李山甫《上元怀古二首》:"南朝天子爱风流,尽守江山不到头。总是战争收拾得,却因歌舞破除休",都可以见出晚唐的金陵诗已更侧重于直面历史,提出自己的理性见解。刘禹锡《西塞山怀古》更是有所寄托的政治讽喻诗,"王濬楼船下益州,金陵王气黯然收。千寻铁锁沉江底,一片降幡出石头。人世几回伤往事,山形依旧枕寒流。从今四海为家日,故垒萧萧芦荻秋。"面对政治割据、乱象渐生的局面,诗人提出了意味深长的警示,充分表现了诗人以诗歌干预现实的努力。

相比而言,唐代写广陵的诗歌中充满着世俗生活的理想和情趣,突出了城市艳歌的浮华气息。这些诗歌在精神实质上与六朝建康流行的吴歌与宫体诗一脉相承,都是基于商业繁荣的城市背景,而在题材选择与表现技巧上也自有特色。广陵城市文化更注重实际利益,诗人们沉溺于世俗生活的快乐,追求感官的各种刺激。广陵较高的物质生活水平,早在隋炀帝南巡时就已现端倪。到了唐代,作为经济重镇的广陵,商业相当发达,城市消费高得惊人,难怪李白"囊昔东游维扬,不逾一年,散金三十余万"①。杜甫《解闷十二首》亦云:"商胡离别下扬州,忆上西陵故驿楼。为问淮南米贵贱,老夫乘兴欲东游。"由于广陵米价较高,杜甫在行前也不由得要探问一番。

因为远离京都,广陵政治上相对宽松,商业文化繁荣,城市居民特有的生活方式、心理习惯、艺术爱好,也不免影响到士大夫文人的精神面貌。韦绚《刘宾客嘉话录》记载,大司徒杜佑镇淮南时,就曾对宾幕说:"余致仕之后,必买一小驷八九千,饱食讫而跨之,著一粗布襕衫,入市看盘铃傀儡,足矣。"这说明,诗人们固然比普通民众有着更强烈的忧患意识和时代责任感;同时更为敏感的心灵也渴望着现世的欲望。杜牧在广陵的放浪形骸,在唐代诗人里颇具典型性,他的《遣怀》诗活脱脱就是一幅唐士人的广陵行乐图,《润州二首》里还有这样的诗句:"画角爱飘江北去,钓歌长向月中闻。扬州尘土试回首,不惜千金借与君。"《唐诗鼓吹评注》云:"画角之声飘江北而去,渔人之唱向月中而闻。回望扬州风景,古来艳冶之处,当不惜千金之费,与君买笑追欢也。"②在这种"买笑追欢"的氛围中,有关社会使命和历史责任之类是极容易忘却的,权德舆在《广陵诗》中描绘了广陵的种种繁华之后,就开始感慨:"曲士守文墨,达人随性情。茫茫竟同尽,冉冉将何营。且申今日欢,莫务身后名。肯学诸儒辈,书窗误一生。"这种及时行乐的思想几乎代表了居广陵文人普遍的生活观念。张祜《纵游淮南》:"十里长街市井连,月明桥上看神仙。人生只合扬州死,禅智山光好墓田"是说死后的归宿,也以葬于广陵(扬州)为福,在广陵享受生活,在唐人看来真是人生大乐事也。

---

① 《李太白全集》第 606 页卷二六《上安州裴长史书》,北京图书馆出版社 1998 年版。
② 钱谦益、何焯《唐诗鼓吹评注》第 296 页卷六,河北大学出版社 2000 年版。

四

综前所述,对于唐诗中的金陵和广陵之研究,无外乎两方面:诗人心灵的反映与城市文化的投射,这说明唐诗不仅可作为承载时代心灵的历史读本来看,而且还是呈现城市文化及其变迁的重要载体。就本文而言,我们可以推演出以下一些颇有意义的结论。

金陵与广陵同为对文人产生重要影响的江南代表性城市。两座城市的地位转换,城市与诗歌的互动,使这种变迁成为值得瞩目的文化现象。先从城市文化方面来看,唐诗中的广陵在江南城市文化的演进中扮演着过渡性的角色。六朝城市文化的商业化、世俗化特点,中经唐代广陵的继承和过渡,最后由五代南唐通过金陵自身的复兴来完成这种历史赓续。南唐君臣对于词创作的偏爱和倡导,直接引发了宋词的繁荣,也就是说南唐时的金陵将再次出现在江南城市文化的前台,并承担重要的历史使命。可见,金陵与广陵命运之兴衰消长与时代局势风尚密切相关。

再就城市的文学表现方面而言,这些诗歌表现的典型意义即在于它们与各自城市文化的互融性,它们表现城市文化,同时又成为城市文化的一部分。正如宇文所安所说:"较之对真正的金陵或是它那丰富的文学历史的关切,我们的兴趣更多地在于这座城市的一种情绪和一种诗的意象的构成,一种构成这座城市被看方式的地点、意象和言辞的表层之物。"① 诗歌在叙述时态、抒写内容等方面的差异,于某种意义上就成为金陵的政治文化与广陵的经济文化之间的差异,文学表现的差异体现出文化特质的差异。金陵诗歌就是金陵文化之所以成为金陵文化的组成部分,它是这种城市文化在演进过程中特质被确立时的重要环节,广陵文化亦作如是观。一是历史沧桑的追忆,一是现世繁华的沉迷,李白、刘禹锡的金陵诗,张祜、杜牧的广陵诗无疑都进入了历史,塑造着各自城市独特的文化形象。我们几乎可以说,没有唐代这些时空交错的文学表现,没有这些诗歌文本的存在,这两座城市的文化也就徒有其表。

分而论之,唐诗中的金陵描写乃是通过"物象的文学化"与"意象的历史化"二度传承,将历史与现实紧密地融合在一起,颇为有序地展现了不同时期的思想倾向与审美观念,具有城市心灵史的意义。比如刘禹锡的《金陵五题》,首先是"物象的文学化",作者在金陵的现实与历史中寻找最具典型性的物象景观,通过生动的文学描绘,赋予深刻的文化内涵,使物象成为意蕴丰厚的意象;然后是"意象的历史化",在汇聚古人智慧与现实观感的同时,刘禹锡的"朱雀桥"和"乌衣巷"也作为经典意象进入了历史,传诵广远,又成为后代金陵诗取材的重要资源。这就如同以顾颉刚先生为代表的"古史辨派"所宣称的那样,历史大都是由层累积叠地发展而来。唐诗对金陵的歌咏就是对六朝金陵形象的覆盖和重构,今之视古,又有后之视今,而今之古,殆非古之古,层层相续,乃构成了金陵城市文化精神的丰富内涵。

---

① [美]宇文所安《地:金陵怀古》,乐黛云等编选《北美中国古典文学研究名家十年文选》第138页。

而唐诗中的广陵描写意义不仅在于可作为唐代社会史料的有益补充,更为重要的是,唐诗中的广陵歌咏对于江南城市艳歌的接续是不可或缺的重要一环。从六朝宫体诗、乐府民歌,到唐代广陵的绮艳曲词,再到南唐后主的凄艳绝唱,复到宋词婉约绵丽,以至于明清城市俗曲,最终完成了一次历史性的诗歌接龙。而就城市文学而言,正因为包括广陵在内的许多唐代城市所兴起的俗讲、变文等俗文学形式显然又是宋元话本的重要源头。所以,我们似乎可以得出这样一个结论:唐代广陵城市文学既是六朝城市文学的发展和延续①,事实上又成为宋代江南城市文学的前奏和预演。

原载《浙江社会科学》2009 年第 2 期,《中国社会科学文摘》
2009 年第 7 期转载

---

① 由于篇幅所限,关于唐代扬州诗歌对于六朝金陵城市艳歌的承传问题,笔者将另文讨论。

论李清照南渡词核心意象之转换及其象征意义

陈玉兰

词较之于诗更偏重于抒情,尤重愁绪的抒发。南宋是词的转型期,其重要标志之一,是抒发愁绪之"愁"从"流连光景惜朱颜"向"欲将血泪寄山河"[①]作内质的变异。而这种与"山河"相连的血泪愁境,开拓者则是一批"飘零遂与流人伍"[②]的南渡词人。他们受尽颠沛流离之苦,自称为"江湖倦客"[③]。怀着这一份"倦"的心情,他们唱出的歌,也就为南宋词坛抒发愁绪定了感情基调。即使到南宋后期,吴文英在《唐多令》中还唱着"何处合成愁,离人心上秋"。这"离人心上秋"之愁,正是时代浪子——"江湖倦客"心情的延续。

从这个角度看李清照,她实属转型期南宋词坛极具代表性的歌者,因为她是"北人"南渡群体中非常典型的一员,切身经历了"与流人伍"的"飘零"生涯,凭"忧患得失,何其多也"[④]的"江湖倦客"心情,她唱出的歌也就特具"欲将血泪寄山河"这一愁绪之新质。而她的创作转变的特色,也因之代表了南宋词坛的一种普遍现象,从而具有深邃的象征意义。

那么李清照愁绪的这种新质是如何显示出来的呢?这种显示又何以见得成了南宋词的一种普遍现象呢?

这可从她南渡前后词创作中核心意象之转换谈起。

诗词要靠意象抒情。传统诗词之所以有恒久的艺术生命力,乃在于抒情所凭藉的意象并非纯直观反射的客观具象,而是颇有隐喻意味、虚实难分的主观具象。其中还包括相当数量的、具有原型象征性能的意象。如果我们把传统诗词中通常使用的意象作一统计,细加分类,理出一套中国诗歌意象系统,将会发现很多世纪以来,我们民族的诗歌抒情文本其实不过是这套意象的巧妙调配、有机组合。而每一位诗人面对这一套意象,又必然会作出符合自己艺术气质和特定时期审美趣味的选择。凡是风格独具的成

---

① 李清照诗《上枢密韩肖冑诗》:"子孙南渡今几年,飘零遂与流人伍。欲将血泪寄山河,去洒东山一抔土。"见徐北文《李清照全集评注》第196页,济南出版社1990年版。下引李清照作品版本同此。
② 同上。
③ 李纲《永遇乐·秋夜有感》中有"江湖倦客,年来衰病,坐叹岁华空逝"句,见《全宋词》第2册第901页,中华书局1965年版。
④ 李清照《金石录后叙》,见《李清照全集评注》第213页。

熟诗人，都有属于自己的核心意象。核心意象的潜在选择，同诗人特定时期的审美趣味有着必然的关系。李清照南渡前后，由于生活环境改变导致审美趣味变化，其词创作也就有了核心意象的转换。

大致说来，李清照南渡前的词，核心意象有四个："楼"、"月"、"琴"、"花"。"楼"能感发出寂寞怀远的闺思，它延展出"危栏"、"帘幕"、"沉水"、"金猊"、"玉簟"、"纱橱"等，如《多丽》"小楼寒，夜长帘幕低垂"，《念奴娇·春情》"楼上几日春寒，帘垂四面，玉阑干慵倚"。"月"能感发出空寥、凄清的心境，它还可延展出"中秋"、"星桥"、"暗香"、"花影"、"玲珑地"等，如《一剪梅》"雁字回时，月满西楼"，《小重山》"花影压重门，疏帘铺淡月，好黄昏"。"琴"能感发出恍惚幽渺的情致，它可延展出"瑶瑟"、"羌管"、"横笛"、"玉箫"等，如《浣溪沙·春情》"倚楼无语理瑶琴"，《满庭芳》"更谁家横笛，吹动浓愁"。"花"能感发出悼惜朱颜的感喟，它可延展出"红藕"、"海棠"、"江梅"、"白菊"、"酴醿"等，如《如梦令》"试问卷帘人，却道海棠依旧。知否，知否，应是绿肥红瘦"，《渔家傲》"雪里已知春信至，寒梅点缀琼枝腻"。这位女词人南渡前的词基本上就是借这些核心意象及其延展出的准核心意象作有选择的组合，来展开抒情的。如咏梅词《浣溪沙·春景》，就显示着这些核心意象的巧妙搭配：

   小院闲窗春色深，重帘未卷影沉沉。倚楼无语理瑶琴。远岫出云催薄暮，细风吹雨弄轻阴。梨花欲谢恐难禁。

细品此词文本，可以发现它有一个组织严密的抒情系统，并藉此来传达一个怀春少女的闺愁。而在这个系统中就用了三个核心意象："(闺)楼"、"(瑶)琴"、"(梨)花"，它们又分别派生出烘染性的子意象："闺楼"延展出"闲窗"、"重帘"而形成一个"闺楼"意象系列，来兴发感动出一种百无聊赖的慵懒感；"瑶琴"派生出"倚楼"、"无语"而形成一个"瑶琴"意象系列，来兴发感动出一种长恨莫名的迷惘感；"梨花"延展出"暮云"、"风雨"而形成一个"梨花"意象系列，来兴发感动出一种芳华易谢的无奈感。这三个意象系列所感发出来的三类人生感喟，又融汇成一脉作为怀春心理表征的闲愁——美丽的忧伤情愫。这是生活大环境安定、小环境舒适的闺中少女心灵世界青春病态美的体现。

但南渡后李清照的词，核心意象却转换成"江"、"雁"、"雨"、"梦"了。比较而言，易安词南渡前的核心意象"楼、月、琴、花"，客观具象特征鲜明，其功能偏于纯直观反射的感兴；但"江、雁、雨、梦"则主观感情色彩较重，其功能偏于感兴隐示，有的甚至具有了原型象征的功能。这是李清照词抒情艺术走向成熟的标志，值得深入探讨。

"江"是李清照南渡后词作中的核心意象，它尤具原型象征意味。一般说来，这个核心意象能隐示出一种天涯浪迹的长恨。它还可派生出"双溪"、"江湖"、"舴艋舟"、"千帆"、"春浪"等。这个核心意象的本体意义有二：一是总在流动，二是能载船。前者以其动荡不定的特性还可派生出"江湖"以及"流人"、"江湖倦客"等，并且本体和派生物都内寓一种离乱人生感，所以李清照在南渡后的词《瑞鹧鸪》(风韵雍容未甚都)中有"谁怜流落江湖上，玉骨冰肌未肯枯"之句，隐示着她飘泊江湖"与流人伍"的人生离乱生涯虽长恨绵绵却依旧保持着高洁情操。由于隐示流离飘泊的"江"的另一本体特征是能载舟,因而也就派生出一个"舟"载愁的准核心意象,隐示李清照南渡后的离乱生涯之悲惨:连遭兵燹战乱、丧偶流寓、"颁金"之诬、再嫁离异、诉讼系狱、收缴禁书等,确实"忧患得失,何其多也"。由这个核心意象及其派生意象组合而成的《武陵春》(风住尘香花已尽)特别值得注意。宋高宗绍兴五年(1135)春天,她在金华写了这首词。其写作背景值得注意。在《打马图序》中她说:"自南渡来,流离迁徙……今年冬十月朔,闻淮上警报,江浙之人,自东走西,自南走北,居山林者,谋入城市,居城市者,谋入山林,傍午络绎,莫卜所之。易安居士亦自临安溯流,涉严滩之险,抵金华,卜居陈氏第。乍释舟楫而见轩窗,意颇适然。"可见,《武陵春》是她到达金华四个月后写的。这时,她在经历了颠沛流离后暂时安定下来,然而,她的心绪仍然是愁苦不宁的,这种愁苦不宁就反映在《武陵春》中:

    风住尘香花已尽,日晚倦梳头。物是人非事事休,欲语泪先流。 闻说双溪春尚好,也拟泛轻舟。只恐双溪舴艋舟,载不动许多愁。

她在词中以"江"来展开对愁绪的抒发,这标志着她在南渡后的生活已经从闺楼闲眺的兴趣转为对江船飘流的关注,于是核心意象便从"楼"转为"江"了。同一时期写于金华的还有一首《题八咏楼》诗:"千古风流八咏楼[①],江山留与后人愁。水通南国三千里,气压江城十四州。"对家国之愁的抒发也采用"江"这个核心意象来展开。第三句"水通南国三千里"中的"水",就指"双溪"汇流而成的那条江,"南国"泛指中国南方。这一句并非眼前实景的具体描绘,而是对"江山留与后人愁"这"愁"之深广的隐喻。第四句"气压江城十四州"则是对"愁"之沉重的隐喻,一种实景的意象象征化表现。由此可见,这首七绝也显示出把"水"即"江"作为抒发"愁"的核心意象在使用。不过,比较而言,《武陵春》(风住尘香花已尽)中"江"的审美价值更高,因为在"只恐双溪舴艋舟,载不动许多愁"中,"江"载"舟"而"舟"载不动"愁"。"江"这个被展开来表现的核心意象,充分显示出女词人具有极机智的意象拟喻化抒情才能。诚如沈祖棻在《宋词赏析》中发现的:李煜将愁变成水,秦观将愁变成随水而流的东西,李清照又进一步把愁搬上了船[②]。这是意象拟喻化抒情经验进一步发展的表现。这个与"舟"、"愁"相联系而展开来表现的核心意象"江",已成了原型象征意象,具有很高的抒情审美价值,以致使这首词成了千古名篇。梁令娴在《艺蘅馆词选》中认为这首词是"感愤时事之作"[③],也许太政治化了一点,但李清照以"江"为核心意象写下的这首词,的确表现出她对因战乱带来的离乱人生能否结束已不抱希望了。我们从这首词不难体味,李清照以转换核心意象抒发出的愁绪比南渡前词中所抒发的愁绪深广得多。

  "雁"能隐示人生孤苦、前景苍凉的觉识,还可派生出"归鸿"、"征鸿"。"雨"能隐示一种生存阴湿无光的觉识,亦可派生出"风雨"、"三更雨"、"黄梅雨"、"细雨"等。需要注

[①] 这里需注意,八咏楼、黄鹤楼之类,自然不可与"闺楼"同日而语;高楼远望自然不同于闺楼闲眺。
[②] 沈祖棻《宋词赏析》第 146 页,上海古籍出版社 1980 年版。
[③] 梁令娴《艺蘅馆词选》乙卷第 85 页,中华书局 1935 年版。

意的是,李清照南渡后词中的核心意象"雁"、"雨",南渡前也是常用的,问题在于这两个意象在南渡前的文本构成中不一定具有牵一发而动全局的功能,因而不能算核心意象。我们不妨把"雁"、"雨"在南渡前、后期使用的功能价值作一比较。就"雁"来说,南渡前李清照词中用了三次,如《一剪梅》(红藕香残玉簟秋)中有"云中谁寄锦书来?雁字回时,月满西楼"。这是说,"云中锦书"在月满西楼雁回时寄来了,因此才有"一种相思,两处闲愁"。又如《蝶恋花》(泪湿罗衣脂粉满)中有"好把音书凭过雁,东莱不似蓬莱远",意即"姐妹们一定会托'过雁'把'音书'传来,因为莱州并没有蓬莱那么遥远"。这些"雁"意象所感发出来的不过是:"雁"一定会传来"锦书"安慰自己,缓解闲愁。可见在她南渡前的词中,"雁"不能算核心意象。但南渡后李清照词中的"雁",就不是作缓解愁绪用了。如《菩萨蛮》(归鸿声断残云碧):"归鸿声断残云碧,背窗雪落炉烟直。烛底凤钗明,钗头人胜轻。　角声催晓漏,曙色回斗牛。春意看花难,西风留旧寒。"这首词写她在异乡度人日的景况。上片写从黄昏到深夜度人日时室内外情景,并和其内心活动相应合。开篇头一句"归鸿声断残云碧",可说带动了全局。因为"残云"而"碧",给人一种浓重的颓唐凄清感;"归鸿"而"声断",则隐示着几近绝望的乡愁。这使下片中的她在经历了一夜无眠迎来又一个春晓时,也仍然摆脱不了"归鸿声断",心头还是处在"西风留旧寒"中。可见此词中的"归鸿",确有核心意象的功能。在其传世名篇《声声慢》(寻寻觅觅)中,"雁"作为核心意象的地位更鲜明。词云:

寻寻觅觅,冷冷清清,凄凄惨惨戚戚。乍暖还寒时候,最难将息。三杯两盏淡酒,怎敌他、晚来风急?雁过也,正伤心,却是旧时相识。　满地黄花堆积。憔悴损,如今有谁堪摘?守着窗儿,独自怎生得黑!梧桐更兼细雨,到黄昏,点点滴滴。这次第,怎一个愁字了得!

生活中珍贵的一切都已丧失,包括梦绕魂牵的家乡,再难归去;亲密相处的伴侣——丈夫,也永远失去了,我们的抒情主人公只能作无可奈何的寻觅。在她"正伤心"的时刻,竟然找到了当年曾为她和他传递过两地相思之"锦书"的旧相识——"雁"。可"雁"并没有停下来传递新的"锦书"给她,而顾自鼓翼远去了;它带来的只是梧桐、细雨、黄昏、无人采摘的憔悴黄花,无尽的愁、愁、愁……"雁"起了承上启下的作用,大有举足轻重之地位,是全篇的核心意象。

再说"雨"。南渡前李清照也多次用过,但在文本中,它不过是对深闺闲愁起点染、烘托作用而已。如《点绛唇》(寂寞深闺)的"惜春春去,几点催花雨"、《蝶恋花》(泪湿罗衣脂粉满)的"四叠《阳关》,唱到千千遍。人道山长山又断,萧萧微雨闻孤馆"、《如梦令》(昨夜雨疏风骤)的"昨夜雨疏风骤,浓睡不消残酒"、《浣溪沙》(小院闲窗春色深)的"远岫出云催薄暮,细风吹雨弄轻阴"、《浣溪沙》(淡荡春光寒食天)的"黄昏细雨湿秋千"等,都只是为闺中青春情味润色而已。"雨"意象在这些南渡前的词文本中扮演的全是陪衬角色。然而南渡后就不同了,这期间"雨"意象只隐示其阴湿、凄凉,具体表现在:一、"雨"和"风"连在一起成"风雨",隐示破坏生活平静的灾难,如《永遇乐》(落日熔金):"元宵佳节,融和天气,次第岂无风雨?"二、"雨"和"梧桐"连在一起,强化"雨"的哀寂境界,如《声声慢·寻寻觅觅》："梧桐更兼细雨,到黄昏,点点滴滴。这次第,怎一个、愁字了得。"三、"雨"和"泪"连在一起,昭示"雨"的凄楚,如《青玉案》(征鞍不见邯郸路):"如今憔悴,但余双泪,一似黄梅雨。"泪似黄梅雨,以其经久阴湿的特性来感发。李清照对"雨"意象的表现作了这三方面的调整与修补,就更富有具象性、立体感,也强化了对其阴湿、凄凉生涯无休无止的象喻、感发功能,从而也使"雨"意象进入词文本的核心圈。《添字丑奴儿》(窗前谁种芭蕉树)最典型地体现了这一点:

窗前谁种芭蕉树?阴满中庭。阴满中庭,叶叶心心,舒卷有余情。　　伤心枕上三更雨,点滴霖霪。点滴霖霪,愁损北人,不惯起来听。

词的上片,是对下片的铺垫,目的是强化下片雨打芭蕉之"雨韵"的凄寂落寞效果,重心更放在对"三更雨"那一片"点滴霖霪"声愁损"北人"的表现。这一意象抒情所达到的艺术效果,正如无名氏的《眉峰碧》词所写:"薄暮投村驿,风雨愁通夕。窗外芭蕉窗里人,分明叶上心头滴。"[①]真是滴在心头的雨啊!"雨"这个意象在这两首词中都处于牵一发而能动全局的地位,正是核心意象。通过对李清照南渡前后词中"雁"、"雨"意象使用情况的比较,不难看出:南渡后它们在词中多是作为核心意象使用的。

"梦"在李清照南渡后词中更明显地扮演着核心意象的角色,它能感发出一种人生必然从幻美走向幻灭这一宿命的顿悟。南渡前李清照词中也有几处写到"梦",但像《蝶恋花》(暖雨晴风初破冻)中"独抱浓愁无好梦,夜阑犹剪灯花弄"中的"梦"其实不能算作意象,因为"无好梦"只是"睡不好"的另一种陈述而已。《小重山》(春到长门春草青)中"碧云笼碾玉成尘,留晓梦,惊破一瓯春"的"晓梦",也只是对她与丈夫在一起时美好往事的略显抽象的譬比,感发功能也不强,很难说是个合格的意象。只有《浣溪沙》(莫许杯深琥珀浓)中"瑞脑香消魂梦断"的"梦"、《浣溪沙》(淡荡春光寒食天)中"梦回山枕隐花钿"的"梦",才称得上是具有感发功能的意象,而后一例中的"梦",能"回"能"隐",感发功能尤强。不过,这些"梦"意象都是对青春闲情的点缀,在文本中只是配角而已,并未成为核心意象。南渡后的词中,"梦"出现的次数比南渡前几乎多一倍,并且大多都起了文本构成的核心作用。如《摊破浣溪沙》(揉破黄金万点轻):"揉破黄金万点轻,剪成碧玉叶层层。风度精神如彦辅,太鲜明。　　梅蕊重重何俗甚,丁香千结苦粗生。熏透愁人千里梦,却无情。"词的上片赞扬桂花的形体气质、风度精神,为下片抒情主人公的幻灭感作铺垫,主旨在下片,全凭"千里梦"支撑起来。以梅花香之俗、丁香结之粗反衬桂花香之浓郁、形之轻细,并以此为铺垫,强调桂花虽然香形独特、风标逸群,自己却仍然无心消受,只愿身在沉沉梦乡中,然而桂花的浓香"熏透愁人千里梦",终究使她的美好愿望成空。显然,这里的"千里梦"是不可替代的核心意象,它所完成的审美使命就是生存的幻灭。再看《好事近》(风定落花深):"风定落花深,帘外拥红堆雪。长记海棠开后,正伤春时节。　　酒阑歌罢玉尊空,青缸暗明灭。魂梦不堪幽怨,更一声啼鴂。"上片表现春风过去残红遍地的暮春景象,下片写歌舞升平年代已成过去,眼前筵席散尽,

---

① 唐圭璋编《全宋词》第 5 册第 3664 页,中华书局 1965 年版。

唯剩青灯明灭。而所有这些描写都是用来烘托抒情主人公"不堪幽怨"的"魂梦"。再加上此时传来"一声啼鴂",从另一角度烘托"魂梦"的幽暗。可见,通篇结构是围绕幽暗的"梦"筑成的,"梦"在此也显然成了核心意象,感发出一片无可摆脱的幻灭感。如果说上面论析的这些核心的"梦"意象,还只是由离乱现实直接触发把握到的,那么在《渔家傲》(天接云涛连晓雾)中,"梦"这个核心意象,则是由离乱现实间接触发而引起内在精神骚动、心态失衡时把握到的。词曰:

> 天接云涛连晓雾,星河欲转千帆舞。仿佛梦魂归帝所,闻天语,殷勤问我归何处。我报路长嗟日暮,学诗漫有惊人句。九万里风鹏正举,风休住,蓬舟吹取三山去。

这是一首让梦意象充分展开来表现的词,梦——如同弗洛伊德在《梦的解析》中所说,它"不是空穴来风",也"不是荒谬的","它完全是有意义的精神现象","实际上,是一种愿望的达成"①。因此,梦成为一个象征结构,乘星河蓬舟飞升天界这一个"梦"意象本身,是她潜藏在无意识中的愿望的隐喻。隐喻她欲摆脱人世苦海而去寻求新的寄托。而新的寄托则是天界梦游,帝所陈词,尘世超越。从整个"梦"意象的流变过程看,女词人灵魂中荡开的一场理想追求只是虚无的幻想,一番精神寄托只是宿命的幻灭。所以,这个用"梦"作主导意象所构成的词文本,让我们明晰地看出李清照面对苦难人生的无奈,也让我们见出这位女词人南渡后词中以"梦"为标志的主导意象的转换,隐示着她的感受世界已从闲情的幻美转为宿命的幻灭。

李清照南渡前后的词创作采用两套不同的核心意象来构成抒情文本,最集中地显示在两篇作品中。其中一篇是她写于崇宁四、五年间的《满庭芳》(小阁藏春):

> 小阁藏春,闲窗锁昼,画堂无限深幽。篆香烧尽,日影下帘钩。手种江梅更好,又何必、临水登楼?无人到,寂寥浑似、何逊在扬州。　　从来,知韵胜,难堪雨藉,不耐风揉。更谁家横笛,吹动浓愁?莫恨香消雪减,须信道、扫迹情留。难言处,良宵淡月,疏影尚风流。

这里"小阁藏春"、"江梅更好"、"谁家横笛"、"良宵淡月"是有机地组合在一起的,亦即把"楼、月、琴、花"四大核心意象全部调动起来作了一场巧妙的搭配,并加以合乎自然常理的生发,从而使文本达到了这样一个目的:通过对"梅"的内外生态与随风飘零命运的动人表现,隐喻自身清冷寂寞的闺阁生涯和芳年将逝的困惑前景。可以说,多数李清照南渡前的词都显示为这样一类伤感的情调和小我的格局——富贵人家青年女子的闺阁愁。但写于南渡后与"流人"为伍的《浪淘沙》(帘外五更风)②,情况就不同了。这首词可以说是李清照南渡后词创作中核心意象转换的一次集大成。请读文本:

---

① 弗洛伊德《梦的解析》第三章《梦是愿望的达成》第 14 页,文化艺术出版社 2005 年版。
② 赵万里、王仲闻、黄墨谷等李清照研究者将此词定为存疑之作。但清陈廷焯《白雨斋词话》中有"凄艳不忍卒读,其为德父作乎"之说(人民文学出版社 1983 年版,第 53 页)。若果为李清照所作,则因"紫金峰"可释为"紫金山"而可以判定它为南渡后李清照辞别建康时所作。

帘外五更风,吹梦无踪。画楼重上与谁同?记得玉钗斜拨火,宝篆成空。

回首紫金峰,雨润烟浓,一江春浪醉醒中。留得罗襟前日泪,弹与征鸿。

词中"帘外五更风,吹梦无踪",用了"梦"意象;"回首紫金峰,雨润烟浓",用了"雨"意象;"一江春浪醉醒中",用"江"意象;"留得罗襟前日泪,弹与征鸿",用"雁"意象。这可说是把南渡后漱玉词的四大主导意象都用上了。前人赞叹这首词"情词凄绝,多少血泪"[①],这动人心弦的艺术境界正是靠四个主导意象巧妙搭配、有机组合而形成的。由"江"隐示的天涯漂泊、"雁"隐示的前程苍茫、"雨"隐示的现实阴暗、"梦"隐示的人生幻灭,水乳交融般地汇成并感发出了这首词的江湖倦客离乱愁,而与南渡前词中那一片深闺少妇的儿女闲愁是大异其趣的。

一个诗人,随着所处时代和生活环境的变动,其心灵对生活的审美敏感也会发生变更,同时会影响到出之于这种心灵敏感的核心意象发生转换,这是合乎自然的。反之,从核心意象的转换去透视特定的生活遭际对诗人创作心态的制约性,也是合乎情理的。南渡后李清照词核心意象的转换以及所抒之愁内质的变异,扩大并深化了她南渡后的词境,这正是国破家亡的离乱人生促成的。生活折磨了她,却也成全了她——正像成全了整个南宋词坛一样。因此,李清照南渡后词的核心意象转换极具典型性,具有普遍、深邃的象征意义。

原载《文学遗产》2008 年第 3 期,《人大复印资料》
(中国古代文学、近代文学)2008 年第 9 期全文转载

---

① 陈廷焯《云韶集》中语,转引自徐北文《李清照全集评注》第 160 页该词"集评"。

古代小说研究

明清白话小说中的俗赋及其文学史意义

葛永海

我们在谈到俗赋时，通常特指清末从敦煌石室里发现的那些唐代通俗性的赋体文，如《晏子赋》、《韩朋赋》、《燕子赋》、《丑妇赋》等，由俗赋而自然想到唐俗赋，这是对俗赋时代属性一贯以来的看法。同时许多研究者认为唐后没有俗赋，如辞赋专家马积高先生就认为："唐以后，尚未发现有俗赋流传。"[①]那么，事实是否如此呢？如果我们以唐俗赋为考察对象，再参照马先生在《赋史》中对俗赋的有关论述："……清末从敦煌石室中发现了几篇唐代的俗赋，其语言的通俗、生动又超过前代作品。从体制上说，俗赋有的近于诗体赋，有的同于文赋，只是语言的雅俗不同而已。"[②]略加总结，作为一种文体的俗赋，它应该具有以下三个特征：其一，具有铺采摛文，骈散结合，讲究押韵、对仗的赋体文一般特征；其二，语言较通俗、生动，带有较明显的民间色彩；其三，在体制上，可能是诗体赋或者是文赋。以此来观照文学史，我们发现，明清白话小说中有一种颇为常见的文体现象，比如小说在介绍人物出场，或描写某种景物、某个场面时，一般会用一段骈体的韵文加以描述，研究者往往不甚注意它们的文体特征，而笼统地用"韵文"来指称它们，这显然是不准确的。其实，它们中的很大一部分完全符合上述俗赋的三个特征，应当归入俗赋的范畴。当然需要指出的是，白话小说中的这类韵文不尽都是俗赋，也有那种用典较僻、词藻华丽的雅赋，如以《红楼梦》为代表的一种类型，其中几乎都是雅赋，或者小说中兼有雅俗两种类型如《欢喜冤家》等；再者，明清笔记小品和辞赋的合集如《国色天香》、《山中一夕话》等所收的单篇俗赋因不是小说中的俗赋，也不在本文的讨论之列。

上述的这一认定为我们研究这些文字提供了一个新的视角。本文所要讨论的就是：明清白话小说中的这些俗赋主要包括哪些内容，它们对于小说的思想和艺术表现起了怎样的作用，它们在文学史上有何意义。试一一言之。

一

简要地说，明清白话小说中的俗赋存在有三种形式：一种情况是基本作为独立成

[①] 马积高《赋史》第9页，上海古籍出版社1987年1月版。
[②] 同上，第83—84页。

篇的赋体文,除内容之外还可能有标题,它们一般被说成出自小说人物之手,或者是小说叙述者引发的议论抒情,作为小说叙述的有机内容被融合进情节故事的发展流程中,典型如《绿野仙踪》第七回的《臭屁赋》等;另一种情况则是并不作为独立的文章,但被标示为独立的段落以区别于正文,多是叙述者所作的渲染描述。一般说来,它们与上下文的衔接不如前种情况更紧密,例如《水浒传》、《西游记》、《封神演义》等小说对人物外貌的刻画,对战争场面的渲染,对风雨雷电等自然景物的描绘;相比前两种情况,第三种情况较为少见,乃是大面积地运用较通俗的赋体文写作,可被视为小说与赋体文相结合的一种尝试,典型的例子如清代李春荣的《水石缘》,该小说从第一回开始,除对话和行动外,凡描述、议论的文字俱用通俗的赋体文写就。

下面我们主要依照俗赋存在形式的前两种情况,将明清白话小说中的俗赋加以分类,根据所描述内容的不同,我们可以把它们大致分为咏人、咏物、咏景、咏场面等几种类型,它们的赋体形式主要是诗体赋和包容面比较宽泛的文赋。

一为咏人之赋。此类俗赋主要描写人物的外貌、情态等,在明清白话小说中,每当人物出场时,总会出现一些习见的指示语,比如"看那人怎生模样/怎生装束,但见……";其后就是一段俗赋(附带一提,本文认为,这种叙述模式的生成固然是古代小说自讲唱文学发展而来的痕迹。但追溯更早的渊源,则与唐代变文讲唱中所用的"变相"有关,正因为有彼时的"看图说话",延至其后,图画不复存在,而讲话的语式未变)。咏人之赋就其内容而言,主要有两个特点:其一是写人无不备写其极。如《喻世明言》第十五卷写郭威的天子之相,其文曰:"抬左脚,龙盘浅水;抬右脚,凤舞丹墀。红光罩顶,紫雾遮身。尧眉舜目,禹背汤肩。除非天子可安排,以下诸侯压不得。"①而写英雄好汉,是一番笔墨,如《水浒全传》第五回描绘鲁智深:"皂直裰背穿双袖,青圆绦斜绾双头。鞘内戒刀,藏春冰三尺;肩头禅杖,横铁蟒一条。鹭鹚腿紧系脚绯,蜘蛛肚牢拴衣钵。嘴缝边攒千条断头铁线,胸脯上露一带盖胆寒毛。生成食肉飡鱼脸,不是看经念佛人。"②此外如《二刻拍案惊奇》卷之三十九写神偷,则是另一番笔墨:"柔若无骨,轻若御风。大则登屋跳梁,小则扪墙摸壁。随机应变,看景生情。撮口则为鸡犬狸鼠之声,拍手则作箫鼓弦索之弄……出没如鬼神,去来如风雨。果然天下无双手,真是人间第一偷。"③无不重在渲染,着力突出人物形象的性格特点。

其二,小说作者写人物往往由表及里,喜用全知的视角从描绘人物外形进而到个性品评。例如《玉娇梨》第九回"百花亭撇李寻桃",以红玉的眼光看苏友白:"书生之态,弱冠之年。神凝秋水,衣剪春烟。琼姿皎皎,玉影翩翩。春情吐面,诗思压肩。性耽色鬼,骨带文颠。问谁得似?青莲谪仙。"④这是一首较典型的四言诗体赋,前八句都是对苏

---

① 冯梦龙《喻世明言》第237页,人民文学出版社1958年4月版。
② 《水浒全传》第63—64页,上海人民出版社1975年9月版。
③ 凌濛初《二刻拍案惊奇》第464页,上海古籍出版社1992年11月版。
④ 荑秋散人《玉娇梨》第67—68页,上海古籍出版社1994年9月版。

友白外貌的描绘,"性耽色鬼,骨带文颠"句则以戏谑的口吻写其因思慕佳人而表露出来的才子气,显然是作者的议论。在明清白话小说的诸多俗赋中,还有对人物进行揶揄和调侃的,比如《绿野仙踪》第二十二回一段对落魄秀才的刻画,其文曰:"头戴旧儒巾,秤脑油足有八两;身穿破布氅,估尘垢少杀半斤。满腹文章,无奈饥时难受;填胸浩气,只和苦处长吁。出东巷,入西门,常遭小儿唾骂;呼张妈,唤赵母,屡受泼妇叱责逐。离娘胎即叫哥儿,于今休矣;随父任命称为公子,此际哀哉。真是折脚猫儿难学虎,断头鹦鹉不如鸡。"①以调侃的笔调活画了一个潦倒失意、走投无路的下层文人,夹叙夹议,将他的人生遭遇、个性品格都涵括在其中。

二为咏物之赋。对某物进行集中吟咏,这正体现了赋体文铺陈描述的特点。这一类俗赋之较典型的当推《金瓶梅词话》,如第五十六回所载《别头巾文》,虚拟了一个失意秀才对头巾诉说的口吻。其文曰:"维岁在大比之期,时到揭晓之候,诉我心事,告汝头巾:为你青云利器望荣身,谁知今日白发盈头恋故人。嗟乎!忆我初戴头巾,青青子襟;承汝枉顾,昂昂气忻。既不许我少年早发,又不许我久屈待伸,上无公卿大夫之职,下非农工商贾之民……你看我两只皂靴穿到底,一领蓝衫剩布筋。埋头有年,说不尽艰难凄楚;出身何日,空历过冷淡酸辛。赚尽英雄,一生不得文章力;未沾恩命,数载犹怀霄汉心。嗟乎哀哉!哀此头巾。看他形状,其实可矜:后直前横,你是何物?七穿八洞,真是祸根……"②云云。此赋咏物而及人,说头巾误人,其实是说功名误人,因而蹭蹬一生,表达了对科举制度的微讽之意。这一侧重抒写主观心意的咏物俗赋代表了一种类型,而另一类则只是单纯描摹物态,并不含多少深意的,如《水浒全传》第七回咏宝刀,第十三回咏骏马,第五十九回咏一种名叫金银吊挂的装饰物,再如《西游记》第三十回咏猛虎,第三十二回咏孙悟空变的小虫,第六十七回咏大蟒蛇等等,俱是如此。

三为咏景之赋。其描写的对象大致可分为二大类:一大类为日月星辰、风雨雷电、山川河流、四时节令等自然景象或景观。如《水浒全传》第二回咏那中秋之月:"桂花离海峤,云叶散天衢。彩霞照万里如银,素魄映千山似水。影横旷野,惊独宿之乌鸦;光射平湖,照双栖之鸿雁。冰轮展出三千里,玉兔平吞四百州。"③不多的几行文字却将月色写得明净而澄澈,乃是以文字优美见长。另一种写自然景象的俗赋则重在夸张比拟,比如同书的第十九回写大风,所谓"飞沙走石,卷水摇天","吹折昆仑山顶树,唤醒东海老龙君",文字以夸张取胜。第二大类主要写花园、寺庙、城池等人文景观。如《西游记》第十六回所写寺庙:"层层殿阁,迭迭廊房。三山门外,巍巍万道彩云遮;五福堂前,艳艳千条红雾绕。两路松篁,一林桧柏:两路松篁,无年无纪自清幽;一林桧柏,有色有颜随傲丽。又见那钟鼓楼高,浮屠塔峻。安禅定性,啼树鸟音闲。寂寞无尘真寂寞,清虚有道果清虚。"④《西游记》中有关寺院描写的俗赋凡

---

① 李百川《绿野仙踪》第 141 页,上海古籍出版社 1996 年 12 月版。
② 《金瓶梅词话》第 742—743 页,人民文学出版社 1985 年 5 月版。
③ 《水浒全传》第 33 页,上海人民出版社 1975 年 9 月版。
④ 吴承恩《西游记》第 120 页,上海古籍出版社 1991 年 10 月版。

几十处，其内容有详有略，文字风格则与此接近。写城池较典型的如《梼杌闲评》第九回对扬州城的描写，其文曰："脉连地肺，势占天心。江流环带发岷峨，山势回龙连蜀岭。隋宫佳胜，迷楼风景尚豪华；谢傅甘棠，邵伯湖堤遗惠泽。竹西歌吹，邗水楼船。青娥皓齿拥高台，掩映红楼连十里；异贝明珠来绝域，参差宝树集千家。玉人待月叫吹箫，豪客临风思跨鹤……"①云云，此正是一篇颇具特色的《扬州赋》，将扬州地方的名物景致、历史典故尽涵括在其中。写景状物而及历史沿革、典故逸事，正是历代咏名胜赋的惯有思路。

四为咏场面之赋。白话小说以赋写场景者，甚夥矣。或为对阵厮杀，或为性爱缠绵，或为饮食游乐，或为田园风情，或为灾害离乱，等等，此择有代表性者以观。

在《封神演义》、《水浒传》、《西游记》等中，有关厮杀场面的俗赋可谓俯拾皆是，我们举《封神演义》第四十回"四天王遇炳灵公"中的战争描写为例，以作管窥，其文曰："满天杀气，遍地征云。这阵上三军威武，那阵上战将轩昂。南宫适斩将刀似半潭秋水，魔礼青虎头枪似一段寒冰。辛甲大斧犹如皓月光辉，魔礼红画戟一似金钱豹尾。哪吒发怒抖精神，魔礼海生嗔显武艺。武吉长枪，飕飕急雨洒残花；魔礼寿二铜，凛凛冰山飞白雪。四天王忠心佐成汤，众战将赤胆扶圣主。两阵上锣鼓频敲，四哨内三军呐喊。从辰至午，只杀的旭日无光；未末申初，霎时间天昏地暗。"②

除征战攻伐外，性爱是明清小说浓墨描绘的又一重要主题，对性爱场景的细写屡见于世情小说中。值得注意的是有一种俗赋在描摹性爱时，总是模拟战争中两军厮杀的场面，这显然和自古以来的道家房中书以及讲史小说的传统有关，据高罗佩判定为六朝时期著作的房中书《洞玄子》在描写性交时就有"若猛将之破阵"、"即以阳锋纵横攻击"的说法③，这是现在可见的较早的相关说法。再者，讲史征战小说的流行和广泛传播无疑也极大地影响了小说作者的创作心态。下面我们来看在堪称性爱文字集成之作的《金瓶梅》中，其第七十八回写西门庆与林太太交欢的段落："迷魂阵摆，摄魄旗开。迷魂阵上，闪出一员酒金刚，色魔王能争贯战；摄魄旗下，拥一个粉骷髅，花狐狸百媚千娇。这阵上，扑冬冬，鼓震春雷；那阵上，闹挨挨，麝兰暖霭。这阵上，复溶溶，被翻红浪精神健；那阵上，刷刺刺，帐控银钩情意牵。这一个急展展，二十四解任徘徊；那一个忽刺刺，一十八滚难挣扎。斗良久，汗浸浸，钗横鬓乱；战多时，喘吁吁，枕侧衾歪。顷刻间肿眉囊眼，霎时下皮开肉绽。正是：几番鏖战贪淫妇，不是今番这一遭。"④将睡床比拟为战场，性交比喻为战争，也体现了古代小说作者长于联想、善于比类的思维方式。

至于正面实写性爱情态的则更为常见，如《喻世明言》第一卷中的"一个是闺中怀春的少妇，一个是客邸慕色的才郎……"，再如《型世言》第三十八回中的"粉脸相偎，香肌相压，交搂玉臂，联璧争辉……"等等，类似的例子在明清世情小说中颇多，小说作者往

---

① 《梼杌闲评》第103页，人民文学出版社1983年9月版。
② 许仲琳《封神演义》第265页，上海古籍出版社1991年10月版。
③ 高罗佩《中国古代房内考》第177页，173页，上海人民出版社1990年11月版。
④ 《金瓶梅》（张竹坡评点本）第1249页，齐鲁书社1991年2月版。

往能根据具体的情境和对象,进行含蓄而形象化地描绘,当然,有时由于语意太露,则不免流于低俗和猥亵。

在《水浒传》、《西湖二集》等当中还有关于元宵节赏灯的俗赋内容,而较为典型的俗赋还有清代长篇小说《快心编》上集第十回写战乱景象,中集第五回写火灾场景,都有大段的文字作场面描述,由于篇幅所限,不再一一征引。

此外,明清白话小说中还有一些的判文,也以俗赋的文体形式出现。比如《欢喜冤家》第十五回《一宵缘约赴两情人》的结尾写巡按苏院为嫖妓杀妓的和尚了然下判词,其文曰:"审得了然佛口蛇心,淫人兽面。不遵佛戒,颠狂敢托春心;污法戒偶,逢艳妓色眼高张。一卷无心,三魂荧顿。熬不住欲心似火,遂妆浪蝶偷香;当不得色胆如天,更起迷花圈套。幽关闭色,全然不畏三光;净室藏春,顷刻便忘五戒。衲衣作被,应难报道好姻缘;薄团当席,可不羞杀骚和尚。久啖黄荠,还不惯醋酸滋味;戒贪青睐,浑忘却醉打娇娘。海棠未惯风和雨,花阵才推粉蝶忙!不守禅规看梵语,难辞杀罪入刑场。"①下判文者似乎在严厉地声讨罪行,却又略含调侃的味道。此文虽是公文,其内容和旨趣都较为通俗,且读来朗朗上口。但以俗赋形式写的判文只占明清白话小说里判文的很小一部分。

二

以上我们对明清白话小说中的俗赋作了概要的分类和胪举,那么,作为小说的一部分,这些俗赋在小说中具有怎样的功能?对小说思想和艺术的表现产生了怎样的影响?

总的来说,俗赋之参与文本极大地丰富了明清白话小说的叙述方式,进而在整体上扩大了白话小说思想和艺术的容量。明清白话小说的主要内容一般由通俗白话写成,同时杂有诗、词、曲、赋等。这种多文体并存的情况,在叙事学上看来,具有多层次的特点,如同乐曲中多声部的合奏。但是俗赋的作用与诗词曲不尽相同,较为特出的是它一方面取的是为雅正文学所认可的赋体文的形式,另一方面却不时以俗语俗句入赋,其内容亦多带民间色彩,因而形成一种雅中带俗,亦雅亦俗的美学风格。这种文体风格的不可替代性就在于它既鲜明地突出小说的思想主题,又强化了小说叙事的艺术特征。以大量俗赋入文的《金瓶梅》为例。《金瓶梅》之所以能够成为一篇锦心绣口、五彩斑斓又有所寄托的市井文字,就在于它一方面通过寄意于《别头巾文》,西门庆祭文、咏帮闲俗赋等文字,表现出"盖有所谓也",有所指的道德批判锋芒,此乃立足主流文化立场并与之形成反动;另一方面,又通过咏园林、咏饮食、咏灯市、咏性爱等俗赋,描绘了市井社会声色犬马、物欲横流的真实图景。因此,无论从哪个角度看,《金瓶梅》中的一些带有典型性的俗赋都成为烘托思想主题、展示描写艺术的重要手段。

具体的来说,俗赋在白话小说中的作用主要体现在以下几个方面:

一方面,由于本身叙议结合的特点,同时兼有一定的艺术容量,俗赋能够比诗词曲

---

① 西湖渔隐主人《欢喜冤家》第234页,春风文艺出版社1989年2月版。

更深入地表现作者的介入意识,从而使俗赋成为把握小说作者思想脉络的重要途径。例如清代长篇小说《快心编》写的是明代秀才凌驾山等人的荣辱遭遇以及和权臣斗争的故事,较多地反映了当时的社会现实。其中上集第三回描述官府中拜门生,通关节的情形,作者天花才子就撰一俗赋。其文曰:"曩者孔氏三千,皆亲炙乎大道;孟门五百,实授受乎斯文。其或西河设教,濂洛传心,洒列坐于廊庑,是无愧乎师生。何一面之未识,辄效登乎龙门。目不识丁之夫,指日山斗;俗气薰人之辈,岂是周程。并不考其百行,奚尝课其五经。奋迹甲科,乃有座房之号;未经问难,何来师友之名。不过护恤家私,望其覆庇,所以伛偻门下,甘于自轻。想高明之未必,惟蠢陋之所行。嗟此风之弥盛,谁持挽于浸淫。"①参之明清时代史实,可知此赋乃是有感而发,彼时,拜谒权门,以求庇护之习气在士林颇盛,如明代宗臣的《报刘一丈书》即是揭露这一现实的著名散文,而此赋语言精练,辩驳有力,切中肯綮,表现出作者批判现实的个性品格。

有时,俗赋会在不经意间表达小说作者的思想倾向,从而有利于我们对小说思想主题的把握。例如《金瓶梅》第十二回写潘金莲与琴童私通:"一个不顾纲常贵贱,一个那分上下高低。一个色胆歪斜,管甚丈夫利害;一个淫心荡漾,从他律法明条……霎时一滴驴精髓,倾在金莲玉体中。"②这段俗赋成为解释《金瓶梅》作者思想上歧异矛盾的重要依据,作者一方面在书中大肆嘲笑儒生的种种丑行,冲击儒家规范,另一方面在潜意识里又不自觉地站在维护封建伦理纲常的一边,如俗赋所说,将琴童的行为视为"不顾纲常贵贱"的严重越礼,将其蔑称为"驴",都是作者另一面思想的反映。正是这种自然状态的叙述揭示了叙述者真实的内心世界。

另一方面,俗赋是白话小说塑造人物形象,展示人物性格的重要环节和有机部分。俗赋刻画人物的一般手法就是在肖像描写时夹叙夹议,叙中带议。如前文提到《水浒全传》对鲁智深的描绘,在叙议之间交代其性格特征,形象化的语言具有很强的艺术概括力。先是对其身材衣着做一描述,其后一句"生成食肉飧鱼脸,不是看经念佛人",就此将一个威风凛凛、不畏强暴的花和尚形象展现出来。由写其形进而绘其神,是人物俗赋的一大特色,而写人个性有时是通过人物俗赋多角度、多方位的描绘来实现的。比如《醒世恒言》第九卷《陈多寿生死夫妻》写朱氏照顾患病的陈多寿时,就恰到好处地用了一段俗赋:"着意殷勤,尽心伏侍。熬汤煮药,果然味必亲尝;早起夜眠,真个衣不解带。身上东疼西痒,时时抚摩;衣裳血臭脓腥,勤勤煮洗。分明傅母育娇儿,只少开怀哺乳;又似病姑逢孝妇,每思割股烹羹。云雨休想欢娱,岁月岂辞劳辛。唤娇妻有名无实,怜少妇少乐多忧。"③通过对行动的描绘,将一个吃苦耐劳的少妇形象写得真切动人。还有一种情况是以形象的语言来描写人物情绪的,比较典型如《水浒全传》第五十六回写金枪将徐宁在雁翎甲被盗后的愁苦心情:"蜀王春恨,宋玉秋悲,吕虔遗腰下之刀,雷焕

---

① 天花才子《快心编》(上册)第67页,春风文艺出版社1985年10月版。
② 《金瓶梅》(张竹坡评点本)第185页,齐鲁书社1991年2月版。
③ 冯梦龙《醒世恒言》第184页,陕西人民出版社1985年2月版。

失狱中之剑。珠亡照乘,璧碎连城。王恺之珊瑚已毁,无可赔偿;裴航之玉杵未逢,难谐欢好。正是凤落荒坡雕锦羽,龙居浅水失明珠。"①此赋以一连串的典故作比,充分写出了徐宁对宝甲的珍视和失窃后的悲愁,这就为其后他被轻易地赚上梁山泊埋下伏笔,这段描写成为推动人物命运发展的重要环节。

此外,俗赋还通过渲染景物,营造和烘托了形象的社会场景和自然情境。比如《西游记》、《水浒传》对对阵厮杀场面的绘写。《西游记》热闹而诙谐的整体风格的形成,与俗赋在其中的大加渲染是分不开的,没有那些层出不穷的妖魔鬼怪,没有那些热闹而紧张的打斗场面,没有那些旁白式的诙谐的夹叙夹评,《西游记》在叙述艺术上所获得的成就是无法想象的。而《水浒传》被称为是"一部怒书",很大的原因乃是因为书中的刀光剑影、杀气腾腾,俗赋的渲染无疑也起了推波助澜的作用。在《西湖二集》等中多有对元宵灯火的铺陈描摹,这与元宵节在白话小说中独特的意味有关,元宵节赏灯毋宁说已成为一种特殊的城市场景或者城市意象,文人们更多表现出对盛世景象(哪怕是极其短暂的)的向往和依恋,他们总是在描写中孜孜不倦地加以渲染。在这里,俗赋成为造境的重要艺术手段。《金瓶梅》对性爱场景的浓墨描画贯穿在小说的许多条故事链中,性爱成为叙述视角和叙述动力,一段段的俗赋如同一次又一次的点染,这使得《金瓶梅》成为一部写性的书,在性中见出人情,见出世理,人民文学出版社的戴鸿森先生校点本《金瓶梅词话》的删节显然过度,大部分描写性爱俗赋被删除,而无视这些内容所设计的情境,势必在一定程度上影响小说的艺术表现力。

三

明清白话小说中的俗赋一方面保持其自身特性,另一方面更体现出文体的适应性和针对性,这说明它对于赋体文传统乃至更深广的文学传统既有承继又有发展。下面我们要讨论的就是它在文学史上的意义。

首先,就文体性质而言,明清白话小说中的俗赋是对中国自古以来的赋体文传统尤其是唐俗赋的继承和借鉴。

中国古代俗赋的源头可以追溯到汉代。西汉王褒的《僮约》可以说是现存较早的一篇带有后世俗赋基本特征的赋体文。它用对话的形式讲述了一个惩罚悍仆的故事:王子渊到寡妇杨惠家做客,让名叫便了的家奴沽酒,便了不但不去,还拽大杖到主人坟前评理。子渊大怒,打算向杨惠买下此奴,并当面宣读了记有家奴繁重劳动的券文,便了听罢,"讫讫叩头,两手自缚,目泪下落,鼻涕长一尺",哭诉说:"审如王大夫言,不如早归黄泉土陌,丘蚓钻额。"②此赋以四言为主,语言通俗,且不乏生动。这种讲述民间故事的赋,还包括王褒的《责须髯奴赋》、佚名的《神乌傅(赋)》、曹植的《鹞雀赋》等,这构成了

---

① 《水浒全传》第 706 页,上海人民出版社 1975 年 9 月版。
② 马积高《赋史》第 83—84 页,上海古籍出版社 1987 年 1 月版。

唐前俗赋的一种类型,即故事体赋。另一类则为俳谐杂体赋,比较典型的作品有汉代蔡邕的《短人赋》、晋代左思的《白发赋》、南朝刘思真的《丑妇赋》等,如左思的《白发赋》写作者因白发星星,有碍仪表,于是打算拔除,"白发将拔,悉然自诉:'禀命不幸,值君年暮,逼迫秋霜,生而皓素;始览明镜,惕然见恶,朝生昼拔,何辜之故?'"当作者不顾白发的诉说,执意要拔时,"白发临拔,嗔目号呼:'何我之冤?何子之误?甘罗自以辩慧见称,不以绿发而名著;贾生自以良才见异,不以乌鬓而见举。闻之先民,国用老成。二老归周,周道肃清;四皓佐汉,汉德光明,何必去我,然后要荣'"云云①。此赋用拟人体,写作者与白发间的对话,既见事理,又有情趣,由此可以见出后来咏物俗赋的一些特征。

仅就现存的不多作品来看,唐代显然是俗赋发展的成熟期。唐俗赋发展了故事体和俳谐嘲戏性的杂体两种形式。前一种类型主要有《晏子赋》、《韩朋赋》、《燕子赋》(四言)、《燕子赋》(五言)等,以四言《燕子赋》为例,其基本情节是:黄雀无理侵占燕子巢,并殴打燕子,使燕子"夫妻相对,气咽声哀",于是向凤凰哭诉,凤凰遣乌捉拿黄雀归案,其后又有黄雀被囚,雀妇探狱,凤凰问案等描写,全文语言非常生动,比如黄雀为减免罪责,自夸历史功绩;"但雀儿去贞观十九年,大将军征讨辽东。雀儿投幕充傔,当时配入先锋。身不骑马,手不弯弓。口衔艾火,送着上风。高丽遂灭,因此立功。"②矜夸之态活现,充满俗趣。后一类作品主要有:赵洽《丑妇赋》、刘瑕《驾幸温泉赋》、刘长卿《酒赋》、佚名《秦将赋》、白行简《天地阴阳交欢大乐赋》等。如赵洽笔下的丑妇,乃是"天生面上没媚,鼻头足津。闲则如能穷舌,馋则伴推有娠。耽眠嗜睡,爱釜憎薪。有笑兮如哭,有戏兮如嚏。眉间有千搦般碎皱,项底有百道粗筋。贮多年之垢污,停累月之重皲"③,一个又懒又馋的丑妇形象由此跃然纸上。这种笔法已非唐前略显古朴的作品可比,语言更通俗,已真正带有民间的谐谑意味。再如《驾幸温泉赋》写狩猎景象"我皇乃播双仗,倍岩鄣。过渭川,透蓝田。张罗直至于洪口,趁兽却过于灞汧。掩掠东西,撮搦南北。从一头刍,依次弟摇,拖榟枷描,掉胡禄侧。狗向前捻,马从后逼。百虫胆慑而撩乱,七鸟心忙而回惑……"④云云,依稀有汉大赋《羽猎赋》之类的气势,但融入了大量的俗字俗句,诙谐调侃与铺采摛文获得有机结合,文字通俗而生动。此外再如《天地阴阳交欢大乐赋》,专写两性交合动作,也是文人笔法和民间趣味的结合,其描写之恣肆铺陈、淋漓尽致,可谓前无古人。

明清白话小说中的俗赋即是对汉以来通俗赋体文传统的承继。由于体制上的制约,带有较强叙事性的故事体俗赋没有在白话小说里得到较大的发展。当然,它在语言风格方面对后世的影响又是不可低估的,如《水石缘》这类以赋体写就的小说作品庶几可以作为一种遗响。被白话小说承继并获得较大发展的是俳谐杂体赋。我们大体可以

---

① 《历代赋汇》(卷十九)第 635 页,江苏古籍出版社、上海书店 1987 年 12 月联合出版。
② 伏俊琏编著《俗情雅韵——敦煌赋选析》第 111 页,甘肃人民出版社 2000 年 6 月版。
③ 同上第 45 页。
④ 同上第 1—2 页。

说,白话小说中的咏人之赋较明显地借鉴承袭了自汉蔡邕的《短人赋》、唐赵洽《丑妇赋》以来的俗赋写人传统。而从左思《白发赋》中人与白发的交谈辩驳到《金瓶梅》的《别头巾文》里人向头巾诉苦,正是咏物俗赋的一条历史演进轨迹,至于写场景之赋则可以追溯到汉代的铺陈大赋,以及唐代对此加以俗化的赋体文如《驾幸温泉赋》、《秦将赋》等,后世小说中的性爱描写俗赋也都从那篇《天地阴阳交欢大乐赋》中得到了不少启示。

其次,就表现领域而言,小说中俗赋在汉唐以来已有格局的基础上更做了一定程度的拓展。如果说汉晋时的俗赋只是这一文体的滥觞,它们只是在骚体赋等雅正之赋的间隙中获得生存,既没有独立的地位,也并没有受到重视。当曹丕在《典论·论文》中提出"诗赋欲丽",陆机在《文赋》中说"赋体物以浏亮"时,显然没有把俗赋包括进去。唐代随着变文的编写和流传,俗讲在寺院内外受到欢迎,又出现了像王梵志、寒山子那样的通俗诗人,大量的民间内容也开始进入赋体文,促成了俗赋在这一时期的成熟。到了明清时代,文学潮流发生了更大变化,此乃是民间性、世俗性的白话小说占据文学中心的时代,俗诗、俗曲、俗赋的大量产生已是大势所趋,进入白话小说也变得顺理成章。小说中的俗赋极大地扩展了题材领域,就表现广度而言,汉唐时期的俳谐杂体俗赋由于数量不多,题材领域也较有限,现存的主要就是写人的外貌,写白发、酒等物,写月、泉等景,写征战出游这几类,而在明清白话小说中,举凡人物肖像描绘、心理刻画、个性品评,自然景物,社会场景,色色种种,均在表现之列,本文第一部分的列举真实地说明了这一点,此不赘述。就表现深度而言,无论是写人还是绘景,都有超越前代之处。小说中的俗赋写人已经突破了那种层次不高的单纯渲染外在缺陷的阶段,即《短人赋》、《丑妇赋》的阶段层次,而开始写人的行动、心理,乃至写出个性品格。比如《绿野仙踪》第四十四回写下层文人的世故:"虽抱苏张之才,幸无操卓之胆。幼行小惠,窃豪侠之虚名;老学权奸,欺纯良之懦士。和光混俗,惟知利欲是前;随方逐圆,不以廉耻为重。功名蹭蹬,丈夫之气已灰;家业凋零,妇人之态时露。用银钱无分人己,待弟兄不如朋友。描神画吻,常谈乡党闺阃;弃长就短,屡伐骨肉阴私。人来必笑在言先,浑是世途中谦光君子;客去即骂闻背后,真是情理外异样小人。"①此赋善于抓住人物言行细节来描绘形象,眼光精准,用语妥帖,表现出很高的艺术技巧。至于写景物、写场面则描写更细腻,联想比类更丰富,如《封神演义》第二十六回写雪:"空中银珠乱洒,半天柳絮交加。行人拂袖舞梨花,满树千枝银压。公子围炉酌酒,仙翁扫雪烹茶,夜来朔风透窗纱,也不知是雪是梅花。飕飕冷风侵人,片片六花盖地,瓦楞鸳鸯轻拂粉,炉焚兰麝可添绵。云迷四野催妆晚,暖客红炉玉影偏。此雪似梨花,似杨花,似梅花,似琼花:似梨花白,似杨花容,似梅花无香,似琼花珍贵。此雪有声,有色,有气,有味:有声者如蚕食叶,有气者冷浸心骨,有色者比美玉无暇,有味者能识来年禾稼。团团如滚珠,碎剪如玉屑,一片似凤耳,两片似鹅毛,三片攒三,四片攒四,五片似梅花,六片如六萼。此雪下到稠密处,只见江河一道青。此雪有富,有贵,有贫,有贱:富贵者红炉添寿炭,暖阁饮羊羔;贫贱者厨中无米,

---

① 李百川《绿野仙踪》第 267—268 页,上海古籍出版社 1996 年 12 月版。

灶下无柴。非是老天传敕旨,分明降下杀人刀。"①此赋将雪作了丰富的铺陈、引申、比拟,可谓曲尽形容。语言显得更通俗,也已非唐时写景俗赋的语言可比,比如《封神演义》中的文字已接近口语,而唐代如佚名的《月赋》中乃是"天既青,月弥莹,夜未阑兮北斗正","庭庭兮秋夜,皎皎兮新秋"一类的句子②,还带有较明显的骚体赋特征。所以说,就所表现的内容来看,明清白话小说中的俗赋在整体上达到了一个较高的艺术境界。

再次,在审美特征方面,小说中的俗赋继承发展了前代俗赋极端夸张,善于调侃的表现手法,折射出诙谐幽默的民间喜剧精神。俗赋的这一特征在前代作品中亦有,只是相比而言,由于时代语文的变易和白话小说作家的卓越才情,小说中俗赋的语言更加通俗,更加口语化,具有更为彻底的民间性。其表现手法一是夸张,这在前文也曾提及,俗赋写人无不备写其极,如《醒世恒言》第八卷《乔太守乱点鸳鸯谱》写女主人公慧娘之美:"蛾眉带秀,凤眼含情,腰如弱柳迎风,面如娇花拂水。体态轻盈,汉家飞燕同称;性格风流,吴国西施并美。蕊宫仙子谪人间,月殿嫦娥临下界。"③而写人之丑恶亦是写其极致,不吝笔墨,如同书第九卷《陈多寿生死夫妻》中写陈多寿病中丑态:"肉色焦枯,皮毛皱皱。浑身毒气,发成斑驳奇疮;遍体虫钻,苦杀晨昏作痒。任他凶疥癣,只比三分;不是大麻疯,居然一样。粉孩儿变成虾蟆相,少年郎活像老鼋头,搔爬十指带脓腥,踉跄一身皆恶臭。"④可谓绘声绘色,淋漓尽致。写人之美,则美到极处;写人之丑,则万恶聚身。此外,写风雪雷电,则天地惶恐;写战争厮杀,则鬼神惊惧,等等。二是调侃,明清白话小说的作者大都为下层文人,他们置身民间,亲近民间,与小说的风格相一致,俗赋所表达的也是为民众喜闻乐见的,尤其是戏谑逗乐的内容,比如前文提到的《绿野仙踪》对落魄秀才的调侃,"头戴旧儒巾,秤脑油足有八两;身穿破布氅,估尘垢少杀半斤","折脚猫儿难学虎,断头鹦鹉不如鸡",在这里,调侃是艺术手段,起到的效果就是幽默。再如《金瓶梅词话》第十二回的一段文字:"人人动嘴,个个低头。遮天映日,犹如蝗蝻一齐来;挤眼掇肩,好似饿牢才打出。这个抢风膀臂,如经年未见酒和肴;那个连二筷子,成岁不逢筵与席。一个汗流满面,恰似与鸡骨朵有冤仇;一个油抹唇边,把猪毛皮连唾咽。吃片时,杯盘狼藉;咳良久,箸子纵横,似打磨之干净。这个称为食王元帅,那个号作净盘将军。酒壶番晒又重斟,盘馔已无还去探。正是:珍羞(馐)百味片时休,果然都送入五脏庙。"⑤这段对帮闲们饮食场面的描写极为传神,所谓的"犹如蝗蝻一齐来","好似饿牢才打出","称为食王元帅","号作净盘将军"都是非常地道的民间语言,具有很强的表现力,典型反映出诙谐幽默的民间喜剧精神。

最后值得一提的是,小说中的俗赋由于其载体的通俗化特点,还在文学传播史上有

---

① 许仲琳《封神演义》第170页,上海古籍出版社1991年10月版。
② 伏俊琏编著《俗情雅韵——敦煌赋选析》第67页,甘肃人民出版社2000年6月版。
③ 冯梦龙《醒世恒言》第147页,陕西人民出版社1985年2月版。
④ 同上第174页。
⑤ 《金瓶梅词话》第130页,人民文学出版社1985年5月版。

一定的意义。为赋研究者们所公认的是：到了唐代，随着骚体赋、律赋、文赋等发展得较为完备，赋体制的发展就此止步。明清时期的赋只不过是对旧体制的沿袭。而在这一时期，白话小说勃兴，在上至士林，下及民间都产生了广泛的影响。此时，骚体赋、律赋等显然已没有多强的生命力，由于作家主体的层次下移，一贯出入大雅之堂的赋也重心下移，其中部分更多地走向民间，以俗赋的形式进入小说。正如明代著名文人李梦阳所说的"真诗乃在民间"，这是文学的大势所趋，俗赋之兴在精神上与此暗合。我们认为，一些赋体文就因其通俗在小说中获得了新的生命力，并藉小说得以较广泛的传播。我们举《金瓶梅》中的《别头巾文》为例，《别头巾文》又载署为李贽编的《山中一夕话》。后者乃是一部辞赋、笔记小品的合集，置于其间的《别头巾文》并不为人瞩目，而被化用入《金瓶梅》后，则藉《金瓶梅》不胫而走，现已为小说读者所熟知。由此足以见出俗赋不同于雅赋的传播功能。

以上我们讨论了明清白话小说中俗赋的主要内容和文本功能，强调其文学史意义。当然，从一分为二的辩证眼光来看，这些俗赋之所以向为人们所忽视，这与它们整体水平不可谓高，存在一些较明显的缺陷和不足又是分不开的。这些缺陷主要表现在：

有的俗赋带有程式化的倾向，缺乏足够的创新。比较典型的是白话小说中以俗赋写美女，如《水浒全传》第二十回写阎婆惜，第二十四回写潘金莲，第二十九回写蒋门神之妻，第三十回写张都监欲许配给武松的玉兰，都言其美，道其脸如何，唇如何，眉如何，眼如何，观察的视角几无变化，文字也大同小异，其描述的结果是众人几无差别，眉眼并不分明。这类带有程式化的描写，还表现为《封神演义》、《水浒传》等写两军交战；《西游记》中写山，写庙；世情小说写男女性爱，等等，都有雷同之弊。

另一些俗赋的渲染有时既不适时，也不适度，则有赘疣之嫌。以《梼杌闲评》为例，其第十七回"涿州城大奸染疠，泰山庙小道怜贫"写魏进忠在涿州患病，到泰山庙里乞食。在篇幅不长的这一回书中，仅与寺庙僧道有关的俗赋就依次有："钟声杳霭，幡影飘扬……"写僧人做法事，"金门玉殿，碧瓦朱甍……"写泰山庙宇，"凌虚高殿，福地真堂……"写罗天大醮道场，"头戴星冠，身披鹤氅……"写道士装束，等等，可谓不厌其烦，其实相关内容的层层叠加渲染，只能使人生厌。

总言之，明清白话小说中的俗赋作为一种客观存在，我们自应探索其独特的文体品性，认识其在白话小说中的作用，研究其在文学史上的意义，给予准确的历史定位。而像明清小说中的俗赋与同时期文赋、律赋的关系等问题，似还可深究，本文只是一种初探式的尝试，不当之处，就教于方家。

原载《文学评论》2004年青年学者专号

八股文"技法"与明清小说、戏曲艺术

邱江宁*

八股文是明清两代沿用五百余年的科举应试文。明清文人从小就镂心刻骨于八股。八股文的写作技法不可避免地要影响到其时诸如小说、戏曲等文体的创作。明人于慎行指出,由于八股文对时人的影响"沉酣濡鬯,入骨已深",即使是到了"志业已酬,思以文采自见"之时,八股文的写作手法也已经深深地化成了他们写作时的思维方式,成为潜意识——"己亦不知,人亦不知矣"①。郭绍虞先生指出:"明代的文人殆无不与时文发生关系;明代的文学或文学批评,殆也无不直接间接受着时文的影响。"②这种情形,在清代更为明显,有清一代诸如金圣叹、李渔、毛宗岗父子、张竹坡等批评家,皆致力于以八股技法来考量和探讨小说、戏曲的创作,并且取得了较为深远的影响。但是,明清两代以来,有识之士对八股文的抨击一直很强烈,八股文在"'五四'新文化运动以后更是'臭名远扬'、'永世不得翻身'了"③。20世纪30年代与90年代,学界曾掀起过两次八股文研究热潮,但都主要集中于八股文基本常识以及相关文献的整理,而很少涉及八股文对明清文学具体而微的深入影响,特别是它对于其他文体曾经起到过的一些积极意义。实际上,八股文作为一种烂熟的文体,它是中国各种文学技巧的结晶和集大成者。日本学者横田辉俊指出,"八股文是由中国文学长久传统孕育出来的最高峰,是中国文章构造的极致";尤其是对明清文学而言,"如忽略了八股文,便无法把握住它的真精神"④。作为明清时期的强势文体,八股文对于其时尚处于边缘地位的小说、戏曲等文体及其理论的渗透是无可避忌的。此时还处于边缘地位的小说、戏曲等文体也需要借助强势文体来对自身创作进行改造与提升⑤。因此,我们在评价明清文学尤其是小说、戏曲的创作及其理论成就时,就不能不正视八股文的影响。

八股文,又称作时文、制义等,《明史·选举志》说它:"专取'四子书'及《易》、《书》、

---

* 邱江宁(1973—),女,江西南城人,文学博士,教授,硕士生导师。在《文学评论》、《文学遗产》等刊物发表论文30余篇,著有专著2部,独立主持教育部人文社科青年项目1项、省社科规划课题2项、省社联课题1项,参与省部级重大课题多项。获浙江省高校社科奖三等奖1项、获浙江省社科联社会科学优秀成果奖三等奖1项,获得中国博士后基金面上资助二等资助。

① 于慎行、郭应宠《榖山笔麈》卷八,康熙十六年(1677)补刻本。
② 郭绍虞《中国文学批评史》第421—422页,上海古籍出版社1979年版。
③ 启功、张中行、金克木《说八股》第78页,中华书局2000年版。
④ 前野直彬《中国文学概论》第193页,台湾成文出版有限公司1980年版。
⑤ 黄强《八股文与明清戏曲》,《文学遗产》1990年第2期。

《诗》、《春秋》、《礼记》五经命题试士,……其文略仿宋经义,然代古人语气为之,体用排偶,谓之八股,通谓之制义。"①"股"是对偶的意思,"八股"分别指破题、承题、起讲、入手、起股、中股、后股、束股。八股文的主要特点可以归结为:(1)必须立足于题目来做文章,突出主题,即"尊题";(2)"八股"之间有一套固定的结构程式,即必须围绕题目来"起、承、转、合";(3)摹拟古人口吻说话,即"代言"。本文亦从这三方面来探讨八股技法对明清小说、戏曲创作及其理论的影响。

一、八股文的"尊题"意识对明清小说、戏曲的影响

八股技法首先体现为强烈的"尊题"意识。题目是命定的,不可更改,写作之际要求严格按试题写作,不能有丝毫偏移、违拗,故有"时文之意根于题"②、"文莫贵于尊题"③等说法。明清知识分子"都是学八股文的",对八股文"文法"极易共鸣④,八股的"尊题"意识自然很容易就影响到了他们的思维模式和创作倾向。

以汤显祖著名的"临川四梦"之一《紫钗记》为例。《紫钗记》改编自唐传奇《霍小玉传》,在改编的过程中,为汤显祖所熟习的八股"尊题"手法强烈地渗透到了改编之作中。经过改编的作品与原作大相径庭之处就在于,原作中,"紫钗"是可有可无的物事,只在霍小玉拿它换钱时出现了(可能的话,小玉也可用其他物件换钱),它的出现与整部传奇的情节主线并不构成深刻影响;而在汤氏的改作中,"紫钗"的作用被八股化了,成为了"题目",全剧所有的文字都与之发生着深刻的关系。这种作派,就是刘熙载论八股文时所提出的:"将题说得极有关系,乃见文非苟作"⑤,也就是所谓的"尊题":意思就是要文章中的所有内容都与题目搭上关系。明清戏曲创作受"尊题"思想影响,往往能注意围绕"题目"结构情节,增强了戏曲创作的情节凝聚力,使所有戏曲矛盾都与题目有关系,主题突出,整体感很强。

明清戏曲传奇、小说创作的"尊题"意识,不仅体现在围绕着题意进行情节设置、人物塑造上,更体现为通过情节设置和人物塑造来深入发挥题意,使题目意蕴更为深广,从而达到以小喻大,言有尽而意无穷的效果。以孔尚任的《桃花扇》为例,它堪称将八股文"尊题"手法进行完美转化与提升的创作典型。《桃花扇》全剧虽然情节纷繁,但作者却很有意识地围绕"桃花扇"来大做文章,借"扇子"来贯穿戏曲的始终,写尽生旦的离合之情,正如作者自谓,"桃花扇譬则珠也,作《桃花扇》之笔譬则龙也。穿云入雾,或正或侧,而龙睛龙爪总不离乎珠,观者当用巨眼"。在情节的层层推进过程中,作家要观者用巨眼注意他更深的意图:扇子是生旦定情之物,亦为生旦爱情历经磨难而不变之信物;

---

① 刘海峰、李兵《中国科举史》第 308 页,东方出版中心 2006 年版。
② 商衍鎏《清代科举考试述录及有关著作》第 244 页,百花文艺出版社 2005 年版。
③ 刘熙载《词曲概 经义概注译》第 21 页,光明日报出版社 1991 年版。
④ 何满子《金圣叹》第 29 页,《中国历代著名文学家评传》[M]第五卷,山东教育出版社 1985 年版。
⑤ 同③。

扇面之桃花,是美人抵抗权奸,守贞待字的血痕;权奸,是"结党复仇,堕三百年之帝基"的元凶①。所以"桃花扇"不仅是生旦离合的见证,更是家国兴亡的象征。"离合之情"与"兴亡之感"巧妙地结合在一把小小的"扇子"之中,"桃花扇底送南朝"的思想主题即在情节推进过程中一步步得到了呈现:家国在,扇子在;家国亡,扇子碎,没有家国的存在,个人价值与个人爱情即失去存在的基础。一支小小的"桃花扇",却承载着重大的历史文化主题。这种思维方式与八股文写作的"尊题"思想一脉相承,是典型的"小题大做"精神之体现。其实,成语中的"小题大做",其说法正是肇始于明清八股文中的小题文写作②。小题大做的创作思想,在明清时候极其普遍且深入,正如孔尚任笔下的"桃花扇",它确实能起到"纳芥子于须弥"的效果。

明清读书人都是从研习八股文开始接触写作的,八股"尊题"意识已经深深植根于他们的意识与思维当中,无所逃避。另外,时处边缘的诸如小说、戏曲类通俗文学体裁,其创作地位要得到提升,也必须借重作为强势文体的八股文的力量。因此,"尊题"手法作为八股文最重要的技法之一,被广泛应用于小说、戏曲创作,借以提升其创作品味,也就成了自然而然的事情。并且,通过以上的分析我们可以看到,八股的"尊题"手法对于提高明清的小说、戏曲艺术水平也确实起到过相当的作用。

二、八股文的"结构"技法与明清小说、戏曲的"章法"

八股文写作在首重"尊题"之外,最重要的就是要围绕题意"结构"文章。俞樾曾向其女婿传授八股写作心法云:"其法第一在命意","次之在立局"③。所谓"立局",指得就是文章的"结构"、"布局"等"章法"意义上的东西。八股文的结构以及各部分的布局,都须按程式去写,八股之间必须要"起、承、转、合","一线到底,百变而不离其宗"④。八股文这种重视"结构"的写作手法,被明清文人们自觉不自觉地应运于小说、戏曲创作以及批评,影响极其深远。

《金瓶梅》就是以其符合"八股"章法,结构谨严而被人们津津乐道的。在《歧路灯》中,侯冠玉给谭端福教习八股文的"起、承、转、合",就径直让谭端福从《金瓶梅》中"学文章法子"⑤。张竹坡认为很少有作品能像《金瓶梅》的"章法"那么绵密,他说:"(《金瓶梅》)洋洋一百回,而千针万线,同出一丝,又千曲万折,不露一线。……盖其书之细如牛毛,乃千万根共具一体,血脉贯通,藏针伏线,千里相牵,少有所见。"⑥

整部《金瓶梅》的写作,无处不体现着八股文那种"起、承、转、合"的结构章法意识。

---

① 孔尚任《桃花扇》第11页,人民文学出版社1991年版。
② 《辞源》第483页,商务印书馆1988年版。
③ 李风宇《失落的荆棘冠·俞平伯家族文化史》第44—45页,长江文艺出版社2000年版。
④ 刘熙载《词曲概 经义概注译》。
⑤ 李绿园《歧路灯》第121页,中州书画社1980年版。
⑥ 秦修容《金瓶梅会评会校本》第605页,中华书局1998年版。

例如小说72回潘金莲与如意"争棒槌"事件，小说在整个事件的叙述中非常注意藏针伏线，"起、承、转、合"。"棒槌"，既是指洗衣用的工具，更喻指男子性器[①]，"争棒槌"事件其实就是潘金莲、李瓶儿争西门庆这根"棒槌"，即潘李争宠事件。72回潘金莲与李瓶儿房中的奶妈如意的"争棒槌"事件其实已经是整个争宠事件的余波，是"合"处。早在小说27回中，潘金莲在翡翠轩窥知李瓶儿怀孕之事，潘李争宠事件现出端倪，这里是"起"处。按照八股写作程式，"起"处贵在能留有余地。这一节中，小说没有将争宠事件说破，令读者稍知其事，却又不得其详。到38回中，西门庆搭上王六儿，王六儿以棒槌赶走旧情人韩二捣鬼。而潘金莲在家苦等西门庆，西门庆却一回来就歇宿于李瓶儿房中，潘金莲愤而弄琵琶。这一节为事件"承、转"处。八股程式中，文章"中间用承用转，皆兼顾起合也"[②]。这节既点明棒槌喻指西门庆的意旨，又将潘金莲与李瓶儿的争宠情形明朗化，可谓承上启下。到72回潘金莲与如意的棒槌之争已是争棒槌事件的尾声，是"起、承、转、合"的"合"处。这一节中，真正争棒槌事件的女主角—李瓶儿已被潘金莲逼死，如意趁身份之便，与西门庆勾搭上。因为李瓶儿曾经母凭子贵，潘金莲对如意的担心直接转化成担心如意会生子而邀宠，所以在与如意争吵中下意识地去抠如意的肚子。张竹坡在这一节评点道："昔日棒槌打捣鬼之时，雪夜琵琶已拼千秋埋恨；今日瓶坠簪折，如意不量，犹欲私棒槌以惹嘲，宜乎受辱。使金莲将翡翠轩中发源醋意，至此一齐吐出。然后知王六儿打捣鬼，必用棒槌之妙也。"[③]张竹坡是受八股文教育长大的读书人。他这段评点可以说是一眼看破了"争棒槌"事件前前后后牵连几十回之间的"起、承、转、合"，看穿了包含于其中的八股结构章法。"争棒槌"事件从27回起一直写到72回，在篇幅上几乎占了整篇小说的大半，而且也是整部小说的事件主体。其间所牵涉的人与事可谓千头万绪。但作者却巧妙地采用了八股文的"起、承、转、合"结构手法来进行驾驭，真可谓藏针伏线，千里相牵，极尽穿插之妙。在《金瓶梅》之前，中国传统小说很少能在牵涉面如此之大的情况下，如此绵密、机巧、有条不紊地叙事。

在《金瓶梅》"争棒槌"事件中的结构手法，其实正是金圣叹在评点《水浒传》中所指出的"草蛇灰线"法。"草蛇灰线"法本来就是八股文在写作的中段上采用"起、承、转、合"来进行前后照应的办法。"草蛇灰线"法的好处在于，能使文章即便千头万绪，却线索清晰、有条不紊；读者也能很快抓住文章叙述线索，便捷地理解作者的叙事意图，是写作时较易明白也较好掌握的结构方法。这种八股化的结构方法，是有其一定的合理之处的。胡适曾经批评金圣叹，说他所谓的"草蛇灰线"法是八股选家的机械评点[④]。这个看法没错，因为胡适是反八股写作的，所以就深恶痛绝，但这并不代表这种结构方法

[①] 按：早在夏时期，人们在求雨的仪式中，就以杵与臼来暗喻男根与女阴，今天的陕甘旧俗，久雨时，人或将捶洗衣服的棒槌立在水洼之中，这棒槌立于水洼，分明是男阴女阴性器及性事的象征。参考刘瑞明《古代雩祭的文化内涵是生殖崇拜》，《北京社会科学》1995年(1)。
[②] 刘熙载《词曲概 经义概注译》第41页。
[③] 秦修容《金瓶梅会评会校本》第1006页。
[④] 胡适《〈水浒传〉考证》第375页，《胡适文集》第二册，北京大学出版社1998年版。

本身一无是处。明清之前，八股文规格尚未成形，亦缺乏"草蛇灰线"法之类的结构手法的系统训练和理论总结，因此那时的小说普遍不擅以穿针引线的方式来驾驭复杂的结构。

八股文的"起、承、转、合"的结构章法意识对明清文人的影响，往往是深入到无意识层面的。例如《儒林外史》，就小说的字面上看，作者是极其反对八股文的，文中用了许多刻毒的形象和语言来挖苦、贬损八股文。但是，从小就熟习八股的吴氏在小说创作中真的就能摆脱它的影响吗？清代的闲斋老人就曾经指出，《儒林外史》结构密实，其"章法"可与《金瓶梅》媲美。闲斋老人这里所谓的"章法"，就是前文述及的八股结构技法。例如，小说第三回写范进进学，岳父胡屠户拎了酒与大肠来祝贺，最终是教训范进一通后自己醉饱而走；后来范进中举，二汉送来七八斤肉，四五千钱，临走只是低头笑。这两件事表面上看去毫无关联，但闲斋老人却评点说，"前后映带，文章谨严之至"。因为正如闲斋老人所指出，"功名富贵"是《儒林外史》全书的主脑，小说在第一回"楔子"的第一段中即已说破，以后的文章，作者"不惜千变万化以写之"。范进没有功名时，虽然进学，他的岳父还可以把他当孙子一般训；一旦有了功名，即使是毫无关系的二汉之流的人们也巴结着把富贵送上门来。小说第四回又写范进母亲见儿子中举后，一旦富贵，痰迷心窍而死；范进岳父胡屠户向和尚们炫耀富贵；佃户何美之浑家嫉妒范进媳妇骤然富贵……闲斋老人这一回的评点说"起伏照应，前后映带，便有无数作文之法在"①，这里说的就是小说在结构上所用的八股手法。这几回看似笔墨闲散，实际却内在关联，相互照应：范进得功名后立即富贵，于是母亲死之、岳父耀之、和尚艳之、邻居妒之，等等，人们皆有强烈反应。实际上，整部小说所写各色人物，各种人情物态皆与"功名富贵"这一主脑有关系，真所谓文章百变，人物众多，却始终围绕主题而来，正所谓"兵非将不御，射非鹄不志也"②。

有意思的是，从20世纪初开始，人们围绕《儒林外史》结构是否谨严问题展开了近一个世纪的争辩。应该说，《儒林外史》出现的清代，没有人认为它的结构有问题，甚至认为它的结构极其谨严。而"五四"以后，不少学者都认为《儒林外史》的结构松散：蒋瑞藻认为它"布局松散，事因人起，人随事灭故……有枝而无干"；胡适多次谈到《儒林外史》结构不好，认为它太不严谨，全是杂凑而成，是"没有总结构的小说体"；鲁迅也对《儒林外史》的叙事结构不满，说"惟全书无主干，仅驱使各种人物，行列而来，事与其来俱起，亦与其去俱讫，虽云长篇，颇同短制"③，这些人的观点被人们普遍接受。以后人们虽然从诸多角度力图证明《儒林外史》结构的谨严，或从时空顺序、或从纪传体结构角度来论述，但都忽略了八股技艺对于小说结构的深刻影响。实际上，像闲斋老人那样站在八股文写作的立场看，《儒林外史》的结构无疑是谨严的，整部小说围绕"功名富贵"这一主脑，虽人物千变、世态人情各异，却都与主脑"功名富贵"关系紧密，自始至终都是呼应

---

① 李汉秋《儒林外史研究资料》，上海古籍出版社1984年版。
② 刘熙载《词曲概 经义概注译》第14页。
③ 李汉秋《儒林外史研究资料》第281页。

主脑,前后照映,百变不离其宗的。蒋瑞藻、胡适、鲁迅等人之所以认为它结构不好,是因为他们以西方的叙事学眼光看待《儒林外史》[①],认为作品中各个事件之间缺乏因果统一性,更兼他们都对八股文不带好感,所以即使承认《儒林外史》在写人艺术上的精妙,也对它在结构上与西方叙事结构特征相龃龉的地方颇不以为然。

这样看来,生存、繁衍于八股文影响之下的明清小说、戏曲创作及其理论,是不可能游离出八股结构技法的影响的。当人们在认可明清小说、戏曲成就的时候,往往将八股技法剔除在外,这显然有可能失之子羽。

三、八股"代言"与明清小说、戏曲的人物塑造

八股文的写作,规定要摹拟古人语气来行文,即所谓的代圣贤立言。这"代圣贤立言",一是文章内容要体现儒家的思想风范,用儒家观点解说四书中的"义理";二是行文要"入口气",即要模仿古人的口吻和揣摹古人的心理来进行写作[②]。在八股文的发展过程中,"代言"的对象扩大了,并不局限于代"圣人"立言。商衍鎏论及八股文的"代言"对象即云:"圣贤而为孔子、曾子、子思、孟子及孔门之弟子等尚可也。倘题目非圣贤语,而为阳货、孺子、齐人妻妾,与夫权臣、幸臣、狂士、隐士之流,亦须设身处地,如我身实为此人,肖其口吻以为文。"[③]

其实,元曲当中就已经普遍使用了所谓的"代言"手法。八股文的"代言"与元曲的"代言"有些相似。明代倪元璐认为二者好比双胞胎,"眉目鼻耳,色色相肖",不过明清八股文将"代言"做到了极致[④],要求在行文当中"入口气","以数千年以后之人,追模数千年以上发言人之语境"[⑤]。与八股文体贴入微的"代言"手法相比,元剧的"代言"只能算是初级阶段的产品。例如元曲四大家之一白朴创作的著名戏曲《墙头马上》里写,贵族小姐李千金看到一幅围屏,就对丫鬟感慨说:"我若还招得个风流女婿,……宁可教银釭高照,……千金良夜,一刻春宵,谁管我衾单枕独数更长,则这半床锦褥枉呼做鸳鸯被。流落的男游别郡,耽阁的女怨深闺。"[⑥]梁廷枏用八股"代言"的眼光对此提出批评说:"偶尔思春,出语那便如许浅露?况此时尚未两相期遇,不过春情偶动相思之意,并未实着谁人,则'男游别郡'语,究竟一无所指。"[⑦]因为按照八股"代言"的要求,作者必须"设以身处其地,目击其事体贴一段精神出来"[⑧],李千金虽然思想自由、开放,但毕竟身份是贵族小姐,不至于对这丫鬟说如此露骨而又没头没脑的话。这种不能贴合人物

---

① 按:林顺夫认为胡适等人的观点是"二十世纪初的中国学者在西方文化和思想的巨大冲击下形成的",这话很有道理。参考林顺夫《中外比较文学的里程碑》第343页,人民文学出版社1997年版。
② 王凯符《八股文概说》第118—119页,和平出版社1991年版。
③ 商衍鎏《清代科举考试述录及有关著作》第244页。
④ 启功、张中行、金克木《说八股》第183页。
⑤ 同③。
⑥ 王季思《金元戏曲》第一卷第515页,人民文学出版社1999年版。
⑦ 梁廷枏《曲话》卷三,《中国古典戏曲论著集成》第八册第258页,中国戏曲出版社1982年版。
⑧ 沈位《文要模写》,《古今图书集成·理学汇编文学典》卷一百八十第77576页,中华书局1995年版。

身份遣词用语的毛病,梁廷枏认为是元剧创作的通病。其实,这正是元剧时代的"代言"手法并不成熟,还远不能与八股文写作所要求的"代言"同日而语的一种表征。而明清两代的"代言",在"入口气"上远远超出了元代戏曲的"代言"水平,例如清初八股大家韩菼的八股文代表作《子谓颜渊曰》,即是追摹人物言语及其语境的"代言"佳作。"子谓颜渊曰"这一题目取自《论语·述而》,原文是:"子谓颜渊曰:'用之则行,舍之则藏,唯我与尔有是夫!'"①要求作者描摹追想出孔子对颜渊说话之际的心境以及语气。韩菼文章是从起讲处开始模仿孔子的口吻说话,且引两段如下:

  回乎!人有积平生之得力,终不自明,而必俟其人发之者,情相待也。故意气至广,得一人焉,可以不孤矣。

  回乎!尝试与尔仰参天时,俯察人事,而中度吾身,用耶舍耶!行耶藏耶!

颜回对孔子的话无所不悦,孔子为此也最喜欢颜回,所以韩菼在模仿孔子对颜回说话时,语气既亲切又贴心:连用"回乎"。而韩菼作的这篇八股文是要求探讨圣人对于出仕的态度,孔子本人是极希望入仕的,却一生很不得志,韩菼深知孔子的这种心境,所以模拟孔子语气时,让孔子用感慨万千的态度对自己最亲爱的学生表达看法。真的是体贴入微,合情合理,难怪清人把韩菼的八股文视为第一②,的确实至名归。

  八股"代言"对明清戏曲的影响是相当大的,胡适指出:"明清两代传奇都是八股文人用八股文体做的。"③朱东润说:"杂剧虽兴于金、元,而戏剧之大盛,则在明代以后,岂文章之士习于摹拟,一转移间作为戏剧,有以使之然耶?"④在朱东润看来,金元时候虽然戏曲兴起,但戏曲真正繁荣却是在明代以后,之所以如此,是因为明清人将八股代言的"摹拟"习气带到了戏曲创作中。这恐怕是很有道理的推测。明清文人曾依据八股"代言"在"模拟"人物时必须传神的要求,对汤显祖的《牡丹亭》作出过极高的评价,例如,王思任说:"其款置数人,笑者真笑,笑即有声;啼者真啼,啼即有泪;叹者真叹,叹即有气。"⑤王思任是明代著名的八股文大家,他评价《牡丹亭》笑有声、啼有泪,叹有气,是指《牡丹》的"代言"用得极妙,真正做到了体贴追摹人物说话行动的当下语境,以至于纸上人物好像活了。由于《牡丹亭》的"代言"非常逼真,体贴入微,有位举子向汤显祖请教举业,汤显祖叫他研习自己的《牡丹亭》,结果这位举子果然因闭门苦读《牡丹亭》而文思泉涌,举业顺利⑥。

  明清两代的"代言"手法,不仅要求人物说话的声口要契合其身份,而且还要求"代言"能够深入人物内心的隐曲,贴近人物的心理来进行人物构造和描摹。明人沈位解释八股文"代言"说:"须写出巧媚隐伏意思。……想其光景,会其神情。"⑦沈位所谓的写

---

① 刘俊田等《四书全译》第162页,贵州人民出版社1991年版。
② 王凯符《八股文概说》第123页。
③ 胡适《〈缀白裘〉序》,《胡适文集》第八册第445页,北京大学出版社1998年版。
④ 朱东润《李渔戏剧论综述》,《中国文学论集》第110页,中华书局1983年版。
⑤ 王思任《批点玉茗堂牡丹亭词叙》,《王季重小品》第212页,文化艺术出版社1996年版。
⑥ 贺贻孙《激书》卷二"涤习",北京师范大学图书馆藏养云吟榭刻本。
⑦ 沈位《文要模写》,《古今图书集成·理学汇编文学典》卷一百八十第77576页。

出人的"隐伏意思",就是心理描写的特征。

从小就在八股文世界里摸爬滚打的明清读书人,显然在创作之际不会对心理描写毫无行动。例如《金瓶梅》第二十三回中,潘金莲偷听到宋惠莲与西门庆的对话中说自己脚大,而且还侮辱自己的身份,气得手脚都软了,想要张口大骂,"又恐怕西门庆性子不好,逞了淫妇的脸,待要含忍了他,恐怕他明日不认:'罢罢,留下个记儿,使他知道,到明日我和他答话'。"张竹坡认为:"《金瓶梅》一书,于作文之法无所不备"①,这"作文之法"指的就是八股文的作法,这段文字即为一段不错的潘金莲形象"代言",用非常形象的心理描写,将潘金莲好强不服软同时又善于审时度势且不依不饶的性格特征描摹了出来。值得一提的是,民国以后,"以西例律我国小说"风气盛行,许多有识之士认为中国古代小说乏于心理描写,瑅斋从心理描写角度认为中国传统小说"惟《红楼梦》得其一二耳,余皆不足于是也"②,张恨水也认为"尤其心理方面,这是中国小说所寡有的"③,这类观点在现今研究中还有相当大的影响④。中国传统小说的确长于白描叙事,不像西方小说那样擅长心理意识的描写,但因此就认为中国传统小说缺乏心理描写,则是用西方视角看中国传统小说得出的偏颇结论。

最有意味的是被胡适誉为"吴语文学的第一部杰作"的《海上花列传》,这部小说得到了许多现代作家的青睐和高度评价。实际上它是部将八股"代言"手法淋漓地运用于人物塑造的杰作。其作者韩邦庆是科举试场铩羽而归的知识分子。他在《海上花列传》"例言"中很明白地说:"小说作法与制艺同。"⑤为追求人物塑造的神似,韩邦庆在小说中自觉地使用了当时上海一带的方言——苏白。胡适对之深表敬意,认为"方言文学所以可贵,正因为方言最能表现人的神理"⑥。这个评价很有道理,但胡适是反对八股文的,他是从白话文的角度承认《海上花列传》的价值的。殊不知,《海上花列传》在小说创作时应用方言的妙处,却与八股"代言"有莫大关联。值得事后一提的是,由于大量使用苏白创作,《海上花列传》虽然艺术价值极高,却受众不广。为增加小说的读者群,张爱玲将《海上花列传》翻译成了国语。张爱玲是现代作家当中写作语言比较漂亮精彩者,但她的《海上花列传》国语版本与韩邦庆的苏白相比,给人的感觉显然在"入口气"上要隔阂、模糊得多,不能令人一时想见出人物说话之际的神情态度。如果我们承认《海上花列传》的语言果然是成功的话,那么,八股"代言"技法对于小说创作的正面、积极意义

---

① 秦修容《金瓶梅会评会校本》第1482页。
② 陈平原、夏晓虹《二十世纪中国小说理论资料》第一卷第84页,北京大学出版社1997年版。
③ 张恨水《写作生涯回忆》第98页,人民文学出版社1982年版。
④ 按:刘勇强先生《在一种小说观及小说史观的形成与影响——20世纪"以西例律我国小说"现象分析》中认为,"其实,真正的问题不在于有没有心理描写,而在于怎样描写。我们至今仍不时看到一些论文在费劲地论证中国小说中存在心理描写,实际上还是掉在20世纪初的学者设下的陷阱中不能自拔,而这种论证最后往往还是向'以西例律我国小说'靠拢,一些学者力图在中国古代小说中寻找意识流、潜意识之类,就是如此"。《文学遗产》2003年第3期。
⑤ 韩邦庆《海上花列传》"例言"第2页,上海古籍出版社1996年版。
⑥ 胡适《〈海上花列传〉序》,《海上花开》第9页,上海古籍出版社1996年版。

自然也不容忽略。

可见，明清两代的读书人由于从小就日夜研习八股文，由写作八股文而培养起来的技法以及思维方式必将方方面面地影响到他们对于其他文体的创作。小说、戏曲等通俗文学体裁，在明清时期由于大量文人的认真参与，其创作水平与创作质量有了本质的提高，取得了辉煌的成就，这其中自然有这些文体自身在逐渐发展成熟的原因，但作为强势文体的八股文所发挥的深刻而又积极的影响也是不容忽视的。其实，即使是进入现代以后，也有人提出白话文写作同样需要借鉴八股技法，进士出身的蔡元培就承认八股技法"确是一种学文的方法"。经过严格的八股文写作训练，再去作其他文体，就显得比较容易。如果本着八股文是"学文的方法"，而不把它仅仅看成是应制的罪孽，我们应该承认八股文对于明清文学所可能具有的积极意义。

原载《文艺研究》2009年第5期，《新华文摘》2009年第16期，此文有删节

《三国演义》研究的百年回顾及前瞻

梅新林

《三国演义》[①]因其卓越的艺术成就和丰厚复杂的思想内涵及广泛深远的影响,而受到历代学者的普遍关注。但自《三国演义》刊行到19世纪末,由于受传统学术价值观念与思维定势的局限,明清两代学者的研究依然主要沿用"比附经史"、"劝善惩恶"等儒家诗教观念,对作品或作感悟式的道德评判,或作辨伪式的史实考索,等而下之者甚至肆意谩骂、一味诋毁。其间虽亦有如清毛宗岗父子的评点之类的重要成果问世,但就整体而言,在小说观念与批评方法上未有根本性突破。直到20世纪初,随着中国社会及学术转型的日渐完成,《三国演义》的研究方始真正进入自觉的文学研究畛域。

与20世纪中国社会及学术本身的转型和发展相契合,百年《三国演义》研究明显地呈阶段性演进之势。前半个世纪,在中国学术现代化与中西文化交流的宏观背景下,《三国演义》研究逐步摆脱了比附经史的传统观念及以感悟式"评点"为主体之传统批评方式的限囿,开始尝试融合西方现代人文科学新的理论与方法,由此将《三国演义》研究引上了现代学术研究的轨道。自1950至1970年代,随着马克思主义文艺理论在古代文学研究领域中的广泛运用,《三国演义》研究在破旧立新中出现了一派崭新的气象。然而由于受"左"的僵化思想的影响,研究的思路比较狭隘,模式比较单一,尽管在"人民性"与"为曹操翻案"两大焦点上讨论热烈,促进了《三国演义》的传播与普及,但真正经得起历史检验的学术成果并不多。至1970年代末,由于改革开放与思想解放运动的推动,《三国演义》的研究才逐步回归学术本身,并呈多元发展之势,在文献、文本、文化研究诸方面都取得了重要突破。此外,20世纪海外《三国演义》研究成果也相当丰富,并在从原先隔绝状态逐步走向交融的过程中,与国内的研究相互补充,相互促进。本文试图通过对20世纪海内外《三国演义》研究进程的梳理、对其成果与不足的系统总结,为21世纪《三国演义》研究的突破与超越提供新的学术起点。

一

20世纪前50年,《三国演义》与其他小说名著的研究一样,也经历了从古典形态向

---

① 从现知最早的刊本至今,《三国演义》刊行的主要正式名称不下十数种。如非必要,本文一律以《三国演义》作为共名。

现代形态的转型,但彼此的发展曲线是各不相同的。概而言之,最初 10 年为起步阶段,承传统批评观念和方法之余绪,无多大价值。1920 年代出现第一个高潮,基本完成了从传统向现代的学术转型。1930 年代渐趋沉寂,至 1940 年代形成第二个高潮,研究日益走向广泛、精细和系统,与前一个高潮前后呼应。

第一个高潮的前期以胡适、钱玄同、谢无量、鲁迅为代表。胡适与钱玄同对《三国演义》的见解主要见诸他们于 1922 年为亚东本《三国演义》所作的序言中;无论是胡序的否定性还是钱序的肯定性评价,从观念到形式,都体现了由传统向现代过渡的特征,创见不多。1923 年,上海商务印书馆出版了谢无量的《平民文学之两大文豪》,作者运用美国实用主义哲学理论,着重从社会思想的角度对《三国演义》进行了新的探索。其最重要的贡献是首开了运用域外理论方法研究《三国演义》之风气。鲁迅对《三国演义》虽无专论,但在其出版于 1924 年的《中国小说史略》中,从小说发展史的高度对《三国演义》所作的论述,同样以见解深刻、论断精辟为学界所重。第一个高潮后期的研究,则主要集中于有关此书版本与研究资料一系列新发现激发的访书热和版本文献研究上,这一研究势头一直延续到 1930 年代初。先是 1924 年元代《至治新刊全相三国志平话》被发现,在学术界引起强烈反响。尔后,经马廉、郑振铎、孙楷第等学者努力寻访,嘉靖元年本、李卓吾评本、李笠翁评本及众多万历间刻本相继发现。马廉汇集其多方搜集的调查结果而成的《日本三国演义调查》一文(1929),孙楷第继而"博考载籍,旁搜故实"而成的《中国通俗小说书目》一书(1933),代表了当时《三国演义》版本目录学研究的最高水平。这些异于毛本的早期刻本的发现、介绍、著录和出版界不失时机的影印刊行,为研究《三国演义》的成书、版本递嬗及章回小说的演变提供了开阔的视野和坚实的文献基础。与此同时,郑振铎、马廉、赵斐云于 1930 年访书宁波时发现的《录鬼簿续编》,因其中载有罗贯中小传,在学术界掀起了研究罗贯中身世、著述的热潮,开后世作者研究之先河。郑振铎在访书的同时致力于《三国演义》的学术研究。从 1929 到 1931 年,他先后发表了多篇研究文章,其中长篇论文《三国志演义的演化》对三国故事的演变、《三国演义》版本的嬗变关系,进行了详尽的考察[①],其创见也都为 1940 年代李辰冬等学者所汲取。

经过 1930 年代的沉寂状态(因战争等因素的影响),至 1940 年代,《三国演义》研究又重新活跃起来。一方面是访书活动仍在继续进行,最重要的收获是诗人戴望舒于 1941 年访得藏于西班牙的《三国演义》重要版本——明嘉靖书林叶静轩及子叶逢春刊《新刊案鉴汉谱三国志传绘像足本大全》。马廉、孙楷第对此均未著录,实为海内外仅存之孤本。此本珍罕异常之处,还在于它是能够确定刊行年的存世最早的版本,对《三国演义》版本演变的研究具有重要的学术价值[②]。另一方面是研究论著明显增加。其中大致有三种趋向:一是重在历史研究,兼论《三国演义》,较著者有祝秀侠《三国人物新

---

① 《小说月报》20 卷第 10 期,1929 年 10 月。
② 关于该本的刊行年代,魏安《三国演义版本考》考定为嘉靖二十七年即 1548 年,并认为嘉靖本《三国志通俗演义》完全可能先于该本刊行,但还无法确定究竟哪一年刊行。

论》、吕思勉《三国史话》、曾繁康《三国群雄之用人及其成功失败》等。这些研究成果多为历史学家所为，离文学研究较远，但为《三国演义》的研究提供了资料，开拓了视野，有一定的参考价值。二是比较系统的文学研究，以李辰冬于1946年由北平大道出版社出版的学术专著《三国水浒与西游》为代表。在《三国演义研究》和《水浒传研究》部分章节中，李氏从作品来源、美感基础、艺术造诣三方面，对《三国演义》作了富有启示的新探索。他在鲁迅、胡适、郑振铎等人的研究基础上，将三国故事的演变归纳为三个时期：(1)历史故事时期；(2)民间传说时期；(3)历史与传说综合时期。这样的分期和认识较之鲁迅、胡适、郑振铎的研究更有概括性，有较强的理论价值。此书另一贡献和特点是步谢无量之后，运用西方美学理论，从剖析《三国演义》所表现的社会意识着手，对《三国演义》的成就和价值作了当时最为细致的分析和不同于胡适等人的高度评价。作者力图追求的研究理论与方法的创新性、作品分析的系统性以及论述的逻辑性，都足以表明其研究已达到了新的历史高度。但书中认定《三国演义》为资产社会的产品，小说抓住了这种社会的主要意识，则又显见留学法国的作者有生搬硬套之弊。三是如郑逸梅《三国闲话》之类的闲话、漫谈、随笔等。《三国闲话》由上海广益书局于1948年出版，对《三国演义》中的人物、地名、故事情节，时作小考，时作趣谈，融学术性、趣味性于一体，颇受读者欢迎。

综上所述，这一时期《三国演义》研究主要取得了以下进展：首先是摆脱了比附经史的传统观念，确立了《三国演义》作为小说的独立审美品格。这是20世纪《三国演义》研究最具深远意义的转变。其次是研究方法的更新，即从原先以"评点"为主体的感悟式批评走向融合多种方法的系统研究。除传统考据方法的运用外，社会学、心理学以及美学理论与方法等也陆续被应用到《三国演义》的艺术成就和价值研究上，虽然还不免生硬，但对于《三国演义》学术地位的提高和《三国演义》研究深度的拓进无疑起了重要作用。再次是有关作者、版本等资料的发现和积累，为20世纪《三国演义》研究奠定了比较扎实的文献基础。还有就是《三国演义》研究领域的拓展，版本、作者、成书过程、人物形象、情节结构、艺术价值、审美风格、思想意蕴等20世纪后半叶的主流课题，此时期都程度不同地有所触及，涌现了一批影响深远的成果。当然，从20世纪《三国演义》研究的整体成就来看，这些成果无论是广度还是深度都存在着明显的不足，尤其与1980年代之后的研究相比更为明显。

二

1950至1970年代为20世纪《三国演义》研究的第二个时期。其中又可分为"文革"前与"文革"中两个阶段。"文革"前，围绕着"人民性"与"为曹操翻案"两大热点问题分别于1954、1959年兴起了两次高潮。进入"文革"之后，《三国演义》研究被纳入"评法批儒"的政治轨道，渐趋沉寂，几无成果可言。

1953年，先是经新校订注释的《三国演义》由作家出版社出版。同年11月，该社又召集有关专家学者召开了《三国演义》座谈会,从而有力地促进了《三国演义》的普及和研究。自 1954 至 1958 年短短 5 年间,就出版了三部研究专著和一部论文集,发表了评介文章 50 余篇。这些论著几乎都围绕着"人民性"问题展开争鸣,对《三国演义》的"人民性"内涵作出了各自不同的界说。主要有顾学颉《试谈"三国演义"的人民性》、刘知渐《从桃园结义故事看〈三国演义〉的人民性》、李景林《对〈三国演义〉倾向性的初步探索》、鲁地《我对〈三国演义〉人民性的几点理解》等。由"人民性"而涉及的正统思想问题,在当时争议也颇为激烈。刘世德《谈〈三国演义〉的正统观念问题》、陈大远《我们应该怎样看待"三国演义"》等认为《三国演义》的正统观念"或是反映了历史真实,或是反映了作者头脑中存在的封建历史观点,都和'人民性'、'爱国主义'这些概念联系不到一起"①。刘知渐《试论如何正确理解〈三国演义〉的正统思想》、顾肇仓《关于"三国演义"中的几个问题》等则认为《三国演义》的正统思想是"从长期的反抗异族侵略现实斗争中提取出来的",反映了人民大众的愿望,具有积极的意义②。还有一种意见根本否认《三国演义》有正统思想,如顾学颉《试谈"三国演义"的人民性》便认为:"作者反对曹操,并非反对他姓'曹',而是反对他用奸诈、残暴的手段夺取帝位。同样,作者拥护刘备,不是拥护他姓'刘',而是拥护他的'仁德';否则,姓刘的很多,刘表、刘璋为什么得不到赞许,桓帝、灵帝为什么受到攻击呢?"③

围绕"人民性"问题展开论争的第一次高潮中,也出现了一些综合性的研究论著。1956 年由上海古籍出版社出版的董每戡的学术专著《三国演义试论》是该阶段最值得重视的成果。作者力图用马克思主义观点,对《三国演义》成书过程、反映的本质、人物形象等展开比较深入的分析,提出自己的看法。虽然现在看来同样难免当时盛行的阶级分析印记,但整体而言,论断还是比较公允的,见解也还是比较深刻的。

1959 年,以郭沫若、翦伯赞为代表的历史学家撰文为曹操翻案,进一步引起了人们对《三国演义》的热烈讨论,并形成"文革"前的第二次高潮。"翻案派"的主要观点认为,《三国演义》为了宣传封建正统主义的历史观,肆意歪曲历史,贬斥曹操,因而违背了历史真实性。一石激起千层浪,曾白融、李希凡、刘知渐、袁世硕、苏兴等文学批评家纷纷撰文反驳。他们赞同为历史上的曹操翻案,但反对为《三国演义》的艺术形象曹操翻案,更不同意否定《三国演义》。论争涉及了正统思想、人物形象及历史真实与艺术真实等重要问题。关于正统思想,"反对派"认为金元时代的"尊汉抑曹"思想具有特定的时代内涵,它曲折地反映了广大群众的爱国热情,不能予以抹煞④。关于人物形象,"反对派"对曹操的认识比较一致,认为《三国演义》中的曹操是一个成功的典型形象⑤。关于历史真实与艺术真实的关系,"反对派"认为文学作品的历史真实,并非只是指的历史事

---

① 分别载《文学研究集刊》第三册、1955 年 3 月 26 日《河北日报》副刊。
② 分别载 1954 年 11 月 10 日《天津日报》副刊、《新建设》1956 年 3 月号。
③ 1954 年 8 月 8 日《光明日报·文学遗产》第 15 期。
④ 参见刘知渐《罗贯中为什么要反对曹操》(1959 年 5 月 25 日《光明日报》)等文。
⑤ 同上。

实的内容,它是更为广泛地包括着作者本人生活时代的历史内容,以此来分析《三国演义》里的曹操形象的历史价值,那么它的历史真实和艺术真实是一致的[①]。总的看来,这一阶段的讨论明显带有浓重的史学批评意识和典型理论的图解化色彩。

以上两次论争形成了前后相继而逐步深入的两次高潮,不仅对于《三国演义》的思想性认识较之前 50 年已有了较大的深入,而且对《三国演义》的作者、渊源、成书过程、人物形象、情节结构、艺术价值、历史真实与艺术真实的关系等问题也都展开了有益的探索,并对深化研究起了一定的积极作用。但由于受"左"的形而上学僵化思想的影响,兼之客观上没有划清史学批评与文学、美学批评的界限,甚至史学标准至上,结果给《三国演义》以及整个古典文学研究带来了诸多消极影响,甚至走向学术泛政治化的歧路。十年动乱中,《三国演义》研究更被"四人帮"纳入"评法批儒"的阴谋政治轨道,学术研究的独立地位完全丧失,因而也就没有什么学术研究成果问世和传世。

三

1980 至 1990 年代是《三国演义》研究的多元发展阶段,也是 20 世纪研究成果最为辉煌的时期。经过 1970 年代末的反思矫枉之后,以 1982 年 7 月四川《社会科学研究》开辟《三国演义》研究专栏为标志,《三国演义》研究开始复苏。1983 和 1984 年接连召开的两届《三国演义》研讨会及中国《三国演义》学会的成立,进一步推动了《三国演义》研究的发展。随后几乎每年举行的十多次全国性、国际性及专题性研讨会,更是为《三国演义》的学术交流与学术繁荣提供了重要的机遇与舞台,使《三国演义》成为"文革"后较早恢复学术研究并迅速形成繁荣局面的古典小说之一。研究的广度和深度都大大超过了前两个时期,形成了多层次、多角度、多元化的格局。

文献、文本、文化三层面的研究齐头并进且成果累累是新时期《三国演义》研究最显著的特点。新时期《三国演义》的文献研究主要包括作者、版本、源流等方面。关于《三国演义》的作者,大致围绕以下四个方面展开:(1)《三国演义》的作者到底是谁?在传统"罗贯中说"和"集体创作说"之外,又出现了周郊的"两个罗贯中说",张国光等人的"蒋大器说",张志和的"南方说书艺人集体创作说"等。但总体而言,仍以"罗贯中说"最为通行,而诸"新说"响应者寥寥。(2)罗贯中的籍贯究竟是"东原"还是"太原"?孟繁仁、刘世德等力主"太原"说,而王利器、沈伯俊等则力主"东原"说,刘颖、杨海中、杜贵晨等又根据《水经注》中有关记载及《录鬼簿续编》作者好用生僻地名的习惯,认为《录鬼簿续编》中的"太原"应指"东太原",即"东原"。此说提供了一个具有启发意义的思路。(3)关于罗贯中交游对象及彼此关系如何?周楞伽、欧阳健、王晓家、顾文若、焦中栋、王利器、章培恒、金宁芬、李灵年等学者集中围绕罗贯中与《录鬼簿续编》作者的关系、与施耐庵的关系、与赵宝峰和高明的关系及与农民起义的关系等方面,展开了新的探索,

---

① 参见李希凡《历史人物的曹操和文学形象的曹操》(《文艺报》1959 年第 4 期)等文。

比如否定《录鬼簿续编》作者与罗贯中的"忘年交"关系；认为"施耐庵"是罗贯中的化名，是罗贯中为避文祸而做的"是乃俺"的隐语；罗贯中是宋末理学家赵宝峰的门人，与高明是同学；罗贯中与元末农民起义没有什么联系，也不曾参加反元斗争等等，同时也引来许多反驳意见。(4)罗贯中究竟在何时创作《三国演义》？许多学者不满足于"元末明初"的笼统说法，对《三国演义》的成书年代作了进一步探讨，提出了"宋代乃至以前"、"元代中后期"、"元末"、"明初"及"明中叶"等五种观点。除第一种无人响应外，其余数说都有一些积极的支持者，均有一定的合理性。

版本问题是新时期取得重大突破的研究领域。随着海外版本研究成果的引进和1987年《三国演义》版本专题研讨会的召开，学术界对该问题的认识已有了重大进展。首先，学术界与出版界通力合作整理出版了许多新的重要版本。其中沈伯俊以一人之力，穷近十年之功校理刊行多种版本，代表了新时期《三国演义》版本整理的最高水平。其次，关于版本演变的源流关系有了新的认识。张颖、陈速、陈翔华、周兆新、沈伯俊、厚艳芬等认为《三国志传》较之嘉靖元年本更接近罗贯中的原作。从版本形态的角度看，《三国演义》的版本可分为"《三国志传》系统"、"《三国志通俗演义》系统"、"《三国志演义》系统"等三个系统。另外，张志和(合)认为"黄正甫刊本《三国志传》乃今见《三国演义》最早刻本"。此外，对《三国演义》评改本的研究也有许多创获。尤其是有关"毛本"的研究相当热烈，无论是对"毛本"本身价值得失的评价，还是对毛纶、毛宗岗父子的生平与交游的考索，都取得了可喜的进展。代表性成果有黄霖《有关毛本〈三国演义〉的若干问题》、陈翔华《毛宗岗的生平与〈三国演义〉毛评本的金圣叹序问题》、沈伯俊《论毛本〈三国演义〉》、霍雨佳《〈三国演义〉美学价值》、陈辽《论毛宗岗的历史观》等。

作为一部影响深远的"世代累积型"作品，《三国演义》的源流研究历来受到学术界的关注，新时期又有进一步的拓展且日趋细致精密。一方面是探源范围的扩展，即不再局限于陈志裴注范书，而逐步扩展到司马光《资治通鉴》、朱熹《资治通鉴纲目》、吕祖谦《十七史详节》，以及《左传》、《史记》、《世说新语》、《搜神记》等。另一方面则是探源深度的加强，周兆新《〈三国演义〉考评》对于宋元讲史艺术中的"说三分"的渊源探析，陈翔华的《先明三国戏考略》对于"三国戏"的本事述考，尤其是陈翔华积25年功力写成的30万言的力作《诸葛亮形象史研究》①，溯源穷流，创获颇丰。新时期对《三国演义》传播影响的研究分国内与海外两个部分展开。前者的主要成果有陈翔华《诸葛亮形象史研究》下编对《三国演义》从成书到20世纪中叶之间诸葛亮故事之于后代创作的影响以及在少数民族和域外传播与影响的系统论述，沈伯俊《〈三国演义〉与明清其他历史演义小说的比较》、李保均主编《明清小说比较研究》第二章对《三国演义》和明清其他历史演义小说的比较分析，欧阳健对《三国演义》的翻案之作晚清陆士谔的《新三国》和电影文学剧本《赤壁之战》的精细析评，以及《中华文化论坛》1995年第1期对84集电视连续剧的

---

① 陈翔华《诸葛亮形象史研究》，浙江古籍出版社1990年12月版。

专题讨论等。关于后者，可重点关注王丽娜的《中国古典小说戏曲名著在国外》与韩国闵宽东《韩国所藏中国古典小说版本目录》。王著对《三国演义》在日本、朝鲜半岛、东南亚、欧美各国的翻译和研究情况作了较为全面和扼要的评述①。闵著则较为详尽地介绍了《三国演义》在韩国的流传、出版、翻译、版本、研究及影响的情况②。

新时期《三国演义》的文本研究成果也相当显著，研究视野、思路与方法大为拓宽，文本分析更加深入细致，《三国演义》的丰富内涵得到多角度的展示。这里重点从题旨与艺术两个层面作一简要梳理与评价。

题旨研究方面，在对以往"正统"说、"拥刘反曹"说、"忠义"说、"仁政"说、"反映三国兴亡"说重新审视的基础上，又提出了近30种新说。比较有代表性的如：黄钧的"民族历史悲剧"说，认为魏胜蜀败的结局揭示了一个严酷的事实：对封建政治生活起支配作用的力量，不是正义而是邪恶；不是道德而是权诈。这是整个封建社会的历史现实。因此，《三国演义》所表现的蜀汉集团的悲剧，正是悲剧的时代所诞生的我们民族的一部悲剧③；沈伯俊的"向往国家统一，歌颂'忠义'英雄"说，认为向往国家统一的政治理想构成了《三国演义》的经线，歌颂"忠义"英雄的道德标准构成了《三国演义》的纬线，二者纵横交错，形成《三国演义》的主题④；秦玉明的"天道循环"说认为小说通过"点睛"之笔的直接宣扬，通过政权斗争的相似性和人物命运因果报应的描写，表现了"天道循环"的核心观念⑤；潘承玉的"反映天命观"说，认为作者对天命的理解与阐析构成了全书的情节内核，对天命的困惑与欣慰构成了全书的感情基调，《三国演义》以艺术的方式探索了反天命的可能，提出了反天命的历史发展的必然要求⑥；等等。虽然部分新说尚未突破传统"反映论"的思维模式，但更多的则是融入了新的理论方法和时代意识，超越单纯文学的范围，拓展到了心理学、文化学、人类学、历史哲学等领域，呈现出多元交汇的新气象。

在艺术研究中，人物形象研究是重中之重，成果最为突出。首先是立足文本实际，回归民族传统展开新的理论思考。傅继馥、石昌渝、艾斐、张锦池、刘上生等围绕"类型化典型"问题展开了热烈的讨论与争鸣，突破了西方典型理论的图解式分析。其次，对《三国演义》人物塑造艺术也进行了更为系统的探索。主要见之于剑锋《塑造典型美的辩证法》、杜景华《论〈三国演义〉人物性格强化的特点》、关四平《论〈三国演义〉的"多层展现"人物性格表现法》、《论〈三国演义〉人物性格的建构模式》等论著。再次，研究范围日益扩大。除曹操、诸葛亮、刘备、关羽、张飞等主要艺术形象继续受到重视外，对过去很少甚至没有涉及的人物，如貂蝉、陈宫、魏延、赵云、庞统、刘封、刘禅、姜维、杨修、司马懿、孙坚、孙策、孙权、周瑜、鲁肃、吕蒙、陆逊、诸葛恪、孙夫人、吕布、袁绍、袁术、孟获等，

---

① 王丽娜《中国古典小说戏曲名著在国外》，学林出版社1988年版。
② ［韩］闵宽东《韩国所藏中国古典小说版本目录》，学林出版社1988年版。
③ 《我们民族的雄伟的历史悲剧》，《社会科学战线》1983年第4期。
④ 《向往国家统一，歌颂"忠义"英雄》，《天府新论》1985年第6期。
⑤ 《天道循环：〈三国演义〉的思想核心》，《攀枝花大学学报》1996年第1期。
⑥ 《〈三国演义〉主题再探》，《唐都学刊》1996年第3期。

也受到研究者不同程度的关注。复次,帝王、武将、谋士、使者、医生、女性、知识分子、孤独者等群体形象的研究也出现了各具新意的论文。还有,就是采用了新角度、新方法研究人物,一些主要的艺术形象在深度方面取得较大的进展,佳作纷呈。例如对于曹操,李厚基、许建中、徐中伟、刘上生、杨仲义等力图从多视角、多层面、立体地审视并揭示出曹操性格的复杂性及其美学意义,较之过去单纯"奸""雄"的"二分法",无疑更有助于对曹操形象丰富内涵的认识。

在人物形象之外,新时期《三国演义》的艺术研究还在以下几个方面取得重要进展:其一,整体的艺术研究得到了明显的加强,如刘永良《〈三国演义〉艺术新论》、郑铁生《〈三国演义〉艺术欣赏》等,论述相当广泛而系统。其二,创作方法的分析,已跳出了现实主义与浪漫主义"二结合"的思维定势,更加注重《三国演义》的艺术个性以及民族特色。其三,虚实问题的探讨,已不再局限于简单的史实比附和比例划分,而是更多地进入美学的深层次的文本分析。其四,叙述结构的研究,运用原型批评、母题学、叙事学、阐释学等方法进行了新的探索。如杨义的《〈三国演义〉的悲剧结构和经典性叙事》一文围绕"叙事典式化"问题展开了深入的讨论,富有启示意义①。其五,战争在《三国演义》中的重要性、独特性已得到高度肯定,提出了"战争文学"、"战争个性"、"全景军事文学"等概念。其六,语言艺术的总结更为深入。如沈伯俊从题材、内容等方面分析了作者之所以采用半文半白语言的原因,肯定了这种语言风格的表现力②。其七,艺术风格是新时期开拓的新课题,提出了"英雄史诗"、"悲剧美"、"阳刚美"、"刚柔兼济之美"、"超验美"等观点。

从文学的研究扩展到文化的研究,是新时期《三国演义》研究的突出特点。这一层面的研究主要包括文化精神研究、应用价值研究以及"三国文化"范畴研究等方面。

文化精神的研究是《三国演义》文化研究的主体。陈辽、谭洛非、刘上生、张靖龙等分别就《三国演义》所反映的传统文化心理与深层结构、古代知识分子的心态、崇尚纵横的乱世情怀及其文化意蕴等展开了广泛而深入的讨论。王齐洲《四大奇书与中国大众文化》一书则从七个方面,系统分析了《三国演义》所具有的大众文化内涵③。这样的研究和分析都有利于人们开阔思路,更好地认识《三国演义》的深层内涵。对诸葛亮和关羽的文化阐释形成了研究热点,有学者甚至提出了"诸葛亮文化"、"关羽文化"等概念。这些都反映了《三国演义》文化研究角度的多元化和认识的深化。

《三国演义》的应用研究是随着改革开放和经济建设的发展而提出的新课题。不少学者把《三国演义》视为我们民族古代智慧的结晶、人生的启示录,从人才学、谋略《三国演义》研究的百年回顾及前瞻学、运筹学、决策学、领导科学、军事科学、经营管理等角度探讨它的文化价值,发表了十余种专著,数十篇论文,产生了一定社会影响,对于开启人

---

① 杨义《中国古典小说史论》,中国社会科学出版社1995年12月版。
② 《〈三国演义〉的语言艺术》,《三国漫话》,四川人民出版社2000年9月版。
③ 王齐洲《四大奇书与中国大众文化》,湖北教育出版社1991年版。

们的思维,促进《三国演义》的传播与普及具有一定的积极意义。

文化研究的另一重要成果是1990年代提出了"三国文化"的概念。沈伯俊对"三国文化"作了三个层次的诠释:第一个层次是历史学的"三国文化"观,即历史上的三国时期的精神文化;第二个层次是历史文化学的"三国文化"观,即三国时期的物质文明与精神文明的总和;第三个层次是大文化的"三国文化"观,指以三国时期的历史文化为源,以三国故事的传播演变为流,以《三国演义》及其诸多衍生现象为重要内容的综合性文化。"诸葛亮文化"、"关羽文化"、"《三国演义》文化",均可视为大文化的"三国文化"的分支①。"三国文化"概念的提出和定位,标志着《三国演义》文化研究的深化和规范化,预示了《三国演义》文化研究的广阔前景。

新时期《三国演义》研究成绩喜人,但不足也是很明显的,主要表现在文献的调查与考证方法单一,一度附会成风;文本研究中浅层次重复现象时有发生、庸俗社会学批评不时抬头、新理论新方法运用拘泥不化;文化研究中轻视文本深层理路,任意割裂比附,现象罗列有余而理性认知不足。

四

20世纪海外《三国演义》研究中,以日本、澳大利亚、美国、英国、前苏联等国的研究成就比较显著。其重心大致集中于版本研究、源流研究、艺术研究与应用研究四个方面,其中版本研究成果最为突出。1968年日本小川环树首先指出,明代万历及以后的若干版本,包含嘉靖本完全没有的有关关索的情节,可见它们并非都是出自嘉靖本。1976年,澳大利亚柳存仁在《罗贯中讲史小说之真伪性质》中对《三国演义》的版本源流提出了重要创见:大约在至治本《三国志平话》刊刻之后40年,罗贯中又可能撰写《三国志传》,其后为各本《三国志传》所宗;在此之后,始有《三国志通俗演义》问世。1980年代以来,澳大利亚马兰安、日本金文京、中川谕、上田望等在这方面用力尤勤,成绩较著②。尤其值得一提的是英国魏安《三国演义版本考》一书③,对现存的《三国》版本进行了迄今为止最全面、最细致的研究。他遍访亚美欧各大图书馆,先后查考了26种不同的非"毛本"版本。在此基础上,运用了"串句脱文"的新方法,对诸版本进行了细致的比较,基本理清了《三国演义》版本演化关系。他寻访整理而成的《〈三国演义〉现存版本目录》是继马廉、孙楷第之后的又一重要成果。

海外学者对源流研究也比较重视,比如俄罗斯李福清长期关注《三国演义》与民间文学的关系,他在《三国演义与民间文学传统》一书中对此作了系统的研究④。作者在

---

① 《"三国文化"概念初探》,《中华文化论坛》1994年第3期。
② 具体可参见周兆新主编《三国演义丛考》,北京大学出版社1995年版。
③ [英]魏安《三国演义版本考》,上海古籍出版社1996年版。
④ [俄]李福清《三国演义与民间文学传统》,上海古籍出版社1997年版。

广泛收集资料的基础上,着重就《三国演义》与平话的关系作了详实而深入的考辨,成为这一领域中的重要开拓之作。与此相近的还有日本的大塚秀高,他擅长从通俗文艺作品中发掘古代小说题材和人物形象的渊源。如《关羽与刘渊——关于形象的形成过程》一文①,对《三国志平话》结尾所写的刘渊乘乱起兵,攻灭西晋,即汉皇帝位这一情节进行研究,分析了刘渊形象与关羽形象,认为两者是表里一体的关系。刘渊的"须长三尺余"及爱读《左传》的因素从关羽形象中袭来,而关羽的龙神因素则从刘渊形象中获得。视角独特,饶有新意。

艺术研究方面的成果以美国学者为著。1968年夏志清所著《中国古典小说·三国演义评论》对小说的结构、风格、人物、情节、主题进行了分析,认为它是一部"最为关心人类动机的性格小说"。浦安迪《明代小说四大奇书》将《三国演义》和《水浒传》、《西游记》、《金瓶梅》当成是明代文化的共同产品,从结构、行文、反讽等方面作了别开生面的新解,认为《三国志演义》是"作者对据以创作的各种原始素材经过以反讽为主调的修改加工,因而具有反讽意味的一部作品"②。温斯顿(杨力宇)、罗伯特·鲁尔曼等均有影响较著的力作。此外,许多博士、硕士研究生也把《三国演义》作为学位论文研究对象。

另外,日本的应用研究广泛而深入,主要论著有:守屋洋《〈三国志〉与人才学》,桑原武夫、落合清彦《〈三国志〉的魅力》,狩野直祯《〈三国志〉的智慧》,日本《愿望》月刊编辑出版的《〈三国志〉——商业竞争的宝库》,城野宏《〈三国志〉的人际关系学》,松木一男《英雄魅力学:从人性角度透视曹操、孙权、刘备与三国群英》等。日本在《三国演义》应用研究上开风气之先,其主要特点是与现实尤其是企业经营管理结合比较密切且卓有成效,比如松下幸之助运用诸葛亮的战略思想使公司大获成功。

以上四个方面显示了海外《三国演义》研究的独特视角与价值取向,在研究理念、思路与方法上具有一定的先进性。1980年代之后,随着中外学术交流的逐步加强,这些成果陆续被介绍进来,对国内的《三国演义》研究产生较大影响,但在总体成就上则无法与国内相比。

五

据我们初步统计,20世纪百年间的《三国演义》研究,共出版学术著作100多部,发表论文2 000余篇,其中新时期20年间出版学术著作80余部,发表论文1 600余篇。1980年代之后,大陆与海外学术界从相互隔绝到走向交融,也有力地促进了新时期《三国演义》研究向纵深发展。通观20世纪的《三国演义》研究,作者、版本、形象、题旨、应用研究这五大热点构成了研究的主流,百年间的成果与不足都在这五大研究热点上体现得非常明显。

---

① 《东洋文化研究所纪要》第134册,1997年3月。
② 浦安迪《明代小说四大奇书》,中国和平出版社1993年10月版。

1. 作者研究。在相当长的时间内人们对罗贯中的生平知之不多,对其思想研究亦仅据作品而推定。1930年,郑振铎等发现了《录鬼簿续编》。这一材料发现的意义首先在于使《三国演义》的作者研究自此据有可信的文献基础,同时又直接激发了学术界研究罗贯中身世、著述的热潮,此外也有裨于学者更准确地把握《三国演义》的思想价值。在1950至1970年代,作者研究未受到重点关注,也没有新的进展。1980年代之后,作者研究陡然趋热,争鸣纷起,成果显著。要之,经过百年尤其是1980年代以后学者的不懈努力与热烈争鸣,罗贯中作为《三国演义》作者的地位已牢固确立,有关罗贯中的籍贯、生平、交游、创作、思想也梳理得比较清晰。但在作者研究与争鸣中还明显存在着两大不足,一是好立新说而缺乏确证;二是不顾事实而曲意附会。前者如诸多否定"罗贯中"为《三国演义》作者而提出的新说,最后均未被学术界广泛接受。后者如1980年代末1990年代初山西一些学者对清徐《罗氏家谱》的附会解读。鉴于作者研究需要坚实的文献确证,在没有发现新的资料之前,我们认为有关作者的考证难以取得重大突破,应暂时缓行。

2. 版本研究。1924年元代《至治新刊三国志平话》的发现激发了《三国演义》的访书热以及版本研究热。从马廉《旧本三国演义调查》所录《三国演义》版本16种,到孙楷第《中国通俗小说书目》著录数增至《三国演义》研究的百年回顾及前瞻23种,再到1940年代,戴望舒又发现藏于海外的孤本。这些不同版本的发现、介绍、著录、刊行,意义重大,影响深远。尔后,经过第二时期的沉寂,至1980年代,版本研究再度成为热点之一。由于国外版本研究成果的介绍,大陆学者迅速改变1950年代之后忽视版本研究的倾向,而上继前半个世纪版本研究传统,外融日、澳、英等国学者的版本研究成果,奋起直追,尤其在1987年《三国演义》版本专题研讨会后,有关《三国演义》的版本研究在整理印行各重要版本、考辨版本源流以及评改本的研究三个方面取得了突出成绩。然而,由于受主客观条件的制约,《三国演义》版本的整理出版工作还是明显滞后,学术界今后应首先将重点放到国内外已发现的各种重要版本的系统整理工作上,从而为版本研究提供更全面、更系统的文献依据。同时对各种评改本须进一步深入地予以研究。

3. 题旨研究。与作者、版本研究形成鲜明对比的是,题旨研究在前半个世纪似乎被忽略,虽然1920年代鲁迅、谢无量,1940年代李辰冬等都不同程度地涉及《三国演义》的思想内涵,但未见有专题性的系统论述。1950年代之后,借助"人民性"与"为曹操翻案"的两次大讨论,《三国演义》题旨研究突然热遍全国。围绕"人民性"的论题,涉及作者的爱憎态度、正统思想、爱国主义、民族情感等。围绕"为曹操翻案"的论题,争论的重点在于人物形象,但同样涉及"尊刘抑曹"正统思想及如何评价的问题。若以今天的眼光来看,这两次论争的确存在过多的政治图解,但对促进人们之于《三国演义》题旨的认识还是起了一定的积极作用。新时期的题旨研究因充分吸取了思想解放的精神成果以及海外人文学科新理论新方法,逐步从原先的政治意识层面拓展至文化学、人类学、心理学、伦理学、历史哲学等层面作多角度的透视,视野更为开阔,思维更为活跃,新见迭出,令人眼花缭乱。但毋庸讳言,由于受新方法本身的局限性和操作者熟习程度的影响,许多新见难免主观性、随意性和片面性之嫌。而《三国演义》内涵的丰富复杂,也使那些单一、平面的概括显得苍白无力。所以,许多新说尽管新鲜一时,但终究似过眼云烟。我们认为,今后的题旨研究应跳出各执一端的主题之争,而更多地从文本本体、整体、立体地认识《三国演义》的题旨内涵。因为《三国演义》由历史积淀而成的丰富内涵不可能以单一主题加以概括,而且题旨本身具有开放性和重释性,会随着时代的发展而作出新的阐释,任何单极思维都会重蹈"盲人摸象"的覆辙。

4. 形象研究。1920年代初,钱玄同、鲁迅等都曾对包括人物形象在内的艺术手法作过概要论述。至1940年代,李辰冬对《三国演义》的人物形象尤其是对曹操、孔明、周瑜作了较为精辟的分析。但总的来看,前半个世纪有关人物形象研究成绩不著。1959年"为曹操翻案"的大论争,虽然对《三国演义》中的曹操形象及其与历史上曹操的关系展开了热烈的争鸣,但由于发起论争的历史学界对历史人物与文学形象的普遍混淆,因此没能以此为契机把《三国演义》的人物形象研究引向深入。新时期《三国演义》形象研究成绩卓著,主要表现在两个"回归"、两个"突破"上。两个"回归"指:一是从原先重在政治立场回归文学本身,侧重于艺术的、审美的分析与评价;二是从西方典型理论的图解式分析回归中国文学传统,侧重于从中国小说史艺术形象的发展视角进行考察。两个"突破"指:一是广度上的突破,即从过去重点关注曹操、诸葛亮、刘备、关羽、张飞等主要形象转向全体,过去被忽视的次要人物都逐步进入研究者的视野;二是深度上的突破,许多学者以新的视角、理论与方法对《三国演义》的人物形象进行重释,提出许多新见,有力地促进了《三国演义》的形象研究向深层推进。不过,从更高的要求来看,《三国演义》形象还多停留于个体研究。今后应将研究重点转移到体系性和原型性研究上来。

5. 应用研究。海外主要集中于日本,在大陆,则勃兴于1980年代中叶之后,且明显受日本应用研究的影响。相比之下,日本的应用研究与企业结合得更为紧密,商业味更浓。应该看到,《三国演义》的应用研究在一定程度上可以促进人们对于小说丰富内涵的认识和理解,但有的研究者执其一端,不及其余,为我所用,任意发挥,其实离小说文本很远,表现出了浓重的实用主义倾向。我们认为《三国演义》是中华民族智慧的结晶,《三国演义》的应用研究应首先将重点集中于谋略学的研究,然后再由谋略学研究延伸到其他学科。在具体研究过程中,则应坚持学术规范,不能采取急功近利的功利主义态度。

在对以上五大热点进行认真梳理、估衡与反思的同时,我们认为21世纪的《三国演义》研究应走出上世纪五大热点的学术定势而努力寻求新的突破点与增长点。概而言之,以下六个方面应引起学术界重点关注。

一是《三国演义》资料信息系统建设。包括两个方面:其一是《三国演义》文本信息检索系统。经国内外诸多学者辛勤搜访整理,有关《三国演义》的版本已达30多种,一般学者难睹全貌,更难以据此进行进一步的研究。鉴此,有必要借助信息化手段,对《三国演义》的各种版本进行系统的整理,然后由此逐步建立和完善《三国演义》文本信息检索系统。其二是《三国演义》研究信息检索系统,包括著作、论文、序跋、随笔、评点等等。这样,更有利于《三国演义》研究信息与成果的交流共享,更有效地避免低层次低水平的重复,也有助于加强对学术抄袭剽窃等违规行为的监督。

二是《三国演义》研究史的研究。《三国演义》在其诞生至今的数百年间,学术研究绵延不绝,成果相当丰富。但遗憾的是,至今尚未有一部《三国演义》研究史问世。可以在完成《三国演义研究论文索引》、《三国演义研究著作提要》、《三国演义研究编年》的基础上,编写一部系统的《三国演义研究史》,通过对《三国演义》研究成果、经验与教训的全面总结,为21世纪的《三国演义》研究提供有益的借鉴和启示,在新的学术起点上向前推进。

三是《三国演义》传播与接受研究。《三国演义》一经问世,即以其无可企及的历史演义的典范性不断为历代文人所摹拟、借鉴,并不断衍化或被改编为其他艺术形式(包括民间传说)。因此,在20世纪所忽略的《三国演义》的传播与接受研究,应该成为21世纪《三国演义》研究的新的增长点。可从民间、作家与学者三个层面依次展开,相互并观,寻其规律。

四是《三国演义》叙事学研究。《三国演义》来源于《三国志》,在从历史文本演化为文学文本的过程中,最重要的成功经验是什么?后代仿作或续作的历史演义为何都未能超过《三国演义》?其中原因究何在?这就需要从叙事学层面上进行系统总结。当然,我们应特别警惕重蹈过去借用现实主义与浪漫主义"二结合"覆辙的危险,不可全盘照搬西方叙事学理论,而是将西方叙事学理论与中国小说叙事传统有机地融为一体。在这方面,杨义的《〈三国演义〉的悲剧结构和经典性叙事》和郑铁生的专著《三国演义叙事艺术》已作了有益的探索。可以相信,通过对《三国演义》叙事角色、视角、时空、结构、话语等系统的研究,将会大大提高对《三国演义》艺术独创精神的整体把握,也会进一步加深对《三国演义》人物形象体系与意义的认识。

五是《三国演义》文化学研究。《三国演义》文化学研究应在现有成果的基础上重点展开亚文化传统研究。由于小说在中国一直处于文学边缘地位,一方面它总是向主流文化靠近,力图从边缘走向中心;另一方面,在为主流文化所排斥的过程中,成为非主流文化的思想渊薮,从一定意义上说,中国小说的生机与活力也正在于此。就《三国演义》而言,小说中包融着丰富的亚文化传统,包括神话文化、宗教文化、诸子文化、隐逸文化、民俗文化等等,对于这些亚文化传统从表现形态到精神内核及到组合方式的系统研究,不仅可以深化对《三国演义》思想内涵的认识,而且可以为研究中国古代小说传统提供启迪。

六是《三国演义》的比较研究。可以从三个层面展开:(1)《三国演义》与同类历史演义的比较研究;(2)《三国演义》与中国其他长篇小说的比较研究;(3)《三国演义》与世界文学名著的比较研究。这样的比较研究有助于更好地总结《三国演义》的独创精神,有助于更好地总结历史演义小说的艺术个性,也有助于更好地总结中国小说的民族传统。

以上六个方面的研究既相对独立,又相互关联,相互促进,21世纪《三国演义》的研究前景直接取决于以上六个方面的进展。

本文与韩伟表合作,原载《文学评论》2002年第1期,
获《文学评论》编辑部2002年度学术论文提名

对鲁迅所谓《三国演义》"缺点"的不同看法

刘永良*

长期以来,在论及《三国演义》艺术得失时,人们喜欢引用鲁迅《中国小说的历史的变迁》中的一段话:

> 若论其书之优劣,则论者以为其缺点有三:(一)容易招人误会。因为中间所叙的事情,有七分是实的,三分是虚的;惟其实多虚少,所以人们或不免并信虚者为真。如王渔洋是有名的诗人,也是学者,而他有一个诗的题目叫"落凤坡吊庞士元",这"落凤坡"只有《三国演义》上有,别无根据,王渔洋却被它闹昏了。(二)描写过实。写好的人,简直一点坏处都没有;而写不好的人,又一点好处都没有。其实这在事实上是不对的。因为一个人不能事事全好,也不能事事全坏。譬如曹操,他在政治上也有他的好处;而刘备、关羽等,也不能说毫无可议,但作者并不管它,只任主观方面写去,往往成为出乎情理之外的人。(三)文章和主意不能符合——这就是说作者所表现的和作者所想象的,不能一致。如他要写曹操的奸,而结果倒好像是豪爽多智;要写孔明之智,而结果倒像狡猾。①

不可否认,鲁迅对《三国演义》研究有贡献,不乏真知灼见。然而平心而论,鲁迅所谓《三国演义》的三条"缺点",并非十分公允,甚或一定程度上贬低了《三国演义》的艺术成就,且有一定负面影响。

一、关于"容易招人误会"

鲁迅认为,"容易招人误会"是《三国演义》"缺点"之一。《三国演义》叙事"有七分是实的,三分是虚的",这"实多虚少",致使"人们或不免并信虚者为实",并举王渔洋写"落凤坡吊庞士元"说明"被它闹昏了"的情形。

诚然,小说为文学创作,同历史著作不同,应讲究虚构。金圣叹曾指出:"《史记》是

---

* 刘永良(1958—),男,辽宁阜新人,教授,硕士生导师。从事唐宋诗词、明清小说和中国古代文学批评的教学与研究工作。在《红楼梦学刊》、《明清小说研究》等国内重要刊物发表有关明清小说研究方面学术论文 50 余篇,出版学术研究著作 10 余种,中国古代文学省级精品课程负责人,连续三次获得校级优秀教学质量奖,其中一等奖 1 次,二等奖 2 次。学术兼职有中国红楼梦学会理事、中国三国演义学会理事。

① 鲁迅《鲁迅全集》第 9 卷第 323 页,人民文学出版社 1981 年版。

以文运事,《水浒》是因文生事。以文运事,是先有事生成如此如此,却要算计出一篇文字来,虽是史公高才,也毕竟是吃苦事。因文生事却不然,只是顺着笔性去,削高补低都由我。"①作为史书的《史记》,不论写得多么生动,也是"以文运事";而作为小说的《水浒》,则属于"因文生事",更多地体现的是艺术创作。如就文学性而言,《水浒》超过《史记》。但是历史著作和文学创作尤其是小说作品,其间并无不可逾越的鸿沟,二者可以相互借鉴。《史记》虽旨在真实地记载历史,以"实录"为基本特色,但也有很多文学因素,鲁迅本人不也称赞《史记》为"史家之绝唱,无韵之《离骚》"吗②?《史记》人物刻画、事件选择以及场面描写等,都与后代小说非常相像。如《项羽本纪》中的"鸿门宴"、"垓下之围"等片断,几乎就可以当作小说来读。同样,《水浒》所写也有历史蓝本,宋江起义在史书早有记载,如《宋史》中的《徽宗本纪》、《侯蒙传》和《张叔夜传》等就记载了宋江义军流动在淮南、京东东路、京东西路、河朔、楚海州等地的情形。鲁迅不满意《三国演义》"七实三虚"、"实多虚少",这本身无可厚非。胡适甚至还认为《三国演义》"不能有文学价值",并且严厉地指出:"《三国演义》拘守历史的故事太严,而想象力太少,创造力太薄弱。"③但是,鲁迅也好,胡适也好,不应该对此过于苛刻。此为其一。

其次,《三国演义》毕竟是历史演义小说,既是演义历史,必有一个历史真实的问题,尤其是历史真实与艺术真实的统一问题。史实不能离开虚构,虚构也不能离开史实。究竟史实和虚构各占多大比例,还不可能有一个统一规定,但《三国演义》叙事"七实三虚"、"实多虚少",却得到了绝大多数人的肯定和赞赏,这种做法其实为后代历史演义小说树立了楷式,具有重要的范型意义。如果从这方面讲,鲁迅、胡适的观点是站不住脚的。

还有,王渔洋写"落凤坡吊庞士元"诗是王渔洋本人的问题,其错不该记在《三国演义》的账上,是他对三国历史和《三国演义》没有弄明白,这并不是《三国演义》本身的问题。况且中国那么多文人,出现这样笑话的并不多。王渔洋的例证,不具有典型性。退一步说,王渔洋以虚构为史实,或许恰好说明《三国演义》描写的成功。因此,鲁迅以此来证明自己的观点,说服力并不强。

二、关于"描写过实"

鲁迅认为《三国演义》的第二个"缺点"是"描写过实",表现为"写好的人,简直一点坏处都没有;而写不好的人,又是一点好处都没有",作者"只任主观方面写去",人物"往往""出乎情理之外"。

其实,《三国演义》中"好的人"也有"坏处","不好的人"也有"好处",并未"出乎情理

---

① 金圣叹《读第五才子书法》,《贯华堂第五才子书水浒传上》,《金圣叹全集》(一)第18页,江苏古籍出版社1985年版。
② 鲁迅《汉文学史纲要》,《司马相如与司马迁》,《鲁迅全集》第8卷第420页,人民文学出版社1981年版。
③ 胡适《三国志演义序》,《名家解读三国演义》第15页,山东人民出版社1998年版。

之外",人物性格不仅丰富多彩,也复杂矛盾。何况,小说中还有一些根本无法简单用"好"和"坏"来概括的人物。

诸葛亮、关羽、刘备等人,是《三国演义》热情歌颂的正面形象,在他们身上寄寓着作者的美好思想,可谓"好的人",但是他们也有明显的不足,乃至严重的错误,体现着人物性格的复杂性。

诸葛亮是杰出的政治家、军事家和外交家,充满智慧和力量。然而,智者千虑,难免一失。"失街亭"便是他的一次重大失误。他虽然料敌如神,部署严密,但未听刘备临终告诫"马谡言过其实,不可大用",误用马谡,致使街亭失守,直接影响了出师伐魏、北定中原的战略全局,教训极为惨痛。联孙抗曹是诸葛亮一贯奉行的正确主张,可是最终导致吴蜀联盟的破裂,他也有不容推诿的责任,作者并没有为他护短。他虽然平生很讲信义,笃行"言必信行必果",可他为赖荆州而施条条"妙计",却失信于盟国。对盟国不讲信用而以欺骗相待,何以巩固吴蜀联盟! 没有选好接班人,这是他的又一个不足。蜀国虽不乏人才,他平时也善于发现使用贤才,但他却长久没有找到理想的可以托付大事的人,最后只好把才能较平的姜维,当作后继。他自己多年来总是不分巨细,事必躬亲,几乎是独支大厦,终于忧劳成疾,心力交瘁,临终发出"再不能讨贼矣! 悠悠苍天,何其有极"①的哀叹,这不能说不是一幕悲剧。

关羽是作者心中理想的体现着忠肝义胆、武勇神威的叱咤风云的英雄。但是小说也写了他性格的多维性,复杂性,严肃地批评了他的缺点和错误。刚愎自用,骄傲自大,是他性格中最大的缺点。他目空一切,自以为在所有人之上。当他听到黄忠与他并列为五虎上将,便勃然大怒:"黄忠何等人,敢与吾同列? 大丈夫终不与老卒为伍!"②他闻知新投奔刘备的马超武艺过人,便要入川与他较量,甚至要舍却荆州不顾而去争个高低。荆州本系战略要地,诸葛亮亲自为他制定"北拒曹操,东和孙权"③的八字方针,并且再三告诫,反复丁宁,惟恐有失。同时又派遣深晓荆州形势的文武官员相助。然而他并不当心,在一片赞扬声中更加盲目自大,以为从此天下无敌。孙权派诸葛瑾前来求聘其女以便日后两家并力破曹,他竟认为有辱自己:"吾虎女安肯嫁犬子乎!"④并且驱之以棍。他心中根本没有"东和孙权"的观念,竟视东吴为"江东群鼠"⑤。吕蒙抓住了他的弱点,故意称病,以年青有为的陆逊代替自己。精明的陆逊便致信他,几句赞美之辞又使他飘飘然,撤去防守,给东吴偷袭以可乘之机。"大意失荆州",造成了惨重后果。对部下,他威多恩少,不能以诚相待。当他败走麦城,糜芳、博士仁以及刘封等刘备的亲属,皆坐视不救,以致全军覆灭。华容道他情感战胜理智,放走曹操更是他极大错误,为了个人恩益而忘了国家利益,令人不能容忍。他是一个突出优点和严重缺点共存一体

---

① 《全图绣像三国演义》第 1038 页,内蒙古人民出版社 1981 年版。
② 同上第 732 页。
③ 同上第 632 页。
④ 同上第 731 页。
⑤ 同上第 662 页。

的活生生的人。作者写了他的不足、弱点和错误,他的形象反而因此而更加真实,更加丰满,更有典型意义。值得高兴的是,鲁迅对关羽形象给了很高评价:"惟于关羽,特多好语,义勇之概,时时如见矣。"①"写关云长斩华雄一节,真是有声有色;写华容道上放曹操一节,则义勇之气可掬,如见其人。"②

刘备是理想的仁君英主,但小说也写了他很多弱点,使人窥见其性格另一面。他谨慎谦恭、虚怀若谷,但有时也自傲自得。第三十四回,他依附荆州刘表,乘着酒兴对刘表说:"备若有基本,天下碌碌之辈,诚不足虑也。"话说得不是地方,不是时候,有些高傲,因为他小觑了天下多少英雄豪杰,连懦弱无能又与他联宗的刘表都不觉"闻言默然"③。他很有涵养,喜怒不形于色,但酒后也发狂言。第六十二回,攻克涪关,劳军设宴,不觉酒酣,他对庞统说:"今日之会,可为乐乎?"庞统答:"伐人之国而以为乐,非仁者之兵也。"他便不高兴:"吾闻昔日武王伐纣,作乐象功,此亦非仁者之兵欤?汝言何不合道理?可速退。"言中也有几分骄纵自负。以纣王比刘璋,以武王自比,也很不合适,所以庞统听后便"大笑而起"④。东吴派鲁肃前来索取荆州,他听从诸葛亮之计大哭,一时哭得很伤心,变假为真。素以仁德真诚著称也善为虚伪之状。他善识贤才,礼贤下士。对马谡,他看得比诸葛亮准。但也不免以貌取人,慢待贤才。庞统只因长得丑陋,他竟轻率以一个耒阳县令打发了。他雄才大略,励精图治,奋斗不息。但是自打得了诸葛亮,便失去往日风采气度,有时就像傀儡,任凭摆布,言听计从,没有个人主见,缺乏英雄气概和领袖风度。招亲东吴本是"美人计",但到了东吴,假戏成真,他成了吴国太的"乘龙快婿",被声色迷恋,甚至一时竟不想尽快回荆州谋划强邦立国之事。他的仁慈向来令人景仰,但也有妇人之仁和迂腐之仁。他竟然对软弱无能的刘璋大发恻隐之心,诸葛亮批评这是"妇人之仁,临事不决"⑤。刘表让荆州,诸葛亮示意接受,他却推辞不受。后来刘表病危,蔡氏集团控制荆州,废长立幼,并且还准备献出荆州,投降曹操。在这关键时刻,诸葛亮等建议以"吊丧为名",一举消灭蔡氏集团,夺取荆州,可他却依然执意不肯,结果让曹操轻而易举得到荆州。曹操大军乘胜追杀,诸葛亮只好随刘备逃窜流离。赤壁战后,周瑜打败曹操,他又赖住荆州不给,东吴常来索讨,局面非常被动。其所为看似仁慈,实则非常愚蠢,非常可笑。连对他倾注了无限的爱的毛宗岗也指出:"刘琮既降曹操,则玄德非取荆州于刘琮,而取荆州于曹操也,何尚以刘表为言乎?前刘表让之而不取,失一机会;今刘琮失之而不取,又失一机会。"⑥他重情贵义,与关、张情同手足,肝胆相照。关、张相继死后,他痛断肝肠,丧失理智,为兄弟之"义"而不顾整个国家,不听任何人劝阻,大举伐吴。吴蜀联盟在他手中断送,自己也兵败退守白帝城,怒目苍天,饮

---

① 鲁迅《中国小说史略》,《鲁迅全集》第 9 卷第 129—130 页,人民文学出版社 1981 年版。
② 鲁迅《中国小说的历史的变迁》,《鲁迅全集》第 9 卷第 323—324 页,人民文学出版社 1981 年版。
③ 《全图绣像三国演义》第 340 页。
④ 同上第 620—621 页。
⑤ 同上第 655 页。
⑥ 同上第 401 页。

恨而亡。

曹操可谓"坏的人"，但他并非一味地"坏"，其性格多维立体，"横看成岭侧成峰，远近高低各不同"①。毛宗岗《读三国志法》指出："历稽载籍，奸雄接踵，而智足以揽人才而欺天下者莫如曹操。听荀彧勤王之说而自比周文，有似乎忠；黜袁术僭号之非，而愿为曹侯，则有似乎顺；不杀陈琳而爱其才，则有似乎宽；不追关公以全其志，则有似乎义。王敦不能用郭璞，而操之得士过之；桓温不能识王猛，而操之识人过之。李林甫虽能制禄山，不如操之击乌桓于塞外；韩侂胄虽能贬秦桧，不如操之讨董卓于生前。窃国家之柄而姑存其号，异于王莽之显然弑君，留改革之事以俟其儿，胜于刘裕之急于篡晋，是古往今来奸雄中第一奇人。"②第七十八回《邺中歌》评价曹操一生是非功过："雄谋韵事与文心，君臣兄弟而父子；英雄未有俗胸中，出没岂随人眼底？功首罪魁非两人，遗臭流芳本一身；文章有神霸有气，岂能苟尔化为群？横流筑台距太行，气与理势相低昂；安有斯人不作逆，小不为霸大不王？霸王降作儿女鸣，无可奈何中不平；请祷明知非有益，分香非可谓无情。"③这些对深入理解其复杂性格很有帮助。曹操既是奸臣、权相，又是杰出的政治家、军事家和诗人。他既自私、残忍、狡诈、狂妄、骄横，又有爱才、恤民、机智、豪爽、刚毅等特点。刘敬圻就其英雄本色列举五个方面："生机勃发、勇于进取的政治家风貌"；"唯才是举、随能任使的博大胸襟"；"赏功伐罪、严正不苟的法制观念"；"体恤百姓、保护农业的民本思想"；"不畏人言、不惮风险的精神"④。虽有溢美之嫌，但也不无道理。在同一时间、同一空间、同一事件中，曹操所为既有美又有丑，既有善又有恶，充分体现出性格的复杂性。"装疯讹叔"：对于一个孩童来说，这是一种坏品质的流露，但你又不能不佩服他超乎常人的聪明和胆量。"刺卓献刀"：这是一种正义行为，很有勇气；但被董卓镜中窥见拔刀动作，他灵机一动，诈称献刀；并借试马逃之夭夭，有些胆怯，也有几分狡猾。"青梅煮酒论英雄"：他分明已觉察刘备虽寄人篱下，但非等闲之辈，实为当今英雄，而当刘备"巧借闻雷来掩饰"，又全然不知这是假象，聪明中有几分愚蠢。"割发代首"：真诚中不免有几分虚伪。"横槊赋诗"：既不负英雄本色，又狂妄骄纵，甚至还有些麻痹大意。"败走华容"：他一连三番大笑，在失败的悲哀中又有几分庆幸得意，虽惨败但又不气馁。有人说，他在真诚中带有几分虚伪诡诈，豁达里埋着几分褊狭小气，光明磊落的背后藏着阴险狠毒，这非常合乎实际。小说就是在矛盾的对立统一中完成了对曹操性格的刻画。而这样的典型性格在中国古典小说中极为罕见，不论是《东周列国志》中赵高、《东汉演义》中王莽，还是《杨家将》中潘仁美，《说岳全传》中秦桧，都无法与之相比，惟有《红楼梦》中王熙凤差可比之。难怪王昆仑说："《三国演义》的读者恨曹操，骂曹操，曹操死了想曹操。《红楼梦》的读者恨凤姐，骂凤姐，不见凤姐想凤姐。"⑤

---

① 王水照选注《苏轼选集》第 159 页，上海古籍出版社 1984 年版。
② 《全图绣像三国演义》第 2—3 页。
③ 同上第 778 页。
④ 刘敬圻《嘉靖本〈三国志通俗演义〉中的曹操形象》，《三国演义研究论文集》第 341—362 页，中华书局 1991 年版。
⑤ 王昆仑《红楼梦人物论》第 136 页，生活·读书·新知三联书店 1998 年版。

周瑜、鲁肃等形象,既无法谓之"好的人",也无法谓之"坏的人",性格尤具复杂性。

　　小说在塑造周瑜形象时,既有肯定赞扬,也有否定批评。他既是一个抱负宏伟、才气纵横、雄姿英发、指挥若定的令人崇敬的军事将领,也是一个被嘲讽的带有一定喜剧色彩的人物。他胆略过人,精明强干,但缺乏政治远见,精明中有糊涂;他有远大志向,深明韬略,但心胸褊狭,不能容人,分不清敌友。这些性格特征既是矛盾的,又是统一的。这同史书的记载有很大不同。史书上对于周瑜的评价是一面倒的,只表现他的超人才干、文韬武略,甚至写他"性度恢廓"、"雅量高致"①,充满热情赞美的情感。在文学作品中,苏轼《念奴娇·赤壁怀古》更是极尽歌颂之能事,表达了无限崇仰之情。而《三国演义》则不仅写周瑜突出的优点,也写了他的种种不足,因此这一形象是丰满的、复杂的。

　　鲁肃形象更值得注意。董每戡指出,鲁肃"一方面有政治才能,一方面又是纯厚的老好人"②。表面上看,鲁肃的确像一个"老好人",但他外表糊涂,内里精明,不仅善良诚实、禀性纯厚,而且很有政治水平和战略策略,大智若愚。周瑜曾向孙权介绍鲁肃说:"此人胸怀韬略,腹隐机谋。"③鲁肃曾为孙权科学地分析天下大势和东吴前途,认为:"汉室不可复兴,曹操不可卒除。为将军计,惟有鼎足江东以观天下之衅。今乘北方多务,剿除黄祖,进伐刘表,竟长江所极而拒守之;然后建号帝王,以图天下:此高祖之业。"④这足以表明他的惊人胆略和远大目光,可与诸葛亮的"隆中对"相媲美。他还采取切实可行策略,说服刘备,引诸葛亮过江东,缔结孙刘联盟,为赤壁之战胜利奠定有力基础。毛宗岗说得非常好:"孔明劝玄德结孙权为援,鲁肃亦劝孙权结玄德为援,所见略同。"⑤"孔明欲得荆州,鲁肃亦欲得荆州;孔明欲合东吴以破曹,鲁肃亦欲合刘备以破曹。——是鲁肃识见过人之处。"⑥"孔明未出草庐之时,即曰外结孙权,故荆州之守,关公欲分兵拒吴,则孔明止之;关公之没,玄德欲兴兵伐吴,则孔明谏之。至白帝托孤以后,终孔明之世,未尝与吴相恶,盖欲结之以共讨汉贼也。惟鲁肃之见与孔明合,而周瑜之见与鲁肃殊。肃方引孔明之相助,而瑜则欲杀孔明;肃方引玄德以相助,而瑜又欲杀玄德。是瑜不及鲁肃远矣。"⑦可见,鲁肃见识远远超过孙权、周瑜,直追孔明。赤壁之战后,鲁肃又借荆州给刘备。有人认为这是鲁肃一大短处,是对东吴事业的严重失策。《三国志》的作者陈寿就是持这种观点的。其实,鲁肃借荆州给刘备,这对蜀吴双方都有利,巩固了吴蜀联盟,正是鲁肃过人处。这是除孔明,包括孙权、周瑜和刘备、关羽等人所不及的。真正认识这一招厉害的是深谋远虑的曹操。第五十六回"曹操大宴铜雀

---

① 陈寿《三国志》,《吴书第九》第1265页,中华书局1982年版。
② 董每戡《三国演义试论》第104页。
③ 《全图绣像三国演义》第291页。
④ 同上第292页。
⑤ 同上第418页。
⑥ 同上第423页。
⑦ 同上第447—448页。

台",见文官献赋,武将逞技,盛况空前,不觉心潮激荡,刚要举笔为铜雀台赋,忽听见东吴表奏刘备为荆州牧,而且"汉上九郡大半已属备矣"之时①,竟至惊恐不迭,心慌意乱,不觉把手中的笔掉在了地上。可是围绕荆州问题,无论是刘备一方,还是孙权一方,都犯了严重错误。仅就孙吴而言,鲁肃死后,孙权用计夺荆州,杀关羽,破坏了吴蜀联盟,而使自己的力量日益削弱。若就孙、刘、曹三方而言,则属于鹬蚌相争,渔人得利,教训惨痛。这又从反面说明鲁肃的战略思想之高。对此,清人王夫之《读通鉴论》认识很深刻。

所谓典型性格,不仅是丰富多维的,更应该是复杂矛盾的。歌德说过:"人是一个整体,一个多方面的内在联系着的各种能力的统一体。艺术作品必须向人这个整体说话,必须适应人这种丰富的统一体,这种单一的杂多。"②《三国演义》中成功的人物形象,就是"一个多方面的内在联系着的各种能力的统一体",是"单一的杂多"的艺术典型,因而其性格特征是具有复杂性的。

三、关于"文章和主意不能符合"

鲁迅认为《三国演义》的第三个"缺点"是:"文章和主意不能符合——这就是说作者所表现的和作者所想象的,不能一致。如他要写曹操的奸,而结果倒好像是豪爽多智;要写孔明之智,而结果倒像狡猾。"

所谓"文章和主意"大约相当于现代文学理论上所说的"形象和思想"。一般说来,作者都力图使"文章和主意符合",也即"形象和思想"统一。但事实上二者很难完全"符合"或"统一"的。具体说一般有两种情形:一是"文章"或"形象"小于作者的"主意"或"思想",一是"文章"或"形象"大于作者的"主意"或"思想"。第一种情形的文学作品,往往都不是很成功的,而第二种情形的文学作品大都富于丰富的思想内涵。因此,人们一般认为文学创作应该人物"形象"大于作者"思想",只有这样的文学作品才会具有永久的魅力。如《红楼梦》等名著即是这样的作品,因此有关《红楼梦》的论争就会长期存在,甚至可以说,只要有《红楼梦》的读者和研究者,就会有这样的论争。假如《红楼梦》中"形象",就是作者曹雪芹"思想"的完整、准确体现,那么《红楼梦》也就不会具有如此丰富的思想内涵了。在这一点上,《三国演义》虽比不上《红楼梦》。但是《三国演义》中的客观"形象"也是远远大于作者的主观"思想"的,因此我们不能简单要求《三国演义》"文章"和"主意"一定要"符合"。

其实,文学作品中的所谓"主意"也是非常难以把握的。因为文学作品是要通过艺术形象来说话,一般说来作者并不直接站出来表白自己的观点,越是含蓄的作品,越是

---

① 《全图绣像三国演义》第558页。
② 歌德《搜藏家和他的伙伴们(第五封信)》,朱光潜《谈美书简》,《朱光潜全集》第5卷第253页,安徽教育出版社1996年版。

容易得到人们的喜欢。于是这使我们想起了恩格斯在致敏·考茨基的信中所说的一段著名的话来："我认为倾向应当从场面和情节中自然而然地流露出来，而不应当特别地把它点出来；同时我认为作家不必要把它所描绘的社会冲突的历史的未来的解决办法硬塞给读者。"①《三国演义》的作者并不像后来的曹雪芹那样，尽可能地掩饰着自己思想，让读者通过阅读和体味来理解自己的思想，但曹雪芹仍在感慨："满纸荒唐言，一把辛酸泪。都云作者痴，谁解其中味？"②《三国演义》写得不像《红楼梦》那样含蓄，但作者也并非总是直接亮出自己的观点，未经毛宗岗修订的嘉靖本《三国志通俗演义》尤其如此。因此，我们也很难把握《三国演义》作者的所谓"主意"。

诚然，《三国演义》的确着力刻画了曹操的"奸"和诸葛亮的"智"，但是小说对二人的刻画并非仅此而已，前文我们已经详尽地论证了二人性格的复杂性，此不赘言。如果不简单地把曹操的性格用一个"奸"字来概括的话，我们就当然会看到曹操"豪爽多智"的一面。而这一面就不是作者想表现的吗？就一定是与所谓作者的"主意"相矛盾的吗？恐怕，直到今天我们也不能简单地予以回答。同样，《三国演义》写诸葛亮突出了他的超乎寻常的"智"，但这也只是其性格中一个侧面而已，小说的描写远比这要丰富，我们不能视而不见，我们怎知作者就不想也写其"狡猾"？对于一个艺术形象，如曹操，既能够让我们看到了他的"奸"，又让我们感受到了他的"豪爽多智"；如诸葛亮，既令我们领略了他的"智"，又令我们了解了他的"狡猾"，这难道不是一件好事？这难道不是艺术的成功？这难道是应该指责的吗？

原载《齐鲁学刊》2009 年第 6 期

---

① 恩格斯《致敏·考茨基的信》，《马克思恩格斯选集》第 4 卷第 454 页，人民出版社 2004 年版。
② 曹雪芹《红楼梦》（第一回）第 7 页，人民文学出版社 1985 年版。

《西游记》：秩序与自由的悖论

崔小敬*

《西游记》流传四百年，并不完全因其瑰丽的神话世界或热闹的叙事流程，而是因其背后有更深邃的哲理意义存在。正如清代张书绅在《新说西游记总批》中所言："人生斯世，各有正业，是即各有所取之经，各有一条西方之路也。"整个取经过程无疑可以视为人生的一种隐喻，而通过对玄奘取经的历史真实的文本重构，《西游记》实现了对人类深层意识中秩序与自由关系的文学化再现与探讨。

人生而为人的天性即追求自由，然而人一旦生下来就会身不由己地陷入某种既定秩序中，正如卢梭所言：人是生而自由的，但却无往不在枷锁之中[①]。个体的自由意志与群体的秩序规范不可避免地产生矛盾，如何在二者的对峙中达成和解，在秩序的压力下实现生命的和谐自由，是一个始终困扰人类的难题。从这一意义上说，《西游记》正是以文学的方式追问与思索了这一人生困境。

一

《西游记》开卷伊始，即以一系列神秘玄妙的术数推演为我们重构了宇宙与人类的创生过程。首先历数了天地自"混沌"至"天始有根"、"地始凝结"、"天地人，三才定位"的过程，这是一种时间上的追根究底；然后由"盘古开辟，三皇治世，五帝定伦"的时间推移转向空间演绎："世界之间，遂分为四大部洲"，通过这一文字简炼而气势恢宏的叙述，小说重构了一个条理分明、秩序井然的世界。《西游记》的全部故事就建立在这样一个基型之上。

孙悟空诞生于一个秩序化结构中，但他的出现却仿佛其中的异类。首先，孙悟空的出生即是对人伦秩序的突破，他的"天地育成之体，日月孕就之身"直接由仙石化生，获得了人伦关系上的自由。其次，是生存环境的自由。石猴勇敢地跳入瀑布泉中，发现了"一座天造地设的家当"，相对于外面的风霜雪雨，水帘洞内"刮风有处躲，下雨好存身。

---

* 崔小敬（1976—），女，山东青州人，文学博士，教授，硕士生导师。主要研究方向为古代文学与宗教关系，曾于《文学评论》、《文学遗产》、《世界宗教研究》等发表论文20余篇，撰写专著1部。曾承担浙江省哲社课题2项，获省高校青年教师教学技能比赛优胜奖。

① 卢梭《社会契约论》第8页，商务印书馆1980年版。

霜雪全无惧,雷声永不闻"的温暖安全象征着石猴对自然力量与秩序的超越。第三重是永生的自由。死亡作为生命最重大的问题,也是人类最沉重的枷锁。小说用了近三回的篇幅叙述孙悟空与死亡的抗争及胜利。这一生死秩序的最终突破,使孙悟空获得了完全意义上的自由。可以说,花果山时期正是孙悟空天性中的自由意志不断发展、上升的阶段。随着孙悟空剿魔王、闹龙宫、搅地府等一系列事件,他的名字终于"上达天听",惊动了以"高天上圣大慈仁者玉皇大天尊玄穹高上帝"为代表的天宫。与此同时,孙悟空的人生也进入了另一个阶段,即自由意志与秩序要求相冲突的阶段。作为人间社会的投影,天宫更是一个讲究秩序的世界。众神仙们早已习惯了"金钟撞动,三曹神表进丹墀;天鼓鸣时,万圣朝王参玉帝"的按部就班。所以,当玉帝垂问"哪个是妖仙"时,孙悟空只躬身答道"老孙便是",如此简单的一句回话,却使得众仙卿们都大惊失色道"这个野猴!怎么不拜伏参见,辄敢这等答应道'老孙便是'!却该死了!该死了!"其实孙悟空虽是"下界妖仙",却何尝"不知朝礼"?只看他初登"美猴王"之位时,便能让众猴"一个个序齿排班,朝上礼拜";初见菩提祖师时,便"倒身下拜,磕头不计其数"——实深通礼仪。那么此处的"挺身在旁,且不朝礼"与"不拜伏参见",或许只能理解为一种有意识的试探甚或挑衅。这已经为他的天宫生涯埋下了一颗不安定的种子。

  对于等级森严、秩序井然的天宫来说,孙悟空实实在在算得上是一个"秩序化生活的异类"①。他在天宫"无事牵萦,自由自在",并与诸天神仙"俱只以弟兄相待,彼此称呼",过着"今日东游,明日西荡,云去云来,行踪不定"的快乐生活。这种自由散漫的作风使得深谙秩序化管理之道的天宫神仙内心不安,一方面非议其"结交天上众星宿,不论高低,俱称朋友"的平等意识,另一方面更恐其"闲中生事",建议"不若与他一件事管了,庶免别生事端"。不料,玉帝竟让生性爱吃桃的孙悟空去管理蟠桃园,这无异于引狼入室,致使蟠桃被大量偷吃;而且更引出了孙悟空因蟠桃大会未受邀请而导致的"大闹天宫"。

  绕开对"大闹天宫"政治学、社会学、人才学的各种阐释,"大闹天宫"实际上是孙悟空内心的秩序理念与天宫实际秩序发生冲突的结果。天宫招安的目的不过是"籍名在箓,拘束此间;若受天命,再后升赏;若违天命,就此擒拿",这一方法妙就妙在"一则不动众劳师,二则收仙有道",本意是将孙悟空这一"下界妖仙"、"妖猴"纳入正规神仙队伍,也即纳入秩序化统治之中。即使后来迫不得已封其为"齐天大圣",也不过是"收他的邪心,使不生狂妄",所谓"齐天大圣"不过是个"有官无禄"的"空衔"而已。而在孙悟空看来,不仅悍然以"妖仙"自居,而且"不知官衔品从,也不较俸禄高低",还天真地以为"弼马温"的"没品,想是大之极也","我乃齐天大圣,就请我老孙做个席尊,有何不可?"如此高的自我评价与如此幼稚的自我中心,遭遇天宫的森严秩序,怎能不发生激烈碰撞与冲突?其最直接的结果就是"无禄人员"孙悟空在天宫众神仙"排排座,分果果"的等级秩序中,既没有轮到一个合适的位置,也没有分到那只上自"西天佛老、菩萨、圣僧、罗汉"

---

① 该词来自[英]霍布斯鲍姆《匪徒:秩序化生活的异类》,中国友谊出版公司2001年版。特此注明。

下至"各宫各殿大小尊神"人人有份的蟠桃。于是,孙悟空干脆"不待他请,先赴瑶池",最终酿成了"无穷变化闹天宫,雷将神兵不可捉"的混乱场面。

"大闹天宫"严重扰乱了天宫的统治秩序,不仅搅得千百年来歌舞升平、"喜喜欢欢"的蟠桃盛会"荒荒凉凉,席面残乱",而且直打得"九曜星闭门闭户,四天王无影无踪"。更有甚者,孙悟空直接提出了颠覆现存秩序的要求:"灵霄宝殿非他久,历代人王有分传。强者为尊该让我,英雄只此敢争先。"此举被如来斥作"你那厮乃是个猴子成精,怎敢欺心,要夺玉皇上帝尊位",其实孙悟空原本未必有"篡位"野心,只看他丹饱酒醒后的内心活动:"这场祸,比天还大,若惊动玉帝,性命难存",其中只有畏惧,并无觊觎。孙悟空提出的"强者为尊",很大程度上是意识到天宫力量软弱之后的"得寸进尺",多少有点投机主义,而绝非深谋远虑。虽然这一挑战行为最终以"却被如来伏手降"的失败告终,但它对天宫统治所造成的影响却是深远的,日后孙悟空在取经路上的诸多方便均得之于此,一方面,玉帝以"落得天上清平是幸",几乎对孙悟空的要求来者不拒;另一方面,天宫众仙也几乎招之即来,有求必应。可以说,整个天宫集团对取经事业的支持固然有如来与观音的面子在内,但也与孙悟空当年"十万军中无敌手,九重天上有威风"所造成的强大威慑力有关。

二

"若得英雄重展挣,他年奉佛上西方",小说第七回回末诗预示了孙悟空在"大闹天宫"失败后的出路,孙悟空"我已知悔"、"情愿修行"的表述也显示出他经过"五百余年了,不能展挣"的磨难后向正统秩序屈服与靠拢的意愿,而观音提出的"秉教加持,入我佛门,再修正果",正是为孙悟空实现这一意愿设计的现实途径,难怪孙悟空声声应道"愿去!愿去!"于是"那大圣见性明心归佛教",自此专心等待唐僧,并最终跟随唐僧踏上了漫漫取经路。

对于孙悟空此举,论者颇多非议,认为此乃投降,造成了人物性格的分裂以至小说结构的断裂等,甚至将之上升到《西游记》主题反动这样的高度[①]。实际上,无论从叙事意图、情节设计还是深层意蕴来说,孙悟空的"大闹天宫"都不可能以胜利终局。首先,即使小说叙述者偶尔表示"堪羡猴王真本事",在情感上欣赏孙悟空"大闹天宫"的斗争精神,但在理智上从未肯定过孙悟空的"造反"行为,而是称之为"欺天罔上思高位,凌圣偷丹乱大伦",被压五行山下是"恶贯满盈今有报"。叙述者没有、也不可能否定整个现存体制,孙悟空的生命最终必然要被纳入社会秩序之中。其次,"大闹天宫"失败为孙悟空加入取经队伍提供了因缘,这与金蝉子的不听佛讲、天蓬元帅的调戏嫦娥、卷帘大将的打碎玻璃盏、小白龙的纵火烧毁明珠一样,是他们的"取经前传",其过失性决定了他

---

① 20世纪80年代,曾出现过认为《西游记》主题反动的观点,如刘远达《试论〈西游记〉的思想倾向》,《思想战线》1982年第1期;傅继俊《我对〈西游记〉的一些看法》,《文史哲》1982年第5期等。

们必须通过取经这一行为来重新获得神界的认可。前贤或释之为赎救前世罪愆①,或释之为成年礼的原型重构②,其实质都是一种犯过者通过个人努力求得在现行秩序中的新生。再次,"大闹天宫"虽然酣畅淋漓,张扬着高昂的生命意志、豪迈的自由精神,但却未能树立一个具有建设性的目标,不过是重弹"皇帝轮流做,明年到我家"的老调。实际上如果不能在打破现存秩序后建立起一种全新的思想和行为体系,那么这一打破仍是价值甚微的。能破坏一个旧世界,却无能建立一个新世界,那么被破坏的旧世界就会阴魂不散,卷土重来。中国历代的农民起义都脱离不了这一模式,论者常以孙悟空的"大闹天宫"比附农民起义,或许在破坏与创新的悖论这一层面上,二者更具有契合性。

踏上西行路之后,孙悟空头上多了一个紧箍儿。依观音之言,这是孙悟空以前"不遵教令,不受正果"之报,也是防止其以后"诳上欺天"的手段。而且,这一事件出现在"心猿归正 六贼无踪"一回中,可谓意味深长:飞扬跳脱、躁动不安的"心猿"要归依正统,只有忏悔前罪与发愿修行是不够的,除了自身必须"尽勤劳,受教诲"之外,至少在其皈依的初始阶段,还必须借助于外部力量的帮助——这在小说中便具体体现为紧箍儿的制约力量。从表面上看,孙悟空在西行路上的不自由主要体现为他头上的紧箍儿。紧箍儿一方面制约了孙悟空不利于取经事业的离心行为,如第十四回孙悟空因愤于唐僧骗自己戴上紧箍儿,居然"把那针儿幌一幌,碗来粗细,望唐僧就欲下手";但它也经常阻碍孙悟空的降妖伏魔,典型的如三打白骨精及诛草寇时唐僧均大念"紧箍儿咒"。无论从哪一方面看,这紧箍儿都可称作孙悟空的"魔头"。孙悟空曾自谓"这桩事,作做是我的魔头罢",观音亦言"须是得这个魔头,你才肯入我瑜伽之门路"。因此孙悟空深恨紧箍儿,被唐僧驱逐时也要求必须先念个"松箍儿咒"褪去紧箍儿;更恨不能"脱下来,打得粉碎"。然而,紧箍儿只是一种外在制约手段,并非孙悟空的真正束缚所在。孙悟空真正不自由的根源来自于他自身,来自于他内心深处"再修正果"的热切渴望。皈依佛门之后,他不但心理上有了"忆昔当年出大唐,岩前救我脱灾殃"的报恩意识,思想上有了要保唐僧取经成功的责任感,行为上受到了紧箍儿的严重制约;更重要的是,他内心深处对修成正果的强烈渴望,使得他不得不告别从前"诗酒且图今朝乐,功名休问几时成"的自由潇洒,不得不俯首听命于肉眼凡胎人妖不辨的唐僧,不得不经受西行路上千难万险的磨砺。

有论者将孙悟空视作一个悲剧形象,认为他走过了一条不仅是行动自由而且是思想自由被剥夺的道路,自由平等本是孙悟空最具特征的性格,而西天取经实际上是在磨灭以往的锋芒,走向追求的反面,这是一个异化的过程③。然而,孙悟空的悲剧性不仅在于自由被剥夺、锋芒被销磨,更在于他根本没有意识到自己的悲剧,没有意识到异化

---

① 如诸葛志《〈西游记〉主题思想新论》,《浙江师大学报》1991年第2期;《〈西游记〉主题思想新论续篇》,《浙江师大学报》1993年第4期。
② 如方克强《文学人类学批评》第十章"原型模式:《西游记》的成年礼",上海社会科学出版社1992年版。
③ 李靖国《英雄的悲剧 悲剧的英雄——孙悟空悲剧形象再探》,《名作欣赏》1994年第5期。

的根源在于他本身,在于他对修成正果的渴望与追求。这种渴望越强烈,追求越执著,他就越受制于自己所渴望所追求的对象。小说第五十七回中,孙悟空因打死草寇而遭唐僧驱逐后,四顾徬徨,"欲待回花果山水帘洞,恐本洞小妖见笑,笑我出乎尔反乎尔,不是个大丈夫之器。欲待要投奔天宫,又恐天宫内不容久住。欲待要投海岛,却又羞见那三岛诸仙。欲待要奔龙宫,又不服气求告龙王。真个是无依无倚,苦自忖量道:'罢!罢!罢!我还去见我师父,还是正果'"。曾经"十洲三岛还游戏,海角天涯转一遭"的孙悟空居然无处可去,而"一生受不得人气"的孙悟空居然如此忍垢含耻,说来说去只是为了那个令他心向往之的"正果"。再如小说第八十回中,当孙悟空看到唐僧头上有"祥云缥缈,瑞霭氤氲"时,有一段较长的内心独白:"若我老孙,那五百年前大闹天宫之时,云游海角,放荡天涯,聚群精自称齐天大圣,降龙伏虎,消了死籍;头戴着三额金冠,身穿着黄金铠甲,手执着金箍棒,足踏着步云履,手下有四万七千群怪,都称我做大圣爷爷,着实为人。如今脱却天灾,做小伏低,与你做了徒弟,想师父顶上有祥云瑞霭罩定,径回东土,必定有些好处,老孙也必定得个正果。"对孙悟空而言,"着实为人"的昔日荣光难以忘怀,"必定得个正果"的美好未来却更具诱惑力,即使为此做小伏低忍辱负重也在所不惜。以上这两个场面一凄苦一欣慰、一悲哀一庆幸,从反、正两个方面充分说明了正果在孙悟空心目中沉甸甸的分量。因此,他真正的束缚并不是头上的紧箍儿,而是他所追求的"正果",是他重新进入社会秩序的内心渴望。这里正好可以引用到L·J·麦克法伦的一段话:"知道一个人的枷锁往往是自由的第一步,如果这个人对枷锁处于无知状态或者热爱这些枷锁,那么他永不会获得自由。"[①]孙悟空不但意识不到枷锁的存在,还无限热爱着这一枷锁,这也就意味着至少在得到正果之前,他是无法解脱自己,无法得到自由的。

三

从深层意义上说,孙悟空对正果的追求揭示了一个深刻的悖论:人不可能无所追求,而一旦有追求的欲望,就会被这种欲望所奴役,陷入不自由的境地,除非这种追求得到哪怕是暂时的实现。在《西游记》中,孙悟空的追求最终大获全胜,在经历了千般磨难之后,既"隐恶扬善"洗脱了前世罪愆,更立地成佛荣升为"南无斗战胜佛"。但孙悟空成佛之后,仍念念不忘头上的紧箍儿,让师父"趁早儿念个'松箍儿咒',脱下来,打得粉碎,切莫叫那甚么菩萨再去捉弄他人",而实际上此时紧箍儿已经"自然去矣","举手去摸一摸,果然无了"。这一情节具有强烈的象征意味与哲理内涵,联系当初观音在传授唐僧"紧箍儿咒"时曾说:"我那里还有一篇咒儿,唤做'定心真言',又名做'紧箍儿咒'。""定心真言"之名在小说中仅此昙花一现,通常使用的是"紧箍儿咒"一名,二者相较,显然前者更强调内在的自制力,而后者更偏重于外部的强制力。所谓"道果完成,自然安静",

---

① [英]L·J·麦克法伦《论两种自由概念》第70页,转引自伯林《自由论》,译林出版社2003年版。

孙悟空成佛之后紧箍儿的自动消失,表明此时有形的、外在的紧箍儿已经内化为无形的、自觉的"定心"了,这也意味着孙悟空在"苦历程途多患难,多经山水受迍邅"的十四年磨炼之后,不仅赎救了因"大闹天宫"而犯下的罪过,而且因"在途中炼魔降怪有功,全终全始"而终得"斗战胜佛"的"大职正果"。孙悟空这一"下界妖仙"经历了自由与禁锢、抗争与失败、荣耀与屈辱、辉煌与磨难等种种生命体验之后,终于"正果旃檀归大觉,完成品职脱沉沦",在宗教的菩提世界中找到了理想的位置与归宿。与此同时,"再修正果"的成功,也意味和象征着孙悟空重新获得了失去已久的自由,而且这一自由是与秩序相和谐相融洽的自由,是在秩序中如鱼得水的自由。

在《西游记》的文本世界中,孙悟空对自由的追求正好体现为一个正、反、合的辩证发展过程。在孙悟空入天宫之前,他"独自为王"的花果山作为一个独立自足的小世界,其秩序更多地呈现为一种自发自在的原生态,后来石猴在众猴拥戴下自封"美猴王","分派了君臣佐使",但二者虽有君臣名分,却"合契同情",而且"不伏麒麟辖,不伏凤凰管,又不伏人间王位所拘束",因而这一秩序实际上是一种理想状态的秩序、自由的秩序。而当孙悟空"高迁上品天仙位,名列云班宝箓中"之后,他"老孙有无穷的本事"的自我评价与天宫"凡授官职,皆由卑而尊"的森严秩序发生了严重冲突,而他"日日无事闲游"、"不论高低,俱称朋友"的行为方式更与天宫谨严有序的管理机制发生直接抵触,最终酿成了因"大闹天宫"失败而被压五行山下的灾祸。换言之,孙悟空越追求与花果山同样的"称王称祖",越是"立心端要住瑶天",反而离自己的追求越远,甚至适得其反。这一方面表明,天宫的秩序是一种没有自由的秩序,作为获得天廷众仙与西天佛国共同支持的现行体制,其合法性既不容动摇,也不是一个"妖猴"的力量所能颠覆的;另一方面,孙悟空钟情于没有秩序的自由,而采用与现行体制直接对抗的方式,既难以取得成功,实际上也不可能获得如此自由,因为没有秩序的自由与没有自由的秩序同样可怕。对孙悟空而言,被压五行山下的五百年是生命中最黑暗的时光,在这"度日如年"的漫长时间里,想必他对此已经有了清醒的认识,所以才会在遇到观音时殷切恳请"万望菩萨方便一二,救我老孙一救",并表示"我已知悔了。但愿大慈悲指条门路,情愿修行",于是在观音的指点下,孙悟空自此静心等候唐僧,其实也是在默默等候自己"难满脱天罗"、"舒伸再显功"的时机。

如果以"大闹天宫"为界,可以说,之前孙悟空的自由是混沌形态的自由,虽然不乏烂漫风采,却单纯幼稚似未成熟的孩童。而经过五行山下五百年磨难,孙悟空对自由的追求有了质的改变,被纳入了秩序化的轨道。皈依佛门之后,原本"不伏天不伏地混元上真"的孙悟空有了师父,也因此被纳入了普遍的人伦秩序中,"天上地下,都晓得孙悟空是唐僧的徒弟",而"一日为师,终身为父"这样的伦理观念几次出现在孙悟空口中。这样,一方面天宫通过如来—观音—唐僧这一等级序列实现了对孙悟空的秩序化管理,保证了孙悟空不再游离于统治秩序之外;另一方面,孙悟空也因"归依佛法,尽殷勤保护取经人,往西方拜佛",得以正果西天,重列仙班,成为"一切世界诸佛"中光荣的一员。从天宫的角度来说,让孙悟空皈依佛门,参与"山大的福缘,海样的善庆"的取经事业,实际上是相当成功地将一个原本秩序化生活的异类纳入了体制运行之中。而从孙悟空的角度来说,"果然脱得如来手,且待唐朝出圣僧",他也通过保护唐僧取经这一途径而获得了新生的机会,即"亏师父解脱,借门路修功,幸成了正果",被秩序世界重新接纳。而孙悟空成佛之后紧箍儿的自动消失,正象征着他在"功完八九还加九,行满三千及大千"的艰辛努力之后重新获得了自由,而且这一自由不同于"大闹天宫"前天真混沌的自由,而是涵融于天宫秩序中的更高形态的自由,意味着"从心所欲不逾矩"的从容境界。

  无论从哲学还是社会学上说,个体自由与社会秩序都是既二元对立又二元互补的关系,正如查尔斯·霍顿·库利所言:"自由是获得正确发展的机会。正确发展就是朝符合我们理性的理想生活发展","把疯子和罪犯放出来或是让孩子在街上游逛而不送去上学,决不是对自由的贡献"①。《西游记》中自由与秩序的生克变化并未超出这一普遍范畴,然而其独特之处在于,二者在整个小说叙述中不仅既对立又互补,而且呈现为一种典型的情感与价值悖论,叙述者的立场是摇摆不定、难以取舍的,时常陷入自我矛盾中:既欣赏孙悟空那"强者为尊该让我"的自由风采,又深知这种无法无天的自由是危险的;既欣慰于"宇宙清平贺圣朝"的秩序重建,又痛感这一秩序的压制人才;既致力于将"历代驰名第一妖"纳入秩序化轨道,又心有不甘地将斗、战、胜的犀利锋芒凌驾于佛的无嗔无欲之上。作为小说叙述的终结和人物命运的定格,孙悟空的最终成佛既象征了曾遭放逐的异类被秩序重新接纳,也象征了秩序在规化异类上取得的重大成功,然而,"斗战胜"的前缀则不仅意味着异类的皈依绝非彻底、秩序的胜利尚可商榷,更暗示了在秩序的规范力量下自由意志潜藏的巨大生命力。实际上,小说叙述所体现出的这一精神悖论,不仅是叙述者所难以解决的,也是每一社会个体所难以摆脱的,其深刻意义正在于它如实地展现了人类既不得不屈服于秩序又由衷地向往自由的精神走向,真实地反映了人类身处秩序与自由夹缝中的两难处境,而这也正是小说的深层价值与哲理魅力所在。

原载《文学评论》2008 年第 1 期

---

① ［美］查尔斯·霍顿·库利《人类本性与社会秩序》第 276、277 页,华夏出版社 1989 年版。

《金瓶梅》研究百年论衡

梅新林 葛永海

被称为中国"第一奇书"的《金瓶梅》自16世纪末问世以后,如惊雷乍起,誉之毁之,莫衷一是。然于聚讼纷纭之时,有志于研究者毕竟寥寥,不成气候。进入20世纪之后,随着中国学术从古典向现代的转型,以及小说价值观念的变革与更新,《金瓶梅》的研究亦渐次由微而宏,由浅而深,遂成显学,学界称之为"金学",以期与中国小说研究的另一显学——"红学"并驾齐驱。回首20世纪,百年烟云,倏忽过眼,本文拟为20世纪的百年《金瓶梅》研究作一历史小结。

一

伴随20世纪学术思潮的阶段性演进,百年"金学"大致可以划分为三个时期。

第一时期:1901—1948年,是为百年金学现代学术范型的奠立期。19、20世纪之交,在中国社会变革与东西方文化交融的背景下,中国学术开始了从古典向现代的历史性转型。表现在文学研究领域中,即由传统的感悟式"评点"方式转向融合西方现代人文学科成果新的批评理论与方法的探索。而就《金瓶梅》的研究而言,首开先声的是王钟麒在发表于1908年《月月小说》2卷2期的《中国三大小说家论赞》一文中,以现代小说观念否定传统的"淫书说",而充分肯定《金瓶梅》在揭露社会黑暗现实方面的思想意义。而后至1924年鲁迅《中国小说史略》下册和《中国小说的历史的变迁》的出版,尤其前书有较多篇幅论及《金瓶梅》,命之为"世情小说",并推为"世情书"之最,遂将金学研究引上现代学术之途。再至1930年代初,由于不同于通行崇祯本的万历间刻本《金瓶梅词话》在山西介休县的发现(1932),极大地激发了学术界对于金学研究的热情,于是有一系列重要成果问世。其中创见最多、影响最著者当推郑振铎《谈〈金梅词话〉》(1933)、吴晗《〈金瓶梅〉的著作时代及其社会背景》(1934)二文。郑文于《金瓶梅》时代、作者、版本多有考证,推许《金瓶梅》"是一部很伟大的写实小说",这是对鲁迅"世情说"的继承和发展;吴文进而以历史学家的眼光和功力,以翔实的材料考定《金瓶梅》作者籍贯与创作时间。以上二文一同以崭新而又科学的理论、方法与见解奠定了20世纪现代金学研究之基础。

1940年代金学研究中的重要成果有姚灵犀《瓶外卮言》(1940)、冯沅君《〈金瓶梅词话〉中的文学史料》(1947)、孟超《〈金瓶梅〉人物小论》系列论文(1948)等。《瓶外卮言》是一部论文集,为民国年间金学重要成果的汇集。冯文于《金瓶梅》文学史料的考索有许多新发现,具有集成之功,孟超系列论文则是百年金学中《金瓶梅》人物形象专题性的系统研究的发轫之作①。

以上诸项研究成果,虽各有侧重,但在百年金学史上,都具有共同奠定现代学术范型的开创性意义。

第二时期:1949—1978年,是为百年金学内衰外盛的分化期。本时期的金学研究,大陆由于受特定政治环境的影响,成果寥寥。而在台港、日本与美欧则分别形成三个研究重心,成绩斐然。

在第二时期的近30年间,国内金学研究中除李西成、李长之、李希凡、任访秋等所撰论文有较大影响外,值得注意的是潘开沛与徐梦湘有关《金瓶梅》作者的论争。1954年8月29日,潘开沛在《光明日报》上发表了《〈金瓶梅〉的产生和作者》一文,提出《金瓶梅》是在同一时间或不同时间里由许多艺人集体创作之说,遂引发不同意见。徐梦湘于次年4月17日在《光明日报》上发表《关于〈金瓶梅〉的作者》一文,予以反驳,认为《金瓶梅》完全是有计划的个人创作,之所以名之为"词话",是因为最初小说都曾模仿评话创作。潘徐之争,作为当时金学惟一的学术性论争,具有较重要的意义。然而,限于当时的学术环境,此次论争不可能进一步走向广泛、激烈与深入。

本时期台港方面的重要金学研究成果集中在1970年代末,1977、1978年,东郭先生《闲话金瓶梅》、孙述宇《金瓶梅的艺术》相继出版。前者广泛论及思想艺术诸方面,但深度不足。后者集中讨论了《金瓶梅》的艺术特色与成就,论述更为深入,为台湾地区《金瓶梅》艺术论的开山之作。

国外的金学研究以美国和日本为盛。日本因文化上的因缘关系,以及《金瓶梅》的较早传入,研治金学起步较早,学者较多,成果亦著。奥野信太郎、长泽规矩也、小野忍、鸟居久靖、泽田瑞穗、小川阳一、上村幸次、饭田吉郎、太田辰夫、清水茂、后藤基巳等都陆续有金学成果问世,其中不乏兼任《金瓶梅》日译之学者。总的来看,日本的金学研究主要以文献见长。1948至1949、1963、1965年,日本曾先后出版了三本金学研究论文集,分别名之为《金瓶梅附录》论文集、《金瓶梅特集》研究专号、《金瓶梅论文集》,可以视为日本学者金学研究主要成果的汇集。

美欧的金学研究以美国韩南、英国阿瑟·戴维·韦利、前苏联马努辛、勃·里弗京(即李福清)等为代表。其中韩南成果最著,他于1962年在《亚洲杂志》发表《〈金瓶梅〉的版本及其他》,对《金瓶梅》版本做了极为细致的研究。次年,又发表《〈金瓶梅〉探源》,该文以冯沅君和其他学者的研究为基础,对《金瓶梅》所引用之小说、话本、戏曲、史书等作了系统的溯源,是一部有关《金瓶梅》渊源研究的集大成之作。韩南上述二文,资料丰

---

① 原载于1948年9月9日至11月7日香港《文汇报》,题为《金瓶梅人物小论》,1985年10月《光明日报》出版社结集出版,名为《金瓶梅人物论》。

赡，论证审慎，向为研究界所重。此外，马努辛一生致力于《金瓶梅》的俄译本工作，并著有《十六世纪社会暴露小说〈金瓶梅〉：从传统到创新》、《关于长篇小说〈金瓶梅〉的作者》等多篇论文，代表了本时期前苏联金学研究的主要成果。

第二时期境外金学研究之盛虽然在一定程度上弥补了国内金学研究之不足，但毕竟是在相对隔离乃至封闭的背景下展开的，直到1970年代末，这种状态才逐渐被打破，境外的主要研究成果也开始陆续传入内地。

第三时期：1979—2000年，是为百年金学由分到合、相互促进的全盛期。1980年代之后改革开放与思想解放运动的兴起，西方现代人文科学成果的传入以及境外金学研究成果的译介，全国各种《金瓶梅》研究会的成立，国内外有关金学会议的召开，等等，一同开创了百年金学研究之盛世。与此同时，受金学研究实绩的激发，"金学"之名也终于亮相于《金瓶梅》研究界。1982年6月，香港著名学者魏子云所著《金瓶梅审探》一书由台湾商务印书馆出版，董庆萱在为此书所作的序中称"继'红学'之后，'金学'也逐渐热闹起来"。此后，"金学"之称遂广泛流行开来并被学界所认可和接受。

与第二时期内衰外盛所迥然不同的是，第三时期的金学研究中心又重新转移至内地。循其演进轨迹，则又可分为1979—1985复苏、1985—1995鼎盛、1995—2000退潮三部曲。早在1979年，朱星率先打破金学史上近30年的僵化局面，在《社会科学战线》上连续发表《〈金瓶梅〉考证》等三文，再次确认王世贞是《金瓶梅》的作者。击石惊浪，以此为序幕，金学界掀起了经久不息的《金瓶梅》作者考证热潮。嗣后，张远芬、徐朔方、黄霖、鲁歌、马征、卜键等各自提出作者假说，并围绕作者考证展开大规模的论争，继而讨论作者的属性，所处的时代，所用的方言等等，一时气势如虹。1985—1988年，全国第一、二、三届《金瓶梅》学术研讨会在江苏徐州（第一、二届）、扬州（第三届）的相继召开，尤其是1989年6月首届"国际《金瓶梅》学术讨论会"在江苏徐州的召开以及"中国金瓶梅学会"的成立与《金瓶梅研究》的创刊，有力地促进了金学研究的全面拓展和高度繁荣。1995年后的五年，金学研究有热潮渐退的迹象，习蹈陈说之文渐多。与此同时，也有一些学者进入世纪末的学术反思。

与中国大陆的金学研究盛势相呼应，本时期台港、日韩、美法的金学研究也相当活跃，并由此构成境外金学的三个新的研究重心。1980年代，魏子云、梅节两大家崛起于台港金学界。魏子云著作如云，涉及研究领域相当广泛，成果显著。其《金瓶梅研究二十年》可以视为著者20年金学研究历程与成果的自我总结。梅节的主要成就则集中反映在已出版的全校本《金瓶梅词话》中，此本得到了金学家的普遍好评。本时期日本的金学研究似有退潮之迹，但实力依然不弱，先后涌现了荒木猛、日下翠、大塚秀高、寺村政男、阿部泰记、铃木阳一等金学研究名家。其中荒木猛、大塚秀高成果最著。与此同时，值得注意的是韩国金学研究的崛起，但总体成就还无法与日本相比。欧美的金学研究以美国为主、法国次之。美国除前面提到的韩南外，夏志清、芮效卫、柯丽德、浦安迪、马泰来、郑培凯、杨沂等都是美国兼治汉学与金学的主将。尤为引人注目的是，1983年5月，在美国印第安那大学召开了《金瓶梅》国际学术研讨会。会议收到了夏志清、芮效卫、史梅蕊、杨沂、孙述宇、郑培凯、马泰来等11位学者提交的11篇论文①。这是本时期境外金学研究主要成果的一次检阅。法国的金学研究界主要有雷威安、艾金布勒、陈庆浩、李治华等。其中雷威安的法译本《金瓶梅》颇为人所称道。

第三时期中国大陆的金学研究因挟改革开放与思想解放运动之盛势，虽历时最短，却争论最烈，成果最富，影响最著。而在台港、日韩、美法三个新的研究重心中，以美国声势最宏，韩、法则分别为后两个重心的新的生长点。中国大陆与境外由分到合，相互交流，相互促进，终于共同奠定了百年金学的繁荣局面。

二

纵观百年金学，时而喧闹，时而寂寞，而使金学一脉始终保持活力，未至绝灭，乃是因为金学中屡有观点之碰撞，思想之磨砺。故虽行途曲折，终能求得学术之递进。百年金学，就其主流及影响而言，约有以下四大争鸣之热点。

一曰作者之争。在20世纪之前，盛行明代嘉靖年间学者王世贞作《金瓶梅》之说②。1934年，吴晗在《〈金瓶梅〉的著作时代及其社会背景》一文中，以极其严谨的考证，予以否定。时过半个世纪，朱星于1979年发表《〈金瓶梅〉的作者究竟是谁》等文和《金瓶梅考证》一书，列举十点理由重申了王世贞说。而后周钧韬承之并加以补充和发挥，进而发展为"王世贞及其门人联合创作说"。此说后来也同样引发了众多的不同意见。

自朱星重申"王世贞说"之后，大大激发了金学界探寻《金瓶梅》作者的热情，各种推测之说相继出笼，举其要者有徐朔方、吴晓铃、赵景深、杜维沫、卜键以及日本日下翠等人提出的李开先说，张远芬、郑庆山等人提出的贾三近说，黄霖、郑闰、李燃青、吕钰及台湾魏子云、杜松柏等人提出的屠隆说，鲁歌、马征等人提出的王稚登说等，与王世贞说合之为"五大说"。除这"五大说"以外，还有李先芳、谢榛、徐渭、汤显祖、冯梦龙、沈德符、丁惟宁等人选不断被提出，包括只知字号，未坐实某人的已达到50余人。各说在拥有一些支持者的同时，又几乎都面对着强有力的驳论。在对《金瓶梅》作者人选的考证中，又贯穿了有关作者属性的三种争论，分别是：(1)集体创作与个人创作之争；(2)大名士与中下层文人之争；(3)北方人与南方人之争。其中以由潘开沛、徐梦湘肇其端的集体创作与个人创作之争，参与者最多，影响最大。但迄今为止，这三大论争也同样未能取得一致意见。

作者之争乃是百年金学论争的第一热点，其内容占了金学史之一半，然因论争者多以推测代替实证，尤其缺乏确凿之内证，所以终无结论，不免令人遗憾，亦引人深思。

二曰主题之争。《金瓶梅》的主题是研究者普遍关注的另一个热点话题，大约有数

---

① 此次会议论文均收入徐朔方编选校阅之《金瓶梅西方论文集》，上海古籍出版社1987年版。
② 此说主要依据于清康熙十二年(1673)宋起凤所作《稗说》，后《金瓶梅》评点家张竹坡即据此提出"苦孝说"。

十种主题说被渐次提出。择其要者,分别为世情说、暴露说、政治讽谕说、新兴商人悲剧说、人生欲望说、文化悲凉说①。

民国时期,鲁迅首倡"世情说",认为《金瓶梅》的特点在于"描写世情,尽其情伪"。黄霖作于1984年的《金瓶梅与古代世情小说》一文论述更为系统,是对鲁迅"世情说"进一步的发展。"暴露说"的完整表述是"暴露封建黑暗说",最初由北大中文系55级学生编写的《中国小说史》提出,认为《金瓶梅》是对明代正德至万历中期封建社会黑暗的全面暴露,在1950、1960年代甚为流行,1980年代之后逐渐弱化。"政治讽谕说"又称"影射说",1980年代初由台湾学者魏子云率先提出,他认为《金瓶梅》是一部有关明神宗的政治讽谕小说。此说虽曾获得一些学者的支持,却遭到极为强烈的批评,被视为"索隐派"的复活。

新兴商人悲剧说、人生欲望说、文化悲凉说相继出现于1980年代末至1990年代初之间。1987年卢兴基撰文提出"新兴商人悲剧说",认为《金瓶梅》主旨就是表现一个新兴商人的悲剧。相反意见是从两方面进行驳难的,一是西门庆依仗封建特权,不是新兴商人;二是他的死亡并非悲剧。"人生欲望说"由张兵在1988年11月于扬州召开的第三届全国《金瓶梅》学术讨论会上提出,他认为《金瓶梅》是一部集中表现人生欲望的书,欣欣子的《金瓶梅词话序》即是小说表现人生欲望的一篇宣言书。"文化悲凉说"见于1993年第4期《文学遗产》所载王彪《无所指归的文化悲凉——论〈金瓶梅〉的思想矛盾及主题的终极指向》一文,作者由《金瓶梅》的思想矛盾,最后归结无所指归的文化悲凉这一终极指向,其中包含着对人、生命、历史的更高意义的思考。

以上六种主题说,唯鲁迅的"世情说"本是对《金瓶梅》小说类型的定位,正如以《西游记》归之于神魔小说一样,并不能直接等同于对小说主题的揭示。至于其他诸说,则以王彪的"文化悲凉说"更具哲学深度。

三曰性描写之争。《金瓶梅》中的性描写向为金学争论之焦点,20世纪百年中,论争不绝,各执一词。

一方观点主张《金瓶梅》中的性描写是内在的,有机的,不可或缺的。早期对《金瓶梅》性描写予以一定积极评价的论著多从其"史料价值"着眼。本世纪中叶之后,才逐渐转入更为内在、深入的研究。代表作为日本后藤基巳的《〈金瓶梅〉的时代背景》(1965)、章培恒的《论〈金瓶梅词话〉》(1983)、王彪的《作为叙述视角与叙述动力的性描写——〈金瓶梅〉性描写的叙事功能及审美评价》(1994)等。前二文重在从体现晚明人性解放新的时代精神的视角对《金瓶梅》的性描写予以充分肯定,王文则就《金瓶梅》性描写与小说叙述视角和动力的内在关系提出了自己独到的见解,认为性描写无法从《金瓶梅》中剥离,性描写除了表现主题思想和人物形象需要外,在《金瓶梅》里还具有一种独特的形式功能。这种功能使"秽笔"真正渗透到全书的肌体,直至成为血肉本身。具体地说,一是性描写作为《金瓶梅》的叙述视角之于体现小说主题的意义;二是性描写作为《金瓶

---

① 前五重主题说重点参考了黄霖主编《金瓶梅大辞典》。

梅》的叙述动力之于推进故事情节和人物性格发展的意义。与以上意见相左的另一方则认为《金瓶梅》中的性描写是外在的、附加的,至少是过度的,故删除之也无伤大体。虽然他们也并不全盘否认《金瓶梅》性描写的价值,但认为这些性描写没有节制过于泛滥,是书中的败笔,于社会于读者有害无益。徐朔方在《论〈金瓶梅〉的性描写》一文中这样写道:"不是闪闪发光的东西都是金子。性描写并不必然等同于个性解放,正如同杂乱的性关系并不必然就是封建婚姻制度的叛逆。"这一观点有一定的代表性。

由以上双方分歧中可知,前者多从史料价值、时代精神及叙事功能方面立论,后者则多以社会教化以及审美品格责之。应该承认,对《金瓶梅》性描写的价值评判具有一定的复杂性,并不是三言两语所能了断的。郑振铎《谈〈金瓶梅词话〉》曾提出这样一个假设:"其实《金瓶梅》岂仅仅为一部淫书!如果除尽了一切的秽亵的章节,它仍不失为一部第一流的小说。"然而,假如有人反问:果真将《金瓶梅》中的性描写删除殆尽,那《金瓶梅》还成其为《金瓶梅》吗?显然,性描写作为《金瓶梅》的一个重要组成部分,确已渗透至小说的题旨、形象、叙事之中,与小说几乎无法分离,但是又不是不可删削的。作者的矛盾心态在于一方面以色劝惩;另一方面又玩味于色,致使性描写失于节制,过多过滥,所以,在不伤害题旨、形象、叙事的前提下,删削一些也无妨。

四曰人物形象之争。论争主要是围绕西门庆、潘金莲以及宋惠莲等人物的评价而展开的。

关于西门庆主要有三次争论。一是西门庆的社会属性中是否含有地主成分?游国恩等主编的《中国文学史》把西门庆称为地主、恶霸、商人三者的混合体,另一种意见认为,西门庆虽购买土地,但未进行土地投资,故认定其为地主缺乏起码依据;二是西门庆之属性层次是三位一体,还是以商为主的官商?近年来,将其作为官商典型的意见较引人注目;三是西门庆是否是新兴商人?自卢兴基提出"新兴商人说"后,遭到多位学者的强有力反驳。西门庆形象论争的结果是使这一形象的社会属性更加明确,西门庆既不是地主,也非新兴商人,而是一旧式官商。

关于潘金莲的评价经过了一个从简单定性到全面艺术分析的过程。前期研究者如李西成、朱星等认为:潘金莲是封建社会中堕落成性却又凶狠的妇女典型,是坏女人。后期研究者如罗德荣、叶桂桐、宋培宪等则更加注重全面的审美考察,更加注重揭示其可憎又可悲的多重性格。

在西门庆、潘金莲两位最重要的主角之外,有关人物形象之争还涉及李瓶儿、庞春梅、宋惠莲等。这里重点谈一下宋惠莲。对于宋惠莲前后性格行为强烈反差的解释,大致有三种意见:一是以孟超等为代表的批判性的意见,认为宋惠莲具有两重人格,是个不彻底的人物,不值得同情;二是以孔繁华等为代表的肯定性意见,认为宋惠莲已完全觉醒,她是在以死向不公平的社会作抗争;三是李时人等提出的意见则显得更有说服力,认为宋惠莲之死并非因为忠贞,而是源于严重的失败感,她终于意识到自己根本不能对西门庆有多大的影响力,因而死于绝望。

以上四大热点的争鸣与研究,构成了百年金学之主潮。然而,大潮涌动之际,也往往是学术泡沫盛行之时。得之失之,我们还须予以冷静的思考和分析。

三

据不完全统计,20世纪百年间共发表金学论文千余篇,专著百余部,成果是相当可观的,这里拟再从文献、文本、文化研究三个方面略作评价。

1. 文献研究。《金瓶梅》的文献学研究在整个金学中占有举足轻重的地位,其中包括作者、版本、源流研究三个方面。关于作者研究,前文已作较多论述,在金学研究成果中,可谓学者最众,论著最丰,影响最大,但存在的问题也较多。

版本研究方面,正式撰文作专题考辨的始于周越然发表于1935年4月《新文学》创刊号上的《〈金瓶梅〉版本考》。由于《金瓶梅》的版本从早期抄本到词话本(万历本)、绣像本(崇祯本)、张竹坡评点本及其他诸本比较复杂,故而学界对此的研究即集中于以上诸本流变及彼此承传关系上。其中如日本长泽规矩也《〈金瓶梅〉的版本》、鸟居久靖《〈金瓶梅〉版本考》、美国韩南《〈金瓶梅〉的版本及其他》等论文,以及大陆学者刘辉《金瓶梅成书与版本研究》、王汝梅《金瓶梅探索》、薛亮《明清稀见小说汇考·〈金瓶梅〉系列》等专著,都是重在对《金瓶梅》版本进行系统研究的力作。鸟居久靖文详细著录并分析了《金瓶梅》从"词话本"到异本的35种不同版本。作者后又有《续考》、《三考》问世,对此予以补充。韩南文以翔实的材料和周密的论证,考定《金瓶梅》甲乙丙三个版本系统及其相互间的渊源关系,认为最重要的是以万历本为代表的甲系和以崇祯本为代表的乙系,在《金瓶梅》版本研究中有重要影响。刘辉的《金瓶梅成书与版本研究》,更为详细地介绍了有价值、有影响的主要版本十四种,是版本研究之重要著作。此外,还有不少论著是围绕版本研究中的一些重要问题展开探讨。比如就"词话本"而言,存在着初刻本时间、东吴弄珠客等三序跋、第53—57回的补刻、万历间"词话本"与《新刻金瓶梅词话》的关系以及"词话本"作为刻本之祖与其他诸本的渊源等五大问题。关于"词话本",经魏子云、马泰来等考证,大致可以确定初刻本时间为万历四十五年(1617)。初刻本时间的确定因直接关系到成书年代的推测,至少可以为成书确定一个明确的下限。故此对于重新审视长期以来关于《金瓶梅》成书年代的"嘉靖说"与"万历说"之争,以及综合其他佐证材料推断《金瓶梅》的创作时间具有重要的参照意义。关于第53—57回,经语言学家朱德熙及其他学者的考析,也已大致可以确定为南人"补以入刻"(详后)。至于另三个问题,至今还存在着相当大的争议和歧见,一时难以达成共识。再如关于张竹坡评点本,也是版本研究中的一个热点论题。先是陈昌恒于1986年整理出版了《张竹坡评点金瓶梅辑录》。次年,吴敢同时推出《张竹坡与金瓶梅》、《金瓶梅评点家张竹坡年谱》两部学术著作。这些对于推进有关张竹坡本人及其《金瓶梅》评点的研究贡献尤著。

源流研究包括溯源与传播影响研究。前者的早期代表性成果有三行《苦孝说与〈金瓶梅〉》、涩斋《〈金瓶梅词话〉里的戏剧史料》、许固生《〈金瓶梅〉本事考略》等。而后,又有冯沅君《〈金瓶梅词话〉中的文学史料》、韩南《〈金瓶梅〉探源》二文先后问世，堪称渊源研究的集成之作。此外，还出现了诸多对《金瓶梅》进行专题性溯源的研究论文。至1980年代后，内地又有一批中青年学者融故出新推出了总结性的研究专著，如蔡敦勇《金瓶梅剧曲品探》、周钧韬《金瓶梅素材来源》、孟昭连《金瓶梅诗词解析》、鲍廷毅《金瓶梅语词溯源》等。周钧韬的专著乃是对韩南《金瓶梅探源》的全面发挥，具有考证全面、论述独到的特点。传播影响研究以《金瓶梅》续书研究和《金瓶梅》对《红楼梦》影响研究为主。如孙逊、陈诏《红楼梦与金瓶梅》、徐君慧《从金瓶梅到红楼梦》以及张俊《试论〈红楼梦〉与〈金瓶梅〉》、日本寺材政男《从〈水浒传〉到〈金瓶梅〉的变化》、大内田三郎《〈水浒传〉与〈金瓶梅〉》、上野惠司《从〈水浒传〉到〈金瓶梅〉——重复部分语词的比较》、美国史梅蕊《〈金瓶梅〉与〈红楼梦〉的花园意象》等①，其中《红楼梦与金瓶梅》收入26篇论文，集中代表了孙、陈二人的主要成果。史梅蕊之文则最富新义。有关《金瓶梅》外文译介方面研究，国外学者多有涉及，国内则以王丽娜用力最勤，撰有多篇文字。

当代学者在加强对《金瓶梅》文献研究的同时，也注重对已有研究文献进行整理。主要有：朱一玄《金瓶梅资料汇编》、侯忠义、王汝梅《金瓶梅资料汇编》、方铭《金瓶梅资料汇录》、黄霖《金瓶梅资料汇编》、周均韬《金瓶梅资料续编》(1919—1949年)。以上五编几乎已将古代、现代之金学研究资料尽收其中，嘉惠士林之处，自不待言。另外，日本泽田瑞穗主编《增修金瓶梅资料索引》、饭田吉郎、太田辰夫等《金瓶梅词话语汇索引》、胡文彬《金瓶梅书录》及魏子云《金瓶梅编年记事》等也有重要的文献价值。

2. 文本研究。包括小说文本整体研究与专题研究。整体研究的早期代表作是孙述宇出版于1978年的《金瓶梅的艺术》。此书以人物研究为重心，涉及《金瓶梅》艺术成就的诸多方面。另外，周中明《金瓶梅艺术论》、张业敏《金瓶梅的艺术美》、杨义《〈金瓶梅〉：世情书与怪才奇书的双重品格》以及美国浦安迪《明代小说四大奇书》中论《金瓶梅》部分等等，也都重在整体性的文本研究，其中浦、杨之作则更多自己独特的体悟与创见。

关于专题性的研究，大略可分为五个方面内容：其一为人物形象论。人物形象研究一直是中国小说研究的重中之重，金学也不例外。仅就专著观之，不仅数量众多，而且多方开掘，内涵丰富。其中有侧重于人物形象整体研究的，如孟超《金瓶梅人物论》、高越峰《金瓶梅人物艺术论》，石昌渝、尹恭弘《金瓶梅人物谱》、鲁歌、马征《金瓶梅人物大全》、孔繁华《金瓶梅人物掠影》、叶桂桐、宋培宪《金瓶梅人物正传》、王志武《金瓶梅人物悲剧论》等；有侧重于人物形象分类研究的，如孔繁华《金瓶梅的女性世界》、跃进《金瓶梅中商人形象透视》等；有侧重于人物形象个体研究的，如罗德荣《金瓶梅三女性透视》、魏崇新《说不尽的潘金莲》等；也有侧重于人物形象的比较研究的，如冯子礼《金瓶梅与红楼梦人物比较》。至于论文方面，如日本荒木猛《〈金瓶梅词话〉人物登场表》，前苏联马努辛《〈金瓶梅〉中表现人的手法》，美国杨沂《宋惠莲及其在〈金瓶梅〉中的象征作

---

① 参见梅新林、葛永海《〈金瓶梅〉与〈红楼梦〉比较研究述评》，《红楼梦学刊》1998年第二期。

用之研究》以及张天畴《〈金瓶梅词话〉里的帮闲人物》等,也各有特色。从总体上看,早期论著在深度上有所欠缺,但进入80年代以后,研究者逐步转向从社会学、文化学、心理学等多重视角审视《金瓶梅》中人物,因而更加丰富多彩,也更为深入。

其二为叙事模式论。以上世纪八九十年代之交为界,此前的叙事研究多沿承传统范式,成果不著。此后,随着西方叙事学理论的引入,才陆续有些颇有深度的论文问世,比如上文提到的王彪《作为叙述视角与叙述动力的性描写——〈金瓶梅〉性描写的叙事功能及审美评价》、杨义《金瓶梅:世情书与怪才奇书的双重品格》等,但总体上看,还显得比较薄弱。而另一方面,由于国外学者能充分吸纳叙事学理论用于《金瓶梅》研究,故能从跨文化的视角提出一些新见。如美国浦安迪专著《明代小说四大奇书》以及夏志清《〈金瓶梅〉新论》、柯丽德《〈金瓶梅〉的结局》、史梅蕊《〈金瓶梅〉和〈红楼梦〉的花园意象》、日本阿部泰记《关于〈金瓶梅〉叙述的混乱》、寺村政男《〈金瓶梅词话〉中的作者介入文——"看官听说"考》等论文,对于加强和深化《金瓶梅》的叙事学研究具有一定的借鉴和启示意义。

其三是语言艺术论。这一研究是随着许多语言学家的加盟而逐步走向深入的,主要集中于(1)语言(包括方言熟语)艺术与现象本身研究;(2)通过语言现象与特点的研究为推断小说作者或地域背景提供佐证。前者除了诸多论文之外,还出现了为数可观的辞书和专著,如张鸿魁《金瓶梅字典》,白维国《金瓶梅词典》,王利器主编《金瓶梅词典》,黄霖主编《金瓶梅大辞典》,上海市红学会、上海师大文研所合编《金瓶梅鉴赏辞典》,张鸿魁《金瓶梅语音研究》,李申《金瓶梅方言俗语汇释》,张惠英《金瓶梅俚俗难辞解》,李布清《金瓶梅俚语俗谚》,傅憎享《金瓶梅隐语揭密》、《金瓶梅妙语》,章一鸣《金瓶梅词话和明代口语词汇语法研究》,鲍廷毅《金瓶梅语词溯源》,潘攀《金瓶梅语言研究》,曹炜《金瓶梅文学语言研究》,孟昭连《金瓶梅诗词解析》,毛德彪、朱俊亭《金瓶梅评注》,魏子云《金瓶梅词话注释》等。国外关于《金瓶梅》语言艺术与现象的研究,涉及修辞艺术、双关语、隐语、歇后语及其他语言现象等内容,主要见于美国凯瑟琳·寇尔莉茨《金瓶梅的修辞》、柯丽德《〈金瓶梅〉中的双关语和隐语》、日本鸟居久靖《〈金瓶梅〉的语言》、《〈金瓶梅〉中的歇后语》,上野惠司《从〈水浒传〉到〈金瓶梅〉——重复部分语词的比较》等。比较而言,《金瓶梅》的语言艺术研究还显得比较薄弱。另一方面,是以方言熟语考释为媒介为探讨小说作者或小说地域背景提供佐证。如朱德熙发表于《中国语文》1985年第1期的《汉语方言里的两种反复问句》一文通过《金瓶梅》中方言两种反复问句句型的研究,提出《金瓶梅》所使用的是山东方言,而第53—57回则是南方人补作的观点,受到研究者的充分关注。鉴于《金瓶梅》作者及地域之争,从方言俗语开辟一条考证新途的确是很有意义的,尽管至今仍未有定论,但基本已破除了原先广为流行的《金瓶梅》方言纯为鲁语的说法,证实其中还掺杂着吴语、晋语以及北京方言等。

其四为艺术价值论。由于《金瓶梅》本身的复杂性,学者们对于《金瓶梅》的价值评价始终存在着很大的歧见甚至相反的观点,一般来说,人们对其思想内涵尤其是其中的性描写多有责词,而对其艺术价值则多作肯定,但也有一些学者认定《金瓶梅》当为"三流作品",似乎贬之过当。不过,更多的学者是从一般的价值评判走向对《金瓶梅》艺术价值的具体探讨上。在1980年代率先对《金瓶梅》美学价值进行研究的是宁宗一,他认为《金瓶梅》的作者努力探索了小说美学的新观念。此后,宁宗一与罗德荣联合主编《金瓶梅对小说美学的贡献》一书,进一步论证《金瓶梅》的小说美学价值。此外,王启忠《金瓶梅价值论》、霍现俊《金瓶梅新解》、胡邦炜《金瓶梅的思想与艺术》等专著以及章培恒的著名论文《论〈金瓶梅词话〉》,都有对《金瓶梅》独特艺术价值的深刻领悟与充分肯定。王书采用八个理论视角,对小说的多重价值进行综合分析,多有创见。

其五为主题思想论。前面已较详细地评述了有关主题思想的讨论,此略。

3. 文化研究。就研究论著数量而言,文化研究无法与文本研究尤其是文献研究相比,但就研究深度而言,尚有一些新见值得注意。

《金瓶梅》的文化研究主要从文化总论与分论即整体与专题研究两个方面展开。前者代表性论著有陈东有《金瓶梅——中国文化发展的一个断面》、田秉锷《金瓶梅与中国文化》、何香久《金瓶梅与中国文化》、王宜廷《红颜祸水——〈水浒传〉〈金瓶梅〉女性形象的文化思考》(以上专著),王彪《无可指归的文化悲凉——论〈金瓶梅〉的思想矛盾及主题的终极指向》(论文)等。另王启忠《金瓶梅价值论》,田秉锷《金瓶梅人性论》,霍现俊《金瓶梅新解》,宁宗一、罗德荣《金瓶梅对小说美学的贡献》,以及章培恒《论〈金瓶梅词话〉》、后藤基巳《〈金瓶梅〉的时代背景》等,虽都未径直标出"文化"二字,但都不同程度地涉及文化研究。其实,有无标出"文化"并不重要,关键是能否从文化现象入手逐步走向更为潜在、更为深层的文化精神研究。

文化分论即文化专题研究包括宗教文化、性爱文化、民俗文化、饮食文化、商业文化等。宗教文化研究方面,余岢、解庆兰《金瓶梅与佛道》,石景琳、徐甸《金瓶梅的佛踪道影》是两部比较系统探讨《金瓶梅》与佛道二教文化关系的学术著作。此外,美国凯瑟琳·蔻尔莉茨所著《金瓶梅的修辞》中有专章讨论《金瓶梅》里的宗教。杨义《〈金瓶梅〉:世情书与怪才奇书的双重品格》"对正统哲学和世俗宗教的信仰危机"一节从形而下与形而上两相矛盾揭示了《金瓶梅》中佛教与道教的文化意义。性爱文化研究方面,学者分别从儒家性观念、道家性观念、性科学等角度出发予以探讨。其中以国外学者研究成果为多,如日本奥野信太郎《好色文学谈义》、长泽规矩也《〈金瓶梅〉和明末淫荡生活》、小野忍《〈查泰莱夫人的情人〉与〈金瓶梅〉》、《〈金瓶梅〉的色情描写》、荒正人《色情和文学》、武田泰淳《肉体的问题》及后藤基巳《〈金瓶梅〉的时代背景》等,都比较集中地讨论了《金瓶梅》的性爱文化及其意义。民俗文化研究方面,首开先声的是阿英作于1936年的《〈金瓶梅词话〉风俗考》。1980年代之后,陈诏《从民俗描写看〈金瓶梅〉的时代背景》、蔡国梁《灯市·圆社·卜筮·相面》等从各个不同层面勾勒出了《金瓶梅》所反映的晚明时代民俗现象。关于饮食文化研究,主要有邵万宽、章国超《金瓶梅饮食大观》,胡德荣、张仁庆《金瓶梅饮食谱》,赵建民、李志刚《金瓶梅酒食文化研究》,戴鸿森《从〈金瓶梅〉看明人的饮食风貌》,美国郑培凯《〈金瓶梅词话〉与明人饮酒风尚》以及日本小川阳一《〈金瓶梅〉中的酒令》等。至于商业文化研究,则以邱绍雄的《金瓶梅与经商管理艺术》、南矩容《金瓶梅与晚明社会经济》、跃进《金瓶梅中的商人形象透视》为代表。文化专题研究与文化整体研究一样，都需要透过文化现象直趋文化精神之内质，而文化精神的研究则对研究者有更高的要求，即不仅要求研究者关注研究现象，而且要有形而上的文化哲学思考。

四

　　回视百年金学，代代学人前后相继，耗费大量心血从事于《金瓶梅》之考论工作，终以诸多实证性的成果否定了一些历史遗留的陈言谬说，澄清了诸多谜团，使有关《金瓶梅》的文献背景呈现出较为明晰的景象，同时也把文本、文化研究的许多论题提到时代应有的学术高度，因此对百年金学所取得的成果应予充分肯定。但我们也不能不面对这样一个令人遗憾的事实：在代代学人所付出之心力与所取得的研究成果之间，在百年金学的表面繁华与实质性的进展之间的确存在着相当大的反差，这一事实是与百年来充斥于金学研究中学理、学风之亏缺分不开的。概而言之，此类学理、学风之弊主要表现为三种倾向：

　　一是考证公式化。20世纪之初，胡适以《红楼梦考证》一文鸣世，其考证结果使曹雪芹终获著作权，推动了旧红学向新红学转型。而其治学名言"大胆假设，小心求证"亦风行于世，深入人心。而在《金瓶梅》研究中，尤其是有关作者研究，则仅取其"大胆假设"而舍其"小心求证"，于是乎，有关材料＋猜测＝作者人选，遂成为《金瓶梅》作者考证通行之公式，结果作者人选渐而至五十余人之多，谓为奇观，实是悲哀。于真实考证无补。

　　二是论断主观化。有三种表现：一是考证中之索隐倾向。典型者如阚铎在《红楼梦抉微》中认为"《红楼》全从《金瓶》化出"，所以他在其书中固执地认为："黛即金莲"，"贾珍与可卿，即花太监与瓶儿"，"李纨即孟玉楼"，云云。二是囿于所见不博，此在《金瓶梅》之方言考辨中表现颇为明显。三是以臆测取代事实，求奇尚异。如"武松爱上潘金莲"之说，故作惊人之语，殊为无聊。

　　三是方法单一化。现代阐释学之在20世纪初确立，即主张以开放之眼光，求达文学作品之丰富内涵。而许多金学研究者却往往为原有思维定势所限，研究方法陈陈相因，比较单一。如果说在百年的第二个时期，由于特定政治环境之影响，金学研究之单色、平面固难避免，那么在1980年代以后，小说研究视野得以开阔，观念得以更新，一些论著却仍是对以往成果的低层次、低水平重复，则不但证明其理论方法之僵化和落后，同时暴露出其学养之不足。

　　以上三大弊端毫无疑问是影响百年金学整体成就的主要症结所在。其所产生的离心力量使推动金学向前发展的部分动能消弥于无形，故发人深思。而今，世纪幕落，百年已尽，那么新世纪之金学又将何去何从呢？有感于20世纪金学之得失，我们认为，应重点围绕以下的"双向推进"和"三个转移"实现新的突破。所谓"双向推进"即指应该在金学理论建设与金学走向深入两个层面同步展开，相互促进。显然，金学的提出受启发于红学。金学界倡导金学也有比肩于红学之意。但较之红学，金学的理论起步毕竟相对滞后，尤其在20世纪的最后20年中，金学本来也可与红学一样，挟改革开放与中外文化交流之盛势，充分吸纳现代人文科学理论成果，着力于金学的理论建设。然而，诸多学者往往热衷于热点争鸣，尤其是将大量心血耗费在推证《金瓶梅》作者上，所以理论建设一直裹足不前，结果势必影响金学的发展。与此密切相关的是，金学界还缺少不时回视与前瞻的学术反思兴趣与动力，至今尚无一部反思过去、启示未来的通代金学研究史的著作问世，因而前贤的研究成果也难以作为一种学术资源与智慧得以及时转化，由此常常造成低水平、低层次的重复。鉴此，有必要首先开展金学研究史的研究，即能站在21世纪的历史高度，编写一部《金学通史》，以便对现有金学研究成果进行一次学术大盘点，并为21世纪的金学研究提供新的学术支点。然后在此基础上重点围绕"金学"的理论建设展开广泛、持久而深入的讨论，以寻求金学研究视野、理论与方法的创新。

另一方面，则需大力加强金学薄弱的研究领域和环节，向纵深开掘和拓展，以提高金学研究的整体水平。概而言之，就是实现"三个转移"：一是在文献研究方面，作者求证在没有发现新的强有力内证材料的情况下应该缓行，而应将主要精力转移到金学的传播与接受史研究之中；二是在文本研究方面，也要摒弃过去所注重的道德评判；而将着力点放诸《金瓶梅》作为中国第一部由文人独立创作的长篇小说及其较之过去小说传统的艺术创新精神以及对后代小说创作的借鉴与启示意义上；三是在文化研究方面，在重视文化形态研究的同时，要将重心转移到文化精神尤其是文化哲学意义的研究上来，并进一步拓展视野，展开跨文学和跨文化的比较研究，以便从更广阔的背景上对《金瓶梅》所蕴含的艺术智慧与文化精神进行深度发掘和阐释。总之，21世纪的金学研究应该在一个更高的基点、更广的维度、更深的层次上实现理论建设与研究实践的双重突破，最终达到学术创新之目的。

原载《文学评论》2003年第1期，题为《〈金瓶梅〉研究百年回顾》，获《文学评论》编辑部2003年度学术论文题名

"游戏谰言"与"孤愤之书"
——袁枚与蒲松龄小说观比较

高玉海[*]

清代文言小说集《子不语》和《聊斋志异》在小说性质、小说史地位以及由此对作者袁枚和蒲松龄的小说创作风格等方面的评价,长期以来存在模糊不清甚至相互矛盾的观点,笔者从袁枚和蒲松龄身世经历、小说创作态度以及小说风格等方面进行分析论述,尤其以袁枚对《聊斋志异》评价为依据,以纠正学界对《子不语》和《聊斋志异》小说风格评价的偏颇。

一、学界对《子不语》和《聊斋志异》关系的看法

袁枚的《子不语》在清代文言小说中一直作为较重要的作品在各种文学史和小说史著作中都有论述,然而,笔者经过比较发现,对于《子不语》的艺术风格乃至于作者袁枚的小说观评价长期存在两种截然相反的观点。现择其要者分述如下:

一种观点认为《子不语》是典型的"蒲派"小说,即模拟《聊斋志异》而作。如唐富龄《明清文学史·清代卷》认为"清代文言小说大体可以分为藻绘与尚质两大流派,前者以《聊斋志异》为代表,包括涨潮所辑《虞初新志》中许多作品及以后大量模仿、追随性的作品,如袁枚的《子不语》及续集"。然后又说"在追随性的回响中,袁枚《子不语》及续集,可以说是介乎藻绘与尚质之间但更倾向于藻绘的作品"[①]。又如袁行霈主编《中国文学史》也把《子不语》列为对《聊斋志异》顺随、仿效一类,但又认为"与蒲松龄之创作颇不相同","表现向六朝志怪小说回归的趋向"[②]。吴礼权《中国笔记小说史》也把《子不语》列为"蒲派"小说,而且认为"在蒲派作品中算是佼佼者"[③]。朱一玄等编著《中国古代小说总目提要》与石昌渝《中国古代小说总目·文言卷》直言"在摹仿《聊斋志异》诸作中,本书堪称上乘"[④],显然认为《子不语》(按:该书称《新齐谐》)乃摹仿《聊斋志异》之作。

---
[*] 高玉海(1969—),男,黑龙江依兰县人,文学博士,教授,硕士生导师。主要从事中国古代文学教学与研究,学术方向为先秦两汉文学、中国古代小说、中俄文学文化交流。在《文献》《明清小说研究》《红楼梦学刊》等发表学术论文30多篇,出版专著2部,主持教育部社科基金规划项目、省哲学社会科学规划项目、省教育厅规划项目多项,获省级哲学社会科学优秀成果奖三等奖2项。

[①] 唐富龄《明清文学史·清代卷》,第26、34页,武汉大学出版社1991年版。
[②] 袁行霈《中国文学史》第四册第331页,高等教育出版社1999年版。
[③] 吴礼权《中国笔记小说史》第241页,商务印书馆国际有限公司1997年版。
[④] 朱一玄《中国古代小说总目提要》第379页,人民文学出版社2005年;石昌渝《中国古代小说总目·文言卷》第535页,山西教育出版社2004年版。

另一种观点认为《子不语》是"反聊斋"小说,即不满《聊斋志异》而创作的小说。如郭预衡《中国古代文学史》将其列入"模仿魏晋志怪之作"论述①,章培恒、骆玉明《中国文学史》也认为《子不语》偏向于笔记体小说,并将其与纪昀《阅微草堂笔记》归为一类②。侯忠义《中国文言小说史稿》也将《子不语》排除《聊斋志异》仿作之外而归为与《阅微草堂笔记》一类的笔记小说中③。

除上述两种截然相反的观点外,再有就是调和两派观点者,如吴志达《中国文言小说史》认为《子不语》"基本倾向亦属于此派(藻绘派)",并指出原因是"就其写法上崇尚艺术想象和虚构而言,而其语言风格较质朴,不事藻饰,篇幅亦较简短,有尚质派之风"④。

其实,《聊斋志异》经过蒲松龄的润饰增修,算是完成度较高的小说,戏剧性丰富;《子不语》则是较单纯的采汇乡野传说,袁枚听某某人说了某件事,简要地记下来。一般而言,《聊斋志异》的故事篇幅通常比较长,而且附上蒲松龄的个人评论;《子不语》的故事大多简短,而且除了说故事以外,袁枚很少再加上一段大道理。很难说《子不语》是《聊斋志异》的模拟小说,下面从袁枚与蒲松龄身世经历、创作动机和小说的艺术风格等方面加以论证。

二、从袁枚与蒲松龄的身世经历看二者性情不同

关于蒲松龄的生平经历各种文学史论述都十分清晰,基本没有疑义;关于袁枚的人生道路尽管文学史论述有些简略,但就具体内容而言也基本没有太多疑点,下文蒲松龄身世经历简略,而袁枚身世经历稍详。

蒲松龄生于明崇祯十三年(1640),卒于清康熙五十四年(1715),经历了明清易代的动荡变乱时期。他出身于一个耕读家庭,19岁以县、府、道第一的名次成为生员,此后却屡试不第,直到71岁那年才成为一名岁贡生,一生除短期做过一段幕僚之外,主要以教书谋生。蒲松龄的一生经历远比袁枚坎坷得多,一辈子都未考中举人,而这却又是他梦寐以求的,因此,日子过得十分贫寒。他后半生四十多年的岁月,几乎全是依靠坐馆,即做家庭教师来养家糊口。可以称得上一生贫寒、穷困潦倒。论者说"在古代著名的文学家中,像蒲松龄这样位卑家贫生活如此困难的,是难得找出几个的"⑤,的是确论。

袁枚生于康熙五十五年(1716),卒于嘉庆二年(1797)。他的活动正处在一个民族矛盾和阶级矛盾相对缓和的"康乾盛世"。其祖上也曾任过不小的官职,还有诗集刻行于世,只是到他祖父这一代,因时世变迁,家境逐渐贫寒。袁枚12岁就成为秀才,乾隆元年(1736)袁枚参加朝廷举行的博学鸿词科考试,在入京应试的二百余人中,袁枚虽未

---

① 郭预衡《中国古代文学史》第四册第323页,上海古籍出版社1998年版。
② 章培恒《中国文学史》下册第561页,复旦大学出版社1996年版。
③ 侯忠义《中国文言小说史稿》下册第288页,北京大学出版社1993年版。
④ 吴志达《中国文言小说史》第766页,商务印书馆国际有限公司1997年版。
⑤ 吕惠鹃等《中国历代著名文学家评传》第五卷第145页,山东教育出版社1985年版。

被录取,却因为应试者中年龄最小而"语多溢美",一时名满天下。乾隆三年(1738)袁枚23岁考取举人,乾隆四年又考取进士,被选为翰林院庶吉士,尽管因满文考试不及格外放江南地区知县,历任江南(今江苏一带)溧水、江浦、沭阳、江宁等地知县,但"信当喜极翻愁误,物到难求得尚疑。一日姓名京兆举,十年涕泪桂花知"①,连袁枚自己也承认,这是他一生中最为得意的时候,称得上少年得志、一帆风顺了。乾隆十三年(1748)袁枚借病离江宁任,寓居江宁小仓山随园,优游山水近五十年(期间迫于经济压力,再涉仕途,但只有不到一年的时间)。袁枚自己则是自称一生"好味、好色、好葺屋、好游、好友、好花竹泉石、好珪璋彝尊、名人字画,又好书"②。他厌倦江宁知县的生活,而渴望园居的清闲自在,虽然后来他又重新做官,但不到一年就请了长病假,长期寓居于随园,"足迹造东南山水佳处皆遍"③。袁枚退居园林后仍同仕宦名流密切交往,除朝廷俸禄之外,他凭借其瑰丽多彩的文笔,再加上以前在翰林院的声望,时常为达官贵人撰写碑铭传记,收入颇为可观,有时竟能赚得千金酬劳,因此袁枚后期生活是闲适而豪华的。袁枚生活中放情声色,不拘礼法,广交文人墨客,以诗文名天下。他的文学成就主要在诗文理论和诗文创作。他的诗文集"上自朝廷公卿,下至市井负贩,皆知贵重之"④,甚至海外的琉球也有人前来购买他的书。袁枚在80高龄时作诗已近万首,他在随园中为此建造一条长廊,将这些诗作贴在廊壁上,以供观赏,并称之为"诗城",一时传为诗坛佳话。袁枚还广招门生弟子,真可谓"极山林之乐,享文章之名",潇洒自在。可以说,袁枚与蒲松龄的人生经历基本是完全不同的两种际遇。

三、从两篇序文看袁枚和蒲松龄的小说观

袁枚《子不语》和蒲松龄《聊斋志异》的创作动机很不相同。《聊斋志异》前面蒲松龄写有自序性质的《聊斋自志》,袁枚在《子不语》前面也写有一篇自序文章,两相比较可以看出二人的小说创作动机不同。

《聊斋自志》中作者以"披萝带荔,三闾氏感而为骚;牛鬼蛇神,长爪郎吟而成癖"开头,表达作者对屈原、李贺遭遇的同情。在后文"集腋为裘,妄续幽冥之录;浮白载笔,仅成孤愤之书。寄托如此,亦足悲矣"的表白中,蒲松龄直言不讳称其书为"孤愤之书",大胆地将自己有感而发、有所寄托的主导思想公诸于众。蒲松龄继承了中国文学"发愤著书"的传统,远接屈原、司马迁,近续瞿佑。他赞同屈原和李贺的创作态度,借助鬼神表达情志,抒写郁愤。高凤翰题辞云:"今乃知先生抱奇才不见用,雕空镂影摧心肝,不堪悲愤向人说,呵壁自问灵均天。"⑤二知道人曾把《聊斋志异》这种孤愤精神和《水浒传》、

---

① 袁枚《小仓山房诗集》卷一。
② 袁枚《小仓山房文集》卷二十九。
③ 姚鼐《袁随园君墓志铭》,见《惜抱轩文集》卷十三。
④ 同上。
⑤ 高凤翰《聊斋志异题辞》,见朱一玄《聊斋志异资料汇编》第488页,南开大学出版社2002年版。

《红楼梦》相提并论,认为:"蒲聊斋之孤愤,假鬼狐以发之;施耐庵之孤愤,假盗贼以发之;曹雪芹之孤愤,假儿女以发之:同是一把辛酸泪也。"①这与袁枚"戏编"、"自娱"等表白形成鲜明的对比。而这两种截然不同的创作动机的表白,正是他们对社会、对人生不同态度的体现。蒲松龄一生虽然也有不少诗文俚曲之作,但与其在《聊斋志异》所花费的经历、耗费的心血相比,毕竟不可同日而语。他从青年时期搜集神鬼狐怪故事,而"书到集成"已经是年逾花甲之后的事了。可以说,《聊斋志异》是蒲松龄大半生的心血凝结而成的。无论在故事构思、形象的塑造,还是语言的提炼方面都显示了作者独具匠心的艺术功底。袁枚的《子不语》虽然也是很早就开始搜集故事,但就袁枚一生来看,毕竟没有致力于小说创作,主要精力多集中于诗文创作和诗文理论。因此《子不语》往往随听随录,并未经过细致加工,难免粗糙平淡,有的故事只注重其怪诞奇异而忽略其情节构思和形象的塑造。

袁枚《子不语》是在诗文、史学及考辨之余搜集编撰而成。其在《子不语序》中说:"昔颜鲁公、李邺侯功在社稷,而好谈神怪;韩昌黎以道自任,而喜驳杂无稽之谈;徐骑省排斥佛、老而好采异闻,门下士竟有伪造以取媚者。四贤之长,吾无能为役也;四贤之短,则吾窃取之矣。"即学习颜真卿、李邺侯的"好谈神怪",韩昌黎的"喜驳杂之谈"以及徐铉的"好采异闻",从而其《子不语》往往注重异闻,渲染情欲,甚至叙事有关历史人物及历史事件,轻率为文,违背史实,甚至有时为说明自己观点不惜胡编乱造。袁枚在序文中表白创作此书目的:一是"余生平寡嗜好,凡饮酒、度曲、樗蒱,可以接群居之欢者,一无能焉。文史外无以自娱,乃广采游心骇耳之事,妄言妄听,记而存之,非有所惑也"。目的就是娱乐消遣,既自娱又娱人;二是"譬如嗜味者餍八珍矣,而不广尝夫蚳醢葵菹,则脾困;嗜音者备咸韶矣,而不旁及于侏离僸佅,则耳狭。以妄驱庸,以骇起惰,不有博弈者乎?为之犹贤,是亦禆谌适野之一乐也"。也就是要通过编撰《子不语》来陶冶性情,破除凡庸和惰性,起到振奋精神的作用。

所谓"以妄驱庸,以骇起惰",则已经清楚表明作者编撰小说的目的,尽管有些故事客观上具有讽世之意,隐约其间,甚至一些故事机锋显现,关合事理,但更多的还是"率意为之"。有论者根据袁枚"广采游心骇耳之事",晚年有诗"老去全无记事珠,戏将小说志虞初"等语,以及《续子不语》编完时袁枚已近80岁来推断《子不语》的编撰倾注了作者大量心血,甚至认为和《聊斋志异》一样,堪称"集腋成裘"之作②,实在缺乏依据。袁枚以小说为余兴,《子不语》"为遣兴之作,不曾费多少心力,但由于其地位特殊,《子不语》在艺术上成就虽不甚高,影响却非常之大"③。有时率尔命笔,造成记叙中出现不少常识性错误。蒋瑞藻《小说考证》曾因此批评说:"吾观其叙徐霞客事,以霞为崖,且谓不得于继母,欲置之死,竟似并此公游记尚未寓目者,可怪也。其余纰缪,尤不胜指。邵齐

---

① 二知道人《红楼梦说梦》,见朱一玄《聊斋志异资料汇编》第501页。
② 阎志坚《袁枚与子不语》第52页,辽宁教育出版社1992年版。
③ 占骁勇《清代志怪传奇小说集研究》第150页,华中科技大学出版社2003年版。

熊谓此书大抵道听途说,而缘饰以己见,泂然。《控鹤监秘记》满纸淫秽,不堪入目,撮而录之,意果何居,此尤为全书之累。"①可谓一语中的。

另外,我们判断《子不语》是否为《聊斋志异》仿作,如果能知道袁枚对《聊斋志异》有怎样的评价则更有说服力,纪昀那段对《聊斋志异》的评价之语常常被论者作为证据。袁枚对《聊斋志异》评价甚少。仅在其为《子不语》所作序言中提及一句,而这句又被袁枚在刊刻《子不语》时删掉了,这句话即"《聊斋志异》殊佳,惜太敷衍"②。论者以为袁枚此语表明其对《聊斋志异》十分推崇,而断定《子不语》"不能不受其影响"③。笔者以为,袁枚此语主要是表明对《聊斋志异》的不满,"殊佳"云云,乃是为引出后句"惜太敷衍",犹如纪昀批评《聊斋志异》所说"《聊斋志异》盛行一时,然才子之笔,非著书者之笔也"、"留仙之才,余诚莫逮万一;唯此二事,则夏虫不免疑冰"④等语。实际上,袁枚对《聊斋志异》写法并不赞同,所谓敷衍,即指详细叙述并铺陈发挥之意。《聊斋志异》"描写委曲,叙次井然",袁枚对《聊斋志异》的委婉细腻的传奇笔法并不欣赏,在《子不语》中"屏去雕饰,反近自然"。嘉庆年间冯镇峦所论曰:"柳泉《志异》一书,风行天下,万口传诵,而袁简斋议其繁衍,纪晓岚称为才子之笔,而非著述之体。"⑤也指出了袁枚对《聊斋志异》的批评态度,这与袁枚《子不语序》"惜太敷衍"完全吻合。

四、《子不语》和《聊斋志异》艺术风格之不同

除了上述二人身世经历、写作动机不同外,最为重要的莫过于小说作品本身的艺术风格了,因此有必要对《子不语》和《聊斋志异》的艺术风格进行比较。众所周知,《聊斋志异》最主要特征是"用传奇法,而以志怪",因此纪昀称为"才子之笔"。比之魏晋时期的志怪小说,《聊斋志异》更重视细节描绘,极尽形容夸张,敢于铺陈抒写,大胆发挥。下面从情节结构、故事内容、语言风格三个方面具体比较。

《聊斋志异》中那些无所依据、完全或基本出自作者虚构的篇章,多为脍炙人口的名篇佳什,最足代表《聊斋志异》的文学成就。从小说篇幅长短来看,《聊斋志异》近五百篇的小说中,约有一半左右是典型的传奇小说,即运用类似唐代传奇小说的笔法创作的小说,而这些正是全书的主体部分,其余作品则长短不一,更接近所谓笔记小说。人们推崇《聊斋志异》的艺术成就,特别称道其描写细腻、情节曲折、形象鲜明的传奇体小说。蒲松龄把志怪发展为积极地造奇设幻,反映现实生活的人生哲理和命运。借助非凡的想象力,编织瑰玮绮丽的故事,描绘闪烁迷离的景象,创造许多以人性为主体以物性为装饰的花妖狐魅艺术想象。冯镇峦评曰:"盖虽海市蜃楼,而描写刻画,似幻似真,实一

---

① 蒋瑞藻《小说考证·续编》第528页,上海古籍出版社1984年版。
② 袁枚《小仓山房诗文集》第1767页,上海古籍出版社1988年版。
③ 王英志《袁枚评传》第558页,南京大学出版社2002年版。
④ 盛时彦《阅微草堂笔记·姑妄听之跋》,见朱一玄编《聊斋志异资料汇编》第498页。
⑤ 冯镇峦《读聊斋杂说》,见朱一玄编《聊斋志异资料汇编》第479页。

一如乎人人意中所欲出。诸法俱备，无妙不臻。写景则如在目前，叙事则节次分明，铺排安放，变化不测。"①如《王桂庵》写青年男女爱情纠葛，事极平易，但故事情节伸缩有之，跌宕起伏，摇曳多姿。他如《促织》、《胭脂》等情节也都曲折离奇，扣人心弦，能够紧紧吸引读者。至于《聊斋志异》中那些"闻则命笔，遂以成篇"的笔记体小说一般没有什么寓意寄托，只是粗陈梗概。冯镇峦曾对《聊斋志异》中笔记体的短篇小说评价道："《聊斋》短篇，文字不似大篇出色。然其叙事简净，用笔明雅。"②

《子不语》正编和续编合计文言小说一千多篇，主体则以志怪型笔记小说为主，只有少量作品接近传奇小说。艺术上最大特色就是长于记事，很少议论，而且记言记事也大多简洁通脱，应笔成章。《子不语》小说长处在于常常在严肃的叙述中，杂以诙谐和幽默，有时亦庄亦谐，妙趣横生，如《治鬼二妙》记张岂石语云："见鬼勿惧，但与之斗，斗胜固佳，斗败我不过同他一样。"诙谐妙语，令人解颐。少量篇章叙事委婉，略近传奇，如《紫姑神》写紫姑神与尤琛的爱情故事，情节曲折，凄恻动人。然这样的小说在《子不语》中比例不过十之一二，实在难称为传奇小说集。《聊斋志异》作者有意将幻异境界与现实社会联接在一起，以寄托自己的孤愤和追求，使小说充满浓郁的浪漫气息，同时，又立足现实，蕴含深厚的社会内容。冯镇峦"虽说鬼说狐，如华严楼阁，弹指即现；如未央宫阙，实地造成"，即指此特点，如《席方平》、《梦狼》、《续黄粱》等，无不如此。

再从语言风格来看，《聊斋志异》作者不但创造性地运用古典文学语言，同时大量提炼和融汇当时方言俗语，两者融为一体，形成既典雅工丽又生动活泼的语言风格，正如冯镇峦所说："字法句法，典雅古峭，而议论纯正。"其叙事语言描摹人情物态，能抓住主要特征而内含丰富，生动传神，如《小翠》写小翠戏弄公子，被夫人责骂情状，要言不烦，妙肖如生。当然，有时也有用典过多而失之古奥。《子不语》语言直率自然，质朴无华，很少华丽的辞藻去装饰，别具一格。描写妖魅鬼物，往往凭借想象，三言两语，随意点染，怪异而真切，给人以简约清新之感。如《鬼宝塔》写鬼影云云，奇思异想，恢诡空灵，情景毕现。鲁迅所评"其文屏去雕饰，反近自然"，即指《子不语》语言风格而言。

五、结　　论

通过上面的论述，我们可以看出《子不语》和《聊斋志异》尽管有相似之处，例如二者都以浪漫的想象表达自己对人生的见解，都以造奇设幻来反映社会生活等，但就总体特征而言，无论是作者身世经历、创作动机，还是作品所表现的艺术风格来看，《子不语》和《聊斋志异》都难以相提并论。有论者认为："清代以《新齐谐》为代表的蒲派作品，虽然

---

① 冯镇峦《读聊斋杂说》，见朱一玄编《聊斋志异资料汇编》第483页。
② 同上第485页。

它们创作时都着意摹仿《聊斋志异》,但实际上却心有余而力不足,故其在思想深度、艺术技巧方面皆无法媲美于《聊斋志异》。"①其实,如此推断古代作家的心理和判断作家的才气,都是缺少依据的,笔者认为:《子不语》既无意于模拟《聊斋志异》,袁枚也未必比之蒲松龄"心有余而力不足",二人一个以诗文著称于世,一个以小说泽被后人,各有千秋。

原载《明清小说研究》2009 年第 4 期

---

① 吴礼权《中国笔记小说史》第 238 页,商务印书馆国际有限公司 1997 年版。

清代中晚期小说的"粤民走海"叙述及其文化意义

葛永海

清代中晚期以至于当代,位于岭南的广东在不少特殊历史时期往往得风气之先,地区经济发展引领了整个时代的发展,这已基本成为当代人的共识,而对广东文学发展包括对广东的文学叙述的相关研究却较薄弱,一直没有得到文学史学者的足够重视,其价值和意义也未有准确而公允的评判。有鉴于此,笔者专注于清代中晚期小说中"广东叙述"的揭橥与剖析,以发明其不可忽视的时代意义。

揆之史实,由于得天独厚的区位优势,清代中期以来汹涌东进的西方文明开始对广东产生重大影响。至19世纪,广东一跃成为在政治、经济、文化诸方面都走在全国前列的地区。同时,表现粤民生活、书写广东社会、关注广东文化的题材内容应运而生,成为林林总总清代小说中颇引人瞩目的一道风景。尤其晚清时期"山雨欲来风满楼",小说中的"广东叙述"通过对社会文化变革背景下广东人物故事的真实描绘,表现了传统与现代、先进与落后、开放与封闭等文化特质交锋交融状况,本文将探讨的重心落在最具时代特色的"粤民走海"叙述,从清代中晚期粤民"出山入海"和"走沪出洋"叙述入手,探索广东民众从被动接触西洋观念,到主动以冒险进取的意识向海洋拓展,寻求财富与机遇的心路历程。同时对前后不同阶段表现出来的叙事特征与思想主题进行总结分析,以期全面阐发"粤民走海"叙述颇具先锋色彩的文学价值与文化意义。

一、"出山入海":19世纪中叶之前广东叙述的发展走向

对于广东山水风情的书写,早在魏晋时期就已出现。晋代裴渊和顾微各撰有一部《广州记》,刘欣期则撰有《交州记》,都是较早专门描写两广地区风土人情的笔记小说。由于岭南开发滞后,自来被视为化外蛮荒之地。时至唐宋,由于官员多贬谪至岭南,中原文脉相续,在一定程度上促使了广东的"人文渐开",也出现如裴铏《唐传奇·崔炜》等以广东为背景的文言小说。自明代中叶以来,由于商品市场的迅猛发展而成为当时中国最重要的对外贸易集散地,广东经济发展十分迅速,以广东为背景的小说渐成增多之势。广东亦渐被塑造成为"蛮荒"与"富庶"这一既相迭合又相对立的地域形象,广东人

则被视为"山岭之民"与"下海之商"形象的复合体①。

一方面,小说家对于广东地区的风土人情颇多误解:"岭南多大蛇,长数十丈,专要害人。那边地方里居民,家家蓄养蜈蚣,有长(丈)尺余者,多放在枕畔或枕中。若有蛇至,蜈蚣便啧啧作声。放他出来,他鞠起腰来,首尾首力,一跳有一丈来高,便搭住在大蛇七寸内,用那铁钩也似一对钳来钳住了,吸他精血,至死方休。这数十丈长,斗来大的东西,反缠死在尺把长、指头大的东西手里,所以古语道:'螂蛆甘带。'盖谓此也。"②小说家将岭南居民视为生活在荒烟瘴雨之区与蛇兽为伍的蛮民,言辞间不无偏见。

另一方面,在许多外省人眼中,广东商人又"富甲天下"。因此,出现在明后期小说中的粤民形象,几乎无一不是家底殷实的富户,如《喻世明言》卷一《蒋兴哥重会珍珠衫》中的广东合浦珠贩宋老儿,"是个大户,有体面的"③;又如《郭青螺六省听讼录新民公案》第六类《伸冤篇》第二则《究辨女子之孕》中"潮州府北门瓦子巷"的"家道富足"的饶庆,又同书第六类《伸冤篇》第四则《前子代父报仇》中的"潮州平远县富户"姜逢时④;又如《江湖奇闻杜骗新书》第九类《谋财骗》之《傲气致讼伤财命》中的广东富商魏邦材,同书第十六类《婚娶骗》之《异省娶妾惹讼祸》中的广东富商蔡天寿⑤,等等。可见当时粤民善于经商的名气已远播中原。

以上同是明清小说,就有对广东褒贬不一、是非悖乱的描绘,可见文学作为现实观念的结晶和遗存,并不与时代完全同步。但是,就宏观时序而言,从"山民"到"海商"之变正体现了明清广东地区经济日渐繁荣、文化稳步发展的历史演进之途,这种前后变化在时人观念中表现得极为显豁。明末凌濛初《二刻拍案惊奇》卷二十六《懵教官爱女不受报,穷庠生助师得令终》中,写到温州府秀才韩赞卿"家里穷得火出,守了一世书窗,把望巴个出身,多少挣些家私",但是当他被选广东一个县学里的司训,却认为这是"晦气",选着了这一个蛮荒去处,"曾有走过广里的,备知详细,说了这样光景,合家恰像死了人一般,哭个不歇"⑥。与此形成对比的是到了晚清,"贪官污吏,尤以广东为窟穴,其各省无赖之子,人类所不齿者,辄相借贷捐官,以取倍称之息,分省得广东,则亲戚友朋置酒而相贺,到任才数月,莫不满载而归"⑦。可见,时代不同,世人对于广东的认识竟有天壤之别。

---

① 林语堂在《中国人》中这样论述广东人:"在中国正南的广东,我们又遇到另一种中国人。他们充满了种族的活力,人人都是男子汉,吃饭、工作都是男子汉的性格。他们有事业心,无忧无虑,挥霍浪费,好斗,好冒险,图进取,脾气急躁,在表面的中国文化下是吃蛇的土著居民的传统,这显然是中国古代南方粤人血统的强烈混合物。"(学林出版社1994年版,第32页。)
② 凌濛初《拍案惊奇》第51页,上海古籍出版社1982年版。
③ 冯梦龙《喻世明言》第22页,河北人民出版社1990年版。
④ 《郭青螺六省听讼录新民公案》,载《古本小说集成》第211—226、236—248、321—329页,上海古籍出版社1990年版。
⑤ 张应俞《江湖奇闻杜骗新书》第97—99、192—193页,江西古籍出版社2002年版。
⑥ 凌濛初《二刻拍案惊奇》第514页,上海古籍出版社1982年版。
⑦ 张枬、王忍之《辛亥革命前十年间时论选集》第271页,北京生活·读书·新知三联书店1960年版。

以上情况的发生根源于广东社会自身的历史性变化。粤民大都具有长于迁徙行走的特性。广东三大民系——广府民系、客家民系和潮汕民系，俱是在行走变迁中完成其文化转型过程。一方面，广东行者通过涉韩江、度岭峤，使僻处重山外的岭南与中原文化脐脉相连。尤其是明清以降的商业经济的繁荣，更是促使冒险进取的粤民奔涉中原大地。据史料记载，清代中国商人中有百分之八十为广州帮商人。他们"度岭峤，涉湖湘，浮江淮，走齐鲁"，广东顺德商人"或奔走燕齐，或往来吴越，或入楚蜀、或客黔滇，凡天下省郡市镇，无不货随其中"①。另一方面，广东地区背负群山、面向大海的特有地理景貌，不断诱使粤民脱离群山、向着大海去寻找生机。清代小说中的"广东叙述"正较为典型地描绘了粤民从粤北的南雄、嘉应等地，走向沿海广州、潮州的"出山入海"的历史征途。

白话小说《世无匹传奇》出现于清初，题"古吴娥川主人编次、青门逸客点评"。作者身份、籍贯不详，但据孙揩第考证，"似广东人作"②。该书述及明朝初年广东南雄府平民干白虹扶危济困的侠义行径，宣扬因果报应思想，情节模式不脱世情小说的窠臼。这部小说有两点值得注意：一是小说主要发生地南雄府是广东最北地区，与五岭相接，南雄府的珠玑巷自来被视为中原南下岭南的最大通道，因此这里也是广东一省与中原文化交流的最前沿，受后者影响最深；二是小说主人公干白虹扶危济困、行侠仗义，表现出强烈的社会责任感，既有江湖习气，又较多体现儒家传统文化的特征。在清代小说中，将广东文化中这种内陆性特征表现得更为充分的是19世纪初期问世的《岭南逸史》。该书完成于乾隆嘉庆年间，作者花溪逸士一般被认为是广东客家文人黄岩，叙写明代万历年间广东省潮州府程乡县(清嘉应州)人氏黄逢玉与四女的才子佳人故事。作为客家小说的开先河者，时人评其"标新领异，据实敷陈，堪与国史相表里"(《岭南逸史》嘉庆刻本序)，笔法明显受《三国演义》的影响，故事情节中出现的山寨文化与《水浒传》也不无关联。小说所关注的不外乎社会秩序和道德伦理，再加上对才子佳人传统书写模式的沿袭，读者更可以明显感受到小说内容受传统中原文化影响之深。

"广东叙述"的文化特征发生转换的重要标志是《蜃楼志》的出现。《蜃楼志》现存最早刊本是嘉庆九年(1804)刊本筲藏板本。作者为庾岭劳人，庾岭即大庾岭，序中又有"劳人生长粤东，熟悉琐事"之语，可知作者并非生于沿海，但是小说却主要写广州十三行洋商苏万魁之子苏吉士一生异行奇遇，对广东海关、洋商多有描绘，这确切表明了清代中后期广东人视野与观念的改变。从《岭南逸史》到《蜃楼志》，从山民仗义、才子佳人到洋商家庭、海关生活，广东的清中晚期小说开始挣脱传统文化的怀抱，面向海洋，试图寻找新的文化生机与出路。随着广东社会文化的"出山入海"，小说也完成了"出山入海"的初步跨越。

---

① 谭元亨《岭南文化艺术》第138页，华南理工大学出版社2002年版。
② 古吴娥川主人《世无匹》第165页，春风文艺出版社1983年版。

二、晚清小说中的粤民"走沪"与"出洋"叙述

背山负海的地理特点使粤民在上古时代就开始对海洋充满神秘好奇的幻想,"下海"、"走海"遂成为粤民传统生活方式的不可或缺的部分,如果在晚清之前,这种人口流动方式产生的影响还颇为有限。到了晚清,突破保守、面向海洋、求新求变的观念已深入人心,由此引导的则是开放、自由的生存方式和开拓、冒险的求财之道。

晚清时期,由于"十里洋场"的开发,此时的粤民大多选择轮船由海道北上,奔涉上海,形成一股强劲的"走沪"风潮。经济的繁荣使晚清上海一跃成为中国最大的工商业大都市,从而引发全国性的移民入沪风潮;而素以开拓冒险著称的粤民正是这股风潮的典型主体,反映在晚清小说中,成为一道独特的文学风景。

晚清以前的小说关于"粤民入沪"的描述可谓寥寥无几、着墨甚少[①]。发展到晚清小说,这种现象出现了根本变化。晚清小说中的入沪粤民人数繁夥,来往频繁程度也远远超过前代作品。主要代表作有吴趼人的《恨海》、《二十年目睹之怪现状》、《发财秘诀》,李伯元的《文明小史》,黄小配的《廿载繁华梦》,碧荷馆主人的《黄金世界》,张春帆的《宦海》,彭养鸥的《黑籍冤魂》等。据统计,吴趼人小说中的入沪粤民人数高居同时代小说家作品榜首。仅以有名姓者为例,如《发财秘诀》中的魏又园及其家叔、陶庆云、陶秀干、花雪畦、舒云旐、蔡以善等七人;《二十年目睹之怪现状》中的胡乙庚、胡乙庚同乡、吴日升、梁桂生、黎景翼、何理之等六人;《恨海》中的张鹤亭、张棣华、陈伯和、陈仲蔼等四人;其他不知名姓而北走上海的粤民形象,在其作品中更是屡见不鲜。另一方面,晚清小说中的粤民往返沪粤两地的程度相当频繁。以黄小配《廿载繁华梦》为例,其主人公广东南海县人氏周庸祐曾五到上海;而吴趼人《恨海》中的广东香山人张鹤亭"每过一两年,便要到上海去一次"[②]。

晚清小说中的粤民如此频繁地移步上海,粤沪几乎成为一条通行无碍的文化走廊,已经具备了相当商业经验的粤民在上海滩终于寻获了可以完全施展和释放才能的巨大舞台。

广东地区的三教九流移步上海无不为利所诱,而在走沪粤民这一群体中,以买办与商人最具活力。广东买办堪称"中国近代买办之父",他们最先在广东生发,再将阵地转移至上海,导致上海洋行买办,"半皆粤人为之"[③],"其黠者,且以通洋语,悉洋情,猝致富贵,趋利若鹜,举国若狂"[④]。这在吴趼人《发财秘诀》中有典型反映。他们来自社会的不同阶层,懂外语,有商贸经验,凭借机巧权变的性格赢得洋商的信任:"洋人第一要

---

① 翻检明清作品,笔者只发现清拟话本小说集《珍珠舶》卷六写到一位"自家生在广东,长游江北"的穿堂入巷的花和尚证空,在松江府娄县古柏庵任住持。参见徐震《珍珠舶》第132页,时代文艺出版社2001年版。
② 吴趼人《恨海》,载海风《吴趼人全集》(第五卷)第4页,北京文艺出版社,1998年版。
③ 王韬《瀛壖杂志》第8页,上海古籍出版社1989年版。
④ 许瑶光《谈浙》,载中国史学会编《太平天国》第615页,上海人民出版社2000年版。

会揣摩他的脾气,第二要诚实,第三也轮到说话了。"如陶庆云、陶秀干、魏又园、蔡以善、陶俛臣等,俱是随主入沪办理各种洋行事务的广东买办,而陶庆云又是"同乡到上海的"得意得最快的人物。小说极尽夸张手法书写陶庆云以"巴结"为能事,而陶庆云自己总结"成功"经验时,也无不得意于此:"倘使说话不能精通,懂了以上两层,也是无用的。我此刻虽算是东家赏脸,然而,也要自己会干,会说话才有今日啊。"

另一大群体是走沪粤商,这在吴趼人的《发财秘诀》、《二十年目睹之怪现状》、《恨海》,李伯元的《文明小史》等小说中都有较多记载,粤商较之其他外地商人更为成熟,特征亦较明显,"容易接受外来的新事物,又善于融合、消化、吸收,商品意识浓,价值观念强。他们精明能干,善变兼容,淡泊政治,讲求经济实效"①。他们或居留,或往来粤沪两地,逐步地开拓自己的商业经营,有的规模颇大,如《文明小史》中的粤商甚至将业务拓展到银行业,等而下之的则如《风流眼前报》中的广东潮阳人陈子香,在申开设广成发烟馆,发不义之财。除了上述两大群体外,还有在上海从事洋务的粤人亦为数不少,典型如《新贪欢报》中的陆闰申,为广东留美学生,归国后到上海担任道台的洋翻译②。这代表了在沪粤人的另一种职业类型。

我们从晚清小说里看到,在追逐财富的过程中,粤商的经营形式发生了较大改变。晚清以前的小说中出现的粤商形象大多以散商、行商为主,发展到晚清小说,粤商形象悄然转变。他们不再是做简单偶尔的特产贩运小本买卖,而是在上海开设固定的店栈进行长久经营,如广东香山人张鹤亭"在上海开设了一家洋货字号"③;广东人胡乙庚在上海洋泾浜开了一家谦益客栈④。有些商家在广东站稳脚跟之后,遂将生意扩及上海地区,出现具有现代营销意义的连锁经营:"是时上海棋盘街有一家广祥盛的字号,专供给船务的煤炭火食,年中生意很大,差不多有三四百万上下,与香港□记同是一个东主。那东主本姓梁的,原是广东人氏。"⑤甚至还有些商家在商业资本充足的情况下,将自己的经营范围从商业扩展到铁路建筑业和银行金融业:"(劳航芥)心上崇拜的人,想来想去,只有住在虹口的一位黎惟忠黎观察,一位卢慕韩卢京卿。这二人均以商业起家,从前在香港贸易的时候,劳航芥做律师,很蒙他二位照顾。后来他二人都发了财,香港的本店自然有人经理,黎观察刻因本省绅商举他办理本省铁路,卢京卿想在上海替中国开创一爿银行,因此他二位都有事来到上海。"⑥这些形象都体现了广东商人特有的"勇于冒险,敢于开拓"的精神品格。

总的来说,晚清十里洋场素以"冒险家的乐园"而闻名于世。在上海向现代化文明大都市进军中,粤民的开拓者地位毋庸置疑。当晚清经济、文化中心逐渐从得风气

---

① 叶春生《岭南民间文化》第2页,广东高等教育出版社2000年版。
② 江苏省社会科学院明清小说研究中心《中国通俗小说总目提要》第1064页,中国文联出版公司1990年版。
③ 吴趼人《恨海》,载海风《吴趼人全集》(第五卷)第4页,北京文艺出版社,1998年版。
④ 吴趼人《二十年目睹之怪现状》,载海风《吴趼人全集》(第一卷)第132页,北京文艺出版社1998年版。
⑤ 黄小配《廿载繁华梦》,载林健毓《晚清小说大系》第101页,台湾广雅出版有限公司1984年版。
⑥ 李伯元《文明小史》,载薛正兴《李伯元全集》(第一卷)第329页,江苏古籍出版社1997年版。

之先的广东,转移到开风气之盛的上海时,粤商紧随而至。他们中的成功者将领先一步的历史优势转化为较先进的贸易理念和较丰富的商业经验,成为上海滩最成功的商人群体之一。他们表现的广东人特有的创新求变、开拓冒险意识,也得以广泛传播。

除了北上走沪,晚清粤民的行走历程,进而体现在对海外世界的追求与开拓上。随着近代资本主义世界市场的形成与完善,晚清国人逐渐被卷进世界市场的纽带之中,开始出现出洋务工、求学、游历等走向世界的诸多行动。特别是19世纪后期美国西部大开发,掘金风潮更是吸引大量华民趋之若鹜。此时的广东地区,粤民因生计而出洋务工的现象较内地更是频繁。因此,以海外现实生活为原型创作的"粤民出洋"题材作品开始在19世纪末的小说界大量涌现,主要有署名"碧荷馆主人"的《黄金世界》、吴趼人《劫余灰》、黄小配《宦海潮》、许指严《猪仔还国记》、哀华《侨民泪》、《苦社会》(不题撰人)、署名"废物"的《凄风苦雨录》、题"古之伤心人著"的《致富术》、题"平陵浊物叙"的《新七侠五义》等。另外,还有一些作品涉及粤民出洋游历等情节,如黄小配《廿载繁华梦》等,对于粤民出洋的生存状态都有典型反映。

晚清小说粤民出洋题材不仅指出粤民出国务工的悠久历史:"闽粤间细民,生计不足,即去之南洋各岛或新、旧金山,充当工役,往往有致富者,其来二百余年矣。"[①]而且他们在全球的分布也十分广泛:"其时太平洋中的华人,美利坚全国约有十余万,檀香山约有二万余,古巴约有四万余。"[②]这些出国华人当中又以粤民居多,如黄小配《宦海潮》写小说主人公张任磐至美国旧金山,"各华商邀请任磐先后到冈州会馆及宁阳会馆筵宴。因到金山大埠经商的,以广东新宁、新会、开平、恩平那四县人为多,那冈州会馆就是那四邑侨民的会馆"[③]。

晚清粤民出洋务工无外乎两方面原因:一是利益的驱使,二是"猪仔"贩子连哄带骗手段的诱使。"不肖枭悍之徒,乃乘势趋利,为外人鹰犬,摽途人而货售之,外人便其生死听命,鞭策役使,有如牲畜,于是谋生之途,变为鬻奴之径矣。当其欺诱裹胁,捆载而去,不复以人道相待,名曰'猪仔'。"[④]《发财秘诀》中的高阿元,在香港一家"招工馆里做伙计",历年来拐卖"猪仔"无数,广东新安县县太爷的少爷也成了他的"囊中之物"[⑤]。《劫余灰》描写的另一位拐卖猪仔者朱仲晦更是无赖,连还未完婚的亲侄女婿也成了他拐卖的对象。仗着洋人势力胡作非为的高阿元,瞒着家人拐亲卖友的朱仲晦,虽然都是晚清小说家深恶痛绝的鞭挞对象,但从侧面也说明这类时代特殊产儿精明开放、胆大妄为的心理特征,表现出迥异于中国传统"商道"的海盗式劫掠的冒险行为与观念。

---

① 许指严《猪仔还国记》,载林健毓《晚清小说大系》第1页,台湾广雅出版有限公司1984年版。
② 碧荷馆主人《黄金世界》第159页,中州古籍出版社1988年版。
③ 黄小配《宦海潮》第120页,浙江古籍出版社1995年版。
④ 许指严《猪仔还国记》,载林健毓《晚清小说大系》第1页,台湾广雅出版有限公司1984年版。
⑤ 吴趼人《发财秘诀》,载海风《吴趼人全集》(第三卷)第38页,北京文艺出版社1998年版。

小说描述的"华民出洋"走的是一条悲惨至极的血泪之路。华民出洋以赴美为最早。据史载，早在1785年就有三位华裔海员抵达巴尔摩港，这是华人进入美国境内的首次记录。此后，华民赴美风潮时断时续，客观上为美国国内的经济建设提供极其优越的人力资源。19世纪是华民出洋的高峰期，据有关学者考察，"十九世纪有235万华工出洋到世界各地，其中东南亚地区占154.5万，美洲占58.6万，澳洲及新西兰7.8万，夏威夷3万"①。美国为了本国经济建设的利益，曾于同治七年（1868）与中方签署《中美续增条约》（又称《蒲安臣条约》），第五条云："大清国与大美国切念人民互相来往，或愿常住入籍，或愿随时来往，皆须听其自由，不得禁阻。"第六条云："中国人至美国，或游历各处，或常行居住，美国必须按照相待最优之国所得游历与常住之利益，俾中国人一体均沾。"②但时值光绪三年（1877），美国国内经济发生波动，股票跌落，贸易不振，失业人数日增一日。因此，美国政府便开始了对华工的限制。1882年，美国国会通过史无前例的《排华法案》，首次以法律形式禁止华工及华工子女入美，造成在美华工的强烈抗议。软弱无能的晚清政府迫于国内压力，与美政府进行多次交涉，于1894年在华盛顿签署限制华人旅美的《中美华工条约》。时至20世纪初期，美国虐待华工和限制华工入境已达到无以复加的地步。

美国政府的粗暴行为终于激怒了在美华民和国内的爱国民众，国人于1905年掀起全面的抗美拒约运动，而国内的广州、上海等开埠口岸正是拒约运动的风潮中心。广东自古为著名的侨乡，因此，晚清书写侨民出国务工的很大一部分作品都以粤民在国外的生存状况为原型进行艺术加工。

晚清小说写出广东侨民在国外生活的种种苦状，可以用"惨无人道"一词加以形容："况彼侨民者，岂尽适彼乐土，如入宝山，人人得为巴清、邓通耶？其流而踯躅工场，手足胼胝，饱受奴隶牛马之鞭笞者，惨酷之状，殆非言语所能形容。"小说还具体写到美国檀香山发生疫情，美署责令在"唐衢"居住的所有中国侨民集体消毒清洗的可悲一幕，此间的中国侨民形象更是状如猪狗：

> 既而至一大场，三面筑铁杆短栏，一面驱众入，男妇老幼，来者不下数千人，纷纷扰扰，喧阗啼哭，如群豕之入苙。医官命以机器贮药水，放皮带管喷之，洒遍广场，势若骤雨，醍醐灌顶，衣履尽湿。余觉其水着肌，冰冷雪沍，时将深秋，早已不寒而栗，老稚不堪其虐者，号呼震天。有欲逃出者，则铁栏已周四面，且较前加高，众益惊异。③

晚清小说对于广东"猪仔"生活的真实描绘，形象地反映出在世界市场形成期中国民众因祖国积贫积弱而饱受欺凌的历史现实。

但从另一侧面，我们又不难看出海外"黄金世界"对于晚清粤民的诱惑之大，以至于

---

① 管林、陈永标、汪松涛《岭南晚清文学研究》第265页，广东人民出版社2000年版。
② 阿英《晚清小说史》第52页，人民文学出版社1980年版。
③ 哀华《侨民泪》，载林健毓《晚清小说大系》第1—2页，台湾广雅出版有限公司1984年版。

成千上万的粤民依然前仆后继、如赴金山般纷纷出国,"时汽轮初通,华民皆炫于海外多宝窟,各具绝大希望以求价,蚩蚩谈瀛,目眩口哆,如梦得黄金世界,俯拾即是者,意气自豪,抑何可笑"①。较之同时期中国内陆市民拥财自守的现实,以机会主义著称的粤民更愿意放眼世界,如拓荒者般寻找生机。如《侨民泪》中主人公麦君,"父设肆于星洲,家小康,年弱冠,既娶妇有子矣。顾性嗜拓张,工心计,守族世所鸳,不足以厌野心。闻南洋爪哇岛多金属矿及金刚石,且饶棉花,以我国丝茶往,易彼土货来,获利倍蓰,乡里故旧有于其间致富者,不觉技痒,毅然挟货附舟行"②。最值得注意的是《黄金世界》对女子应友兰形象的描绘。应友兰乃广东新会人,她在小说中自述:"家世务农,我父我舅,会香港初开,以工致富,始弃农习商,又因合资营业,情意相投,一子一女,自小订婚。妹年十六,即赋于归。……妹于此数年,始稍知生人之乐。不意金山分号的掌柜,忽传病信,亟须替人。夫婿欣然请之于舅,孑然独往。"而后,丈夫前往金山,一去不返;其子"坚欲赴金山省视",转眼半年,也"鱼沉雁杳";应友兰毅然孑身"亲赴美洲探听父子两人的消息"③。这是中国小说史上首次塑造的毅然迈出国门、勇敢走向世界的中国妇女形象。深刻地反映出中国走向世界市场、开始主动拥抱世界文化的时代新征候。可以说,具有鲜明时代特征的应友兰形象出现于晚清小说的"粤民走海"叙述中,正透露出时人对晚清广东民众的时代前驱与先锋身份的一致体认。

小说中所书写的晚清粤民风潮般涌入世界市场,虽遭际苦难与不幸而百折不屈的状况,也预示着晚清广东开放、进取之文化精神的日趋成熟与完善。他们不再因"涉洋遇险"而止步不前,不再因"根"、"道"传统而"坐困经生",他们在痛苦和血泪中努力摆脱传统文化观念的束缚,主动面向海洋寻找新的生机与出路。

三、清中晚期"粤民走海"叙述的叙事特征与启悟主题

清代中晚期以来逐渐出现的"新小说"写作,受到西方文学观念的影响,它们借助舶来的翻译小说的各种叙事技巧,开始抛开以往的小说主题和旧有的叙事方式进行翻新改造,陈平原先生将这种改变归纳为"叙事模式的转变"。他认为:一直以来,"中国古代小说在叙事时间上基本采用连贯叙述,在叙事角度上基本采用全知视角,在叙事结构上基本以情节为结构中心"。这一传统的小说叙事模式,于20世纪初面临西方小说的严峻挑战。"在一系列'对话'的过程中,外来小说形式的积极移植与传统文学形式的创造性转化,共同促成了中国小说叙事模式的转变"。这些转变表现在"叙事时间"、"叙事角度"、"叙事结构"等方面④。

---

① 哀华《侨民泪》,载林健毓《晚清小说大系》第9页,台湾广雅出版有限公司1984年版。
② 同上,第1—2页。
③ 碧荷馆主人《黄金世界》第228—230页,中州古籍出版社1988年版。
④ 陈平原《中国小说叙事模式的转变》第4页,北京大学出版社2003年版。

叙事模式的转变在清中晚期广东题材的小说中初现端倪(最为典型的即是吴趼人《九命奇冤》采用倒叙手法,进行叙事时间上的创新),具体落在"粤民走海"叙述,这种转变则在表层上表现为面对社会变革,小说逐渐开始书写大量的西式景观,并对清代中晚期广东社会萌动的新的生活形态与生存观念进行描述。而更深层的则是叙事结构与叙事主题的发展变化,这种发展根据前文所说的"出山入海"向"走沪出洋"的转变,也大体可划分为前后两个阶段:前一阶段以家庭型叙事为主导,以传统人生如梦为主题;后一阶段以游历型叙事为主导,以社会批判与启悟为主题。

1. 以家庭型叙事为主导,以传统人生如梦为主题

从《岭南逸史》到《蜃楼志》,意味着清代广东叙述"出山入海"的转变,但在叙事特征上两书又有着较为明显的相似性,属于同一阶段的作品。它们走的大体与《金瓶梅》、《林兰香》、《红楼梦》等相似的情节套路,在叙事结构上往往从婚丧嫁娶的家庭型叙事出发,即以家庭兴衰为中心,进而延伸到官场、商场、青楼、战场等社会生活的各方面,对主人公人生遭遇进行全景式的描绘,最后归于人生如梦,悟道出世的结局。《蜃楼志》作为"入海"之始的作品,相比而言,其家庭型叙事更具典型性。另外,文学表现总是有延后性,20世纪初问世的《廿载繁华梦》则是这一主题的余绪。

《蜃楼志》中的家庭型叙事占了重要的篇幅,小说的一个重头情节就是描绘"男女居室之私",即男主人公苏吉士与妻妾的风流史。从文题来看《蜃楼志》,所谓"蜃",原意指"大蛤蜊"。《周礼·天官·鳖人》载:"春献鳖蜃,秋献龟鱼。"①后传说是一种能吐气成海市蜃楼的蛟龙。可见,关于《蜃楼志》小说的得名,很容易就能看出小说的创作意图在于"虚以应实"。虽然署名罗浮居士所题的《〈蜃楼志〉小说序》强调"劳人生长粤东,熟悉琐事,所撰《蜃楼志》一书,不过本地风光,绝非空中楼阁也"。风光是粤东真实风光的描绘,但值得注意的是,作品一开头就将小说定位在看破红尘的基调之上:"捉襟露肘兴阑珊,百折江湖一野鹇。傲骨尚能强健在,弱翎应是倦飞还。春事暮,夕阳残,云心漠漠水心闲。凭将落魄生花笔,触破人间名利关。"②从文题出发,小说想要表达的主题是:"蜃楼"图景无论怎样绚丽多姿,最终总是有谢幕的那一刻,"春事暮,夕阳残",等待人们的结局就是与"人间名利"的最终告别。

《蜃楼志》的总体结构就是一个幻梦的构建。全书以广东洋行商总苏万魁被粤海关监督赫广大拿住痛脚而被诈起篇,重点书写苏万魁之子苏吉士的成长过程。苏家是当时广州城中"绝顶的富翁","家中花边番钱整屋堆砌,取用时都以箩装袋捆"。但是,苏万魁以敛财最终遭人劫盗而心惊致死,苏吉士以散财放浪最终名利双收。小说通过苏家父子的财富观念与人生收场的对比描写,无疑是向读者揭示"世途多幻境,钱财扰人忧"的人生哲理。

黄小配的《廿载繁华梦》问世与《蜃楼志》虽然相隔百年之久,但在创作主旨、题材内

---

① 杨天宇《周礼译注》第66页,上海古籍出版社2004年版。
② 庾岭劳人《蜃楼志》第1页,时代文艺出版社2001年版。

容、叙事结构等方面却呈现出惊人的相似性。《廿载繁华梦》取材于晚清广东南海周氏作为海关库书的真实事迹,全景展示了周氏的一生浮沉,其间穿插着对周庸祐家庭生活的描写。

《廿载繁华梦》的梦幻特点也从文题中不言而喻。署名"华亭过客学吕谨"所作《序》中这样介绍小说的创作缘起:"沧桑大陆,依稀留劫外之棋;混沌众生,仿佛入邯郸之道。香迷蝴蝶,痴梦难醒;悟到木樨,灵魂已散。看几许英雄儿女,滚滚风尘;都付与衰草夕阳,茫茫今古。……虽水莲泡影,达观久付虚空;然飞絮沾濡,识者能无感喟?此《廿载繁华梦》之所由作也。"① 可见,"梦"的构建与破灭也是《廿载繁华梦》所要表现的主题。但与《蜃楼志》稍有不同的是,《廿载繁华梦》中的"梦"在叙述上贯穿小说始终。

小说中充满了对"梦"的象征性诠释。小说开篇就将故事的发生背景设定在"不知何时何代"的子虚乌有的广东海关里:"而今单说一位姓周的,唤做庸祐,别号栋臣。这个人说来倒是广东一段佳话。若问这个人生在何时何代,说书的人倒忘却了。"② 接着通篇书写广东海关库书周庸祐于宦海、商海、情海中浮沉的一生。而作者在最后也为主人公安排了一个迷雾般的结局:"周庸祐……只自想从前富贵,未尝作些公益事,使有益同胞,只养成一家的骄奢淫佚。转眼成空,此后即四海为家,亦复谁人怜我?但事到如此,不得不去,便向马氏及儿子嘱咐些家事。此时离别之苦,更不必说。即如存的各房姨妾,纵散的散,走的走,此后亦不必计,且眼前逃走要紧,也不暇相顾。想到儿子长大,更不知何时方回来婚娶,真是半世繁华,抵如春梦。那日大哭一场,竟附法国邮船,由星加坡复往暹罗而去,不知所终。"③ 作品通过对周庸祐一生经历的描写,起于荒无,讫于荒无,传达人生如同一场幻梦的题旨。

从题材内容上说,《蜃楼志》与《廿载繁华梦》成为以《金瓶梅》开其端,《醒世姻缘传》、《林兰香》、《红楼梦》、《歧路灯》接踵其后的中国古代小说家庭型叙事的终结性作品,尤其是《蜃楼志》被认为是家庭小说最后的重要作品,《廿载繁华梦》则只是式微后的余绪而已。如果结合《蜃楼志》作为"粤民走海"叙事起点的观点来看,《蜃楼志》集终结与开启于一身,其小说史上的重要意义不言自明。

《蜃楼志》与《廿载繁华梦》虽然路径手法不同,但殊途同归,终于对人生的大彻大悟。这种以梦幻主题构建故事情节的笔法在中国古代小说史上不在少数。但与此前作品相比,《蜃楼志》与《廿载繁华梦》的"近代化"特色十分明显,即将梦幻的"虚"与特殊时代内容的"实"有机结合在一起。一个关于传统梦幻的虚拟故事构架却与资本主义风潮汹涌东进后"洋行"林立、"洋货"流行的近代社会图景相交织,构成了一种建立在现实平台上的蜃楼图景。传统观念之虚与异质文化之实,虚实相映,怪诞而

---

① 黄小配《廿载繁华梦》,林健毓《晚清小说大系》第1页,台湾广雅出版有限公司1984年版。
② 同上第285页。
③ 同上第149—150页。

奇异。

时至晚清，以梦幻主题构建故事情节的广东题材小说作品还有张春帆的《七载繁华梦》、黄小配的《宦海潮》等。晚清小说家在书写人生幻梦的同时，似乎也预告了中国古典小说作品在梦幻叙述传统上的阶段性终结。究其原因，"写梦"无出两点：一是对神秘世界的迷惑，二是对现实世界的失落。无论是"蜃楼"也好，"幻梦"也罢，我们不难看出即使前后相隔百年之久，中国旧知识分子企图通过小说探寻老大中国的出路时，借助西方文化的简单嫁接并不能找到解救的药方。时代与自身视野的局限使他们几乎看不到出路；心中回旋的只能是行将破灭的"海市蜃楼"、"繁华美梦"。但是无论怎样，《蜃楼志》与《廿载繁华梦》既是一种旧题材类型的终结，也是新类型的开启。晚清小说家通过手中之笔在宣告着古老梦境的破碎时，还是依稀让人看见时代新境界重建的希望。

2. 以游历型叙事为主导，以社会批判与启悟为主题

而时代新境界的重建在梦幻破碎之时已然开始。在《廿载繁华梦》中，周庸祐与妻子马氏已经飘洋出海，乘船前往南洋一带"逛逛"，"旷些眼界"①。小说最后，周庸祐干脆搭乘法国邮船，由星加坡复往暹罗而去。在 20 世纪初，随着粤民走沪与出洋人数的增多，晚清"粤民走海"叙述中的游历型叙事成为潮流。

这类小说在题材内容上大体相似，多是反映华民（以粤民为代表）走沪与出洋的奋斗史，尤其关注粤民在国外艰苦谋生的曲折遭遇。就叙事而言，它超越家庭型叙事的特点正在于其开放性的叙事结构，正如陈平原先生所指出，它体现了"新小说家某种特殊的小说结构意识"，"找到了'旅行者'这么一个特殊的角色，只要把一切作者所要表现的生活现象与生活感受都和主人公的'游历'挂上钩，小说自然就获得一种表面的整体感。倘若主人公的游历不仅仅是一根穿起一串散珠的丝线，而是跟其心灵的成长和思想的变迁紧紧纠合在一起，那长篇小说就真正称得上'遂成一团结之局'了"②。换言之，通过游历者的视野不仅可以展示家庭之外的广泛社会生活面，紧密关合小说的叙事结构，还可以超越传统游历述异的取向，自然地导出关于人生与社会"启悟"的思想主题。

晚清"粤民走海"叙述与此前的出洋题材不同的是：同为出洋，但已从玄怪想象转变为现实的亲身体验；同样写海外遇险，已由神秘力量拯救遇险的粤民，转变为粤民用自己的眼睛观察、记录所见所闻，并寻求方法使自己脱离困境；同样写海外图景，与以往神秘美好的幻想相比，此时的海外却变成出洋淘金的炼狱，再也没有前代小说中"得利而归"的美好结局，这些故事情节大都有现实事件的支撑，不少内容"作于旅美华工，以旅美之人，述旅美之事，固宜情真语切，纸上跃然，非凭空结撰者比"③。正因为有所经

---

① 黄小配《廿载繁华梦》，林健毓《晚清小说大系》第 149—150 页，台湾广雅出版有限公司 1984 年版。
② 陈平原《中国现代小说的起点——清末民初小说研究》第 240—241 页，北京大学出版社 2005 年版。
③ 佚名《苦社会（叙）》第 3 页，中州古籍出版社 1988 年版。

历,所以小说中的种种描述更有呼吁民众为保国保种而觉醒的现实说服力。晚清小说家将出洋华工在国外遭遇的种种诉诸笔端,书写中国人在国外的情与事,客观上也促使他们以时代的眼光关注现实世界,从而跳出了传统小说创作内容与书写风格的桎梏,其时代意义十分突出。

与传统游历型叙事更有所不同的是,由游历叙事体现出较为丰富的思想内涵,既有人生的启悟,又有对社会现实的针砭,更对国家民族命运的忧患。晚清小说家往往通过小说人物在游历过程中的闻见,抒发旅途的感想,表达作者自己的政治想法和思想倾向。这与古代传统游历型作品简单地表达旅途感受或对神秘世界的困惑迥然有别。就《黄金世界》为例,小说借人物何去非之口鞭挞中国民众尤其是上层阶级团结合作精神的严重匮乏;借张氏之口倡导中国女权精神的张扬;借夏建威之口陈述"开农牧、兴制造、辟路矿"的举措对国家命脉的重要性;借朱怀祖之建设螺岛大同世界的实际行动描画作者本人对建设未来新世界的理想和政治主张。这些都是作者内在心声的真实传达。

而黄小配发表于1908年的《宦海潮》是晚清以抗美拒约运动为题材的小说作品中较为特殊的一部。它不是以出洋华工叙述自己的亲身经历为叙事线索,而是描绘在抗美拒约运动的背景下,清政府以保护海外华民为由,派驻使臣、广东南海人张任磐前往美国等国进行高层交涉的作品。小说以张氏在游历海外各国时的亲历亲见为线索,其政治隐喻在小说《凡例》中陈述得十分明白:"是书有国家种族之感情。如观虐禁华工,而保种之情可以出;观割利权、赔重款,而保国之念可以生;观专制淫威,忽然假命杀人,忽然摧翻政局,而政治之思想,可以悠然发现。"①

上述小说中所叙的这一切,基本上都是受到西方"民主"、"平等"、"博爱"、"权利"等思想观念不同程度的影响。从深层意义上而言,时值晚清大厦将倾之际,晚清小说家力图聚焦于现实题材,在痛楚与血泪中寻找中国的出路。正如小说家吴趼人所言:"以仆之眼,观于今日之社会,诚岌岌乎可危,固非急图恢复我固有之道德,不足以维持之,非徒言输入文明,即可以改良革新者也。意见所及,因以小说体,一畅言之。虽然,此特仆一人之见解耳。一人之见,比不能免于偏,海内小说家,亦有关心社会,而所见与仆不同者乎?盖亦各出其见解,演为稗官,而相与讨论社会之状况欤?"②可见,晚清小说家已开始摆脱小说作为"小道"的传统标识,争取与政治家、革命家同等地位的身份,作为社会舆论的代言者,为中国寻找新的生途。

总言之,清代中晚期"粤民走海"叙述在文学方面的意义在于完成了两方面的转化:一是以家庭型叙事为主导向以游历型叙事为主导的跨越;二是传统人生如梦主题向社会批判与启悟主题的转换。无论是前者还是后者,在叙事方面都实现从古老的幻想虚境向具有现代意义新世界的过渡,就题材内容而言,清代中晚期"粤民走海"叙述在家庭

---

① 黄小配《宦海潮》第2页,浙江古籍出版社1995年版。
② 吴趼人《上海游骖录·自跋》,林健毓《晚清小说大系》第61页,台湾广雅出版有限公司1984年版。

生活之外，探求更为广阔的社会空间，超越了传统游历型叙事的固有模式，摆脱了幻仙、幻奇的精神内核，开始走上社会写实的道路，并真诚地提出自己的思考，这多少象征着中国古典小说传统家庭叙事的终结，从而成为中国小说史从古典形式走向现代形式的重要衔接。尽管民国以降，现代小说史上已较少出现以边走边看的游历主题来构建小说故事情节的作品，但是这部分作品作为时代真实记录，"始睁眼看世界"，其意义不可磨灭。从演进的角度来说，它们为开创中国现代小说主题叙述的新境界奠定了坚实的基础。

四、清中晚期"粤民走海"叙述的先锋意义

清代中晚期小说中粤民"出山入海"和"走沪出洋"的文学叙述，在中国小说发展史上可谓别开生面，其文化价值极具先锋色彩。

首先，清中晚期的广东题材小说第一次全面而真实地书写了得天下风气之先的广东人如何走向大海，谋求生存和发展的历史征程。黑格尔在《历史哲学》中曾说："大海给了我们茫茫无定、浩浩无际和渺渺无限的观念；人类在大海的无限里感到他自己的无限的时候，他们就被激起了勇气，要去超越那有限的一切。大海邀请人类从事征服，从事掠夺，但是同时也鼓励人类追求利润，从事商业。平凡的土地、平凡的平原流域把人类束缚在土地上，把他卷入无穷的依赖性里边，但是大海却挟着人类超越了那些思想和行动的有限的圈子。"①当西方早已进入海洋争霸时代，中国却依然主要活动在陆地，"只以大海为界"。近代世界市场开发以前的中国表现出传统内敛、自给自足的文化特征。即使是唐时的丝绸之路已将当时的中西世界联系得十分紧密，但很少有中国人关注陆地以外的海洋世界。大多数中国民众习惯于背对着海洋重复着千百年的传统内陆型社会生活。清中期以前小说对于广东社会生活的描述，深受传统小说创作题材与思路的禁锢，具有传统的内陆特色——平稳、封闭、单调。虽然间或也有部分作品抒发对海洋的向往，但数量极少，在明清以前的中国古代小说史上所占比重极轻。明清以降，随着近代世界市场的形成，与西洋文化联系日益深入的粤民开始将目光转向海洋，面朝大海开始了不同于传统生存之道的海外拓展实践，无疑具有划时代的意义。

其次是在书写的广度和深度上。清中晚期小说对"粤民走海"历史进程的书写，概括而言，大致经历了两个重要阶段，即内圈扩张型"出山入海"的成功跨越与外圈辐射型"一点三线"的延展拓进。

第一阶段是"出山入海"，前文已经从小说文本的角度对此做了分析，即从《岭南逸史》到《蜃楼志》的转换意味着广东文化"出山入海"的初步跨越。这无疑是广东文化实现自我超越的重要阶段。为了更好地说明这一现象，我们从另一个角度，即区域文化发

---

① 参见黑格尔《历史哲学》第 92—93 页"绪论·历史的地理基础"，王造时译，上海书店出版社 1999 年版。

展差异的角度来加以进一步印证和阐释。前面提到,广东在传统上有三大民系:广府、潮汕和客家。广府人占住珠三角最富庶发达的区域,潮汕人则占住粤东沿海一线,客家人则多在广东最贫困的北部山区。一般认为,广府人灵活,潮汕人勇敢,客家人刻苦;广府人、潮汕人愿意出外闯荡,客家人则带有较浓重的中原情结。这三大民系族群,各具特色,在人文方面具有丰富的差异性。依此观照清代中晚期,面对西方外来文化的侵袭,广东社会也随之发生重大改变,促使广东民系的分化。从结果可以看出,当社会转型的最终选择使处于广府、潮汕地带的区域文化成为广东社会的主导文化时,北部的客家民系显然不能跟上时代的步伐,落伍不可避免。与此相对应,代表北部客家文化的《岭南逸史》注定被描写广府的《蜃楼志》所取代,这种由内而外的"出山入海"带有某种历史必然性。

在完成"出山入海"的跨越之后,粤民开始了海上拓展。正如研究者在分析海洋的辐射功能时指出,四通八达的海洋具有明显的对外辐射性与交流性。在无线通讯等现代设备发明之前,"人类文化的对外辐射和交流,尤其是异域异质文化之间跨海的亦即跨国、跨民族、跨地区的文化辐射与交流,都是依傍于海洋才发生的"[①]。时至19世纪后期,一股以广东为起点,北走上海、南下南洋、东达美洲三条线路的"淘金热"开始在广东社会蓬勃生发,形成了"粤民走海"的第二阶段。其最终结果是实现了从走出本乡到走出本土,由内而外融入世界的大跨越。此时出现的粤民出洋题材小说不仅是时代热潮的真实反映,更是对广东文化中日趋成熟的海洋特征的最佳诠释。

更重要的是,清代中晚期的小说家通过文学叙述,见证了一种海洋文化观念的逐渐成型,通过描述粤民北上、南下、东进的传奇故事,来表达小说家们对于粤民探索新世界的不懈思考。"粤民走海"叙述所透露出来的关于粤民开眼看世界、游世界,以及率先吸收与引进世界先进文化,表达自由、民主、平等的近代思想等信息。印证和提示了晚清广东海洋文化观的渐趋成熟。当笔下主人公纷纷脱离内陆,奔向海洋,向海外去寻求机遇与财富时,作家内心的冲动可想而知。它不正反映了转型时代的中国小说家,为实践广东文化由内而外的近代突破与转型所付出的努力吗?小说家对于粤民"走沪""出洋"的文学书写,表征了晚清中国、尤其在东南沿海城市,一种新型的、以开放外拓为特点的、具有显著近代色彩的海洋文化,开始冲破传统文化机制一统天下的牢笼,已经破茧而出,始作彩蝶振翅之声。

当然,小说中也充满了作家们的犹疑与困惑,一方面以直面人生的写作态度控诉社会的黑暗与不公,表达进步的社会理想,如碧荷馆主人《黄金世界》、黄小配《宦海潮》等都注重从西方思想文化中汲取营养,试图提出疗救社会、拯救国家于危亡的进步方案。另一方面在反映时代主题的同时,又夹杂着诸多陈旧的思想因素,如落后的家庭伦理思想、因果报应的迷信思想。如果说向海洋寻求出路是广东文化发展路途中迈出的第一

[①] 曲金良《海洋文化与社会》第29页,青岛海洋大学出版社2003年版。

步,那么这一步只能说是对西方文化的外部学习与模仿,要将其转化为本身的文化肌体,并从根本上改造传统观念,显然要等到五四新文化运动的爆发才得以实现。从清代中晚期到"五四",还有不短的一段路要走,就此而言,清代中晚期的"粤民走海"叙述还仅仅是个开始。

本文与王丹合作,原载《文艺研究》2010 年第 1 期,
《中国社会科学文摘》2010 年第 5 期转载

文学与宗教考论

"紫姑"信仰考

崔小敬

紫姑是中国民间诸神中颇为活跃的一位神祇。她虽是一个名不见经传的厕神,但主管的范围较广,且与百姓生活密切相关。大至蚕桑收成,小至闺中密语,吉凶祸福,婆媳妯娌,她都管。这么一个重要的神祇,却鲜有研究者论及,大概因为她是厕神的缘故吧。兹就有关文献作一考查,不当之处,望专家指正。

民间"紫姑"信仰现存可见最早文字资料为南朝宋刘敬叔《异苑》。该书卷五云:"世有紫姑神,古来相传,云是人家妾,为大妇所嫉(一作妒),每以秽事相次役,正月十五日感激而死。故世人以其日作其形,夜于厕间或猪栏迎之。"可推知,南朝时紫姑信仰已颇流行,故有传说故事附会之。《异苑》之后,南朝宋东阳无疑《齐谐记》、梁宗懔《荆楚岁时记》、隋杜台卿《玉烛宝典》等,均于正月十五条下引《异苑》文,后二书并引《杂五行书》厕神名后帝及《洞览》帝喾女事,似有将紫姑与后帝、帝喾女调合之意。紫姑之名姓,唐前似未见有称者,至《显异录》则谓:"唐紫姑神,莱阳人也。姓何氏,名媚,字丽卿,自幼读书辨利。唐垂拱三年(687),寿阳刺史李景纳为妾,妻妒,杀之于厕,时正月十五日也。后遂显灵云。"(明陈耀文《天中记》卷四"迎紫姑"条下引)苏轼《子姑神记》所记黄州郭氏子姑神能以箸画字与苏轼相问答。《天篆记》更为神奇,不仅能以箸画字与人对答,且指观者中黄州进士张苞为生前友人[①]。要之,唐宋时紫姑之民间信仰已更为普遍广远,影响且及于文人士夫。现代民俗学者亦曾对紫姑神话及信仰作过一些探讨,较著者如黄石《"迎紫姑"之史的考察》、《再论紫姑神话——并答娄子匡先生》及娄子匡《紫姑的姓名》诸文[②],均对此一民间信仰作了较细致的考索,然限于时代及材料,尚有未尽之处。且因专业原因,未及对文学领域中有关紫姑的文字作一考述。笔者此文,略补前贤之不足,拟对紫姑神之信仰地域、称谓、迎祭时间、仪式、内容、意义、历代文人之吟咏作一总体考察,以见紫姑于民间及文士之影响。

一、紫姑信仰习俗考

紫姑信仰之地域以江左为多,《异苑》虽未言其地,然刘氏本彭城人,《荆楚岁时记》

---

① 苏轼《苏轼文集》卷十二第 912—913 页,上海古籍出版社 2000 年版。
② 高洪兴《黄石民俗学论集》第 303—321 页,上海文艺出版社 1999 年版。

所记亦荆楚之地。宋徐铉《稽神录》卷六"支戬"条谓"江左有支戬者……会正月望夜,时俗取饭箕,衣之衣服,插箸为嘴,使画粉盘以卜"。宋张世南《游宦纪闻》卷三谓"世南少小时尝见亲朋间有请紫姑仙"云云,世南者,鄱阳人也。按今之行政区划,则华东地区最盛,其次西南、中南,然其名称各有不同,而时间、仪式及功能亦有较大差别。下参照有关记载,并主要据方志所载,对各地之紫姑信仰作一简述,大致先叙迎神时间,次叙本地迎神名称,次叙迎神仪式,末叙卜问内容,或依实际情况略有变化。本文方志资料主要取自丁世良、赵放主编《中国地方志民俗资料汇编》①,谨以致谢。

（一）华东地区

1. 上海市：乾隆、嘉庆府县志均言迎紫姑在正月"上旬之暮",光绪县志言"今在元夕",略有变化。其名,或曰"厕姑"、"坑三姑娘"、"抗三姑娘"、"抗三姑"、"抗坑三姑娘"、"箕姑"等。其法大略有二：一为以果饵之类迎,万历《嘉定县志》谓：以果饵迎厕姑,如扶乩之状,能画花卉、刀尺。《上海史料丛编》本《外冈志》谓：以酒果召厕姑卜事,或乞其描画花样,状如扶乩；二为以箕箸之类迎,光绪《嘉定县志》谓：以筲箕插箸,蒙以巾帕,两人对举,神降则能作字,以应卜者所叩。道光《川沙抚民厅志》谓：以饭箩蒙帕,插花胜以邀。其卜问内容大率皆吉凶休咎。

2. 山东省：多为正月十五日,亦有正月七日(所谓"人日")。其名,或曰"厕姑"、"七姑",或称"赛紫姑"。其法无考。其卜问内容率皆吉凶休咎。

3. 江苏省：多为正月十五日(间有十六日),亦有十二月十六日者,影宋本《吴县志》嘉靖《姑苏志》、道光《元和唯亭志》、光绪《昆新两县续修合志》均言十二月十六日祭厕姑,或正月、十二月均祭者。其名,或曰"厕姑",或曰"饭箩仙"、"坑三姑娘"。其法多用箕箸,《金陵岁时记》云：以香楮往迎厕上,闻粪窖中有声则神降,迎入内室,铺米于盘,两人对执小粪箕,立一箸于中,其箸自动从盘上画米,吉则书为字或画如意、双钱,凶则否。另有所谓"箕姑"、"灰七姑"、"门臼姑"、"门臼姑娘"、"七姑"等。箕姑者,以筲箕插箸,蒙以巾帕,神至则两手托其胁,能写字画花,或但舂举以应卜者所叩。"门臼姑"者,插花或簪于箕上,令椓地以卜。其法与迎紫姑大同小异,亦紫姑之遗意。其卜问除岁时丰歉、吉凶休咎外,兼有乞巧意。

4. 浙江省：多为正月十五日,亦有正月十四日、正月三日(所谓"小年朝")、立春日、正月上旬(谓正月初八)、除夕者。最特殊者曰在十月十日,嘉庆《西安县志》、民国《衢县志》均言之。其名,或曰"厕姑"、"箕娘"、"坑三姑"、"笃太君"、"三娘子"、"簸箕神"。另有"灰七姑"者,亦紫姑之遗意。其法亦多用箕,民国《定海县志》谓：以箸一插溲箕前,围绡帕于箕缘,二童昇之至厕,口中祝告,稍候而返。案上设香烛、果饵,布米于上,二童左右各以指悬,掀之,箕动则曰姑至。卜竣,送神回。然其卜法中另有二尤可注意者：一者据同治《安吉县志》所载：用稻草一握,中扎桃枝尺许,被以衣裙,置之荒郊废址或远年坑厕间。设香烛、酒果,用老妪二

---

① 丁世良、赵放《中国地方志民俗资料汇编》,北京图书馆 1989—1992 出版。

人,谓之"轿夫",诡为问答。一请一辞,及请之至再,答者始允其去,而桃条忽自动。二妪手捧草把,任其俯仰,入请者之家,设案置方板为桃条所敲击。男妇皆以事来占,以敲击数为吉凶之判。敲之力重,声闻百步外,二妪腕弱者几不能持。所占颇验。或有指其妄者,直趋稠人中击之;二者据嘉庆《西安县志》、民国《衢县志》所载:彩衣一、绣履一,覆大被于箕上,数女子舁至厕。一女子祝曰请大姑,一女子答曰家事忙,又祝曰请二姑,答曰洗衣忙,又祝曰然则三姑可乎?答曰来,舁之归。以金钱掷之成卍字形,即为得巧,如"乞巧"故事,号"金钱卜"。所卜问者亦以岁时休咎,兼有乞巧意。

5. 安徽省:正月十五日与正月七日俱可迎,以前者稍多。其名或曰"厕姑"、"筲箕姑"、"三姑"。其法有繁简之分,简者据道光《怀宁县志》,则削箸为昧,安于箕上占事。繁者据乾隆《望江县志》,则于人日取净筲箕,蒙以乌帕,插花其上,挂于内堂檐下,至元宵取下迎置内堂,安簸箕中,设几筵茶果祀之,祀毕,令二女以指舁箕,前缚一箸,如降乩状,有问则视其点头数以卜,问毕焚香送之。所卜问者为桑蚕岁时吉凶休咎。

6. 江西省:较前复杂。其时多为正月十五日,亦有正月初八者,然较可异者为有七月七日、八月十五日及九月九日者。其名或曰"厕姑"、"筲箕姑"、"捉月姑"、"七姑"。另有"筲箕神",似与紫姑别而为二,同治《乐平县志》谓:正月八日夜,女子邀天仙或厕姑问一岁吉凶。十五夜,妇女于灶前迎筲箕神,问生育,卜休咎。同治《萍乡县志》、民国《昭萍志略》亦载妇女于正月十五迎筲箕神问生育及休咎。另,光绪《雩都县志》载:七月七日,妇女以衣蒙箕向天暗祝,谓之"箕卜";九月九日则以只鸡壶酒祀七姑之神。光绪《瑞金县志》载:中秋妇人迎紫姑神,曰"捉月姑"。光绪《上犹县志》则载:妇女于起更后,各在室中檐廊下设茶酒向月拜祝,置簸箕几上,盛以米,更用筲箕覆而插箸其端,蒙以绢幅,令十一二岁女儿立两旁,轻托箕弦,移时箕忽自动,有祷则箸点画米中,次数、方向悉应如响。所谓"筲箕神"、"箕卜",实亦紫姑之遗意,其分合乃民间流传之所致,无足深讶。唯九月九日祀七姑不知何据,亦仅此一见,其事待考。

7. 福建省:有正月十五者,然亦多八月中秋者。其名或曰"东施娘"、"请月姑"。号"东施娘"者多在元夕,据同治《金门志》且有歌词曰:"东施娘,教侬挑,教侬绣,穿针补衣裳。"称"请月姑"者卜在中秋,于月下设果饼环服之类望月而拜致词,置筐于盘,神降则筐自举为剥啄声,视其数以卜灾祥。另,今泉州未字少女有祀"棕蓑娘"之事,备食物及一寸长小红绣鞋一只或小衣衫一件,供于厕,祝曰:"棕蓑娘,水芒芒,教阮绠,教阮纺。教阮绠布好布边,教阮做鞋好后跟。教阮举大针,补大裘;举针仔,挑绣球。举剪刀,剪花样,剪得照人照人样。"供品或边祝边吃,或祝毕带回,鞋或衣则焚化①。所谓"棕蓑娘"亦紫姑之余意。

(二) 西南地区

1. 四川省:多为正月十五,亦有上元即正月初九者。其名或曰"七姑娘"、"七姑"、"戚姑"、"罐答神"、"饭答神"、"茅娘"。其法有一可注意者,据嘉庆《洪雅县志》、光绪《丹

---

① 此处下载自 http://oursakura.myrice.com

棱县志》均言取桃梗衬青衣为紫姑神向厕中焚香以卜。另所谓"罐笞神"、"饭笞神"者，似川贵之地所特有，民国《巴县志》引《觉轩杂著》谓：罐笞神者，以木板匙纸糊之，画头面，束于笞梁，缚扎如人形，以小儿衣衣之。幼女二人，静夜时于黑地以柱香烧其面，祝之数四，即摇动而来。笞重如石，问事以揖为征，或戏之及烦数，即顿立不动。民国《贵州通志》引《洞览》帝嚳女好乐条，谓罐笞或惯乐之讹，可备一说。同书引《田居蚕室录》释茅娘云：新年闹灯时，切茅二茎，曲其两头，上如钩，下如人脚掌，以小木枝长五六寸许对插立，横架一木枝，以悬茅茎，用鸡羽拂橡叶掠茅足，祝曰："正月正，特请茅娘来看灯，无娘单足来，有娘双足登。"其两足如所祝，举蹈不爽，枝柱为动，谓之茅娘。其所卜问者亦多为蚕桑杂事及岁时休咎。

2. 贵州省：其称"罐笞神"及"茅娘"者情形已于上节述之，二省此风多同。另又有称"扫帚神"者，云以扫帚扎如人头，穿人衣，以炷香绕其面，祝之再三四，令二幼女执之，即摇动而来，二人平执不可换手，换手即去，随即觞拜问事，以点头为征，或戏之及烦数，即顿立不动，亦与"罐笞神"近似。又有请"七姑娘"者，与他处略有不同，《独山县志》谓：七月十三或十四夕，幼女约伴制衣架，饰以衣，俨人形，身手俱备，位于厕房，祝曰："七姑娘，七月灵，特请姑娘下凡尘。"诵毕，两女扶架，左右手听其叩拜，谓能占寿。此二者实亦紫姑之流变。

（三）中南地区

1. 河南省：迎于正月十五。其名或曰"七姐"、"七姑娘"。可卜丰歉吉凶。
2. 湖北省：均于正月十五日迎，可谓甚存六朝古风。其名或曰"戚姑"、"七姑"、"七姑娘"、"茅厕姑"，或"七姑"与紫姑分而祈之。其法大略衣箕帚为女形，或诵歌以降神，画灰盘或点头为卜。光绪《孝感县志》谓：先于小除夜（即十二月二十四日）取粪箕之架埋厕侧，正月十五夜洗净覆以女衫，画人面于上，焚香拜祝，两女持之，神来则自动叩地，以拜之数为判，此所请者为"戚姑"或"七姑"，是夜请乩仙，则谓紫姑。然多以"戚姑"、"七姑"与紫姑相合者。所卜问者亦蚕桑休咎之类，唯较多娱乐成分。
3. 湖南省：多于正月十五，亦有于八月十五者，则谓之"歌月姊"或"迎月姊"。其名或曰"筲箕神"，其法以头帕蒙竹筲以卜，或束草为女人形立而祝之，则身自俯仰若拜然。所卜问者亦蚕桑杂事、吉凶休咎。
4. 广东省：有元夕者，亦有中秋者。所可注意者，民国《乐昌县志》谓：元夕妇女迎紫姑，因紫姑此日为大妇所逐死，故悯而祀之，且相戒以不妒也。此似为迎紫姑风俗之伦理学及社会学意义。中秋迎者或曰"接月姊"、"踏月姊"、"椓月姑"，其法大略为以帕覆箕，以箸插其上以卜。《民国新修大埔县志》谓：中秋儿女于月下妆饰芈人，舁以几，神降则几自举摇轧不止，审其轧数以定吉凶。原按，此戏"元宵"亦或行之，系用舁酒瓮之竹络，俗称"酒络"，衣以女衣，蒙以女帕，中间系锁匙一串，声琅琅然。二人各以双手捧竹络下圈舁入厕所，焚香请神，投石于厕而出，即在月下焚香烛问事，审轧数以定可否。

5. 广西省：闺中妇女以纸扎其像，迎于茅厕，置之小室，焚香瀹茗，供以时果、饼饵，口念咒语，神附于像，二人各持像一足，有问事者，其像自拜自起，用以为卜。

（四）东北地区

东北地区有迎紫姑之俗者相对较少，其中以辽宁省较普遍，其时有正月十一、十三、十五之别，以后者居多。其名或曰"姑姑神"、"笊篱姑姑"、"茅姑"、"迎姑娘"。其法有二：一用箸者，用箸三双，祝曰："姑姑灵，姑姑圣，筷子姑姑有灵应。"然后问事，是则点首应之，否则不动；二用笊篱者，以笊篱糊纸画为头面，以童男女扶持置厕旁，卜年景旱涝，以叩头为数。较繁者则双榴枝为足，缚横木为臂，续以笊篱为头面，头簪彩花，身被红袄，扶令骑帚。一女童持香三炷，曳帚向茅厕，往来且祝且曳，觉帚重于前即神至，抱立床间，把持两足，前设香几，令向磕头，以数为算。笊篱者亦可用勺或笠代。或是日为绣小鞋置墙隙，如后失去，即为神受，可佑针黹精巧。另吉林省及黑龙江省亦有此风，唯后者曰"请姑姑神"，以木勺包纸绘面目为首，横缚一木为两臂，下缚有叉之木为两足，顶插花，身着衣，携之厩中念数语，入室秤之，重于前则神至，扶置炕桌旁问诸事，以前后磕头判休咎。

（五）西北地区

西北地区少见，唯甘肃《庄浪志略》有"上元节前请紫姑，卜岁之丰歉"之语，可知亦有此风，然不甚行。

综上，迎紫姑之时间，原为元夕，然至宋时，似已不拘此日，沈括《梦溪笔谈》卷二十一即谓："世传正月望夜迎厕神谓之紫姑，亦不必正月，常时皆可召。"而其名称则似与其迎神之地点、手段等有较大联系，如迎于厕者，则曰"厕姑"、"坑三姑娘"等。迎于月下者，或曰"请月姑"。以箕之类召者，则或谓"箕姑"、"筲箕姑"、"簸箕神"。以笊篱召者，则曰"笊篱姑姑"等。如范成大《上元纪吴中节物俳谐体三十二韵》云："筳篿巫志怪，香火婢输诚（原注：俗谓正月百草灵，故帚苇针箕之属皆卜焉，多婢子之辈为之）。帚卜拖裙验（原注：弊帚系裙以卜，名埽帚姑），箕诗落笔惊（原注：即古紫姑，今谓之大仙，俗名筲箕姑）。微如针属尾（原注：以针姑卜，伺其尾相属为兆，名针姑），贱及苇分茎（原注：苇茎分合为卜，名苇姑）。"（《石湖诗集》卷二十三）各地迎神之时间、仪式、物品颇具灵活性，均与当地民众之日常日用相关。其神性及功能多为占卜吉凶休咎、岁时蚕桑，妇女兼有以之乞巧者，亦俱为与民众生活及生产密切相关之事。

二、历代文人题咏考

迎紫姑之风六朝已盛，然文人诗词笔记鲜有记载。自赵宋起，紫姑已普遍进入士人之家庭生活及创作视野，故见于记载及形于诗文者渐多。其情形大略可分为两类：一类为考镜紫姑神之源流，记录有关异闻轶事。此多见于笔记杂著类文字中，可供考据之用,前人亦多已引用。一类为有关紫姑风俗之吟咏,或以紫姑事入典者。此类文字实兼具民俗学与文学之双重价值,唯散见诸书,难于征用。下仅据笔者目见,对历代文人有关紫姑之吟咏作一辑录,挂一漏万,在所难免,冀能收抛砖引玉之功。为明晰起见,以唐、宋、元、明、清时代为序,体裁则诗、词、赋,散文不录。

唐人吟咏"紫姑"尚不多见。惟大诗人李商隐频繁引用"紫姑"典。如《正月十五夜闻京有灯恨不得观》:"身闲不睹中兴盛,羞逐乡人赛紫姑。"(《李义山诗集》卷下)义山之诗,号为难解,尤以爱情诗为甚,盖因爱用典故、隐语、象征,不欲使人彻知心事故也。如《圣女祠》云:"消息期青雀,逢迎异紫姑。"《昨日》:"昨日紫姑神去也,今朝青鸟使来赊。"(均见《李义山诗集》卷中)他如熊孺登《正月十五夜》(《岁时杂咏》卷七)、皮日休《圣姑庙》(《吴都文粹》卷三)亦曾咏及"紫姑"事。

入宋以后,文人吟咏"紫姑"之风大盛。宋人集官僚、学者于一身,公事之余,多咏身边琐事以助雅兴。如刘弇《次韵和彭道原元夕》:"大奴听响仆屋隅,小女行卜迎紫姑。"(《龙云集》卷六)孔平仲《上元作》:"群儿嬉戏尚未寝,更看紫姑花满头。"(《清江三孔集》卷二十二)朱松《灯夕时在泗上五首》(其五):"我观世界只儿嬉,一戏相从更莫辞。绮语未忘余习在,明朝与和紫姑诗。"(《韦斋集》卷五)陆游《新岁》:"载糗送穷鬼,扶箕迎紫姑。"(《剑南诗稿》卷六十五)刘克庄《观溪西子弟降仙》:"似有物凭箕,傍观竞卜疑。曾从师授易,肯问鬼求诗。岩穴虽高枕,乾坤尚奕棋。老儒心下事,未必紫姑知。"(《后村先生大全集》卷三)

这其间,尤以富有幽默细胞的大苏最富特色:

玉肌铅粉傲秋霜,准拟凤呼凰。伶俜不见,清香未吐,糠粃且吹扬。到处成双,君独只空,无数烂文章。一点香檀谁能借,箸无复,似张良。[《少年游(黄之侨人郭氏每岁正月迎紫姑神,以箕为腹,箸为口,画灰盘中,为诗敏捷立成。余往观之,神请予作少年游,乃以此戏之)》,《东坡词》]

陆游则指出了百姓崇拜、祭祀"紫姑"的愚昧无知。《箕卜》云:

孟春百草灵,古俗迎紫姑。厨中取竹箕,冒以妇裙襦。竖子夹扶持,插笔祝其书。俄若有物凭,对会不须臾。岂必考中否,一笑聊相娱。诗章亦间作,酒食随所须。兴阑忽辞去,谁能执其袪。持箕畀灶婢,弃笔卧墙隅。几席亦已彻,狼藉果与蔬。纷纷竟何益,人鬼均一愚。(《剑南诗稿》卷五十)

尽管如此,紫姑神在民间的信仰仍非常普遍,而文人墨客亦纷纷将之写入诗词。古人迫于生计,远游他乡,但交通工具落后,归信难期。尤其夫妇别离,情侣阻绝,思情何堪?而闺中之弱女,虽思虑缠绵,哀伤断肠,但无能为力,只得诉之神灵。于是,"紫姑"成了最好的对象。有宋一代,咏"紫姑"卜归期者比比皆是。如毕仲游《得来书有感因成四十字呈夷仲宣仲》:"归期试闲卜,见说紫姑灵。"(《西台集》卷十九)陆游《军中杂歌》:"北庭茫茫秋草枯,正东万里是皇都。征人楼上看太白,思妇城南迎紫姑。"(《剑南诗稿》卷十四)《无题》:"迎得紫姑占近信,裁成白纻寄征衣。"(《剑南诗稿》卷四)《古别离诗》:"紫姑吉语元无据,况凭瓦兆占归日。"(《剑南诗稿》卷二十八)《今年开岁三日上元三夕立春人日皆大晴》:"天心只向人心卜,不用殷勤问紫姑。"(《剑南诗稿》卷七十)梅尧臣《上元从主人登尚书省东楼》:"康庄咫尺有千山,欲问紫姑应已还。"(《宛陵集》卷五十一)李新《立春即事》:"青帝似随明月至,紫姑争问一年疑。"(《岁时杂咏》卷四)杨齐《上元喜雪》:"紫姑云辇归时节,太光碾碎桃榔叶。"(《岁时杂咏》卷八)

宋词以婉曲见长,当然更不会放弃"紫姑"这一绝好的题材。"紫姑"频频见于其间。如欧阳修《蓦山溪》:"应卜紫姑神,问归期,相思望断,天涯情绪。"(《文忠集》卷一百三十三)扬无咎《踏莎行》:"心期休卜紫姑神,文章曾照青藜杖。"(《逃禅词》)王千秋《生查子》:"暗祷紫姑神,觅个巴陵信。"(《审斋词》)洪适《南歌子·示裴弟》:"烧香试问紫姑神,一岁四并三乐、几多人。"(《盘洲文集》卷八十)刘克庄《满江红》:"青女无端工翦彩,紫姑有祟曾迷赤。"(《后村先生大全集》卷一百八十九)李昂英《瑞鹤仙·甲辰灯夕》:"又卜紫姑灯下。听欢声、犹自未归,钿车宝马。"(《文溪集》卷十九)胡浩然《万年欢·元宵》:"怅望归期,应是紫姑频卜。"(《草堂诗余》卷三)朱敦儒《好事近》:"却上紫姑香火,问辽东消息。"(《御选历代诗余》卷二)胡寅《谢杨珣梅栽(原注:壬申)》:"奈何瑶台伴,辱近紫姑闼。"(《斐然集》卷二)周紫芝《元夕睡起》:"有梦须黄妳,无情问紫姑。"(《太仓稊米集》卷六)陈造《次韵张丞(原注:是日忽晴)》:"更乞紫姑丰乐语,为添喜色到颜间。"(《江湖长翁集》卷十三)叶茵《元夕》:"旧事思清汴,幽情卜紫姑。"(《江湖小集》卷四十)

因"紫姑"能兆吉凶,故民卜之以问前程。但文人墨客面对"紫姑"神时,更多地表现出一种达观:

陆游《初春》:"紫姑(原注:一作行藏)欲问还休去,身世从来心自知。"(《剑南诗稿》卷三十五)《初春》:"紫姑拟卜元无事,只问今春几醉眠。"(《剑南诗稿》卷三十八)陈造《元夕遣怀二首》(其二):"鬓须久已沾青女,穷达何劳问紫姑。"(《江湖长翁集》卷十八)《寄赵帅三首》(其一):"旧腊新年无好况,何须更问紫姑神。"(《江湖长翁集》卷二十)魏了翁《元夕卜油溪故事》(其一):"不随洛俗占灯影,不学荆人问紫姑。"(《鹤山集》卷九)刘克庄《观溪西子弟降仙》:"似有物凭箕,傍观竞卜疑。曾从师授易,肯问鬼求诗。岩穴虽高枕,乾坤尚奕棋。老儒心下事,未必紫姑知。"(《后村先生大全集》卷三)《癸卯上元即席次杨使君韵二首》:"俱蒙青帝力,莫问紫姑神。"(《后村先生大全集》卷十三)朱弁《元夕有感》:"紫姑无用卜,世事正悠悠。"(《两宋名贤小集》卷九十一)李昂英《西樵岩》:"印石尚存乌利迹,问谁曾识紫姑仙。"(《文溪集》卷十五)方岳《元夕》(其四):"山居幸自依青士,身事何曾问紫姑。"(《秋崖集》卷二)周行己《上元被差监酤妙觉书呈文叔二首》:"吾生自有分,休问紫姑神。"(《浮沚集》卷九)程俱《元夕块坐因用叶翰林去年见寄元夕诗韵写怀》:"藜灯不来下,箕卜岂复迎。"(《北山集》卷四)

宋人已奠定了"紫姑"题材的基本格局,后世吟咏"紫姑",不出以上几个主题。为节省篇幅,兹将自元至清文人题咏之诗题、词题列举于下,供有兴趣者作进一步研究之用。

金元时期:

方回《上元立春》(《桐江续集》卷十二)、杨维桢《金钱卜欢》(《复古诗集》卷五)、宋无《无题效李商隐》(《翠寒集》)、王沂《和陆友仁尺五城南诗九首》(《伊滨集》卷十二)、吴当

《再和康武一百五十韵》(《学言稿》卷二)、张思濂《戏赠报恩观道士》(《宛陵群英集》卷十)、舒頔《洞箫歌·为朱士元作》(《贞素斋集》卷五)

明代：

刘筠《灯夕寄献内翰虢略公》(《西昆酬唱集》卷下)，陈迪《题宋人蚕织图》(《古渠宝笈》卷三十五)，孙蕡《闺怨》(二首)(《西庵集》卷七)，刘麟《龙津门径二首》(其一)(《清惠集》卷二)，谢榛《经兵后慨然有赋》(《四溟集》卷二)，黄卿《灵岩寺仙刻》(《海岱会集》卷四)，瞿佑《春愁曲》(《石仓历代诗选》卷三百六十二)，杨用修《暮冬闺怨·琥珀猫儿坠》(《吴骚合编》卷三)、《南乡子·荆州元夕》(李调元《雨村词话》卷四)，高道素《上元赋》(《御定渊鉴类函》卷十七)

清代：

钱谦益《灯楼行壬寅元夕赋示施伟长》(《牧斋有学集》卷十二)，查慎行《凤城新年词八首》(其七)(《敬业堂诗集》卷六)，洪亮吉《云溪春词》(《洪北江诗文集》卷一)，符曾(《南宋杂事诗》卷四)，查慎行《凤池吟·上元村居》(《敬业堂诗集》卷四十九)，董以宁《醉太平·金钱卜》(《十五家词》卷二十九)、《鹧鸪天·忆》(《十五家词》卷二十九)，张雨珊《摸鱼儿》(《左庵词话》卷上)，陈其年《满庭芳·蜀山谒东坡书院》(《陈迦陵文集迦陵词全集》卷十三)、《满庭芳·中元节途次蒙阴追悼亡女》(《陈迦陵文集迦陵词全集》卷十三)、《月边娇·己未长安元夕》(《陈迦陵文集迦陵词全集》卷十五)、《琐窗寒·乙卯元夕柬云臣竹逸竹虚》(《陈迦陵文集迦陵词全集》卷十六)，厉鹗《东风第一枝·癸卯元夕》(《樊榭山房集》卷十)，全祖望《祝万九沙前辈七秩序》(《鲒埼亭集外编》卷五十)

上录文人著述中有关紫姑之吟咏，以笔者之浅陋，遗珠之憾实在所难免，祈有多识者补正。紫姑为闺中之密友，可言心事、卜良人、占归信。无论待嫁或已嫁，满怀幽思，无处宣泄，只能诉与冥冥中之紫姑，所谓"无人商略心头事，潜向花间卜紫姑"(宋无《无题效李商隐》)是也。扶乩降紫姑亦为文人之一趣事，但文人心目中之紫姑实雅趣多于信仰，嬉戏多于虔诚。虽明知其虚诞而仍行之者，即弃占卜之迷信，而取赏玩之趣味也。此与民间紫姑信仰之乞巧仍有分别，盖前者含蓄而优雅，后者直接而朴拙；一重情感抒发，一重实用功能。故传为紫姑之作数量甚多，虽荒谬不经，然亦可知紫姑之于知识阶层及民众间均颇受欢迎。惟在前者心目中紫姑已成为一多才多艺之女仙，颇能以诗词相娱，与民众之一味祠祀祈福者大异。

本文与许外芳合作，原载《世界宗教研究》2005年第2期

"黑头虫"考辨

——佛藏、道藏及相关文献综理

陈开勇*

一

在宋元时代,民间十分流行"黑头虫"的说法:

1. 纪君祥《赵氏孤儿大报雠》第二折〔牧羊关〕曲:

这孩儿未生时绝了亲戚,怀着时灭了祖宗,便长成人也则是少吉多凶。他父亲斩首在云阳,他娘呵囚在禁中。那里是有血性的白衣相,则是个无恩念的黑头虫。……你道他是个报父母的真男子,我道来,则是个妨爷娘的小业种①。

2. 郑德辉《醉思乡王粲登楼》二折白:

大王,久以后不得第便罢,若得第时,一时间顾盼不到,他便道"黑头虫儿不中救",俺也曾赍发你来②。

3. 无名氏《小尉迟将斗将认父归朝》第一折〔后庭花〕曲:

你将一个后老子来忒紧攻,倒把一个亲爷来不敬重。我道你是顶天立地的男儿汉,怎作了背祖离宗的牛马风。可不骂你个黑头虫……③

4. 王元鼎〔商调·河西后庭花〕:

泥中刺绵里针。黑头虫黄口鸦④。

对于这一俗语词,早有朱居易《元剧俗语方言例释》"黑头虫"条进行了解释,他引上文1、3、4为例,说"黑头虫"的词义为:"忘恩负义者。民间相传,黑头虫和黄口鸦,都是吃父母的虫鸟,故引为喻。"⑤后顾学颉、王学奇《元曲释词》(二)则在朱居易上加补第2例,又引用了朱居易的解释,并补充《太平广记》卷四七七"法通"条,说:"此言官吏贪污残暴,则虫身(头)黑食谷;黑头虫与官吏大有关连,民间传说遂用以讥寓官吏,当有可能。"⑥陆澹安《戏曲词语汇释》

---

* 陈开勇(1968—),男,四川阆中人,文学博士,教授,硕士生导师。主要研究佛教与中国古代文学关系、浙东学术。曾于《文史》、《文学评论》等杂志发表论文30多篇,撰写专著3部,主持或参与省部级课题3项。
① 纪君祥《赵氏孤儿大报仇》,王季思主编《全元戏曲》(第三卷)第613页,人民文学出版社1999年版。
② 郑德辉《醉思乡王粲登楼》,王季思主编《全元戏曲》(第四卷)第499页。
③ 无名氏《小尉迟将斗将认父归朝》,王季思主编《全元戏曲》(第六卷)第273页,人民文学出版社1999年版。
④ 隋树森编《全元散曲》第690页,中华书局1964年版。
⑤ 朱居易著《元剧俗语方言例释》第234页,上海商务印书馆1956年版。
⑥ 顾学颉、王学奇著《元曲释词》(第二册)第33页,中国社会科学出版社1984年版。

引 2、3 例①，龙潜庵《宋元语言辞典》引 1、2、3 例②、《汉语大词典》引 1、3 例③，三者仅云其意义指"忘恩负义者"，未涉及其词义之来源。

对于朱居易与顾学颉、王学奇的解释，今人刘瑞明《〈元曲释词〉第二册失误述评》认为"朱居易书对所言民间传说并未引出根据，也未指明黑头虫究为什么虫，应是意想。《释词》以"法通"事作根据也是牵强附会"，从而认为"黑头虫"是指无人伦道德之人，义近于"人面兽心"、"衣冠禽兽"；其渊源为唐代寒山《人是黑头虫》诗④。

提到寒山诗《人是黑头虫》，近有项楚先生《寒山诗注》于该诗该句下引《寒山有倮虫》诗互证⑤，并在《寒山有倮虫》诗"身白而头黑"句下注中云："按中土之人，白身黑发，故亦称人为'黑头虫'。"并引唐代法照《净土五会念佛略法事仪赞》末《鹿儿赞文》，云"后世因称忘恩负义之人为'黑头虫'"⑥。

比较诸家解释，或分歧很大，或貌合神离，而这种差异的出现，往往关系到各家所认定的该词语源有异。

二

值得注意的是，刘、项所言寒山、法照均为佛教僧人。这种身份上的特殊性已经为此词义的语源追溯暗示了一条路径；特别是法照的《鹿儿赞文》，其所涉本事更为明确。

法照的《鹿儿赞文》是在净土五会念佛法事中诵唱的赞文。这条赞文所涉及的是一个十分有名的佛教本生故事——《九色鹿》，是用来批判提婆达多对释尊有恩不报、忘恩负义行为的。这个故事说，从前，释尊化身为九色鹿，常在恒河边饮水食草，与一只乌为朋友。一天，遇到水中有一个溺人，鹿不顾性命之忧将其救起，溺人非常感谢，愿意舍身为奴，但鹿不求其报，只是要求他不要向别人透露自己的住址，以免他人贪图自己的皮、角而寻来杀害，于是溺人答应而去。当时，国王夫人在梦中梦见九色鹿，希望得到鹿的皮、角。于是，国王下令募集猎人，重金求购九色鹿。溺人贪图财宝，违背自己以前向鹿许下的诺言，带领国王及军队来到鹿的住处，包围了鹿。鹿向国王告诉了以前发生的事情，国王听后，责备了溺人，并下令从此国中不允许任何人捕杀鹿。

在佛经的现存汉译本中，对这个故事的记载，共有四个文本：

1. 吴康僧会译《六度集经》卷六。
2. 吴支谦译《佛说九色鹿经》。
3. 吴支谦译《菩萨本缘经》卷下《鹿品》。

---

① 陆澹安《戏曲词语汇释》第 468 页，上海古籍出版社 1981 年版。
② 龙潜庵编著《宋元语言辞典》第 892 页，上海辞书出版社 1985 年版。
③ 罗竹风主编《汉语大词典》（第十二卷）第 1338—1339 页，汉语大词典出版社 1995 年版。
④ 刘瑞明《〈元曲释词〉第二册失误述评》，《古汉语研究》1994 年第 3 期，第 60 页。
⑤ 项楚著《寒山诗注》第 801 页，中华书局 2000 年版。
⑥ 同上第 392 页。

4. 唐义净译《根本说一切有部毗奈耶破僧事》卷十五①。

从文本比较来说,法照的《鹿儿赞文》②主要来源于支谦译《佛说九色鹿经》,两者的主要情节是一致的:

《佛说九色鹿经》	《鹿儿赞文》
(1) 昔者菩萨身为九色鹿,其毛九种色,其角白如雪,常在恒水边饮食水草,常与一乌为知识。	(1) 昔有一贤士,恒日在山林,百鸟同一宣,相看如兄弟。
(2) 时水中有一溺人,随流来下,或出或没,得着树木,仰头呼天:"山神树神,诸天龙神,何不愍伤于我?"	(2) 有一傍行人,失脚堕流泉,手把无根树,口称观世音。
(3) 鹿闻人声,走到水中,语溺人言:"汝莫恐怖!汝可骑我背上,捉我两角,我当相负出水。"既得着岸,鹿大疲极。	(3) 鹿儿闻此语,便即跳入水,语:"汝上鹿背,将汝出彼岸。"
(4) 溺人下地,绕鹿三匝,向鹿叩头:"乞与大家作奴,供给使令,采取水草。"	(4) 汝得出彼岸,步步向鹿跪:"无物报鹿恩,与鹿作奴仆。"
(5) 鹿言:"不用汝也,且各自去。欲报恩者,莫道我在此。人贪我皮角,必来杀我。"于是溺人受教而去。	(5) "鹿是草间虫,不用作奴仆,饥时食百草,渴即饮流泉,欲得报鹿恩,莫道鹿在此。"
(6) 是时,国王夫人夜于卧中梦见九色鹿,其毛九种色,其角白如雪,即托病不起,王问夫人:"何故不起?"答曰:"我昨夜梦见非常之鹿,其毛九种色,其角白如雪,我思得其皮作坐褥,欲得其角作拂柄。王当为我觅之。王若不得者,我便死矣。"王告夫人:"汝可且起。我为一国之主,何所不得?"王即募于国中:"若有能得九色鹿者,吾当与其分国而治,即赐金钵盛满银粟,又赐银钵盛满金粟。"	(6) 有一国王长患妃,夜夜见九色鹿:"若不得九色鹿,大命难可续。"国王出敕集群臣:"谁知九色鹿?有人知鹿处,分国赐千金。"
(7) 于是溺人闻王募重,心生恶念:"我说此鹿,可得富贵。鹿是畜生,死活何在?"于是,溺人即便语募人言:"我知九色鹿处。"募人即将溺人至大王所,而白王言:"此人知九色鹿处。"王闻此言,即大欢喜,便语溺人:"汝若能得九色鹿者,我当与汝半国。此言不虚。"溺人答王:"我能得之。"	(7) 闹儿闻此语,叉手向王前:"臣知九色鹿,恒在流水边。
(8) 于是,溺人面上即生癞疮。	
(9) 溺人白王:"此鹿虽是畜生,大有威神,王宜多出人众,乃可得耳。"	(8) 启王多将兵,此鹿甚轻便。"
(10) 王即大出军众,往至恒水边。	(9) 国王将兵百万众,

---

① 康僧会译本见 T3/33a-b。支谦《佛说九色鹿经》译本见 T3/452b-453a。支谦《菩萨本缘经》译本见 T3/66c-68b。义净译本见 T24/175b-176b。
② 法照述《净土五会念佛略法事仪赞》,T47/482b。

续 表

《佛说九色鹿经》	《鹿儿赞文》
(11) 时乌在树头,见王军来,疑当杀鹿,即呼鹿曰:"知识且起,王来取汝!"鹿故不觉。乌便下树,蹴其头上,啄其耳言:"知识且起,王军至矣!"鹿方惊起,便四向顾视,	
(12) 见王军众已绕百匝,无复走地,	(10) 围绕四山林。
(13) 即趣王车前。时王军人即便挽弓欲射,鹿语王人:"且莫射我!自至王所,欲有所说。"王便敕诸臣:"莫射此鹿!此是非常之鹿,或是天神。"	(11) 国王弯弓欲射鹿,听鹿说一言:
(14) 鹿重语大王言:"且莫杀我!我有大恩在于王国。"王语鹿言:"汝有何恩?"鹿言:"我前活王国中一人。"	(12) "国王是迦叶,鹿是如来身。"
(15) 鹿即长跪,重问王言:"谁道我在此耶?"王便指示车边:"癞面人是!"鹿闻王言,眼中泪出,不能自止。鹿言:"大王!此人前日溺深水中,随流来下,或出或没,得着树木,仰头呼天:'山神、树神、诸天、龙神,何不愍伤于我?'我于尔时不惜身命,自投水中,负此人出。本要不相道。人无反复,不如负水中浮木。"	(13) "无人如鹿处,只是辇车大患人。
(16) 王闻鹿言,甚大惭愧,责数其民,语言:"汝受人重恩,云何反欲杀之?"	(14) 昔日救汝命,何期今日害鹿身?"
(17) 于是大王即下令于国中:"自今已往,若驱逐此鹿者,吾当诛其五族!"于是众鹿数千为群,皆来依附,饮食水草,不侵禾稼。风雨时节,五谷丰熟。人无疾病,灾害不生。其世太平,运命化去。	
(18) 佛言:"尔时九色鹿者,我身是也。尔时乌者,今阿难是。时国王者,今悦头檀是。时王夫人者,今先陀利是。时溺人者,今调达是。调达与我世世有怨,我虽有善意向之,而故欲害我。阿难有至意,得成无上道。"菩萨行羼提波罗蜜,忍辱如是。	(15) 传语黑头虫,世世难与恩。普劝道场诸众生,努力各发菩提心。

※表中(1)—(18)是其内容的前后层次。

也就是说,《鹿儿赞文》是《佛说九色鹿经》的简编本。在保留主要结构、情节的基础上,前者将后者中的一些内容进行了删除,或简化处理。

在《鹿儿赞文》中,有两个小改变值得特别注意,一是将《佛说九色鹿经》中溺人向"山神、树神,诸天、龙神"的求救,改变为"口称观世音",这种由泛神论向观世音信仰的改变,表现出深刻的中国化佛教盛行观音信仰的内涵;二是将《佛说九色鹿经》的"溺人"转称为"黑头虫"。

总体上,包括康僧会、支谦在内的三个译本,都将该人称为"溺人"、"不知恩者",而义净的译本也主要是称为"溺人"、"不知恩(溺)人"、"无恩(溺)人"的。从梵语-巴利语来说，"溺人"或"无恩人（不知恩人、不知恩者）"与"黑头虫"之梵语字根毫不相干。在巴利三藏《小部》的《本生经》中，有本生 Rurujātaka，即汉译本中的《九色鹿》。其中云：

    Yam uddharim vahane vuyhamānam①。

按：vuyhamānam 的字根是 vuyhamāna，vuyhamānam 是其单数体格，意即"溺人"，其梵文字根当为 Vudita。同在巴利文《小部》的《本生经》中，还存在本生故事 Silavanāgajātaka，也是谴责人背恩的，其中有云：

    akataññussa posassa naccam vivaradassino②。

akataññussa posassa 意思是无恩（背恩）人，akataññussa 是字根 akataññu 的属格，意即无恩，其对应的梵语字根是 a-krtajña（由 a＋krtajña 组成，a 为否定性前缀）。而"黑头虫"，在梵文里应该是个合成词，其字根当为 krsna-keśa③。从字根上讲，krsna-keśa 与 Vudita、krtajña 两者的意义无涉。

由此看来，法照《赞文》直接简编支谦《佛说九色鹿经》，其将汉译佛经同故事中的"溺人"、"无恩人（不知恩人、不知恩者）"转称为"黑头虫"，绝不是同一梵（胡）语的不同译法。

有意思的是，在义净译本《根本说一切有部毗奈耶破僧事》卷十五所述该故事中云：

  于彼国中，有一大河在于林侧。时有二人，先有怨仇，忽然相逢，一人力胜，遂缚怨人掷于河中。其水流急，彼人漂溺，便作是言："谁能救得我者，我与作奴。"时彼鹿王与五百眷属至河饮水，闻此声已，起慈悲心，便入水中，欲救溺人。是时，老乌来诣王所，便即告言："此黑头虫都无恩义，勿须救拔，若得离难，必害鹿王。"时彼鹿王为慈悲故，不取乌言，往溺人所，背负而出。……时无恩溺人，今提婆达多是④。

在这里，除了上述"溺人"、"无恩（溺）人"的称呼外，老乌将该人称为"黑头虫"。

据志磐《佛祖统记》卷二十六记载，法照寂于大历七年（772）。早年说法于衡州，后在并州，最后被代宗迎入长安，奉为国师，止于皇家寺院章敬寺。《鹿儿赞文》即作于章敬寺净土院时。而义净翻译佛经的时代显然早于法照，圆照《贞元新定释教目录》卷十三《总集群经录上之十三》云，《根本说一切有部毗奈耶破僧事》、《药事》、《出家事》、《安居事》、《随意事》、《皮革事》、《羯耻那事》七部共五十卷，都是"从大周证圣元年（695）至大唐景云二年（711）以来两京翻译"的⑤。他的翻译工作不仅得到武后、睿宗的大力资助，而且著名的文人如崔湜、卢藏用、李峤、张说等都参加了译经工作，"天子亲迎，群公

---

① V. Fausböll：*Jātakatthavaṇṇanā*，Vol. Ⅳ，Oxford，1991，p. 260.
② 同上，Vol. Ⅰ，p. 322.
③ Sir Monier Monier - Williams, M. A., K. C. I. E.：*A Sanskrit - English Dictionary*，Delhi，1997，p. 306c。该辞典将 krsna-keśa 拼作 krishná-kesa，我这里的拼写依据的是 A. F. 斯坦茨勒著、季羡林译《梵文基础读本》，北京大学出版社，1996年。实际上，两者形虽异而实质同。
④ T24/175b - 176b。
⑤ 圆照著《贞元新定释教目录》卷十三，T55/869a。

重法"①、"学侣传行,遍于京洛"②。所以,他的译经在当时影响很大,实际上形成了一个"根有律"的学习高潮。到法照入长安,虽然义净所开创的根有律学习高潮已过,但在长安寺院中其影响显然还存在,所以,法照受到《破僧事》译语的影响,也是自然而然的事。也就是说,法照《鹿儿赞文》虽然直接改编的是支谦《佛说九色鹿经》,但在将"溺人"转称为"黑头虫"这点上,却是借鉴了义净《破僧事》有关该故事中的说法。

三

实际上,在上举义净所译《根本说一切有部毗奈耶破僧事》同卷同因缘的故事中,记载了释尊在向比丘们叙述了《九色鹿》的故事后,还同时叙述了《花鬘人背恩》、《采樵人引猎师害熊》、《采樵人负恩让大虫害熊》、《鼠与蛇设计救猎师》等故事③,其中前三种均将负恩背义的花鬘人、采樵人谴责为"恶人"或"不知恩者",都不称为"黑头虫";但是,在《鼠与蛇设计救猎师》的故事中,却是这样的:

> 乃往古昔,于波罗疨斯城,王名梵授,治化人民。时有一人入山采木,路逢师子,便即逃窜,堕落井中。师子奔趁,不见其井,遂堕其上。而有毒蛇逐鼠,鹆欲拨鼠,此三一时俱堕井内……因缘会遇,属有猎师逐鹿至此,向下看井。其井中人遂发大声,唱言:"丈夫,愿见救济!"是时,猎师先拔师子,令出井中。师子即便礼猎师足,白言:"我今知汝深恩,必当报谢。其在井中黑头虫者,不识恩义,必莫救之。"师子即去。于后猎师所有井中人、蛇、虫、鸟等,次第悉皆救出。……时王便告诸大臣曰:"在诸苑园已失缨络,汝等须为访觅,是谁盗将?"时诸臣佐既奉王命,即便访觅。时黑头虫时时往彼猎师之处,而觅方便觑其缨络。见已,便知是王缨络今在于此。其黑头虫便弃恩义,遂诣王所,白言:"大王,所失缨络,我今具知,在猎师处。"王闻是语,便即嗔怒,即令使者往捉猎师。……于时其鼠见已,急往报蛇,向蛇白说:"其黑头虫,罪恶之人,不识恩德,遂令我善知识被王使者见今囚缚。"……佛告诸苾刍等:"汝意云何?岂是异人耶?时猎师者,我身是也。彼黑头虫不识恩义者,提婆达多是也;往昔之时无恩、无义,不知恩德,今亦不知恩义,亦不知恩德。"④

这个故事不见于其他汉译本,在巴利文本中也不存在。但是,在藏文译经《甘珠尔》律部《根本说一切有部破僧事》中存在,而且,与义净汉译本相近,是将这个负恩背义的人称为"黑头者"的:

> 猎人首先救出狮子。狮子礼猎师足,说:"我将报答你,但那个忘恩的黑头者,

---

① 圆照著《贞元新定释教目录》卷十三,T55/870c。
② 赞宁著、范祥雍点校《宋高僧传》第3页,中华书局1987年版。
③ 经中原文没有这些名称,这里是我自己根据其内容暂定名的。
④ T24/188a-c。

你不要救出来。"……但大臣们开始去调查的时候,那个黑头人常常到猎师处,知道猎师拥有璎珞,于是,背弃恩义,向国王报告。……然后,老鼠去对蛇说:"那黑头者,罪恶之人,使我们的恩人被囚缚。"①

按:藏文《根本说一切有部破僧事》是在西藏(吐蕃)Khri-ral(Ralpachen,汉语文献中称为"可黎可足")时代由迦湿弥罗来藏的 Sarvajñādeva 和 Dharmākara、Vidyākaraprabha、藏僧 Dpal-gyi lhun-po 转梵为藏,最后由 Vidyākaraprabha、Dpal-brtsegs 校订而成的,其原始文本来源于印度。藏族历史文献中对 Khri-ral 的出生及在位时间颇多歧异②,但唐代长庆元年(821),他曾派使臣到长安请求会盟,三年,吐蕃与唐双方建立"唐蕃会盟碑",这些史料是确切的。所以,吕澂在《西藏佛学原论》中将徕巴瞻王(即 Khri-ral、Ralpachen)断为唐宪宗至文宗时人③,则梵文《根本说一切有部破僧事》之藏译,当在 9 世纪中叶。而义净的汉译本,其来源也是印度,翻译则在 7 世纪末至 8 世纪初。但没有文献证明义净译本影响了藏译本。具体说,这两个译本是在各自独立的情况下转梵而成的。

由此可以断定,将负恩背义者称为"黑头"的看法,实际上是起于印度梵文佛经:首先,这个说法是后起的,因为,巴利文三藏的编定,根据季羡林先生所说,"阿育王(前 264—227)时的第三次结集,巴利藏基本定型。阿育王派其子或弟 Mahinda 赴斯里兰卡,带去了这部经典。这部巴利藏最初只是口头流传,一直到公元 1 世纪 Vattagāmini 王时才写成定本。"④但在巴利文三藏中找不到相关说法,大众部文献中也找不到。其次,这个说法并不是后期佛教流行的普遍说法,而是只在根本说一切有部的《破僧事》内有这样的用法而已。而且,就在根本说一切有部内,也不是一个通用用法,因为,在《破僧事》中的一系列谴责人负恩的故事中,其他故事在相近语境中均不用"黑头虫"的说法。

可以推定,汉语译本中的"黑头虫"的本来说法当是"黑头者(人)",是一种代指,藏文译本最接近于原意。然而,由于这个故事是谴责某人背信弃义、忘恩负义的非道德行为的——虽然,在汉地古代有些说法,认为人为虫中一种,但是,在实际的汉人观念中,人与虫毕竟相去远甚,《荀子·王制》:"水火有气而无生,草木有生而无知,禽兽有知而无义,人有气、有生、有知,亦且有义,故最为天下贵也。"⑤正因为这种思想,义净才用"虫"这个词语来翻译"者(人)",明显地带有了贬义。

四

但是,署名寒山(或作王梵志)的诗歌《人是黑头虫》云:

---

① *Kah-gyur*,nga,Sde-dge,212—213。
② 参松巴堪布·益西班觉著,蒲文成、才让译《如意宝树史》第 264—267 页,甘肃民族出版社 1994 年版。
③ 吕澂《西藏佛学原论》,同人《吕澂佛学论著选集》(第一卷)第 478 页,齐鲁书社 1991 年版。
④ 季羡林《巴利文》,同人《季羡林文集》第三卷《印度古代语言》第 533—534 页,江西教育出版社 1998 年版。
⑤ 梁启雄释《荀子简释》第 109 页,中华书局 1983 年版。

>人是黑头虫,刚作千年调。铸铁作门限,鬼见拍手笑①。

这首诗的意思是,人们希望长寿,冀图千年不死,采用各种自认为牢靠的办法来保全生命,但是,这一做法是愚蠢而徒劳的。这首诗歌虽然批评了人们的愚蠢,但很显然,这里的"黑头虫"与忘恩负义没有关系。

又其《寒山有躶虫》诗云:

>寒山有躶虫,身白而头黑。手把两卷书,一道将一德。住不安釜灶,行不赍衣裓。常持智慧剑,拟破烦恼贼②。

这首诗的意思是,寒山住着一个人(即头发黑而身体白的"躶虫"),他手里拿着《道德经》,游住自在,居无定所。常常追求的是智慧,以之灭却贪嗔痴,了悟人生真谛。这里实际写的就是诗人自己随缘任运、了无牵挂的生活情形。如果将这里"身白而头黑"的"躶虫"解释为那个忘恩负义的"黑头虫",就与全诗意旨严重扞格了。

躶即裸,或作倮。说起用躶虫指人,如本文第三部分所言,古人虽然以人为虫类,然实以为人贵虫贱,本质有殊。但仅就人虫同类而言,实为自先秦以来较流行的看法。《礼记·月令》:"其虫倮。"《正义》云:"《大戴礼》及《乐纬》云:鳞虫三百六十,龙为之长;羽虫三百六十,凤为之长;毛虫三百六十,麟为之长;介虫三百六十,龟为之长;倮虫三百六十,圣人为之长。"③王充《论衡》卷一六《遭虎》:"夫虎,毛虫;人,倮虫。"④同卷《商虫》:"倮虫三百,人为之长。由此言之,人亦虫也。"⑤《全晋文》卷八七仲长敖《核性赋》:"裸虫三百,人为最劣。"⑥《全唐文》卷六〇七刘禹锡《天论》下:"植类曰生,动类曰虫。倮虫之长,为知最大,能执人理与天交胜。"⑦由此看来,寒山诗里所谓的"寒山有躶虫"是一种中国自先秦以来流行的看法而已,可以说是一种正宗的本土说法。

但是,在先秦并没有将"裸虫(倮虫、躶虫)"、"黑头"二者联系起来指人。道教认为,这种联系起于所谓的"黔首"之称。

北宋天禧三年(1019),张君房编成道藏《大宋天宫宝藏》。后掇其精要,成《云笈七签》,其卷五十六《诸家气法·元气论序》云:

>泊乎元气蒙鸿,萌牙兹始,遂分天地,肇立乾坤。启阴感阳,分布元气,乃孕中和,是为人矣!首生盘古,垂死化身。气成风云,声为雷霆,左眼为日,右眼为月。四肢五体为四极五岳,血液为江河,筋脉为地里,肌肉为田土,发髭为星辰,皮毛为草木,齿骨为金石,精髓为珠玉,汗流为雨泽。身之诸虫,因风所感,化为黎甿。以天之生,称为苍生。以其首黑,谓之黔首,亦曰黔黎。其下品者名为苍头,今人自名

---

① 项楚著《寒山诗注》第801页。
② 同上第391页。
③ 孔颖达《礼记正义》卷一六,中华书局影印阮元校刻《十三经注疏》第1372页1980年版。
④ 王充著《论衡》第250页,上海人民出版社1974年版。
⑤ 同上第252页。
⑥ 仲长敖《核性赋》,严可均辑《全上古三代秦汉三国六朝文》第1960页,中华书局1958年版。
⑦ 刘禹锡《天论》,董诰等编《全唐文》第2715页,上海古籍出版社1990年版。

称黑头虫也。或为倮虫,盖盘古之后,三皇之前,皆倮形焉!……人为倮虫之长,预其一焉!人与物类,皆禀一元之气而得生成。①

考文献记载,将人称为"黔首"起于秦代。《史记》卷六《秦始皇本纪》:"更名民曰'黔首'。"②后一直得到沿袭,《后汉书》卷五六《张王种陈列传》:"士女沾教化,黔首仰风流。"③《梁书》卷一《武帝本纪》:"哀哀黔首,复蒙履地之恩。"④《旧唐书》卷九二《魏元忠传》:"且黔首虽微,不可欺以得志。"⑤《宋史》卷四三五《胡寅传》:"衣冠黔首,为血为肉。"⑥而就"黔黎"言,《史记集解》:"应劭曰:'黔亦黎黑也。"⑦《晋书》卷二九《五行志下》:"天下兵乱,渔猎黔黎。"⑧《旧唐书》卷一九下《僖宗本纪》:"黔黎涂炭。"⑨《宋史》卷四九一《渤海国》:"以苏黔黎。"⑩而所谓"苍头",历史上有两义,一是一种特殊装扮者,《史记》卷七《项羽本纪》:"异军苍头特起。"《集解》引应劭曰:"苍头,谓士卒皂巾。"⑪二是指年纪较大的男性家奴,《新唐书》卷二二四上《叛臣》赞曰:"苍头女奴,名马工车,惴惴常畏捕取。"⑫从这些用法可以看出,"黔首"、"黔黎"、"苍头"虽然都有黑头的意思,但是,它们也是一种从秦汉以来的固定用法,在后代文献中沿用,没有证据表明"黔首"、"黔黎"、"苍头"被转换为"黑头",特别是没有与"虫"联系起来。因此,道藏里的这个看法只能代表《元气论》作者个人的一隅之见。

实际上,将"黑头"、"虫"、人三者联系起来,起于后汉特殊的思想文化环境。

后汉是一个谶纬极其盛行的时代,灾变谴告成为政治、社会的流行思潮。如《全后汉文》卷八十二张文《蝗虫疏》:

> 《春秋》义曰:"蝗者,贪扰之气所生。天意若曰:贪很之人,蚕食百姓,若蝗食禾稼而扰万民。兽啮人者,象暴政若兽而啮人。"京房《易传》曰:"小人不义而反尊容,则虎食人,辟历杀人,以象暴政,妄有喜怒。"政以贿成,刑放于宠,推类叙意,探指求源,皆象群下贪很,成教妄施,或若蝗虫。宜敕正众邪,请审选举,退屏贪暴。……⑬

这种将自然灾变与人物行为联系起来的思想成为当时政治社会上的意识形态,所以王充在《论衡》中予以批评,其卷一六《商虫篇》云:

> 变复之家谓虫食谷者,部吏所致也。贪则侵渔,故虫食谷。身黑头赤,则谓武

---

① 张君房编,李成晟点校《云笈七签》第1216页,中华书局2003年版。
② 司马迁《史记》第239页,中华书局1982年版。
③ 范晔《后汉书》第1824页,中华书局1965年版。
④ 姚思廉《梁书》第19页,中华书局1973年版。
⑤ 刘昫《旧唐书》第2950页,中华书局1975年版。
⑥ 脱脱《宋史》第12919页,中华书局1985年版。
⑦ 司马迁《史记》第240页。
⑧ 房玄龄《晋书》第881页,中华书局1974年版。
⑨ 刘昫《旧唐书》第730页。
⑩ 脱脱《宋史》第14130页。
⑪ 司马迁《史记》第298—299页。
⑫ 欧阳修、宋祁《新唐书》第6384页,中华书局1975年版。
⑬ 张文《蝗虫疏》,严可均辑《全上古三代秦汉三国六朝文》第913页,中华书局1958年版。

> 官；头黑身赤，则谓文官。使加罚于虫所象类之吏，则虫灭息不复见矣。夫头赤则谓武吏，头黑则谓文吏所致也。时或头赤身白，头黑身黄，或头身皆黄，或头身皆青，或皆白，若鱼肉之虫，应何官吏？……虫之种类，众多非一。……或白或黑，或长或短，大小鸿杀，不相似类，皆风气所生，并连以死。生不择日，若生日短促，见而辄灭。变复之家，见其希出，出又食物，则谓之灾。灾出当有所罪，则依所似类之吏，顺而说之。……独谓虫食谷物为应政事，失道理之实，不达物气之性也。①

这里人们"依所似类之吏，顺而说之"，将"身黑头赤"之虫的出现说成是"武官"贪暴侵渔所致，将"头黑身赤"之虫的出现说成是"文官"贪暴侵渔所致，认为"使加罚于虫所象类之吏，则虫灭息"。虽然，这里将"黑头"、虫、文官（人）联系了起来，但是，这里的联系并不是一种比喻，"人导致黑头虫（为害）"与"人是黑头虫"的比喻说法有根本的区别②，古代文献中缺乏将这两种说法转变为可以互通的说法的文献证明，如在宋初所编《太平广记》卷四七七《昆虫》"法通"条引《酉阳杂俎》云：

> 荆州有帛师号法通，本安西人，少于东天竺出家。言蝗虫腹下有梵字，或自天上来者。及忉利天梵天来。西域验其字，作本天坛法禳之。今蝗虫首有王字，固自可晓。或言鱼子变，近之矣。旧言虫食谷者，部吏所致，侵渔百姓，则虫食谷。虫身黑头赤，武官也；头黑身赤，儒吏也③。

这里的后句"虫身黑头赤，武官也；头黑身赤，儒吏也"，如果不看前文，可以理解为比喻；但是，在这段文字中，由于前文的限定，显然后句是绝对不能被理解为比喻的。也就是说，在宋初文人那里，"人导致黑头虫（为害）"与"人是黑头虫"两种说法的界限仍然是很清楚的。所以，这种说法不可能是寒山诗歌"黑头虫"用法的来源。实际上，张君房《云笈七签》其卷五六《诸家气法》所引《元气论序》的作者也没有将"黑头虫"的说法归源于此。

按：头黑身白是人身体直观而典型的特征。寒山，是一个佛、道两通的诗人。道教特别注重人现世的身体和生命，强调要采取各种丹法、房中术等方法来维护身体与生命；佛教虽然以涅槃为乐，视色身为障碍，但在佛教中对身体这种负面的思想却是基于对人物质身体的深刻认识。因此，寒山作为一个敏感的诗人，游刃于佛、道之间，有着细致的对人身体特征的直观认识，是丝毫不用奇怪的。

但是，奇妙的是，寒山将先秦以来的"倮虫"看法与自己对人身体特征"身白而头黑"的直接观照联系起来，这就赋予了作者笔下有关说法以新的情感意义：

《人是黑头虫》与《寒山有倮虫》中，虽然二者都将人、虫、黑头三者联系起来，成为"人是黑头虫"与"寒山有倮虫，身白而头黑"（寒山是"身白而头黑"之"倮虫"）两种说法。但《人是黑头虫》一诗是站在佛教的立场上对世俗人的无知徒劳进行的批判，"黑头虫"

---

① 王充著《论衡》第 252—254 页。
② 从修辞上来说，"人导致黑头虫（为害）"是一种叙述，"人是黑头虫"是比喻，而直接使用"黑头虫"来指人的用法是借代。
③ 《笔记小说大观》（第五册）第 311 页，广陵古籍刊印社 1983 年版。

的说法包含了鲜明的宗教内涵；日本僧一丝文守（1608—1646）《拟寒山诗》其九："冷笑有情海，贤愚同一篷。爱憎徒自苦，冷暖互相攻。万事都无赖，百年要有终。寒山好言语，唤作黑头虫。"①这里涉及的正是寒山《人是黑头虫》的意义，也是用来批评愚蠢"有情"之最终必将死亡的。而"寒山有躶虫，身白而头黑"只是基于佛教禅宗的特殊语言技巧，对自身身体特征的描述，明显具有诙谐幽默、调侃的情意，包含的是活泼的谐趣。

五

由此看来，在宋元前，以"黑头虫"来指代人，实际上有两个系统，且有不同的含义，二者之间是不能互训的。

一个是梵文的用法，通过义净汉译本《根本说一切有部毗奈耶破僧事》，影响到法照，法照移用其《破僧事》有关《九色鹿》故事中之用法，来简编支谦《佛说九色鹿经》，其意义是指忘恩负义者，是一个贬义词，元曲《赵氏孤儿》、《王粲登楼》、《小尉迟》、《河西后庭花》，都属于这个系统。而且，可以由此推断，赵宋黄庭坚《步蟾宫》（妓女）："虫儿真个恶伶俐，恼乱得、道人眼起。"②这里的"虫儿"当是"黑头虫"之简称。用"黑头虫"来贬称忘恩者，在元代后仍在使用，如《金瓶梅》第九九回"刘二醉骂王六儿　张胜窃听陈敬济"："我寻得你来不是了？反恩将仇报！常言'黑头虫儿不可救，救之就要吃人肉'。"③

另一个是仅仅基于对人的直观而以人"身白头黑"的身体特征，取其"头黑"，再与先秦以来以"躶虫"指人的用法联系起来，组成"黑头虫"，用来代指人，为中性词。寒山《寒山有躶虫》、张君房收《元气论》中所谓"今人"的用法属于这一类；所谓"今人"，当为盛唐至宋初间人④。亦或因具体语境而带有贬斥的感情色彩，寒山《人是黑头虫》、文守《拟寒山诗》均属此。

原载《文史》2007 年第 3 辑

---

① 文光编《定慧明光佛顶国师语录》卷四，T81/171a。
② 马兴荣、祝振玉校注《山谷词》第 110 页，上海古籍出版社 2001 年版。
③ 秦修容会校《金瓶梅》第 1443 页，中华书局 1998 年版。
④ 虽然不能确切确定《元气论》的作者及其时代，但该文中引用了罗公远的《三岑歌》。罗公远，唐代玄宗朝人，其传见张君房《云笈七签》卷一一三上《罗公远传》。张君房编、李成晟点校《云笈七签》第 2466 页。

和合神考论

崔小敬

和合神是在中国民间受到广泛尊崇的神祇,旧时的喜庆与节日场合中也往往可见和合神的身影,其形象大都为两个蓬头笑面的童子,一人持荷,一人捧盒,寓意和合美满、百年好合等,一般称为"和合二仙"或"和合二圣",相传为唐代僧人寒山拾得化身,清雍正十一年(1733)即敕封寒山为妙觉普度和圣寒山大士,拾得为圆觉慈度合圣拾得大士[①]。不过历史地看,和合神的起源与演化经历了一个错综复杂、枝蔓横生的过程,远非皇帝敕封那样简单明了。而民间对和合神的信仰也比较复杂,一者包含了多种层面的祈求与向往;二来所信仰的和合神也并未定于一尊。然而,目前学界对这一神祇几无深入探讨,个别论及者也往往停留在万回与寒山拾得的关系上,实则其中纠结层层,有许多值得认真思索的问题。笔者不揣谫陋,谨爬罗相关资料,对此略作探讨,祈方家指正。

一、和合神的起源与傩戏

"和"、"合"二字在甲骨文、金文中已单独出现,前者指音声相和,后者指上下唇相合,至春秋时期,"和"、"合"二字开始连用,《国语·郑语》有"商契能和合五教,以保于百姓者也",《焦氏易林》卷三有"使媒求妇,和合二姓","和合"均为调和、协和、使之好合之意,本是一种具体行为,后经过历代思想家的命名与阐释,逐渐积淀为一种以和为贵、追求团圆好合的深层民族心理与文化精神[②]。而民间信仰则把人们潜意识中对"和合"的追求与渴望人格化、实体化了,于是产生了专门掌管人间和合之事的神灵——和合神。

[①] 清雍正《御选语录》卷四。
[②] 近年来许多学者对此进行过探讨,如李汉湘《浅论老子的和合思想》,《中州学刊》2004 年第 4 期;李孟存、李引丝《唐尧是和合文化的源头》,《山西师大学报》1997 年第 3 期;夏湖耘《荀学中的和合精神》,《三峡大学学报》2001 年第 1 期;陈恩林《论易传的和合思想》,《吉林大学社会科学学报》2004 年第 1 期;陈正夫《孔子的和合思想与 21 世纪的和合精神》,《南昌航空工业学院学报》1999 年第 1 期等。人民大学的张立文先生更是积极倡导和合文化,已出版多部著作,可参见《和合学概论:21 世纪文化战略的构想》,首都师范大学出版社 1996 年版;《中国和合文化导论》,中共中央党校出版社 2001 年版;《和合哲学论》,人民出版社 2004 年版等。

从现有资料看,"和合"开始与某种神格相联系当不晚于唐代。而追寻和合神的起源,则不得不涉及一种古老的艺术形式——傩戏①。一方面,和合神的出现与驱邪逐疫的傩仪及戏剧表演有关;另一方面,和合神与喜神(戏神)有着密不可分的内在联系②。

现代学者探讨中国的戏神时,常要涉及《三教源流搜神大全》卷五"田元帅"条的材料,谓:"帅兄弟三人:孟田苟留,仲田仲义,季田智彪……至汉天师因治龙宫海藏疫鬼,倡祥作法,治之不得,乃请教于帅。帅作神舟,统百万儿郎为鼓竞夺锦之戏,京中谑噪,疫鬼出现,助天师法断而送之,疫患尽销,至今正月有遗俗焉。天师见其神异,故立法差以佐玄坛,敕和合二仙助显道法,无合以不和,无颐恶不解。天师保奏,唐明皇封冲天风火院田太尉昭烈侯,田二尉昭佑侯,田三尉昭宁侯;圣父嘉济侯,圣母刁氏县君;三伯公昭济侯,三伯婆今夫人,窦、郭、贺三太尉,金花小姐,梅花小娘,胜金小娘,万回圣僧,和事老人,何公三九承士,<u>都和合潘元帅,天和合梓元帅,地和合柳元帅</u>,斗中杨、耿二仙使者,送梦报梦孙喜,青衣童子,十莲桥上桥下棚上棚下欢喜耍笑歌舞红娘粉郎圣众,岳阳三部儿百万圣众云云。"不同学者对此材料有不同的阐释,而本篇从和合神考述的角度来看,这里既出现了"和合二仙",又出现了"都和合潘元帅"、"天和合梓元帅"、"地和合柳元帅"等不同名称,可见这里的"和合"乃是形容词性质的,是冠于神号之上的一种美称,大概取其"吉祥和睦之意"③。康保成先生认为此处描写的是一场逐疫驱邪的傀儡戏演出,所谓田元帅乃是"傀儡子",也就是后来供奉的戏神,而其他各种名色则是傀儡戏中的角色名称④;施舟人先生也认为此处的描写"使我们不禁联想到古时方相逐疫傩祭的情形",而在这里"滑稽神(笔者案:即傀儡戏的戏神)扮演的是'和合神'的角色"⑤。今天的许多木偶戏如四川的梓潼戏、提阳戏、傩坛戏中都有和合神的角色⑥,与"田元帅"条的记载可以互相印证。此外,历史上傩风盛行的安徽一带,至今仍流传着不少傩戏,并保存了一些珍贵资料与文物,其中贵池刘街乡南山刘存有一部清代的请神抄本,"一心拜请"的神灵中有"嚎啕戏会耍乐之神、二十四位和合喜神、金花小姐、梅花小娘、前传后代(教)老郎圣贤"等,所谓"二十四位和合喜神"又名"二十四位老郎"或"杭州铁板桥上二十四位老郎",乃是伎艺之神⑦。实际上,"喜神"就是戏神,也就是和合神,三者是三位一体的关系,名称虽有变化,所指虽有差异,但其原始功能都是通过仪式性表演达到驱邪祈祥的和合境界。

---

① 关于傩与傩戏的各种定义及争论不在本文讨论范围内,此处之"傩戏"概念大致等同于康保成《傩戏艺术源流》,广东高等教育出版社 1999 年版。
② 关于喜神与戏神的关系,可参见康保成《中国戏神初考》,《文艺研究》1998 年第 2 期;《中国戏神再考》,《中山大学学报》1998 年第 6 期、1999 年第 1 期。
③ 参见宗力、刘群《中国民间诸神》第 660 页,河北人民出版社 1986 年版。另《道法会元》卷二三三《玄坛赵元帅秘法》所召请诸神中也有"天和合神君,地和合神君,和合太尉"及"和合散事老人"等,可证。
④ 参见康保成《傩戏艺术源流》下篇第二章《南方戏神与田元帅》。
⑤ [法]施舟人《滑稽神》,载《中国文化基因库》,北京大学出版社 2002 年版。
⑥ 参见顾朴光《浅谈木偶艺术》,《贵州民族学院学报》1995 年第 4 期;严福昌《试说巴蜀面具艺术》,《四川戏剧》1995 年第 1 期。笔者案:只是因为受"和合二仙"传说的影响,这些木偶戏中的和合神多以"和合二仙"名之,详后。
⑦ 参见王兆乾《贵池傩舞〈舞回回〉考》,《池州师专学报》1997 年第 2 期。

寻绎和合神与傩戏的关系，不仅发掘出了和合神最古老的根源，而且恰好可以解释这一类神祇的命名依据及特征，不管是傩仪还是戏剧，其本意正在于通过特定的仪式与表演，驱除邪恶，召致吉祥，最终达到天地人神的和谐好合，而以"和合"冠名正是暗示和强调这一类神灵协和鬼神万物的神圣功能。然而，在后来的长期演化中，"和合神"与傩戏的联系发生了某种程度的断裂，除民间傩戏中的"跳和合"仍有其遗韵外，其余背景下的和合神大多已失去其原初神格。"跳和合"，又称"舞和合"，是至今仍流行于安徽、江西、湖南、贵州等地的一种二人对舞的民间舞蹈，大都以儿童扮演，或成人带儿童面具扮演，安徽贵池刘街茶溪汪村尚保存了一副清代的木雕和合面具，眉目清秀，生动逼真①。各地"跳和合"的表演时间、地点、形式等都有所不同，如安徽贵池缟溪曹村的"舞和合"在正月十五表演，表演者戴面具，且一般在社树下②；茅坦乡山湖村和新唐村的则不戴面具，只头扎红巾，身穿茶衣红裤③。江西南丰的"跳和合"则分为和合班的"跳和合"与大傩班插入的"和合舞"，前者在腊月祀灶的时候表演，后者则在春节期间与其他傩舞同时表演；前者多由小孩表演，后者则多由成人戴儿童面具表演，且各村的面具与服装也各具特色④。然而不管各地"跳和合"的具体差异如何，其目的都是要造成一种和谐欢快的喜庆氛围，并以此祈求吉祥，所谓"和气乃众合，合心则事和。世人能和合，快活乐如何"⑤。现在可以看到的较早的"跳和合"的文字记载，见于明万历年间郑之珍《目连救母劝善戏文》，该剧卷帙浩繁，是可铺演一百多出的连台本戏，除主干部分叙述目连救母故事外，其中还穿插了不少民间歌舞，如"跳和合"、"跳钟馗"、"跳虎"、"跳八戒"等，万历十年（1582）黄铤黄钫刻本中并有"和合降福"的插图。今祁剧《目连救母》仍有"跳和合"的二人对舞，音乐性很强，气氛热烈欢快，论者认为"'跳和合'就是一个有乐就生舞的舞蹈"⑥。

由于资料的缺失，现在很难准确判断傩戏中的"跳和合"始自何时，但从上面"田元帅"的行文看，既然唐代傀儡戏中已有和合神的名目，那么很可能这一角色一直存在于傩戏表演中。不过，正如下文所述，和合神也有其自身发展演化的过程，因此傩戏中的"跳和合"也呈现出不同的表演特征。如贵州安顺地戏的"扫开场"仪式中，表演者为两个小童，分别戴红、蓝"脸子"（面具），在锣鼓声中边唱边舞，然后念白"和合二神仙，两手把住肩。有人侍奉我，财宝万万千"等等⑦，两个小童在这里扮演的正是和合神的角色，同时这里的和合神又有类似财神的功能。而贵州德江傩堂戏中，角色虽叫"和合二仙"，实际出场的却只有一人，与开山猛将插科打诨，自称是"甑子笼菩萨"——"蒸（真）神"下凡，最后却"腾云驾雾转华山"⑧，这种角

---

① 参见张邦启《贵池傩戏面具特征及其文化价值》，《池州师专学报》1998年第4期。
② 参见王兆乾《安徽贵池乡村傩事活动中的戏剧演出及其研究》，《黄梅戏艺术》1997年第2期。
③ 参见王汝贵《贵池山湖傩戏浅识》，《安徽新戏》1994年第3期。
④ 参见曾志巩《江西南丰的"和合舞"》，下载自中国傩文化网 http://nuoxi.com。
⑤ 清马骀戏题《和合二仙》图诗。
⑥ 欧阳友徽《目连戏中的舞蹈艺术》，《戏剧艺术》1996年第2期。
⑦ 参见庹修明《中国古代军旅祭祀遗韵——屯堡地戏》，载《开放中的崛起——纪念贵州建省590周年学术讨论会文集》，2004。
⑧ 李华林主编《德江傩堂戏》第321—336页，贵州民族出版社1993年版。

色名称与出场人数的不协调,据笔者推测,可能原先饰演和合神的演员就是一人,也不叫"和合二仙",后来随着和合神自身的演化,"和合二仙"的名气越来越大,以致几乎成了和合神的正名,于是角色名称就变成了"和合二仙",但演员人数却未相应增加。这既显示了和合神在傩戏中的历史之悠久、传承之多样,也说明傩戏中的和合神并非一成不变,而是随着和合神本身的演变做出相应的反应。无独有偶,江西南丰的"跳和合"中有算盘这一道具,明显是受到千和、万合做折本生意反而发财致富故事的影响①;安徽贵池的"跳和合"表演者有时手持荷花与圆盒,并在青年男女新婚时表演,则是受到寒山拾得"和合二仙"传说的影响,详下。

二、和合神的演化与传说

如上所述,"和合"作为人格神的信仰当滥觞于唐代,其后直至近代,虽然其神名号不一,事迹各异,传说纷歧,但却一直承传下来,形成一个颇具规模的和合神"家族"。

现代学者论及和合神的由来时,往往追溯到唐代神僧万回,即上文"田元帅"条提到的"万回圣僧"。万回在世时颇现神异,名噪一时,唐人笔记已多记其事,称其往返一日万里,故名万回②。大概万回身后不久就完全神化了,并迅速形成为一种民间信仰与崇拜。现代一些学者将万回的神化归于民间对孝悌观念的重视③,可备一说。传为李淳风著、袁天罡增补的《秘传万法归宗》卷二有一段"和合咒",谓:"贞观元年五月五④,万回圣僧生下土。不信佛法不信仙,专管人间和合事。和合来时利市来,眼观梨园舞三台。拍手呵呵常要笑,咚咚金鼓滚地来。男女相逢心相爱,营谋买卖大招财。时时刻刻心常恋,万合千和万事谐。吾奉万回哥哥张圣僧律令敕。"不过,这时的万回虽已"专管人间和合事",但并未指实其为"和合神"。

至宋代,万回始有"和合之神"的名称,元刘一清《钱塘遗事》卷一"万回哥哥"条谓:"临安居民不祀祖先,惟每岁腊月二十四日各家临期书写祖先及亡者名号,作羹饭供养,罢即以名号就楮钱上焚化,至来年此日复然。惟万回哥哥者,不问省部吏曹市肆买卖及娼妓之家,无不奉祀,每一饭必祭。其像蓬头笑面,身着彩衣,左手擎鼓,右手执棒,云是和合之神,祀之可使人在万里外亦能回家,故名万回。"《钱塘遗事》"虽以钱塘为名而实纪南宋一代之事"⑤,再参以明田汝成《西湖游览志余》卷二三所云:"宋时杭城以腊月祀万回哥哥,其像蓬头笑面,身着绿衣,左手擎鼓,右手执棒,云是和合之神,祀之可使人在

---

① 参见曾志巩《江西南丰的"和合舞"》,下载自中国傩文化网 http://nuoxi.com。
② 如郑棨《开天传信记》、胡璩《谭宾录》、段成式《酉阳杂俎》、韦述《两京记》等均记万回事,姑引《酉阳杂俎》卷三云:"僧万回年二十余,貌痴不语。其兄成辽阳,久绝音问,或传其死,其家为作斋。万回忽卷饼茹,大言曰:'兄在,我将馈之。'出门如飞,马驰不及。及暮而还,得其兄书,缄封犹湿,计往返一日万里,因号焉。"
③ 参见程蔷、董乃斌《唐帝国的精神文明——民俗与文学》第 442 页,中国社会科学出版社 1996 年版;马秀勇《试论唐代民间信仰中的当朝人物崇拜》,首都师范大学历史系 2000 级硕士毕业论文。
④ 明陶宗仪《南村辍耕录》卷十一引宋张商英《护法论》谓万回生于贞观六年。
⑤ 《钦定四库全书总目》卷五一。

万里外亦能回来,故曰万回。"二书所述相差无几,值得注意的是万回的形貌,这种蓬头彩衣手执鼓棒之状,一方面来自唐代笔记,胡璩《谭宾录》及韦述《两京记》均有"万回披锦袍,或笑骂,或击鼓,然后随事为验"的记载;另一方面,身着彩衣、蓬头笑面更像是舞台化妆后的形象,而鼓、棒则是傩中常用的道具①,也可佐证和合神起源与傩戏有关的论点,而且这种彩衣、蓬头、笑面的形貌特征一直延续下来,为后来的"和合二仙"造型提供了基本范例。这一"万回+和合"的信仰乃是基于这样一种内在逻辑:由万回的一日往返万里引申为祀之可使万里之外的亲人归来,而亲人归来当然家人团圆,和合喜乐。

万回之所以由唐代神僧演化为宋代"和合之神",很大程度上应该归因于北南宋之交的战乱,战乱造成人们的流离失所,所以才更盼望团聚,也更渴望有能够使人团聚的神灵出现。因此,日行万里虽是万回的"特异功能",但《万法归宗》的"和合咒"中并未强调这一点,到《钱塘遗事》与《西湖游览志余》中则把万回之祭直接归因于此,个中消息,可见一般。清曹楝坚有《读钱塘遗事三十首》,其三云:"蓬头笑面彩衣拖,和合家家画像多。万里龙沙归不得,民间空祀万回哥。"②正与上述推测暗合。那么,万回既是因缘际会成为"和合神"之选,当然也会因因缘不再而失去"和合神"的地位,况且民间信仰一直处于不断的迁变之中,所谓"人心所向,神即因之,不必实有其人也"③。田汝成在叙述了宋时杭城的万回之祀后,特意指出"今其祀绝矣",但实际上并不是和合神信仰绝迹了,而只是万回作为和合神的时代已经结束了,因为此时新的、更合适的人选已经登场亮相,即"和合二仙"(或称"和合二圣")。

"和合二仙"取代万回和合神信仰的时间,虽无明确记载,但最迟不晚于明代,收录于《正统道藏》的《太上三洞神咒》中已有"召和合二圣咒",虽然这"貌赛西施眉垂柳,体挂朱衣瑞气喷"的二圣是何人尚待考④,但显然绝非佛教神僧万回了;明代成化年间的瓷器上已出现"和合二仙"图案⑤。其次,明代中晚期已有成熟的"跳和合"演出,均为二人对舞,表明民间流行的和合神也已为二人。关于"和合二仙"究竟为谁,有多种不同说法,详下,其中影响最大最广的则是寒山拾得,以致清汪汲《事物原会》径谓"和合神乃天台山僧寒山与拾得也"。寒山拾得在中国文化史上的存在比较奇特,雅文化多把二人作为唐代诗僧看待,俗文化则多视二人为"和合二仙";佛教称寒山为文殊菩萨化身、拾得为普贤菩萨化身,道教则把二人引入"下八仙"之列,与张果老、李铁拐等"上八仙"并列。

---

① 鼓与傩的关系可参见朱恒夫《鼓与傩》,《江苏教育学院学报》1999 年第 7 期。关于棒与傩的关系,《隋书》卷八《礼仪志三》:"隋制,季春晦,傩……其一人为唱师,著皮衣,执棒,鼓角各十";《新唐书》卷一六《礼乐志六》:"大傩之礼,选人年十二以上,十六以下为侲子……其一人为唱帅,假面,皮衣,执棒,鼓角各十"云云。另今许多民族尚存傩舞"跳棒棒灯舞",参见周凯模《巫歌傩舞与原始信念》,《民族艺术》2001 年第 1 期。
② 《昙云阁集》卷三。
③ 清俞樾《茶香室四钞》卷二十引汤用中《翼駉稗编》。
④ 《太上三洞神咒》卷五"祈禳驱治诸咒"。
⑤ 清许之衡《饮流斋说瓷》"说花绘第五":"鸡缸始于成化,画石山牡丹,下有子母鸡,跃跃欲动,小儿扬袂其侧,又器之中心往往绘和合二仙也。"另,明代成化瓷器中还有"青花和合二仙图盘",见张晓光、李文振编著《中国民间古陶瓷图鉴》第 173 页,石油大学出版社 1997 年版。

可以说,他们的传记几乎和他们的传说一样纷纭复杂、荒诞不经,笔者认为,此二人均属于传说性人物,其事迹本质上是一种传说发生与流变的过程,佛、道及民间信仰均在这一过程中发挥了不同的作用①。寒山拾得被神化为"和合二仙"的时间,上限当不早于元代,现存元及元以前的文字记载及画像等均无后来和合神的痕迹②;下限当与"和合二仙"取代万回和合神信仰的时间相距不远,但明代民间虽已出现"和合二仙"信仰,文人画中的寒山拾得却仍是前代的禅门逸士造型③,与清代文人画中普遍的"和合二仙"造型有明显差异,说明"和合二仙"信仰乃是自下而上的,明时还未影响到雅文化层面,其对整个社会发生影响当在清雍正敕封之后。

任何一种改变都不会是毫无来由的,民俗亦然,虽然看似混乱,但仍有其内在规律可循,和合神信仰之所以发生这种由万回一人到寒山拾得二人的置换,大致有三个方面的背景与原因:

首先,从"和"、"合"的本义来看,均是指两件事物的和谐、相合,而万回仅有一人,似乎不足以表现这种不同事物之间的和谐关系。清翟灏《通俗编》卷十九云:"今和合以二神并祀,而万回仅一人,不可以当之矣。国朝雍正十一年封天台寒山大士为和圣,拾得大士为合圣。"可见民间早已有二神并祀的现象,表明和合神由一而二的演变实际上是民间信仰基于"和合"之义的自发选择,对寒山拾得的敕封不过是"顺应民意"而已。

其次,从寒山拾得本身来看,其友情恰好为"和合"之义提供了一个鲜活生动的范本。宋本《寒山子诗集序》中有闾丘胤到浙江天台国清寺寻访寒山拾得,二人嘻笑喝咄,最后"把手走出寺"的记载,民间传说则强化了二人"把手"的亲密友情,编织出多种二人离而复合的传奇故事。随着传说的流播,这种友情逐渐抽象与升华,乃至最终成为一种精神气质。这可证之以地方风物,如不仅天台山明岩有"一特石高数丈,上跂立如两人,僧指为寒山拾得"④,福建也有类似景物,建宁府虎头岩山鹤峰岩"岩前两峰并立,人以寒山拾得呼之"⑤,武夷山和合岩也有二石相传为寒山拾得并肩诵经,俗呼以"和合二仙"⑥。这些景物仅因二物并立就被附会以寒山拾得,表明寒山拾得已具有某种代表性与抽象性,成为团结友爱不离不弃的象征。

再次,则涉及中华民族祈吉纳祥的惯用手法——谐音,如所谓"五福临门"常画五只蝙蝠,以"蝠"谐"福";"喜从天降"则画一只蟢子,以"蟢"谐"喜"。据考古资料证实,寓意"和合"的图案南宋时就出现了,乃以"荷"谐"和",以"盒"谐"合"。南宋吕师孟墓中出土

---

① 参见崔小敬《寒山:重构中的传说影像》,《文学遗产》2006 年第 5 期。
② 赵世一《合江发现宋代玉皇石雕》(《四川文物》1996 年第 4 期)称,1994 年 8 月初,合江发现一尊宋代玉皇大帝石雕塑像,玉皇像脚下有"吕洞宾、铁拐李、韩湘子等八仙与和合二仙等 11 个石雕像"。笔者案:这可能是论者以今范古,其一,宋时八仙之名目并未确定;其二,未见宋时关于"和合二仙"的其他记载。姑录以存疑。
③ 明李日华所见寒山拾得像乃"寒山子倚绝壁,双手展卷,若题诗竟而自为吟讽者","拾得趺大松根,植筇竿于傍松"云云,见《六研斋笔记》卷一。
④ 明徐宏祖《徐霞客游记》卷一上《游天台山日记》。
⑤ 《福建通志》卷四。
⑥ 下载自中国国家风景名胜网·武夷山风景名胜区 www.cnnp.org/fjms/wys。

了一件"鸳鸯荷花金香囊":"囊体上部刻'和合八吉'图,一个盖盒相同的圆盒,置放在彩帛八吉纹上。中部是鸳鸯戏嬉图……下部是莲叶图",论者认为"这是迄今看到的有相对年代可考的最早的'和合'纹图案"①。在民族习惯心理的支配下,将这种荷(和)盒(合)图案与和合神相联系,并以之作为和合神的直观象征,也是自然而然的事情。

综合以上三个方面,既有"和合"应为二物之和合的哲学基础,又有寒山拾得情深谊厚的合适人选,再加上和(荷)合(盒)吉祥图案的触发,那么便很容易附会出一个包含三者的传说。民俗学家刘锡诚先生曾谓:"一种信仰民俗,特别是有神格的信仰民俗的形成和延续,必是有某种神话和传说所支持的。"②"和合二仙"信仰也不例外,民间流传着许多相关传说,其中影响较大的一种是流传于浙江天台地区的:隐居浙江天台山寒岩的诗人寒山在赤城路边捡到一个小孩,取名拾得。多年后,拾得长成,与寒山情同手足。后来二人同爱一女芙蓉,寒山得知内情后离家出走,拾得则立誓找回寒山,后得之于苏州一寺,相逢之际拾得折一荷花相赠,寒山则捧一食盒而出。此寺后来便叫"寒山寺",并塑有寒山拾得相逢之像,把捧荷的拾得称"和",捧盒的寒山称"合",合称"和合二仙"③。这一传说已知还有数种变型,兹列表于下:

序号	人　物	事　件	备　注
Ⅰ④	某乡村有二人亲如兄弟,后各起法名寒山、拾得	兄以杀猪为业,后与弟共爱一女,兄出走而弟寻之于苏州,相逢时弟折一荷,兄捧盒而出。兄起法名寒山,故寺名寒山寺,弟亦自取法号拾得	此传说广泛流传于江苏及全国,其影响与前者相差无几。惟言寒山以杀猪为业,是其与天台传说的较大差异,且江苏其他寒山故事中也曾提及二人做过屠夫⑤
Ⅱ⑥	寒、拾俱为江苏枫桥一老和尚收养之徒弟	老和尚圆寂前分别给予寒山半本真经、一枝荷花,拾得半本真经、一个圆盒,二人次年相会,始悟师父之意为二人和合诵经得道,后民间为立寒山寺,并立寒、拾石刻像,称为"和合二仙"	此传说称寒山生时大雪,父冒雪砍柴山中几冻死,故名寒山以记其苦;拾得则为忠臣遗孤,故名拾得以免真名招灾。关于寒拾之得名及由来俱与天台传说有所不同

---

① 魏采苹《吕师孟墓金银器考察》,《东南文化》1994年第3期。笔者案:该文认为和合纹图案由"和合二仙"传说演化而来,未免倒果为因。另外,明代曾出现以"禾"谐"和"的图案,弘治、嘉靖乃至万历时青花瓷器中,往往有二人蓬头笑面,一人持禾,一人捧盒的形象,也被称作"和合二仙"。"禾"可能是古代"禾旌"遗意,"禾旌"亦称"谷圭",是古时玉制礼器,《周礼·春官·典瑞》:"谷圭以和难,以聘女。"注云:"谷,善也,其饰若粟文然。"但也许是不如荷鲜亮喜庆,民间和合图案多为荷、盒,而少用禾、盒。
② 《钟馗论》,载台北《民俗曲艺》第111期,1999年1月。
③ 《和合二仙》,载浙江文艺出版社编《天台山传说》第108—112页,浙江文艺出版社1983年版。
④ 《和合二仙传友情》,载苏州市文联编《苏州的传说》第65—69页,上海文艺出版社1982年版。
⑤ 《寒山寺的钟声》,载祁连修编《中国民间故事选——风物传说专辑》第118—121页,中国少年儿童出版社1983年版。
⑥ 《寒山寺与"和合二仙"》,载江苏少年儿童出版社编《姑苏民间传说》第39—43页,江苏少年儿童出版社1986年版。

续表

序号	人 物	事 件	备 注
Ⅲ①	寒山为住寒岩之孤儿,拾得为国清寺僧丰干收养之孤儿	二人共爱一女,寒山出走,拾得寻之于苏州。相逢之际,寒山以荷为拾得掸尘,拾得以盒内食物与寒山分享,后二人共立寒山寺	今辽宁本溪大峡谷有二仙峰,相传寒拾未得道前居此,共爱滴水壶一女子,下同,二仙峰对面为女儿石,相传即二仙之恋人②,此当为寒拾故事与当地风物相结合的产物

以上三类故事中,寒拾关系各不相同,事由原委亦有差异,但无论这一传说如何变化,有两个中心要素却是恒定的:一、寒拾感情亲密深厚,离而复合,散而复聚;二、都出现了荷盒二物,以坐实"和合"之说。前者可以说是和合神的信仰核心,后者则是和合神的独特标记,就如张果老的毛驴、李铁拐的铁拐一样,仅此一家,别无分店。

"和合二仙"信仰形成后,基本上取代了由万回一人充当和合神的信仰,其后的和合神大都成对出现,即使其神并非寒山拾得亦然③。如明余象斗《南游记》"哪吒兴兵收华光"中,哪吒帐下有"和合二神","一个有如意,念动咒语能把华光招来",另一个则能"用宝珠果盒装住"华光。明罗懋登《三宝太监西洋记通俗演义》第五十六回中出现了"和合二仙童",一名千和,一名万合,二人专做折本生意,诸如夏天卖帽套、冬天卖扇子等,却因缘凑合,回回发财。此"和合二仙童"形象可能采自民间传说,至今民间仍流传着一些专做折本生意而发财的"和合二仙"传说,如湖南望城的传说说,一小镇有兄弟二人,兄名和,弟名合,二人发财后专做折本生意而仍然发财,后当地传其为财神投胎,并将其形象贴于妇女绩麻的麻桶上④。江苏的类似传说则将兄弟二人置换为姐妹二人,谓姐名和,妹名合,其余情节均类似⑤。除以上所述外,和合神传说还相当繁多,情状颇为复杂,现仅就笔者目见,缕述如下表:

序号	人物	事 件	信 仰	备 注
A1⑥	一对穷夫妻	二人虽穷而恩爱非常,烧石为粉即后世之石灰,故"和合二仙"乃后世做石	民间悬挂"和合二仙"像,乃象征夫妻恩爱不怕过穷日子	此传说流传于江苏镇江一带,但当地另一类似传说则说,乃寒山教导衣庄村村民烧石灰去卖,寒山拾得即"和

---

① 《和合二仙》,下载自佛陀教育网 www.ffjj.org。
② 下载自悠游天下·旅游景点·辽宁·本溪 www.uu86.com/travel。
③ 偶尔也有例外,如明茅维有《闹门神》杂剧,其中"正生扮和合神戴金幞头上",其神为一而非二,但这种情况极少见。
④ 《和合二仙图的传说》,载雪犁主编《中华民俗源流集成·工艺行业祖师卷》第218—220页,甘肃人民出版社1994年版。
⑤ 《和合二仙》,载卢正佳、缪力主编《中国民间故事精品库·生活故事卷》第359—360页,中国文联出版社1999年版。
⑥ 《和合二仙造石灰》,载康新民搜集整理《梁红玉击鼓战金山》第100—101页,上海文艺出版社1988年版。

续 表

序号	人物	事 件	信 仰	备 注
		灰之祖师		合二仙",村民烧石灰前均要拜"和合二仙"①
A2②	冼夫人及其夫冯宝	冼夫人为少数民族杰出领袖,夫冯宝任高凉太守,毕生支持冼夫人成就大业	当地人称冯冼为和合神,青年男女遇到麻烦事喜到冯冼像前倾诉,以求帮助	流行于岭南地区,今广州冼太庙后有冯公殿,内设冯冼座像
B1③	华山云台峰道士之徒	道士掘得人参、黄芩,欲炼药,未成而被二徒偷吃。道士欲惩之,二徒逃跑之际误撞石壁变成石人	今陕西华山华清八景有景名石仙人,又名和合二仙,相传其形时隐时现,能看清其面貌者福寿双增	或把道士说成是太上老君,余皆同④。另上文贵州德江傩堂戏中"和合二仙"最后"腾云驾雾转华山"似乎也与此传说有关
B2⑤	韩湘与林英之双胞胎	韩、林虽成婚而未同房,一日林变为磨盘而韩不知,睡于其上而林怀孕,诞一双胞胎,即"和合二仙"		今河南坠子、莲花落、吕剧、评剧、湖南花鼓戏、山西凤台小戏等均有"韩湘子度林英"剧目,敷演韩林故事,陕西蓝田王顺山有"林英嘴"遗迹
C1⑥	伯夷、叔齐	二人为孤竹君之二子,商亡后,义不食周粟,饿死首阳山,后被封为"和合二仙"	今河南嵩山有嵩阳洞天景观,其二仙洞相传为祭祀伯夷、叔齐而建	今陕北民歌《画扇面》有"有伯夷和叔齐二人冻死首阳山,(暖元)才封他和合二神仙。(回湾)哎,忠孝节义才得周全"之句
D1⑦	和和、合合	当地有鼍龙作怪,一老汉誓除之,后得仙人指点向和和、合合二仙求救,后在二仙帮助下杀死鼍龙	后人为纪念和、合二仙,在凌云山凌云洞镌"和合洞"三字,洞前造庙,并塑二仙像	此传说流传于安徽当涂,但其中提及和合洞之洞口一通向苏州寒山寺,一通向杭州灵隐寺,当为寒拾传说流传至当涂后与当地风物相结合的产物
E1⑧	仙府双生兄妹	年终时二人歌舞作戏,祈求吉祥	其舞流传人间,则人寿年丰,万家太平	此传说流传于江西南丰,即南丰和合舞之由来

① 《和合二仙造石灰》,载刘晓路编《门神人物的传说》第346—348页,花山文艺出版社,1995年版。
② 《高州冼太庙》,下载自南方网·名胜古迹 www.southcn.com。
③ 《和合二仙》,载郑土有、陈晓勤编《中国仙话》第135—138页,上海文艺出版社1990年版。
④ 《和合二仙》,下载自华山旅游网 www.mountain-hua.com。
⑤ 参见殷伟、殷斐然《中国喜文化》第27页,云南人民出版社2005年版。
⑥ 《和合二仙》,下载自河南文化网 www.hawh.cn/Template。
⑦ 《和合二仙》,下载自姑孰网事 www.ething.cn。
⑧ 晓林《水北和合》,下载自江西与台湾网 http://big5.huaxia.com。

以上传说仅笔者目力所及，流传民间者当不止此数。这五类中，除D1刻意谐"和合"之音外，其他四类都是围绕"和合"的内涵立意的，不像寒山拾得类型的传说以荷、盒来直观地表明其和合神的身份。其中，A1、A2均为配偶神，与下文所述云南地区的喜神和合有相似之处。B1、B2均与道家有关，似乎仅因二人并列便以和合相称。C1介于风物传说与历史人物传说之间，D1属降妖故事，E1是解释江西南丰和合舞的由来，以上传说均不及寒山拾得类传说影响大。

除上述有名有姓有传说流传的和合神之外，还有一些和合神由于资料的缺失，已经难知其庐山真面目了，如下文提及《闹门神》杂剧中的和合神及福建福州祭祀的和合神、江苏泰县的和合财神等，其神化时间、过程、信仰以及背后的传说与故事均难以确考了，这一方面显示出和合神家族之庞大、演变之复杂，另一方面也再次生动地展现了民间信仰"人心所向，神即因之"的特点。

三、和合神的职能与信仰

和合神的祭祀在一些地区曾经非常兴盛，清乾隆二十五年，朱珪摄福州府事，曾毁"和合等诸淫祠"，朱氏各种传记均提及此事①，其中洪亮吉《赠翰林待（笔者案：应为侍讲）讲学士朱先生石君序》言之较详，谓："俗有和合神者，既奸民之创造，为淫鬼所冯依。车填一巷，牲牢之祭何繁；幕设三重，土木之形尤冶。饰薜荔芙容之服，惧启淫心；焚都梁迷迭之香，渐熏惑志。先生赫斯以怒，卓尔而兴，撤屋而扩为廛，削象而投之海。付彼清流，洗百年之邪秽；条其甲令，正一郡之人心。"②从中除可见当时闽地和合神祭祀之盛外，还可推知此和合神显非雍正敕封的寒山拾得，这也说明即使已有皇帝敕封的官方正神，但民间信仰仍会按照自己的需要进行创造或选择。

民间祭奉和合神的最高目的可以借上引《万法归宗》"和合咒"中的话来概括，即"万和千合万事谐"。明末茅维《闹门神》杂剧中对"和合神"的功能有更形象生动的描写。该剧题目正名为《争座位不听和合神 动天曹直贬沙门岛》。演新年之际，新门神到太平巷接任，旧门神却不肯退位，于是宅内之钟馗神、紫姑神、灶君、和合神等分别来劝解。其中和合神自报家门云："只俺是本宅和合神，俺奉上帝命，主人间和合争竞，导引喜气。俺入门来，其家自日昌隆；倘俺不耐烦而去，其家便日衰败。"并多次借剧中人口说和合神"主和谐"、"主和合"等。如果说和合神起源之初是驱邪与祈祥并举，而后世之奉祀，则主要在于祈祥。很多地区过年的时候，要贴"和合二仙"年画，或用彩纸剪成和合之形，贴挂在门窗上，江南地区更是如此。

---

① 如李元度《国朝先正事略》卷十九"朱珪"、张维屏《国朝诗人征略》卷三二"朱珪"、阮元《揅经室二集》卷三"太傅体仁阁大学士大兴朱文正公神道碑"等。
② 《卷施阁集·文》乙集续编。

浙江衢州、江山等地过年时以彩楮剪成和合、寿星等形,缀以佳果,挂在窗前,称之为"百事大吉";江苏南京则在单扇门上贴一圆形和合,称之为"一团和气"①。清顾禄《清嘉录》卷十二记吴地风俗,年夜时"生花铺以柏叶点铜绿并剪彩绒为虎形……或剪人物为寿星、和合、招财进宝、麒麟送子之类,多取吉谶,号为柏子花。闺阁中买以相馈贻,并为新年小儿女助妆"。年节时以和合神图案为装饰,蕴含了人们对和平安乐生活的渴望与祝愿。和合神作为喜庆之神,也常出现在祝寿场合,清李汝珍《镜花缘》第一回为王母祝寿的众神中就有"和合二仙",清华广生《白雪遗音》所收民间小调中,《上寿》(卷一)、《庆寿》(卷三)也都提到了"和合二仙",有"和合二仙哈哈笑,手内还将如意敲"云云。另外,宋时万回"祀之可使人在万里外亦能回家"的信仰也在某种程度上传承了下来,昔日以晋商闻名的山西现在保存的明清建筑中,就多饰有"和合二仙"图案,除蕴含了家人和合的主题外,还包含了对远足他乡亲人的祈盼之情②。由此延伸,和合神还有寻找失散亲人的功能,如现代作家方明的小说《老家根》中提及小妹走失,心急如焚的母亲去找"半仙姑"测卦,后者祈请之神即"和合之神"③,可见当年冀东民俗风情之一斑。

不过,从后世对和合神的祭拜来看,首要的和主要的则是男女情事,这里的"和合"乃《周礼·媒氏》孔颖达疏所谓"三十之男,二十之女,和合使成婚姻"之义,专指阴阳和合、男女和合。在唐代的万回信仰中,万回已有保佑"男女相逢心相爱"的职能,因此施舟人先生认为万回是"专司男女关系的和合神"④。不过明代以后专司男女关系的和合神并非万回,而多为"和合二仙"。旧时婚嫁,堂屋一般要悬挂"和合二仙"(有时写作"合和二仙")中堂,如苏州人家拜堂成亲时,太师壁上要挂"和合轴子",即"和合二仙"画像装裱成轴,洞房桌上要放瓷质"和合二仙"塑像,拜堂则叫拜"天地和合"。丹徒还有《新郎新娘拜和合》歌,谓:"红烛开花喜连连,我叫新郎新娘拜天地。牵牛织女来相会,一对和合似神仙。"⑤清杨柳青年画《双拜花堂》中,表现新郎新娘对拜之景,大堂上方即悬挂"合和二仙"中堂。此外,从求聘到成婚,很多环节都可见"和合二仙"的身影。清陈端生《再生缘》七十四回写皇甫家准备迎娶孟丽君,以韵语铺叙其繁忙热闹,谓:"尹太妃,行盘报聘多忙乱,终朝料理闹盈盈。开盘笑,与花樽,彩绢鸳鸯做得精。绣球结成双并蒂,新鲜水果两边盛。"所谓"开盘笑",即"聘时装潢和合二仙入盘,主人启盒,瞥见欢天喜地,谚称开盘笑"⑥,乃取其一见生喜、吉祥欢乐之意。再如浙江诸暨风俗,男家确定定亲日期后,要写出红帖,然后套以泥金"和合二仙"封套,请媒人提前数月携两只糖果桂

---

① 参见《中国地方志民俗资料汇编》(华东卷)第887—905、357页,书目文献出版社1992年版。
② 参见孙丽萍《山西大院文化摭谈》,《沧桑》1999年第6期。
③ 方明《老家根——小山大世界闲话之四》,见方明文集《后福》,下载自中国当代作家文库 http://www.21cnorg.com/wk。
④ [法]施舟人《滑稽神》,载《中国文化基因库》,北京大学出版社2002年版。
⑤ 参见姜彬主编《吴越民间信仰民俗——吴越地区民间信仰与民间文艺关系的考察和研究》第249页,上海文艺出版社1992年版。
⑥ 清王有光《吴下谚联》卷一。

元礼包去女家奉帖①。嘉兴则是在确定婚期前,男方准备首饰、果盒及聘礼等请媒人送至女家,女家则准备糕盒及一尊用绸或纸制成的"和合二仙"像放于玻璃盒中,用红绸包女方庚贴压于像座下,回赠男家②。吴越还有一种风俗,新女婿至女方家中,如果夫妇同拜"和合二仙"像,则表示当夜将留宿,否则不拜③。

除上面提到的"和合二仙"画、像之外,经常使用到的还有一种"和合纸",又称"和合神马"、"和合纸马"等,赵翼《陔余丛考》谓:"昔时画神像于纸,皆有以乘骑之用,故曰纸马也。"两宋时,纸马已非常普及,江浙一带城市里都设有专门印刷和出售纸马的"纸马铺"。"和合纸"在当时市面上有售,但买"和合纸"一般不直接说买,而说"请",以示尊重。清坐花散人《风流悟》第二回写老和尚送阴氏到孙豆腐家来成亲,于是"孙豆腐请尊和合纸,买斤肉,煮块豆腐",准备款待客人;同书第七回写到心伯劝和子佳夫妻,要子佳的母亲"重新斋个和合纸",于是"子佳的母亲果然去请和合纸来斋了"。和合纸平时大约不贵,但遇到供不应求的非常时期,也会价格飞涨,明天启年间,有谣传要选淑女以充椒掖,于是天下哗然,"自润州而金昌而苕霅,无不思所以毕婚嫁者",而杭州特甚,以致出现了"婚牒红笺,钱昂五百;和合神马,价勒三铢"的情形④。和合纸多是拜毕即行烧化的,如明伏雌教主《醋葫芦》第八回写周智夫妻设计为成珪娶翠苔,成珪"来到周家,早已灯烛辉煌,供着和合纸",然后二人"拜过天地,烧化了和合纸马,请各位年长的亲眷揭巾"。清白云外史散花居士《后红楼梦》第十七回写众人撮合黛玉与宝玉,将黛玉灌醉后送往宝玉住处,"宝玉欢喜得什么似的,在那里迎着,也悄悄的化了和合喜神,点着成双画烛"。这里的"和合喜神"实即和合纸,供烧化之用。但值得注意的是,云南地区的和合喜神多是一男一女的形象,保山和合喜神为下半身相合如一体的一男一女,南涧和合喜神则是男官袍官帽,足登朝靴,女戴花冠,着宫装,且均有招财童子与利市仙官侍立左右⑤。这种和合喜神既可以作门神,也可以作新婚时纸马用,其以类似配偶神的形象出现,似乎更契合男女和合之义。

除了掌管男女情事外,和合神还有财神的功能。之所以如此,一方面是因为中国民间本有和气生财的观念⑥,再者与民间做折本生意而仍然发财的故事有关⑦。上引《万法归宗》"和合咒"中已有"和合来时利市来"之语,至宋代"和合利市"的概念已较普遍,《清平山堂话本·花灯轿莲女成佛记》中李小官就有买花"供奉和合利市哥哥"之说⑧,元末明初《三遂平妖传》卷二七亦有道人乞化时唱道"招财来,利市来,和合来,把钱来",

---

① 下载自越都在线·诸暨民间婚俗 www.zj108.com。
② 下载自嘉兴文化网·礼仪习俗 www.jxcnt.com。
③ 王树村《民间年画与年俗》,下载自天美艺术网·民间艺术 www.tjarts.edu.cn。
④ 明何伟然《淑女纪》,《明文海》卷三百五十。
⑤ 参见王树村编著《中国民间年画史图录》第818、835页,上海人民美术出版社1991年版。
⑥ 参见刘道超《中国民俗中的理财之道》,《湖北民族学院学报》2004年第2期。
⑦ 做折本生意发财与财神的故事,可参见吕微《隐喻世界的来访者——中国民间财神信仰》,(北京:学苑出版社,2001)第十三章第一节"财神宝卷:专做折本生意"。
⑧ 此篇多数研究者认为是宋代话本,参见郭预衡《中国古代文学史》第四册第203页,上海古籍出版社1998年版。

明朱权《荆钗记》第四十五出则有"头头利市,和合仙官,召请必竟来临"之语,这里的和合仙官大概相当于利市仙官①。旧时杭州的店铺开市之日,要悬"和合二仙"纸马于招牌上,称之为"青龙马",又称"青龙吉庆",天津杨柳青年画中也有"青龙和合",象征财源不断。太湖地区的上梁歌中有"招财童子前引路,嘻笑和合送财来"、"十七对仙桂桃花开,嬉笑和合送宝来"、"手托金盘进屋来,和合刘海两分开"等句②,显示出和合神也有招财送宝的功能。有些地方还有专门的和合财神庙,如江苏泰县的和合财神庙内有锡箔糊成的纸元宝,每年正月初四,乡民到此进香,敬神后将此纸元宝带回家中,焚香祷祝,第二年正月初四再送还庙中,另加利钱元宝一个③。这就是所谓的借阴债,据说可以很快致富,但如果不按时还愿的话,则会迅速贫穷下去。

以和为贵、百年好合是国人的传统信仰和美好祝愿,蕴含着中华民族追求和谐安宁、向往幸福美满的和平精神。近年来,很多学者呼吁建立新时代的"和合文化",认为"和合是21世纪中华文化的主题"④,"是当今国际关系中一种可行的文化理念"等等⑤,而和合神作为中华和合文化的人格化象征,更是对民族心理与文化产生了深刻的影响,并在某种程度上强化和塑造了这种民族性格。本文对和合神的起源、演变与信仰的初步探讨,希望有助于了解这一影响深远却一直被学界忽视的神祇,若能抛砖引玉,则笔者万幸矣。

原载《世界宗教研究》2008年第1期

---

① 关于利市与利市仙官可参考吕微《隐喻世界的来访者——中国民间财神信仰》第114—121页。
② 同上,第311—312页。
③ 参见胡朴安《中华全国风俗志》第112—113页下篇卷三"江苏",上海文艺出版社1988年版。
④ 张立文《和合是21世纪中华文化的主题》,《深圳大学学报》2003年第1期。
⑤ 韩卫东、韩耀东《中华传统和合文化的当代世界意义》,《中共中央党校学报》1998年第1期。

寒山：重构中的传说影像

崔小敬

寒山和寒山诗作为中国诗歌史、文学史乃至文化史上的一个独特存在，其研究至今已取得丰硕成果，在寒山诗的版本与校注、内涵与风格、传播与影响等问题上都取得了重大进展，但关于寒山却仍存在诸多争议，甚至是否实有其人都未取得统一意见[①]。而当前的寒山研究似已呈现"山重水复疑无路"的困境，无论以诗证人，还是以人证诗，都或多或少有扞格之处。在此情形下，笔者认为，研究视角的转变不失为一种"柳暗花明又一村"的新途径——即从传统考据学注重诗人生平经历考证的方法和模式下走出来，转向对现有寒山资料(也就是通常所谓寒山"事迹"资料)形成与累积过程的探讨，梳理其发生、发展、演变的过程及各阶段面貌，尤其侧重其内在结构动因与文化心理的分析[②]。通过这种动态的、开放式的追溯与探寻，或许可以为寒山之谜提供一种可能的解答。

一

一些间接资料显示，中唐时寒山与寒山诗可能已崭露于世：青年杜甫曾览寒山诗而"结舌"[③]，白居易诗多效寒山[④]，徐凝有《送寒岩归士》诗赠寒山[⑤]。到晚唐，已有直接而确凿的证据表明寒山与寒山诗为世所知了。贯休《寄赤松舒道士二首》其一谓："子爱寒山子，歌惟乐道歌。会应陪太守，一日到烟萝。"[⑥]舒道士即舒道纪，与贯休相友善[⑦]，日本学者小林太市郎考证此诗为贯休大中(847—859)中所作[⑧]，则为年代可考的最早

---

① 现代学者中有人提出并无寒山其人，所谓寒山只是为了使寒山诗流传而编造出来的一个传说，如日本学者大田悌藏、津田左右吉等；也有的认为寒山并非一人，而是一个诗作者的群体，如孙昌武、陈引驰等。
② 参见崔小敬《寒山研究的新思路》，《光明日报》2004 年 11 月 24 日。
③ 白隐《寒山诗阐提纪闻》引《编年道论》谓："昔杜少陵一览寒山诗结舌耳。"现代学者陈耀东力证此说，见其《杜甫与寒山子》，《杜甫研究学刊》1996 年第 2 期。
④ 何焯《义门读书志》。
⑤ 《全唐诗》卷四七四。有研究者据徐凝的活动年代、行踪、诗中地理环境及寒山诗内证，推测此诗乃徐凝赠寒山子，"寒岩归士"即寒山，见连晓鸣、周琦《寒山子生平新探》，《东南文化》1990 年第 6 期。
⑥ 《全唐诗》卷八三〇。
⑦ 参见王秀林《晚唐五代诗僧群体研究》，复旦大学中文系 2000 级博士论文。
⑧ 小林太市郎《禅月大师的生涯与艺术》第 65 页，转引自人矢义高《寒山诗管窥》，《古籍整理与研究》第 4 期。

提及寒山的文字。而舒道士既喜爱寒山,似把寒山也视为羽流,后二句反用闾丘胤访寒山事,表明其时已有类似传说(详后)。又,贯休《送僧归天台寺》提及拾得:"天台四绝寺,归去见师真。莫折枸杞叶,令他拾得嗔。"注云:"天台国清寺有拾得。"①另据记载贯休绘有寒山拾得像②,且唐末五代时还有将寒山拾得与维摩并绘一轴者,暗示出寒拾之声名已可与维摩鼎足而三③。与贯休齐名之齐己《渚宫莫问诗十五首》之三有"赤水珠何觅,寒山偈莫吟"之句④,"莫吟"自是反语,而以"偈"称寒山之作,则显出佛教意味。另一诗人李山甫《山中寄梁判官》有"康乐公应频结社,寒山子亦患多才"之句,强调寒山之多才,与宋王应麟所谓寒山诗"涉猎广博,非但释子语也"正相应⑤。

不过,从上述诗作中难以了解寒山的基本情况,而较早提供完整记载的是杜光庭的《仙传拾遗》,此书已佚,见《太平广记》卷五五"寒山子"条引,称寒山大历(766—779)中隐居天台翠屏山,自号寒山子,好于树间石上题诗,桐柏征君徐灵府序而集之。咸通十二年(871),寒山现身毗陵道士李褐家,责其凌人侮俗,并谓修生之道在除嗜去欲啬神抱和云云。杜光庭(850—933)为五代前蜀著名道士,曾入天台修道,因此余嘉锡先生认为"光庭之言,绝非意造",只是其中李褐之事"近于荒诞,不可尽信"⑥,这一观点为后来的多数研究者所认同。在杜光庭有生之年,寒山曾隐居之寒岩已成为名人遗迹,《宋高僧传》卷二二《后唐天台山全宰传》谓全宰"入天台山暗岩,以永其志也。伊岩与寒山子所隐对峙,皆魑魅木怪所丛萃其间"。全宰住天台二十余年,传谓"后天成五年(930),径山禅侣往迎,归镇国院居,终于出家本院焉",则其入天台当在后梁开平四年(910)前,其时寒岩至少在与天台有关的人心目中已经成为前贤胜迹。

由上可见,自中晚唐至五代,寒山之名已逐渐传播,并声望日隆。然而可以看出,从一开始,寒山的面貌就是多重的、游移的,佛徒喜其诗偈,道流赏其清修,诗人则羡其才华。由于寒山诗内容复杂,"宣扬佛教、侈陈报应者,固指不胜屈,而道家之言,亦复数见不鲜"⑦,难以将之归入明确的一类中,这种多样性和模糊性为佛道人士各取所需欣赏寒山提供了契机,也为后来佛道二教各出机杼"改造"寒山提供了条件。

二

由于曾入天台修道的地缘关系,杜光庭得以较早闻知寒山事迹,由其记载的寒山形

---

① 《全唐诗》卷八三二。
② 明李日华《六研斋笔记二笔》卷二载"梵隆十散圣",其六为寒山拾得。然汪砢玉《珊瑚网》卷二五"贯休应真高僧像卷"条则引录其昌题记,谓"画法亦非伯时以后有也,贯休之徒方能为之",清卞永誉《式古堂书画汇考》卷四十亦系于贯休名下。
③ 吕本中《观宁子仪所蓄维摩寒山拾得唐画歌》,《东莱诗集》卷三。
④ 《全唐诗》卷八四二。
⑤ 王应麟《困学纪闻》卷十八。
⑥ 《四库提要辨证》卷二〇集部一《寒山子诗集二卷附丰干拾得诗一卷》。
⑦ 同上。

象亦是典型的隐居修道之士。不过,随着寒山诗的流传,寒山名气越来越大,而天台在当时不仅是著名的道教胜地,也是享有盛誉的佛教中心,面对寒山这样一位本地"名流",佛教徒自然也不甘示弱,希望能将之收归麾下以壮声势。

从佛教系统的记载看,活动于元和至大和期间的宗密(780—841)的《禅源诸诠集都序》卷四论及不同的禅法时谓:"或降其迹而适性,一时间警策群迷。"注云:"志公、傅大士、王梵志之类。"未提及寒山。至五代,《祖堂集》卷一六所记后来成为禅宗著名公案的"寒山送沩山",一方面称寒山为"逸士",仍承《仙传拾遗》之说;另一方面以寒山预言沩山修证之路,则显示出其在佛徒心目中已具地位。至五代末永明延寿《宗镜录》,已引寒山诗凡九处,除一处重复外,计全引七首、摘引一联,并引拾得诗二首,且常与志公、庞居士等相提并论①,可见寒山的佛教色彩已渐趋浓厚。延寿曾往天台参德韶,并于国清寺行法华忏,其对寒山诗之熟悉与青睐当与此有关。至宋初赞宁《宋高僧传》,则不仅直接将寒山、拾得、丰干视为高僧为之作传,而且在卷二二论及感通时谓"设如异迹化成,或作老叟之貌",下注"寒山拾得",表明寒山拾得已成设迹化现之代表人物,正与宗密之未举寒山形成对比。《宋高僧传》中三人传记都偏于事迹记述,间涉言论,而稍后不久,寒山面貌就呈现更明显的转变,在不断演化中越来越展示出禅宗的风采姿态。一方面,寒山诗在禅宗公案语录中被频繁引用,如"吾心似秋月,碧潭清皎洁。无物堪比伦,教我如何说"一诗就曾成为众多禅师的参悟对象;或正面阐释,如寿宁道完谓:"古人见此月,今人见此月。此月镇长存,古今人还别。若人心似月,碧潭光皎洁。决心是心源,此说更无说"②;亦或作翻案文字,如灵隐惠淳谓:"寒山子话堕了也!诸禅德,皎洁无尘,岂中秋之月可比?虚明绝待,非照世之珠可伦。"③另一方面,与寒山相关的诸多公案陆续出现在一些佛籍中,而且这些公案大多经历了一个由无而有、由简而繁的生成过程。

《高僧传》后仅十六年的《景德传灯录》已将寒山列于"禅门达者虽不出世有名于时者",与宝志、傅大士、慧思、智𫖮、僧伽、万回、布袋等并列,并记载了数则相关公案;到《五灯会元》,寒山公案不但更多更细,而且更具机锋。正如孙昌武先生所言:"禅宗史料具有流动性强的特点,随着时代的发展改编、创造出了不同形态的禅史来。用另一句话说,即禅宗所写的人物、故事、传法机缘、语句等等,不同程度地是出于艺术创造。"④不难想象,这些公案机锋正是随着南宗禅的发展、随着记载禅宗公案的各种语录和灯录的发展而逐渐产生和成熟起来的。就其过程而言,有简单添加者,也有多重增饰者,前者如赵州从谂与寒山相遇于天台事,《祖堂集》、《宋高僧传》、《景德传灯录》均未载,而始见于《五灯会元》,尔后成为流行公案,所谓"相逢总是知音者,莫叫苍天恼赵州"⑤。多重增饰者如丰干游五台事,不见于《祖堂集》,此后却逐渐孳乳,《宋高僧传》卷一九丰干传

---

① 寒山诗分别见卷二、六、九、一一、一二、二一、三一、九八、九八,拾得诗见卷二四、三三,但字句均与今本有异。
② 《五灯会元》卷一八《安州应城寿宁道完禅师》。
③ 《五灯会元》卷一六《临安府灵隐惠淳圆智禅师》。
④ 孙昌武《禅思与诗情·代序》第6页,中华书局1997年版。
⑤ 张昱《题国清寺三隐堂》,《可闲老人集》卷四。

中已有丰干入五台巡礼遇一老翁,"问曰:'莫是文殊否?'翁曰:'岂可有二文殊?'"《景德传灯录》卷二寒山条增加丰干行前邀寒山同往,寒山谓之"汝不是我同流";《五灯会元》卷二丰干条则将此二事进行了完整组合,成为著名的"我师寒山子,丰干非同流"公案①,其增饰过程历历在目。然而在各种资料中,"寒山文殊"之说最早便是出自丰干之口,则其去五台礼文殊岂非自相矛盾?而寒丰问答可能另有所本,宋人撰《锦绣万花谷前集》卷二八"五台山礼文殊"条记杜顺事,称:"杜顺问一僧:'汝去什么处?'僧云:'去五台山。'又问:'去做什么?'僧云:'去礼文殊。'顺曰:'文殊不在五台山。'僧罔测,再问:'在什么处?'顺以颂答曰:'游子漫波波,寻山礼土坡。文殊只这是,何用觅弥陀。'"杜顺亦世称文殊化身,其表现与寒山在精神内核上非常相似,都暗示和强调自己才是文殊化身。只是僧顺之对答合乎情理,而移植到寒丰身上却未免龃龉,于丰干形象不免有损,以至后人讥之"日对文殊浑未识,五台行脚笑空回"②。

关于丰干其人其事其诗,研究者多有质疑,余嘉锡先生即断为后人伪造③,此姑置而不论。然最迟至南宋时,佛教系统中寒山拾得丰干之"三隐"系列已基本确立,寒山文殊、拾得普贤、丰干弥陀及闾丘胤遇三僧之说广为人知。同时,"三隐"还继续向着奇谲诡丽的方向流变,促成了"四睡"的产生。宋本《寒山子诗集》前闾丘胤序中已提到一虎时来丰干禅房哮吼,《丰干禅师录》有"骑虎松径,来入国清"之说,《宋高僧传》、《景德传灯录》、《天台山国清禅寺三隐集记》等也有类似记载,故这只不同凡响的老虎亦加入进来,于是由"三隐"变而为"四睡",所谓"拾得寒山,老虎丰干。睡到驴年,也太无端。咦,蓦地起来开活眼,许多妖怪自相瞒"④。虎之加入"三隐"集团,其内在心理正与佛门艳传的"虎溪三笑"、"虎跑泉"等故事同一机杼,意在彰显佛法之神奇。

三

经过佛徒无中生有或移花接木的增饰与重构,寒山由遁居修道的隐士被逐渐赋予佛教尤其是禅宗特征,而其道教底色却被有意淡化以至遮蔽了。现今传世的寒山资料,大多数来自佛教文献,一方面这些佛籍在保留寒山资料方面功劳甚大,另一方面也不得不承认,它们在保留寒山资料的同时也在有意无意地改变着寒山的面貌。在其合力下,寒山的佛教属性似乎无可质疑了,以致有学者认为,在佛道之寒山"争夺战"中,道教败落了,而且后世的佛教徒还经常引用寒山诗来攻击道教,至南宋寒山就与道教彻底绝缘了⑤。然而佛道争锋自古未绝,即使寒山已经被纳入佛教系统,道徒也从未放弃对寒山

---

① 晁公遡《望峨嵋山作》,《嵩山集》卷三。
② 钱大昕《三贤堂·丰干》,《潜研堂文集·续集》卷四。
③ 《四库提要辨证》卷二〇集部一《寒山诗集二卷附丰干拾得诗一卷》。
④ 天童如净《四睡图》,见《如净和尚语录》卷下。
⑤ 张伯伟《禅与诗学》第八章《寒山诗与禅宗》,浙江人民出版社1992年版。

的"所有权"。

道教对寒山的"争夺"主要体现在两个相互关联的方面：一是尽量阐发寒山诗中的道教内容。如宋陈显微《周易参同契解》卷中就引寒山诗"不得露其根，根[枯]子自坠"来解释晦朔间元气之运行，最典型的则如宋谢守灏《混元圣纪》卷五所云："天台寒山子，文殊之化身也。文殊乃七佛之师。有颂曰：'家住绿岩下，庭芜更不芟。仙书一两卷，树下读喃喃。'又云：'寒山一倮虫，身白而头黑。手把两卷书，一道而一德。常持智慧剑，拟破烦恼贼。'又叹世颂云：'埋着蓬蒿下，晚日何冥冥。遮莫咬铁口，无因读老经。'窃观前哲，皆知尊重老子而重道德。后世学者，不究本原，乃毁师叛道，良可哀也。"谢氏称赞七佛之师文殊化身的寒山"尊重老子而重道德"，并刻意找出寒山诗中提到仙书、老子、道德经等的诗作加以引证，以此批判后世学者之毁师叛道，其良苦用心、深长意味只可意会，正与佛徒引用寒山诗来攻击道教有异曲同工之妙。除寒山诗外，《仙传拾遗》中所记寒山训诫李褐之语也屡为后世道教人士引用，明高濂《遵生八笺》卷一就将之收录于"清修妙论"下。

第二，是编造新的寒山作品，此正同于上文所述禅宗之编造寒山公案。宋张君房《云笈七签》卷七三《大还心镜》收录所谓"寒山子至诀"云："但悟铅真，药必自神。但记汞正，药如自圣。修之合圣，天地同庆。得因师传，为道之经。"《宋史》卷二五〇因之误载"寒山子大还心鉴一卷"，当然此已为现代学者断为假托[①]，但假托之作无独有偶，明还初道人《新镌绣像列仙传》卷四"长生诠"下仍录有寒山之作，谓："冬则朝勿饥，夏则夜勿饱。早起不在鸡鸣前，晚起不过日出后。心内澄则真人守其位，气内定则邪秽去其身。"虽显系假托，但这种假托本身却暗示出寒山在道教系统中的地位，正如陈寅恪先生所言，材料的真伪"不过相对问题，而最要在能审定伪材料之时代及作者，而利用之。盖伪材料亦有与真材料同一可贵。如某种伪材料，若径认为其所依托之时代及作者之真产物，固不可也。但能考出其作伪时代及作者，即据以说明此时代及作者之思想，则变为一真材料矣"[②]。道徒假托寒山之名造作新说，这本身即是寒山在道教系统中具有深远影响的明证，也是道教徒力图重塑寒山修道者形象的体现。

可以说，无论是寻章摘句地阐发寒山诗的道教内涵，还是别出心裁地托名寒山更造新论，都是对寒山原有道教品性的强化，更是面对佛教对寒山道教质素的消解而采取的相应回应手段，虽然其力度不如佛教的重构力度强，但却也未曾停止过。

四

宋本《寒山子诗集》前的闾丘胤序是后世诸多寒山传记资料的来源，在寒山诗的流传过程中产生了巨大影响。此序当代多数学者断为假托之作，余嘉锡先生认为曾注解

---

① 项楚《寒山诗注·附录三》，中华书局 2000 年版。
② 《冯友兰中国哲学史上册审查报告》，《金明馆丛稿二编》第 280 页，三联书店 2001 年版。

寒山诗的曹山本寂就是作伪者："疑本寂得灵府所编寒山诗,喜其多言佛理,足为彼教张目,恶灵府之序而去之,依托闾丘,别撰一序以冠其首。"①这或许是寒山佛教化进程中的一个重要环节,但即使真是本寂伪造了闾丘序,这一伪造也并非空穴来风,而是根基于天台地区深厚的地域文化与民间传说。如果我们把民间文学视为一种重要的建构因素,对天台地区的民间传说与故事做一审视,则可得出另一种结论:闾丘胤访寒山事与其说是本寂或他人凭空杜撰,倒不如说采自天台民间风物传说。

天台山自古以风景奇丽著称,在其寒岩景区明岩洞的峭壁上有类似五匹马的印迹,人称"五马隐",相传即闾丘胤访寒山,寒山置之不理且扬长出寺,闾丘胤派随从追之,寒山入山而去,而五个随从所骑的五匹马竟也跟了进去,却在山壁上留下了五匹马的影子,即所谓"寒山无踪迹,五马隐青山"②。后世文人多有题咏,如"翠壁丹崖多幻景,漫从马迹认闾丘"③、"闾丘空马迹,丹嶂肯重开"等等④。就功能而言,"五马隐"乃解释性传说,此类传说"往往是以某人、某事、某物、某习俗、某景物或某现象为核心,虚构出一个有人物、情节而又曲折动听的优美故事"⑤。在此必须明确的是:"五马隐"这一景物的存在是闾丘胤访寒山传说的起源,后者为解释前者而创造。日本民俗学家柳田国男指出:"传说的核心,必有纪念物。无论是楼台庙宇,寺社庵观,也无论是陵丘墓冢,宅门户院,总有个灵光的圣址、信仰的靶的,也可谓之传说的花坛发源的故地,成为一个中心。"⑥"五马隐"就是闾丘胤访寒山这一传说的发源地和纪念物,而从前引贯休诗"会应陪太守,一日到烟萝"来看,晚唐时此传说至少已流传于天台山地区。

除"五马隐"外,民间还流传着不少寒、拾、丰故事,但与佛教传承有很大不同。如天台的"虎背收徒"故事说,丰干是国清寺僧,武功高强,拾得之父母为恶豹所食,拾得却幸被二虎所救。后二虎被丰干降伏,拾得被丰干收为弟子,二虎则成为师徒坐骑⑦。这里值得注意的有两点:一、此故事与佛教"四睡"都有虎参与,但前者之虎降服于丰干之武功,后者之虎则驯顺于丰干之佛法;前者意在渲染武功神奇,后者意在彰显佛法灵异。二、此故事中虽无寒山出现,但在天台流传的另一则"拾得岭"故事中却说,拾得长大后与寒山成为好友⑧。可见在这一故事类型中,有无寒山并不影响其完整性,但寒山的加入显示了民间传说的交融与流变。再如苏州的寒山寺故事说,寒拾乃寒山寺主僧,某日寺前河里漂来一口大钟,拾得乘钟逆行至日本并留居萨提。而寒山因思念拾得成疾,遂

---

① 《四库提要辨证》卷二〇集部一《寒山诗集二卷附丰干拾得诗一卷》。
② 《寒山子和五马隐》,见陈玮君编《天台山遇仙记——浙江山的传说故事》第85—87页,中国文艺出版社1984年版。
③ 张联元《杂吟》,载《天台山全志》卷一八。
④ 陈函辉《题寒拾旧灶》,载释无尽《天台山方外志》卷二七。
⑤ 谭达先《中国的解释性传说》第4页,商务印书馆2002年版。
⑥ 柳田国男《传说论》第26页,连湘译,中国民间文艺出版社1985年版。
⑦ 《虎背收徒》,载《天台山传说》第47—49页,浙江文艺出版社1983年版。
⑧ 《拾得岭》,载《天台山遇仙记——浙江山的传说故事》第16—18页。

请人铸钟,敲钟寻人,拾得闻声,亦敲响萨提之钟,两边钟声相和,将寒、拾之心连在一起①。唐代本无寒山寺之专名,这一传说与寒山寺相联系,其产生时间是较晚的②。而多数寒拾与寒山寺故事均与"和合二仙"有关,这也正是寒山拾得在民间信仰中最引人注目也最令人惊奇的变异。

五

"和合二仙"是旧时民间广泛尊崇的神祇,其形象多为两个蓬头笑面的童子,一持荷,一捧盒,寓意和合美满、百年好合等,相传即寒山拾得化身。然而这一形象和传说与上述佛道文化传统中的寒山拾得几乎绝不相类,充分显示出民间信仰"人心所向,神即因之"的特点③。

"和"、"合"二字在甲骨文、金文中已单独出现,前者指音声相和,后者指上下唇相合,至春秋时开始连用,《国语·郑语》有"商契能和合五教,以保于百姓者也",《焦氏易林》卷三有"使媒求妇,和合二姓"等。从现有资料看,"和合"作为人格神的信仰,唐时已有雏形,但其神不是寒拾,而是唐代神僧万回。传为李淳风著、袁天罡增补的《秘传万法归宗》卷二有一段"和合咒",谓"贞观元年五月五,万回圣僧生下土。不信佛法不信仙,专管人间和合事"云云。而至宋代,"万回—和合之神"的祭祀已非常兴盛,元刘一清《钱塘遗事》卷一"万回哥哥"条谓:"万回哥哥者,不问省部吏曹市肆买卖及娼妓之家,无不奉祀,每一饭必祭。其像蓬头笑面,身着彩衣,左手擎鼓,右手执棒,云是和合之神,祀之可使人在万里外亦能回家,故名万回。"明田汝成《西湖游览志余》卷二三所记大略相同,然谓"今其祀绝矣",不过这并不意味着和合神信仰已不存在,事实上是"寒山拾得—和合二仙"的信仰兴起并代替了"万回—和合之神"的地位。

任何改变都不会是毫无来由的,和合神信仰之所以发生这种由万回一人到寒拾二人的置换,大致有三方面背景:首先,从"和"、"合"本义看,均指二物之和谐、相合,而万回仅一人,似不足以表现不同事物之和谐,这种由一而二的演变是基于"和合"之义的自发选择,正如清翟灏《通俗编》卷十九云"今和合以二神并祝,而万回仅一人,不可以当之矣",因此"国朝雍正十一年(1733)封天台寒山大士为和圣,拾得大士为合圣"。其次,从寒山拾得的"当选"看,其友情恰好为"和合"之义提供了鲜活生动的范本。闾丘胤序中载闾丘访二人于国清,二人嘻笑喝咄,最后"把手走出寺",民间传说则强化了二人"把手"之情,并将之抽象为一种精神气质。这可证之以地方风物,如不仅天台山明岩有"一特石高数丈,上跂

---

① 《寒山寺的钟声》,载祁连修编《中国民间故事选——风物传说专辑》第118—121页,中国少年儿童出版社1983年版。
② 关于寒山与寒山寺之关系,可参见杨明《张继诗中的寒山寺辨》,《中华文史论丛》1987年第1辑;钱学烈《寒山子与苏州寒山寺》,《中国典籍与文化》1998年第3期。
③ 俞樾《茶香室四钞》卷二〇引汤用中《翼駉稗编》。

立如两人,僧指为寒山拾得"①;福建也有类似景物,建宁府虎头岩山鹤峰岩"岩前两峰并立,人以寒山拾得呼之"②。仅因二物并立就被附会以寒山拾得,表明二人已升华为团结友爱不离不弃的象征。再次,涉及中华民族祈吉纳祥的惯用手法——谐音,如所谓"五福临门"画五只蝙蝠,即以"蝠"谐"福"。据考古资料证实,寓意"和合"的图案南宋时就已出现,南宋吕师孟墓中出土了一件"鸳鸯荷花金香囊":"囊体上部刻'和合八吉'图,一个盖盒相同的圆盒,置放在彩帛八吉纹上。中部是鸳鸯戏嬉图……下部是莲叶图",论者认为"这是迄今看到的有相对年代可考的最早的'和合'纹图案"③。在民族习惯心理的支配下,将这种荷盒图案与和合神相联系并作为其直观象征,也是自然而然的。

正如民俗学家刘锡诚先生所云:"一种信仰民俗,特别是有神格的信仰民俗的形成和延续,必是有某种神话和传说所支持的。"④民间亦流传着多种"和合二仙"传说,其中影响较大的一种是:隐居天台寒岩的诗人寒山在赤城路边捡到一小儿,取名拾得。多年后,拾得长成,与寒山情同手足。后二人共爱一女,寒山得知内情后离家出走,拾得则立誓找回寒山,后得之于苏州一寺。相逢之际拾得折一荷花相赠,寒山则捧一食盒而出。此寺后来便叫"寒山寺",并塑有寒拾相逢之像,捧荷的拾得称"和",捧盒的寒山称"合",合称"和合二仙"⑤。这一传说还有多种变型,如流传于苏州的此类故事说,某乡村有两人亲如兄弟,后二人共爱一女,兄出走为僧而弟寻之于苏州,相逢时弟折一荷,兄捧盒而出,兄法名寒山,故寺名寒山寺,弟亦自号拾得⑥。不过从各种传说看,无论其人物身份、关系如何变化,但有两点是恒定的,一是寒拾感情亲密深厚,离而复合,散而复聚;二是都出现了荷盒二物,以坐实"和合"之说。前者可说是和合神的信仰核心,后者则是和合神的独特标记。此外,还有一些与寒拾无关的"和合二仙"传说,如流传于陕西华山的故事说,华山一道士掘得人参、黄芩,欲炼药,药未成而被二徒偷吃,道士欲惩之,二徒逃跑之际误撞石壁变成石人,后人称为"和合二仙"⑦。还有的说"和合二仙"是"八仙"之一的韩湘子之子,韩湘子与妻子林英虽成亲而未同房,一天林英变成一个磨盘,韩湘子不知而在上面睡了一觉,于是林英怀孕并生下两个男孩,就是"和合二仙"⑧。但这些传说均不如寒山拾得影响大,更未形成真正的信仰,可见以寒山拾得为"和合二仙"是基于民间心理与信仰的自发选择。

寒山诗有云:"改头换面孔,不离旧时人。"不过几番改换下来,从道教"仙传"中的寒

---

① 徐宏祖《徐霞客游记》卷一上《游天台山日记》。
② 《福建通志》卷四。
③ 魏采苹《吕师孟墓金银器考察》,《东南文化》1994年第3期。
④ 《钟馗论》,载台北《民俗曲艺》第111期,1999年1月。
⑤ 《和合二仙》,载《天台山传说》第108—112页。
⑥ 《和合二仙传友情》,载苏州市文联编《苏州的传说》第65—69页,上海文艺出版社1982年版。
⑦ 《和合二仙》,载郑土有、陈晓勤编《中国仙话》第135—138页,上海文艺出版社1990年版。
⑧ 见高庆年《迎春节谈年画》,《春秋杂志》第877期,1999年2月号。

山到佛教"僧传"中的寒山,再到民间"和合二仙"中的寒山;从讲究"内行充而外丹至"的寒山到"唯言咄哉咄哉三界轮回"的寒山,再到佑护"世人能和合,快活乐如何"的寒山,恐怕"旧时人"也已"纵使相逢应不识"了。正如有学者指出的,"寒山在一定范围内在作为一个宗教的传说,一个神奇的故事被传播和接受"[①],而且这一传说与故事始终处于生成、变动之中,寒山形象也在不断重构中相互叠加与层累,最终成为一个负载多种文化内涵的传说影像:佛门之寒山禅机尖新,道流之寒山恬然清静,民间之寒山则喜乐和合。而寻绎寒山在漫长历史长河中几经改头换面的动力,可以发现,无论其身份如何游移,事迹如何纷繁,其形象演变始终处于宗教文化与民间文化的多重角力之下,以对寒山面貌塑造所起的作用而言:首先,佛教居功至伟,文殊化身、禅门高僧之光环始终笼罩其上;其次,民间传承的动力,寒拾与万回信仰合流并取而代之,"和合二仙"之吉庆形象深入人心;再次,道教的争夺与再造,虽然寒山的清修者形象不像前二者那样声名显赫,但显然道教人士从未放弃对这位"名人"的争取与利用。以上三种力量共同作用、相互交叉、彼此影响,构成一个动态的关系网络,其结构要素的变动与表现特征的隐显导致了寒山形象演化的不同面貌,而对其生成与运行规律的揭示不仅可以为寒山研究提供有益的尝试与探索,也可以为类似课题如王梵志、庞居士等的研究提供一种借鉴。

原载《文学遗产》2006 年第 5 期

---

① 罗时进《唐诗演进论》第十章《唐代诗人行实考》第一节《寒山生卒年新考》,江苏古籍出版社 2001 年版。

《太平广记》神仙小说中"青竹"的宗教文化意蕴探析

曾礼军*

神仙小说是《太平广记》中重要的一类小说,此类小说列属于"神仙"和"女仙"两个类目。前者五十五卷,后者十五卷,两者共七十卷,占全书五百卷的百分之十四,所占比例最大,位次也排在最前。青竹则是与神仙密切关联的文学意象。或为神仙的化身,或为成仙的征兆,或是神仙的舆驾,甚至成为神仙道士的道法工具。最突出的则是成为尸解仙的仙化意象,具有长生不死的宗教文化意蕴。本文试以《太平广记》中仙类小说为例对神仙小说中"青竹"与"尸解仙"的对应关系及其文化意蕴作一探析。

一、青竹与尸解仙及其他

青竹是神仙小说中一个典型的仙化意象,它往往是修道者仙化以后遗留下来的尸体幻化物,是得道者化为尸解仙的躯体象征。如卷一三《成仙公》叙成仙公武丁在食用了仙人所给的仙药后被告之当为神仙:

> 比及二年,先生告病,四宿而殁,府君自临殡之。经两日,犹未成服,先生友人从临武来,于武昌冈上,逢先生乘白骡西行。友人问曰:"日将暮,何所之也?"答曰:"暂往迷溪,斯须却返。我去,向来忘大刀在户侧,履在鸡栖上,可过语家人收之。"友人至其家。闻哭声,大惊曰:"吾向来于武昌冈逢先生共语,云暂至迷溪,斯须当返,令过语家人,收刀并履,何得尔乎?"其家人云:"刀履并入棺中,那应在外?"即以此事往启府君。府君遂令发棺视之,不复见尸,棺中唯一青竹杖,长七尺许。方知先生托形仙去。①

成仙公仙化以后,被置于棺中的尸体幻化成一根七尺左右长的青竹杖,而其真身则仍然现形于世上与友人交谈,并叮嘱友人要其家人收拾放在户侧上的大刀和鸡栖上的履。在叙述尸解仙的神仙小说中,修道者成为神仙往往先是通过死亡的方式把尸体置于棺

---

* 曾礼军(1970—),男,江西省吉安市人,文学博士,副研究员,主要从事中国古代小说与宗教文化、江南文学与文化等研究,曾于《中华文史论丛》、《红楼梦学刊》、《宗教学研究》等杂志发表论文 16 篇,合作撰写著作 2 部,参与国家社会科学基金项目 1 项,主持教育部人文社科青年基金项目、江西省社会科学规划项目、金华市社会科学重点项目各 1 项。

① 本文所引用《太平广记》原文均为中华书局 1961 年汪绍楹校点本。

材中,然后再以青竹置换尸体,而仙化以后的真身则偶尔再现于世上。此为尸解仙。

青竹不仅是神仙自度的仙化意象,也是神仙度化他人的工具。如卷一二《壶公》叙神仙壶公收费长房为徒,欲度化他:

> (壶公)乃取一青竹杖与房,戒之曰:"卿以竹归家,便可称病,以此竹杖置卿所卧处,默然便来。"房如公言。去后,家人见房已死,尸在床。乃向竹杖耳,乃哭泣葬之。……房忧不得到家。公以一竹杖与之曰:"但骑此,得到家耳。"房骑竹杖辞去,忽如睡觉,已到家。家人谓是鬼,具述前事,乃发棺视之,唯一竹杖,方信之。房所骑竹杖,弃葛陂中,视之乃青龙耳。初去至归谓一日,推问家人,已一年矣。

竹杖是费长房的替身,被壶公施法后化成费长房的躯体置于长房的卧处;当长房修道回来之后,被当作长房尸体而埋在棺中的竹杖又回归原形。虽然费长房并未完全得道成仙,但亦"得寿数百岁"。

由于青竹是指向尸解仙的躯体,成为尸解仙的凡胎肉体的替代物,所以在一些神仙小说中,青竹在仙人法术作用下也可以被用作凡人的躯体的替代物,给凡人造成假死现象。卷五三《麒麟客》叙张茂实欲不令家人知道要跟随麒麟客王夐游仙境,王夐"于是截竹杖长数尺,其上书符,授茂实曰:'君杖此入室,称腹痛,左右人悉令取药,去后,潜置竹于衾中,抽身出来可也。'"游完仙境回到家里后,"夐抽去竹杖,令茂实潜卧衾中"。此处的青竹不再是尸解仙的仙化象征,而是凡人的躯体替代物。因此青竹所置放的位置也有所不同,象征尸解仙的青竹一般是被当作已经死去的尸体安置在棺木中,而凡人躯体替代物的青竹则放置在生者的卧床上。前者是尸解为地仙的象征,躯体获得了永恒的生命,而后者则只是暂时的幻化,生命依然短暂。

青竹不仅是尸解仙凡胎肉体的幻化替代物,成为尸解仙的仙化意象,而且它还是神仙的飞升工具,能够迅速地穿越不同的时空域限。如《神仙传·介象》叙介象着符于青竹,使人乘之从武昌至蜀中买姜佐料食鱼:

> 象书一符,以著竹杖中。令其人闭目骑杖,杖止便买姜,买姜毕,复闭目。此人如言,骑杖须臾已到成都,不知何处。问人,言是蜀中也。乃买姜。于时,吴使张温在蜀,从人恰与买姜相见。于是甚惊,作书寄家。此人买姜还厨中,鲙始就矣。

青竹在神仙介象的着符作用下,成了快速的交通工具,须臾之间就从武昌飞到蜀中,又从蜀中飞回武昌,佐料姜买回来之后,"鲙始就"。这是对青竹具有快速穿越不同地域空间的功能所进行的形象描述。

更为叹止的是青竹作为御飞工具还具有穿越生前身后不同时间域限的功能。卷一九《李林甫》叙述李林甫在神仙导引下乘坐青竹由生前进入"身后之所处":

> 乃相与坐于路隅,逡巡,(道士)以数节竹授李公(林甫)曰:"可乘此,至地方止,慎不得开眼。"李公遂跨之,腾空而上,觉身泛大海,但闻风水之声。食顷止,见大郭邑。介士数百,罗列城门。道士至,皆迎拜,兼拜李公。约一里,到一府署。又入门,复有甲士,升阶至大殿。帐榻华侈,李公困,欲就帐卧,道士惊,牵起曰:"未可,恐不可回耳,此是相公身后之所处也。"曰:"审如是,某亦不恨。"道士笑曰:"兹介癖

之属,其间苦事亦不少。"遂却与李公出大门,复以竹杖授之,一如来时之状。入其宅,登堂,见身瞑坐于床上。道士乃呼曰:"相公相公。"李公遂觉。涕泗交流,稽首陈谢。

由于李林甫具有仙骨,本可升仙,但他贪恋凡尘,又不听神仙要"行阴德"、不"枉杀人"的劝戒,罪谴加重,李林甫想知道身后之事,于是在神仙引导下乘坐青竹进入了身后境界。

同时凭借着青竹的御飞能力,凡人还能超越生死,出入于冥间阴府之中。如卷一六○《李行修》叙李行修思念亡妻,得"善录命书"王老之助,于林间呼妙子。"有顷,一女子出,行年十五,便云:'九娘子(即李行修亡妻)遣随十一郎去。'其女子言讫,便折竹一枝跨焉。行修观之,迅疾如马。须臾,与行修折一竹枝,亦令行修跨,与女子并驰,依依如抵。"会完亡妻后,"依前跨竹枝同行"回到阳间。李行修之所以能够出入于阴间冥府,正是凭借着青竹的御飞工具。显然,以青竹作为御飞工具具有穿越阳间冥府的功能,是由青竹的尸解意象功能转化而来的,因为尸解的过程就是在墓中棺椁里进行的。

除了作为神仙的御飞工具外,青竹还是神仙的治病和卜卦的器具。前者如卷三三《马自然》:"或人有疾告者,湘(即马自然)无药,但以竹拄杖打痛处;腹内及身上百病,以竹杖指之,口吹杖头如雷鸣,便愈。有患腰脚驼曲,拄杖而来者,亦以竹拄杖打之,令放拄杖,应手便伸展。"马自然为人治病是以竹杖为器具的。后者如卷二六《邢和璞》:"邢先生名和璞。善方术,常携竹算数计,算长六寸。人有请者,到则布算为卦,纵横布列,动用算数百,布之满床。"邢和璞用竹为人卜卦算计。

此外,竹杖还是神仙的一种外在装饰物。如卷四二《夏侯隐者》:"夏侯隐者,不知何许人也。大中末,游茅山天台间,常携布囊竹杖而已。"卷八五《击竹子》:"击竹子不言姓名,亦不知何许人,年可三十余,在成都酒肆中以手持二竹节相击,铿然鸣响,有声可听,以唱歌应和,乞丐于人,宛然词旨皆合道意。"因此这种竹子装饰物其实也是神仙的外在象征。

二、青竹作为尸解意象的文化阐释

"道教认为道士得道后可遗弃肉体而仙去,或不留遗体,只假托一物(如衣、杖、剑)遗世而升天,谓之尸解。"[1]尸解的方式多种多样,《云笈七签》卷八五《太极真人遗带散》云:"凡尸解者,皆寄一物而后去。或刀或剑,或竹或杖,及水火兵刃之解。"[2]在神仙小说中,以青竹遗世仙化而去是杖解的尸解方式。《尸解神杖法》曰:

《赤书玉诀》云:当取灵山阳向之竹,令长七尺,有节,作神杖,使上下通直,甘竹乃佳。书《黑帝符》,著下第二节中。《白帝符》,第三节中。次《黄帝符》,第四节

---

[1] 卿希泰主编《中国道教》(第三卷)第318页,东方出版中心1994年版。
[2] 张君房《云笈七签》卷八五《尸解部二》,《道藏》第22册第597页,文物出版社、上海书店、天津古籍出版社1988年版。

中。次《赤帝符》,第五节中。次《青帝符》,第六节中。空上一节,以通天;空下一节,以立地。蜡封上节,穿中印以《元始之章》。又蜡封下节,穿中而印以《五帝之章》。……行此道九年,精谨不慢,神真见形,杖则载人空行。若欲尸解,杖则代形。倏欻之间,已成真人。①

从这段《尸解神杖法》中可知,作为尸解仙化的青竹具有这样几个特点:一是取自灵山向阳之竹,长为七尺;二是中间五节自下而上分别着黑、白、黄、赤、青等五帝符,象征着五方和五行;三是最上和最下一节都是空的,"空上一节,以通天;空下一节,以立地",并且分别印有《元始之章》和《五帝之章》的仙符,象征着通天立地。因此青竹被视为尸解的仙化意象是道教赋予了其阴阳五行和通天立地的象征作用,而阴阳五行学说是修仙的重要原则之一,绝天地通则是神仙所拥有的功能。所以在修炼者的祝拜和咽炁作用下,青竹便具有了"代形"尸解和"载人空行"的作用。

青竹作为尸解仙的象征及其所承载的尸解道教文化内涵是有其文化源渊的。首先,竹种性能与竹图腾信仰使竹子承载着生命繁衍的文化意蕴。竹子具有强大的繁殖力,又有疗疾益寿的食用功能。由于竹子有强大的繁殖力,在《诗经·小雅·斯干》中就有以"如竹苞矣"喻家族兴盛的诗句。"雨后春笋"的成语正是着眼于竹子的繁衍速度快。竹也具有健身疗疾的益寿功能。如《神异经·南荒经》说:"南方荒中有涕竹,长数百丈,围三丈六尺,厚八寸,可以为船,其笋甚美,食之可以止疮疠。"《南齐书·刘怀珍传》载刘灵哲"所生母尝病,灵哲躬自祈祷,梦见黄衣老公曰:'可取南山竹笋食之,疾立可愈。'灵哲惊觉,如言而疾瘳"。唐代孙思邈则从医学角度解释了竹的医药功能,《千金方》云:"竹笋,味甘,微寒,无毒,主消渴,利小道,益气力,可久食。"而竹子岁寒而青的外在特征也强化其作为生命力强盛的象征意蕴。正是由于竹子强大的繁殖力、疗疾健身的益寿功能,以及其岁寒而青的外在特征,使得竹能够成为长生久视的神仙意象的先决条件。

竹图腾信仰进一步强化了竹子象征生命繁衍的文化意蕴。《水经注》曰:"郁水,即夜郎豚水也。汉武帝时,有竹王兴于豚水。有一女子浣于水滨,有三节大竹流入女子足间,推之不去,闻有声,持破之,得一男儿,遂雄夷濮氏,竹为姓,所捐破竹于野成林,王祠竹林是也。"②竹王故事"有感孕的因素,竹笛或说象征母腹,或说象征男阴,竹入足间是性接触的'隐语',而'以竹为姓'明白地是竹图腾的意识"③。以竹为姓也如夏商周三代"因生以赐姓"一样:"古者因生以赐姓,因其所生赐之姓也。若夏吞薏苡而生,则姓苡氏;商吞燕子而生,则姓为子氏;周履大人迹,则姬氏。"④"竹的巨大生命力和潜能,让人

---

① 张君房《云笈七签》卷八四《尸解部一》,《道藏》第 22 册,第 595—596 页。
② 李昉等《太平御览》卷五九引,第 283 页。此外,《华阳国志·南中志》,《后汉书·西南夷传》,《法苑珠林》卷七九等都有记载此事。
③ 萧兵《中国文化的精英——太阳英雄神话的比较研究》第 392 页,上海文艺出版社 1989 年版。
④ 黄晖《论衡校释》卷二五《诘术篇》第 1033 页,中华书局 1990 年版。

生成了自然崇拜"①,从而产生了竹的始祖图腾崇拜。这种始祖图腾正体现了部族生命繁衍的文化意蕴。

其次,竹与灵魂紧密相联,是灵魂的象征,具有生死沟通的作用。《礼记·丧服》言斩衰之丧为"苴杖",巴蜀部族则有执竹送葬的风俗。《隋书·地理志下》载:"当葬之夕,女婿或三数十人,集会于宗长之宅,著芒心接篱,名曰茅绥。各执竹竿,长一丈许,上三四尺许,犹带枝叶。其行伍前却,皆有节奏,歌吟叫呼,亦有章典。传云盘瓠初死,置之于树,乃以竹木刺而下之,故相承至今,以为风俗。隐讳其事,谓之刺北斗。"②执竹送葬是为了护魂归土,尸得安息。盘瓠初死被置于树上,魂不得归,以竹刺之,遂得以安归。"谓之刺北斗",因为北斗"主制万二千神,持人命籍"③,主管着人的生死,所以"刺北斗"既是死亡的讳称,也是象征着灵魂缘竹回归其掌管处。因此,竹与灵魂是紧密相联的,而这种生死沟通的巫术功能已经与道教中以竹为尸解仙意象的作用相差无几了。

同时由于自汉魏起,松柏已基本成为墓前树,班固《白虎通义·崩薨》云:"天子坟高三仞,树以松;诸侯半之,树以柏;大夫八尺,树以栾;士四尺,树以槐;庶人无坟,树以杨柳。"④汉仲长统《昌言》曰:"古之葬者,松柏梧桐以张坟也。"《汉书·东方朔传》:"柏者,鬼之廷也。"颜师古注曰:"言鬼神尚幽暗,故以松柏之树为廷府。"作为同是岁寒常青的象征物,能够代表生气不衰的物种自然只有竹了,而竹又与死者的亡魂紧密粘联在一起,所以作为尸解仙意象的最佳选择自然也就非竹莫属了。

第三,神仙道教的形成与竹文化高涨有着特殊巧合的时地,这就为道教采纳竹意象提供了非常便利的条件。早期神仙道教五斗米道产生于巴蜀地区。《后汉书·刘焉传》曰:"(张)陵顺帝时客于蜀,学道鹤鸣山中。"⑤而巴蜀地区盛产竹子,《汉书·地理志》曰:"巴、蜀、广汉本南夷,秦并以为郡。土地肥美,有江水沃野、山林竹木、蔬食果实之饶。"⑥"川喻地区不仅有江南常见的毛竹(楠竹)、刚竹(苦竹)、淡竹(白夹竹)、刺楠竹(水勒竹)、箸竹等,还有极特殊的方竹、实竹(木竹)、人面竹、佛肚竹以及独蜀地才有的月竹(乐山地区)、绵竹(绵竹县)、邛竹(雷波、马边等地)和源自垫江(今重庆合川市)而今遍布南国的慈竹(桃枝)等。颇为有趣的是,川渝地区的不少地名也与竹特色相关。如大竹县即'以邑界多产大竹为名'(《太平寰宇记》);绵竹县则'以其地竹性柔韧,可以绹绠,因以名县'(《寰宇通志》)。"⑦这种得天独厚的地理条件自然为竹子能够成为道教考察神仙象征意象的优先对象。

---

① 王立、苏敏《古典文学中竹意象的神话原型寻秘》,《大连大学学报》2006年第5期第2页。
② 魏征等《隋书》卷三一《地理志下》,中华书局,1973年,第897—898页。
③ 《古今图书集成·神异典》卷一四引《老子中经》,宗力、刘群《中国民间诸神》第118页,河北人民出版社1987年版。
④ 陈立《白虎通疏证》卷一一《崩薨》第559页,中华书局1994年版。
⑤ 范晔《后汉书》卷七五《刘焉传》第2435页,中华书局1965年版。
⑥ 班固《汉书》卷二八下《地理志下》第1645页,中华书局1975年版。
⑦ 屈小强《巴蜀竹文化揭秘》第3—4页,巴蜀书社2006年版。

以竹来喻人的品格和形象,在《诗经》中就有了,如《卫风·淇奥》:"瞻彼淇奥,绿竹猗猗。"清人陈奂《毛诗传疏》释曰:"以绿竹之美盛,喻武公之质德盛。"《史记·卫康叔世家》载有其政绩可资为证。但竹的人文象征的高涨时期,特别是与清高隐逸形象联系起来是在魏晋时期。魏晋有不少与竹相关联的隐逸典事,如阮籍、嵇康等"七人常集于竹林之下,肆意酣畅,故世谓'竹林七贤'"①。又如晋王徽之虽淡泊名利却嗜竹如痴,《晋书·王徽之传》载:"时吴中一士大夫家有好竹,欲观之,便出坐舆造竹下,讽啸良久。……尝寄居空宅中,便令种竹。或问其故,徽之但啸咏,指竹曰:'何可一日无此君邪!'"②而魏晋是神仙道教形成的重要时期,这种高涨的竹文化思潮不会不影响到正在迅速发展的道教。因此竹能够成为神仙意象的象征也有其独特时机。

正是由于竹文化高涨与神仙道教形成有着巧合的时地,使得竹容易被道教所采纳成为道教文化意涵的意象。而道教对竹也的确独有情钟,陈寅恪先生说:"天师道对于竹之为物,极称赏其功用。"道教钟情于竹是着眼于其"继嗣"和"寿考"等功能,陈寅恪引《真诰》云:"我按九合内志文曰:竹者为北机上精,受气于玄轩之宿也。所以圆虚内鲜,重阴含素。亦皆植根敷实,结繁众多矣。公试可种竹于内北宇之外,使美者游其下焉。尔乃天感机神,大致继嗣,孕既保全,诞亦寿考。微著之兴,常守利贞。此玄人之秘规,行之者甚验。"③而这与神仙长生不死的意蕴是一脉相承的。

第四,对于以青竹作为神仙御飞的工具还有一点原因须作阐明,即古人认为仙人是乘龙飞升的,如《庄子·逍遥游》云:"藐姑射之山有神人居焉,……乘云气,御飞龙,而游乎四海之外。"④而且神仙小说中也有神仙驾龙者。如卷六〇《麻姑》:"(王方平)乘羽车,驾五龙,……从天而下,悬集于庭。"而龙与竹是有着关联的,《太平御览》卷七一〇引邓德明《南康记》曰:"南野县有汉监匠陈怜,其人通灵。夜尝乘龙还家,其妇怀身。怜母疑与外人通,密看乃知是怜乘龙,至家辄化成青竹杖。怜内致户前,母不知,因将杖去。须臾,光彩满堂,俄尔飞失。怜失杖,乃御双鹄还。"由于竹是龙的化身,自然也就成了神仙的御飞工具。如前面提到的《壶公》中费长房"所骑竹杖,弃葛陂中,视之乃青龙耳"。只不过竹化龙与龙化竹的思维是反向性的,其内在本质并没有改变。由于龙在古代也是一种生命灵物的象征,因此作为龙的化身的青竹同样没有缺失其生命灵动性,同样蕴含着生命的象征意义。

总之,竹的生命与灵魂的意蕴象征,以及竹具有道教采纳的优先时地条件,使其成了道教尸解仙意象的最佳选择对象。

---

① 徐震堮《世说新语校笺》卷下《任诞》第 390 页,中华书局 1984 年版。
② 房玄龄等《晋书》卷八〇《王徽之传》第 2103 页,中华书局 1974 年版。
③ 陈寅恪《天师道与滨海地域之关系》,刘梦溪主编《中国现代学术经典·陈寅恪卷》第 438、436 页,河北教育出版社 2002 年版。
④ 郭庆藩《庄子集释》卷一第 28 页《逍遥游》,中华书局 1961 年版。

三、青竹化仙的神仙生成原理

上面对青竹这种仙化意象及其文化内涵和文化渊源进行了分析。青竹这种典型的神仙意象体现了尸解仙的形象特点。所谓尸解仙是先死后蜕、解形托象,是形解销化后托他物为己形的神仙。

青竹作为尸解仙的化身,其实是道教的化生思想的体现。所谓化生,就是某种生命体生存到一定年限以后必须转化成另一种生命体以延续其生命的活力。这种转化既可以是有情物与有情物之间的转化,也可以是有情物与无情物之间的转化,神仙化竹是后者的体现。通过这种生命外在形体的转化,其元真生命就可以达到一种无生无死的长生状态。

"化生"一词最早出现在《易·系辞下》。其曰:"天地氤氲,万物化醇。男女构精,万物化生。""'化醇'和'化生'都包含有旧体死亡、新体诞生的内容。"[①]而化生思想也是《庄子》中的重要思想,《庄子》称化生为物化。何谓物化?曹础基先生认为:"大道能产生一切,变化一切。……变成各种物象就叫做物化","物化,化为物,指大道时而化为庄周,时而化为蝴蝶"[②]。因此,物化实则是道化,道凭形则为物象,物象归一则为道。所以《庄子·齐物论》说:"天地与我并生,而万物与我为一。"

后来道教把道化思想运用到修仙长生中来,如《化书》云:

> 道之委也,虚化神,神化气,气化形,形生而万物所以塞也。道之用也,形化气,气化神,神化虚,虚明而万物所以通也。是以古圣人穷通塞之端,得造化之源,忘形以养气,忘气以养神,忘神以养虚。虚实相通,是谓大同。故藏之为元精,用之为万灵,含之为太一,放之为太清。是以坎离消长于一身,风云发泄于七窍,真气熏蒸而时无寒暑,纯阳流注而民无死生,是谓神化之道者也。[③]

由虚变化为神,神化为气,气化为有形的万物,这是生命形体的生成过程;由有形之物变化为气,气化为神,神化为虚明,则是生命形体的修炼过程。前者是"道"之结果,后者是"道"之作用。由虚而实,虽然生成了生命的形体,却阻碍了"道"的流通变化,所以生命实体也就遭遇到了危险。为了使生命得到延续并保持长生,就必须通过由实而虚的生命修炼,"忘形以养气,忘气以养神,忘神以养虚",达到"虚实相通"的"大同"境界,求得无生无死的长生状态。

由于万物形体皆为"道"的外化体现,"道"是万物的内在本质,并且由于定形的万物阻碍了"道"的流通变化,所以万物的形体就必须进行形体转化,使实在之物转换为虚明之"道",以保证生命的延续与长生。这样,借助于万物所共有的"道",外在的形体就由

---

① 马昌仪《中国灵魂信仰》第51页,上海文艺出版社1998年版。
② 曹础基《庄子浅注》第39、41页,中华书局2000年版。
③ 谭峭《化书》卷一第1页,中华书局1996年版。

一物转化为另一物,这就是化生或叫道化,通过形体的转化获得新的生命。故《化书》又云:"老枫化为羽人,朽麦化为蝴蝶,自无情而之有情也。贤女化为贞石,山蚯化为百合,自有情而之无情也。是故土木金石,皆有性情精魄。虚无所不至,神无所不通,气无所不同,形无所不类。孰为彼,孰为我?孰为有识,孰为无识?万物,一物也;万神,一神也,斯道之至矣。"①"道"为化生之本,所以"虚无所不至,神无所不通,气无所不同,形无所不类","万物"即"一物","万神"即"一神"。这就是"道"的极至! 这就是神仙化竹的原理所在。成仙者通过化竹的形体转化,达到"虚实相通"的"大同"境界,从而求得无生无死的神仙理想。

神仙的化生说是建立在古代魂魄观念和万物有灵论基础上的。古人认为人死以后,灵魂是要升天的,并且升天的灵魂是不死的,而形魄则要消化于地下。如《礼记·郊特牲》所说:"魂气归于天,形魄归于地。"因此人的魂魄合而为一则为生,两者分离则为死。神仙说则在此基础上主张灵与肉并存不死,魂与魄同时长生。其解决这种形魄不死的方法就是借助于物物之间的化生来实现的,让一种生命形体转化为另一种生命形体。对于那些无生命的无情物,道教也继承了古人万物有灵论,认为它们是有灵魂精神的。葛洪《抱朴子》曰:"山川草木,井灶污地,犹皆有精气;人身之中,亦有魂魄;况天地为万物之至大者,于理当有精神。"②所以这种有情物与无情物之间的形体化生,是有其理论渊源。这样,神仙化竹就有了道教的理论支撑。

当然,化竹只是神仙仙化意象的一个突出的典型意象而已。神仙小说中还有其他一些仙化意象同样具有尸解仙的仙化实质内蕴。如鞋,卷一二《苏子训》:"坐人顿伏良久,视其棺盖,乃分裂飞于空中,棺中无人,但遗一只履而已。"如衣,卷六七《崔少玄》:"(崔少玄)言毕而卒。九日葬,举棺如空。发榇视之,留衣而蜕。"它们都是在化生的神仙生成理论下所产生的仙化意象,成为神仙小说中一道亮丽的风景线。

原载《宗教学研究》2009 年第 3 期

---

① 谭峭《化书》卷一,第 2 页。
② 王明《抱朴子内篇校释》(增订本),中华书局 1985 年第 2 版,第 125 页。

道化剧《黄粱梦》"杀子"情节的佛教渊源

陈开勇

在元代神仙道化剧的创作里，马致远洵为大家。对于他有关杂剧创作与全真教的密切而直接的关系，中外学者多有精到的研究。至于他的代表作之一《邯郸道省悟黄粱梦》(下文略作《黄粱梦》杂剧)，中外学术史上亦不乏研讨，这些研究主要集中在作品的题材本事、杂剧主旨与情节布置方面，一致的观点是：这篇作品的本事是沈既济《枕中记》；其主旨乃宣扬浮生若梦，歌颂全真祖师救世度人，鼓吹断酒色财气，入道登仙，同时也表现了对现实世事的批判针砭[①]。

在前贤时彦研究的基础上，进一步予以考察，我们发现，《黄粱梦》杂剧的主旨要复杂得多，其中最核心的内涵与情节渊源还没有发掘出来——要而言之，虽然这部杂剧的本事是《枕中记》，但是，一方面，在情节框架上，杂剧不仅受到杜子春故事的影响，而且，须大拏本生故事亦给予了深刻而具体的艺术刺激；另一方面，鼓吹断酒色财气是其一般性的内容，真正的主旨乃宣扬修道者断灭对子女的亲情爱恋。本文拟对此作出申述，以就正于方家。

一

《黄粱梦》杂剧是马致远、李时中、花李郎和红字李二合作创作的[②]，如前人所说，其本事是沈既济《枕中记》。《枕中记》故事的大框架是现实—梦境—现实，重点则在写卢生于梦中经历繁华，备极富贵，作者通过梦中之达与现实之穷的对比，反映出唐时士子的普遍心态。《黄粱梦》杂剧显然沿袭了这一框架与叙述重点。但是，在对梦境内容的具体叙述中，明显地作了修改，即改为主要以戒除酒、色、财、气四个方面内容为中心：写吕岩岳父为其钱行，是为了写吕岩喝酒吐血，于是戒酒；写吕岩卖阵、被迫休掉翠娥，是为了写吕岩不仅失去了钱财，

[①] 如刘荫柏《马致远及其剧作论考》第88—92页，文化艺术出版社1990年版；傅丽英、马恒君《马致远全集校注》第150—151页，语文出版社2002年版；吕薇芬《马致远的"神仙道化"剧和它产生的历史根源》，《文学评论》编辑部编《文学评论丛刊》(第七辑)第54页—74页，中国社会科学出版社1980年版。詹石窗《南宋·金元道教文学研究》第281—286页，上海文化出版社2001年版。青木正儿《元人杂剧概说》第88—89页，隋树森译，中国戏剧出版社1957年版。Victor H. Mair：The Columbia History of Chinese Literature，NewYork：Columbia University Press 2001，P810. 等等。

[②] 钟嗣成《录鬼簿》卷上《开坛阐教黄粱梦》条下注。中国戏曲研究院《中国古典戏曲论著集成》(2)第117页，中国戏剧出版社1959年版。

而且也断了色；写吕岩挨猎户打杀，是为了写他断除使气斗狠。杂剧借吕岩之口说："当日我征西时，我丈人与我送行，吃了三杯酒，吐了两口血，当日断了酒；次后到阵上卖了阵，圣人知道，饶我一命，将我迭配无影牢城，我因此断了财；来到家中，我浑家瞒着我有奸夫，被我亲身拿住，我就将浑家休了，断了色。今日到此处，若有师父来，便打我一顿，我也忍了，从今已后，我将气也不争了。"①

马致远等人之所以要明确围绕酒、色、财、气四个方面来写，一是时代风气使然，如滕斌〔中吕·普天乐〕、范康〔仙吕·寄生草〕、汤舜民〔黄钟·出队子〕等散曲都是警示世人莫贪恋酒色财气的内容的②。马致远的杂剧《西华山陈抟高卧》、《吕洞宾三醉岳阳楼》的主要内容也是这四个方面。二是包括马致远在内的元代作家对这些内容偏爱的根本原因，在于这是作家的世界观受到了当时盛行的全真教的影响。可以说，《黄粱梦》杂剧是为了表现全真教断酒色财气的思想而修改了其本事《枕中记》的情节。

但是，问题并不这样简单。从杂剧作品来看，除了上述情节与内容外，实际上作者的重点并不是这四个方面，而是写在路上吕岩与其子女的遭遇。为此，作者几乎花费了一半的篇幅来处理。

《黄粱梦》叙述说，当吕岩被发配沙门岛后，他携带其一对儿女上路。后面第三、四折全部写其与儿女之事。第三折写吕岩对解子哀求说："念吕岩自卖了阵，迭配我无影牢城。我死不争，可怜见这一双儿女，眼见的三口儿无那活的人也。解子哥，怎生可怜见，方便一二。"③然后，在第四折里，作者特别地设计了两个情节，一是在过涧时："（洞宾引俫上，云）自家吕岩。自从卖了阵，迭配无影牢城。到这深山里，时遇冬天大风大雪，将俺三口儿争些冻杀。多亏了打柴的樵夫，救了俺性命，说这山峪里有个草庵。我到那里寻些茶饭，与两个孩儿吃用。你看我那命，天色又晚来了。逢着个独木桥，偌深的一个阔涧，怎生得过去？我将着两个孩儿，待先送过这小厮去，恐怕这狼虎伤着这女孩儿；我待先送过女孩儿去，又怕伤了小厮儿。罢罢罢，且放下女孩儿，先送过小厮儿去。（做送儿俫科）（女俫云）爹爹，大虫来咬我也！（洞宾悲科，云）孩儿，我便来取你也。我放下这小厮，我可过去取女孩儿去。（做过涧科）（儿俫云）爹爹，大虫来咬我也！（洞宾云）端的教我顾谁的是？"④二是在猎户家中，猎户要杀吕岩儿女："……（末拿住男俫科，唱）我揪住这小子领窝。（洞宾救科）（正末怒云）你这厮无礼！（打洞宾科，唱）……（做丢男俫在涧科）（洞宾云）可怜见！……（拖女俫科）（洞宾云）留下这个小的者！（正末唱）至如将小妮子抬举的成人大，也则是害爹娘不争气的赔钱货。不摔杀要怎么也波哥，不摔杀要怎么也波哥？觑着你泼残生，我手里难逃脱。"⑤而当吕岩"省得浮世风灯

---

① 王季思《全元戏曲》（第2卷）第208页，人民文学出版社1990年版。
② 参郑培凯：《酒色财气与〈金瓶梅词话〉的开头——兼评〈金瓶梅〉研究的"索隐派"》，《中华文史论丛》1983年第4辑，第277—296页。
③ 王季思《全元戏曲》（第2卷）第202页。
④ 同上第207页。
⑤ 王季思《全元戏曲》（第2卷）第209页。

石火,再休恋儿女神珠玉颗"时,标志着对吕岩点化的完成。

这一关于子女的情节内容,是《枕中记》所没有的,那么,这一情节来自何处?作者在杂剧里设计这样的情节,目的是什么呢?

二

杂剧新增的子女被摔杀的情节,借鉴自杜子春系列故事。

杜子春故事的起源,与佛教有关,即唐释玄奘《大唐西域记》卷七《婆罗疤斯国》所记载的烈士池传说。这个传说为段成式《酉阳杂俎》续集卷四《贬误》所节引,段成式同时指出,由此佛教传说发生变异,而产生中岳道士顾玄绩的故事;此外,尚有牛肃《玄怪录》(一作《幽怪录》)之杜子春故事①、《河东记》之萧洞玄故事、《传奇》之韦自东故事,均借鉴自烈士池传说,并被收录在《太平广记》中②。其中尤其以杜子春故事影响至为深远,明清话本及戏曲如冯梦龙《醒世恒言》卷三十七《杜子春三入长安》、胡介祉《广陵仙》、玉池生(岳端)《扬州梦》传奇剧等都是铺衍这个故事的。

杜子春故事在宋代的流行,主要借助了两个中介:一个是《太平广记》。这是宋代说话的主要题材来源之一,南宋罗烨《醉翁谈录》甲集卷一《舌耕叙引·小说开辟》条说:"夫小说者,虽为末学,尤务多闻。非庸常浅识之流,有博览该通之理。幼习《太平广记》,长攻历代史书。"③在其卷十六引录了这个故事。另一个是道教传记,南宋道士陈葆光《三洞群仙录》卷六《子春膏肓》节引了这个故事。通过这两个中介,杜子春故事不仅在民间流行,而且使该故事在道教徒中广为传播。

在这个故事中,作者写杜子春帮助老道士炼丹,在虚幻境界中历经尊神、猛兽、大雨雷电、恶鬼夜叉的威胁,后被拿入地狱,备极折磨,转身为女人,长大,与卢生结婚,生一男。尽管经历多端,但是杜子春遵守道士嘱咐,强忍不言。故事接着叙述说,当儿子两岁时,卢生因为她不言而大怒,拿其儿子出气,"乃持两足,以头扑于石上,应手而碎,血溅数步。子春爱生于心,忽忘其约,不觉失声云:'噫!'噫'声未息,身坐故处,道士者亦在其前,初五更矣。见其紫焰穿屋上,大火起四合,屋室俱焚。"杜子春最终没有经受住杀子的考验,炼丹失败了。如同最后道士对杜子春说:"吾子之心,喜怒哀惧恶欲,皆能忘也。所未臻者,爱而已。向使子无'噫'声,吾之药成,子亦上仙矣。"④可见,在这个故事里,这最后的杀子考验被认为是修道成仙最为关键的环节。

作为一个道教信徒,又处于道教高度发展的时期,马致远等人熟悉杜子春故事是

---

① 《太平广记》注出《续玄怪录》,今人亦"多据《广记》将本篇归《续玄怪录》",不确,李时人有辨证。见李时人《全唐五代小说》(第2册)第838页,陕西人民出版社1998年版。
② 钱锺书《管锥编》(第2册)第655页,中华书局1986年版。
③ 罗烨《醉翁谈录》第3页,古典文学出版社1957年版。
④ 李时人《全唐五代小说》(第2册)第834—838页。

自然而然的,《黄粱梦》杂剧里的杀子情节正是来自杜子春故事,而且,杂剧所表现的主旨也与杜子春故事一致,即把"忘爱"——修道者断灭对子女的爱恋——作为成仙的关键。

但是,对于这个关键,杜子春故事里并没有大力敷衍,根本的原因在于:一方面,杜子春故事的本事是烈士池故事,烈士池故事里没有对杀子展开具体描写;另一方面,在中国本土思想与文学中,受制于"仁"的传统,对于包括杀子在内的违背伦理、违背人性的行为一向采取排斥的态度;即使在政治行为里,对于杀伐也是节制的,传统史传文学里往往对战争杀伐的场面不作正面描写,而是一笔带过,就是受制于这种思想传统的。因此,杜子春故事不仅遵循了其本事的叙述,而且尽可能地遵循了本土的伦理思想与文学描写限度。

可是,《黄粱梦》杂剧在借鉴杜子春故事的同时,却对杀子展开了极其详细地描写,作者费尽笔墨,极尽父亲与子女之间恩爱情感之深厚与割恩断爱时情感冲突之激烈。这一描写,实际上来自须大拏本生故事的暗示。

从现存的文本和可靠的文献记载推断,须大拏本生故事早在公元前三世纪左右可能就已经在印度出现①。这个故事曾经流行于印度全境以及东南亚。义净曾经说:"东印度月官大士作毗输安呾啰太子歌词,人皆舞咏,遍五天矣,旧云苏达拏太子者是也。"②毗输安呾啰,梵文作 Veśvāntara,今存巴利文本生第五百四十七则本生故事 Vessantarajātaka 所述就是该故事,汉译一般叫做须大拏,或苏达拏、善施、一切施、须达拏等。早在三国时期这个故事就已经传入汉地,如《菩萨本缘经》卷上《一切施品》中的一切持王子故事,这是支谦在黄武二年至建兴二年(223—253)间译出的;《六度集经》卷二《须大拏经》中的须大拏太子故事,这是康僧会在太元元年至天纪四年(251—280)间译出的。又有释圣坚《太子须大拏经》译本中的须大拏太子故事。到了唐代,义净翻译的《根本说一切有部毗奈耶药事》卷十四中有尾施缚多罗故事、《根本说一切有部毗奈耶破僧事》卷十六里有自在王子故事③。

须大拏故事通过译本传入汉地以后,立即产生了巨大的影响。在牟融撰《牟子理惑论》里,就提到这个故事。刘宋时期建康白马寺经师释僧饶,"以音声著称……善三《本起》及《大拏》。每清梵一举,辄道俗倾心。寺有般若台,饶常绕台梵转,以拟供养。行路闻者,莫不息驾踟蹰,弹指称佛。"④大拏即须大拏。唐释道宣撰《续高僧传》卷二《彦琮传》记载说:"释彦琮……初投信都僧边法师,因试令诵《须大拏经》,减七千言,一日便了。"⑤这里把能否诵记该故事作为入道之门的甄别标准,由此可以看出汉僧对该故事

---

① 参 T. W. Rhys Davids: *Buddhist Birth - Stories (Jataka Tales)*, London: George Routledge & Sons Ltd. 1925, pp. i-ii.
② 释义净《南海寄归内法传》卷 4《赞咏之礼》,见王邦维《南海寄归内法传校注》第 184 页,中华书局 1995 年版。
③ 尾施缚多罗故事见《大正藏》(第 51 册)第 906—907 页。自在故事见《大正藏》(第 24 册)第 181—184 页。
④ 汤用彤《校点高僧传》,《汤用彤全集》(第 6 卷)第 396 页,河北人民出版社 2000 年版。
⑤ 《大正藏》(第 50 册)第 436 页。

的注意与倾心。这个故事也进入在后代深有影响的净土念佛内容之中,唐释法照《净土五会念佛略法事仪赞·正法乐赞》:"慈力施身五夜叉,檀王弃国舍荣华,须阐割身救父母,布施妻儿号达拏。"①

从须大拏故事对汉地影响的整体上看,在所有文本中,最流行的是圣坚译本《太子须大拏经》。在唐代,一方面,它被释道世转录于《法苑珠林》卷八十《六度篇》中,唐澄观在《大方广佛华严经随疏演义钞》卷五十中也引用过。另一方面,须大拏本生故事也是当时僧人俗讲的题材,如俄罗斯藏 ДX285 号、北京图书馆藏北 8531 号敦煌写卷,它们所依据的底本就是圣坚译本。

按:须大拏本生的内容写的是,叶波国太子叫须大拏,乐善好施,因为把国宝大白象施舍给了敌国,所以朝廷将他流放到檀特山中十二年。他带着妻子曼坻和一双儿女离开国家,在路上,又陆续施舍了随身所有的财物。到了檀特山,又有鸠留国的贫穷婆罗门前来乞讨,于是须大拏将一对儿女施舍;后来又将妻子曼坻送给天王释变化的十二丑婆罗门,太子对曼坻说:"今不以汝施者,何从得成无上平等度意?"当天王释"知太子了无悔心,诸天赞善,天地大动"②。这个时候,对太子的试验宣告结束,标志着太子修道的完成。

在这个佛教本生故事里,作者花费了极大的笔墨来写须大拏太子布施子女,其中写到:

> 太子即以水澡婆罗门手,牵两儿授与之,地为震动,两儿不肯随去,还至父前,长跪谓父言:"我宿命有何罪,今复遭值此苦,乃以国王种为人作奴婢?向父悔过,从是因缘,罪灭福生,世世莫复值是。"太子语儿言:"天下恩爱,皆当别离,一切无常,何可保守!我得无上平等道时,自当度汝。"两儿语父言:"为我谢母,今便永绝,恨不面别,自我宿罪,当遭此苦,念母失我,忧苦愁劳。"婆罗门言:"我老且羸,小儿各当舍我走至其母所,我奈何得之?当缚付我耳。"太子即反持两儿手,使婆罗门自缚之,系令相连,总持绳头,两儿不肯随去,以捶鞭之,血出流地。太子见之,泪下堕地,地为之沸。太子与诸禽兽皆送两儿,不见乃还,诸禽兽皆随太子,还至儿戏处,呼哭宛转,而自扑地。婆罗门径将两儿去,儿于道中以绳绕树,不肯随去,冀其母来,婆罗门以捶鞭之,两儿言:"莫复挞我,我自去耳。"仰天呼言:"山神树神,一哀念我!今当远去,为人作奴婢,不见母别,可语我母,弃果疾来,与我相见。"③

这一幕浓墨重笔,描写了生离死别的人间悲剧。在世俗的社会里,对子女的关注往往是至极的,敦煌变文《太子成道经》里说:"[若说]人间恩爱,莫过父子之情。若说世间因缘,莫若亲生男女。假使百虫七鸟,驱驱犹自为子身。堕落五道三涂,皆是为男为女。

---

① 《大正藏》(第 47 册)第 478 页。
② 圣坚译《太子须大拏经》,《大正藏》(第 3 册)第 422—423 页。
③ 同上。

金银珍宝无数,要者任意不难。若能取我眼精,心里也应潘得。取我怀中怜爱之子,千生万劫实难割舍。"①

特别值得注意的是,这个故事对中国世俗社会的影响也主要在这里。俗曲《失调名·须大拏太子度男女》十一首反映的正是这个故事中的须大拏与其子女离别一段。唐代以后,圣坚译本仍流行,如南宋著名的天台宗僧人智圆在其《维摩经略疏垂裕记》卷三里就曾经节引过圣坚译本的段落。特别是,在宋元时代,须大拏本生故事曾经与悉达太子修道传发生混融,并借助后者扩大其影响②。

综合考察,第一,枕中记故事、杜子春故事、须大拏本生故事三者都曾在宋元社会上存在并流传,普通民众或者文人,不管是通过说话艺术,还是道教,或是佛教,接触这些故事是有条件的;第二,《黄粱梦》杂剧、杜子春故事、须大拏本生故事三者具有同样的叙述重点,也具有同样的观点,即把是否能够舍弃对子女的爱恋作为修道成功与否的重要试金石,简言之,它们之间具有极度的相似性;第三,杜子春故事中主人公梦中的后代为一子,但是,《黄粱梦》杂剧中主人公梦中的身份为男性,而且其后代为一子一女,这两个方面的内容正与须大拏本生故事一致。

因此,我们可以肯定地说,《黄粱梦》杂剧虽然在杀子的情节上借鉴了杜子春故事,但是仅此而已;给予杂剧更为深刻的艺术暗示的是须大拏本生:它不仅为杂剧提供了一子一女的构想,而且,在对父亲与子女离别之情的具体描述上,本生给予了杂剧最为强烈的刺激。

为了展示诸文本之间的具体异同,列表如下:

作品	子女	主人公身份	父母子女的纠葛	纠葛的具体描写
枕中记	五子	男(梦中)	无	无
杜子春	一子	女(梦中)	摔杀	略
须大拏本生	一子一女	男	施舍	详
黄粱梦	一子一女	男(梦中)	摔杀	详

三

在这种基础上,我们重新来审视《黄粱梦》杂剧,就可以发现:从内容主旨上说,《枕中记》所写主题是说明富贵的虚幻不实。但是,《黄粱梦》杂剧依据全真教的思想,将内

---

① 黄征、张涌泉《敦煌变文校注》第472页,中华书局1997年版。
② 对于《须大拏本生》故事与悉达太子修道传的混融,我有《须大拏与悉达——唐代俗讲的新倾向及其影响》专文论述,《敦煌学辑刊》2008年第2期。

容作了简约化处理,即围绕断酒色财气这四个方面来设计故事情节。但是,这只是杂剧的一般化的内容,其情节设计也十分简单,表现为对宗教思想的图解,缺乏艺术性。

不过,杂剧内容的真正重心并不在酒色财气四个方面,而是在对于子女的问题,即所谓戒断"攀缘爱念、忧愁思虑"。按照全真教(北宗)教义,它主张先性后命,以识心见性为首要宗旨。如何识心见性呢?一言以蔽之,即"清净"。王颐中集《丹阳真人语录》云:"道家留丹经子书,千经万论,可一言以蔽之,曰'清净。'"①"清净"有内清净、外清净之分。《重阳真人授丹阳二十四诀》:"有内、外清静。内清静者,心不起杂念;外清静者,诸尘不染著。为清静也。"②对此,全真教有一个纲领性的简洁说法,王喆云:"凡人修道,先须依此一十二个字:断酒色财气、攀缘爱念、忧愁思虑。"③"酒色财气"就是属于外在诸尘,即那些对人的情感意识具有诱引发动作用的外在客观因素。"攀缘爱念、忧愁思虑"属于内在诸杂念,即那些使人心不宁静、意不清明、不停搅扰人心的内在精神、情感因素,如亲情,特别是父母与子女之间的伦理感情。相对于"酒色财气"这些身外之物,"子女"亲情是属于非常内在而深层次的伦理感情。为了反映这一宗教主题,杂剧不仅以全剧一半的篇幅来反映,而且以"摔杀"这种极端的方式来予以表达。

无疑,杂剧的"摔杀"借鉴自杜子春故事,而杜子春故事又直接沿袭自佛教烈士池传说。文学里的描写是一种宗教修行方式的象征,而要正确理解这一象征的具体含义,必须要理解包括须大拏本生在内的众多佛本生所宣扬的六波罗蜜之首——布施波罗蜜的宗教含义。

所谓六波罗蜜,又译作六度,意思是到达成佛的理想境地的六种实践方式。康僧会译《六度集经》卷一说:"众祐知之,为说菩萨六度无极难逮高行,疾得为佛。何谓为六?一曰布施,二曰持戒,三曰忍辱,四曰精进,五曰禅定,六曰明度无极高行。"④这六种实践方式之首是布施波罗蜜。佛教的布施波罗蜜有内、外之分。所谓外,主要是指身外之物的布施,巴利文《本生经》之远因缘说:"善慧智者啊!从现在开始,你应该完成布施波罗蜜。犹如倾倒水罐,使水从中流出,一滴不剩,亦覆水难收。把你的财富、名誉、老婆、孩子以及大大小小的东西,施舍给那些前来求施之人,直到一无所有,也不产生一丝悔心。坐于菩提树之下而成佛。"⑤这里所提到的财富、名誉、老婆、孩子以及其他东西都被佛教认为是修道者的身外之物,对其施舍属于外布施;所谓内,指的是"不惜身命施诸众生。……如是等头、目、髓、脑给施众生。"⑥即将自己的身体用来布施。但是,佛教所注重的并不是所施舍的东西属于外(身外之物)还是内(自己的身体),而是特别注重施舍是否引起施舍者的悔意。如果有悔意产生,或者有了悔意而不能灭除它,就说明主体

---

① 《道藏》(第23册)第703页,文物出版社、上海书店、天津古籍出版社1988年版。
② 《道藏》第25册第807页。
③ 王喆《重阳教化集》卷二《化丹阳》。《道藏》(第25册)第807页。
④ 《大正藏》(第3册)第1页。
⑤ T. W. RhysDavids: *BuddhistBirth-Stories*(*JatakaTales*), London: GeorgeRoutledge&SonsLtd. 1925, p.101.
⑥ 《大正藏》(第25册)第143页。

没有断除爱恋执著,这种施舍就不是布施波罗蜜,是没有功德的。可见,佛教关注的重点倒不是施舍了什么,而是在于主体的意识。须大拏本生故事就是要用超常出格的"施"——连自己的亲生儿女都可以施舍——来说明布施波罗蜜的真正含义,在于能把自己拥有的一切施舍,而没有一丝一毫的贪恋之情产生,只有这样,才能成佛。

表面上,须大拏本生故事中,须大拏施舍了自己的一对儿女,其施舍是主动的;而在杂剧里,却是猎户摔杀了吕岩的一对儿女,吕岩是被动的。二者有形式上的差异。但是,如前所说,《黄粱梦》故事摔杀子女的情节实际上根源于佛教烈士池故事。将须大拏本生与烈士池故事所包含的意旨在佛教思想的框架里作一个简单的对比:

故 事		须大拏本生	烈士池故事
形 式		主动施舍子女	被动摔杀子女
含 义	正面	断除爱恋之情才能成佛	断除爱恋之情则仙术可成
	反面	不能断除爱恋之情就不能成佛	不能断除爱恋之情则仙术不成

可见,须大拏本生故事中的主动施舍与烈士池故事中的被动摔杀的宗教含义是一致的。所以,虽然二者有主动、被动形式上的差别,但是却精神相通,都是一种断爱的极端化象征。——如果将其转化为宗教的说法,就是彻底离弃、彻底断灭对子女爱恋执著的意思。超常的"施"与出格的"杀"具有极其相似对等的象征意义,都意味着只有离弃人世间最深重的亲子之爱才能修成无上大道——摔杀子女而不动心实质上就是施舍子女而无丝毫贪恋执著之情的变相说法而已。杜子春故事—《黄粱梦》杂剧沿袭了烈士池故事摔杀子女的情节,其宗教象征含义没有发生什么质变。

由此,我们可以总结出杂剧的真正主旨,乃是在断酒色财气的格局里,重点说明修道与离弃恩爱的关系问题:只有彻底断除了对于子女亲人的爱恋感情,才有可能最终摆脱世俗,立地成仙。马致远其他杂剧里的有关杀子如《马丹阳三度任风子》、杀妻如《吕洞宾三醉岳阳楼》的情节亦当作如是观。

原载《文学评论》2009 年第 2 期

古代文学杂论

文学地理空间的拓展与文学史范式的重构

梅新林

人类与地理的天然亲缘关系,不仅激发和塑铸了人类的空间意识,而且也为文学与地理学之间的有机融合提供了潜在的可能,因而以文学空间形态为重心的文学地理研究,实为一种回归于这一天然亲缘关系之本原的学术行为。进入 20 世纪以后,在西学东渐的背景下,中国源远流长的传统文学地理思维成果与西方人文地理学的碰撞、融合,促进了文学地理研究的现代转型。再至 1980 年代,得益于改革开放与"文化热"的有力推动,文学地理研究在沉寂数十年后再度复兴,并逐步臻于理论自觉阶段。这既是当今全球化背景下人类空间意识高涨的时代产物,同时也是中国文学研究自身发展的必然要求。由于长期以来囿于传统的线型思维,学界在普遍注重文学时间形态的同时,过于忽视了文学的空间形态及其与时间形态的内在交融,结果不能不以牺牲文学本身的鲜活性、多元性与丰富性为代价。所以,文学地理研究在世纪之交日趋多元化的学术格局中异峰突起,当有"矫正"与"拓新"的双重意义。相信由此激发的文学地理"大发现",必将极大地改变固有的文学史研究传统,通过"版图复原"与"场景还原",实现重构中国文学史范式与重绘中国文学地图之双重目标,同时也将赋予文学地理学更为高远的学术理想,使之从跨学科研究理论与方法逐步发展、成长为相对独立的新兴交叉学科,以推进中国文学研究的学科交融与学术创新。

一、文学地理研究的发展趋势与前沿理论

回溯一下中国古代学者对文学地理的关注与阐述,可谓源远流长。最早的两部诗歌总集——《诗经》与《楚辞》,都有鲜明的地域色彩,也由此可见编著者浓厚的地理意识。而在先秦及此后的《诗》、《骚》研究中,又都曾不同程度地以地理的眼光阐释和评价文学家与文学作品,如果说《左传》卷九《襄公二十九年》所载吴公子季札观于周乐,依次品评《周南》、《召南》、《邶》、《鄘》、《卫》、《王》、《郑》、《齐》、《豳》、《秦》、《魏》、《唐》、《陈》、《小雅》、《大雅》、《颂》,主要是从《诗》的音乐审美境界领悟其中的地域蕴义,那么,东汉班固《汉书·地理志》论《诗》:"秦地于《禹贡》时跨雍、梁二州,《诗·风》兼秦、豳两国。昔后稷封邰,公刘处豳。大王徙郊,文王作酆,武王治镐,其民有先王遗风,好稼穑,务本业,故《豳诗》言农桑衣食之本甚备。有鄠、杜竹林,南山檀柘,号称陆海,为九州膏腴。"

则进而以风俗为中介,重在探讨地理环境与文学作品的关系,可以说是早期地理与文学交叉研究的典型案例,实已开启了文学地理学研究之先声。尔后,从地域文化的角度评论文学家与文学作品,在历代的文集、诗话、笔记等中时有出现,尤其到了明清时期,随着大量区域性文学流派的产生以及诸多区域性文集的问世,区域文学的意识与研究开始受到学界重视,相继出现了一些有关区域文学的论述,但从总体上看,大多随感而发,缺少必要的逻辑推绎与论证。

近代以来,在西学东渐的背景下,由于西方人类学、文化学、考古学、社会学等学科理论与方法的传入,许多学者在借以改造与重建人文社会学科的同时,也力图对包括文学在内的中国传统文化作出新的解释。其中包括两大研究队伍的双重取向:一是以地理为本位的人文地理(或称文化地理)研究,其中多包含文学研究;二是以文学为本位的文学地理研究。前者的代表性研究成果有梁启超《地理与文明之关系》(1902)、《近代学风之地理的分布》(1924),丁文江《中国历史人物与地理的关系》(1923),陈寅恪《天师道与滨海地域之关系》(1931—1933),陈序经《南北文化观》(1933),傅衣凌《唐代宰相地域分布与进士制之"相关"的研究》(1935),贺昌群《江南文化与两浙文人》(1937)等,这些研究成果多借助西方现代人文科学理论与方法,还较多地运用了数据统计的方法,令人耳目一新。后者则以刘师培《南北文学不同论》(1905),王国维《屈子之文学精神》(1906),汪辟疆《近代诗派与地域》(1934)①等为代表。对于刘文,人们都比较熟悉,其主要价值在于既揭示了南北文学不同区域的特点,又指出了南北文学之间的相互渗透与交融。王文也同样立足于南北文学的不同区域特点,进而引入西方文艺学的视野与方法,通过"想象"这一概念分析、揭示屈原的文学精神。汪文以《汉书·地理志》为本,在作了一些必要的理论阐述后,将近代同光以来诗家分为六派:(1)湖湘派;(2)闽赣派;(3)河北派;(4)江右派;(5)岭南派;(6)西蜀派。每论一派,先论地域特征,后论诗歌特色。从总体上看,对于近代诗歌流派地域的划分言之成理,持之有据。陈庆元认为可以"视为第一部简明的六区域近代诗歌史"②。以上研究成果的出现,标志着文学地理研究已初步实现了从传统向现代的转型。

然而在20世纪的中间时段,由于种种因素的影响,无论是人文地理还是文学地理研究在总体上进展不大,成果不著。直到1980年代,在国门重启、中西文化频繁交流的新的历史背景下,人文地理学研究率先伴随"文化热"的再度勃兴而走向繁荣。其中台湾学者陈正祥所著《中国文化地理》于1981年由三联书店香港分店出版,两年后又由北京三联书店出版,在学术界引起较大反响,尤其是第一章论中国文化中心南迁的三次波澜以及后面所附关于各代进士、官员、诗人、词人地域分布图表的配合,是全书的核心价值所在,对于其后大陆的文学与人文地理研究产生了重要影响。

---

① 此系作者于1934年为金陵大学中文系所作的讲演稿,发表于中央大学《文艺丛刊》第2卷第2期,1943年重刊于《中国学报》第1卷第1期。
② 陈庆元《文学:地域的观照》第8页,上海远东出版社、上海三联书店2007年版。

从文学地理研究的学术进程来看，1980年代是吸收与酝酿时期，也是文学地理研究的起步阶段。先是由人文地理引导并包含文学地理研究，然后由文学界学者吸收人文地理学理论与方法，展开文学地理研究。两支研究队伍由分而合，开始了交流与融合的进程。期间的研究成果，除了一些单篇论文之外，需要我们重点关注的，一是1982—1983年间，北京大学袁行霈教授应邀赴日本讲授有关中国文学的多门课程，后于1990年出版的《中国文学概论》即由讲稿整理而成，其中第三章为《中国文学的地域性与文学家的地理分布》，已涉及对中国文学地理研究重要论题的论述，虽属"概论"性质，却有先导性意义；二是1986年，金克木在《文艺的地域学研究设想》一文中批评现有文艺研究惯于历史线性探索，长于编年表而不重视画地图，排等高线、标走向、流向等交互关系，提出了主张时空合一内外兼顾的多维研究的文艺地域学构想①。三是1989年，陕西作家萧云儒所著《中国西部文学史》由陕西人民出版社出版，该书首创了"西部文学"这一概念，被学术界所认可，同时也开启了世纪之交区域文学史研究的新局面。

到了1990年代，文学地理研究渐呈多元发展之势，成果日益丰硕。1995年，北京大学严家炎教授主编的《20世纪中国文学与区域文化丛书》由湖南教育出版社出版，这是1990年代国内较早研究文学与区域文化关系的研究丛书。收有李怡《现代四川文学的巴蜀文化阐释》、逄增玉《黑土地文化与东北作家群》、朱晓进《"山药蛋"派与三晋文化》、李继凯《秦地小说与"三秦文化"》、费振钟《江南士风与江苏文学》、魏建、贾振勇《齐鲁文化与山东新文学》、刘洪涛《湖南乡土文学与湘楚文化》、马丽华《雪域文化与西藏文学》等。严先生又另撰"总序"冠于丛书之前，就文学与区域文化关系提出了一些新的见解，对文学地理研究起到了一定的推动作用。与此同时，区域性、专题性、整体性文学地理研究渐趋兴盛。其中曾大兴《中国历代文学家之地理分布》首开通代文学家地理研究之先河。而在区域文学史研究方面，更有一系列著作相继问世。

进入21世纪之后，文学地理研究的重要进展是逐步走向整体研究与理论构建。关于前者，代表作主要有胡阿祥《魏晋本土文学地理研究》(2001)、杨义《重绘中国文学地图》(2002)、《中国古典文学图志——宋、辽、西夏、金、回鹘、吐蕃、大理国、元代卷》(2006)、《重绘中国文学地图通释》(2007)、梅新林《中国文学地理形态与演变》(2006)等。关于后者，集中体现在一些著作的序或引言、附录以及作者另行所撰论文以及诸多有关区域文学研究的学术会议、笔谈、争论中，也都有助于文学地理学研究的理论建树，标志着世纪之交文学地理研究已进入了一个理论自觉的阶段。

就文学地理研究理论的前沿性与原创性而言，大致以杨义提出的"重绘中国文学地图"、梅新林提出的"场景还原"、"版图复原"的"二原"论为代表。

"重绘中国文学地图"的规范释义是：

"重绘中国文学地图"，是一个旨在以广阔的时间和空间通解文学之根本的前沿命题。它并不以拼贴时髦概念或追风逐潮为务，而是持守一点真诚，对中国文学

---

① 金克木《文艺的地域学研究设想》，《读书》1986年第4期。

文化的整体风貌，生命过程和总体精神进行本质还原，在坚实的建设中引发革命性的思路，在博览精思中参悟到挑战性的见地，藉以为中华民族的全面振兴，提供精神共同体的人文学术根据。值得关注的是，把地图这个概念引入文学史的写作，本身就具有深刻的价值。它以空间维度配合着历史叙述的时间维度和精神体验的维度，构成了一种多维度的文学史结构。因为过去的文学史结构，过于偏重时间维度，相当程度上忽视地理维度和精神维度，这样或那样地造成文学研究的知识根系的萎缩。地图概念的引入，使我们有必要对文学和文学史的领土，进行重新丈量、发现、定位和描绘，从而极大地丰富可开发的文学文化知识资源的总储量。①

2003年，杨义发表《重绘中国文学地图》一文，正式提出了"重绘中国文地图"这一前沿命题②。此后，从演讲集《重绘中国文学地图》(2003)到集成之作《重绘中国文学地图通释》(2007)的出版，以及一系列重要论文的相继问世，标志着经过多年的反复思考与论证，以"重绘中国文学地图"这一前沿命题为核心的理论体系建构的完成，杨义将其扼要归纳为"一纲三目四境"——所谓"一纲"，即指以"大文学观"为纲，提出中国文学要从超越"杂文学观"、"纯文学观"而返回"大文学观"，此即著名的"三世说"。所谓"三目"，就是支撑重绘中国文学地图的三个基点，一是时间结构：在时间维度上强化空间维度；二是发展动力体系：在中心动力上强化边缘动力；三是精神文化深度：从文献认证中深入文化透视。所谓"四境"，乃是以一纲三目加以贯通的四个学科分支或学科交叉领域，即文学的民族学、地理学、文化学、图志学。在重绘中国文学地图的纲、目、境三者之间，可以组成一个互动互释的结构，即以纲摄目，以目观境；反之，境开而目明，目明而纲实。这种纲、目、境的往返互动，为文学阐释和文学史研究提供了丰富的资源、视境和思想。由此绘制出来的中国文学地图，将成为一种完整、丰富、深厚、精彩的文学史，并且为中华民族共同体的意识提供新的文化精神组合③。

"场景还原"与"版图复原"之要义可以简略概括为：

> 所谓"场景还原"，就是从文学概念或对某种文学现象的概括向具体鲜活、丰富多彩的特定时空场景还原，向更接近于文学存在本真的原始样态还原。所谓"版图复原"，即是通过文学家的籍贯与流向以及种种创作活动，还原为动态、立体、多元的时空并置交融的文学图景。"场景还原"与"版图复原"的"二原"说是相互贯通、相得益彰的，整体的文学版图是由无数个具体的文学场景组合而成，作为文学版图中的主体与灵魂的文学家无不处于具体的文学场景之中，具体文学场景的变化必然会引发整体文学版图的变化，而整体文学版图的变化又决定着具体文学场景变化的方向与节律。如果说，文学版图是一个相对抽象的整体的概念，那么文学场景则为具体、特定的时空组合，它是不可替代的，也是不可重复的，是高度个性化的时

---

① 杨义《重绘中国文学地图与中国文学的民族学、地理学问题》，《文学评论》2005年第3期。
② 杨义《重绘中国文学地图》，《文学遗产》2003年第5期。
③ 杨义《重绘中国文学地图纲目》，《北京联合大学学报》（人文社会科学版）2007年第2期。

空组合。因此,把握的文学"场景还原"与"版图复原"的精神实质,并将两者有机地融为一体,可以在微、宏观两个层面上为建构中国文学地理学学科提供强有力的理论支撑。①

"场景还原"、"版图复原"的"二原"论正式提出于2004年笔者博士学位论文完成之时。尔后,经过两年的修改,该文于2006年年底由复旦大学出版社出版,题为《中国文学地理形态与演变》。期间,书中导论部分缩写为《中国文学地理学导论》,发表于2006年6月1日《文艺报》,"编者"于文前撰有如下按语:"开宗立派是学术研究的最高境界,也是学术创新的永恒动力。融合文学与地理学研究而创立中国文学地理学这一新兴交叉学科,对于推进中国文学研究的学科交融与学术创新,具有重要的理论价值与实践意义。希望由此引起学术界的热烈讨论与争鸣。"7月8日,又由《文艺报》组织了一次专题学术讨论,名为《中国文学地理学三人谈》,发表了王水照、张晶、余意诸先生的论文,对于推进文学地理学学科建议发挥了积极作用。

二、文学地理研究的学理逻辑与学术范式

正如恩格斯在《自然辩证法》中所说的:"一切存在的基本形式是时间与空间,时间以外的存在和空间以外的存在,同样是非常荒诞的。"文学的存在也以时间与空间为基本形式,是时间与空间的内在交融。而文学史的研究,同样离不开时间与空间这两个维度。文学史,只有在其还原为时空并置交融的立体图景时,才有可能充分重现其相对完整的总体风貌。显然,以文学空间为重心的文学地理研究的勃兴,即是对长期以来过于注重时间维度的传统线型思维的补救、矫正乃至颠覆,然后力图重建一种新型的文学研究范式。

(一) 双重动因

所谓"双重动因",是指得益于社会转型与学术创新双重动力的有力推动。乐正在出版于1991年的《近代上海人社会心态(1860—1910)》中提出"时间递进"与"空间传动"这对概念,认为两者的演变是近代社会转型的重要标志,他说:

> 出于一种常识性的认识,我们已习惯把历史放进时间的维度中去加以考察。有一句老生常谈的话说:"人们每天都在续写着自己的历史。"这种把光阴流逝与历史演进的概念重叠起来的观念是很普遍的,它使我们对历史的考察形成一种思维定势,即按照时间发展的先后顺序这种固定的思路去看待历史现象。毫无疑问,时间之于历史的意义是十分重要的,这是对历史问题的一个最基本的思维向度。但是,当我们阅读历史资料,对人类社会发展的动力基因进行宏观思索的时候,特别是对社会的近代化问题做一整体反思的时候,便会强烈地感觉到,历史运动的向度

---

① 梅新林《中国文学地理形态与演变·导论》,复旦大学出版社2006年版。

并不是单一的。有时时间的积累构成了社会发展的重要因素,社会在做纵向的线型运动;而有时空间的沟通与传动也能形成一种历史力量,使社会在横向运动中发展前进。因此,仅从时间维度来认识历史进展的动因显然是很不够的,我们有必要再增加一个思维向度,即从时间和空间这两个不同的向度去展现社会历史的运动特征。从这个意义上理解,我认为人类漫长的社会发展进程经历过两种不同的运动形态,一种是时间递进型的历史运动,一种是空间传动型的历史运动。前者是古代农业社会发展的一般特征,而后者则主要是揭示了近代资本主义兴起、发展的历史轨迹。从"时间递进"到"空间传动"的演变,标志着人类社会发展的动力基因已有了重大改变,它从社会动力学的角度为我们认识近代化运动的一般特征提供了新的思路。①

的确,从"时间递进"到"空间传动"的演变,不仅仅是时空构型本身的问题,近代以来文学地理研究的兴衰轨迹,恰与中国从封闭向开放、从传统向现代转型的历史进程相谐进,说明激发文学地理研究勃兴的深层动力源于社会转型。

与此相契合的另一重动因则来自学术创新。这一动因更为直接,也更为持久。世纪之交,从反思中国文学史研究模式之缺失,到"重写文学史"的争鸣与讨论,曾在学术界产生广泛影响。据初步统计,自第一部中国文学史著作——林传甲《中国文学史》于 1904 年问世以来,百年间先后一共产生了 1 600 多部文学史研究著作,可谓成就斐然。然究其不足,一是时间断裂,即人为设置古代文学与现代文学分属不同学科的壁垒,治现代文学者不知中国文学源自何处,而治古代文学者则不知中国文学流向何方。为此,复旦大学章培恒率先发起和倡导打通这一人为壁垒的"中国古今文学演变研究",并由复旦大学中国文学研究中心与浙江师范大学中国文学与文化研究所联合举办了四次学术会议,取得了一系列重要成果,这是学界对中国文学史研究时间维度上的重构与创新;二是空间缺失,即囿于传统线型思维,过于注重时间维度而忽视空间形态,由此导致大量文学资源的流失以及整体文学生态的萎缩。文学地理学研究的兴起,便是以此为逻辑起点,以期达到学术"矫正"与"拓新"的双重目的。笔者曾将百年以来中国文学史研究著作中最为流行的线性范式称之为"藤瓜范式",即文学史的时间进程为"藤",作家作品犹如结在"藤"上的"瓜",大家大"瓜",小家小"瓜",然后依次排列,循时而进。这种"藤瓜范式"看似提纲挈领,脉络清晰,实则往往是对文学史研究范式的单向度的片面构型,其根本偏失就在于过于注重时间一维的线性演进,而普遍忽视空间形态及其与时间形态内在交融的立体图景,结果导致文学史本身鲜活性、多元性、丰富性的缺失。文学地理学以文学空间研究为重心,其要旨在于重新发现长期以来被忽视的文学空间,重新构建一种时空并置交融的新型文学史研究范式。因此,文学地理学对于文学空间研究形态的拓展与深化,既在理论层面上更符合构建一种时空并置交融的新型文学史研究范式的内在需要,同时也可以在现实层面上反思与补救当前中国文学研究现状的明显缺失。②

---

① 乐正《近代上海人社会心态(1860—1910)》第 7—8 页,上海人民出版社 1991 年版。
② 梅新林《中国文学地理学:理论创新与体系建构》,《中国社会科学文摘》,2006 年第 5 期。

(二) 双重借鉴

所谓"双重借鉴",是指中国人文地理学借鉴西方人文地理学,而文学地理学又同时借鉴人文地理学。改革开放以来,西方人文地理学理论大量输入我国,除了一些译介论文之外,还有许多译著(包括教材)出版[①]。其中译自美国的重要译著有:段义孚《人文主义地理学》(1983),拉尔夫·亨·布朗《美国历史地理》(1984),德伯里《人文地理:文化、社会与空间》(1988),约翰·劳维、艾尔德·彼德逊《社会行为地理——综合人文地理学》(1989),刘易斯·芒福德《城市发展史——起源、演变和前景》(1989),卡尔·艾博特《大都市边疆——当代美国西部城市》(1998),施坚雅主编《中华帝国晚期的城市》(2000),戴维·哈维《后现代的状况——对文化变迁之缘起的探究》(2003),爱德华·W·苏贾《后现代地理学——重申批判社会理论中的空间》(2004),保罗·诺克斯、史蒂文·平奇《城市社会地理学》(2005),林达·约翰逊主编《帝国晚期的江南城市》(2005),等等;译自英国的重要译著有:I. 霍普金斯《人文地理学导论》(1992),英国大卫·哈维《地理学中的解释》(1996),R. J. 约翰斯顿《哲学和人文地理学》(2000),戴维·阿诺德《地理大发现》(2003),迈克·克朗《文化地理学》(2003);译自日本的的重要译著如:山鹿诚次《城市地理学》(1986),松田寿男《古代天山历史地理学研究》(1987),藤冈谦二郎《人文地理学》(1989),平冈武夫、市原亨吉《唐代的行政地理》(1989),前田正名《平城历史地理学研究》(1994),等等。其他如:加拿大戴维·理《城市社会空间结构》(1992),前苏联 B.C. 热库林《历史地理学的对象和方法》(1992),德国沃尔特·克里斯塔勒《德国南部中心地原理》(1998),法国阿·德芒戎《人文地理学问题》(1999),罗朗·布洛东《语言地理》(2000),爱尔兰 R. 基钦、英国 N. J. 泰勒《人文地理学研究方法》(2006),等等。这些译著包括了理论研究、整体研究、区域研究、国别研究、专题研究、个案研究等各个领域,它们的翻译出版,无论在理论资源还是学术影响上都对我国世纪之交人文地理学的兴起与建设起到了重要的推动作用。

至于文学地理学借鉴于人文地理学,彼此的脉络更为清晰。20 世纪 80 年代以来,我国的人文地理学研究也同样以区域研究为盛,尤以丛书形式出版的著作为多,如《中国地域文化丛书》(1990),《中国地域文化大系》(1998),《中华地域文化研究丛书》(1999)等。也有集中于特定区域研究之作,如《浙江文化史丛书》(2000),《巴蜀文化研究丛书》(2003),《荆楚文化研究丛书》(2003),《徽州文化全书》(2003)等。此外,独立出版的学术专著也相当可观,研究内容涉及以下几个重要方面:一是概论性的,如李旭旦《人文地理学概说》(1985),况光贤《人文地理学导论》(1987),鲍觉民《人文地理学的理论与实践》(1988),金其铭、董新《人文地理学导论》(1988),姚忻华、朱达《在人类文明的舞台上——关于人文地理学的思考》(1991),赫维人、潘玉君《新人文地理学》(2002),吴传钧《发展中的中国现代人文地理学》(2006),翟有龙、李传永主编《人文地理学新论》

[①] 参见《改革开放以来我国人文地理学译著出版的特征、问题与建议》,《人文地理》2007 年 3 期第 125—128 页。

（2006），等等；二是综合性的，如陈正祥《中国文化地理》(1983)，翟忠义、李树德主编《中国人文地理学》(1991)，赵世瑜、周尚意《中国文化地理概论》(1991)，王会昌《中国文化地理》(1992)，张步天《中国历史文化地理》(1993)，周振鹤《中国历史文化区域研究》(1997)，邹逸麟主编《中国历史人文地理》(2001)，周思源《中国人文地理》(2002)，等等；三是断代性的，如严耕望《战国学术地理与人才分布》(1983)，卢云《汉晋文化地理》(1991)，程民生《宋代地域文化》(1997)，王子今《秦汉区域文化研究》(1998)，毛曦《中国新石器时代文化地理》(2001)等；四是区域性的，如司徒尚纪《广东文化地理》(1993)，张伟然《湖南历史文化地理研究》(1995)、《湖北历史文化地理研究》(2000)，蓝勇《西北历史文化地理》(1997)，毛锡涛《宋代江西文化地理研究》(2001)林拓《文化的地理过程分析——福建文化的地域性考察》(2004)，张晓虹《文化区域的分异与整合——陕西历史地理文化研究》(2004)，等等；五是专题性的，如于洪俊、宁越敏《城市地理概论》(1983)，周一星《城市地理学》(1995)，许学强、朱剑如《现代城市地理学》(1988)，杨念群《儒学地域化的近代形态——三大知识群体互动的比较研究》(1997)，史念海《中国都城与文化》(1998)，叶忠海《人才地理学概论》(2000)，徐茂明《江南士绅与江南社会》(2001)，顾朝林《中国城市地理》(2002)，章义和《地域集团与南朝政治》(2002)，李孝聪《唐代地域结构与运作空间》(2003)，薛玉坤《区域地理与江南文化精神的形成》(2003)、《江南文化精神的历史整合与基本内涵》(2005)，李智君《边塞农牧文化的历史互动与地域分野》(2005)，梁璐等《神话与宗教中理想景观的文化地理透视》(2005)，周晓光《徽州传统学术文化地理研究》(2006)，朱普选《青海藏传佛教历史文化地理研究》(2006)，介永强《西北佛教历史文化地理研究》(2008)，王英强《"燕南赵北"历史文化地理的分合与变异》(2008)，等等；五是个案性的，如鲁西奇《区域历史地理研究——汉水流域的个案考察》(2000)，赵荣等《历史文化名城城市精神的文化地理定位研究——以西安为例》(2005)，李久昌《古代洛阳都城空间研究》(2005)，陶玉坤《长城与中国文化地理》(2005)，夏玢《黄梅戏文化地理研究》(2006)，陈玉霜《岭南龙母文化地理研究》(2006)，等等。以上不同学术取向，与同时期的文学地理研究路径相当契合，彼此的相互影响至为明显。而从时间进程来看，人文地理研究之兴先于文学地理，同时又多包含着文学地理，然后逐步推动文学地理研究的兴起。因此，在初始阶段，更多的是前者对后者的影响，后者对前者的借鉴。

（三）双重范式

正是由于文学地理学借鉴于中西人文地理学的亲缘关系，同时也由于文学地理学的跨学科性质以及研究者既有的不同专业背景与立场，在文学地理学的研究实践与理论探索中，一直存在着"双重范式"的同时并行：

1. 以地理为本位的文学地理研究。在近代西学东渐的背景下，中国学者在推动传统地理学向现代转型的过程中，逐步接受了西方地理学划分为自然地理学与人文地理学（或称文化地理学）的学术范式，梁启超、丁文江等学者的论著基本上都是引入西方人文地理学而结出的重要成果。其中也多包含文学地理研究,但无疑是以地理为本位而非以文学为本位,与刘师培、王国维、汪辟疆等以文学为本位而非以地理为本位的学术取向迥然有异。这一有趣的二分现象在新世纪之交得到了更为鲜明而强烈的展现,一些人文地理学著作常辟专章论述文学地理问题,实际上都是从人文地理学既定的学术思维出发来关注和研究文学地理,是以地理为本位而非文学为本位的。在此,文学地理仅仅是其中的一个组成部分,或者说是一个分支,就如经济、政治、宗教、艺术、风俗地理等其他分支一样,然后共同构成与自然地理相对应的人文地理学。

2. 以文学为本位的文学地理研究。文学地理学既源自于人文地理学之母体,但其发展方向应是逐步脱离母体而走向相对独立。顾名思义,文学地理学之所以名之为文学地理学而非地理文学,表明文学在前,地理在后,文学与地理之间并非对等关系,而是以文学为主导,为核心的。在此,需要引出一个加以辩证的重要问题——学术本位问题,即文学地理学究竟是以文学为本位还是以地理为本位?或者说,是文学本位中的地理研究还是地理本位中的文学研究?对于人文地理学研究而言,将文学地理纳于其中,作为自己的重要内容或者一个学术分支,这既是对人文地理学研究的重要拓展,也是对文学地理研究的有力推动,但从文学地理研究以及发展为文学地理学学科而言,这实际上是取消了文学地理学作为跨学科研究的相对独立地位。所以,应该以文学为本位的文学地理研究为主导,以人文地理学中的文学地理研究为辅助,然后整合、发展为相对独立的文学地理学。

文学地理研究的"双重范式",彼此既有相对独立存在的理由,当然也就有相互交融耦合的可能。人文地理学与文学地理学的研究对象与内容分别侧重于文化地理与文学地理,彼此都重在空间纬度和空间形态,而且文学与文化的空间纬度和空间形态原本就是一个相互交融的复合体,难以截然分开,这是因为文学地理研究由外而内,由表及里,最终必然要从文学维度深入到文化维度,从文学空间形态深入到文化精神本原。一旦文学地理与文化地理趋于内在的由分而合,那么,文学地理研究的"双重范式"也就有可能打破樊篱而真正加以贯通。

(四) 双重意旨

文学地理研究是在反思中国文学史研究诸多局限的基础上产生的,是对中国文学研究传统的重要变革与创新。对于中国文学史研究而言,具有范式重构与意义重释的双重意旨。

1. 范式重构。陈寅恪在《元白诗笺证稿》中指出:"苟今世之编著文学史者,能尽取当时诸文人之作品,考定时间先后,空间离合,而总汇于一书,如史家长编之所为,则其间必有启发,而得以知当时诸文士之各竭其才智,竞造胜境,为不可及也。"[①]这里,陈寅

---

① 陈寅恪《元白诗笺证稿》第 9 页,三联书店 2001 年版。

恪特别强调编著文学史中如何做到"时间先后"与"空间离合"的结合,也就是要求臻于时间维度与空间维度、时间形态与空间形态的有机交融,的确是很有启示意义的。然而反观百年以来的中国文学史的研究,一直难以臻于这一境界。而文学地理学研究的兴起,就是力图从一个新兴交叉学科的崭新平台,从文学空间维度与形态的崭新视境,重新审视中国文学现象、形态与规律,通过对文学场景的还原与文学版图的复原,重构一种时空并置交融的新型文学史研究范式。这不仅可以克服中国文学史研究过于注重时间一维的单向度的线性范式,而且将直接或间接地催化中国文学研究视野、理论与方法的重大变革,为其注入新的精神养液与活力。

2. 意义重释。即透过种种文学现象直趋精神内核,着力探寻文学本原的生命形态,重新发掘和阐释文学世界的深层意义。比如《红楼梦》中为何反复出现金陵或南京(全书多达42处),如果对其加以统计、分析,就会发现在作者曹雪芹的心灵深处有一个由特定地域凝结而成、永远难以释怀的"金陵情结",其中又叠合着童年、家族、民族、历史等种种精神意涵,是"金陵"之于作者"价值内涵"的艺术升华与结晶[①],可见意义重释比之一般的勾稽、描述文学地理现象、形态更为重要,当然也更为困难。

"范式重构"与"意义重释"两相合一,分别从微观与宏观两个层面进一步凸现了文学地理研究的固有价值与功能。

三、文学地理研究的主要成果与存在问题

文学地理学研究自20世纪80年代后期重新启动,至21世纪初日益兴盛,相继在区域性、专题性、整体性、个案性、理论性究五个方面取得了显著成果,为中国文学与文化研究提供了新的视野、理论与方法,起到了重要的推动作用。然而,站在21世纪新的学术制高点上,从学科交融与学术创新的更高要求来看,当前的文学地理学研究还存在着理论研究相对滞后、实证研究成果不著、研究重心不够明确、文献基础不够坚实、学术交流机制缺失等诸多问题,需要加以反思和超越。

(一) 主要成果

文学地理研究的重要发展趋势是以最具盛势的区域性研究为重心,分别向宏观与微观两个方向拓进,逐步形成区域性研究、专题性研究、整体性研究、个案性研究、理论性研究五个重点研究领域同时并进的新格局。概而言之,整体性、区域性研究以学术专著为主,个案性研究以学术论文为主,理论性与专题性研究则两者兼而有之。

1. 区域性研究成果。尤其是区域文学与文化地理关系研究受到学界高度重视,相

[①] 梅新林《红楼梦的"金陵情结"》,《红楼梦学刊》2001年第4期。

关会议络绎不断①。连续以文学与区域或地域文化关系研究为主题,足见其命题的持久重要性与学术生命力,同时也标示着相关研究的向纵深拓展。区域文学地理研究的重要成果主要体现在以下两个方面:一是区域文学史研究。重要论著有:萧云儒《中国西部文学史》(1989),马清福《东北文学史》(1992),沈卫威《东北流亡文学史论》(1992),张毓茂主编《东北现代文学史论》(1996),李春燕主编《东北文学史论》(1998),崔洪勋、傅如一主编《山西文学史》(1993),王齐洲、王泽龙《湖北文学史》(1995),陈庆元《福建文学发展史》(1996),陈书良主编《湖南文学史》(现代卷、当代卷,1998),王文英主编《上海现代文学史》(1999),邓经武《20世纪巴蜀文学》(1999),陈伯海、袁进主编《上海近代文学史》(2000),王嘉良主编《浙江20世纪文学史》(2000),刘增杰、王文金主编《精神中原——20世纪河南文学》(2001),乔力、李少群主编《山东文学通史》(2002),杨世明《巴蜀文学史》(2003),吴海、曾子鲁主编《江西文学史》(2005),邱明正《上海文学通史》(2005),孙海洋《湖南近代文学》(2005),刘跃进《秦汉时期巴蜀文学略论》(2008)、《秦汉时期的"三楚"文学》(2008)、《黄河以北地区的文学发展》(2008),等等。其中多以既有行政区域为单位之外,也有一些以文化地域或通称地域概念为单位的研究著作。区域文学史的研究价值是可以为文学地理研究提供新的实证材料与成果,但区域文学史多以行政区域为单位,在实际编写过程中会遇到许多难题。二是区域文学地理的综合研究。如甘海岚《北京文学地域特色研究》(1900),陈建华《十四至十七世纪中国江浙地区社会意识与文学》(1992),樊星《当代文学与地域文化》(1997),李玫《明清之际苏州作家群研究》(2000),李浩《唐代三大地域文学士族研究》(2002),《唐代关中士族与文学》(2003),陈庆元《文学:地域的观照》(2003)、蕲明全《区域文化与文学》(2003),李德辉《唐代交通与文学》(2003),薛玉坤《区域文化视野中的宋词研究》(2003),王祥《宋代江南路文学研究》(2004),徐永明《元代至明初婺州作家群研究》(2005),景遐东《江南文化与唐代文学研究》(2005),朱万曙、徐道彬《明代文学与地域文化研究》(2005),彭茵《元末江南风尚与文学》(2006),韩结根的《明代徽州文学研究》(2006),戴伟华的《地域文化与唐代诗歌》(2006),《宋词与江南区域文化——人地关系的视角》(2007),刘跃进《江南的开发及其文学的发轫》(2007)、《河西四郡的建置与西北文学的繁荣》(2008),等等,这些论著多具史论结合的特点。

2. 专题性研究成果。专题性研究主要指对文学地理中的某一领域,或某一类型、某一群体、某一文体等进行研究,与区域性研究有一定的交叉关系,或者直接从前者发展而来。比如城市文学地理研究,既是特定的区域性文学地理研究,又可归属于区域文学地理的专题研究,代表作如杨义《京派与海派比较研究》(1994),许道明《京派文学的

---

① 比如2002年4月由《文学评论》编辑部和重庆师范学院中文系联合举办的"区域文学与文化"专题学术研讨会,2003年11月由复旦大学中国古代文学研究中心、安徽大学徽学研究中心、南京师范大学文学院、南开大学文学院联合举办的"明代文学与地域文化"学术研讨会,2006年11月由山东省社科院语言文学所主办、胜利油田文联协办的"地域文化与文学"学术研讨会,等等。这些会议之后,大多有论文集出版,对于区域文学与文化地理关系研究起到了积极的促进作用。

世界》(1994)、《海派文学论》(1999),吴福辉《都市漩流中的海派小说》(1995),李今《海派小说与现代都市文化》(2000),高恒文《京派文人:学院派的风采》(2000)、黄键《京派文学批评》(2002)、杨义《京派海派综论》(2003),蒋述卓《城市的想象与呈现:城市文学的文化审视》(2003),葛永海《古代小说与城市文化研究》(2004),刘进才《京派小说诗学研究》(2005),刘士林、耿波、李正爱《中国脐带:大运河城市群叙事》(2008),等等。除以上重要著作之外,还出现了大量论文,举其要者,如徐剑艺《城市文化和城市文学——当代城市小说的文化特征及其形成》(1987),朱德发《城市意识觉醒与城市文学新生——五四文学研究另一视角》(1994),蒋述卓《城市文学:21世纪文学空间的新展望》(2000),叶凯蒂《妓女与城市文学》(2001),郑虹霓《性别的突围——当下城市文学中的女性形象》(2002),叶立新《20世纪90年代城市文学的发展》(2002),王均《现象与意象:近现代时期北京城市的文学感知》(2002),孙逊、葛永海中国古代小说中的"双城"意象及其文化蕴涵(2004),施战军《论中国式的城市文学的生成》(2006),孙逊、刘方《中国古代小说中的城市书写及现代阐释》(2007),梅新林《陪都文学精神的形成与演变》(2007),等等。城市既是一个区域单位,又与一般区域不同,因而城市文学地理有其独特的内涵。世纪之交,借助大规模城市化运动的强力推动,城市文学无论在创作与研究上,都出现了前所未有的繁荣局面。至于其他方面的专题性研究成果,如姚宝瑄《世界史诗的文化地理枢纽》(1990),章培恒《从〈诗经〉、〈楚辞〉看我国南北文学的差异》(1993),李显卿《中国南北文化地理与南北文学》(1993),王水照《北宋洛阳文人集团与地域环境的关系》(1994),戴伟华《唐代文学研究中的人文空间排序及其意义》(1999),陈铁民《试论唐代诗坛中心及其作用》(2000)裴毅然《城乡之战——百年中国文学精神资源之深》(2001),蒋寅《清代诗学与地域文学传统的建构》(2003),陈玉兰《清代嘉道时期江南寒士诗群与闺阁诗侣研究》(2004),朱逸宁《江南的文化地理界定及六朝诗性精神阐释》(2006),韩晓《中国古代小说空间论》(2007),等等,都值得人们关注。

3. 整体性研究成果。超越某一区域而趋于全国性的文学地理研究——或通代或断代的,便是整体性研究。代表作有曾大兴《中国历代文学家之地理分布》(1995)、胡阿祥《魏晋本土文学地理研究》(2001),杨义《中国古典文学图志——宋、辽、西夏、金、回鹘、吐蕃、大理国、元代卷》(2006),梅新林《中国文学地理形态与演变》(2006)等。曾著为通代文学地理研究的开创之作,胡、杨二书皆为断代文学地理研究的代表作,梅著则旨在通代整体性研究中建构自己的独特体系。此外,由刘跃进主持的中国社科院文学所重点项目《秦汉文学地理及文人流布》业已完成,即将出版。值得关注的是,近年来文学地理的整体研究,出现了由古而今、逐步后移的可喜趋势。除了樊星《当代文学与地域文化》(1997)等学术著作外,重要论文有《试论中国当代文学的文化地理格局》(1992),蒋益《中国现代文学地域观》(2001),王维国《抗日战争与中国文学地理变迁》(2005),邓伟《扫瞄中国当代文学地域空间的生成》(2008),等等。这些论文皆重在对中国现当代文学地理进行全境式的扫描,虽因篇幅所限,未能充分展开,但对重绘中国现当代文学地图具有一定的价值。

4. 个案性研究成果。所谓个案性研究,是指重在对文学地理中的特定作家作品以及诸多个别性文学现象进行实证研究,以论文为多,如梅新林《红楼梦的"金陵情结"》(2001),刘影《九十年代以来城市文学中的"上海怀旧"现象研究》(2003),林涓、张伟然《巫山神女:一种文学意象的地理渊源》(2004),孙逊、葛永海《中国古代小说中的"东京故事"》(2004),葛永海《城市品性与文化格调——论中国第一部城市小说〈风月梦〉》(2005),柯玲《俗文学的地域个性与都市消费情结——清代扬州的个案观照》(2005),陈湘琳《记忆的场景:洛阳在欧阳修文学中的象征意义》(2007),皆侧重于对某一特定文学现象进行研究。此外,在有关古代文学世家研究中,有侧重于群体和个体研究之不同,应分别对应于专题性与个案性研究。

5. 理论性研究成果。主要体现在杨义《重绘中国文学地图》(2003)、《重绘中国文学地图通释》(2007)等理论著作以及其他研究著作的序或引言、附录以及作者另行所撰论文中。上文已对"重绘中国文学地图"、"场景还原"与"版图复原"的"二原论"作了重点论述。其他如陶礼天、曾大兴、胡阿祥、王水照、张晶、余意、邹建军等有关文学地理学的学理思考,李浩提出以"文学地理学"来突围目前中国古代文学研究困境的思路①,以及诸多有关区域文学研究的学术会议、笔谈、争论,也都有助于文学地理学研究的理论建树,这是世纪之交文学地理研究已进入理论自觉的阶段的重要标志。

(二) 存在问题

在充分肯定文学地理学术成就的同时,也要正视其存在的诸多问题,其中最为突出的是以下五个方面。

1. 理论研究相对滞后。理论既是先导,也是灵魂。从文学地理研究的发展历程来看,重要的理论探讨与建树几乎都出现于新世纪之后,尤其是近几年间。也就是说,在1980年代启动文学地理研究以来,在近20年的时间段里,明显偏重于实践上的探索,而少有理论上的建树。这一缺陷反过来必然会制约和影响研究实践的进度与深度。即便在今天,理论研究仍然需要有新的突破,比如至今尚无一部《文学地理学》学术专著问世,而在区域文学史研究方面,也尚未建立比较成熟的区域文学史研究范式。所以,如何促进文学地理学研究的发展与繁荣,理论研究可谓任重而道远。

2. 实证研究成果不著。文学地理研究的重大突破,一方面需要具有原创性理论的引领,另一方面则需要大量实证性研究成果的支撑,这两头都不能有缺失。而要取得大量实证性研究成果,则有赖于诸多学人持续不懈的扎实工作。比如杨义提出"边缘的活力",的确很有创意,但要将这"边缘的活力"体现为大量实证性成果,首先必须对诸多少数民族文学下一番发掘、整理的功夫。否则,这一理念就难以落到实处。当然,对于汉族文学地理研究而言,也同样如此。"重绘文学地图"也好,"场景还原"、"版图复原"也好,离开了具体的实证成果,就不可能实现这一目标。只要有一个区域地貌不明,就无

---

① 李浩《古代文学研究的困境与学术突围》,《河南社会科学》2003年第5期。

法重绘出完整的文学地图;只要有一个区域版图残缺,就不可能复原为完整的文学版图。

3. 研究重心不够明确。此与长期以来文学地理研究的自发性状态有关。正如前文所述,文学与地理的核心关系是文学家与特定地域的关系,文学家是主体,是灵魂;地域是客体,是舞台。文学家的籍贯分布及其变化,可以视为文学区域兴衰变化的反映。文学家的群体流向,更决定了文学中心与边缘的形成与变化。流域轴线、城市轴心的地理优势总是在此中一再得以表现,尽管又不断被"边缘的活力"所冲击甚至暂时中断;而对于文学家个体来说,他在不同地域之间的人生旅历,伴随着他的独特认知与感悟而凝结为不同的地域意象与情结。从精神磁场到价值内化,由此逐步切入文学地理研究的核心内涵。这是标示文学地理研究思想锐度与精神高度的核心价值所在,理应成为学术研究的重中之重。然而就目前研究状况来看,的确还需要付出更多的努力。

4. 文献基础不够坚实。文献是学术研究的基础。现有文献基础对于文学地理研究而言,支持力度远远不够,还不能满足其基本需求。试举一例,文学家的籍贯统计是确定本土文学地理分布的基本依据,但因新编《中国文学家大辞典》尚未出版完毕,所以许多学者只能退而求其次,选择谭正璧所著《中国文学家大辞典》为范本,实为无奈之举。由于文学地理研究开辟了诸多新兴研究领域,相关文献整理工作一时难以跟上,比如少数民族文学,需要投入大量人才、财力、物力才能结出成果,可能在相当长的时间内都无法得到圆满解决。另一方面,许多从事文学地理研究学者本身也往往缺乏应有的文献意识,用力不勤,成果不著。这一不利局面急需加以改变。

5. 学术交流机制缺失。在文学地理研究队伍中,多数学者半路出家,缺乏先天的学渊关系。长期以来,又各自孤军奋战,没有大型合作项目的维系,也缺乏学会之于学术交流的推动,人们被局限于一个相对封闭的学术体制中,而从事一种开放性的新兴交叉学科的研究,本身即有某种荒诞意味。因此,需要从人才培养、学会组织、学术会议、合作项目等方面入手予以改进。

当然,文学地理研究存在的问题远不止以上五个方面,这里只是就其大端而言。

四、文学地理研究的学科目标与突破方向

盘点文学地理研究的成就与不足,目的是为了进一步明确文学地理研究的前行方向。

(一) 学科目标

世纪之交,许多学者在致力于文学地理研究的同时,一直怀有建构文学地理学这一新兴交叉学科的学术理想与使命,并为此付出了不懈努力。其中最为关键的是,体现在学科意识、理论创新、体系建构以及方法整合等重要方面。

1. 关于学科意识。学科意识的自觉,既是学科赖以产生的前提,又是学科成长的

标志。从文学地理学学科意识自觉的进程来看,早在1986年,金克木在《文艺的地域学研究设想》一文中从批评现有文艺研究惯于线性探索,长于编年表而不重视画地图入手,提出文艺地域学研究的构想,标志着文学地理学意识的初步自觉:

> 我觉得我们的文艺研究习惯于历史的线性探索,作家作品的点的研究;讲背景也是着重点和线的衬托面;长于编年表而不重视画地图,排等高线,标走向、流向等交互关系。是不是可以扩展一下,作以面为主的研究,立体研究,以至于时空合一内外兼顾的多"维"研究呢?假如可以,不妨首先扩大到地域方面,姑且说是地域学(Topology)研究吧。
>
> 从地域学角度研究文艺的情况和变化,既可分析其静态,也可考察其动态。这样,文艺活动的社会现象就仿佛是名副其实的一个"场",可以进行一些新的科学的探索了。[①]

在这一文艺地域学研究的构想中,主要包括以下四个方面:一是分布研究。文学与艺术的地域分布研究不是仅仅画出地图,作描述性的资料排列,而是以此为基础提出问题。二是轨迹研究。可以是考察文学家、艺术家和作品及问题、风格的流传道路。三是定点研究。可以是考察一时期或长时期内一个文学艺术流派的集中发展地点,也可以是其他的点。四是播散研究。其对象可以是尚不明白全国传播轨迹的风格、流派及其他。例如同一主题或同一结构在不同地域中重复出现或形成模式[②]。在此,金克木已明确提到"地图"概念,或许对杨义所提出的"重绘文学地图"有所启发。

以此为先导,后来一些学者继之从不同层面加以进一步的申述。1998年,陶礼天发表了《文学与地理——中国文学地理学略说》一文[③],进一步明确提出了建立文学地理学学科的主张,并作了简要的理论阐述。由于此文没有发表于普通刊物,传播范围不广,文中所具的学科前沿意识与理论建构之价值并未被学界所广泛了解与认可,故于此特别多加引述。陶文认为,华夏文化自远古以来在辽阔国土上发育生长的过程中,其整体风貌、精神气质明显具有一定的地域差异性。有关文学地理学的思想,也是源远流长,但因缺少自觉的"学科"意识,至今尚未能建立这门学科。只是意识到甚或模糊地意识到地域的文学与文学的地域之间的相关性,还是远远不够的。不去弄清楚文学地理学的学科性质、理论构架以及研究的重心、范围、方法,没有树立起自觉的文学地理学的学科意识,也就不能够使中国的文学与地理之间的相互关系的研究,做到逻辑严密、别择精确,特别是对古代许多文评概念、审美范畴,如气质与清绮、温雅与雄据、实际与虚无的探讨,就很难作出"历史的与逻辑的"相互统一的分析。有鉴于此,该文给"文学地理学"下了这样一个简明定义:

---

① 金克木《文艺的地域学研究设想》,《读书》1986年第4期。
② 同上。
③ 陶礼天《文学与地理——中国文学地理学略说》,收入费振刚、温儒敏《北大中文研究》,创刊号,北京大学出版社1998年版。

它是介于文化地理学与艺术社会学之间的一门文学研究的边缘学科,致力于研究文学与地理之间多层次的辩证的相互关系。这里所说的"文学"主要是指地域的文学,即在特定文化地域、具有一定地理空间范围中所产生的文学;所说的"地理"也主要是人文地理,即偏向于人化的自然方面。由此我们可以进一步地说,所谓文学地理学就是研究地域的文学与文学的地域、地域的文学与文化的地域、地域的文学与地域的文化之间的相互关系。

最后,作者特别呼吁文艺理论家给予文学地理学更多的关注,并提出了文学地理学分层研设的初步设想。首先要研究文学地理学的一般原理、原则与方法即文学地理学概论;其次才是国别文学地理学的研究,中国文学地理学就是国别文学地理学之一;再次是区域文学地理学,如对中国南北文学的各自探讨。这些意见也都富有启示意义。

然后至2001年,胡阿祥出版了一部重要的文学地理研究专著——《魏晋本土文学地理研究》[①],在此书结语中,作者也明确提出了创建"中国历史文学地理"学科的构想,对于文学地理学作为文学与地理的双重学科属性的界定大体与陶文相近,但此中在"文学地理"之前冠以"历史"二字,名之为"中国历史文学地理",似无必要。显然,这与作者毕业于复旦大学历史研究所的学术背景与专业立场有关。尽管他后来由史入文,文史相融,所以具有跨学科的敏锐思维与眼光,但标之以"历史文学地理",更显见偏向于人文地理学的本位立场。此与陶文所论同中有异。

关于文学地理学学科定位问题,笔者在出版于2006年的《中国文学地理形态与演变》的导论以及发表的一些论文中也作过学理上的探讨,提出如下思路与设想:

(1) 文学地理学是融合文学与地理学不同学科的跨学科研究;

(2) 文学地理学并不是文学与地理学研究的简单相加,而是彼此有机的交融;

(3) 文学地理学之文学与地理学研究的地位并非对等关系,而是以文学为本位;

(4) 文学地理学研究主要是为文学提供空间定位,其重心落点在文学空间形态研究;

(5) 文学地理学既是一种跨学科研究方法,也可以发展为一门新兴交叉学科,乃至成为相对独立的综合性学科。

据此,大致可以将文学地理学扼要概括为:"融合文学与地理学研究、以文学为本位、以文学空间研究为重心的新兴交叉学科或跨学科研究方法,其发展方向是成长为相对独立的综合性学科。"[②]

2007年,来自比较文学界的邹建军,则侧重于从比较文学的视角来界定和阐释文学地理学的学科性质与发展方向:

文学地理学是作为比较文学的一个分支学科提出来的,在方法和方法论上要

---

① 胡阿祥《魏晋本土文学地理研究》第174页,南京大学出版社2001年版。
② 梅新林《中国文学地理形态与演变·导论》第1—2页,复旦大学出版社2006年版。

力求有自己的创造和创新,而且只有在每个人的个案研究做得很扎实的基础上,才能逐渐地总结起自己的理论来。文学地理学研究者有没有自己的学科意识,是不是将文学地理学当成一门学科,对于文学地理学的建设非常重要。中国比较文学研究者往往有很强的学科意识,相继提出了"阐发研究"、"新人文精神"、"跨文明研究"、"文学变异学"等;如果我们的文学地理学研究者也有这样的学科意识,那文学地理学的早日建立就有希望。

邹建军认为,可以把文学地理学当成比较文学研究的一个方向,也可以只将它当成文学的跨学科研究;只有当文学地理学等新兴学科充分地建设起来以后,中国的比较文学学科建设才能真正的得到发展,有中国特色的比较文学学科理论才能真正的建立起来。[①]

诚然,任何一种新兴学科的学科定位,在初创时期往往都是模糊不清的,因为学者对其内涵与外延的界定,既有赖于大量实践的探索与总结,同时也需要在理论上的自觉建构,然后逐步达成一定的共识。文学地理作为一种跨学科研究,从学科意识的自觉到明确的学科定位,确是一个重要飞跃。根据以上所引各种意见加以归纳,大致有三种取向,其中处于两极的是地理本位论与文学本位论,前者为人文地理学界所普遍持有。后者以梅新林、邹建军等为代表。所不同者,笔者在将文学地理学定位为"融合文学与地理学研究、以文学为本位、以文学空间研究为重心的新兴交叉学科或跨学科研究方法"的同时,旨在强调其逐步成长为相对独立的一门综合性学科。而邹建军则把文学地理学当成比较文学研究的一个方向,这就在强调其文学本位之际,又从另一方面削弱甚至剥夺了其作为新兴交叉学科的相对独立性。处于以上两极之间的是"双重属性"论,以陶礼天、胡阿祥为代表。陶礼天认为"文学地理学既是人文地理学的子学科,即文化地理学的一个分支,也是美学的分支即文艺社会学的一个支脉,因而文学地理学实质是一个边缘学科"。胡阿祥也认为他提出的"中国历史文学地理"是"研究中国历史文化中的文学因子之空间组合与地域分异规律,可以视作为中国历史文化地理学的组成部分;同时,中国历史文学地理以其研究对象为文学,所以也是中国古代文学的一个重要分支"。这一主张带有明显的折中性质。

2. 关于理论创新。理论的原创性,是文学地理学学科建设的灵魂。由文学地理研究实践引发的学理思考以及进而对文学地理学的理论创新,标志着文学地理学学科建所取得的重大进展,这是诸多学界同仁学术智慧的共同结晶。其中影响最大的当推杨义提出的"重绘中国文学地图"说。应该说,杨义有关"重绘中国文学地图"的重要学术命题既属于文学地理学,又是超越文学地理学的,为文学地理学的学科建设提供了一个崭新的思维成果。而作为正在兴起的新兴交叉学科的文学地理学,则应该始终以开放性的姿态将一切有益的成果容纳其中,从而不断向更高的境界迈进。

当然,理论创新必须同时根植于现实需要,才有持久的生命力与影响力。无论是

---

① 刘遥《关于文学地理学的研究方法与发展前景——邹建军教授访谈录》,《世界文学评论》2008年第2期。

"重绘中国文学地图"之"重绘",还是"场景还原"、"版图复原"之"还原"、"复原",其现在针对性即在于当前中国文学史研究现状的固有缺失以及重构一种新型文学史研究范式的需要,旨在学术"矫正"与"拓新"的双重目的。在此,有必要再予特别强调的是,在系统阐释"重绘中国文学地图"或"场景还原"与"版图复原"核心理论过程中,还需要诸多同样具有创新意义的亚理论以及工具性概念予以配合。比如以"重绘中国文学地图"与"一纲三目四境",以"场景还原"与"版图复原"的"二原"论与"意义重释"与"范式重构"的"二重"论的两相合一,这是微观与宏观的有机交融,可以使文学地理学的理论创新更具学理价值,体系也更为完善。

在探讨文学地理研究理论创新问题时,学界还应该在以下几个核心论题的理论阐释上有所建树:

一是核心区域问题。文学地理学由文学与地理学融合而成,在文学与地理之间,既非对等关系,也非重合关系,而是一种交叉关系。如果将文学与地理两个圆圈部分叠合起来,那么呈现在我们面前的便有三种空间形态:一是仅有文学而无地理;二是仅有地理而无文学;三是既有文学又有地理,即彼此交叉部分,只有这部分才是文学与地理的公共空间,也是由文学与地理融合为文学地理学的主体空间。其中最应被关注的,是这一空间中彼此最为切近的核心区域。然后,由中心向外缘扩散,彼此的结合度与重要性依次下降。再至外缘交叉线,则是文学地理研究的边界所在。而在边界附近,还存在着一个泛文学地理研究地带。

二是核心关系问题。在文学与地理的错综复杂关系中,最核心的关系是文学家与地理的关系,其中文学家是主体,是灵魂;地理是客体,是舞台。文学家群体之所在,即是文学活动空间与舞台的中心之所在;文学家群体的不同流向,即决定了文学活动中心的迁徙方向。因此,所谓文学中心的形成与移位以及文学中心与边缘的对应与转换,实际上就是由文学家群体的聚散所决定的。

三是核心内容问题。文学地理研究中的"地理",依次包含文学家籍贯地理、活动地理、作品描写地理与传播地理等不同序次的内容,这些内容皆可归结于文学空间形态,同时也蕴涵着地域文化精神。由文学地理的形态与规律逐步深入于文化地理的精神本原,并着力探索和揭示彼此的内在关系,应是文学地理所重点关注与研究的核心内容。

四是核心价值问题。文学地理研究显然不能满足于罗列各种文学地理现象,也不能满足于描述各种文学地理形态,其核心价值指向是"地理"之于"文学"的"价值内化"作用。所谓价值内化,就是经过文学家主体的审美观照,作为客体的地理空间形态逐步积淀、超越、升华为文学世界的精神家园、精神原型以及精神动力。正如《红楼梦》中一再重现的"金陵"意象[①],鲁迅小说反复抒写的"故乡"情结,皆由童年时代的地域"记忆",不断内化、升华为具有原型意义与原动力作用的精神象征,两者一同具有典范性的

---

① 梅新林《红楼梦的"金陵情结"》,《红楼梦学刊》2001年第4期。

启示意义①。所以,经过价值内化的地理空间是一种缘于特定地域而又超越其上、具有精神原型与文化象征意义的"内在空间"。

3. 关于体系建构。文学地理学的体系建构集中体现在一批整体研究成果上。其中曾大兴《中国历代文学家之地理分布》(1995)以谭正璧《中国文学家大辞典》为依据,首次对历代文学家籍贯进行全面统计,以此论证中国历代文学家之地理分布,时贯通代,气势不凡,具有开创通代整体性研究的重要意义。此书的不足之处是限于文学家籍贯地理,因而重在本土文学地理研究。而从文学地理研究的内涵而言,应该从重在文人籍贯地域的静态、平面、单向的研究,走向重在文人活动地域的动态、立体、多元的研究。考虑到古代文人一生大部分时间在外求学、任职、游历,因而文人活动地域显然比籍贯地域更为重要。胡阿祥《魏晋本土文学地理研究》(2001),仍局限于文学家籍贯地理,故以"本土地理"为名。但作者横切断代,较之通代易于做深做透。全书考证严谨,论述精到,具有奠立断代整体性研究范式的作用。此外,胡阿祥还为中国历史文学地理研究设计了六大课题:(1)中国历史文学地理的研究状况;(2)《诗经·国风》与《楚辞》地理;(3)两汉魏晋南北朝文学地理;(4)唐诗、宋词地理;(5)金元明清戏曲地理;(6)桐城文派作家的地理分布与区域分析。认为可以此为基础,然后再设计、补充、丰富其他的研究课题,最终完成纵横贯通、巨细兼顾、系统严密、理论完善的"中国历史文学地理"②。杨义《中国古典文学图志——宋、辽、西夏、金、回鹘、吐蕃、大理国、元代卷》(2006)是其"重绘中国文学地图"学术命题的成功实践。作者以"一纲三目四境"为主旨,在大文学观统率下,由时空维度走向空间维度,由中心动力走向边缘活力,由文献认证走向文化透视,系统运用民族学、地理学、文化学、图志学,全方位、立体地重绘中国文学地图。据悉,作者目前正在撰写先秦卷,可以推想,当作者从先秦到当代,最终完成重绘中国历代文学地图长卷的学术使命,则的确是一个惊世之举,但其中的艰苦卓绝诚非一般人之可承受。拙著《中国文学地理形态与演变》(2006)以创立中国文学地理学为学术宗旨,以"场景还原"与"版图复原"的"二原"论为理论支撑,重点围绕决定和影响中国文学地理最为关键的五大要素——从文学家籍贯分布的"本土地理"出发,依次向流域轴线、城市轴心、文人流向等三个层面展开,最后归结为"区系轮动"模型及演化的探讨。其中最为重要的中间三个关键环节分别相当于"动脉"、"心脏"、"灵魂"的功能与作用。在注重从静态、平面、单向走向动态、立体、多元的整体性研究中,进一步强化了理论性与体系性,力图通过形象复原中国文学地理的空间形态,深入揭示中国文学地理的演变规律,系统构建起中国文学地理学的学术体系。

4. 关于方法整合。在研究方法方面,经过诸多学者共同不懈的探索,已逐步形成一些具有公共性意义的方法与路径。毫无疑问,陈正祥《中国文化地理》中的融实证、感悟、归纳与图表于一体的研究方法具有重要的示范作用。然后在承继中变革,在探索中

---

① 梅新林《中国文学地理学:理论创新与体系建构》,《中国社会科学文摘》2006年第5期。
② 胡阿祥《魏晋本土文学地理研究》,南京大学出版社2001年版。

整合,方法选择与融合更为多样、更为自然。杨义专门撰有《重绘中国文学地图的方法论问题》一文①,主要申述其支撑"重绘中国文学地图"这一命题的"一纲三目四境"中的"三目":一是时空结构;二是发展动力体系;三是精神文化深度,这在上文已经作过简要介绍,不再赘述。值得我们重点关注的是杨义在阐述此"三目"的具体方法论问题。比如在论述第二个问题"发展动力体系"时提出的"边缘的活力"这一概念,认为少数民族的文明,边疆的文明往往处在两个或多个文化板块的结合部。这种文明带有所谓原始野性和强悍的血液,而且带有不同的文化板块之间的混合性,带有流动性,跟中原的文化形成了某些异质对峙和在新高度上融合的前景。这么一种文化形态跟中原发生碰撞的时候,它对中原文化就产生了挑战,同时也造成了一种边缘的活力。显然,这既是一种理念,也是一种方法。此外,杨义所论"四境"之四图志学,并以大量图表配合文字论述,也同样具有方法论的借鉴和启发意义。

笔者曾结合自己的研究实践,对文学地理研究方法作过一个简要的归纳:一是数据统计的方法;二是逻辑推绎的方法;三是时空还原的方法;四是交叉综合的方法②。邹建军认为应重视以下六种方法:一是文本解析;二是实地考察;三是图表统计;四是动态分析;五是比较对照;六是理论建构③。这些总结和概括,同中有异,可以相互参照,综合运用。

(二) 突破方向

以上四个方面的进展,表明经过世纪之交的持续积累,从文学地理研究走向文学地理学学科建设时机已基本成熟。当然,在彼此之间实现质的飞跃,还有许多路程要走。根据目前研究状况存在的诸多不足,应在以下几个方面寻求重点突破。

1. 重点加强文学地理学的理论研究。可以先对三十年来有关文学地理理论建设方面的所有成果进行系统梳理,然后借鉴人文地理学以及相关学科的理论,分为不同层次展开系统的理论研究。首先,要对创建文学地理学这一相对独立的新兴交叉学科进行理论论证与阐释,并根据有关学者提出的学科分层设想,组织力量撰写《文学地理学》、《中国文学地理学》、《区域文学地理学》、《比较文学地理学》等学术专著,由此对不同层面的文学地理学的学科性质、内涵、外延、理论、方法等进行富有创新意义的系统论述。这既有填补学术空白的意义,又可更好地为文学地理学研究提供理论引领与借鉴。此外,还要进一步加强对文学地理学意义阐释系统的探索与总结,使之更具理论适用性;也可就目前已经提出的一些重要概念如边缘活力、精神磁场、价值内化等等,进行更为深入的探析与研究,使之更具理论涵摄力。诸如此类,都是文学地理学理论研究突破的重点。

---

① 杨义《重绘中国文学地图的方法论问题》,《社会科学战线》,2007年第1期。
② 刘遥《关于文学地理学的研究方法与发展前景——邹建军教授访谈录》,《世界文学评论》2008年第2期。
③ 梅新林《中国文学地理形态与演变·导论》第19—22页,复旦大学出版社2006年版。

2. 重点加强断代文学地理研究。就目前各时代的文学地理研究来看，主要集中于古代，现当代比较薄弱。而在古代中，又以魏晋唐宋成果较多。杨义由今而古，然后由古返今，拟以一人之力重绘通代文学地图，诚为学界壮举。但此工程过于浩大，历时久长，难以一时告竣。学者不妨先从断代做起，并力求做精做透。当前，尤其要加强现当代以及其他薄弱时代的文学地理研究，然后贯通古今，合成全璧。当然，中国文学地理范围如此之广袤，历时如此之久远，也该有多部文学地理通史并行于世。

3. 重点加强区域文学地理研究。在复原中国文学版图过程中，区域文学版图处于中介地位，一方面它是构成整体文学版图的基础，不能有任何一块缺失；另一方面，它对其下更小空间单位的区域文学版图，又具有重要的统摄作用。尽管目前的区域文学地理研究看起来比较热闹，也有多部区域文学史著作陆续问世，但严格地说，至今尚未建立起行之有效、比较成熟的学术范式。显然，并不是将区域文学与文化对接一下，或者将行政区域或文化区域有关文学家及其创作行动、成果按时代排列起来，就是区域文学地理研究，关键在于能否同时臻于体系重构与意义重释的学术目标，能否为文学地理研究提供新的学术创见与实证成果。另外一个重要问题是区域文学地理之间的严重不平衡状况，除了应对一些薄弱区域加以弥补之外，重点是要加强边缘区域的研究。如此，不仅能进一步发掘"边缘的活力"，且能使版图全景更为完整。

4. 重点加强城市文学地理研究。在文学地理的生成与演变中，城市轴心永远发挥着主导全局的轴心作用，一旦把握住了城市轴心的生成、分布与转移的轨迹与规律，那么就等于把握住了中国文学版图的整体构架。而在当今的城市化进程中，城市文学将会持续受到学界的重点关注，所以有理由强化城市文学地理的研究力度与深度。其中可以集中在以下三个方面展开重点研究：一是城市文学轴心的形成与变迁研究，包括与"边缘活力"的关系；二是城市文学空间研究；三是城市之于作家的价值内化包括城市记忆、想象、意象等研究。

5. 重点加强文人主体活动空间研究。可以分为文人群体与个体研究两个层次展开。通过研究文人群体聚集、流动趋势，以确认精神磁场的所在及其对文学活动中心与转移方向的深刻影响；通过研究文人个体求学、应举、任职、迁居、游历、归隐、流放等生命旅程，以阐释其在文学创作中独特的"价值内化"过程以及文学表现方式。这样的精神探索才更有意义。此外，还要高度关注特殊的文人群体——文学世家的研究。家族既是一个特殊社会组织，也是活跃于基层的重要文学空间。大致可以从整体研究、专题研究以及个案研究三个方面展开。我校自2006年成立江南文化中心以来，已围绕这三个方面设计了系列课题，并在全国范围内进行公开招标，然后编为系列研究丛书，相信这些学术积累对中国文学地理研究有所裨益。

6. 重点加强文学地理研究队伍建设。从事文学地理研究的学者主要由文学与地理研究者两股力量结合而成，同时还有历史学、民族学、人类学、文化学、社会学等其他学科的研究人员参与。当他们从不同学科被吸引到文学地理学研究领域之中，实际上都在不约而同地走向了跨学科研究。对于人文地理研究者而言，把文学地理纳入其中，一方面是拓展了人文地理学的固有研究领域,另一方面也为文学地理研究带来了新的视野、理论与方法;而对于文学研究者而言,也是如此。但相比之下,后者更是文学研究的主体力量,而且因其固有的知识结构与学术训练所限,在走向跨学科研究中付出了更多的努力。尽管文学地理研究具有分别归属于文学和地理的双重属性,而来自不同专业背景的学者也在学术立场、观点上难以达成共识,但也因此为文学地理研究增添了多元性与丰富性。然而,要培养造就一支专业更强的学术研究队伍,还必须让文学地理学进入大学学科体系,并能招收硕士生和博士生。在目前难以改变既有学科体系的情况下,可以在相邻专业设置研究方向,先行招收研究生。这样,通过一段时间的努力,可以培养出新一代从事文学地理研究的专业学者群。杨义已公开表示将招收文学地理学的博士生,即已向学界发出了一个重要信号。与此同时,要在设立学会组织,召开学术会议,促进学术交流等方面多加努力,为文学地理学研究队伍创造一个更好的学术环境和交流平台。

伴随着中国社会变革与文化发展的独特进程,文学地理研究先于19—20世纪之交兴起并完成了从传统向现代的转型,继之又于20—21世纪之交再度兴盛并走向理论自觉,并非偶然。这说明以时空构型转换为导向的文学地理研究的兴起与进展,既是学术的又是超学术的。从本质上说,是中国从封闭走向开放、从传统走向现代、从借鉴走向创新的必然产物与重要成果。

文学地理研究作为一种跨学科研究理论与方法,逐步向相对独立的新兴交叉学科发展,既有赖于特定时代机遇的赐予与时代精神的孕育,同时也是代代学人不懈努力的结果。基于文学地理学的学科建设需要及其良好发展态势,我们不仅应该抱有更为高远的学术理想,而且应该回归更为深邃的精神本原。毫无疑问,融合文学与地理学的这门学科,其重心在于空间维度,但同时又包含时间维度。即如文化学界所提出的文化圈与文化层之间的关系,文化圈首先是一个空间单位,但文化圈的形成与演化又是一个时间的连续过程。当文化圈随着时间的推移沉积、重叠而成历史序列时,便构成了文化层。在此,二者已合而为一:文化圈标志着文化层的空间布局,文化层标志着文化圈的时间演化。而在空间维度与时间维度之外,还有一个渊源于此而又超越于此的精神维度。文学地理学的宗旨,就是通过时空构型的转换,通过"场景还原"与"版图复原"、"范式重构"与"意义重释"的有机融合,全面、系统并富有创造性地"重绘中国文学地图"。如此重绘而成的文学地图,不仅拥有鲜活生动、丰富多彩的时空交融的立体图景,而且因其回归精神本原而被赋予作为精神家园的永恒意义,成为标示价值内化深度与精神超越高度的心灵地图——而这,应该成为文学地理学的内在追求与终极目标。但愿所有愿为文学地理学奉献劳作的诸位同仁努力为之!

原载高翔主编《中国社会科学学术前沿(2008—2009)》
(社会科学蓝皮书),社会科学文献出版社2009年出版

文学世家的历史还原

梅新林

作为当下学术界的一个热点论题,文学世家①研究虽然取得了显著成就,但在理论创新与历史还原两个重要方面尚未取得突破性的进展,而这两者本身又息息相关。黑格尔曾提出"哲学史就是哲学"这样一个经典命题,认为哲学史如同一个巨大的万神殿,里面供奉着哲学理性思维的诸神和英雄们。但他们不是已死亡灵的堆集,由他们所表现的精神的发展和显现决不是杂乱无章的。哲学与哲学史的统一,也就是历史与逻辑的辩证统一②。对此,雅斯贝尔斯曾作过辩证的阐释:一方面,哲学是需要哲学史的,从当代与过去的关系中,我们可以把握到思想之本质;另一方面,哲学史不可能没有自己的哲学思考而独立存在,哲学史需要哲学来引导③。文学与哲学虽然归属于不同的学科,但其内在学术精神则是相通的,文学世家的历史还原应以此为借鉴,并从中获得多方面的启示意义。

文学世家历史还原的过程,实质上也是一个逻辑建构的过程,因为任何历史还原的努力,都不可能真正复原已经消逝的原生态的历史本身,而只能在充分激活"历史记忆"的过程中通过形态辨析与规律探寻重新建构接近于原生态历史本身的历史文本,由此逐步臻于历史与逻辑的辩证统一。鉴此,本文试图以政治文化制度变革为核心动力,通过家族史与文学史演变的双重梳理,对文学世家进行历史还原与逻辑建构。促进或制

---

① 所谓文学世家,通常是指在直系血缘关系中出现两代及以上知名文学家的家族。与"世家"相近的概念还有士族、世族、家族等等。鉴于这些概念产生于不同的历史时期,在从源起到演变的过程中,始终存在着名实离合的问题,而学界则又往往各取所需,混用之,故而有些学者试图从不同层面对此作出比较系统的辨析。就目前学界以"文学"与以上不同概念组合而论,则以"文学世家"与"文学家族"最为通行。由于"家族"是一个通用概念,具有泛指与特指的双重含义,特指是指介于"家庭—家族—宗族"三个序列中的中间序列,泛指则可以包含所有家族类型,包括宗族也可以泛称为大家族;而"世家"是一个专用名词,首见于《孟子·滕文公》:"(陈)仲子,齐之世家也。"其原初意义是指那些世卿世禄的家族。司马迁《史记》首创"世家"之体,以记王侯诸国之事,因王侯开国,子孙世代承袭,故称世家。后来引申意指世代以某种专业、职业相承的家族,比如经学世家、梨园世家、医学世家、教育世家等等,重在凸显累世相续之义。所以比较而言,以"文学"与"世家"组合为"文学世家",更能体现概念的对应性、传承性、开放性涵摄力,可在源于历史概念的基础上,经过重组和重释而赋予其新的社会学、历史学以及文学意涵。
② 对"哲学史就是哲学"这一命题,学者的阐释相当宏富而互有异同。参见何卫平《对黑格尔的哲学与哲学史的关系学说的再认识——参照西方现代解释学的立场和观点》,《福建论坛》2007年第2期。
③ 卡尔·雅斯贝尔斯著,李雪涛主译《大哲学家》第1页,社会科学文献出版社2005年版。

约文学世家发展的外部因素固然很多，但最直接、最重要的是政治文化制度。经学博士制度、九品中正制度与科举制度的重大变革作用于家族史与文学史，便是"经学—文学世家"、"门阀—文学世家"、"科宦—文学世家"三重形态在前中后三大时段中的相互衔接与有序推进：前期自两汉至南北朝，得益于经学博士制度与九品中正制度的有力推动与经学世家、门阀世家的日益发达，主要呈现为"经学—文学世家"与"门阀—文学世家"双重形态的衔接与演进；中期贯通于隋唐时期，在新旧双重制度以及门阀世家与科宦世家的冲突与交融中，主要呈现为"门阀—文学世家"与"科宦—文学世家"混合形态的交替与演进；后期自两宋至明清，得益于科举制度的有力推动与科宦世家的日益发达，主要呈现为"科宦—文学世家"主流形态的承变与演进。

在文学世家从汉初形成到清末衰落的历史长河中，以上三大时段三重形态的贯通与演变，是基于特定个体文学世家进而与特定时代、区域以至通代文学世家史不同层序相互链接与融合的结果。由文学世家的历史还原走向文学世家史学术范式的建构，应以此为参照而加以系统的提炼与总结，从而赋予其更为高远的学术目标。

一、"经学—文学世家"与"门阀—文学世家"双重形态的演进

秦汉之际为文学世家从起源到形成的历史分界线。从发生学的角度而论，其中经历了一个从量的积累到质的飞跃的突变过程，由先秦雏形"文学世家"的原始积累到汉代文学世家的正式形成，即标志着这一突变的最终完成。

自从原始社会后期产生家族以来，文学世家的原始积累一直在潜行之中，但由于长期以来宗法家族与文学创作的两相分离，所以始终处于有"世家"而无"文学"阶段。其间，知识精英阶层的交替演变，先后经历了巫、史、子三个发展时期。其中巫、史阶层多以家法传承，代代相授，当其延续于数代之间而创作神话与历史，那么就有可能成长为一种原始意义上的"文学世家"，但这仅仅是文学世家的萌芽或者勉强视之雏型的"文学世家"。由巫而史而子，在诸子百家的学派传承中，本有一次通过士人的家族化与诸子的家学化而产生新型"文学世家"的历史机会，事实上，如曲阜孔氏世家——由孔子上溯于七世祖正考父，下延于孔子孙子思、七世孙孔穿、九世孙孔鲋，已具雏型的"文学世家"之特征，也可以说是开启了汉代经学兼文学世家之先声。然而就整体而言，由于诸子学派的代际相承，是基于学缘而非血缘关系，或者说由学缘关系替代了血缘关系，这固然有助于学派的形成与学术的发展，却无益于士人家族化与家族文学化的推进，所以其最终结果仅止于士人阶层的学术传承而产生诸子百家，却未能进而走向诸子的家学传承而产生相对独立的文学世家。于是，文学世家的正式形成被推迟至两汉时代。

从两汉的正式形成到三国两晋南北朝的逐步兴盛，文学世家在前期两个阶段的发展历程中，得益于经学博士制度与九品中正制度的有力推动，并由文学史与家族史的交互作用，呈现为"经学—文学世家"、"门阀—文学世家"双重形态的衔接与演进。

西汉立国之后，随着从"武功"向"文治"的重心转移，尤其是政治文化制度的重大变

革——经学博士制度的建立,终于为诸多官宦与豪强家族逐步转型为经学世家提供了强有力的制度保障,同时也为从经学世家到文学世家的演变以及"经学—文学世家"的产生提供了持续性的文化动力。

博士设官,始于战国时期的鲁齐诸国,本为太常属官,职掌通古今,备顾问应对,尚无人才培养职能。西汉继承这一制度后,逐步加以改造,以适应新的时代需要。从汉武帝诏设五经博士,到确立"罢黜百家,独尊儒术"的文化政策,再到诏设太学、置博士弟子员,标志着发端于汉初的博士制度改造工程的完成以及新的经学博士制度的建立。由经学、儒术与太学的合而为一,赋予博士作为通向仕途之台阶与教授太学之学官的双重职能,这是汉代经学博士制度不同于先秦博士制度的核心所在。由此延续至东汉,更是盛况空前。永平年间,明帝刘庄亲临太学讲经。诸儒执经问难,听者万人。范晔《后汉书·儒林传序》赞曰:"济济乎,洋洋乎,盛于永平矣!"[①]汉代经学如此之盛,其意义在于:一是营造了一种崇尚经学的社会风气。"经"而优则仕,"经"而优则禄,家家共羡之,人人共趋之,无疑有助于经学的传承、发展与普及,尤其在经历秦火浩劫之后,意义重大。二是汇聚了大批经学大师,既为经学人才培养提供了优质师资,也有助于彼此之间的学术互动与交流。三是形成了一种独特的经学人才培养传统与机制,为经学人才群体代际的延续与经学世家的成长提供了制度保障。当经学传承由学缘转向血缘,由个体转向群体,由群体转向家族,那么就有可能进而产生经学世家,再由经学世家兼具文学世家而产生"经学—文学世家"。

诚然,在经学与文学、经学世家与文学世家之间本有不同的师承传统、宗旨与门径,所以许多经学世家仅以经学传家,但也有一些经学世家在经、文相互贯通中兼具文学世家性质,诸如曲阜孔氏世家(孔聚、孔臧、孔安国、孔延年、孔霸、孔光),彭城韦氏世家(韦孟、韦贤、韦玄成、韦赏),洛阳贾氏世家(贾谊、贾嘉、贾捐之),南阳杜氏世家(杜周、杜延年、杜缓、杜邺)等,尽管于经学与文学时分时合,时断时续,但都在由经学世家向文学世家发展或以经学世家兼具文学世家方面迈出了重要一步,而且一直延续于东汉时期。

经过西汉"经学—文学世家"的发育成长之后,至东汉时期,脱胎于经学世家的文学世家终于形成,主要体现在:

文学世家数量的大幅增加。其中既有由西汉延续于东汉者,如上文所述曲阜孔氏世家、洛阳贾氏世家、南阳杜氏世家等,也有起于西汉而主要兴于东汉者,如扶风班氏世家(班婕妤、班彪、班固、班超、班昭),沛郡桓氏世家(桓荣、桓郁、桓麟、桓彬)。但更多的是兴盛于东汉的文学世家,如扶风马氏世家(马援、马廖、马严、马融、马芝),扶风窦氏世家(窦融、窦章、窦武),汝南应氏世家(应顺、应奉、应劭、应场、应璩),博陵崔氏世家(崔篆、崔骃、崔瑗、崔琦、崔寔),弘农杨氏世家(杨震、杨秉、杨赐、杨彪、杨修),颍川荀氏世家(荀淑、荀爽、荀悦、荀攸、荀勖),安定梁氏世家(梁统、梁松、梁扈、梁竦),敦煌张氏世家(张奂、张芝、张昶、张猛)等。以上三类是东汉时期脱胎于经学世家之文学世家的主

[①] 范晔《后汉书》卷79第2546页,中华书局2001年版。

要代表。《后汉书》中父子合传较之《汉书》有所增多,也从一个重要方面反映了东汉文学世家数量增加之趋势。

文学世家代际的普遍延长。在西汉的"经学—文学世家"中,经学与文学时分时合,时断时续,但至东汉,文学世家的代际延续明显增长。上述所有文学世家的代际延续皆在三代以上,也有延续于五代以上者。再从汉代谱牒之学的发展来看,也是兴于西汉而至东汉渐盛,可与东汉文学世家的代际普遍延长相印证。

文学世家区域的有效拓展。西汉以长安为首都、洛阳为陪都,东汉则以洛阳为首都、长安为陪都。与此双都轴心结构相契合,两汉文学世家也主要分布在黄河流域。相对而言,东汉文学世家区域分布更趋均衡发展,著名者如扶风班氏、马氏、窦氏以及洛阳贾氏、南阳杜氏、汝南应氏、弘农杨氏、颍川荀氏世家等,都分布于两都京畿核心区域,而博陵崔氏、安定梁氏、敦煌张氏世家等则延伸于北方乃至今甘肃等西北边远地区。

文学世家特性的初步显现。从西汉韦玄成《戒子孙诗》,到东汉马援《诫兄子严、敦书》、张奂《诫兄子书》之类劝诫家人之作的屡屡问世,标志着东汉文学世家良好家学传统与机制的形成。《隋书·经籍志》载有诸多世家文集,其中所录崔氏世家文集有:崔篆集1卷、崔骃集10卷、崔瑗集6卷、崔琦集1卷、崔寔集2卷[①]。范晔《后汉书·崔骃列传》于"论"中称"崔氏世有美才,兼以沈沦典籍,遂为儒家文林"[②],又于"赞"称"崔为文宗,世禅雕龙"[③]。可见崔氏世家不仅成果丰硕,而且已形成代代相承的学家传统。

文学世家影响力的提升。除了承续西汉文学世家的主流文体——史传、辞赋、诗歌之外,东汉文学世家在诸如疏、议、表、对、论、书、颂、箴、铭、赞等应用散文方面作品数量更多,文学性明显增强。尤其是在东汉前期一场有关定都洛阳、长安的大规模论争中,率先由杜笃《论都赋》发起,崔骃、傅毅同以《反都赋》,班固、张衡分别以《两都赋》、《二京赋》响应,彼此都借助作为汉代主流文学体式——辞赋表达各自的主张,不仅促进了都城赋创作的兴盛,同时也扩大了汉赋的社会影响力。而这些赋家,几乎都出于文学世家。

汉代经学博士制度向三国两晋南北朝九品中正制度的重大变革,直接促成了从"经学—文学世家"到"门阀—文学世家"的形态演变。

九品中正制度源起于东汉后期,酝酿于魏武时期,正式颁布于魏文帝即位后的黄初元年(220),直到隋代推行科举制度予以废止,前后历时长达300多年,足见其弥久不衰的强大生命力。三国时期,九品中正制度率先施行于魏国,促进了门阀世家的兴盛;两晋时期,在九品中正制度推向全国的过程中,通过赋予各种政治、经济、教育、文化特权,门阀世家迅速走向鼎盛;南北朝时期,以刘裕代晋立宋为标志,庶族崛起与皇权复归,门阀士族与寒门庶族在退出与走向政治权力中心过程中发生易位。然而,为获得门阀士

---

① 魏征等《隋书》卷35,第1057—1058页,中华书局2002年版。
② 范晔《后汉书》卷52,第1732—1733页。
③ 同上第1733页。

族的支持,皇权在极力剥夺其各种实权的同时又尽可能地保留其种种特权。所以在南朝宋齐梁陈的频繁易代中,尽管九品中正制度受到严重冲击,但仍在变相延续,门阀世家仍有强劲的实力。

作为九品中正制度实施与门阀世家兴盛的文化成果,谱牒之学在三国两晋南北朝时期应运而兴。郑樵《通志·氏族略》指出:"自隋唐而上,官有簿状,家有谱系。官之选举,必由于簿状;家之婚姻,必由于谱系。"以至出现了"人尚谱系之学,家藏谱系之书"①的空前盛况。南朝刘孝标为《世说新语》作注,引用了《王氏谱》、《谢氏谱》、《庾氏谱》、《刘氏谱》、《羊氏谱》、《桓氏谱》、《荀氏谱》、《司马氏谱》等39种族谱资料,即从一个侧面反映了当时谱牒学之盛,由此亦可见门阀世家的代际延续及其与文学世家的分合关系。

正如汉代经学博士制度之于"经学—文学世家"一样,三国两晋南朝九品中正制度不仅直接催生了"门阀—文学世家",而且始终主导着其在三国两晋南北朝不同阶段的形态演变。三国时期,主要表现为由汉末文学世家的承续与新兴文学世家的合流;两晋时期,主要表现为以门阀世家为主体的文学世家的全面兴盛;南北朝时期,主要表现为门阀世家与庶族世家重组之后的文学世家的持续兴盛。需要强调指出的是,由于魏晋以来人文觉醒思潮的融入与影响,门阀世家与文学世家较之经学世家与文学世家的关系更为契合,更为内在,门阀世家文学化的普遍性、主导性与延续性皆非汉代经学世家之可比。可以这样说,三国两晋南北朝的文学世家并非都是门阀世家,但几乎所有的门阀世家都是文学世家。与两汉相比,三国两晋南北朝时期文学世家的形态演变突出表现在以下方面:

新旧文学世家的有效承接。首先由三国曹魏完成这一承接,如果说以"建安七子"为主体的文人群体主要是汉末文学世家的延续,以"竹林七贤"为代表的文人群体是曹魏新兴文学世家的代表,那么,何晏、王弼、阮籍、嵇康、向秀、郭象等玄学重要人物则是二者的重新组合。在此后的两晋、南北朝中,也同样有诸多旧朝文学世家代代相承,历久不衰。

南北文学世家的有机融合。第一次融合是西晋统一全国之后,魏、吴、蜀三国文学世家的由分而合,其中来自吴郡的陆机、陆云二陆入晋,号称"二俊",具有标志性意义;第二次是东晋之后南北文学世家的全面融合。在北方侨姓与江东本土文学世家的冲突与交融中,以侨姓门阀世家的领袖王导、谢安为主导,不仅重构了"儒玄双修"、"文武合一"、"仕隐并行"的新的价值取向、新的士林风范,而且促成了由武而文、由刚而柔、由质而华的新江南人文精神的诞生,无论对北方侨姓还是江东本土文学世家都产生了深远影响;第三次是南北朝期间士族与庶族文学世家的重新组合。吴郡沈氏文学世家的崛起与兴盛,标明彼此在"中心—边缘"之间的反复角力中最终确立了江东本土庶族文学世家的主导地位。以上三次融合,不仅造就了本时期文学世家以及整个文坛的主体风格,同时也首次确立了江南在全国文学世家区域分布与流向中的重要地位。

---

① 郑樵《通志二十略》第1页,中华书局1995年版。

诸多大型文学世家的相继涌现。刘师培在《中古文学史》中总论宋、齐、梁、陈文学时明确指出："试合当时各史传观之：自江左以来，其文学之士，大抵出于世族；而世族之中，父子兄弟各以能文擅名。"①其中汝南应氏、吴郡陆氏、张氏、沈氏、陈郡谢氏、琅琊王氏、彭城刘氏世家等皆为大型乃至超大型的文学世家，彼此在推进世家自身建设、优化婚缘资源与强化文学教育等方面，都取得了重要进展。

文学世家之文学史地位的充分凸现。即以文集为范本，《隋书·经籍志》著录南朝集部作品 171 种，其中琅琊王氏 16 种，陈郡谢氏、吴郡张氏、吴兴沈氏各 8 种，彭城刘氏、吴郡陆氏、东海徐氏各 6 种，琅琊颜氏、陈郡袁氏、颍川庾氏、济阳江氏、会稽孔氏、汝南周氏都各有至少 3 种或以上文集，可见南朝的集部作品几乎被一、二十家世家大族所包揽②，这是门阀世家与文学世家渐趋合流并组合为新的文人集团的重要成果。而在文体方面，其中应用散文的各种文体多承之前代，同时在辞赋与小说两个方面也有重要突破，但最重要的成果是诗歌一体逐渐从边缘走向中心，由此开创了一个以诗歌占主流地位的文学独立之时代。

二、"门阀—文学世家"与"科宦—文学世家"混合形态的演进

隋唐时期正处于文学世家发展史上的中期，这是一个基于从九品中正制度到科举制度新旧双重制度转换以及文学史与家族史交互作用而发生内在蜕变的特殊阶段，主要呈现为"门阀—文学世家"、"科宦—文学世家"混合形态的交替与演进。

隋代科举制度的创立及其在唐代的延续推行，是对魏晋南北朝时期九品中正制度的重大变革，同时也为门阀世家与科宦世家③的盛衰交替以及接续文学世家的新文脉提供了重要的历史机遇与文化动力。然而由于隋代历时短暂，科举制度的草创以及由此选拔的人才作用于文学世家者，具有相对滞后性。因此，在隋代统一全国之后，活跃于政坛与文坛的文人多为旧朝故臣，然后通过他们的代际接力，遂使诸多文学世家得以由隋向唐代延续。比如虞世基、虞世南为三国东吴著名文人虞翻七世孙。父虞荔、叔虞寄为梁陈间著名文人。虞世基、虞世南兄弟由陈入隋，名重当世，时人比之为"二陆"。虞世基卒于隋代，虞世南入唐后，历任秘书监、弘文馆学士等，为"唐初四大家"之一，唐太宗称其德行、忠直、博学、文词、书翰为"五绝"。许善心为东晋玄言诗派著名诗人许询之后，祖许懋、父许亨皆为梁陈间文人。许善心由陈入隋，历任秘书丞、通议大夫等。子许敬宗入唐后，任弘文馆学士，兼修国史，奉敕主编《文馆词林》1000 卷。由上例可知，尽管隋代率先创立了科举制度，也吸纳了一些重要人才，但依然以承之于南北朝的"门

---

① 刘师培《中古文学史》第 88 页，人民文学出版社 1959 年版。
② 参见杨晓斌、甄芸《我国古代文学家族的渊源及形成轨迹》，《新疆大学学报》2005 年第 1 期。
③ 吕肖奂、张剑曾提出"科宦世族"的概念，本文为了与"世家"概念相对应而称为"科宦世家"。参见吕肖奂、张剑《两宋科举与家族文学》，《西北师大学报》2008 年第 4 期。

阀—文学世家"而非新兴"科宦—文学世家"为主体,这种格局在中经隋代的短暂过渡之后,进而向唐代延续。

唐代在继承隋代科举制度遗产的基础上又有进一步改进与完善,比如以进士、明经两科为主体,任用高官主持考试,提高科举考试地位,以及首创殿试程序等等,以后遂成定制。但从科举制度发展演变的历史统而观之,则由隋而唐仍属创始阶段,不仅科举制度本身还不够完善,如在进士科中采取"公荐制"即以考试与推荐相结合的办法,这对原有门阀世家而言,显然占有更多的优势,而且科举录取名额有限,以其中最被推重的进士为例,唐代近300年录取进士6 000余人①,远较两宋与明清时代为少,因而直接影响到新兴科宦世家的壮大及其向文学世家转型的成效。门阀世家与科宦世家双轨并行的交互作用,不仅决定了唐代门阀世家与科宦世家的分合消长,同时也决定了彼此一同发展为新的文学世家的内在蜕变趋势。

关于唐代门阀世家与科宦世家双轨并行的动态变化轨迹,也可以通过唐代数次纂修谱牒之案例加以观察②,从贞观初年纂修《氏族志》,到武后显庆四年(659)纂修《姓氏录》,再到中宗复位之时开始纂修《姓族系录》而至玄宗即位时完成,直至元和七年(812)《元和姓纂》的成书,实际上都是根据门阀世家与科宦世家的新发展,将源于不同区域、属于不同类型的门阀与科宦世家进行一次新的"混和编队",充分反映了当时彼此逐渐合流的总体形势。当然,以上四次纂修谱牒仅出现于初盛中唐,在历时性长度上存在着一定缺陷,以下三组统计数据可能更具典范性:一是唐代共有369名宰相,其中出身于进士者达80%③;二是在由唐代士族任宰相者中,出于纯门第与进士者的比例,在前期百年为77.6%:12.1%,中期百年为46%:34%,后期百年为16.5%:82.3%;三是在唐代所有出身于科举的士人中,士族、小姓与寒素的比例为69%:13%:18%④。以上三组统计数字说明了什么呢?第一组数据充分显示了宰相的进士化程度,说明唐代科举已成为选拔上层官员的主渠道;第二组数据充分显示了士族出任宰相、进士与非进士比例的动态变化趋势,由此可见士族在迈向进士化过程中所付出的努力以及所取得的成效,但同时也说明这一阶段性的成果与科举制度本身的发展存在着一定的时间差;第三组数据充分显示了在新的科举制度的激烈竞争中门阀世家依然优于中下层寒族的实力。有鉴于此,需要对唐代科举制度的实施成效以及由此造就的新兴科宦世家的构成有一个实事求是的判断与辨析。到了唐代后期,受惠于初盛唐的科举制度的实施以及中唐之后科举力度的加大,世袭门阀士族与新兴科宦士族已在各自的兴替变化中渐趋融合,原有门阀士族的逐步衰落已不可避免,而科宦世家与文学世家的同构性与同步性

---

① 吴建华《科举制下进士的社会结构和社会流动》,《苏州大学学报》1994年第1期。
② 唐代谱牒之学同样经历了内在蜕变的过程,即仍以官修谱牒为划分姓氏等级的依据。而在民间,则陆续出现了一些私家编修的谱牒,例如王方庆著《王氏家牒》、《家谱》,刘知几著《刘氏家史》及《谱考》等等,其中以家谱为主,且皆仅为家族世系的考订与记载,而不再是划分姓氏等级的凭证,已开宋代家谱之先声。
③ 林白、朱梅苏《中国科举史话》第26页,江西人民出版社2002年版。
④ 毛汉光《中国中古社会史论》第348页,上海书店2002年版。

发展也更为明显。至此,启动于隋代的文学世家的内在蜕变随着"门阀—文学世家"与"科宦—文学世家"混合形态交替演进的基本终结而告完成。

在中国文学世家前中后三大时段三重形态的相互衔接与有序推进中,隋唐时期处于承前启后的特定时段之中。伴随门阀世家与科宦世家的竞争融合而激发新的活力,显然有助于优化家族基因,延展生命周期。与其前后两个不同时段的不同形态相比,本时段基于"门阀—文学世家"与"科宦—文学世家"混合形态交替演进的内在蜕变,主要呈现为以下三大趋势与特点:

1. 集前代文学世家之大成的整体优势。唐人柳芳《氏族论》谓:"过江则为'侨姓',王、谢、袁、萧为大;东南则为'吴姓',朱、张、顾、陆为大;山东则为'郡姓',王、崔、卢、李、郑为大;关中亦号'郡姓',韦、裴、柳、薛、杨、杜首之;代北则为'虏姓',元、长孙、宇文、于、陆、源、窦首之。"① 以上"四姓"延续至唐代,其中有不少世家经受住了沧桑巨变的考验,不仅顽强地生存下来,而且依然居于强势地位。追其源,观其流,便能更为真切地了解各个文学世家的独特生命历程以及唐代文学世家的整体风貌。其中最具典范意义的是韦氏与杜氏世家,韦、杜二氏等分别起于汉代以韦孟、韦贤、韦玄成为代表和以杜延年、杜钦、杜林等为代表的"经学—文学世家",延续至唐代,在科举、仕进以及复兴文学世家盛势方面都取得了成功。一方面,凭藉门荫与科举,双轨并进,占据宦途要津,保持家族政治地位之不坠。其中家族成员拜相者,杜氏11人,韦氏则多达20人,为全唐之冠② 。杜甫曾于潭州作《赠韦七赞善》一诗,谓:"乡里衣冠不乏贤,杜陵韦曲未央前。尔家最近魁三象,时论同归尺五天。北走关山开雨雪,南游花柳塞云烟。洞庭春色悲公子,虾菜忘归范蠡船。"又于"尺五天"原注云:"俚语曰:'城南韦杜,去天尺五。'"③ 自诩诩人之意,溢于言表;另一方面,韦、杜二氏也都通过家族文学化与文学家族化的积累与延续,逐步形成了一个阵容庞大的家族文学家群体,杜氏世家的杜易简、杜审言、杜甫,韦氏世家的韦应物、韦庄等都是其中的杰出代表,充分显示了以韦、杜二氏为代表的这些历史悠久、积淀深厚的文学世家与世俱变、与时俱进的生存适应能力。这是大唐盛世多元文化滋养的杰出成果。

2. 由关中、山东、江南三足鼎立的区域布局。李浩系统总结了前人有关唐代地域的各种论述,首次提出"三大地域文学士族"之说,并对此作了深入研究,认为西都(关中)、河洛(山东)与江左鼎足而三,构成南北朝三大政治轴心与文化轴心。此三大轴心,从时间上说,形成隋唐制度与文化的三大来源;从空间上说,则构成唐代文化地域差异的基础。而就士族群体而言,可按柳芳《氏族论》所谓"侨姓"、"吴姓"、"郡姓"、"虏姓"来

---

① 欧阳修、宋祁等《新唐书》卷199,第5677—5678页,中华书局2003年版。
② 参见李浩《唐代关中士族与文学》,中国社会科学出版社2003年版;王力平《中古杜氏家族的变迁》,商务印书馆2006年版;王伟《唐代京兆韦氏家族与文学研究》,博士学位论文,西北大学文学院,2009年。关于韦氏、杜氏宰相数量,史书记载及各家统计略有出入,《新唐书·宰相世系表》所列韦氏家族为相者16人,但在表后统计则为14人。据王伟《唐代京兆韦氏家族与文学研究》第2页统计,韦氏为20人,杜氏为11人。
③ 《全唐诗》(增订本)卷233,第2576页,中华书局1999年版。

源,分成关中群体、代北群体、山东群体、江南群体,其中代北"虏姓"群体,至唐代已汉化极深,主要融入关中群体,而江南原有吴姓与侨姓两部分也在隋唐融合为江南群体。三大区域的文人群体数量,唐前期次序为山东、关中、江南,唐后期则变为山东、江南、关中,这种变化显示出历史机运的潜转暗换①,也大致反映了唐代文学世家的整体区域分布与流向。

3. 以诗歌为主流的多种文体的兼擅与拓展。唐代是诗的时代,因而就整体性、主导性而言,诗歌世家在唐代文学世家中占据了主流地位,这可由胡应麟《诗薮·外编》所列举的诸多唐代诗人家族得到充分的印证,如其所论崔氏世家:"唐著姓若崔、卢、韦、郑之类,赫奕天下,而崔尤著。盖自六朝、元魏时,已为甲族,其盛遂与唐终始。文皇首命群臣品第诸族,时以崔民干为第一。嗣后达官膴仕,史不绝书,而能诗之士弥众,他姓远弗如也。……初唐之融,盛唐之颢,中唐之峒,晚唐之鲁,皆矫矫足当旗鼓。以唐诗人总之,占籍几十之一,可谓盛矣。"②其实如崔氏世家诗人之盛者在唐代尚多。《诗薮·外编》还列出了诸如"夫妇俱能诗者"、"女兄弟能诗者"等,有的本身属于文学世家之一员,有的则为文学世家的兴盛与延续作出了重要贡献。到了唐代后期,伴随新乐府运动与古文运动的同时勃兴,诗、文已经并驾齐驱,并向传奇小说与曲子词拓展。文学世家的文体演变与文学成就日趋多样丰富。尤其是中唐以来一些文学世家对于传奇小说与曲子词的关注和介入,比如洛阳元氏世家的元稹既是新乐府运动的主将,又著有传奇小说《莺莺传》;太原白氏世家的白居易为新乐府运动领袖,其弟白行简则著有传奇小说《李娃传》;太原温氏世家的温庭筠与京兆韦氏世家的韦庄同以创作曲子词齐名,成为花间词派的鼻祖和主将,并称"温韦"等,这些都在一定程度上反映了唐代后期文学世家之于新兴文体的关注度与兼容性,以及承中有变、日趋多元的新态势。

三、"科宦—文学世家"主流形态的演进

后期文学世家的发展经历了从两宋的全能发展到明清的高度繁荣两个阶段,得益于科举制度的有力推动,并由文学史与家族史的交互作用,主要呈现为"科宦—文学世家"主流形态的变革与演进。

宋代承续隋唐科举制度而加以彻底改革③,使之更加严格规范,比如废除"公荐"制,推行"别试"与"复试"制度④,限制官员报考,实行弥封、誊录与"锁院"制度,以便于创造更好的公平竞争的环境与机制。另一方面,又大幅增加科举录取名额,以最为重要

---

① 李浩《唐代三大地域文学士族研究》第33—34、142、79页,中华书局2002年版。
② 胡应麟《诗薮》第174页,中华书局1958年版。
③ 《宋史》载:开宝六年(973)太祖复试后,"尝语近臣曰:'昔者,科名多为势家所取,朕亲临试,尽革其弊矣'。"脱脱等《宋史》卷155,第3606页,中华书局2003年版。
④ "别试"制度虽始兴于唐,但至宋代才形成定制。

的进士为例，唐代录取进士总量为6 000多人，宋代增至为30 000多人①，为唐代的数倍，这就为一大批中下层士人通过科举改变命运和改写历史提供了广阔的舞台。所以，到了宋代的科举制度，才真正起到了抑制豪门、提携寒族、加快社会阶层流动，不断为统治阶层补充新鲜血液的作用，由科举制度产生的科宦世家才真正成为士人阶层的主体，由三国延续于唐代的门阀世家至此终于退出历史舞台，而唐代门阀与科宦世家双轨并行的局面也至此终结。

  科宦世家之不同于门阀世家，就在于它没有世袭特权的优势，而必须通过一代又一代的不懈努力，在相对公平、严格的应试竞争中脱颖而出，才能有效维系世家的代际延续乃至久盛不衰。为了应对如此严峻的挑战，宋人除了对外尽力争取更多的政治、教育与学术资源外，更加注重对内加强家族的内部组织制度建设，包括纂修族谱、制订家规、建立宗祀、设立义庄、传承家学等重要方面，依次从血缘认同、伦理规范、宗教情感、道德责任、学业传承上增强家族的凝聚力，促进家族的持续性发展。如果说以苏洵、欧阳修分别纂修的《苏氏族谱》、《欧阳氏谱》为标志，宋代族谱已由过去作为划分社会地位与确定家族婚姻的依据趋于更为内在的"敬宗睦族"、"尊祖收族"，旨在强化宗族的向心力和凝聚力，那么，宋代家族在家学传承方面通过举业教育、学业教育与文化素养教育的贯通，在科举应试、学术传承以及家族成员的全能发展上都取得了成功，所以能源源不断地涌现如此众多的全能型、全才型文人学者。以上诸多方面，既是促进宋代科宦世家普遍兴盛的重要动力，同时又是推动科宦世家及时转型为"科宦—文学世家"的重要成果，其中家族向心力和凝聚力的强化与全能型人才培养的成效，是它们明显不同于前代的共同特点。

  人们在评价唐代科举制度时，总是忘不了以唐代诗坛"双子星座"——李白、杜甫双双未中进士为例提出质疑，但在宋代最负盛名的文学家群体中，非进士出身者寥寥无几，这也从一个侧面反映了宋代科举制度之于各类人才尤其是杰出人才的包容性以及科宦世家与文学世家的相融性。其中欧阳氏世家的欧阳修、苏氏世家中的苏轼作为北宋前后相继的两代文坛领袖，同时活跃于政界、学界、文界，擅长诗、词、文各种文体以及书法、绘画、音乐等，几乎无所不通，无所不能。有人比之为西方文艺复兴时期的人物。由此可见来自中下层而通过科举脱颖而出的文人学者及其所构成的"科宦—文学世家"，更富仕途进取心，也更具文学创造力，集中代表了臻于全能发展的宋代文学世家的杰出成果。风云际会、群星灿烂，这固然是特定时代孕育的结果，但也切不可忽视文学世家长期累积的作用。与前代相比，宋代文学世家的演变主要呈现为以下特点：

  文学世家走向综合发展的趋势。从家族举业教育、学业教育与文化素养教育的贯通，到家族成员全能型、全才型文人学者的不断涌现，都集中体现了宋代文学世家全能发展的重要成果，也充分显示了文学世家普遍走向综合化的发展趋势。可以说，两宋的杰出文学世家，如南丰曾氏世家（曾致尧、曾易占、曾巩、曾布、曾肇），临川王氏世家（王

---

① 吴建华《科举制下进士的社会结构和社会流动》，《苏州大学学报》1994年第1期。

益、王安石、王安仁、王安国、王雱)、澶州晁氏世家(晁迥、晁补之、晁说之、晁冲之、晁公武)、眉山苏氏世家(苏洵、苏轼、苏辙),几乎都属政学两栖、众体皆长的综合型、全能型文学世家,是文学世家与文化世家的合流。

文学世家南北重心转移的趋势。两汉时代,文学世家的中心区域在黄河流域。到了三国两晋南北朝,由于大批北方文学世家迁居江南,南北重心发生历史性转移,江南首次成为全国文学世家核心区域所在。至唐代,由于建都长安(首都)、洛阳(陪都),文学世家的中心区域回归黄河流域,然后形成关中、山东、江南三足鼎立的区域格局。北宋末年"靖康之难"的爆发,又一次引发了北方大移民活动。以南宋首都临安为中心,大批北方文学世家陆续迁居江南。从此以后,江南才真正牢固地确立了其在全国文学世家区域分布中的核心地位。文学世家以江南为中心,并逐渐向南方广大区域推进。两宋之交,是文学世家最终完成南北重心易位的转折点。

文学世家融入理学主流的趋势。宋代文学世家受理学主流意识形态的影响,是随着理学的地位上升与广泛传播而逐步由浅而深的。北宋时期,先后出现了一批理学世家兼文学世家,诸如道州周氏世家(周敦颐、周寿),洛阳程氏世家(程珦、程颢、程颐),洛阳邵氏世家(邵古、邵雍、邵伯温、邵溥、邵博),等等。及至南宋,理学影响渐呈主流化、一元化之势,主要表现之一是普遍以理学为文学世家的价值导向;之二是出现了为数更多的理学世家兼文学世家,集中分布于赣、闽、江、浙等地,与理学重点传播区域相一致。

文学世家加速两向分化的趋势。在文学世家发展史上,宋代开启了一个真正以科宦世家支撑乃至决定文学世家的时代,它在将大批来自中下层的士人阶层造就为新的科宦世家的同时,也将原先处于高层的士人阶层改造并延续为科宦世家,但彼此承受科场严酷竞争的压力是同样十分沉重的,其中有的世家表现出了非凡的生存能力与竞争实力。冠于两宋世家者当推吴越王后裔钱氏世家,据钱氏十三世孙钱国基的《钱氏宗谱》统计,宋代钱氏擢进士者有320余人,其情势之盛、人数之多为其他家族所不及[①]。科举的发达不仅再度奠定了钱氏家族的显赫地位,也造就了钱氏家族文人创作群体的庞大。曾枣庄主编《中国文学家大辞典·宋代卷》所录钱俨、钱易、钱惟演、钱昭度、钱彦远、钱明逸、钱藻、钱勰、钱端礼等文学家,皆出于吴越王后裔钱氏世家[②],其中钱惟演与杨亿、刘筠同为宋初西昆派领袖,这是旧豪门成功转型为新"科宦—文学世家"的典范案例。再如宋代澶州晁氏世家10代间进士及第者73人[③],南丰曾氏世家进士及第者55人[④],分宁黄氏世家进士及第者近50余人,明州楼氏世家进士及第者38人[⑤],等等,而且在这些科宦世家中,作家辈出,诸体皆长,成绩显著。但另一方面,即从普遍性的角度来看,宋代科宦世家兴替频率明显加快,代际延续缩短,即便如培养出文坛领袖欧阳修、

---

① 参见俞樟华、冯丽君《论宋代江浙家族型文学家群体》,《浙江师范大学学报》2004年第5期。
② 曾枣庄主编《中国文学家大辞典·宋代卷》,中华书局2004年版。
③ 张剑《宋代家族与文学——以澶州晁氏为中心》,北京出版社2006年版。
④ 吴光主编《中国文化世家·吴越卷》第466页,湖北教育出版社2004年版。
⑤ 李才栋、曹涛主编《中国文化世家·江右卷》第105、149页,湖北教育出版社2004年版。

苏轼那样的文学世家,也是在激情绽放之后很快凋谢,虽然辉耀一时,却毕竟过于短暂,令人慨叹,可见科场竞争之惨酷。

到了明清两代,科举制度与科宦世家同时在元代低谷之后得以复兴。从进士录取名额来看,两宋录取进士总量为30 000多人,元代为1 000多人,明、清两代各为20 000多人①,虽较宋代有所减少,但比之元代则大幅上升。再从制度设计来看,明清两代也有许多改革,比如学校教育与科举制度两相贯通,考试内容限于《四书》《五经》,考试形式定为八股文体等等。这些极端程式化、形式化乃至僵化的制度设计与实施,表明明清两代已不可避免地走向盛极而衰之命运。

与宋代一样,明清也是大体在一元化与一体化中建构科宦世家与文学世家的密切关系,科宦世家仍然支撑并决定着文学世家的发展。而在科宦世家的家族制度建设方面,明清也是承继并弘扬宋代的文化遗产,而又有新的发展,在纂修族谱、制定家规、建立宗祀、设立义庄、传承家学等重要方面,较之宋代更为普遍,更为严密,更为完善,因而也更为持久。尤其在传承家学方面,无论是举业教育还是学术传承,都更富有成效,这反过来又强化了科宦世家的稳定性与延续性。所以在明清两代,源源不断地涌现出了更多的延续数十年至百年乃至数百年之久的科宦世家。

从明清两代文学世家本身的发展型态与演变来看,彼此异同并存。在以理学为主流意识形态的主导下,明代心学、清代朴学都对各代的文学世家产生深刻的影响,所以至明清时期,同以文学与学术传家的文学世家更为普遍。尤其是到了清代,朴学作为一代学术主潮,已渗透到文学世家的各个方面,也有许多文学世家由家学的传承进而成长为全国著名学术流派。当然,辩证地看,不管是文学兼学术型还是学术兼文学型,对于文学世家发展而言,"得"、"失"并存。另一方面,明清时期诗、词、文、戏剧、小说各体并盛,其中小说更是上升为明清两代文学的代表,明清文学世家与此也是合中有分、同中有异。

从两宋的全能发展到明清的高度繁荣,文学世家的形态演变出现了以下新的特点:

累世延续而经久不衰的巨型文学世家大量涌现。两宋文学世家虽然在全面发展中充满文化创新的活力,而在延续性与稳定性方面有所欠缺,但至明清两代,尤其在文化积淀深厚的江南区域,延续持久、成果卓著、影响深远的大型乃至超大型文学世家比比皆是,近人薛凤昌《吴江文献保存会书目序》曰:"吾吴江地钟具区之秀,大雅之才,前后相望,振藻扬芬,已非一日。下逮明清,人文尤富,周、袁、沈、叶、朱、徐、吴、潘,风雅相继,著书满家,纷纷乎盖极一时之盛。"②其他如昆山归氏世家、常州庄氏世家、钱塘许氏世家、海宁查氏世家、湖州董氏世家、无锡秦氏世家、慈溪郑氏世家等等,彼此共同展示了明清时期江南文学世家传承之久之盛。

由商业世家成功转型的新型文学世家逐步壮大。宋代城镇商业的兴盛,促进了商

---

① 吴建华《科举制下进士的社会结构和社会流动》,《苏州大学学报》1994年第1期。
② 见柳亚子著、薛凤昌编《吴江文献保存会书目》(油印本),上海图书馆藏。

人阶层的兴起以及商业世家的形成，但终因时代条件与文化积淀所限，而未能进一步从商业世家发展和转型为文学世家。而到了明清时期，也同样以江南为核心区域、以徽商为主体，诸多商业世家通过持续不懈的文化与文学教育，不仅成功转型为科宦世家，而且进一步成长为文学世家。诸如苏州的潘氏、王氏、席氏、贝氏世家，杭州汪氏世家，扬州马氏世家等等，都是其中的佼佼者，而以苏州潘氏世家最为典型。潘氏本是徽商，迁吴之后，经过五代人约100年前仆后继的努力，终于成功进士及第，这是潘氏世家走向兴旺发达的开端，也是其通过长期文化积淀实现从商业世家向文化世家转型的标志。尤其到了乾隆五十八年(1793)，以潘世恩状元及第为标志，由此迎来了潘氏世家的全盛时代①。潘氏世家在从商业世家成功转型为科宦世家的同时，因历代在文学创作上的积累以及文集的刊行而成长为文学世家。

孕育和延续女性作家群的文学世家明显增多。从汉代开始，女性文学家代有人出。至唐代又有新的突破。而至明清时期，在江南一些著名文学世家中相继出现了为数众多的女性作家群。清代徐珂《近词丛话》云："毗陵多闺秀，世家大族，彤管贻芬，若庄氏、若恽氏、若左氏、若张氏、若杨氏，固皆以工诗词著称于世者也。"②但人数最众、成就最著、影响最大者，当推吴江沈氏世家。沈氏世家自始祖沈文至十七世沈桂芬一代，先后产生10位进士，为当地的著姓望族。而自第五代太常公沈奎始，先后出现了130多位文学家，其中女性作家20多位，集中出现于从沈奎六世到九世的四代人中间，她们分别以血缘和婚姻为纽带，形成母女诗人、姐妹诗人、从姐妹诗人、妯娌诗人、姑嫂诗人等，具有显著的家族性特征，成为江南家庭女性文学创作繁荣的一个缩影③。

擅长各种文体的全能型文学世家更为普遍。宋代文学世家在文化与文学教育上的成功，造就了诸多全能发展的文学大家与文坛领袖，但重在个体全能型的全面发展，而至明清两代，仍以江南为核心区域，进一步延展为世家各类人才与各类文体的全面发展，其中有"一族之中若干体裁皆擅且具影响者，如松江宋(徵璧)氏家族之于诗、词、散曲；苏州尤(侗)氏家族之于戏曲、诗、文；阳羡陈氏(维崧)家族之于词、诗、戏曲"。也有"以某一体裁胜而兼通其他诸体者，如太仓吴氏(梅村)家族以诗鸣世，而文与戏曲具有成就；吴江沈氏(自晋)家族以戏曲擅长，而诗、词创作亦工；阳湖张氏(惠言)乃倚声大家并以词学开派，而辞赋、诗歌亦擅场一时；恽氏(敬)家族以诗、经发科，而古文足称大家，骈文亦有可观者；洪氏(亮吉)家族以诗歌称雄，而骈文、散文具有作手；李氏(兆洛)学无不窥，莫测其际，以古文独步，而骈文和诗亦深有意致；镇江刘氏(鹗)家族以小说名播海内，而诗和文，尤其诗歌亦不同凡响；溧阳狄氏(云鼎)家族入清后，以诗传家，'陶与杜之襟怀既兼而有之'(吴颖《古照堂诗集叙》)，而到八世孙狄葆贤时，诗歌之外更以小说批

---

① 参见徐茂明《士绅的坚守与权变：清代苏州潘氏家族的家风与心态研究》，《史学月刊》2003年第10期；徐茂明《清代徽苏两地的家族迁徙与文化互动——以苏州大阜潘氏为例》，《史林》2004年第2期。
② 徐珂《近词丛话》，唐圭璋《词话丛编》第五册，第4221页，中华书局1986年版。
③ 参见郝丽霞《吴江沈氏女作家群的家族特质及成因》，《山西大学学报》2003年第6期；郝丽霞《吴江叶、沈两大家族的联姻与文学创作》，《太原师范学院学报》2004年第1期。

评在近代产生巨大影响"①。由此可见,明清时期文学世家通擅众体的全能型特征更为明显,文学世家的文体选择更具多样性与丰富性。

内聚江南与外播边远的文学世家的多向发展。明清两代文学世家集中汇聚于江南,以上四大趋势也主要体现在江南区域,由此充分显示了江南之于全国文学世家的主导地位。另一方面,以江南为中心、两朝首都北京为副中心而逐步向边远区域播迁与拓展,明清时期文学世家区域分布与流向的相对均衡也更为显著。据学者统计分析,以明清时期两代比较,处于边远地区的广东、广西、云南、甘肃、贵州、辽东等地进士人数大幅度增加②,由此促进了科宦世家与文学世家的相应增加。而且值得注意的是,在这些地区陆续出现了一些少数民族的文学世家。以云南为例,自元代大理总管、白族段氏率先形成第一个少数民族文学世家之后,至明代出现了浪穹白族何氏、丽江纳西族土知府木氏、蒙化彝族土知府左氏世家等,再至清代又出现了纳西族桑氏、太和白族赵氏、太和白族杨氏世家等③。这也从一个侧面反映了明清边远地区文学世家的成长以及从江南、燕赵核心区域逐步向边地播迁与拓展的趋势。

以上五个方面的特点,是明清时期文学世家趋于高度繁荣的标志。光绪三十二年(1906),清廷宣布废止科举,这是中国政治文化制度的又一次重大变革,自隋唐以来延续了1300余年的科举制度以及基于科举制度而形成的"科宦—文学世家"至此终结。从文学世家本身的发展历程观之,这是从繁荣走向衰落的转折点。

科举制度的改革与废止,不仅成为促进现代新式教育制度诞生的核心动力,同时也为传统文学世家的现代转型铺平了道路,因为正是出于现代新式教育的新型知识群体的形成与壮大,才使现代新型文学世家有了新的主体力量。然而从历史的、辩证的眼光来看,现代文学与文学世家的转型不仅呈现为不同趋势,而且形成了强烈反差,即当现代文学在完成转型过程中实现新的繁荣之际,而现代文学世家却在完成转型过程中走向了衰落。究其原因,除了尚在建构之中的现代新式教育制度未能为现代文学世家提供强有力的支撑之外,更重要的是现代家族制度彻底变革的严重冲击,集中表现在家族结构的重要变化,即由过去普遍的家庭—家族—宗族三维结构的大家族逐步转向一夫一妻制的核心家庭,家族规模的快速缩小,家族成员的普遍减少,大大削弱了现代文学世家成员数量扩张的能量。此外还受到两大因素的制约:一是现代学科的分化。即由过去泛文化的文学世家逐步走上文理分科的专业化道路,尤其在当时科学救国、实业救国的鼓动下,许多家庭成员弃文而从理、工、医、军、商等,这又大大削弱了现代文学世家代际延续的能量;二是文学传承的断裂。文学才能既出于先天禀赋,也需要后天培养,在现代著名文学家群体中,子承父业者不多,子承父业卓然成家者更少,足见现代文学

---

① 罗时进《清代江南文化家族的文学文献建设》,《古典文学知识》2009 年第 3 期。
② 沈登苗《明清全国进士与人才的时空分布及其相互关系》,《中国文化研究》1999 年第 4 期。
③ 参见陈友康《古代云南少数民族的家族文学》,《云南民族学院学报》1998 年第 4 期;陈友康《古代少数民族的家族文学现象》,《民族文学研究》2004 年第 3 期。

家之于家族文学教育的忽视与失效。现代文学世家之所以在其自身转型过程中逐步趋于衰落，正是以上诸多原因综合作用的结果。

四、文学世家的历史还原与文学史范式的建构

文学世家的历史还原与逻辑建构，本是一个双向互动的过程，上文重点归结为前中后三大时段三重形态的相互衔接与循序演进，即是对这一双向互动过程的提炼与总结，集中体现了历史与逻辑辩证统一的学术宗旨和取向。需要特别强调指出的是，所谓三大时段三重形态的历史还原，仅仅是就其主流形态而言的。文学世家形态的定型与演变，正与整个文学生态本身的丰富性、多元性一样，因此，当我们在重点梳理和揭示不同时段文学世家主流形态的演变过程时，理应同时关注与主流形态相谐共进的立体式呈现，比如前期两汉至南北朝时期在"经学—文学世家"、"门阀—文学世家"双重形态之外，汉代还出现了以扶风司马氏（司马谈、司马迁）为代表的史学兼文学世家以及以淮阴枚氏世家（枚乘、枚皋）、吴郡严氏世家（严忌、严助、严忽奇）为代表的比较纯粹的辞赋世家两种类型，由此形成以"经学—文学世家"为主导的多元格局。而在魏晋南北朝，在以"门阀—文学世家"为主导的格局中，出于寒族的文学世家不仅获得了一定的生存空间，而且拥有向上发展以及促进上下交融的冲动与实力；同样，中期隋唐时期在"门阀—文学世家"、"科宦—文学世家"混合形态的主导下，也曾出现了不少游离于这一混合形态之外的布衣文学世家；至于到了后期两宋明清时期，虽然"科宦—文学世家"这一主流形态长期占据主导地位，但仍有诸多出于艺术、藏书、刻书、商业、医学世家等而未获功名或自动拒绝、放弃科举的布衣文学世家的存在与延续，充分显示了两宋明清时期文学世家的丰富性和多元性。

鉴于文学世家本身的悠久、繁荣与当今学界研究成果匮乏的反差以及通代文学世家史的阙如，文学世家的历史还原应该怀有更为高远的学术目标，应该进一步走向文学世家史学术范式的建构，应该催生更多的文学世家史研究成果。的确，与朝代兴替、民族兴亡的轰轰烈烈相比，文学世家的阴阳消长、悲欢离合尽管如此丰富，却因长期被散载甚至淹没于正史之中，所以才显得如此"无声无息"。然而，正如刘禹锡《金陵五题·乌衣巷》诗"朱雀桥边野草花，乌衣巷口夕阳斜。旧时王谢堂前燕，飞入寻常百姓家"[①]所昭示的，曾经显赫一时的王谢世家的兴衰变化，不仅仅代表了这两个特定世家的历史，而且也正代表了整个历史本身，甚至与王谢相关的意象——不管是静态不变的朱雀桥、乌衣巷，还是动态变化的野草、夕阳、燕子，也都成为超越特定家族、时代、区域而蕴含历史沧桑的象征。受此启示，文学世家史学术范式的建构同样可以通过特定个体、时代、区域以至通代文学世家史四个层级的链接而融合为一个有机的整体。

---

① 《全唐诗》（增订本）卷365，第4127页。

1. 特定个体文学世家史研究

正如家庭是社会细胞、家族是社会结构的根基一样,文学世家的研究必须牢固建立在大量个案研究成果的基础之上。诚然,我们不可能在穷尽所有个体文学世家发展历史之后,然后才进入对整体文学世家的历史还原与逻辑建构,但在学术取向与理路上,则应毫不犹豫地以个体文学世家研究为基础,为起点。因此,需要更多的学者投入更多的精力于个案研究之中,以集成性的精品成果,不断完善、修正整体性的研究结论。

对于每个特定文学世家而言,彼此都有兴衰起伏的历史,都有悲欢离合的故事,都有各自独特的生命周期。《孟子》曰:"君子之泽,五世而斩。"[①]以此参照古代有关"五服"、"九族"的传统说法,似可按文学世家的代际延续划分为以下若干类型:五世以下者为小型文学世家,五世以上、九世以下者为中型文学世家,九世以上者为大型文学世家,至于那些历数十世而不衰者则可称之为巨型文学世家。从文学世家的生命周期观之,绝大多数皆在五世以下,尽管五世以上之中型、大型乃至巨型文学世家依然相当可观,但从总体上看,毕竟呈逐步递减之势。个体文学世家史研究的学术意义,不仅仅在于可以为后续不同层序的文学世家研究提供大量鲜活的经典案例,更重要的是作为四个层级的第一链接点,是整个文学世家史学术范式建构的根基所在。

2. 特定时代文学世家史研究

一代有一代之文学,一代亦有一代之文学世家。自两汉文学世家正式诞生至明清臻于繁荣局面,无论放大到前中后三个时段,还是缩小至每一个阶段乃至每一个朝代,都无不呈现为承中有变、同中有异的发展趋势。最为关键的是需要仔细辨认其中的承变、异同关系。同是"经学—文学世家",两汉有所不同;同是"门阀—文学世家",三国两晋南北朝也明显有别;同是"门阀—文学世家"与"科宦—文学世家"的混合形态,唐代前后各异。至于"科宦—文学世家",更是在贯穿于隋唐至明清各代长达1300年的历史长河之中因时而变,与时俱进的。即以文学世家进入全能发展时代、具有更多共性的两宋相较,亦有多处差异[②]。然而一旦跳出宋代而与前后不同时代相比,则两宋又呈现为更多的相通性。所以,在以特定个体文学世家史研究为第一链接点的基础上,尤有必要进一步加强特定时代文学世家史的研究,如此则不仅可以将诸多特定个体文学世家史通过时间链接而建构为断代文学世家史,同时又可从历时性方向为文学世家史学术范式的建构夯实基础。

3. 特定区域文学世家史研究

文学世家与生俱来的地缘性特点、同一区域文学世家的历史传承性以及不同区域文学世家发展的不平衡性,决定了特定区域文学世家史研究的重要意义。毫无疑问,特定区域文学世家史同样具有向下链接特定个体文学世家史与向上链接中国通代文学世家史的中介作用,但与特定时代文学世家史相比,它主要是通过空间而非时间的链接建

---

① 焦循《孟子正义》第240页,上海书店1992年版。
② 参见吕肖奂、张剑《两宋家族文学的不同风貌及其成因》,《文学遗产》2007年第2期。

构为特定区域文学世家史,并从共时性方向为中国通代文学世家史的历史还原与逻辑建构夯实基础,所以彼此作用不同而又有相辅相成之效。

世纪之交,随着区域文化与文学地理学研究的兴盛,区域文学史研究受到学界前所未有的广泛关注,相关学术会议络绎不断,学术著作屡屡问世。但并不是将行政区域或文化区域有关文学家及其创作活动、成果按时间先后排列组合起来,就是区域文学史研究。相比之下,由于目前区域文学世家史研究尚在起步阶段,所以特别需要学界共同努力加以改变,大致可从以下三个方向寻求重点突破:一是同一区域文学世家的历史传承性研究;二是不同区域文学世家发展史的比较研究;三是全国文学世家的区域分布与演变研究,此与中国文学及文化中心迁徙紧密相结合,已渐渐接近于通代文学世家史研究。

4. 中国通代文学世家史研究

通代文学世家史研究应是特定个体、时代、区域文学世家史研究的集大成者,是以上各个不同层序链接的重新建构、升华与超越。概而言之,主要体现在以下四个"有机交融"上:

一是文学世家个体与整体的有机交融。通观文学世家史学术范式建构的四个层级的链接,文学世家个体与整体的有机交融首先必须建立在特定文学世家史研究的坚实根基之上,然后以特定时代与特定区域文学世家史研究为中介作双向拓进,最后融合和重建为反映通代文学世家整体面貌的文学世家史模式。当然,所谓个体与整体的有机交融只是一个相对的概念,正如刘禹锡《乌衣巷》一诗通过人与物、昨与今对比而产生的历史沧桑之感,既由王谢特定世家而引发,同时也是对以王谢为典范、囊括了所有世家以及所有往昔历史的伤感。因此,在特定文学世家史的个案研究中,也应努力透过诸多现象与偶然因素,从中发现那些基于个体而又超越个体的共通规律。而特定时代与特定区域文学世家史的研究,更应充分发挥其固有的中介作用,在贯通文学世家史学术范式建构四个层级的链接中促进文学世家个体与整体研究的有机交融。

二是文学世家时间与空间的有机交融。陈寅恪曾在《元白诗笺证稿》中提出建构时空交融的文学史新模式的设想:"苟今世之编著文学史者,能尽取当时诸文人之作品,考定时间先后,空间离合,而总汇于一书,如史家长编之所为,则其间必有启发,而得以知当时诸文士之各竭其才智,竞造胜境,为不可及也。"[①]同样,文学世家的发生发展、迁徙流变也都离不开时间与空间这两个维度,文学世家史学术范式的建构只有在其还原为时空并置交融的立体图景时,才有可能充分重现其相对真实、完整的总体风貌。当然,这里所说的时空并置交融的立体图景首先是以时间维度为主轴,但同时必须与空间维度相交融。在文学世家所经历的三大时段三重形态中,其空间形态大体呈现为从黄河流域转向长江流域、然后高度聚集江南核心区域再逐步向外缘拓展的区域流向。

三是文学世家长度与高度的有机交融。文学世家的生命周期与文学贡献,是衡量

---

① 陈寅恪《元白诗笺证稿》第9页,三联书店2001年版。

和确定其历史地位的两大核心指标,彼此存在着分合关系。如前所述,就文学世家的生命周期而论,大致可以划分为小型、中型、大型、巨型四大类型;而就文学世家的贡献度衡量之,则又可分为普通文学世家、重要文学世家、杰出文学世家等不同类型。毫无疑问,在仅仅产生若干文学家与产生文坛领袖之间,彼此是不可相提并论的。假如将文学世家比作一座延绵起伏的群山,那么,从普通文学世家,到重要文学世家,再到杰出文学世家,即有如山脉、高原与峰巅之别,由此构成了一种梯度递进之势。没有山脉的铺垫,就没有高原的隆起,更没有峰巅的耸立。而没有高原的隆起,群山就会缺少应有的厚度;没有高峰的耸立,群山更会缺少应有的高度。从特定个体、区域、时代到整体文学世家,彼此在原理上是相通的。杰出文学世家的杰出贡献,即在于其努力将自己塑铸为群山之巅的同时,也将整个文学世家推向群山之巅,由此开创了文学世家的辉煌时代。

四是文学世家形态与规律的有机交融。每个文学世家都有其独特的表现形态,但彼此又有诸多内在的相通性。比如一般都会经历孕育、形成、发展、鼎盛、衰落、终结等不同的历史阶段,生命周期越长,文学贡献越大的文学世家,也就越具典型性。其中有的文学世家还经历了衰而复兴、兴而复衰的几度反复,当然也有一些小、中型文学世家仅仅经历其中的若干环节。再如每一个文学世家的发展、兴盛,都离不开政治地位、经济实力、文化积淀、人才培育等核心要素的有力支撑,尤以通过人才培育而形成"人才链"最为重要、最为关键。历史地看,所有久盛不衰的文学世家往往不仅拥有一个前后相继、阵容庞大的人才群体,而且拥有超越家族、区域、时代的文坛巨星。只有人才群体而没有文坛巨星,或者只有文坛巨星而没有人才群体,都是不完善的。这些法则或者说内在规律,既适合于每一个特定文学世家,也同样适合于特定区域、时代以及所有文学世家。

从特定个体、时代、区域到通代文学世家史的层序链接与融合,以及个体与整体、时间与空间、长度与高度、形态与规律四个"有机交融"的相互贯通,即是由文学世家的历史还原进而走向文学世家史学术范式建构,推动文学世家史研究向纵深拓展的学理依据与可行路径。

文学世家研究既有相对独立的意义与价值,同时又可向诸多相关领域包括文学史、家族史、区域史、社会史、文化史以及相关专题史依次延伸,但最具亲缘关系的是文学史与家族史研究。而仅就其与文学史研究的关系而论,文学世家的历史还原与逻辑建构,可以引发和促进文学史研究范式的重构,可以为重写文学史提供新的路向、范式与成果。同样,对于文学史研究而言,通过文学世家的历史聚焦,不仅可以重建一个崭新的文学生态景观,而且可以藉此重返文学赖以发生、生存与发展的生命本原。

原载《中国社会科学》2011 年第 1 期

论悲剧的美育作用

俞樟华

当前中国有些文艺家在文艺创作中日益广泛地掺入了单调、无聊的成分。这种"恶性娱乐化"倾向在突出感官娱乐的功能的同时抑制了文艺的其他功能。这些单调、无聊的成分除了单纯的感官刺激以外,没有任何社会思想内容。这些单调、无聊的成分正如古希腊哲学家柏拉图所批判的,它满足和迎合人们心灵的那个低贱部分,养肥了这个低贱部分。匈牙利文艺批评家卢卡契曾经尖锐地指出:"过去的伟大小说把重大人性的描述同娱乐和紧张结合在一起,而在现代艺术中则日益广泛地掺入了单调、无聊的成分。"①这种堕落的现代艺术在我们这个躲避崇高和娱乐至死的时代日益泛滥起来。在一定程度上,当前中国悲剧创作的缺席不过是中国近现代美学传统的断裂。

在中国近现代美学史上,那些为中国近现代美学奠定基础的前驱为救亡图存所进行的启蒙运动是高度重视悲剧的美育作用的。1904年,蒋观云以"中国之演剧界"为题在引进西方的悲剧概念的同时强调了悲剧的美育作用,认为"虽然,使剧界而果有陶成英雄之力,则必在悲剧"。而"夫剧界多悲剧,故能为社会造福,社会所以有庆剧也;剧界多喜剧,故能为社会种孽,社会所以有惨剧也"。因此,蒋观云提出发展悲剧,革新国剧。"而欲保存剧界,必以有益人心为主,而欲有益人心,必以有悲剧为主。"②蒋观云这种对悲剧的美育作用的认识对后人影响很大。与蒋观云引进西方的悲剧概念把握当时中国的演剧界几乎同时,王国维则引进西方的悲剧理论对中国古代长篇小说《红楼梦》进行了比较系统的把握。1904年,在《〈红楼梦〉评论》中,王国维引进德国哲学家叔本华的悲剧理论解剖了中国古典文学作品《红楼梦》,认为:"《红楼梦》一书,与一切喜剧相反,彻头彻尾之悲剧也。"③王国维在把握《红楼梦》的美学价值时,不但认为《红楼梦》是悲剧中的悲剧,"《红楼梦》者,可谓悲剧中之悲剧也"。而且认为《红楼梦》的价值在于它违背中国人的乐天精神。蔡元培相当重视美育,提出了"以美育代宗教说"。蔡元培在比较中西戏剧时

---

① 《卢卡契文学论文集》第1卷第53—54页,中国社会科学出版社1980年版。
② 阿英编《晚清文学丛钞·小说戏曲研究卷》第50—52页,中华书局1960年3月版。
③ 干春松、孟彦弘编《王国维学术经典集》第59页,江西人民出版社1997年5月版。

提出了一个重要的美学观念："即西人重视悲剧，而我国则竞尚喜剧。"他挖掘了中国人竞尚喜剧的思想根源，"盖我国人之思想，事事必求其圆满。"①在美育中，蔡元培格外重视悲剧的美育作用，认为悲剧特别感人。1918年9月，胡适在《文学进化观念与戏剧改良》一文中不但认为中国文学存在一种"团圆迷信"，他说："无论是小说，是戏剧，总是一个美满的团圆。"而且对这种"团圆迷信"进行了较为深刻的批判，认为："这种'团圆的迷信'乃是中国人思想薄弱的铁证。做书的人明知世上的真事都是不如意的居大部分，他明知世上的事不是颠倒是非，便是生离死别，他却偏要使'天下有情人都成了眷属'，偏要说善恶分明，报应昭彰。他闭着眼睛不肯看天下的悲剧惨剧，不肯老老实实写天工的颠倒惨酷，他只图说一个纸上的大快人心。这便是说谎的文学。更进一层说：团圆快乐的文字，读完了，至多不过能使人觉得一种满意的观念，决不能叫人有深沉的感动，绝不能引人到彻底的觉悟，决不能使人起根本上的思量反省。"他认为西方的悲剧观念是医治中国那种说谎作伪思想浅薄的文学的绝妙圣药。② 可见，为中国近现代美学奠定基础的前驱虽然轻视喜剧的美育作用是偏颇的，但他们重视悲剧的美育作用这一传统则是弥足珍贵的。

而在一个不断出现悲剧而悲剧创作严重缺席的时代，人们追逐感官的刺激和享乐，在轻松中忘记了生存的痛苦，在陶醉中忘记了人生的追求，甘愿接受各种各样的奴役。因此，我们在抵制各种各样异化和奴役的过程中，不但要发扬光大中国近现代美学重视悲剧之美育作用的传统，而且要在美育实践中高度重视悲剧的美育作用。

一、重视悲剧对人的历史意识的培养

在现实生活中，如果人们缺乏深厚的历史意识，就很容易为一些短视的"世论"和历史的表象所迷惑。而真正伟大的悲剧作品可以促进人们对整个历史运动的把握，从而超越各种各样短视的"世论"。真正伟大的悲剧作品所洋溢的乐观精神绝不是廉价的，而是对历史发展的清醒认识。张承志在他的一系列散文中反复地讲这样一个故事，即一个拒绝妥协的美女的存在与死亡，提出了"世论"和"天理"的尖锐冲突。先是在《清洁的精神》③中，接着是在《沙漠中的唯美》④中，后是在《美的存在与死亡》⑤中。这个能歌善舞的美女，生逢乱世暴君，她以歌舞升平为耻，于是拒绝出演，闭门不出。可是时间长了，先是众人对她显出淡忘。世间总不能少了丝竹宴乐；在时光的流逝中，不知又起落了多少婉转的艳歌，不知又飘甩过多少舒展的长袖。人们继续被一个接一个的新人迷住，久而久之，没有谁还记得她了。在这个拒绝妥协的美女坚持清洁的精神的年月里，

---

① 《蔡元培全集》第三卷第34页，中华书局1984年版。
② 《胡适古典文学研究论集》第670—672页，上海古籍出版社1988年8月版。
③ 张承志《清洁的精神》，《十月》1993年第6期。
④ 张承志《沙漠中的唯美》，《花城》1997年第4期。
⑤ 张承志《美的存在与死亡》，《新京报》2004年10月10日。

另一个舞女登台并取代了她。没有人批评那个人粉饰太平和不洁,也没有人一起仗义地支持她。更重要的是,世间公论那个人美。晚年,这个拒绝妥协的美女哀叹道:"我视洁为美,因洁而用,以洁为美。世论与我不同,天理难道也与我不同么?"张承志认为"天理"与"世论"是根本不同的。"世论"只认强弱,不认是非,绝不相信历史发展是正义终将战胜邪恶的过程,即黑格尔所说的"永恒正义"的胜利。在邪恶势力的强大压力和打击下,我们是妥协退让和屈膝投降,还是坚守理想和奋起抗争?当希望姗姗来迟时,我们如何忍受这漫长黑夜的煎熬和暴虐毒箭的侵扰?的确,对于无数的个体来说,也许抗争是前途渺茫的,甚至是没有希望的。因此,很多人都松懈了斗志,放弃了理想甚至做人的尊严。这就是一些人在日益强大的邪恶势力挤压下,不是跻身邪恶势力的行列,就是在轻松逗乐中化解强大压力。他们随波逐流,在迎合中混世;他们麻木不仁,在屈辱中生活。"世论"就是这些人苟活的产物。张承志所说的"我们无权让清洁地死去的灵魂湮灭",无疑是对这种苟活哲学的坚决抵制。虽然中西悲剧作品都反映矛盾和解决矛盾,但是,它们在反映矛盾和解决矛盾上是各有侧重的。关汉卿的《窦娥冤》和莎士比亚的《汉姆雷特》都有伸冤,即矛盾的解决,前者是父亲为女儿伸冤,后者是儿子为父亲报仇。不同的是,当《窦娥冤》中窦娥的父亲窦天章为女申冤时,中国悲剧已到尾声。而《汉姆雷特》的汉姆雷特为父申冤时,西方悲剧才拉开大幕。这两部悲剧都有鬼魂出现。可以说,没有窦娥的冤魂、汉姆雷特的父亲冤魂的出现,他们的冤屈就难以伸张。同样,关汉卿的《窦娥冤》和索福克勒斯的《俄底浦斯》都出现了疫情。而这种疫情的产生都是因为悲剧人物引起的。但是,中国悲剧对疫情的追查已是悲剧的结束,西方悲剧对疫情的追查则是悲剧的开始。当然,这种追查的结果不同,中国悲剧追查的结果是真相大白之日,就是悲剧人物平反昭雪之时;西方悲剧追查的结果则是真相查明之时,就是悲剧人物遭到毁灭之日。西方悲剧的悲剧人物俄底浦斯、汉姆雷特都是这种可怕的下场。这就是说,中国悲剧是悲在矛盾解决前,西方悲剧是悲在矛盾解决后。而艺术家选用某一顷刻,"只能是可以让想象自由活动的那一顷刻了。我们愈看下去,就一定在它里面愈能想出更多的东西来。我们在它里面愈能想出更多的东西来,也就一定愈相信自己看到了这些东西"①。这一顷刻既包含过去,也暗示未来,使得前前后后都可以从这一顷刻中得到最清楚的理解。人们欣赏这些伟大的文艺作品,就要看清它们所反映的这一顷刻的前前后后。而看清文艺作品所反映的这一顷刻的前前后后,如果没有对整个历史运动的准确把握,就不可能达到。孔尚任在《桃花扇》中为什么安排侯朝宗、李香君双双入道?王国维在《〈红楼梦〉评论》中提出:"沧桑之变,目击之而身历之,不能自悟,而悟于张道士之一言;且以历数千里,冒不测之险,投缧绁之中,所索之女子,才得一面,而以道士之言,一朝而舍之,自非三尺童子,其谁信之哉?"但是,孔尚任却相当认同这个结局。在《桃花扇》中,孔尚任为什么不写晚年侯朝宗的动摇呢?为什么不写晚年侯朝宗的隐逸呢?其实,孔尚任在《桃花扇》中所写的侯、李二人,既是对历史上的侯、李二人

---

① 莱辛著、朱光潜译《拉奥孔》第18—19页,人民文学出版社1979年版。

的反映,也是对清初仍然没有放弃抵抗的明代遗民的集中写照。孔尚任对历史上的侯朝宗晚节不保的改写,就是对这种投降变节行为的抛弃和批判。这既是对伯夷、叔齐不食周粟的文化生命的延续和发展,也是孔尚任等的拒绝和坚守。从伯夷、叔齐不食周粟到侯、李二人双双"入道"可以看出,清初那些没有放弃抵抗的明代遗民的拒绝更加坚忍,更加悲壮。侯、李二人双双"入道"虽然看破红尘,割断情根,但仍然是对邪恶势力不妥协的抗争。的确,侯、李二人双双"入道"是他们悲观绝望的结果。"大道才知是,浓情悔认真。回头皆幻境,对面是何人?""入道"已是毫无所待,而隐逸则至少有所期待,即"待恢复"和"待后王"。但是,与隐逸相比,"入道"这种抗争在历史上似乎更加彻底。遗民的隐逸终竟存在大限,即徐狷石所谓"遗民不世袭"。钱穆指出:"既已国亡政夺,光复无机,潜移默运,虽以诸老之抵死支撑,而其亲党子姓,终不免折而屈膝奴颜于异族之前。"而"入道"则割断了情根,没有了后代,在一定程度上就彻底断绝了这种遗民后代的背叛,超越了所谓遗民的大限。因此,没有对整个历史运动的准确把握,就不可能领悟这些悲剧作品所蕴涵的深刻内容,甚至还可能陷入历史表象的迷惑中而为各种各样的"世论"所左右,丧失对这些文艺作品的正确的是非判断和价值高下判断。正如马克思、恩格斯所指出的:"在阶级斗争接近决战的时期,统治阶级内部的、整个旧社会内部的瓦解过程,就达到非常强烈、非常尖锐的程度,甚至使得统治阶级中的一小部分人脱离统治阶级而归附于革命的阶级,即掌握着未来的阶级。所以,正像过去贵族中有一部分人转到资产阶级方面一样,现在资产阶级中也有一部分人,特别是已经提高到从理论上认识整个历史运动这一水平的一部分资产阶级思想家,转到无产阶级方面来了。"[①]真正伟大的悲剧作品之所以能够摒弃"世论"和伸张"正义",是因为把握了整个历史运动。尤其当历史发展出现小人得志、正不压邪的现象时,真正伟大的悲剧作品可以帮助人们透过铁屋,看到一丝光亮。可以说,真正伟大的悲剧作品破除了历史表象的迷惑,是人们渡过漫漫的长夜不可或缺的。

二、重视悲剧对人的担当意识的培养

中国古代寓言《愚公移山》不但反映了个体和群体的矛盾即智叟和愚公的冲突,而且蕴涵了群体的延续和背叛的矛盾。《愚公移山》只是肯定了愚公的斗志,却忽视了愚公子孙的意志。智叟看到愚公的有限力量,而没有看到愚公后代无穷尽的力量。所以,智叟对愚公移山必然是悲观的。而愚公不但看到自己的有限力量,而且看到了后代的无穷力量。因而,愚公对自己移山是乐观的。不过,愚公却没有看到他的后代在移山上可能出现背叛。愚公子孙后代只有不断移山,才能将大山移走。而愚公的子孙如果不认同愚公的移山,而是背叛,那么,移山就会中断,大山就不可能移走。也就是说,前人的斗争精神能否在后人身上延续,不仅要保存后代的生命,而且要教育后代继承和发扬

[①] 《马克思恩格斯选集》第1卷第261页,人民出版社1972年版。

这种斗争精神。否则,等待人们的就只有绝望的死去。在元代纪君祥的《赵氏孤儿》中,赵氏孤儿在程婴处得知自己身世后,没有背叛,而是勇敢地承担,将复仇的烈火射向了血债累累的屠岸贾。在清人钱彩编次、金丰增订的长篇历史小说《说岳》中,赵氏孤儿的这种担当意识在陆文龙、曹宁认祖归宋中得到了强化。不过,赵氏孤儿长大成人后,也有可能认贼作父,不是报仇雪恨。正如当代话剧《赵氏孤儿》的"赵氏孤儿"虽然相信程婴所说的真相,但却不认账。"就算您说的都真,这仇我也不报!"这个"赵氏孤儿"自有一套活法和价值观念,他认为自己的身世似乎是命运强加给他的一个多余的东西,他不能接受这个历史的包袱。显然,当代这个"赵氏孤儿"彻底背叛了他的家族。因此,后人的历史担当意识是不可或缺的。在唐代诗人陈子昂的《登幽州台歌》中,我们强烈感受到了这种担当意识。"前不见古人,后不见来者。念天地之悠悠,独怆然而涕下。"前不见古人,后不见来者,置身在广阔的天地和悠久的历史中,个体是多么的孤独寂寞。但是,个体可以勇敢主动自觉地承担"古人"和"来者"之间的延续。这就是说,陈子昂的《登幽州台歌》绝不是陈子昂的胡敲自叹。在《水浒传》中,宋江囿于思想的局限,不能超越天下是一人一姓的天下观,见了胡敲,发了许多感叹,并且赋诗一首:"一声低了一声高,嘹亮声音透碧霄。空有许多雄气力,无人提挈谩徒劳。"而陈子昂的这首《登幽州台歌》不是或者至少不完全是渴望"古人"和"来者"的提挈,而是勇敢主动自觉地承担延续"古人"和"来者"之间的精神文化血脉,即承前启后,继往开来。这是中国古代优秀知识分子最为宝贵的品格。

司马迁在《史记·太史公自序》中指出:"且夫孝始于事亲,中于事君,终于立身。扬名于后世,以显父母,此孝之大者。"而司马迁认为自己"所以隐忍苟活,函粪土之中而不辞者,恨私心有所不尽,鄙没世而文采不表于后也"。这似乎是中国古代知识分子幻想一种现世报应,即"善有善报,恶有恶报;不是不报,时节不到"。这种现世报应的思想在近现代遭到了猛烈的抨击。其实,中国古代知识分子绝不迷信这种现世报应。司马迁在《史记·伯夷列传》中就深刻地质疑了"天道无亲,常与善人"。他说,"若伯夷、叔齐,可谓善人者非邪?积仁洁行如此而饿死!且七十子之徒,仲尼独荐颜渊为好学。然回也屡空,糟糠不厌,而卒早夭。天之报施善人,其何如哉?盗跖日杀不辜,肝人之肉,暴戾恣睢,聚党数千人横行天下,竟以寿终。是遵何德哉?此其尤大彰明较著者也。若至近世,操行不轨,专犯忌讳,而终身逸乐,富厚累世不绝。或择地而蹈之,时然后出言,行不由径,非公正不发愤,而遭祸灾者,不可胜数也。"对所谓的现世报应,司马迁不仅是怀疑,"甚惑焉",而且还对"天道"提出了质疑:"倘所谓天道,是邪非邪?"

这种强有力的质疑在中国历史上绝不是空谷足音。剧作家关汉卿在杂剧《窦娥冤》中借窦娥的口就提出了同样的质疑。在《窦娥冤》中,窦娥说:"没来由犯王法,不提防遭刑宪,叫声屈动地惊天。顷刻间游魂先赴森罗殿,怎不将天地也生埋怨。"窦娥由怨生怒:"有日月朝暮悬,有鬼神掌著生死权。天地也只合把清浊分辨,可怎生糊突了盗跖颜渊:为善的受贫穷更命短,造恶的享富贵又寿延。天地也,做得个怕硬欺软,却元来也这般顺水推船。地也,你不分好歹何为地。天也,你错勘贤愚枉做天!"窦娥不仅对掌著生死权的天地进行了强有力的鞭挞,而且对黑暗社会有了清醒的认识:"呀,这的是衙门从古向南开,就中无个不冤哉!"但是,无论是司马迁,还是关汉卿等,都没有绝望,没有放弃。

在人类历史发展的长河中,中国古代知识分子虽然深知天下无道,但是,他们仍然以弘道为己任,守护和捍卫"道"。孔子指出:"富与贵,是人之所欲也;不以其道得之,不出也。"孔子坚守道和义:"不义而富且贵,于我如浮云。"中国古代知识分子在弘道上真正做到了富贵不淫,贫贱不移,威武不屈,舍生取义。这种精神文化血脉在优秀中国知识分子中代代相传和延续。如果我们的生命和正义是结合在一起的,那么,即使生命遭到毁灭,但是仍然可以显世,可以不朽。所以,中国古代知识分子不是追求所谓的现世报应,而是自觉地与正义和道紧紧地熔铸在一起,在代代相传和延续的正义事业中获得永生,获得不朽。司马迁的"述往事,思来者",可以说是一种自觉承担。司马迁要求正义之士附青云、附骥尾,虽然是"疾没世而名不称焉",但是,毕竟这是对人类的正义事业的延续。

在中国悲剧中,正义是在一代一代的奋斗中得到延续和发展的。而在西方悲剧中,正义是在悲剧人物不自觉的毁灭中发展的。而在中国悲剧中,悲剧人物是自觉地发展和延续了道和正义。中国悲剧的悲剧人物不但是历史正义的化身,而且在道德上还是完善的。中国悲剧的正义力量不是因为自身的局限而遭受毁灭,而是因为邪恶势力的野蛮摧残和毁灭。因此,正义力量的暂时毁灭不是黑格尔所说的罪有应得,而是无辜的,正义力量在道德上是完善的,没有罪过和不义。其实,中国悲剧既有正义力量和邪恶势力的先后毁灭,即悲剧冲突的双方的先后毁灭,也有正义即道不但得到延续,而且是在克服重重困难和阻遏后取得胜利。中国悲剧对现存冲突的解决不是形而上的,而是形而下的;不是诉诸某种"绝对理念"的自我发展和自我完善,而是诉诸从根本上解决现实生活的矛盾和冲突的物质力量即正义力量。中国悲剧的悲剧人物即正义力量是在同邪恶势力的反反复复的斗争中克服重重困难和阻遏后最后消灭邪恶势力并取得胜利的。因此,这种悲剧作品可以培养人们自觉的担当意识。

三、重视悲剧对人的超越意识的培养。

在历史上,柏拉图是反对悲剧的。柏拉图认为悲剧"满足和迎合我们心灵的那个(在我们自己遭到不幸时被强行压抑的)本性渴望痛哭流涕以求发泄的部分",而"替别人设身处地的感受将不可避免地影响我们为自己的感受,在那种场合养肥了的怜悯之情,到了我们自己受苦时就不容易被制服了"[①]。本来,柏拉图是不应该反对悲剧的。

---

① 柏拉图著,郭斌和、张竹明译《理想国》第405—406页,商务印书馆1986年版。

在《理想国》中，柏拉图要求人们"应该要自由，应该怕做奴隶，而不应该怕死"①。这种自由精神正是悲剧精神的有机组成部分。至于柏拉图所说的悲剧"满足和迎合我们心灵的那个（在我们自己遭到不幸时被强行压抑的，）本性渴望痛哭流涕以求发泄的部分"。虽然是悲剧的重要部分，但不是核心部分。与柏拉图不同，亚里士多德尽管肯定悲剧"通过引发怜悯和恐惧使这些情感得到疏泄"②。但仍然没有把握悲剧的核心部分。而在西方悲剧理论发展史上，只有席勒和黑格尔，才逐步揭示出悲剧的这个核心部分。这就是他们不但把握了悲剧冲突，而且正确地揭示了悲剧的美感是这个悲剧冲突的解决的反映。

黑格尔指出："亚里士多德曾认为悲剧的真正作用在于引起哀怜和恐惧而加以净化。他所指的并不是对自我主体性格协调或不协调的那种单纯的愉快或不愉快的情感，即好感和反感。……我们必不能死守着恐惧和哀怜这两种单纯的情感，而是要站在内容原则的立场上，要注意内容的艺术表现才能净化这些情感。"③不过，席勒认为悲剧冲突的解决是人类主观努力的结果，即人在道德上的自觉，而黑格尔的悲剧冲突的解决是客观世界发展的必然产物。在西方悲剧理论发展史上，席勒首先把悲剧的冲突及其解决看作一个历史的发展过程，认为悲剧的美感就是这个历史过程的反映。席勒不但提出了悲剧冲突，而且提出了三种类型的悲剧冲突，即"某一个自然的目的性，屈从于一个道德的目的性，或者某一个道德目的性，屈从于另一个更高的道德目的性，凡是这种情况，全都包含在悲剧的领域"。④ 其中，席勒所说的某一个道德的目的性屈从于另一个更高的道德目的性。这种悲剧冲突类型在一定程度上可以说是黑格尔的悲剧冲突理论的"先声"。席勒认为，悲剧冲突及其解决就是道德的目的性和更高的道德的目的性的胜利。而黑格尔则认为："基本的悲剧性就在于这种冲突中对立的双方各有它那一方面的辩护理由，而同时每一方拿来作为自己所坚持的那种目的和性格的真正内容的却只能是把同样有辩护理由的对方否定掉或破坏掉。因此，双方都在维护伦理理想之中而且就通过实现这种伦理理想而陷入罪过中。"⑤

在悲剧里，永恒的实体性因素以和解的方式达到胜利，它只从进行斗争的个别人物方面剔除了错误的片面性，而对于他们所追求的正面的积极因素则让它们在不再是分裂的而是肯定的和解过程中表现为可以保存的东西。这就是说，在悲剧结局中遭到否定的只是片面的特殊因素。这些片面的特殊因素在它们活动的悲剧过程中不能抛开自己和自己的意图，结果只有两种，或是完全遭到毁灭，或是在实现目的的过程中（假如它可实现），至少要被迫退让罢休。所以，悲剧的结局是一种灾难和痛苦，却仍是一种"调和"或"永恒正义"的胜利。

---

① 柏拉图著，郭斌和、张竹明译《理想国》第 84 页。
② 亚里士多德著、陈中梅译注《诗学》第 63 页，商务印书馆 1996 年版。
③ 黑格尔著、朱光潜译《美学》第 3 卷下第 287—288 页，商务印书馆 1981 年版。
④ 《古典文艺理论译丛》第 6 辑第 78 页，人民文学出版社 1963 年版。
⑤ 黑格尔著《美学》第 3 卷下第 286 页。

可以说，黑格尔这是天才地猜测到了历史正是在对立、矛盾和矛盾的解决的过程中前进和发展的。但是，黑格尔把这一历史过程归结为"永恒正义"的发展，他不是寻求解决矛盾的现实的物质力量，而是不分是非，对矛盾的双方各打五十大板，最后是"永恒正义"的胜利。因此，黑格尔尽管认为悲剧的结局不是灾祸和痛苦，而是精神的安慰，但是他反对将这种结局理解为一种善有善报、恶有恶报那种单纯的道德结局。也就是说，黑格尔反对的是个别行为的善恶报应，但没有否定人类整体追求的善恶报应，即黑格尔并不否定历史的正义。在这个基础上，黑格尔提出了调解论。他指出："在单纯的恐惧和悲剧的同情之上还有调解的感觉。这是悲剧通过揭示永恒正义而引起的，永恒正义凭它的绝对威力，对那些各执一端的目的和情欲的片面理由采取了断然的处置，因为它不容许按照概念原是统一的那些伦理力量之间的冲突和矛盾在真正的实在界中得到实现而且能站住脚。"而"悲剧情感主要起于对冲突及其解决的认识"。①

显然，席勒和黑格尔的悲剧观是建立在对整个历史运动的把握的基础上的。也就是说，他们的悲剧观虽然头脚倒置，真正的关系是颠倒的，但贯穿着一种宏伟的历史观。中国悲剧与黑格尔的悲剧观相比，这种宏伟的历史感似乎更加显著。

中国悲剧在反映现存冲突和解决这个冲突中，不但敌我界线分明，而且是非分明，爱憎分明。在中国悲剧中，既有正义力量和邪恶势力的先后毁灭，即冲突双方的先后毁灭，也有正义即道不但得到延续而且是克服重重困难和阻遏后取得最终胜利。在这一方面，它和西方悲剧没有根本的区别。但是，中国悲剧对现存冲突的解决不是形而上的，而是形而下的；不是诉诸某种"绝对理念"的自我发展和自我完善，而是诉诸从根本上解决现实生活的矛盾和冲突的物质力量即正义力量。这样，中国悲剧就和西方悲剧从根本上区别开来。中国悲剧的正义力量在道德上是比较完美的，没有罪过和不义。他们不是因为自我的局限而遭受毁灭，而是因为邪恶势力过于强大。因此，中国悲剧的正义力量的暂时毁灭不是黑格尔所说的罪有应得，而是无辜的。正义力量在大团圆这种现实世界的延续和发展中经过不懈地努力和奋斗，最终战胜和消灭了邪恶势力。这种正义力量终将战胜邪恶势力的历史真相，在现实生活中也许难以看到，但在伟大的悲剧作品中却可以强烈地感受到。

人在沉重现实生活中遭遇挫折和打击，甚至还会出现牺牲，这是悲痛的；但是，人经过坚持不懈的斗争终于取得了胜利，则是与愉快的。正如诗人王学忠在《石头下的芽》这首诗中所表现的那种不屈的灵魂，"压吧，用你全部的淫威与卑鄙/但千万不要露出一丝缝隙/否则，那颗不屈的头颅/便会在鲜血淋漓里呼吸//呼吸，只要生命还在/抗争便不会停息/风雨雷电中、继续/生我的叶、长我的枝……"我们在感受这些真正的悲剧作品时既有难抑的悲痛和愤恨，也有强烈的愉悦和振奋。而当前中国不少文艺作品不是努力挖掘那些悲剧人物在沉重生活中的抗争，而是着力表现这些人反抗的失败和幻灭。在这些文艺作品所反映的一些人的生活中，斗争和发展停止了。这些人在异化中虽然

---

① 黑格尔著《美学》第3卷下，第289页。

感到自己的毁灭,从中看到自己的软弱无力和一种非人生存的现实,但是,他们仍然屈服于既成的不合理的秩序,放弃了斗争。也就是说,当前中国有些文艺作品自觉或不自觉地迎合甚至强化了有些人投降和背叛的阴暗心理。与此相反,真正伟大的悲剧作品则培养人的审美超越意识,使人获得改造现实生活的力量。

而当前中国重视悲剧的美育作用,不仅促使人们在以往优秀悲剧作品的熏陶下获得启迪,而且敦促当代杰出的中国文艺家直面现实,创作出更多的优秀悲剧作品。

本文与熊元义合作,原载《文学评论》2009年第6期

游记文体之辨

梅新林　崔小敬

基于"天人合一"的哲学理念,以构建人与自然审美关系为核心的游记文学创作可谓源远流长,盛久不衰,并逐步汇聚成一个因时而进、别具一格的文学传统。但与游记创作的高度繁荣与卓越成果形成鲜明对比的是,有关游记文体的理论研究不仅相对滞后,而且普遍缺少应有的深度。最近拜读了王立群先生发表于《文学评论》2005年第3期的《游记的文体要素与游记文体的形成》(下简称《游记》)一文,一方面为文中对游记文体的开拓性研究以及一系列灼见所感奋,另一方面又感到文中提出的一些核心观点需要作一番认真的辨证,由文中所引发的许多重要问题也有继续深入探索的必要。

一、游记文体的核心要素与层级关系

所谓游记,顾名思义,即是由"游"而"记"、以"记"纪"游"之作。我们曾经提出,构成游记文体的核心要素包含所至、所见、所感三个方面。"所至"即作者游程;"所见",包括作者耳闻目睹的山水景物、名胜古迹、风土人情、历史掌故、现实生活等;"所感",即作者观感,由所见所闻而引发的所思所想[①]。这与《游记》一文所概括的游踪、景观、情感三要素大体是相通的。不过,根据游记由"游"而"记"、以"记"纪"游"的文体特点,当以游程、游观、游感加以概括更为妥帖。另一方面,我们又认为游程、游观、游感三者在游记文体中所处的地位与作用各不相同,游程属于实践层面,是游记的创作基石;游观属于经验层面,是游记的现实内容;游感则属于精神层面,是游记的情感升华。三者恰好构成一个由下而上、依次递升的金字塔结构。如果以人的生命为喻,那么游程是骨骼,游观是血肉,游感是灵魂;无骨不立,无肉不丰,无魂不活。

无疑,一篇"标准"的游记作品应完整地包含游程、游观、游感三者,而一篇优秀的游记作品之游程、游观、游感应构成由下而上、依次递升的层级关系,前者是衡量是否为游记作品的基础标准,后者则是衡量是否为优秀游记作品的核心标准。《游记》一文认为

---

① 梅新林、俞樟华主编《中国游记文学史》第2—3页,学林出版社2004年版。

游踪(相当于本文的"游程")是游记最重要的文体要素之一,并以此衡量柳宗元游记,认为其代表作"永州八记"因游踪记写的不明显而存在"重大的文体缺陷",其原因则在于柳宗元游记"脱胎于记载一山一水的山水记",这是我们所无法苟同的。这里有四个层面的问题需要辨析:

1. 在游记文体所包含的游踪、景观、情感(此按《游记》一文的归纳)三要素中,游踪属于最基础的实践层面,处于金字塔的底部,更重要的还在于依次递升的景观—经验层面与情感—精神层面,分别处于金字塔的中部与塔尖。

2. 对游踪记写明不明显到底应如何判断?游记固然是因"游"而"记",以"记"纪"游",离不开游踪记写,但这并不意味着所有的游记都必须巨细无遗地记述主体的游踪,因为游记毕竟不等于游走流水账。

3. "永州八记"游踪记写不明显的结论尚须商榷。"永州八记"中前四记与后四记创作时间相隔三年,空间连缀看似比较散漫,但却具有严谨的内在结构,最为关键的是作者能以空间转换为线索而将八篇游记紧密地衔接起来。首篇《始得西山宴游记》点明了永州这一大环境,又由法华西亭引出西山,写西山则从大处着墨,谓"凡数州之土壤,皆在衽席之下",隐然有八记"领袖"之风。《钴鉧潭记》以下三篇,都在首段标明空间的变换,三者相连,作者游踪就一目了然:"钴鉧潭在西山西——潭西二十五步,当湍而浚者为石梁。梁之上有丘焉——从小丘西行百二十步……伐竹取道,下见小潭。"第五篇《袁家渴记》因与前篇相隔已久,因此特加一段概述性文字,交待各景点的空间关系:"由冉溪西南水行十里,山水之可取者五,莫若钴鉧潭;由溪口而西陆行,可取者八九,莫若西山;由朝阳岩东南水行至芜江,可取者三,莫若袁家渴。"承上启下,既照应已游过、写过的西山等处,又引出下次将游作记的袁家渴。《石渠记》以下,仍以首段交待空间变换轨迹:"自渴西南行不能百步,得石渠,民桥其上——石渠之事既穷,上由桥西北,下土山之阴,民又桥焉(即石涧)——自西山道口径北,逾黄茅岭而下……其一少北而东,不过四十丈(即至小石城山)。"这样,通过"游"的行踪转换,即将"记"的各个部分紧密地连为一个整体;反之,通过"记"的文字线索,亦可寻绎出主体之"游"的处处履痕。由此可见,"永州八记"作为中国游记的经典之作,并非没有明确的游踪记写,恰恰相反,其游踪记写是较清晰的,因此就文体而言,并无所谓"重大的缺陷"。

4. 山水游记中的游踪记写与山水记中的方位描写是同中有异的关系,二者都涉及空间问题,但游踪的本质是空间的转换,当空间移位构成一个游历过程时,则空间同时又蕴含着时间并转化为时间,它是流动的。而方位的本质则是空间的序列,其形成与指称都与时间无关;它是静止的,只要参照物没有变化,那么方位就可以是亘古不变的。

以上述四点为参照,就作为文体之一的游记而论,我们认为,只要作品显示出了空间的变换,读者可以由此感受到作者是在游历之中,那么就可以说这是一篇游记作品。游踪的有无确实可以作为区分游记与山水记的标准,然而其详略却不应作为评判游记文体形成与否的尺度。

二、游记文体的发生序列与正式形成

《游记》一文主要从游踪、景观、情感三大要素尤其是游踪的演进发展来探讨游记文体的形成,也正因为文中过于关注和重视游踪要素,所以忽视了对游记文体形成的发生学追索,当然也就不可能对游记文体的发生机制与形成过程作出深入的辨析。我们认为,游记文体的发生既需要"游"的审美意识、"游"的实践活动、"游"的文学创作三者的依次推进,又需要"游"的文学创作中游程、游观、游感三大要素的同时兼备。两者同步完成于魏晋南北朝时期,标志着游记文体在这一时期的正式形成。

在"游"的审美意识、"游"的实践活动、"游"的文学创作三者依次推进中,"游"的审美意识具有先导作用。历史地看,"游"的审美意识的真正觉醒与独立是在魏晋时代。作为新的时代精神的灵魂——玄学对人与自然产生了双重解放作用:首先,玄学把人从世俗功利主义的束缚中解放出来,从社会引向自然,从外在引向内在,从形而下引向形而上;其次,玄学把自然从先秦两汉"山水比德"、"天人感应"的道德、神学束缚中解放出来,使自然真正成为独立自足的审美对象。立足于此双重解放,玄学在审美层面上重新规定了人与自然的同构关系,直接促成了魏晋时代山水审美意识的觉醒,乃使崇尚自然、回归自然成为士人的普遍心态,孙绰谓"方寸湛然,固以玄对山水"[①],即以超越世俗的清旷玄远之心观照山水,正是对当时士人这一新的时代趋求的高度概括。同时山水也开始以其纯净自然之姿进入主体之心,呈现出千姿百态的面貌:会稽山水"千岩竞秀,万壑争流,草木蒙笼其上,若云兴霞蔚"[②];山阴道上"山川自相映发,使人应接不暇"[③]。在此,山水同样已被赋予鲜明的审美灵性与个性。

如果说,"游"的审美意识的觉醒为游记文体的发生提供了深层动力,那么,"游"的实践活动的盛行则为游记创作提供了直接触媒和具体内容。正是在山水之"游"审美意识的激发与熏陶下,人们纷纷投身烟霞,寓目林泉,在大自然的佳山秀水中怡神悦性,感悟生命,一时游赏之风大行于世,如羊祜"乐山水,每风景,必造岘山,置酒言咏,终日不倦"[④],宗炳"好山水,爱远游"[⑤];而且当时不但个人的登临活动蔚成风气,人数众多的群体游赏也颇为盛行,最著名的如永和九年(353)兰亭禊集、隆安四年(400)石门之游等。就游历主体身份而言,除了上述文人之游外,还有诸多佛徒道士如支道林、释慧远、葛洪、陶宏景等,也纷纷投身于山水游赏之中。

"膏腴贵游,咸以文学相尚"[⑥],在"游"的审美意识驱动下、在"游"的实践活动触发

---

① 孙绰《庾亮碑文》,《世说新语·容止》引,余嘉锡《世说新语笺疏》第 616 页,上海古籍出版社 1993 年版。
② 《世说新语·言语》,《世说新语笺疏》第 143、145 页。
③ 同上。
④ 《晋书》卷三四《羊祜传》。
⑤ 《宋书》卷九三《宗炳传》。
⑥ 《南史》卷二二《王承传》。

下，由单纯游赏山水进而走向描摹山水，可以说游记文体的发生势在必然。主体在山水放游中，触景生情，情与境会，便会很自然地形之于翰墨，由游而记，以文纪游，借山水之游述一己之感，以珠玑之言写山水之貌，在自然与人文的生命共构中传达主体独特的审美感受与情怀。而从其时文学创作的实际看，如慧远《庐山记》、《庐山诸道人游石门诗序》、鲍照《登大雷岸与妹书》、王羲之《兰亭集序》、谢万《春游赋》等，诸多纪游之作已经初步具备了游记文体的三大要素——游程、游观、游感，已经属于形式基本完备的游记文体了。可以说，魏晋时期"游"之审美意识、实践活动、文学创作三者的依次推进，构成了游记文体的发生序列。而其时具体作品中游程、游观、游感三者的同时兼备，则进而成为游记文体正式形成的核心标志。

由于主体不同的创作心态和价值取向，游记在产生之初就呈现出风姿各异的面貌，如王羲之《兰亭集序》的哲理沉思，郦道元《水经注》的科学探求，吴均《与朱元思书》的诗情画意……这一原初而自发的形态分化，一直延续并贯穿于游记的发展历程之中，构筑成游记异彩纷呈、美不胜收的艺术长廊。

三、游记文体的形态分化与主潮兴替

历代游记佳作荟萃，可谓仪态万方，环肥燕瘦。然而，在头绪纷繁、风格迥异的表相背后，游记的分化与演进仍隐含着某种规律性的东西。《游记》一文根据游踪、景观、情感三大要素，对游记的次文类文体作了二度划分：一是根据游踪、景观的详略划分为诗人之游的文学游记与学人之游的地学游记；二是根据景观、情感的偏重划分为以主观之情为主的表现型游记与以客观之景为主的再现型游记。这一富有逻辑性的二度划分，的确有助于人们更好地把握游记文体的形态特质。然而，需要特别强调的是，中国游记创作历数千年而不衰，形态丰富多彩而又千变万化，既有同一类型的不同变形，又有不同类型的相互交融，这一方面要求我们应充分关注游记文体的丰富性、复合性与迁延性，另一方面则要求我们在进行共时性的类型划分的同时，还应高度重视历时性的形态分化与主潮兴替。

依据游程、游观、游感这三大核心要素在具体游记作品中的表述详略与功能强弱，再参以时代精神与作家气质，我们可以把历代游记分为诗人游记、哲人游记、才人游记、学人游记四种形态。其中诗人游记与才人游记均略于游程的客观记述，而偏于游观描写与游感抒发。后者则往往以主观情感传达为主，带有浓郁的个人色彩，但彼此又有雅化与俗化、精致与随意的不同趋向。哲人游记略于游程记述，甚或略于游观描写，而以游感为重心组织全篇，且着重倾吐主体在面对宇宙自然时所产生的哲理性思索与感悟。学人游记与前三类游记形成显著区别的是它注重游程的记述，游观描写往往注重山脉水文等地理记载而忽略山光水色等自然风景，游感则大多一笔带过甚或付之阙如。这四类游记的原初形态均可追溯到魏晋游记，但其形成与定型又与特定的时代氛围有着密不可分的关系，可以说是游记文学史上所谓的"一代有一代之文学"。

诗人游记兴盛于唐代。唐代是中国游记的成熟期,除了得益于古文运动对文体的解放作用外,游记文体的成熟还得力于唐代诗性精神的熏陶与孕育。诗是唐代文学的核心与灵魂,代表了唐代文学的最高成就,对整个文学和文人心态具有广泛、巨大而深远的感染力与渗透力。唐代的游记作家首先都是诗人,在时代诗性精神的浸润与滋养下,他们往往自觉不自觉地以诗心观照自然,以诗情创造意境,成功地创造出一种亦文亦诗、充满诗情画意的游记范式,其中柳宗元的"永州八记"成为诗人游记的经典之作,正所谓"文有诗境,是柳州本色"①。

哲人游记兴盛于宋代。宋代文人一向以其理性精神著称,他们以前所未有的哲理性与思辨性的眼光关注自然,审视人生,在自然中感悟哲理,在游历中寻求理趣,其游记别具一种引人反思而又令人回味的理性之美。苏轼的前后《赤壁赋》是哲人游记的经典之作,也是整个中国游记文学史上最辉煌的篇章。哲人游记继诗人游记之后,其理性精神的高扬可以说是对诗人游记注重情感的一种辩证否定,二者从感性与理性、诗情与哲理两个方面共同奠定了中国游记文学的两大传统范式,才人游记与学人游记正是这两大范型的继承、变形与发展。

才人游记兴盛于明代。才人游记最为成功的体式是游记小品,它以李贽的"童心说"为哲学基础,以袁宏道的"性灵说"为文学理论,在作者主观才情的主导下,自由抒写,不拘常套,其重心在于独抒性灵,充分表现个人的才学性情。其中公安派、竟陵派的诸多游记小品都是才人游记的典范之作。才人游记是对哲人游记的反拨,同时也是向诗人游记的回归,是一个否定之否定的辩证运动过程。但才人游记尚真、尚俗、尚趣的文学理念与追求,又带有晚明启蒙时代的鲜明烙印,是明代作家面对宋代游记高峰的新的开拓与创造。

学人游记兴盛于清代。学人游记上承于从《水经注》到《徐霞客游记》的地学游记传统,然后经清代朴学精神熔铸而成。经历了明清易代的天翻地覆,情感化、性灵化的才人游记在文人士夫的反思与声讨声中悄然隐退,而以朴学精神为主导,以经世致用为宗尚,融学术考证于山水观照之中的学人游记则应时而兴,成为游记创作的主流。顾炎武、黄宗羲、王夫之等思想界巨子都有学人游记传世。学人游记是朴学精神与游记创作的结合,也是对晚明以来盛极一时的才人游记的反拨,就其理性内涵而言,亦可视作向哲人游记的回归,只是学人游记的理性精神表现于学术考证,而哲人游记的理性精神表现于哲理思索,有形而下与形而上之别。

诗人游记、哲人游记、才人游记、学人游记这四类游记形态之间既有历时性的发展与演变,又有共时态的并存与互补;既有同类的继承与回归,又有异质的否定与反拨。当然,这四种形态并不能涵盖所有游记作品,但它提供了一个基本的参照系,不能完全纳入其中的一些作品实际是几种形态的组合或变形,如清代桐城派游记中有些属于较典型的学人游记,风格朴实典重;而有些既有质实考证又不乏清新写景者,则是融学人

---

① 林纾《韩柳文研究法·柳文研究法》。

游记与诗人游记、才人游记之长。而且,以上四种游记形态的提法,更注重的是游记的构成元素与其精神气质的结合,兼具文体论与艺术论的意义。

四、游记文体的主流意涵与文化容量

游记文体是基于魏晋时期"游"的审美意识、"游"的实践活动与"游"的文学创作三者的依次推进,以及"游"的文学创作中游程、游观、游感三大要素的同时具备而正式形成的。可以说,游记文体的发生序列决定了游记意涵必然以审美为本原,为核心。

游记作为一种展现人与自然审美关系的独特文体,反过来又加深和促进了人对人与自然审美关系的认同和体验,为人与自然的审美互构提供了一种完美而永恒的途径。当审美主体在悠然放游之中,见"山川之秀美,风俗之朴陋,贤人君子之遗迹,与耳目之所接者,杂然有触于中,而发于咏叹"①,若无佳作,何申雅怀?然而,游记作家不仅是记述山程水驿,描摹山光水色,更重要的是在山山水水的游历与描绘中传达主体特定的情思与感悟,或倾诉触景而生的幽怀,或抒写感物而动的欣悦,或寄托回归自然的高远。一方面,山水藉文章以显,文章亦由山水而传,正如前人评价柳宗元所言,永州的"一泉石,一草木,经先生品题者,莫不为后世所慕,想见其风流"②。柳宗元发现了永州山水之幽奇秀美,永州山水同时也成就了柳宗元一代游记大家的崇高地位。另一方面,作家以追光蹑影之笔,写通天尽人之怀,在游记创作中,人与自然在审美的律动、文思的奔涌中找到了结合的契机,通过这种结合,人与自然在更高层次上达成了沟通,达成了默契——"在天空和树林的永恒的静穆中,他找到了他自己"③。在审美中,人实现了自我的完满和灵魂的飞越;在人与自然的双向生命共构中,游记文学显示出了它最深层的意蕴与内涵。

然而,游记意涵的容量绝不限于此,而是以此为本原,为核心,然后向哲学、政治、宗教、道德、科学、民俗、文化等全方位拓展,以其独特的艺术形式展现了博大深厚的中华文化精神:

哲学意涵:天地有大美而不言。从本体论的角度看,游记创作面对的是人与自然的审美关系。其哲学基础乃"天人合一",即通过自然人化与人化自然的双向互构,达到人与自然的和谐统一。游记正是以一种独特的艺术形式,蕴含与阐释了中华民族"天人合一"的深邃哲学精神。其次,从发生论的角度来看,游记的正式诞生正与魏晋人文觉醒同步而来,这不是偶然的巧合,而是历史的必然。因为人与自然审美关系的确立作为游记诞生的前提条件,首先即得力于魏晋玄学之于人与自然的双重解放作用。再次,从创作论的角度看,当面对自然进入审美活动时,往往不能不引发主体之于人与自然关系

---

① 苏轼《南行前集叙》。
② 汪藻《永州柳先生祠堂记》。
③ 爱默生《自然深思录》第12页,上海社会科学院出版社1993年版。

的哲学思索,苏轼的前后《赤壁赋》之所以成为中国游记之冠,最重要的就是其中充满着哲人智慧,作者之于自然、历史、永恒等形上问题的思考与探索具有他人无可企及的哲理深度。

政治意涵:游记文学是一个以人与自然审美关系为核心的独立自主的艺术世界,也是文人企图摆脱恶浊现实而加以美化的理想世界。因此,文人的纷纷走近自然,游历山水,实质上就是反抗现实,寻求慰藉与解脱。更何况如柳宗元的"永州八记"、苏轼的前后《赤壁赋》等,都是在遭贬流放期间创作的,从这些作品中,人们不难体会到其"反抗"的政治意味。

宗教意涵:中国古代宗教观中人与自然的关系集中体现于"天人感应"说,而在游记中人与自然的审美关系确立并取代"天人感应"后,后者并没有彻底消失,而是经常与前者交融。其中因缘之一是作为人与自然审美关系哲学基础的"天人合一"与"天人感应",本来就有先天的血缘关系,都是自然人化与人化自然的产物。因缘之二是在游记创作中有大量佛徒、道士参与,他们常常以宗教的思维形式来观赏自然,审视人生,将宗教与审美合而为一,因而赋予游记以宗教内涵。因缘之三是游记的审美对象首先是山水胜景,而山水胜景又往往与佛道的寺庙、道观以及种种宗教传说和民间神话连为一体,游历山水、描写山水就不可能不涉及这些宗教内容。因缘之四是在自然人化与人化自然的双向互构中,在追求超验的形而上的人生体验中,哲学与宗教具有一定的互通性与互渗性。

道德意涵:"山水比德"的道德指向在先秦曾广为流行,至魏晋渐与审美论合流,就游记创作而论,可从两个层面来看:一是作家的道德渗入,如宋代理学家张栻《游南岳唱酬序》记述其与朱熹等人七日衡山之游,游赏之余不忘发挥其"丧志"之论。二是对人类生命极限的体验与价值的终极关怀。在古今探险游记中,通过生命极限的体验,生存与毁灭的考验,大力张扬人类征服自然与征服自我的伟大人格力量。前者多为道德说教,如处理不当,往往会削弱作品的艺术感染力;而后者这种具有本体意义的道德指向实际上已与哲学合而为一,是更高层次的道德渗透。

科学意涵:从早期游记的经典之作《水经注》开始,科学精神一直延续于历代游记创作之中。《水经注》通过从地志著作向地学游记,再从地学游记向文学游记的两次转化,开创了融科学性与艺术性于一体的成功范例。此后,宋人游记中的尚实精神,也是承继《水经注》而来,而又具有新的时代内涵。直至明代日记体长篇科学游记《徐霞客游记》的问世,则进而把科学性与艺术性的完美结合推向了极致。

民俗意涵:表现本土与异国的风俗民情,在魏晋游记初创时期即已开其端,如张协《洛禊赋》、夏侯湛《禊赋》、阮瞻《上巳赋》以及王羲之《兰亭集序》等,皆重在表现三月三上巳节修禊活动之盛况。法显《佛国记》记述前往印度求经历程,于宗教主题外于异国山水民情也有展示,对唐代玄奘《大唐西域记》有直接影响。宋代尤其是南宋游记作家始有意识地向风俗民情拓展,如陆游的《入蜀记》、范成大的《吴船录》等,都有比较丰富的有关风俗民情的记述。此外,在明代的小品游记和《徐霞客游记》中,也不时涉及这一方面的内容。

文化意涵：从广义上说，以上六种意涵都可归结于文化之中，但这里所说的文化指向是指以自觉的文化意识融入游记创作之中，并在其中展开文化思辨乃至文化批判，则始于1980年代之后。就外部动力而言，这得益于1980年代之后举国上下"文化热"的有力推动；就内在演变而论，则始于1980年代初游记创作向国际化与本土化的双向拓展。我们冠之为"文化游记"，不仅因为其中的代表作——余秋雨的《文化苦旅》直接以"文化"为名，更重要的是这类作品最具自觉的文化思辨与文化超越之特色。由于余秋雨等一大批学者散文家纷纷涉足游记创作，遂使"文化游记"蔚为壮观，并产生了巨大的社会反响。他们在对自然山水、民居园林、道观庙宇以及其他文化遗迹的游历中，始终伴随着对中国传统文化的理性反思，让读者从作者与游历客体的对话中获得智慧的启迪与感悟。

可以说，游记不仅是一个文学文本，同时也是一个文化文本，它具有巨大的文化包容性与文化涵化力。通过这一"文学—文化"文本，我们可以从一个特定视角更好地理解中国文化，理解中国文化精神。

五、游记文体的体式定型与多元并存

最后，让我们重点进入对游记体式的探讨。

就游记这一专有名词的构成元素而言，可以说"游"是其内容规定，而"记"则是其文体指称。"记"作为一种文体，向来多归于"杂记"一类，具有多样性、包容性、灵活性的特点。这就为更好地表达主体在游历过程中的个性化体验提供了便利条件，为"记"在纪"游"过程中文体功能的发挥提供了多种可能。"游"与"记"双向互动，由"游"而"记"，以"记"纪"游"，进而发展成熟为一种独立的文学样式。可见，"游"与"记"的组合并非随意，而是因为彼此在内容与形式上具有内在的契合点。然而，这一内容与文体的契合并非妙手天成，而是经历了一个从多向选择到逐步定型的过程。

在游记初创期，作家们并未为纪游之作确立一种固定的文体，而是处于多元化的选择、尝试与探索中，举凡赋、书、序、记等各种文体都曾被广泛而灵活地用于纪游。其中，赋是游记初创期最发达的一种文体，与以言志缘情为主要功能的诗相比，赋更适于纪游，其长处在于能更详尽地铺叙风物行踪，扩大山水描写的容量，自由表达主体的审美感受；但囿于赋体铺张扬厉的传统，以赋纪游往往失之于板滞累赘，而且作者常不加选择地罗列行程景物，既有主次不分之弊，又时时模糊了景物的审美个性。因此在后代游记创作中，除一部分赋演化为文赋并在苏轼等人手下大放异彩外，其余逐渐退出了游记领域，唯其开创之功不可忽视。书是初期游记的另一重要文体，魏晋时期曾出现一个颇具规模的山水书札群，如鲍照《登大雷岸与妹书》、吴均《与朱元思书》等都是千古传诵的名篇。从主体的创作动机看，以书纪游是一种非直接的游记创作，往往是作者由于某种原因行经某处，故修书转述其地风光于亲友或同仁。个体独特的审美感受一经转述，与直接表达终归隔了一层,又常不能不杂以他事,因此严格说来,纪游之"书"只能算一种"准游记"。序原指写在诗文前边,说明其写作缘由、内容、体例等的文字。与赋、书二体相比,序更接近成熟的游记文体,既摆脱了赋铺张扬厉的夸诞作风,趋于平易通畅,又克服了书往往杂以他事的叙述局限,可以更加完整地表达游历体验与感悟,因此也较赋、书二体更多地被后代游记所沿用。但序毕竟仍受制于所序之文,其独立性受到严重影响。这样,经过自然选择与淘汰,"记"这一文体日益显示出其较之赋、书、序能更自由、完整、独立地表达山水审美经验与感受的优势,因而逐渐占据了游记创作的主流地位。可以说,"记"这一游记文体正宗地位的确立,乃是游记发展的内在需求与作家自觉选择相互作用的结果。

然而,"记"在游记创作中虽占据了正宗地位,却并未将其他体式完全排斥在外。如赋之一体,发展至宋代,宋人将散文与赋进行优势杂交,取长补短而创造了散文赋,苏轼以此体纪述其两次赤壁之游,著成前后《赤壁赋》。两赋所体现出来的深沉的哲理探索与生命思考,齐物我、通天人的磅礴大气和高迈情怀,以及物我混化与自我分化的独特创造与时空组合的神奇开阖,不仅使其成为宋代"哲人游记"的精品,更把中国古代游记文学创作推上了峰巅。其中散文赋在艺术创造上的成功是必不可少的因素,前后《赤壁赋》中既有对赋的传统的继承,如保留了主客问答形式,铺张排比手法的适当运用,文气的旺盛,音节的铿锵,词采的华茂等,但更多的是以散文对其进行改造和创新,终于形成一种亦散亦骈,熔纪行、写景、抒情、述志、说理于一炉,物我、时空融化无迹的新文学体式,前人誉之为"一洗万古,欲仿佛其一语,毕世不可得也"[1],"非超然之才,绝识之识,不能为也"[2],确为后世所难以企及。书、序二体在后代亦时有佳作,前者如宋谢绛《游嵩山寄梅殿丞书》、明袁宏道《答梅客生书》,后者如唐白居易《三游洞序》、宋张栻《游南岳唱酬序》、明屠隆《清溪诗序》等,均是以书、序纪游的名篇。

因此,在游记文体的体式上,经过众多作家的长期探索与实验,最终形成了一个以记为主,赋、书、序多元并存的繁荣局面。

以上我们就有关游记文体的五个重要方面作了初步的辨析,鉴于游记在中国文学史上的重要地位,以及游记形态的独特性、意涵的丰富性与创作的延续性,重点加强对游记文体的研究,显然有助于推进中国文学与文化研究的走向深入,也可为当代游记文学创作提供有益的借鉴。

原载《文学评论》2005 年第 6 期

---

[1] 强幼安《唐子西文录》。
[2] 谢枋得《文章轨范》卷七。

奎章阁文人与元代文坛

邱江宁

在现有的元代文学研究中,很少有人整体地关注过"奎章阁"文人及其对于元代文坛的巨大影响。元代的奎章阁学士院于元文宗天历二年(1329)三月设立,元顺帝至元六年(1340)罢,1341年改为宣文阁,后又改为端本堂。奎章阁存在的时间虽然十二年不到,但由于它汇聚了元中叶以来最优秀的文人群体,在元代文坛有着承前启后的重要作用,对于元代文学的鼎盛和文风确立居功至伟;并对后世文学产生了不可磨灭的影响。以至于要把握元代文学鼎盛时期的文风和发展方向,研究奎章阁文人圈与元代文坛的关系便成为极其重要、不可回避、无法绕越的问题,不能不引起学界的重视。甚至可以毫不夸张地说,无视和忽视了奎章阁文人群体及其文风影响的元代文学史,是一部并不完整的文学史。

一、奎章阁学士院与奎章阁文人圈

奎章阁学士院设立于天历二年三月。二月,元文宗登基。其实元文宗尚在金陵潜邸时,就向当时在上都的明宗提议建奎章阁,并命人将拟入阁的人员名单送给明宗批示。开奎章阁是为帝王万机之暇读书游艺而设,是昭代之盛典,更是国家、社会拨乱反正,兴隆文治之所需。虞集《开奎章阁奏疏》云:

……将释万机而就佚,游六艺以无为,此独断于睿思,而昭代之盛典也。乃俾臣等,并备阁职。感兹荣幸,辄布愚忱。钦惟皇帝陛下,以聪明不世出之资,行古今所难能之事。以言乎涉历,则衡虑困心艰劳之日久;以言乎勘定,则拨乱反正文治之业隆。[①]

奎章阁文人得到了元文宗相当的礼遇和尊重,"益优礼讲官,既赐酒馔,又以高年疲于步趋也,命皆得乘舟太液池,径西苑以归",以示尊重。最高统治者如此用心笼络和礼遇文人,怎么不能令"闻者皆为天子重讲官若此,天下其不复为中统、至元之时乎?"[②]恰如清

---

① 虞集《雍虞先生道园类稿》卷一四,台湾新文丰出版公司影印《元人文集珍本丛刊》本,李修生等编《全元文》第26册第41页,凤凰出版社2004年版。
② 陈旅《经筵唱和诗序》,《陈众仲文集》卷四,李修生等编《全元文》第37册第249页,凤凰出版社2004年版。

人秦惠田所云："元之文宗可称右文,然其时奎章阁诸臣如虞伯生、欧阳原功、揭曼硕、黄晋卿辈,乃一时能文之士,以检校图籍等事为上所宠礼……"①如秦氏所云,居奎章阁中者皆为能文之士,且为元代文坛中坚力量。他们与同时期的文坛俊彦以及之前的大德、延祐文人和之后元末文坛主导者、明初开风气者,有着广泛且密切的联系,他们之间或师或友、亦师亦友或为同僚,交相唱和、赠答,形成了一个以奎章阁文人为中心的多级文人圈。考察奎章阁文人的出生时间,可以看到,他们主要是十三世纪七、八、九十年代生者。为讨论的方便,本篇将奎章阁文人圈根据人物的生卒年,制成表格,凡奎章阁文人皆加黑体、下划线标明。表格中人物的排列顺序以人物的生年先后为准,如果人物的生年相同,则以人物的卒年先后为序。

附表格如下:

年代	(十三世纪)五、六十年代	(十三世纪)七十年代	(十三世纪)八、九十年代	(十四世纪)初十年
人物生卒年	卢 挚(1235—1314?) 程钜夫(1249—1318) 吴 澄(1249—1333) 马致远(1250—1323) 王 约(1252—1333) 赵孟𬱖(1254—1322) 李 孟(1255—1321) 邓文原(1258—1328) 宋 无(1260—1340?) **赵世延**(1261—1336) 齐履谦(1263—1329) 何 中(1265—1332) 王士熙(约1265—1343) 王执谦(1266—1313) 袁 桷(1266—1327) 龚 璛(1266—1331) 刘 诜(1268—1350) 元明善(1269—1322) 贡 奎(1269—1329)	安 熙(1270—1311) 杨 载(1270—1323) 张养浩(1270—1329) 许 谦(1270—1338) 柳 贯(1270—1342) 范 梈(1272—1330) 萨都剌(1272—1340) 叶审言(1272—1347) **虞 集**(1272—1348) **李 洞**(1274—1332) **揭傒斯**(1274—1344) 杜 本(1276—1350) 干文传(1276—1353) 钱良右(1277—1344) 贍 思(1277—1351) 黄 溍(1277—1357) 周德清(1277—1365) 胡 助(1278—1362) 李术鲁翀(1279—1328) 马祖常(1279—1338) 谢 端(1279—1340)	**宋 本**(1281—1334) 吴师道(1283—1344) 张 雨(1283—1350) **欧阳玄**(1283—1357) 释大䜣(1284—1344) 张起岩(1285—1353) **杨 瑀**(1285—1361) 贯云石(1286—1324) **许有壬**(1287—1364) 张 翥(1287—1368) 陈 旅(1288—1342) **柯九思**(1290—1343) 黄清老(1290—1348) 宋 褧(1292—1344) 张 枢(1292—1348) 郑元祐(1292—1364) **苏天爵**(1294—1352) **康里巎**(1295—1345) **王守诚**(1296—1349) 杨维桢(1296—1370) 吴 莱(1297—1340) 李孝光(1297—1350) 贡师泰(1298—1362)	张以宁(1301—1370) 倪 瓒(1301—1374) 傅若金(1303—1342) 倪士毅(1303—1348) 余 阙(1303—1358) 危 素(1303—1372) 泰不华(1304—1352) 汪克宽(1304—1372) 揭 汯(1304—1373) 高 明(约1305—约1359) 周闻孙(1307—1360) 邵亨贞(1309—1401) 顾 瑛(1310—1369) 宋 濂(1310—1381)

根据表格可以较为清楚地看到,奎章阁文人主要集中于表格中间两列,而左右两列无论是十三世纪七十年代前还是十四世纪初,奎章阁文人都很少。这样一个时间段的分布非常有意思,表格的第一列人物的主要活动期在元朝统一后,文治渐趋繁荣的大

---

① 按:黄溍没有在奎章阁中任职,但应是奎章阁文人圈的重要成员,其与元文宗及其他奎章阁文人的过从十分密切。秦惠田《五礼通考》卷一七二,四库全书本。

德、延祐时期,表格的第四列人物的主要活动时期多为元朝晚期、明代初叶,而奎章阁文人的活动期在中间,正代表着元明文坛承上启下和鼎盛时期的力量。因此,把握清楚奎章阁文人的成长氛围、交游圈子以及风格成因及其影响,将有助于描画清楚整个元代文坛——尤其是中、晚叶时期的面貌。为便于讨论,本篇将表格的中间两列即十三世纪七、八、九十年代命名为"奎章阁时代",将表格第一列命名为"大德、延祐时代",而奎章阁时代影响波及期已为元末以及明初,故第四列以俗称"元明之际"命名。

纵观元代文坛,无论大德、延祐时期文人圈还是奎章阁文人圈以及元明之际的文人,他们之间多迭相师友,共为同年、同学,时有唱酬,是一个生态环境相当优越的良性循环圈。

首先,迭相师友。所谓迭相师友,是指以奎章阁文人为核心考察的元代文坛,文人间的关系并非纯粹单向的师生关系,他们往往由于仕途际遇、才能高下而构成多向的师生关系、师友关系。由于奎章阁文人"非尝任省、台、翰林及名进士不得居是官"①,大德、延祐时期的文人之于奎章阁文人来说,多为前辈,有导引与擢拔之功。对于奎章阁文人圈来说,正是大德、延祐时期文人不具私心的赏鉴和不遗余力的擢拔,年轻的奎章阁文人才得以崭露头角,走向文坛。作为同时期文人中的优选者,奎章阁文人往往能后来居上,迅速与大德、延祐时期文人混融一体,互相切磋,互为友朋。例如奎章阁灵魂人物虞集早年以契家子从吴澄游,25 岁入京师后,即"赫然以文鸣于朝著之间"②。虞集与大德、延祐时期文人,尤其是那个时期的年轻辈关系融洽。虞集与袁桷、元明善、贡奎、王士熙、马祖常、盛熙明等时有唱和,"论者以为有元盛世之音也"③,其中与袁桷关系尤密,其《祭袁学士文》云:

> 于时,同朝多士济济,公独我友。尚论其世制作,讨论必我与闻,或辩或同,有定无谖。公泰而舒,我蹇囊跋,三十余年,亦多契阔。④

这种良性循环的文坛环境,对于文坛写作风格的确立与审美风尚的形成是深有影响的,时人谓:"作为古文论议,迭相师友,间为歌诗、倡酬,遂以文章名海内,士咸以为师法,文体为之一变。"⑤再如奎章阁另一重要文人揭傒斯,在 20 来岁的年龄登上文坛。其援引者,乃大德延祐时代著名文人程钜夫。程钜夫颇奇揭傒斯之才,不仅收揭傒斯为门生,且将堂妹嫁与揭傒斯。而后,著名作家卢挚因爱重揭傒斯之文,将揭傒斯推荐于朝廷。李孟、王约、赵孟頫、元明善等亦深赏揭傒斯之才,推荐不遗余力。延祐元年(1314),揭傒斯即由布衣入翰林,为国史院编修官。揭傒斯为程钜夫门人,深感程钜夫见知之恩,

---

① 揭傒斯《送张都事序》,《揭文安公集》卷四,李修生等编《全元文》第 28 册第 380 页,凤凰出版社 2004 年版。
② 欧阳玄《元故奎章阁侍书学士翰林侍讲学士通奉大夫虞雍公神道碑》,《圭斋文集》卷九,李修生等编《全元文》第 34 册第 654 页,凤凰出版社 2004 年版。
③ 顾嗣立《元诗选》二集卷一一"王中丞士熙"条,四库全书本。
④ 虞集《雍虞先生道园类稿》卷五〇,台湾新文丰出版公司影印《元人文集珍本丛刊》本,李修生等编《全元文》第 27 册第 681 页,凤凰出版社 2004 年版。
⑤ 苏天爵撰《元故翰林侍讲学士知制诰同修国史赠江浙行中书省参知政事袁文清公墓志铭》,《滋溪文稿》卷九,李修生等编《全元文》第 40 册第 390 页,凤凰出版社 2004 年版。

而赵孟頫缘于程钜夫的搜访与引荐而为朝廷重臣，故终身师事程钜夫。赵孟頫之于揭傒斯则亦师亦友亦同门。揭傒斯入馆阁之际，与邓文原、袁桷、虞集以及后来加入的范梈、杨载等交游甚密，当时以及史上著称的"元诗四大家"即在其时逐渐形成，影响愈广：

<blockquote>
方是时，东南文章钜公，若邓文肃公文原、袁文清公桷、蜀郡虞公集，咸萃于辇下。公（揭傒斯）与临江范梈、浦城杨载继至，以文墨议论与相颉颃，而公名最为暴著。①
</blockquote>

这种迭相师友关系更表现为奎章阁文人与前辈、同代以及后生晚辈间的师友关系。1280年代生的奎章阁文人欧阳玄，年少时期即为卢挚所欣赏。据载，卢挚见到相貌堂堂的欧阳玄，即已心喜，后又观览欧阳玄文章，"大器重之，相与倡和，留连不遣去"②。虞集父亲虞汲看过欧阳玄的文章之后，大为吃惊，写信给虞集，认为年轻的欧阳玄必将与儿子的名声相当。虞集由此而荐举欧阳玄入朝。欧阳玄的成就果然印证虞集父亲之言。而1290年代生的苏天爵则更是转益多师。他早年即从元著名儒学家安熙处接受刘因理学思想，后入国子监受学，其时虞集、吴澄、齐履谦同为老师，之后又得到诸多馆阁名臣的赏识与荐拔，史载：

<blockquote>
（苏天爵）初官朝著郎，为四明袁公伯长（袁桷）、濮都马公伯庸（马祖常）、中山王公仪伯（王士熙）所深知。袁公归老，犹手疏荐公馆阁，马公谓"公当擅文章之柄于十年后"，而王公遂相与为忘年友。③
</blockquote>

可以说，年辈颇轻、资质较浅的欧阳玄、苏天爵等通过这种师承、友朋关系迅速融入既有文人圈，受到荐拔与重视，从而更加壮大既有圈子的力量，扩大其影响。

其次，奎章阁文人多以"名进士"入选，故除迭相师友外，同年关系、读卷官与进士的关系对于奎章阁文人圈的构建影响非小。有元一朝，历来被史家、文臣诟病者，即该朝科举废止多年，即便实行，亦时有间断。但必须承认，元代头几届科举所选拔的人才历来被称"得人"。例如元仁宗延祐二年（1315）科考，这一年元明善任读卷官，张起岩为状元，一起登科的还有杨载、欧阳玄、许有壬、黄溍、马祖常、陈泰、干文传、王沂、杨宗瑞、刘彭寿、韩渙、杨景行、张翔、赵贲翁、杨晋孙、李朝端、李希贤、梁宜等等。欧阳玄、许有壬被选入奎章阁，杨载是元诗四家之一，黄溍为元文四大家之一，亦为儒林四杰之一，马祖常、张起岩更是声名赫赫。无怪人称"设科得士，不得不以延祐之初为盛也"④。延祐五年（1318）科考，袁桷为会试、殿试读卷官，是年进士著名者如谢端、祝尧、虞盘（虞集之弟）、汪泽民、霍希贤等。奎章阁文人宋本乃至治元年（1321）状元，其时，袁桷任会试考

---

① 黄溍《翰林侍讲学士中奉大夫知制诰同修国史同知经筵事追封豫章郡公谥文安揭公神道碑》，《黄文献集》卷一〇上，李修生等编《全元文》第30册第178页，凤凰出版社2004年版。
② 危素《大元故翰林学士承旨光禄大夫知制诰兼修国史圭斋先生欧阳公行状》，见《圭斋集》附录，李修生等编《全元文》第48册第401页，凤凰出版社2004年版。
③ 赵汸《滋溪文稿序》，《东山存稿》卷二，四库全书本。
④ 许有壬《敕赐故资德大夫御史中丞赠摅忠宣宪协正功臣河南行省右丞上护军魏郡马文贞公神道碑铭并序》，《至正集》卷四六，四库全书本。

官,同年登进士著名者还有:泰不华、程端学、吴师道、杨彝中、廉惠山海牙、杨梓、张纯仁、林兴祖、伯笃鲁丁、林以顺等。到1327年科考,监试官为王士熙,读卷官为马祖常。是年中进士著名者如萨都剌、杨维桢、黄清老、胡一中、刘沂、燮理溥化、郭嘉、张以宁、李黼、蒲理翰、观音奴、索元岱等,一批元晚期重要文人都笼络其中。元代科考起于元仁宗延祐初年,"昔者仁宗皇帝临御天下,慨然悯习俗之于文法,思得儒臣以图治功,诏兴贡举,网罗英彦,故御史中丞马公首应是选,入翰林为应奉文字,与会稽袁公(袁桷)、蜀郡虞公(虞集)、东平王公(王士熙)以学问相淬砺,更唱迭和,金石相宣而文日益奇矣"①,仁宗时期选拔出来的人才,后再转为人才选拔者,层递关系显然。而奎章阁文人群体得以形成,则得益于延祐以及之后的泰定年间的科考人才选拔。

另外,奎章阁学士院作为皇帝特设的文化机构,置大学士五员并知经筵事,侍书学士二员,承制学士二员,供奉学士二员并兼经筵官幕职,置参书二员,典籖二员并兼经筵,参赞官照磨一员,内掾四名内二名兼检讨,宣使四名,知印二名,译史二名,典书四名②。奎章阁学士院下辖群玉司、艺文监、博士司、授经郎、艺林库、广成局等部门和机构,这些职能部门和机构吸引和笼络了大量优秀的文人供职其中,如前所举虞集、欧阳玄、揭傒斯、苏天爵、宋本、泰不华外,再如柯九思、王守诚,以及杨瑀、毕申达等人,他们成为同僚,共事一处,常诗文往来,共襄文坛盛业。为藻饰文治,奎章阁学士院成立半年不到,1329年9月14日,元文宗即命翰林国史院同奎章阁学士采辑本朝典故,依据唐、宋会要体例,修撰《经世大典》,命赵世延、赵世安领纂修,虞集为总裁,这一大型文化撰述事业为大批优秀文人的聚集与交往以及壮大奎章阁文人圈提供了非常的便利:

> ……天历二年冬,有旨命奎章阁学士院与翰林国史院参酌唐、宋会要之体,会萃国朝故实之文,作为成书,赐名《皇朝经世大典》。……至于执笔纂修,则命奎章阁大学士、中书平章政事臣赵世延,而贰以臣虞集与学士院艺文监官属分局修撰。又命礼部尚书臣库库择文学儒士三十人给以笔札而缮写之。③

后来,由于《经世大典》久未功成,翌年二月,以纂修事专属奎章阁学士院,同时虞集又向文宗提供一份名单,这份名单中人亦可谓代表了除奎章阁文人外,元中叶文坛之最优秀者,而这些最优秀者亦为奎章阁文人圈中之人:

> 礼部尚书马祖常,多闻旧章,司业杨宗瑞,素有历象地理记问度数之学,可供领典;翰林修撰谢端、应奉苏天爵、太常李好文、国子助教陈旅、前詹事院照磨宋褧、通事舍人王士点,俱有见闻,可助撰录。④

综上所论,奎章阁设立之后,以奎章阁文人为中心的文人圈在上联系着大德、延祐乃至世祖时期的重要文人,在下笼络着元晚期以及后来在明初文坛有着举足轻重力量

---

① 苏天爵《石田文集序》,《石田文集》卷首,四库全书本。
② 秦蕙田《五礼通考》卷一七二,四库全书本。
③ 苏天爵《国朝文类》卷四〇,四库全书本。
④ 宋濂等撰《元史》卷一八一《虞集传》,四库全书本。

的一批年轻人,至于与他们同时代的人们,则以奎章阁文人为风向标,翕然影从,元代文坛遂成为奎章阁文人群体为中心并发生着深刻影响的文坛。

二、奎章阁文人圈与奎章阁风格

既然奎章阁文人圈联系着元代文坛诸多显要力量,并产生深刻影响,那么奎章阁文人圈的具体创作风格和审美风格就非常值得探究与讨论。

奎章阁文人们的创作审美风格首先与他们的职业习惯密切相关。关于奎章阁学士们的职责,四库馆臣指出:"元置奎章阁学士专掌经史及考论帝王之治,犹唐之北门学士,称为内相者也。"①表面看来,确乎如此。元文宗曾诏谕奎章阁诸学士云:"朕以统绪所传,实在眇躬,夙夜忧惧,自惟早岁跋涉艰阻,视我祖宗,既乏生知之明,于国家治体,岂能周知。故立奎章阁,置学士员,日以祖宗明训,古昔治乱得失陈说于前,使朕乐于听闻。"②实质上,"文宗御奎章阁,虞伯生(虞集)为侍从,日以讨论法书、名画为事"③,一旦奎章阁文人希图在政治上有所建议,则会遭到文宗的反感,更会遭致权臣们的猜忌与排挤④,正如清人秦惠田所云,"元之文宗可称右文,然其时奎章阁诸臣……一时能文之士,以检校图籍等事为上所宠礼,与古启心沃心之道殊矣。"⑤因此,切实说来,奎章阁文人只是元文宗豢养在馆阁中,用来粉饰政治的文学弄臣。所以奎章阁风格首先即代表着元代馆阁风格。这种馆阁风格确切而言即为"宗唐复古"风格⑥。当然这种馆阁复古思潮并非一朝而成,一成不变的。总体说来,有元一代复古思潮首倡于元世祖时期的姚燧、程钜夫、赵孟頫等,次为邓文原、元明善等接续,至虞集、揭傒斯,元文四家以及马祖常等定型,再接而为欧阳玄、许有壬等贯穿,传而为苏天爵、陈旅等"擅文章之柄",再到元明之际,杨维桢变化,宋濂、危素等承接开启。奎章阁文人在这个过程中扮演着承上启下,使之定型成熟的角色⑦。

---

① 纪昀等撰《钦定续通志》卷一三四,四库全书本。
② 宋濂等撰《元史》卷三四《文宗纪·三》,四库全书本。
③ 沈辰垣等编撰《御选历代诗余》卷一一九,四库全书本。
④ 按:奎章阁中赵世延、虞集、柯九思、雅琥、库库等文宗青睐的文人皆曾受到权臣燕帖木儿的排挤,奎章阁文人甚至被逼集体辞职,元文宗亦明确表示奎章阁文人不必对军国事务发表意见。参见白寿彝《中国通史》第13册第604页,上海人民出版社1997年版。
⑤ 秦惠田《五礼通考》卷一七二,四库全书本。
⑥ 按:此说邓绍基先生早有详论,他认为"在元诗的发展过程中,宗唐复古(即古体宗汉魏两晋,近体宗唐)成为潮流和风气,其间经历了对前朝诗风的反思和批判,经历了南北复古诗风的汇合","到了延祐年间,这种汇合的复古诗风就成为席卷诗坛的汹涌澎湃的潮流。"邓绍基《元代文学史》第十七章,人民文学出版社1991年版。
⑦ 按:黄仁生先生指出:"元前期以来'宗唐复古'思潮的实质是针对宋诗的弊端和理学家鄙薄诗艺的偏颇而要求恢复诗歌'吟咏情性'的传统,走的是由宋返唐的路子。……从大德年间袁桷、虞集、范梈等相继入京,到延祐复科前后揭傒斯、杨载、黄溍、欧阳玄、马祖常等应诏或登第入仕,南北合流而成的宗唐复古潮流终于演变成为馆阁文臣主盟诗坛的局面,所谓'虞、杨、范、揭诸君鸣其盛'正是这一潮流奔涌而下的结果。他们诗中所表现的雅正和平之音,固然与元中叶承平之世标榜文治的时代精神一致,但实际上已经显露出台阁体的气息。"《杨维桢与元末明初文学思潮》第162页,中国出版集团2005年版。

姚燧受学于元初大儒许衡,《元史》评价姚燧曰:"由穷理致知,反躬实践,为世名儒。"姚燧为文宗韩愈,工散文,当朝三十年间,名臣勋戚的碑传多出其手,文风"闳肆该洽,豪而不宕,刚而不厉,舂容盛大,有西汉风。宋末弊习为之一变。盖自延祐以前,文章大匠,莫能先之"①。另外,程钜夫、赵孟頫辈亦"躬负宏博之学",又身处"隆平之期",故而行文往往从容大雅,有气格,少蹇促艰涩之态,颇有北宋馆阁余风。又由于程、赵的政治地位和影响,其"词章议论为海内所宗尚者四十年"②。到邓文原、元明善等主持文坛之际,以温醇典雅为尚。邓、元一辈注重学有本原,文风上追秦汉风气,以六经为本涵泳,诸子百家为背景敷衍,力求发声为言,皆出于己。大德、延祐之际,除邓文原、元明善外,还有袁桷、贡奎辈左右之,"操觚之士响附景从,元之文章于是时为极盛"③,到这一代馆阁文人,元正统文坛才开始确立自己的文风。不过,无论邓文原、元明善,亦无论袁桷、贡奎等,增点气象、倡导荐拔之功有过,而使文风定型成熟,则未免才力有欠。须等到以虞集、揭傒斯等为中心的奎章阁文人群体的崛起,方完全确立起"雅正"为核心的创作与审美标准。这种"雅正"风格是以经学为基础,学问为涵养,以实用为目的。所谓"学有以致其道,思有以达其才";秉性情之正,文辞章法规矩,力斥浮辞虚饰,"外无世虑之交,内无声色之惑"④,力求养德于内,硕学于外,文势浩然正大,气韵沛丰从容,可以黼黻时代盛业。

毫无疑问,元代较宋代国力远要雄厚,国家气势声威直逼唐朝,甚而过之。生在这样的时代的人们是容易生出雍容、正大且开阔的心胸与气度的。与前辈相比,奎章阁时代的文人们首先都儒学修养相当深厚,元文四家"虞、揭、黄(黄溍)、柳(柳贯)"又被称作"儒林四杰",即缘于是。四家中,虞集少年时代曾以契家子身份从吴澄游,吴澄乃有元一朝与刘因、许衡并列的三大学者之一;揭傒斯曾游学著名儒学家许谦之门(许谦乃著名儒学大师金履祥弟子),与欧阳玄、朱公迁、方用以羽翼斯文相砥砺,时称"许门四杰";而黄溍、柳贯则皆为浙东婺学宗师。其他奎章阁成员如苏天爵乃安熙弟子(后者为刘因及门弟子),又曾授业于吴澄、虞集。便是赵世延、泰不华等西域子弟亦皆为学有本源,皈依儒家者。其次,学问极其弘博,经史百氏,无不贯通。揭傒斯在奎章阁中乃七品授经郎,才学丰富且深受元文宗欣赏。史载:"(文宗)时幸阁中,有所咨访,……恒以字呼之而不名。每中书奏用儒臣,必问曰:'其材何如揭曼硕?'间出所上《太平政要策》以示台臣曰:'此朕授经郎揭曼硕所进也'。"⑤揭傒斯的情况说明了两个问题:第一,元文宗非常喜欢有才学的大臣,奎章阁乃其精心营建的文化机构,入选其中的人必然要才学过人;第二,元文宗对文人们才学的爱重态度,势必致使同时期的文人都致力于学,形成良

---

① 宋濂等撰《元史》卷一七四《姚燧传》,四库全书本。
② 危素《大元敕赐故翰林学士承旨光禄大夫知制诰兼修国史赠光禄大夫大司徒上柱国追封楚国公谥文宪程公神道碑铭》,《程雪楼集》附录,李修生等编《全元文》第48册第435页,凤凰出版社2004年版。
③ 《四库全书·巴西集提要》。
④ 虞集《胡师远诗集序》,《道园学古录》卷三四,四库全书本。
⑤ 宋濂等撰《元史》卷一八一《揭傒斯传》,四库全书本。

性学术氛围。事实上,考察奎章阁时代的文坛风云人物,无一不以硕学鸿儒而称著当时。奎章阁时代的人们由于博极天下之书,又有理学涵养作根底,故文章风格雅正,往往文辞上规矩谨严,言必有据,同时又俯仰雍容,堂堂正正,坦然、蔼然令人敬慕。其时文风所尚恰如人们评价其核心人物虞集文风所云:

> 主之以理,成之以学,即规矩准绳之则,以尽方圆平直之体,不因险以见奇也;因丝麻谷粟之用,以达经纬弥纶之妙,不临深以为高也。陶镕粹精,充极渊奥,时至而化,虽若无意于作为,而体制自成,音节自合,有莫知其所以然者。比登禁林,遂擅天下,学者风动从之,由是,国朝一代之文,蔼然先王之遗烈矣。①

实质上,以虞集为领军人物所代表的雅正文风还是秉承姚燧复古之风,以经学为根本,讲究经世实用,贬斥摘章绘句,迥然异于金末宋季雕琢辞章、气韵萎弱的文风。

关于奎章阁风格取舍,很有必要以马祖常的一段批评来作讨论。1330 年为苏天爵《滋溪文稿》所作序言很明确地表达了他的文风取舍标准,其文曰:

> ……祖常延祐四年,以御史监试国子员,伯修试《碣石赋》,文雅驯美丽,考究详实。当时考试礼部尚书潘景良、集贤直学士李仲渊置伯修为第二名,巩弘为第一名。弘文气疏宕,才俊可喜,祖常独不然此,其人后必流于不学,升伯修为第一,今果然。而吾伯修方读经稽古,文皆有法度,当负斯文之任于十年后也。②

马祖常文风取向及审美追求实质亦代表了奎章阁文风和审美追求,体现出强烈的复古追求。虽然,马祖常没有任职奎章阁,但却是奎章阁文人圈中的重要人物。如前所述,他与袁桷、虞集、王士熙等"以学问相淬砺,更唱迭和,金石相宣而文日益奇矣"③,他们的文体意识与创作追求很相近。而马祖常又与欧阳玄、许有壬、黄溍、杨载等为同年,一手荐拔奎章阁年轻辈俊彦苏天爵,还是杨维桢、萨都剌的座师。更重要的是,马祖常的文章元文宗非常喜欢。马祖常文风取向尚古,"非三代两汉之书不读,文则富丽而有法,新奇而不凿","每叹魏晋以降,文气卑弱,故修辞立言追古作者"(《滋溪文稿》卷九),"务刮除近代南北文士习气,追慕古作者。与姚文公燧、元文敏公明善实相继后先,故其文词简而有法,丽而有章,卓然成家"④。缘于这样的背景,古雅、考究详实的苏文,符合了马氏尚雅、尚正,文气须充实的审美追求,而巩文浮华虚饰,文气卑弱,大逆马氏口味,自然不能为马祖常所取。果然,苏天爵迅速获得了马祖常、虞集、王士熙等馆阁文人们的欣赏与奖掖,后来更成为奎章阁授经郎,并终以"一代文献之寄"著名,不仅印证了马祖常对苏天爵的期许,也显明了奎章阁文风的衣钵承传。

奎章阁文人在文风上讲究一本于理,言必有据,正经从容,而他们在诗风上虽秉持"性情之正"的理念,但风格则多明丽清雅,与其文风颇异。《四库全书总目》评价揭傒斯

---

① 赵汸《邵庵先生虞公行状》,《东山赵先生文集》卷五,李修生等编《全元文》第 54 册第 365 页,凤凰出版社 2004 年版。
② 马祖常《滋溪文稿志》,《滋溪文稿》卷首,李修生等编《全元文》第 32 册第 418 页,凤凰出版社 2004 年版。
③ 苏天爵《石田文集序》,《石田文集》卷首,四库全书本。
④ 王守诚《石田文集序》,马祖常《石田文集》卷首,四库全书本。

《文安集》云:"其文章叙事严整,语简而当。凡朝廷大典册及碑版之文,多出于其手,一时推为钜制。独于诗则清丽婉转,别饶风韵,与其文如出二手。"①且引揭傒斯诗、文比较之:

与萧维斗书

……仆性分粗谬昏懋,绝不通时事,与人交不计隆薄能否,辄以古道相期,待俗下诟病,日甚不止,终不愧悔,今复妄有谒于阁下焉。惟天生贤哲,常旷数百载不一二见,及有其人,或又废于庸主,格于逸忌,尽于懦怯畏慎,弗克卒其大业,仆甚痛之。自来京师,目睹耳听,口诵心语,惟公全才学富,义精仁熟,谦让克谨,去就有节,名与实侔,位与德称,有古大贤之风。束帛之聘,累光丘园,每聘必增其秩,每召必优其礼,其尊德乐道,右贤尚能,崇信慕向,若汉高帝之于四皓,可谓隆矣。然四皓不出则已,一出则能割至尊之爱,定天下之本,建万世之名,翛然而来,浩然而归,来不见其所难,去不见其所穷,何其裕哉?且今天下非汉高之草创,皇太子聪明仁孝过于惠帝,上亲信笃爱,无高帝之惑溺。昔之储贰不得与国家之政,今则无所不领,宜若公者,知无不言,言无不从。然天下之贤士未振者,不闻有所举;天下之政令有阙者,不闻有所陈,悁悁默默,日以怀去为务,又不能借一事决去就,使天下有识之士蹀足搤掔,裵徊四顾而失望。……②

萧维斗即萧㪺,元著名学者,《元史》称他"博极群书,天文、地理、律历、算术,靡不研究"③,关辅之士,翕然从之。读书终南山下,三十年屡征不应。揭傒斯这封书信即代表朝廷邀请萧维斗出山。揭傒斯自 1314 年入朝为翰林编修之后,元文宗开奎章阁,置授经郎,他首获其选,以后又参与修撰《经世大典》,任《辽史》《金史》的总裁官之一,直至死前,一生大量的时间都在修撰辽、宋、金三史。职业要求与职业习惯要求揭傒斯行文必须措辞概要精当,不以个人是非为转移。该文行文雍穆大气,文势浩然凌厉,有古作者风,且文法森严,运笔稳沉,殊无卑弱逶迤之气。再看揭傒斯的诗,揭傒斯擅长七言律诗,且援引其一首律诗如下:

送蔡思敬还豫章有怀辽阳李提举

来日能同去不同,独携别恨向秋风。眼看乱叶浑无定,心与浮云并一空。黄独山中归自断,玉梅溪上梦先通。莫嗟留滞京华者,更有辽阳送断鸿。④

这首诗的风格确如虞集评价揭傒斯诗风所云如"三日新妇",清鲜明丽,略微还能看出一些如新妇般的生涩与自持。正如四库馆臣所评:"神骨秀削,寄托自深,要非嫣红姹紫,徒衿姿媚者所可比也。"⑤但终与揭傒斯之文风迥然有异。

诗、文创作如出二手的情形不仅仅是揭傒斯,可以说奎章阁时代的文人大多如此,

---

① 《四库全书·文安集提要》。
② 揭傒斯《揭文安公集》文集卷二,李修生等编《全元文》第 28 册第 354 页,凤凰出版社 2004 年版。
③ 宋濂等《元史》卷一八九。
④ 揭傒斯《文安集》卷二,见四库全书本。
⑤ 《四库全书·文安集提要》。

亦可谓为奎章阁诗风。元人以复古方式来贬斥宋、金,往往是通过学唐以上追于汉魏、秦汉。奎章阁文人以雅正为风格追求宗旨,文风上宗唐,乃不离韩、柳的古文运动路线,诗风上宗唐则主要学盛唐,盛唐诗风普遍意象明丽、通透,清朗可观。当然,一方面,奎章阁文人日常的工作即承担着朝廷各种制诰、典册、碑铭以及正史的撰写任务,像虞集、揭傒斯、欧阳玄等文坛大家,他们的个人集子充溢着大量的宗庙朝廷之典册、公卿大夫之碑板文章,其雍穆古雅的文风既是职业习惯使然又是一朝风气所尚。由于他们的社会地位以及文坛影响,这种文风又进而为天下时人所尚。另一方面,元文宗对待奎章阁文人的态度实以文友相看,虽然他诏谕奎章阁文人,要求其职责是讲述祖宗治法,实际上,"文宗御奎章阁,虞伯生(虞集)为侍从,日以讨论法书、名画为事"[①],著名画家柯九思由于善画亦擅长鉴赏,为元文宗所深宠。奎章阁得以建立,柯九思的影响非小,因此柯九思亦由一介布衣擢拔而为五品官。而且,元文宗本人"怡情词翰,雅喜登临"[②],善画,亦能作诗,画风、诗风颇宗盛唐。因此,日日伴随文宗左右的奎章阁文人多精通书法,擅长名画赏鉴。奎章阁时代,题画诗相当繁盛。像虞集就作题画诗170多首。这种由奎章阁文人引领而起的题画诗风气,至元末大量著名画家参与,风气更盛。像元末文坛领军人物杨维桢、李孝光、顾瑛等人的集子中都有大量题画诗[③]。题画诗的盛行也导致奎章阁文人们的诗歌创作讲求画境,诗风清丽、秀雅,透明如画。而无论是文风的古雅有则还是诗风的明丽如画,其审美追求核心皆为"雅正",即养德于内,硕学于外,秉性情之正,务排放浪性情,虚饰言辞,而这也是奎章阁文人所认可的古风。

奎章阁文人的复古雅正风气中,最动人的是他们的江南书写。江南自六朝以来即为文人墨客所盛情书写,盛唐文人作品中多有对江南风物的细腻描写。奎章阁文人创作中倾向于江南书写,既有复古思潮的影响,更有奎章阁的建立者元文宗的推动。元文宗在做怀王时期,潜邸金陵,对江南风物颇熟悉,亦深有好感,由其现存的几首诗作中可以看出其审美倾向与创作意识中对江南意象的喜爱。奎章阁文人中像虞集、柯九思、雅琥、揭傒斯、欧阳玄等皆为南方人或长期居住江南,颇易与文宗的这种倾向达成共识,所以奎章阁文人的审美倾向与创作风格中,"江南书写"成为一大特征。"江南书写"同样是奎章阁宗唐复古追求的一部分,但更形象可感。且看元文宗的两首诗词:

自集庆路入正大统途中偶吟

穿了毨衫便着鞭,一钩残月柳梢边。二三点露滴如雨,六七个星犹在天。犬吠竹篱人过语,鸡鸣茅店客惊眠。须臾捧出扶桑日,七十二峰都在前。

望 九 华

昔年曾见九华图,为问江南有也无。今日五溪桥上见,画师犹自欠工夫。

上引两首作品,对江南典型意象的描摹把捉,以及直接由眼前景道及江南景,颇能想见

---

① 沈辰垣等编撰《御选历代诗余》卷一一九,四库全书本。
② 陈焯《宋元诗会》卷六六,四库全书本。
③ 参见黄仁生《杨维桢与元末明初文学思潮》第233页,中国出版集团2005年版。

作者对于江南风物的熟悉与深切眷念。而能将这种"江南书写"发挥到极致,并为天下所宗,成为风尚的,还得数虞集词《风入松》最典型:

> 画堂红袖倚清酣,华发不胜簪。几回晚直金銮殿,东风软,花里停骖,书诏许传宫烛,香罗初翦朝衫。　　御沟冰泮水挼蓝,飞燕又呢喃,重重帘幕寒犹在,凭谁寄、锦字泥缄。报道先生归也,杏花春雨江南。

这首词是虞集1332年寄赠给退居吴下的奎章阁鉴书博士柯九思的,柯九思非常喜欢,"书《风入松》于罗帕作轴",而且这首词因"词翰兼美,一时争相传刻,而此曲遂遍满海内矣"①。这首词所以被人们广为传唱最胜出的地方就在于词作中"杏花春雨江南"这样一个简明却典型的江南书写,它剪切妥帖,明朗雅丽,很有魅力。当然,若论创意,与盛唐张志和《渔歌子》相比,并不能出其右。但此词成功的关键之处在于,整首词的抒写紧扣归意,将江南正面书写成为秀雅、雍正的形象,使江南摆脱以往明丽冶艳却有些不上台面的形象,成为具有文化品格、温暖惬意可以抚慰心灵的世界。这种表达代表了时尚,却又深情蕴藉,故而深切地感动了元中、晚叶的文人,从此"杏花春雨江南"成为文人们报道江南、表达江南、寄念江南的风标,甚至一直流行至今。而元末吴中成为诗歌繁盛之地,其作者能驰骋文坛,奎章阁文人们对于江南的大力书写不能不说是一大激励。

综而论之,奎章阁文人圈接过元初以来掀起的复古大旗,以雅正风格为主,文章雍容有气势,文法规矩谨严,力求追摹古作者风气而别于宋末金季萎弱风格。尽管元代散文成就在整体上并未超越唐宋古文运动的传统,恰如杨维桢所云:"我朝古文殊未迈韩、柳、欧、曾、苏、王,而诗则过之。"②奎章阁文人诗歌创作与文章创作有区别,总体上以明丽秀雅,讲求画境为式,其创作中江南书写特征颇值得一提。与前辈馆阁文人相比,虞集一代奎章阁文人圈大家辈出,风格更趋成熟定型,实际上他们是元代文坛的真正代言人,影响遍及天下,虞集他们的雅正文风不仅代表了奎章阁文人的文风创作与审美追求,也引导和代表了一个时代的风尚。

三、奎章阁文人的文坛影响

奎章阁从成立到废罢再到更名宣文阁,虽有12年时间,实际其鼎盛繁荣时间只有元文宗在金陵潜邸1328年9月筹备奎章阁到元文宗1332年8月驾崩,前后5年时间不到。1333年,元顺帝即位,而奎章阁文人圈的核心人物虞集谢病回到江南。在此之前,1332年3月到6月,以权臣燕帖木儿为首的监察御史机构对奎章阁深受文宗宠爱者雅琥、童童、柯九思多次弹劾,意欲通过这种清君侧方式,清算元文宗③。即使在元文

---

① 陶宗仪《辍耕录》卷一四"风入松"条,四库全书本。
② 引文见《玩斋集》卷首,四库全书本,黄仁生《杨维桢与元末明初文学思潮》第60页,中国出版集团2005年版。
③ 参见杨镰《元代文学编年史》第364—379页,山西教育出版社2005年版。

宗极力庇佑的时代，奎章阁文人亦是屡屡遭到权臣们的猜忌与排挤，根本不能在政治上有所施为，所以曾发生奎章阁首席文人们联合辞职之事。《元史·虞集传》载①：

> 时宗籓暌隔，功臣汰侈，政教未立，帝将策士于廷，集被命为读卷官，乃拟制策以进，首以"劝亲亲，体群臣，同一风俗，协和万邦"为问，帝不用。集以入侍燕闲，无益时政，且媢嫉者多，乃与大学士忽都鲁都儿迷失等进曰："陛下出独见，建奎章阁，览书籍，置学士员，以备顾问。臣等备员，殊无补报，窃恐有累圣德，乞容臣等辞职。"

当奎章阁文人们的政治权力和政治影响受到多重限制之后，奎章阁文人沦落成为皇帝提供提升汉文化修养的教导与娱乐意义、才识超诣的御用帮闲②。这种尴尬的政治地位对于饱读经书，深受儒家正统思想影响的奎章阁文人来说是深有挫败感的。基于这样的身份，奎章阁文人在为人处事时相当谨慎低调，对于后进好学之士态度平和谦恭，这使得乡野僻壤的学子可以更便利地接近他们，同时又更平易温和地接受他们的影响。例如陈旅，乃奎章阁时代相当活跃的诗文家。其以一介布衣游学京师，虞集见到他的文章，"慨然叹曰：'此所谓我老将休，付子斯文者矣。'即延至馆中，朝夕以道义学问相讲习，自谓得旅之助为多"③。奎章阁大学士赵世延极力荐举陈旅于朝廷，奎章阁授经郎苏天爵辑《国朝文类》，"其时作者林立，而不以序属诸他人，独以属旅，殆亦知其文之足以传信矣"。陈旅亦深受虞集等奎章阁文人复古思想影响，"为文典雅峻洁，必期合于古作者"（《四库全书总目》）。再如另一位才华横溢的年轻作家傅与砺，同样以布衣至京师，以奎章阁文人为代表的馆阁文人欣赏其才，援引不已。其诗集，范梈、揭傒斯、虞集等皆为序。至其死后，苏天爵亲为墓志铭。傅与砺学诗法于虞集等，乃虞集晚辈，且虞集作为文坛耆老，在为傅与砺诗集作序时，却态度谦卑，情文并茂，令人感慨动容：

> 嗟夫！上林千树，岂无一枝以栖朝阳之羽哉！而一官岭海之不厌，何也？前数年诸公相知者多散出于外，今明良一廷，无所忌讳，清涧之蒲，海湾之水，不足以久烦吟咏也，必矣。书其别后稿如此。迟其北还，则沉郁顿挫、从容温厚有可起予者，何幸于余生亲见之哉！④

可惜，陈旅、傅与砺皆英年早逝，竟皆死于虞集之前，枉负虞集等以接班人相期许之心。不过，由虞集这种谦卑的态度，兼其文坛地位、社会地位，可以想见其所倡导和代表的创作风格与审美追求的普达。

而以奎章阁文人为核心的馆阁文人们对诗文创作的热衷和对后进才学者的荐拔奖掖很容易刺激民间对于诗文创作的热情。有元一朝诗文成就虽然不能与之前的唐宋、之后的明清相比肩，但创作却颇为繁荣，尤其是元代中叶以后，诗文创作曾一度十分繁

---

① 宋濂等撰《元史》卷一八一《虞集传》，四库全书本。
② 参见白寿彝《中国通史》第 13 册第 504 页，上海人民出版社 1997 年版。
③ 冯从吾《元儒考略》卷三，四库全书本。
④ 《傅与砺诗文集》诗集原序，四库全书本。

兴,除出现了为数众多的作家外,编选本朝作者作品的集子亦大量出现,这些集子的刊印显然是既有存一代文献之意,更有为满足大量学者之心。蒋易就说:"易尝辑录当代之诗,见者往往传写,盖亦疲矣,咸愿锓梓,与同志共之。"由这些集子的编选标准,依然能清晰地看到奎章阁文人为核心的复古思潮的影响。且不论奎章阁文人苏天爵编选的《国朝文类》是怎样深切著明地彰显了奎章阁文人的雅正审美倾向,即便中下层文人傅习、孙存吾、蒋易等前后编选的《皇元风雅》亦明白地表达了与奎章阁文人雅正审美倾向一致的取舍标准。蒋易1337年正月作《皇元风雅集引》曰:

> ……因稍加铨次,择其温柔敦厚,雄深典丽,足以歌咏太平之盛,或意思闲适,辞旨冲淡,足以消融贪鄙之心,或风刺怨诽而不过于谲,或清新俊逸而不流于靡,可以兴、可以戒者,然后存之。盖一约之于义礼之中而不失性情之正,庶乎观风俗、考政治者或有取焉。是集上自公卿大夫,下逮山林间巷布韦之士,言之善者靡所不录,故题之曰《皇元风雅》。第恨穷乡寡闻,采辑未广,乌能备朝廷之雅,而悉四方之风哉!

缘于一致的审美标准,所以这些集子所选作家作品也自然以奎章阁文人圈文人及其作品为主体,蒋易《题皇元风雅集后》曰:

> 易始于怀友轩得观当代作者之诗,昌平何得之(何失)、浦城杨仲弘(杨载)、临江范德机(范梈)、永康胡汲仲(胡长孺)、蜀郡虞伯生(虞集)、东阳柳道传(柳贯)、临川何太虚(何中)、金华黄晋卿(黄溍)诸稿,典丽有则,诚可继盛唐之绝响矣。自是始有意收辑,十数年间,耳目所得者已若此,况夫馆阁之所储拔,声教之所渐被,此盖未能十一耳。信乎一代之兴,必有一代之人才。呜呼盛哉!①

值得注意的是,奎章阁核心文人虞集分别于1336、1339年为傅习、孙存吾《皇元风雅》12卷、蒋易《皇元风雅》30卷作序。尤其是前者,虞集还参与校选工作,其前集题:"盱江梅谷傅习说卿采集,儒学学正孙存吾如山编类,奎章学士虞集伯生校选",后集题:"儒学学正孙存吾如山编类,奎章学士虞集伯生校选"(见《元风雅》卷首)。这样一来,以奎章阁文人为代表的复古雅正审美倾向与创作意旨便由宫廷馆阁便捷地走向山野乡间,好学后进之士,则渐为其风气所染。

还有一点,元文宗佞佛好道,对方外之士颇为信重,这使得奎章阁文人及其他馆阁文人与方外人士的交往、唱和相当密切,因此,奎章阁风格还藉由这些方外人士广泛披靡。最著名者如张雨。他年20,即弃家遍游天台、括苍诸名山,后从开元宫真人王寿衍入京师,与赵孟頫、范梈、杨载、袁桷、虞集、黄溍、揭傒斯等有交往,晚年与倪瓒、顾瑛、杨维桢等人深相投契,互有唱和。张雨的交游对象几乎关联了元代中上叶到元末的所有重要文人。至正十年前后,张雨将这些文人与他酬唱、赠答的作品编成集,名为《师友集》,黄溍为之序:

> ……属当文明之代,一时鸿生硕望、文学侍从之臣,方相与镕金铸辞,著为训

---

① 李修生等编《全元文》第48册第134—135页,凤凰出版社2004年版。

> 典,播为颂歌,以铺张太平雍熙之盛。伯雨周旋其间,又皆与之相接,以粲然之文,如埙鸣而篪应也。逮伯雨倦游而归,入山益深,入林益密。并游之英俊多已零落,而伯雨亦老矣。后生晚出,如春华夕秀,奇采迭发。欲一经伯雨之品题者,无不挟所长以为贽,而伯雨皆莫之拒,虽细弗遗……①

由黄溍之序可看出,张雨周旋于虞集等文学侍从之臣,审美取向深受其浸染,在那些交游俊彦相继凋零之后,张雨又继续影响后生晚出者。类于张雨者颇多,这些人同样颇为忠实地将奎章阁文人为代表的馆阁复古雅正风气传播布达,不仅是同时代者,还及于元末文坛,并影响元末文坛格局的构建。

1344年,揭傒斯去世,而虞集则已近失明,奎章阁文人主盟文坛的时代渐趋终结,以杨维桢为核心的时代来临。由前文所述,杨维桢为1327年进士,那年的监试官是王士熙,读卷官是马祖常,从根本上说,杨维桢的创作与审美思想仍是元初以来逐渐形成的文学复古思潮的继续发展②。杨维桢散文创作地位如时人云:"元继宋季之后,政庞文玩,铁崖务铲一代之陋,上追秦汉,虽词涉夸大,自姚、虞而下,雄健而不窘者,一人而已。"③而相较于文,杨维桢更多的精力,更大的贡献在于诗。在诗歌创作上,杨维桢同样主张复古,但风格变异,别于虞、揭、范、杨诸家,以乐府诗作为突破口,终成一派,取得超越前者的突出成就。杨维桢《玉笥集叙》曰:

> 我朝习古诗如虞、范、马、揭、宋、泰、吴、黄而下,合数十家,诸体兼备,独于古乐府犹缺。泰定、天历来,予与睦州夏溥、金华陈樵、永嘉李孝光、方外张天雨为古乐府,史官黄溍、陈绎曾遂选于禁林,以为有古情性,梓行于南北,以补本朝诗人之缺。一时学者过为推,名余以铁雅宗派。……(《杨铁崖先生文集全录》卷四)

由杨维桢本人的这段话可以看出,杨维桢认同和接受奎章阁文人圈的复古思潮,只是为补其缺而兴古乐府之创作。杨维桢学生宋琬亦很明白地指出杨维桢古乐府创作力追雅正之风,而求补奎章阁文人诗歌复古创作之缺:

> 我朝诗体备矣,惟古乐府则置而不为。……名曰《铁崖先生复古诗集》。此集出,而我朝之诗斯为大备。红紫乱朱,郑卫乱雅,生于季世,而欲为诗于古度,越齐梁、追踪汉魏而上,薄乎骚雅,是秉正色于红紫之中,奏韶濩于郑卫之际,不其难矣哉。此先生之作,所以为复古而非一时流辈之所能班,南北词人推为第一诗宗,此非琬之言也,天下之言也。(《复古诗集》序)④

杨维桢的古乐府创作取得巨大成功,杨维桢本人成为元末文坛领军人物,某种程度上必须承认,奎章阁文人圈力量影响了元末文坛格局。其实,奎章阁文人圈中文人早在元四家鸣盛一时之际,即有染指乐府诗创作,例如王士熙、马祖常、宋褧等即有创作。尤值得

---

① 黄溍《师友集序》,《文献集》卷六,四库全书本。
② 黄仁生《杨维桢与元末明初文学思潮》第57页,中国出版集团2005年版。
③ 贝琼《铁崖先生传》,程敏政《明文衡》卷六〇,四库全书本。
④ 杨维桢撰、章琬编《复古诗集》卷首,四库全书本。

一说的是李孝光。1328年,已名满天下的李孝光与年轻的杨维桢在吴下相与唱和古乐府辞。李孝光对杨维桢的欣赏和肯定,使年轻的杨维桢终于有信心正式打出复兴古乐府的旗帜①。此后杨维桢对李孝光异乎寻常地推重,其《陈樵集序》中举元代作者四人,李孝光与姚燧、吴澄、虞集并称。李孝光亦可谓奎章阁文人圈中人物,与奎章阁文人关系密切,有着深切的馆阁情结。他曾与柯九思同受知于怀王潜邸,怀王即位为元文宗之后,柯九思被召为臣,李孝光亦汲汲于馆阁召用,常常出入奎章阁侍书学士赵世延家,奎章阁典签泰不华曾学诗于李孝光。李孝光与杨维桢吴下的那场相聚唱和好比天宝年间李白与杜甫的相遇唱和,四库馆臣认为杨维桢对李孝光的称誉并不过分,但李孝光倘若不是在满身光环之际,仍能与杨维桢亲切唱和,杨维桢当不至如此感重和推崇李孝光,或许杨维桢的复兴古乐府行动也会有其他的变化。因此,奎章阁文人圈之于文坛的影响和意义不仅仅之于他们提出和倡导某种文风或审美倾向,更在于他们是一种力量和磁场,作用于文坛,影响其方向与格局的变化。

元末文坛除杨维桢等,诸如贡师泰、揭汯、余阙辈亦算挺然秀者。这些人则可谓是奎章阁文人圈之后续力量。贡师泰乃贡奎之子,揭汯是揭傒斯之子。像贡师泰"少承其父奎家学,又从吴澄受业,复与虞集、杨载、范梈、揭傒斯游,故文章具有源本。其在元末,足以凌厉一时。诗格尤为高雅,虞杨范揭之后,可谓挺然晚秀矣"(《四库全书·玩斋集提要》)。

元明易代,文坛最典型的代表人物当推宋濂,乃"开国文臣之首","一代礼乐制作,濂所裁定者居多"②。宋濂为文转益多师,与奎章阁文人渊源亦深。宋濂1381年所作《欧阳公文集原序》对奎章阁文人欧阳玄文章推崇备至,称其文"意雄而辞赡,如黑云四兴,雷电恍惚而雨雹飒然交下,可怖可愕,及其云散雨止,长空万里,一碧如洗,可谓奇伟不凡者矣,非见道笃而择理精,其能致然乎?"并将欧阳玄的文坛地位提升至与欧阳修的相等。而且宋濂还自称深受欧阳玄影响:

> ……濂也不敏,自总角时即知诵公之文,屡欲裹粮相从而不可得。公尝见濂所著《潜溪集》,不我鄙夷,辄冠以雄文,所以期待者,甚至第以志。念荒落学识迂疏不足副公之望,况敢冒昧而序其文哉?……(《文宪集》卷七)

宋濂与奎章阁文人圈中黄溍、柳贯、胡助等皆有交往、师从关系。再有危素,危素以再事明朝为人所鄙,其文章实则"欧、虞、黄、柳之后,屹为大宗。其文演迤澄泓,视之若平易,而实不可几及……"(见《四库全书·说学斋稿提要》)危素与奎章阁文人圈关系尤密。曾学经学于吴澄,吴澄赞其学问,以同辈之礼相待,所著之书多请他一同参订,吴澄年谱即由危素编撰,吴澄学生虞集等亦待危素如吴澄,与危素多有题跋唱和之作。危素又曾学书法于康里巎,擅楷、行、草三体,尤精楷书。危素史学造诣得欧阳玄指点,欧阳玄对危素期许甚高,危素自称其"宦学京师,尝从公(欧阳玄)于史馆,晚辱与进尤至,谓可以

---

① 黄仁生《杨维桢与元末明初文学思潮》第280—281、279页,中国出版集团2005年版。
② 张廷玉等撰《明史》卷一二八"宋濂传",四库全书本。

承斯文之遗绪"①。可以说,当奎章阁文人圈在元代文坛势力如日中天之际,诸如宋濂、危素等地方俊彦即以其文为范式、楷模,而奎章阁文人们亦以斯文遗绪相期许,一旦宋濂诸人成名,以其政治影响与文学影响双向推动,更兼明初对程朱理学的推崇,奎章阁文人所形成的以理学为宗,以史学为底,以学理见长的稳健充实的雅正文风在明初依旧大行其道,影响一直波及明代中叶。

综上所论,奎章阁文人及其活动、交游的圈子实质亦可名为馆阁文人圈。在审美追求与文体风格上,奎章阁文人确立了元初以来即掀起之复古思潮的正宗地位,确定了宗之以唐,而力追秦汉、汉魏之风,以典奥深醇之雅正风格务铲宋末金季以来萎弱风格,虽其成就不能越过韩柳欧苏诸人,却缘于当时元文宗的极力佑文,其社会影响与文坛影响极其广远,不仅仅直接、间接地促成了元中叶至晚叶诗文的繁兴,也影响了元末文坛格局的建构和明初文风的形成。所以奎章阁文人及其圈子亦应元代文坛尤其是中、晚叶文坛最不容忽视的力量,任何关于元代文学的研究,他们都将是绕不过去的话题之一。

原载《文学评论》2009 年第 1 期

---

① 危素《大元故翰林学士承旨光禄大夫知制诰兼修国史圭斋先生欧阳公行状》,见《圭斋集》附录,李修生等编《全元文》第 48 册第 407 页,凤凰出版社 2004 年版。

消费文化与文学文体研究

邱江宁

消费文化是经济学方面的重要概念①,而文体研究则是很纯粹的文学问题②,二者看似风马牛不及。实际上,文学问题的出现、变化发展会受到许多非文学因素尤其是经济因素的影响和制约。在中国古代文学发展进程中,明中叶以后至近代是文体变化非常复杂的时期。这个时期不仅传统文学文体转型频仍,而且文体现代化进展亦处关键。引人注意的是,大量文体转型、变化现象又较集中地出现于商品经济和消费文化较为发达的地区。在那些商业消费文化较为发达的地区,消费主义思想占据主流地位,人们的生活方式、思维方式、人生观、价值观以及审美态度等方方面面都体现着消费文化的影响。构成文体变化的诸般要素如作家群体、阅读群体以及传播市场、传播载体,等等,都处于消费文化笼罩的环境中,直接与消费文化发生联系,随着这些要素的动态改变,文体也相应发生着变化。所以,消费文化作为影响文体选择与文体迁变的外界因素,它与文体研究的关系是文学研究以及文学史书写中一个很不可忽略的环节。在以往相当长时间的文学研究格局中,这个环节却是被有意忽略或者肆意排斥的,由此也相当程度地导致了文体演变和文学发展史书写与研究中的残缺。而这个残缺到了必须修补的时候了。

一、消费文化影响文体变化的各个要素

消费文化对于文学文体的影响是通过改变作家、读者、文本传播等因素来影响的。

---

① 消费文化指的就是商品消费过程中所涉及、包含的一切人、事内容。在消费文化的视域中,商品的购买与消费是一切文化内容产生、人事事件发生的核心,一切事物包括物质的、精神的都是商品,是通过购买与消费的方式而实现千丝万缕的联系。
② 按:中国古代文论所谓的文体既指文类(即体裁),又指语体、风格等;西方的 style 一词,可以翻译为文体、语体、风格、文笔、笔性等,所以,本篇所谓文体概念,是指一定的话语秩序所形成的文本体式,它折射出作家、批评家独特的精神结构、体验方式、思维方式和其他社会历史、文化精神。别林斯基认为,任何伟大的作家都有自己的文体;世界有多少伟大的或才能卓著的作家,就有多少种文体。也就是说,文体与个性性格一样,具有个体独创性的特质。实质上,文体主要看作者的"叙述"方式或倾向怎样,文体的特征及其划分,往往取决于其层面结构中某些因素的强化、突出或变异。文体也可以说就是表达,就是选择,就是风格,甚至就是一种强调。参考童庆炳《文体与文体的创造》,云南人民出版社 1994 年版。

消费文化改变了作家群体和作家生活方式、改变了读者群体和阅读方式、改变了传播渠道和传播载体,当这些构成文体选择与文体发展的因素都发生着不期而然的变化时,文体本身也就必然不由自主地发生变化。

消费文化改变了作家的生活方式和作家群体。消费文化首先改变了创作各种文体的文人。这种改变是从文人的价值观、人生观、职业观、审美观等等由内至外的深切改变开始的。藉由明中晚叶后士林所引为楷模者,则能直接窥破文人随着消费文化的热炽与日益盛行,在价值观与人生观方面的巨大变化。当时的士人认为:"今天下妇人孺子无不知有湖上笠翁矣,岂仅公卿大夫折节下之乎?緊惟明之中晚,士名噪当时者,前无若李卓吾,后无若陈仲醇。"①句中提及的李贽、陈继儒、李渔三人乃明中叶以来最受士人,尤其是商业消费文化发达地域士人推崇者。而值得一提的是后二者。二人一生都无功名,以卖文为生。在商业消费文化日益昌炽的晚明清初之际,他们成为文人的时尚标杆:"海内文人,无不奉为宗匠;鸡林词客,孰不视为指南?"②他们的作品以及名字在消费市场上都具有品牌效应。所谓"守令之臧否,由夫片言;诗文之佳恶,冀其一顾;市骨董者,如赴毕良史摧场;品书画者,必求张怀瓘估价。肘有兔园之册,门阗鹭羽之车,时无英雄,互相矜饰。甚至吴绫越布,皆被其名,灶妾饼师,争呼其字"③。他们亦借此过着富足风雅的生活。消费市场上的红牌作家取代传统文化秩序所标榜的道德高尚或者功业卓著者成为士人的人生目标,足以说明消费文化影响下士人价值观、人生观的变化。

在消费文化的影响与介入下,文人将自己的精神产品作为可以交易买卖的消费产品,从中获得利润与收益。当文人创作的精神产品不是为统治者效劳,而是为消费者与消费市场服务时,它深刻地改变了传统文人"学成文武艺,货与帝王家"的价值取向与人生选择,文人的创作动机、行为方式等等也因此而发生巨大变化。作为文化消费市场的直接参与者,李渔是个非常鲜活的例子。李渔认为,创作不从时好,则没有任何意义:"不投以所喜,悬之国门,奚裨乎?"④所谓时好,李渔以为是"今人喜读闲书,购新剧者十人而九,名人诗集,问者寥寥"⑤,所以李渔作品以创作、改编戏剧、小说为主。尤其是戏剧创作,李渔更为热衷。由于李渔的文化产品在消费市场具有巨大影响,能带来许多商业利益,于是,"翻刻湖上笠翁之书者,六合以内,不知凡几"。既然能获得许多商业利益,想浑水摸鱼、分取一杯羹之渔利商人自然就多,这自然也大大侵犯了李渔本人及其书坊的商业利益,并当然地影响了李渔的行为方式与心态。李渔在《与赵声伯文学》云:"弟之移家秣陵也,只因拙刻作祟。翻板者多,故违安土重迁之戒,以作移民就食之图。

---

① 包璿《〈一家言全集〉序》,《李渔全集》第一卷第1页,浙江古籍出版社1991年版。
② 芥子园主人《〈一家言全集〉弁言》,同上第一卷第3页。
③ 朱彝尊《静志居诗话》卷二〇第601页,人民文学出版社1998年版。
④ 李渔《〈古今笑史〉序》,《笠翁文集》卷一,《李渔全集》第一卷第31页,《笠翁一家言文集》,浙江古籍出版社1991年版。
⑤ 李渔《与徐冶公二札》其二,同上,第一卷第231—232页。

不意新刻甫出,吴门贪贾,即萌觊觎之心。幸弟风闻最早,力恳苏松道孙公,出示禁止,始寝其谋。乃吴门之议才熄,而家报倏至,谓杭人翻刻已竣,指日有新书出贸矣。弟以他事滞金闾,不获亲往问罪,只命小婿谒当事,求正厥辜。虽蒙稍惩贪恶,现在追板,尚未知后局何如?……似此东荡西除,南征北讨,何年是寝戈晏甲时?"①事实上,在消费市场的影响与作用下,李渔为确保自己的利益不得不违背"安土重迁"的传统价值观念而四处流徙奔波。而毋庸置疑的是,作家的流徙与迁移,动摇的不仅是传统观念,从文学创作角度来说,它还将对创作群体以及地域创作风格产生深刻影响。而且作家行动的改变也会影响到他们心态的改变。李渔自制的芥子园名笺本拟"自制自售",以形成自己的品牌特色,本已昭告天下不许翻梓,无奈利之所驱,"仍有垄断之豪,或照式刊行,或增减一二,或稍变其形",这令李渔深为愤慨与暴怒:"我耕彼食,情何以堪?誓当决一死战。"②为了确保自己的利益不被侵犯,李渔利用自己与达官贵人的关系与书商进行斡旋与战斗,并咬牙切齿,发誓战斗到底。这种行为大大违逆了文人温柔敦厚、不与人争利的传统形象,完全堕入孔子所鄙夷的硁硁小人之行径。

消费文化介入之后,不仅传统作者自身发生了深刻的变化,创作群体亦发生着深刻的变化。在江南,像冯梦龙、凌濛初、俞安期、周履靖、李渔等文人皆有自己的书坊,所参与的工作集创作、编写、征稿组稿、刊刻出版甚至销售于一身,实质上,冯梦龙这类文人精英,在消费文化和消费市场的刺激与影响下,已逐步转型为文化商人。在消费市场与商业利益的影响与平衡下,大量书商也参与创作,致使创作群体亦发生变化。例如已被反复讨论的福建建阳书坊主熊大木、余象斗之流。嘉靖三十一年,熊大木序刊所纂《大宋中兴通俗演义》,据陈大康先生的推测解释,以市场对通俗演义小说极其渴求,而当时读书人尚耻于创作此类作品,利益驱使,也是情势所逼,熊大木只好自己捉刀命笔。在市场形势大好的情形下,约于1566年前后,熊大木又编印通俗小说《全汉志传》、《唐书志传》等。同样情形,万历四十八年(1620)前后,余象斗等又刻《大方万文一统内外集》、《校正演义全像三国志传评林》20卷、《全像忠义水浒志传评林》25卷等历史通俗类读物,而余象斗又自编《西汉志传》、《南游记》、《北游记》、《皇明诸司廉明奇判公案》等通俗作品刊行。消费文化对创作群体的改变不仅仅在于有熊大木、余象斗之类的书商参与创作,其更深刻的变化在于,"著书立说"的权利被下移、扩大,它不再是文人士大夫的特权,它可以是全民、全体消费者的事。在这样的情形下,布衣平民、商人妇孺甚至引车卖浆者之流也敢奢望操觚染翰,而只要有市场、能被市场接受与承认,文人士大夫也和光同尘、顺水推舟地适应形势。文献表明,明中叶以来,大量妇孺小民参与创作,并出版刊刻。当然这种情形在商业发达地域更明显得多。下列一个明万历间的征文启③即明显地昭示,著作之权已大大开禁,谁都可以参与创作并发表作品。

---

① 李渔《与赵声伯文学》,《李渔全集》第一卷第 167—168 页。
② 李渔《李渔全集》第三卷,第 229 页。
③ 丁允和、陆云龙编《皇明十六家小品》,海内古籍孤本稀见本选刊,书目文献出版社 1997 年版。

金陵承恩寺中林季芳汪复初寓 惠瑶付章在杭付花市陆雨侯家中	一刊型世言二集	一刊行笺别集	一文刊选皇明百家诗	一刊明文归	一刊续西湖志	一刊广舆续集	一刊行笺二集
	征海内异闻见	征人时曲明公新剧骚	征闺阁成集者名公逸士方外	征秀散逸诗文名公逸士方外闺	征杭郡名宦人物游客题嘉隆后	征名宦人物各省直昭代	征文词启小札名公制诰奏疏诗

上引征稿启示来自南京、杭州两地的书坊，这两个地方乃是晚明时候全国商业最发达的地方之一。由这个征稿启示可以看到，著书者可以是芸芸众生，不管什么骚人逸士、名公闺媛还是仕宦闻人、方外人物；立说的内容可以包罗万象，无论制造奏疏，还是时曲新剧或者海内异闻等等，没有等级、没有界限，只要市场需要就行。关于明中叶以来大量作者、作品蜂拥而现的现象，人们素来从受教育层面扩大以及受教育程度渐深等角度来考察，但消费文化和消费市场对于传统社会既定秩序的冲击与僭越，对原有创作群体的巨大冲击却是不容忽视的因素。

概括看来，消费文化的介入，影响的不仅是传统创作群体的价值体系、创作心态，更强烈地冲击着固有的创作群体本身，由文人士夫扩大到身份繁杂的芸芸众生。很显然，这些人如果按照自己的口味与兴趣选择文章内容、表述方式，他们选择的文体自然要有别于士大夫的东西，这势必要深刻地影响到文体的变化。

消费文化改变阅读群体。在消费文化介入和影响之下，阅读群体也日渐扩大和改变。实质上，消费文化以获得商业利润为目标与旨归，从利润角度看，任何一个个体都是潜在的消费者。晚明时期"雕版盛行，煤烟塞眼，挟资入贾肆，可立致数万卷。于中求未见籍，如采玉深崖，旦夕莫凯"[①]，便利的购求渠道，使阅读行为变得很稀松平常，而非特权阶层所特有。这一点从前面所列书商征文启已经可以明显看到消费市场需要满足多层次阅读群体的需要了。诚如顾炎武所谓："田间里巷自好之士，目不涉史传，而于两

---

① 曹溶《流通古书约》，《丛书集成初编》第 58 册第 1 页，中华书局 1991 年版。

汉、三国、东西晋、隋唐等书,每喜搜揽,于一代之治乱兴衰、贤佞得失,多能津津称述。"①作为消费者,这些粗通文墨的田夫野老,是通俗演义小说得以在明中叶后大肆崛起的最广大基础。钱大昕感慨云:"古有儒、释、道三教,自明以来,又多一教,曰小说。小说,演义之书,士大夫、农工、商贾无不习闻之,以至儿童妇女不识字者,亦皆闻而如见之,是其教较之儒、释、道而更广也。"②感慨不可不谓深刻、敏锐。晚清民国之际,为争取消费市场,大量涌现的小报即将自身定位为大众、平民读物。近代创刊的《立报》广告词即代表了诸多小报的办报理念,文云:

> 小报是平民化刊物。
> 小报更容易深入民间。
> 到家庭去,是办小报的出路。
> 五分钟能知天下事,一元钱可看三个月。
> 只要少吸一枝烟,准保看得起;只要略识几个字,准保读得懂。③

这种办报理念使得上海的职员、店员、学生以及粗通文墨的普通市民甚至政府要员、闻人名流以及大量有闲人士、新文学作家都成为小报读者④。十九世纪崛起的世界商贸中心上海,世界各地商人杂居往来于此,商报即对准这一人群创办第一份中文报纸《上海新报》,其1861年的发刊启示亦明白地宣传了为上海商人办报的意思:"大凡商贸贸易,贵乎信息流通。本行印此新报,所有一切国政军情,市俗利弊,生意价值,船货往来,无所不载。类如上海地方,五方杂处,为商贾者,或以言语莫辩,或以音信无闻,此致买卖常有阻滞。观此新报,即可知某行现有某货,定于某日出售。"⑤总而言之,在消费文化的冲击与扫荡下,传统社会专属于文人的读书看报行为被无限放大扩充,文本读者群由士大夫扩大到身份繁杂的芸芸众生。只要这些人的愿望和诉求被消费市场关注,就必然有迎合他们口味与兴趣的文体出现,这样的文体,其文章内容、表现风格自然有别于向来面向士大夫的东西。

消费文化改变文本传播方式与读者阅读方式。当然,消费文化的繁荣必然促进着传播方式与传播载体的改变与进步,而传播方式与传播载体的改进又将引起文体的变化。最具说服力的事例是消费文化与小报的繁兴关系密切。消费文化刺激了传播载体、传播方式的更新,而载体的变化又转而要求文体以及阅读方式更新来适应。20世纪初,包天笑在苏州创办木刻版报纸《苏州白话报》,以成本高昂,利润空间狭小,不利传播,报纸不久停刊。到1930年代,上海印刷工业增长了六倍,大型造纸厂翻番。密集印刷造纸工业大大降低了报纸的生产成本,从而为价格便宜的报纸、杂志以及出版业的繁荣创造了坚实的物质基础。据载,在1925—1929

---

① 东山主人《云合奇踪序》,引自丁锡根《中国历代小说序跋集》第1005页,人民文学出版社1996年版。
② 顾炎武著、黄汝成集释《日知录集释》卷一三第777—778页"重厚"钱氏注,上海古籍出版社2006年版。
③ 参考李楠《晚清、民国时期上海小报研究——一种综合的文化、文学考察》第61页,人民文学出版社2005年版。
④ 同上第53页。
⑤ 胡道静《上海新闻事业之史的发展》第2页,上海通志馆1935年版。

年间,办一份小报的资金只需一两百元,小报的价格也十分便宜,"一元钱可看三个月",而且交通的便利、现代邮政事业的崛起①,亦为小报创造了很大的利润空间。这个时期也成为小报最活跃的时期,先后出版的各类小报,竟有700多种,有时一天就会有数十种小报问世②。报业的兴起,对传统阅读经验、文体写作构成巨大冲击。报纸将五花八门的内容、不同文体的文章编排于同一个版面,迫使阅读者只能完全颠覆传统专著尤其是经典著作的线性阅读方式。而且报业在消费文化的刺激下,相互竞争,不断翻新。大量报纸以极其低廉的价格向读者提供极其庞杂、丰富并且投其所好的信息,很显然,这种编排、出版方式也迫使或者说影响人们用愈来愈随意的阅读方式来阅读,这也理所当然地消解了传统正襟危坐的专著精读方式。受报纸利益的诱惑,同时又受报纸篇幅的限制,大量作者改变传统写作理念,转型写作与报刊编辑、刊发要求相适应的文章,这一方面对传统文体构成巨大冲击,另一方面也致使报载体文章迅速繁荣。

由上所述可以看到,消费文化以其巨大的力量冲击着传统农业社会所形成的既有秩序,打破特权,构成文体选择与变化的诸般要素受到消费文化的冲击之后都有了深刻的变化,则文体变化只在转瞬、转念之间了。

二、文体为适应消费文化而改变

当消费文化深切地介入人们的生活,改变了创作、阅读与传播出版文化产品的每个环节以及参与其中的每个人时,为迎合市场,也为在市场中占据更大的利润,文体也只能在适应市场的过程中深刻变化。考察文体的选择与变化,可以从文本写什么和怎么写两方面来进行。钱锺书论及"文体递变"云:"文章之革故鼎新,道无它,曰以不文为文、以文为诗而已。向所谓不入文之事物,今则取为文料;向所谓不雅之字句,今则组织而斐然成章。谓为诗文境域之扩充,可也;谓为不入诗文名物之侵入,亦可也。"③钱锺书的意思也就是说文章写的内容与怎么写的方式变化了,文体就自然变化了。

文体为适应消费市场需求在写什么方面有重大变化。在消费文化的介入与影响下,文人自觉不自觉地为适应市场而改变写作的内容,这点仅作品命题风格的变化就能较直观地反映出作家在选择写什么方面的巨大变化。且试以一表格来参照说明④。

---

① 上海邮政乃我国近代邮政的发祥地之一,而1908年2月6日上海即有有轨电车。
② 祝君宙《上海小报的历史沿革》,参考李楠《晚清、民国时期上海小报研究——一种综合的文化、文学考察》第43页。
③ 钱锺书《谈艺录》(补订本),第28页"文体递变"条,中华书局1984年版。
④ 按:图表的排列参照了陈大康《中国近代小说编年》中的数据,《中国近代小说编年》,华东师范大学出版社2002年版。

唐宋元传奇、话本、小说	明中叶以前小说	晚明小说	晚清小说	民国小说
《会真记》（唐中叶）	《剪灯新话》（洪武十一年，1378）	《僧尼孽海》（万历间）	《烈女惊魂传》《绣球缘》（光绪二十七年版，1901）	《樱花红泪录》（1918年自8月6日连载于《劝业场》）
《碾玉观音》（宋话本）	《剪灯馀话》（永乐十八年，1420）	《昭阳趣史》（万历二十一年，1593）	《美人烟草》（光绪三十二年版，1906）	《爱克司光》（1919年自5月9日连载于《晶报》）
《娇红记》（元小说）	《钟情丽集》，（明中叶中篇传奇）	《欢喜冤家》（又名《艳镜》《贪欢报》，明末）	《香粉狱》（光绪三十三年版，1907）	《军中妇女》（1934年自8月11日连载于《金刚钻》）

由图表的题目可以很直观地感受到，在消费文化介入不深的明中叶前，小说的命题比较朴实、生涩，很老实地将自身定位于补史之阙的位置，命题方式类同于列传命名，而消费文化介入之后的作品命名，则指向明确，往往能比较有效地抓住读者眼球，使读者产生阅读愿望。与唐传奇《会真记》、明初小说集《剪灯新话》的命名浑朴风格相比，消费文化占主流后的晚明小说《僧尼孽海》、晚清小说《香粉狱》、民国小说《爱克司光》，其命题风格明显要艳冶新奇、充满噱头得多，能明白直接地符合时尚口味，以适应消费者猎奇探密、追求阅读快感的心理。明清以来的作家"都是学八股文的"①，潜意识里都十分遵循"文莫贵于尊题"②的创作原则，题目变了，则基本意味着作品内容也变化了。见惯了八股文的明清读者都知道文章中的所有内容都会与题目搭上关系，既然题目这般艳冶风流，其内容自然情色盎然。如此迥异于传统文本的题目，其文体焉有浑然不变之理，就像《欢喜冤家》，又名《艳镜》、《贪欢报》，艳冶甚矣，文题尚且如此，其内容怎么不让人浮想！

消费文化影响下，文体选择写什么的变化，会刺激文体自身的繁荣兴盛，例如明清之际"评点"文体。在消费文化的导引与指向下，本是指向评点诗文的评点文体，转向了评点戏曲、小说，并大行其道，兴盛一时。若论评点体之缘起，可上溯至魏晋时期，至宋吕祖谦《古文关键》、楼昉《崇文古诀》的出现，则标志评点体即已臻至成熟。此前虽评点之作时有，但地位并不突出，且基本是用于评点诗文，晚明时期，戏曲、小说等受消费者欢迎的体裁兴盛之后，李贽为《水浒传》、《西厢记》进行评点并引起作品销售大热。之后，几乎所有的小说戏曲都热衷于评点，所有名家、普通文人、商人在市场机制的导向下，都参与到评点中来。以戏曲评点为例，明末著名文人中，陈继儒就评点了《六合同春》等十多种曲本，王思任评点了《牡丹亭》，袁宏道评点《四声猿》和《牡丹亭》，王世懋评点了《大雅堂杂剧》，臧懋循改评了《玉茗堂四种曲》，冯梦龙陆续改评了十四种传奇作

---

① 何满子《金圣叹》，《中国历代著名文学家评传》第五卷第29页，山东教育出版社1985年版。
② 刘熙载《刘熙载文集》第173页，江苏古籍出版社2001年版。

品,总名为《墨憨斋定本传奇》,署名汤显祖批点的传奇作品有十五种以上;等等。名家的参与,市场的竞争使评点这种古老的体裁写作蔚然成风,不仅文体深刻变化,而且焕发出勃勃生机。

更引人注意的是,消费文化刺激下,文体选择写什么的变化不仅导致旧瓶装新酒的问题,更可能引发旧貌换新颜的问题,例如近代出现的报章文体。报章体的出现,显然与消费文化有着密不可分的关系。"开报馆者,惟以牟利为目标"①,大量江南文人也正是冲着稿费而写稿的,其写作行为本身就受到消费市场与消费口味的制约与影响。王韬的政论文是近代报章文体的先驱,其文体的新变即是为适应消费读者的口味而形成的。与传统政论文以考史、论经的方式"讥切时政"不同,王韬的政论文将议论中心转向于世人关心瞩目的重大社会问题和时尚话题,给人以耳目一新的感觉,再经由报刊发表即风行海内。这个过程中,消费文化、现代媒介的介入对文体的新变无疑有着间接而巨大的影响。

消费文化冲击下,作家在适应市场的过程中,在文体选择写什么方面只有努力"自我作古",才能在新的时代背景中"得以生面别开"②。这过程中有人是自觉适应,更有人是被动接受与适应。自觉者如李渔,在文体为适应市场而调整写什么方面,他做了很多自觉的努力,也发表了许多言论。再如情痴道人,他所以要撰写《肉蒲团》,就是要世上人拿银子买了去看。但不自觉者更多。例如凌濛初,他编撰《拍案惊奇》是因尚友堂书坊主人眼红于冯梦龙"三言"之畅销,央其写就;《二刻拍案惊奇》更是受消费之利刺激而完成。近代通俗作家周天籁的小说《亭子间嫂嫂》在《东方日报》上连载一年后,已有50余万字,本拟结束,报社老板"急来坦白诉陈报纸即赖该文支持,因又写三十余万字,共八十万字,要求结束。又来阻止。至一百万字时,一切不顾,将女主角'饮恨而殁','全书完'付之"③。为了迎合消费市场,顾及商业利润,周天籁的创作已经相当被动了。畅销书作家尚且如此,一般作者则可想而知。

概括说来,在消费文化的影响冲击下,各种文学体裁在选择写什么方面自觉变化、更新,从而导致文体不断变化。而文体的变化又致使一些传统文学体裁复兴繁荣或转型突变,这个过程中,作家只有努力"自我作古",以期"生面别开"。

文体受消费文化影响在怎么写方面更有重大变化。所谓怎么写,实质上是考察作者的"叙述"方式或倾向怎样,它往往取决于其层面结构中某些因素的强化、突出或变异,可以从文本的叙述倾向、结构布局、语言风格等方面来考察。

消费文化影响下,文本在叙述倾向上发生很大变化,而叙述倾向的改变会引起文体的剧变。最可引以为例的是《水浒传》与《金瓶梅》两部小说。两部小说前者完成于元末

---

① 戈公振《中国报学史》第101页,三联书店1955年版。
② 胡适《〈海上花列传〉序》,见《胡适古典文学研究论集》第1211页,上海古籍出版社1988年版。
③ 转引自李楠《晚清、民国时期上海小报研究——一种综合的文化、文学考察》第259页。

明初,后者成书于明中晚叶,前者所产生的时代,消费文化在社会经济生活中并不明显,而后者出现的时代却消费文化相当炽热。《水浒传》与《金瓶梅》两部小说关系很密,后者是从前者那里脱化引出。由于叙述倾向上的剧变,两部小说在文体上有根本区别,前者为英雄传奇小说的奠基作,后者为世情小说的开山作。以二者对女人与银子的叙述倾向的变化可以看出它们在文体上的剧变,而且这种叙述倾向上的变化与消费文化的影响关系密切。两部小说都多次写到了女人通奸问题。《水浒传》中,女人通奸是对男性尤其是对英雄权威的挑战与蔑视,所以对待这样的女人必千刀万剐而后快以处之,作品中像潘金莲、潘巧云、阎婆惜之类的通奸女人都是这样被英雄们处决的。《金瓶梅》中,女人通奸行为往往被视作商品交易,所以也像商品交易一样被平常看待:西门庆看上了宋惠莲,会事先送去一匹布,而宋惠莲每次与西门庆上过床后,都会向西门庆索取一些钱物;王六儿每次与西门庆通奸,其丈夫韩道国都自觉地避开,西门庆暴死,王六儿让丈夫卷货逃跑,韩道国不敢,王六儿则认为西门庆享用过自己的身体,应该的。在对待商品流通的中介物银子的态度上,两部小说亦迥然有异。《水浒传》中,银子仅仅是银子,是稀缺物质,所以英雄们能劫取和占有大量的银子,方显出英雄本色,银子对作品的意义不在于其流通以及购买商品的意义,而在于它作为稀缺物质可以引发事端并激起英雄们更多的血性,小说大量的情节也都是围绕着银子的获取而设置与展开。《金瓶梅》中,银子是货币,小说对其描述是指向其流通与购买意义的,因此小说中类似潘老娘坐轿子到西门府上需 2 钱银子、孟玉楼的螺纹铜床、李瓶儿的貂皮袄都值 60 两银子等等,枚不胜举,小说中的银子因其流通意义以及它与具体商品在购买上分毫不爽的交易关系而活色生香,充满诱惑力。小说也正是通过银子的这些意义来刻画镜像纷纭的日常生活世界、洞察世人的万千欲望并展示人物丰富个性、复杂关系以及微妙感受。而从消费文化在两部作品的影响痕迹来观照两部小说的内容选择与表述,即可以看到,仅是叙述倾向的变化,明明是唇齿关系的两部小说,即便明明说着相同的事件和物事,其文体便截然相异,消费文化对于文体变化的影响不容小觑。

  消费文化影响下,各种文学体裁在结构布局上发生较大变化,从而引起文体的变化。明清之际,受商业消费文化影响,通俗文学有了巨大发展。值得注意的是,明清之际的通俗文学作品在结构布局上,较以往任何时期都更加注意和强调。这种情形的造成很重要的一个原因是八股文的影响,"如忽略了八股文,便无法把握住它的真精神"[①]。而这几乎又与消费文化的影响有着密不可分的关联。必须指出的是,明清之际通俗文学的巨大发展,主要发生在商品经济和消费文化较为发达的江南地区。在江南,八股文的编选、刊刻与出版,乃全国最集中、最发达者,有研究者指出:"江南选家之多,选择之精,坊间翻刻之快,流布之广,成为时文大本营。"顾炎武曾感慨江南时文刊刻盛势云:"至一科旁稿之刻,有数

---

① [日]前野直彬《中国文学概论》第 193 页,附横田辉俊《八股文》,台湾成文出版有限公司 1980 年版。

百部,皆出于苏杭。而中原北方之贾人,市买以去。"①这使得本身就是强势文体的八股文在商业消费力量的催促下发挥着更加有力和深刻的影响,其时,无论诗歌、小说、戏曲以及其他体裁的理论批评与文本创作,无不受到八股文写作意识的侵袭与渗透。最直接、明显者如明清江南的金圣叹、张竹坡、毛宗岗父子等大量戏曲小说评点家,他们在对小说戏曲进行评点时,所努力做的工作就是尽一切努力和办法将小说、戏曲的创作与批评纳入八股文写作范畴,尤其是用八股文写作的结构布局意识来规范和解析小说、戏曲的创作。他们做得很成功,而且借助消费市场的推动,他们的做法大盛于天下,影响巨大且深远。郑振铎评金批本《水浒传》说:"自此本盛行,世人乃多半不复知尚有一百回、一百十五回、一百二十回等'全书'之《水浒传》在。"②由于消费市场的叠煽与鼓动,明清两代的通俗文学作品普遍将结构放在第一位,给人感觉"都是八股文人用八股文体做的"③、"作法与制艺同"④的深刻印象。所以能这样,消费文化在其中的影响又非可小视,人们在勘察文体演变情况的时候,恰少对消费文化的介入与影响这一环的考虑,有失通达。

在消费文化影响下,文本的语体风格亦发生着重大变化。消费文化的繁荣使得普通大众成为必须关注的阅读对象,而这些阅读者的口味要求作品在语体风格上作重大调整。诚如前人所云:"当世之人尽聋瞶矣,吾欲与之庄语道德固不可,既欲与之庄语经术复不可,则不得不出之以诙谐滑稽焉","使圣人生于今日,而拘拘守一先生之言,深衣幅巾,正色庄语夫人曰:'此为道德'、'此为经术',吾知愚者听之无不卧,才者听之无不拂衣起走","虽欲不诙谐滑稽不可得矣"⑤。为迎合大众的口味,李渔的作品以诙谐滑稽格调代替庄严端雅风格,以浅易平俗语言替代含蓄艰深语言。由于文体迎合了大众口味,李渔的作品在市场上备受欢迎,获得了巨大商业利润。为照顾大众的口味,王韬的政论文摒弃了传统政论文剀切陈情的端严表述方式,力避生涩难懂,务为流畅浅显、通俗易懂、新鲜活泼。而且为了适应报章讲求时效的特点,王韬政论文体大量减少虚词的使用。事实上,没有了多余的虚词,文章不仅表达更平易,而且意思的推进速度加快,给人更畅达的感觉,这在以往的古文是绝少有的现象,却更符合报刊追求时效的行文要求。王韬式的政论风格开辟了报章文体讲求时效、社会化、通俗化的新风尚,风格上往往切实、问题意识明确,富有煽动力与感染力。待到维新派尤其是梁启超、谭嗣同一些大家的参与,报章文体遂成为新文体风行天下,致使曾横行天下的桐城古文与八股时文遁形无迹⑥。为投合大众的口味,清末韩邦庆的《海上花列传》一再以"苏州土白演说沪上青楼情事"为广告来吸引消费者。所以如此,是因为吴语在上海成为全国商业中心

---

① 参考夏维中、范金民《明清江南进士研究之二——人数众多的原因分析》,《历史档案》1997年第4期。
② 郑振铎《巴黎国家图书馆中之中国小说与戏剧》,《郑振铎文集》第六卷,第408页,人民文学出版社1988年版。
③ 胡适《〈缀白裘〉序》,《胡适文集》第八册第445页,北京大学出版社1998年版。
④ 韩邦庆《海上花列传》第2页"例言",上海古籍出版社2001年版。
⑤ 包璿《〈一家言全集〉序》,《李渔全集》第一卷《笠翁一家言文集》第1—2页。
⑥ 参考任访秋主编《中国近代文学史》第73—74页,河南大学出版社2006年版。

后,具有特殊的重要地位,而当时的娼妓市场行情又以操吴侬软语的苏州女子为妖娆尤物[①],苏白乃是妓女的"标准语言"。其时嫖客以不能听到圆转流利的苏白而失望,认为不操苏白者,"那里比得上苏州、上海人,一举一动别有一种温柔软媚的神情"[②]。《海上花列传》以吴语写小说,对于文体而言是"破天荒的事",诚如胡适所云:"《海上花》是苏州土话的文学的第一部杰作。"在此之前,虽然传奇中的说白、弹词中的唱与白都有使用方言的情形,但"都只居于附属的地位",只有到了《海上花》,方言写作被强调到主导地位,苏州土白的文学以《海上花》开始才"正式成立"[③],不能不是文体史上的一大变化。实际上,在消费文化的深刻影响下,作家往往在语体选择上特意变庄为谐、化典奥为坦易、以方言和家常语替代官话与书面语,致使文体大变。

由上所述可以看到,在消费文化的冲击下,文体为适应市场发生巨大变化。不仅在具体的题目和内容选择等方面与传统作品的文体选择大相径庭,而且还出现了文体地位的迁变与重新置位、新文体产生、新旧雅俗文体互渗等各种现象,令人目不暇接。

三、消费文化研究视角的介入将导致文体史书写的重大变化

一旦从消费文化角度来探究文学文体,所改变的不仅是研究视角,也不仅仅是使文体研究被拓深、延展,更重要的是,消费文化视角的介入,意味着作为消费者的普通大众的口味与审美取舍也将进入评价体系,从而影响着文体史以及文学史的叙录与评价,导致文体史、文学史书写的重大改变。这种改变主要体现于以下三个方面:

第一,传统写作理念与市场需求的平衡问题。当消费文化进入文学文体研究体系后,传统写作理念与市场需求的平衡问题就成为文体研究和文学史书写一个很不可忽略的研究环节。一方面,受传统文化教育,浸淫于传统写作理念的作家们在进入商业世界后,为适应市场需求而自觉进行文体变革的同时,是维护或者背离自身的精英意识,坚持还是违反传统写作理念,他们的文体选择非常复杂、矛盾;另一方面,在消费文化的视域中,商品的购买与消费是一切文化内容产生、人事事件发生的核心,作为顾客的读者的阅读体验成为消费文化与文学文体研究环节中极其重要的因素,读者的态度必须考虑。而无论是作家的文体选择还是读者的阅读体验都将深刻地影响到作品的市场销量和作家作品的文学史评价。

例如《海上花列传》。作为中国小说从传统走向现代的过程中很重要的一环,它的书写深受近代大上海的商业消费文化的影响。从小说选择连载方式发表,刻意在连载前广告造势等行为看,小说写作之际的市场意识很强;从小说文体新变情况来看,小说在主题内容选择、结构处理、语言语体选择方面,也自觉与大上海的消费文化特征相适

---

① 胡适《〈海上花列传〉序》,见《胡适古典文学研究论集》第1210页,上海古籍出版社1988年版。
② 张春帆《九尾龟》第550—551页,中国戏剧出版社1999年版。
③ 胡适《〈海上花列传〉序》,见《胡适古典文学研究论集》第1210、1211页。

应。尽管如此,作者韩邦庆的教育背景还是深刻地影响着他的文体选择,使他在文体求新求变过程中不自觉地以他的教育背景为参照系,表现出不自觉地对传统写作技巧与表达语体的遵循与维护。张爱玲甚至认为《海上花列传》把传统发展到了极端。作为传统士子,作者韩邦庆在文体上的变化依旧是从他所受到的传统八股制艺中寻求灵感。正由于小说在很商业化地运作销售的同时,又被当作八股文来经营写作,对花钱买小说消遣的读者提出的阅读要求相当高,结果,书写文学史的文学精英们都高度认可《海上花列传》,令其享盛誉于各类文学史。而普通大众却弃之如敝履,置其于生前寂寞、身后萧条的尴尬境遇。

　　《海上花列传》的尴尬其实未尝不是文学史书写的尴尬。应该说,《海上花列传》在市场化过程中失败的原因是作家作为精英文人不肯放弃其自小培养起来的文人趣味及写作理念与市场大众口味相违逆。与《海上花列传》情形相反的是,像陈继儒、李渔等一些明清之际的流行作家,他们在文体上的新变方面都不同程度地降低了传统精英文人的写作高度与写作理念,对市场有所迎合,结果他们虽然享盛名于一时,却被现今各类文学史搁置或者贬谪。

　　当然,如果市场需求与精英文人的写作立场吻合的话,则精英文人可以既不放弃精英立场,却又取得市场与文学史地位的双重肯定,这种情况很少,却并非没有,例如王韬。作为近代条约口岸知识分子①的代表人物之一,又是近代文学文体新变的先驱人物之一,王韬受资本主义文化的影响,创办《循环日报》,在报界开创"文人议政"之风,并凭借报纸的市场力量实现自身作为传统精英知识分子立言的个人价值。非常值得注意的是,王韬的时代,面对西方列强,面对资本主义世界所带来的巨大冲击,中国发生了重大转折,"一种真正的舆论开始表现出它的威力。它采取的手段,诸如抵制、抗议示威、请愿、选举、集会结社、创办报刊,其方法完全是现代的"②。精英士大夫可以凭借报刊,在不改变其精英立场的前提下,以启蒙者的姿态教化大众;而大众尤其是现代教育培养起来的新一代知识青年和新型商人在国势濒危、人种将亡的危机面前,亦表现出前所未有的渴求被启蒙、被引领的热情。基于此,王韬所开创的报章政论文体不仅契合了大众的需求,也根本上没有脱离传统士大夫倡言国事、为民请命的作文宗旨,所以王韬政论文既能立稳市场,为他带来巨大名利收益,又能顺利地被纳入士大夫的接受轨道,在文学史上顺利地立住声名。

　　由上述例子的分析可以看到的是,无论是作品是否媚合市场、是否保持作家传统写作立场,当消费文化被置入文体研究体系中,文学史书写就绝不可能只是纯粹的文学家与文学作品的叙录与评价问题,它将由于必须面对传统写作理念与市场需求的平衡问

---

① 按:美国学者柯文提出"条约口岸知识分子"概念,认为那些生长或者供职于中国被迫签订不平等条约的通商口岸城市的知识分子,以得天独厚的条件,与西方资本主义文明广泛接触,从而成为近代中国思想文化变革的先驱者。见《在传统与现代性之间——王韬与晚清改革》,江苏人民出版社1994年版。
② 柯文《在传统与现代性之间——王韬与晚清改革》第148页,江苏人民出版社1994年版。

题,而必须涉及更广泛、更复杂、更立体的社会生活与人性世界。

第二,作品与作家的重新定位与评价问题。现今列入文学史写作对象者,或为一代文学之精要者;或为文体之创变者,在目前的文学研究格局中,人们对于影响文学文体变化的因素甚少注意到商业运作及消费的作用,很少注意到那些与商业消费、传播裹挟在一起,鼓吹、煽动某种文体创作的作家。像晚明的陈继儒。他在刊刻《宝颜堂秘笈》之际,本人诗文创作活动与刊刻活动紧密结合,并借助《宝颜堂秘笈》的影响力组织和推动类似作品的大量刊刻与创作。陈继儒与当时商业消费文化关系密切,借助消费文化的力量,他的作品在当时的影响力相当大,大到"求其卓然蝉脱于流俗者,十不二三"①的情形。也由于消费文化的影响,人们对于陈继儒的推崇几至于无以复加,整个社会无论是对官员的评价、诗文的赏鉴、古董的甄别、书画的估价还是日常用品的广告,陈继儒的名号都十分有用。但是,陈继儒的名声在他死后百余年的乾隆时代遭到恶贬,四库馆臣认为陈继儒颇带商业性写作的文体特色使得传统视作崇高神圣的著述立言被转换成牟利图名之器,立言的严肃性、规范性乃至立场和原则都被消解,导致了"著书既易,人竞操觚"②的集体现象,这种现象最终演变成"国政坏而士风亦坏,掉弄聪明,决裂防检"③的社会问题,令人震惊和警醒。受四库馆臣的影响,现今文学史对陈继儒的叙录显得很谨慎。显然,如果阙略了对陈继儒的叙录,则意味着陈继儒活动的晚明时期文学创作以及文体变化的十之七八的意思与精神都将被搁置忽略,一代文学之精髓以及文体递变之机由也将因此而无从真正窥知。这当然还会深刻影响到人们立体地、客观地看待文学演变以及文体演变的情况。

再比如明末著名艳体诗代表作家王次回。王次回曾经"以香奁艳体盛传吴下"④,"见者沁入肝脾,其里习俗为之一变"⑤。明末清初之际与清末民初之际,王次回艳体诗曾两度流行,清初著名诗家诸如朱彝尊、王士禛、纳兰容若等人,民国徐枕亚、李定夷、张恨水、郑伯奇、王独清、冰心、唐弢、沈从文等现代文学的扛鼎作家,都盛称王次回诗,以为虽承李商隐、韩偓而后,实"有义山、致光所未到者"⑥。王次回诗歌影响所及,甚至被日本作家认为堪与20世纪最富影响力的象征主义诗人波德莱尔比肩,但王次回及其作品在目前所通行的文学史中竟无一字一句提及。实际上,王次回艳体诗是为配合其时崇奢尚华的消费享乐社会环境而出现的,也是一再盛行于消费文化相当繁兴的地域。在那些地域,情感如同商品资源,愈是穷形尽相、尽态极妍,具有荡人心意的特点,则愈能新人眼球、获得卖点。王次回艳体诗也正是以此而受到推崇热捧。但是,到乾隆中叶,沈德潜编撰《国朝诗别裁》,以温柔敦厚的诗教理论为选诗宗旨,认为王次回艳体诗

---

① 《钦定四库全书总目》卷一三二第1124页"续说郛"条,《文渊阁四库全书》影印本,台湾商务印书馆1986年版。
② 同上。
③ 《钦定四库全书总目》卷一三四第1137页"张氏藏书"条,《文渊阁四库全书》影印本。
④ 陈维崧《妇人集》,冒褒注《如皋冒氏丛书》本。
⑤ 贺裳《皱水轩词筌》,《昭代丛书》第2册第1749页,上海古籍出版社1990年版。
⑥ 邹祗谟、王士禛编《倚声初集》卷一五,《续修四库全书》第1729册第375页,上海古籍出版社2000年版。

"动作温柔乡语","最足害人心术",特意不选,以至引来袁枚致书与之争论。王次回艳体诗当年不能入沈德潜《国朝诗别裁》的原因同样也是它后来不能进入现今各种文学史的很重要原因。而需要指出的是,崇奢尚华习气的产生又与经济繁荣关系很大,实际上,无论是传统的准文学史诸如沈德潜《国朝诗别裁》以及四库全书提要等,还是现今通行的大量文学史,都未曾为那些在消费文化繁荣条件下催生的作家以及畅销作品留出席位和空间。当初袁枚为帮助王次回诗在《国朝诗别裁》留下席位曾说:"一代人才其应传者,皆宜列传,无庸拘见而狭取之。"①如果说在商业经济条件下应机而出并影响一时创作风气的作家与作品都没有进入文学史的叙录范围,则存一代之文学,写一代之文学史,并试图察知一代文学之精髓以及文体递变缘由则未免岌岌可危,而一旦将陈继儒以及陈继儒之流的作家、作品归置到文学史当中,则又意味着原有的许多作家、作品都必须重新归位和评价。

第三,非文学家、非文学因素的入史问题。当消费文化作为非文学因素进入文学研究的视域,不仅意味着文学研究视角的改变,而且也意味着许多传统文学史视作非文学家、非文学因素将进入文学史的书写范围。例如乾嘉时代著名藏书家、版本目录学家黄丕烈。黄丕烈是"目录学之盟主"②、"版本学之泰斗"③。给黄丕烈在版本目录学领域带来盛名的除了他那些版本目录学著作外,他的题跋也功劳不小。实际上,黄氏题跋不仅具有相当高的文献收藏价值,还具有极大的文体学意义。现今各类文学史、文体学史的叙录中根本就没有黄丕烈。人们首先未曾意识到黄氏题跋的文体意义;其次,甚少注意到商业消费因素对于黄氏题跋文体变化的意义;最后,人们更少将乾嘉朴学精神与黄氏题跋中的商业消费因素结合起来思考黄氏题跋的文体特征的形成及其文体意义。事实上,黄丕烈作为深受乾嘉朴学精神浸淫的学者,其题跋仅是以实事求是的态度叙录"搜亡剔隐,一言一句"地叙录乾嘉时代旧书的消费交易过程,却不期然地以叙事性、传奇世俗性、市井气、琐碎芜杂等特征极大程度地消解了传统题跋以抒情性、自说自话性、士大夫气、讲究隽语词峰见长的文体特征,使题跋文体发生深刻变化,"能于书中,别开一派"④,成为现代书话的源头⑤。

再如在商业消费文化中起主导作用的商人、商业机构,他们对于文体的变化意义同样不容忽视,却很少在文学史的叙录中占据一席位置。例如对整个"五四"一代作家有着深远影响,几乎堪称"中国新文学运动所从而发生的'不祧之祖'"⑥的林纾的"林译体"小说。"林译体"小说,因商务印书馆将林纾所译小说结集以"林译小说"命名出版而得名。由于林译小说的影响,"从1890年到1919年这三十年,是迄今为止,介绍外国文

---

① 袁枚《再与沈大宗伯书》,《小仓山房文集》卷一七,《袁枚全集》第2册第286页,江苏古籍出版社1997年版。
② 姚伯岳《黄丕烈评传》第290页,南京大学出版社2002年版。
③ 姚名达《中国目录学史》第394页,商务印书馆1957年版。
④ 王云五主编《续修四库全书提要·荛圃藏书题识》第3188页,台湾商务印书馆1972年版。
⑤ 姚伯岳《黄丕烈评传》第258页。
⑥ 张俊才《林纾评传》第104页,中华书局2007年版。

学最旺盛的时期"①,而"林译体"小说以及"林译小说"这一说法所以出现,所以在当时发生巨大影响,与商务印书馆的鼓吹叠煽作用密切相关。没有商务印书馆的作用,就未必能有"林译体"小说的出现,也不可能有"林译体"小说在中国近现代文坛的地位与影响。在目前对林纾以及林译小说的研究与评价以及文学史叙录中,对商务印书馆与"林译体"小说的出现、风行以及"林译体"文体定型这个环节的探讨与表述却是相当粗略的。

　　消费文化作为经济生活中的重要表现部分,从来就与现实世界所有政治、文化、思潮等因素相互关联,所以,当消费文化进入目前的文学研究格局中,不仅是诸如黄丕烈、商务印书馆这些非文学研究体系的人物与机构将堂而皇之地登入文学史叙录系列,而且现存的文学史书写格局以及评价体系也必将受到巨大冲击,并不得不作出重大调整。

　　综上所论,以消费文化介入文学文体演变研究,将明中叶以来经济相对繁荣活跃的地域为范式,所做的工作还是探讨经济生活与文学的关系,不过更具体、更微观。在经济生活、消费文化的影响下,那些影响文学文体演变发展的具体要素,都发生动态变化。所以,从消费文化视角探究文体发展、演变的具体动因,不仅将使文学研究更动态、鲜活,而且也将使文学文体研究与经济生活的关系研究更趋于科学、切实、合情合理,文学史的书写与研究也将因此而更生动、开放而富有活力。

原载《文学评论》2010 年第 4 期

---

① 施蛰存《中国近代文学大系》第 11 集・第 26 卷・翻译文学集 1・导言,第 18 页,上海书店 1990 年版。

类书体例与明代类书体文言小说集①

刘天振*

一、明代类书体小说集刊行概况及背景

所谓类书体小说集,是指专门收录说部资料、并依类书分门别类方式编纂而成的文言小说集。明代嘉靖年间至明末是类书体小说集编撰、出版的繁盛期,而以万历年间为最。明人编纂的这类书籍比较重要的有:施显卿《古今奇闻类记》十卷、穆希文《说原》十六卷、王圻《稗史汇编》一百七十五卷、顾起元《说略》三十卷、叶向高《说类》六十二卷、杨宗吾《检蠹随笔》十卷、孙能传《益智编》四十一卷、樊玉衡《智品》十三卷、冯梦龙《太平广记钞》八十卷、《智囊补》二十八卷、《古今谭概》三十六卷、起北斋《绣谷春容》十二卷、吴敬所《国色天香》十卷、余象斗《万锦情林》六卷、何大抡《重刻增补燕居笔记》十卷、林近阳增编《新刻增补全相燕居笔记》十卷、冯梦龙增编《增补批点图像燕居笔记》二十二卷,等等。这些小说集的刊刻年代均在嘉靖之后至明末这一时期。

除此之外,日本学者酒井忠夫曾列举日本所藏明代的一些"故事关系的日用类书"②,如:邱濬《故事雕龙》二卷、杨慎《重刻杨状元汇选艺林伐山故事》四卷、叶向高《史鑑大方故事》十卷、邓志谟《精选故事黄眉》十卷、王衡(缑山)《新编王缑山先生摘纂悬壶故事》五卷、赵师圣《鍥音释注解鱼舱故事》十卷、张瑞图《日记故事大全》七卷③,等等。不过,酒井忠夫的考察角度,是这些故事类书作为科举考试、童蒙教育以及下层民众教化的实用功能。其实,这些书籍之所以在当时下层民众中深受欢迎,流布广泛,也与其提供了众多可读性强的故事密切相关,这些故事能够发挥圣经贤传不可替代的寓教于乐的作用。不过相对于类书体小说集而言,故事类书的文学性要弱一些,而其资料检索

---

① 宋莉华《明清时期的小说传播》(中国社会科学出版社 2004 年版,第 230 页)一书及韩国学者崔桓《明代类书、小说和邓志谟》(《东亚人文学》第九辑,2006 年 6 月)一文在论及明代文言小说集时,均曾使用这一概念,本文沿用这一概念。

* 刘天振(1968—),男,山东巨野县人,文学博士,副教授,硕士生导师。主要研究方向为宋元明清文学、中国古代小说史、古代类书与文学等。近年于《光明日报》《戏剧艺术》《明清小说研究》《红楼梦学刊》《齐鲁学刊》等报刊发表论文 30 余篇,部分论文曾被中国人民大学报刊复印资料全文转载。出版专著 1 部,主持教育部人文社科课题、浙江省哲学社会科学规划课题、浙江省教育厅课题等多项。

② 韩国学者崔桓称这些"故事关系的日用类书"为"故事专门类书",参见崔桓《明代类书、小说和邓志谟》一文。

③ [日]酒井忠夫《明代的日用类书和庶民教育》,《近世中国教育史研究:其文教政策和庶民教育》第 120—124 页,东京:国土社 1958 年版。

功能则比前者为强。限于篇幅,本文暂不将故事类书纳入讨论范围。

文言小说集编纂史上这一壮丽景观的出现,主要由以下几方面动因所促成:

首先,嘉靖年间《太平广记》的重刻问世及快速传播所带来的影响。《太平广记》于北宋太平兴国三年(978)即已编纂成书,但"言者以《广记》非后学所急,收板藏太清楼。于是《御览》盛传,而广记之传鲜矣"①。虽然对于明代之前《太平广记》是否曾有刻本流传,学界尚存争议,但是此书于明代之前流传不广确属实情。冯梦龙《〈太平广记钞〉小引》就抱怨,《太平广记》编成后,长期没有刻本,"民间家藏,率多缮写,以故流传未广"②。嘉靖四十五年(1566),谈恺据《太平广记》传抄本加以校补刻版印行,开启了《太平广记》传播接受史的新时代。鲁迅先生说:"迨嘉靖间,唐人小说乃复出,书估往往剌取《太平广记》中文,杂以他书,刻为丛集,真伪错杂,而颇盛行。文人虽素与小说无缘者,亦每为异人侠客童奴以至虎狗虫蚁作传,置之集中。盖传奇风韵,明末实弥漫天下,至易代不改也。"③鲁迅所说嘉靖之后书估多窃取《太平广记》中文、再杂以他书编刻小说集的现象,主要是从题材内容角度而言的,其实,《太平广记》的编纂体例对当时小说集编纂方式的影响也很显著。《太平广记》搜采汉晋至宋初野史小说及杂著中的说部资料,按照题材重点亦即主题的不同,分为92大类,再分150余细目,都为500卷,堪称"小说家之渊海"④。且所有作品均撮标题,纲举目张,眉目清晰,颇便查检阅览。尽管其分类方式与名目多有可议之处,但是这种依照类书体例、分别部居、将包罗万象的说部资料汇编一书的做法,还是显示了它的巨大优势和潜力,为明代后期文言小说的编纂整理提供了范例。

其次,明代嘉靖以后,类书出版与小说集编纂同步繁荣,二者实现了真正结合,形成了良性互动。明代尤其中叶以后是我国类书出版的黄金时期,以《四库全书总目》"子部类书类"著录情况为例,共收类书及存目282部,其中五代以前计有15部、宋代66部、元代7部、明代137部,而明代一朝的类书数量与规模超过了前朝的总和。况且明代坊肆编刊的许多实用性类书,四库馆臣不屑于寓目,因而未有著录。与此同时,明代也是我国文言小说集编纂、刊刻的全盛期,据有的学者统计,"现存约200种中国文言小说总集中,明代就占一半"⑤。在四部分类法中,类书与小说虽然同属子部,二者在前代结缘互助的情形也不乏其例,但它们的真正结合则在明代嘉靖之后。此期二者不仅实现了真正的结合,而且形成了良性的互动。当时文士兼编小说集与类书的现象不胜枚举,如小说总集《稗史汇编》的编者王圻(1530—1615),还编撰过类书《续文献通考》、《三才图会》等。著名书贾余象斗在万历年间既编撰过日用类书《万用正宗不求人》、《历世诸大名家往来翰墨分类纂

---

① 谈恺《〈太平广记表〉按语》,李昉等《太平广记》第2页,中华书局1961年版。
② 冯梦龙《〈太平广记钞〉小引》,《太平广记钞》卷首,团结出版社1996年版。
③ 鲁迅《中国小说史略》第178页,人民文学出版社1973年版。
④ 永瑢、纪昀等《四库全书总目·太平广记五百卷提要》。
⑤ 孙逊、秦川《明代文言小说总集述略》,收入辜美高、黄霖主编的明代小说国际学术研讨会论文集《明代小说面面观》第372页,学林出版社2002年版。

注》等，还刻印过小说集《万锦情林》。邓志谟一生类书与小说集的产量均称丰硕。正如有的学者所论，当时文人热衷于编纂类书，书坊也积极刊行类书，自然而然导致了类书的盛行，这恐怕与其中包含了丰富的小说内容不无关系①。类书依靠小说的可读性而增强了发展动力，小说借用类书的体例优势及影响力而成长更加茁壮。

再次，明代后期类书体小说集的兴盛与此期民间刻书业的繁荣密切相关，许多小说集的编者对此有着清醒的体认。王圻《稗史汇编引》说："元儒仇远，博采群书，著为《稗史》，而陶九成氏又从而增益之，作为《说郛》……故迄今三百余年，互相抄录，未有能付梓以传示四方。余尝读而好之，至惓惓不能释手，然犹惧其终于湮没也，遂即明农之暇，重加雠校……"②有鉴于元人所编《稗史》《说郛》仅靠抄录，不能付梓以传示四方，王圻认为，明代剞劂之业勃兴，可以消弭这种缺憾了。顾千里《重刻〈古今说海〉序》云："说部之书，盛于唐宋，见于著录无虑数千种，而其能传者，则有赖汇刻之力居多"③。冯梦龙在《〈太平广记钞〉小引》中一边对于《太平广记》编成后长期未有刻本传世深表遗憾，同时又对明代刻书业发达、使稗官野史皆得印行而甚感自豪："……至皇明文治大兴，博雅辈出，稗官野史，悉付梨登架。"④

二、类书体例对于明代文言小说的助益

在明代嘉靖至明末的历史时空内，在类书与小说的结合互动中，小说所获取的类书的助益至少有如下数端：

1. 分门别类汇编小说，便于检索，促进传播。类书汇编资料，以类相从，取便检索，以资实用，这是其最主要功能。欧阳询《艺文类聚序》称：

夫九流百氏，为说不同。延阁石渠，架藏繁积。周流极源，颇难寻究。披条索实，日用弘多。卒欲摘其菁华，采其旨要，事同游海，义等观天。皇帝……欲使家富隋珠，人怀荆玉。以为前辈缀集，各抒其意。《流别》《文选》，专取其文。《皇览》《遍略》，直书其事。文义既殊，寻检难一。爰诏撰其事且文，弃其浮杂，删其冗长，金箱玉印，比类相从，号曰《艺文类聚》，凡一百卷，……俾夫览者易为功，作者资其用，可以折衷今古，宪章坟典云尔。⑤

《四库全书总目提要》"类书类小序"云："类事之书，兼收四部，……此体一兴，而操觚者易于检寻，注书者利于剽窃……"⑥

欲解决文献资料山堆海积与方便人的查检之间的矛盾，实为类书产生的直接动力。

---

① 参阅宋莉华《明清时期的小说传播》第238—239页。
② 王圻《〈稗史汇编〉引》，《稗史汇编》，《四库全书存目丛书》子部第139册第533页，齐鲁书社1995年版。
③ 顾千里《重刻〈古今说海〉序》，陆楫《古今说海》卷首，上海文艺出版社1989年版。
④ 冯梦龙《〈太平广记钞〉小引》，《太平广记钞》卷首，团结出版社1996年版。
⑤ 欧阳询《〈艺文类聚〉序》，《艺文类聚》，《文渊阁四库全书》本。
⑥ 永瑢、纪昀等《四库全书总目提要》"类书类序"。

类书体小说集之编纂,动因亦同。明人胡应麟曾慨叹:"古今著述,小说家特盛;而古今书籍,小说家独传。"①宋初编纂500卷的《太平广记》,即有此动机。李昉《太平广记表》说:"伏以六籍既分,九流并起。……伏惟皇帝……博综群言,不遗众善。以为编秩既广,观览难周,故使采摭菁英,裁成类例。"②

至于明代中期之后,前代的积累,加之明人的新作,小说文献的聚积已经浩瀚如海。在当时读者的阅读选择日趋多元化的背景下,以及《太平广记》重刻传播的直接刺激下,为使读者各取所需,便于查检,类书体小说集纷纷出世,它们大多以易于检索、方便阅读相标榜。王圻《稗史汇编》为书175卷,其《引》称,该书"兼收并蓄,总之为纲二十有八,列之为目三百有二十,而命之曰《稗史汇编》。是集也,分门析类,令人易于检阅……"③孙能传《〈益智编〉题辞》列述了此书从辑撰、诠次到编排成书的艰辛历程:"时以片纸录而存之,久乃充笥,后官秘省,傔直多暇,稍为诠次,缀于空册,累累如鱼鳞,同年生叶敬君见之,谬谓有资世用,第所分类虚实相半,事多互出,未易检寻,因示以一二义例,重加更定,为类十有二,为目七十有四,凡为四十一卷。"④他特别提及该书因"未易检寻"而"重加更定"的情节。谢伯贞《〈益智编〉识语》再作强调:"是编专取古人临事之智,分类错陈,以便批阅,所取者精,所全者大也,识者珍之。"⑤叶向高《〈说类〉序》也申明:"余在留曹日,偶得一书,皆唐宋小说数十种,摘其可广闻见、供谈资者,录而存之,分类编次,以便观览,……"⑥这些小说集采摭菁英,区分部类,明标类目,颇便观览,在争夺阅读市场方面,自有其明显的优势。

《太平广记》与《太平御览》的编修者基本是同一班人马,二书均受前代类书影响至深。宋人陈振孙言:"《太平御览》一千卷,翰林学士李昉、扈蒙等撰,以前代《修文御览》、《艺文类聚》、《文思博要》及诸书参详条次修纂。"⑦《御览》与《广记》在体例上颇有相类之处,二书皆依主题不同而分类编排。再举一个细节,两书卷首均列举长长的引用书目,既证编者采掇有据,又可供人查考引文出处。明代类书体小说集踵继其例,如王圻《稗史汇编》就有意模仿,此书卷前罗列引用书目808种。不过却遭到四库馆臣的质疑,称《稗史汇编》"所载引用书目凡八百八种,而辗转稗贩,虚列其名者居多。如《三辅决录》、《吴录》、《三齐略记》……之类,圻虽博洽,何由得见全帙?又卷首虽列书名,卷中乃皆不注出处。是直割裂说部诸编,苟盈卷帙耳"⑧。王圻此举算是弄巧成拙了。

2. 类书的编辑思想、分类体系,助成小说文体与正统价值系统的巧妙链接。古代综合性类书的编辑思想、分类体系,反映了中国古代的哲学观和对知识世界格局的总体认识。正如有的学者所说:"在传统文化基础上产生与发展的类书,从内容到形式都集

---

① 胡应麟《少室山房笔丛·九流绪论(下)》,上海书店出版社2001年版,第282页。
② 李昉《太平广记表》,李昉等《太平广记》,中华书局1961年版,第1页。
③ 王圻《〈稗史汇编〉引》,《稗史汇编》,《四库全书存目丛书》子部第139册第533、532页。
④ 孙能传《〈益智编〉题辞》,《益智编》,《四库全书存目丛书》子部第143册第664页。
⑤ 谢伯贞《〈益智编〉识语》,孙能传《益智编》,《四库全书存目丛书》子部第143册第667页。
⑥ 叶向高辑、林茂怀增定《说类》,《四库全书存目丛书》子部第132册第1、3页。
⑦ 陈振孙《直斋书录解题》卷十四,第425页,上海古籍出版社1987年版。
⑧ 永瑢、纪昀等《四库全书总目·稗史汇编提要》。

中体现了儒家文化的精髓,天、地、人、事、物的类分体系,反映了中国古代哲学'天人合一'、'天人感应'的世界观。它的分类大多是根据封建社会的政治、经济、文化制度、社会生活的需要,分成若干大的部类。"① 它们一般按照天、时、地、人、事、物的顺序编排部类,结撰成书。往往天、时、地各部在前,然后是帝王、后妃诸部,体现封建时代敬天尊君的观念。次以与人事有关的制度、器物各部,再次是与"地"有关的水陆动植各部,最后是沟通天人的灾祥、灵异诸部。如唐代类书《艺文类聚》共分46部,部下再分若干类,其部类及编排顺序如下:

  天部 岁时部 地部 州部 郡部 山部 水部 符命部 帝王部 后妃部 储官部 人部 礼部 乐部 职官部 封爵部 治政部 刑法部 杂文部 武部 军器部 居处部 产业部 衣冠部 仪饰部 服饰部 舟车部 食物部 杂器物部 巧艺部 方术部 内典部 灵异部 火部 药部香草部 宝玉部 百谷部 布帛部 果部木部 鸟部 兽部 鳞介部 虫豸部 祥瑞部 灾异部

宋代类书《太平御览》继轨前代类书,分55部,再分5 000余子类,编排顺序也大致体现天、时、地、人、事、物之格局。明代类书体小说集的分类体系、编排顺序着意模仿正宗类书。王圻编纂的《稗史汇编》,"总之为纲二十有八,列之为目三百有二十",此书28门目次如下:

  天文门 时令门 地理门 人物门 伦叙门 伎术门 方外门 身体门 国宪门 职官门 仕进门 人事门 文史门 诗话门 宫室门 饮食门 衣服门 祀祭门 器用门 珍宝门 音乐门 花木门 禽兽门 鳞介门 征兆门 福祸门 灾祥门 志异门

此书的多数门类名目可与类书取得对应,如"天文门"与"天部","时令门"与"岁时部","地理门"与"地部"等。其排列顺序也是由天文、地理、人事,至物,最后是灾异,与类书大体一致。而叶向高编《说类》,共分62卷45部,编者《序》称,其书"区分罗列,条绪井然。盖上自天文,下及地理,中穷人事。大之而国故朝章,小之而街谈巷说,以至三教九流,百工伎艺,天地间可喜可愕可笑之事,无所不有,虽未足尽说家之大全,然其大端已约略具是矣"②。此书自天文部、岁时部、地理部、帝王部,以至兽部、鳞介部、虫豸部,其分类体系也基本蹈袭类书。施显卿《古今奇闻类记》十卷,正如其书名所标示,专门搜辑古今奇闻异事,分类编排,分为九纪十卷:卷一、卷二"天文纪",卷三"地理纪",卷四"五行纪",卷五"神佑纪",卷六"奇遇纪",卷七"骁勇纪",卷八"除妖纪",卷九"仙佛纪",卷十"神鬼纪"。"纪"之下再分出众多子类,从而搭建起一个由正统儒家天人观为主导、并融合佛道信仰的思想框架。编者的《序》称,其书"上而天文,下而地理,运播而五行,散殊而人物,灵变而仙释,幽微而鬼神,分门别类,以备一家之言"③。类书体小说

---

① 戚志芬《中国的类书、政书和丛书》第6—7页,商务印书馆1996年版。
② 叶向高辑、林茂怀增定《说类》,《四库全书存目丛书》子部第132册第1、3页。
③ 施显卿辑《新编古今奇闻类纪十卷》,明万历四年(1570)刻本。

集的编纂主体正是通过假借类书的分类体系、部类结构及价值等级排序,从外在形式上,将不登大雅之堂的"稗官"文体与崇高的正统文化价值系统实现了巧妙的链接,从而为小说的生产和传播构筑起一道坚固的防火墙。这样的编辑谋略可称为"明修栈道,暗渡陈仓"。

3. 类书的分类方式,客观上推动时人对小说文体分类的探索与尝试。类书的分类体系为文言小说的总结整理提供了一个现成的框架,尽管这个包罗"天文、地理、人事"的框架套在小说文体身上并不十分合体,但在客观上却为明代后期小说文献整理擘画了一种独特的结构形态,对当时小说知识成果的内在结构进行了有益归纳和梳理,从而在一定程度上推进了小说分类学的发展。也为今人客观地、历史地理解明代人的小说观念,建构了一种独特的参照系。杨义先生在论及《太平广记》于嘉靖间重刻问世后对明人小说观的影响时曾说:"这部总集封存近六百年于明嘉靖年间重刻问世之后,引起了我国古代小说观念的极大变化。最明显者,是小说分类学的出现。"①这段话很有道理。万历间胡应麟《少室山房笔丛》曾将小说家分为传奇、志怪、杂录、丛谈、辨订、箴规等六种②,对于前三种特别是前两种的小说属性,今人几无异议。但是对于后三种丛谈、辨订、箴规,今人则多不认同。如果考察明代类书体小说集的分类名目,我们就会体认胡应麟的分类基本上是持之有据、言之成理的。拿万历间王圻《稗史汇编》的分类体系与胡应麟的小说六种分法进行对照,就会发现两者之间存在相当紧密的对应关系。如:《稗史汇编》的"志异门""方外门""灾祥门"与胡应麟的"志怪"一种;前者"人物门"中的"侠烈""豪爽""勇捷"诸子类、"人事门"中的"报施""仇怨"等子类与后者的"传奇"一种;前者"地理门""职官门"中的诸子类与后者"杂录"一种;前者"诗话门""禽兽门"诸子类与后者的"丛谈"一种;前者"文史门"中的"事考""释义""辨讹"诸子类与后者的"辨订"一种;前者"人事门"的"家范""箴规""修持"诸子类与后者的"箴规"一种,等等。从中我们不难窥探出胡氏分类思想的理路来源。我们还能从其他类书体小说集的许多分类名目中为胡氏的小说分类法找到充分的理据。因此,我们可以说,胡应麟的小说分类基本符合当时小说文体成果结构形态的实际。尽管胡氏的小说观念仍有其历史的局限。

而且,类书体小说集的许多类目与辑录内容之间形成强烈的反讽,体现出对正统观念的颠覆和对小说文体价值的张扬。一方面,编纂者对于辑录资料的说部性质有着自觉的认识,叶向高《〈说类〉序》称,其书"上自天文,下及地理,中穷人事,……无所不有,虽未足尽说家之大全,然其大端已约略具是矣"。王圻《〈稗史汇编〉引》说:"正史具美丑、存劝戒备矣。间有格于讳忌、隘于听睹,而正史所不能尽者,则山林薮泽之士复搜缀遗文,别成一家言,而目之曰小说,又所以羽翼正史者也,著述家宁能废之。"③但另一方

---

① 杨义《中国古典小说史论》第33页,中国社会科学出版社2004年版。
② 胡应麟《少室山房笔丛·九流绪论》(下)第282页,上海书店出版社2001年版。
③ 王圻《〈稗史汇编〉引》,《稗史汇编》,《四库全书存目丛书》子部第139册第533、532页。

面,他们把"帝王部""后妃部""储宫部""偏霸部"统统纳入说部的视野,在《稗史汇编》的"人物门",编者把帝王、后妃、偏霸、侯王、圣贤等与贫士、异人、金邪等归为一类,不分贵贱,统称之为"人物"。这种选材和分类标准的背后隐含了对于正统价值观念的彻底颠覆,对于小说文体价值、文化精神的极力张扬。周孔教为《稗史汇编》所作的《序》道破了天机,他说,是书"上征天文,下托人情,深入名理,浅逮谐谑。雌黄而为月旦,因果而为祸福,虽事不关诸经国,体亦逊于编年,不离稗官之筏,而其义使远者可绎,近者可指,善者可兴,败者可鉴,几与金柜石室之藏同备大观。"①周孔教时任明廷都察院右佥都御史,在这位正统士大夫观念中,一直在正统文化结构中居于边缘、卑微地位的稗官野史,"几与金柜石室之藏同备大观"了,这是明代后期小说观发生新变的一种深层信息。

三、"通俗类书"编排体例的复合性

类书与总集在四部分类法中虽然分属于子部和集部,但在编纂之初出于同样的动机,都是为了帮助文人猎取艳辞,以助成文思。《隋书·经籍志·总集类叙》说:"总集者,以建安之后,辞赋转繁,众家之集,日以滋广。晋代挚虞,苦览者之劳倦,于是采摘孔翠,芟剪繁芜,自诗赋下,各为条贯,合而编之,谓为《流别》。是后文集总钞,作者继轨,属辞之士,以为覃奥而取则焉。"②其差别只在于类事与类辞的不同,王梦鸥先生说:"《皇览》系统所提供的资料,可称为'事类';而《文章集》系统所提供的资料,应称为'辞类'。事类为古书中剪辑而来的碎锦;辞类则是前世作家镕裁碎锦组成的佳句。大作家固能直从古书取锦以铺采摛文,但同时也须要从前人佳句中汲取灵感。谢灵运之逢诗辄取,即其一例。"③而明代的"通俗类书"则敞开胸襟,吸收了类书、总集体例之长,从而使其体例兼备了类书、文学总集及小说集三者的复合性特征。

"通俗类书"之名原出 1930 年代孙楷第《日本东京所见中国小说书目》一书,他在该书《〈国色天香〉提要》中说:"此等读物,在明时盖极普通。诸体小说之外,间以书函,诗话,琐记,笑林,用意在雅俗共赏。"④指出这类读物题材驳杂及雅俗共赏的性质,所列有吴敬所编辑《京台新锲公余胜览国色天香》十卷、余象斗纂《新刻云窗汇爽万锦情林》六卷、何大抡编《重刻增补燕居笔记》十卷、冯梦龙增编《增补批点图像燕居笔记》等 4 书。除此之外,目前所知,还有起北斋辑《绣谷春容》、林近阳增编《新刻增补全相燕居笔记》等 2 种,总计 6 种书存世。这些书籍的刊刻年代都在明万历至明末这一段时间。当然,当时出版的此类读物远非这区区 6 种。

在版式结构方面,这 6 部书都是分上下两栏刻印,其中一栏专门刊载中篇传奇小

---

① 周孔教《稗史汇编序》,王圻《稗史汇编》,《四库全书存目丛书》子部第 139 册第 520—521 页。
② 长孙无忌等《隋书·经籍志》,《文渊阁四库全书》本。
③ 王梦鸥《汉魏六朝文体变迁之一考察》,《传统文学论衡》第 121—122 页,台北时报文化出版公司 1987 年版。
④ 孙楷第《日本东京所见中国小说书目》第 171、170—171 页,上杂出版社 1953 年版。

说,另一栏则汇编"诗类""词类""歌类""赋类"等数十种文类的作品。

分类标准和编辑方式可以客观上展现编者的文体意识。现存6部通俗类书中,编者不约而同地把具有鲜明文体特征的中篇传奇衷辑于一栏,占去全书一半的分量,足以表明明代人对中篇传奇小说文体特性的自觉认识。尽管未立类目,这种编排体制的背后实际隐含了编者的文体意识。同时我们注意到,约刊于同一时期的《风流十传》和《花阵绮言》等书均是收录中篇传奇的小说专集。孙楷第先生在《风流十传提要》中说,《娇红传》、《钟情丽集》、《怀春雅集》、《三妙传》等传奇小说"皆演以文言,多屡入诗词。其甚者连篇累牍,触目皆是,几若以诗为骨干,而第以散文为联络者",并称它们为"不文不白之'诗文小说'"①。今日学界一般称此类小说为"中篇传奇"②。

最能体现"通俗类书"体例复合性特征的是其上下栏中辑录诸多文类的一栏。以《绣谷春容》为例,下层所辑数十种"摭粹"文字,系博采前人旧籍、荟萃说部故事、摘存梗概、区以文体、汇编而成的,其编撰结构分层而且分类,因而纲目清晰。很显然,这种纂辑方式与类书无异。《绣谷春容》下栏又分两层编排:

第一层:拟有整饰雅致的四字标题:琼章摭粹、玑囊摭粹、诗余摭粹、彤管摭粹(一)(二)、击筑摭粹、游翰摭粹、新话摭粹(一)(二)、嘉言摭粹、垂世教言、寓言摭粹、稗编摭粹、怡耳摭粹、微言摭粹(一)(二)、文选摭粹、琐言摭粹、文苑英华、奇联摭粹,共17个类目。

第二层:在"琼章摭粹"、"玑囊摭粹"、"诗余摭粹"、"彤管摭粹"、"击筑摭粹"、"游翰摭粹"之下又分为:"名家诗"、"名媛诗"、"名家词"、"名媛词"、"名士歌"、"名姬歌"、"赋"等7个子类,抄撮前代诗话词话,采及奇歌俗赋,这些内容既按诗、词、歌、赋诸文体而区分,又依名士名媛为性不同而义别,因此兼容了总集和类书两种类分之法。"新话摭粹"堪称前代文言小说故事之集锦,下分:"遇仙类"、"奇遇类"、"私通类"、"好合类"、"情好类"、"惜别类"、"再会类"、"争夺类"、"淫戏类"、"妒忌类"、"乐艺类"、"音乐类"、"妙舞类"、"靓妆类"、"艳色类"、"贤行类"、"守节类"、"义勇类"、"文史类"、"辞令类"、"滑稽类"、"诙谐类"、"节义类"23个子目,从小说题材角度分类排纂,显然近于类书之体。"文选摭粹"和"文苑英华"辑录诸如诰、制、表、奏、疏、判、诏、册等文类的众多作品,又颇似文学总集之体。足见其编纂体例及内容属性之复杂了。当今的书目、目录著作一般将此类书籍归入"子部•小说家类",至于其细目分类,则又多有歧异。如《日本东京大学东洋文化研究所汉籍分类目录》(1973)将《国色天香》、《燕居笔记》、《绣谷春容》等书归入了"子部第十二•小说家类"的"杂记杂说之属";而《北京大学图书馆藏善本书目》(1958)将《绣谷春容十二卷》归入"子部•杂家类";《北京大学图书馆藏善本书目》1999年6月版却又将《绣谷春容》、《国色天香》归于"子部•小说家类"。王重民先生《中国善

---

① 孙楷第《日本东京所见中国小说书目》第171、170—171页,上杂出版社1953年版。
② 如[日]大塚秀高《明代后期文言小说刊行概况》(《书目季刊》1985年第2期)、陈大康《论元明中篇传奇小说》(《文学遗产》1998年第3期)等论著,均称此类小说为"中篇传奇"。

本书提要》将《绣谷春容》归入"子部·小说家类"的"传奇类"。孙楷第先生在《日本东京所见中国小说书目》(1953)一书中,一方面把这些书籍作为小说书进行著录;另一方面,其态度又很审慎,将上述书籍单独划为"通俗类书"一类,以示与其他小说作品的不同。我们不妨这样推断:它们属于当时的"先锋"文艺之一种。

结　语

明代类书体小说集作为中国文言小说集编纂史上的一种重要现象,运用"他山之石",借鉴具有深厚历史积淀的类书及总集编纂的经验,在整理和保存古代小说文献、促进小说传播等方面,都曾取得了不凡的成绩。更重要的是,在明代后期小说创作空前活跃、传播及影响范围急剧扩大的背景下,类书体小说集通过借用类书体例对说部资料进行形形色色的归纳分类,对古代小说文体的分类作了有益的尝试和探索,尽管其分类方式多有不当,但其对古代小说分类学发展和小说观念转变所作的历史贡献,还是应该给予肯定的。

原载《明清小说研究》2010 年第 3 期

汪琬的古文理论及其价值刍议

李圣华*

汪琬(1624—1690),字苕文,号钝翁,学者称尧峰先生,长洲人。顺治十二年(1655)进士,累官户部郎中。荐应博学鸿词,授编修,与修《明史》。博通经史,擅长诗文,在经学、史学、文学等领域都取得了很高的成就。其诗与王士禛并称"汪王",古文与侯方域、魏禧并称"国朝三家",经学与顾炎武并著,俱为吴派经学近源,撰《拟明史列传》二十四卷,为世所称道。汪琬古文温粹雅驯,以法取胜,代表着清初古文的重要潮流。他昌言"清文",标举文、经、道合一,提倡古人法度及盛世之文,在清代文学史上影响尤为深远,不仅开辟了清代重学尚法的文论传统,而且促使明末以来的文风发生了显著变化。本文较全面地考察汪琬古文理论的内涵与特质,冀有助于深入探讨清代文论的发生、源流及特征。

一、文、经、道合一说

汉代以后,史家将儒林与艺苑分而为二。《宋史》别立道学之目,儒林、艺苑、道学遂区而为三。文学既与儒学、道学分立,后世论文每往复于道、艺之辨,议论纷然,几成聚讼。唐人韩愈倡文以载道,合文、道为一。宋人张载、二程、朱熹等人惧"文以害道",崇道斥文。明代阳明派承陆九渊之绪,重于言道;复古派取法秦汉古文,偏嗜辞章;唐宋派、公安派学宗阳明,不废文辞;复社、几社接迹七子复古,又承东林之学,不专尚辞采。明清易代,无论是学术风尚,还是文学思潮,都发生了巨大的变革。心学、东林之学式微,经学崛兴。汪琬既与顾炎武、阎若璩等人倡导经学复兴,又与黄宗羲、魏禧等人开辟了古文复兴的局面。清初文坛形成文、经、道合一的思潮,汪琬即是这一潮流的大力鼓扬者。

汪琬早年致力于举子业,于程、朱之学所得甚浅,更谈不上研治经学了。成进士后,始有志复兴古文。陈廷敬《翰林编修汪钝翁墓志铭》云:"假而归研古篆辞,一扫绝今文陋迹。尝慨然念前明隆、万以后古文道丧,沿溯宋、元以上唐韩柳、宋欧苏,迄明之唐应

---

* 李圣华(1971—),男,山东成武人。文学博士,教授,硕士生导师。主要从事明清诗文与文献整理研究。发表学术论文50余篇,著有学术专著4部,主持完成高古委、省社科项目多项,入选浙江省新世纪151人才工程第二层次。

德、王道思、归熙甫诸家,盖追宗正派,而廓清其夹杂不醇者,卓然思起百数十年文运之衰,此先生之志也。"①从事古文之初,他极推重"才"、"气"、"法",随着研讨汉、宋之学日益精进,在重法的基础上,弘扬文、经、道合一,按照计东《钝翁类稿序》的说法,就是"不使经与道与文三者析而不可复合"②。其所谓文,即"才"、"气"、"法";所谓经,指六经、《语》《孟》等;所谓道,乃孔孟、程朱所传"圣人之道"。具体而言,文、经、道合一说主要有以下几方面内容:

  首先是本之六经。清初士人指责明末文风浮靡,大都以其学殖不富、空谈心性为依据。汪琬反思明文之弊,提出文章以学为本。读《春秋三传》,有感于学者束书不观,承讹袭谬,叹云:"吾尝推求其故,盖滥觞于南宋,浸淫于明季,风靡波属,迄今日而遂为极也。"③以为必厚积学力,文章始可传世。《拾瑶录序》云:"予谓为诗文者,必有其原焉","不得其原,则钉饾以为富,组织以为新,剽窃摸拟以为合于古人,非不翕然见称一时也,曾未几何而冰解水落,悉归于乌有矣"④。汪琬欲凝神为一,求圣人之道,论文以学为本,旨在强调本之六经,如计东《钝翁类稿序》所云:"圣人之道载于六经,学者能从经见道,而著之为文,不使经与道与文三者析而不可复合,则可为善学矣。"⑤

  清代朴学大兴,皮锡瑞《经学历史》以为有清一代经学凡历三变:国初汉学方萌芽,皆以宋学为根柢,为汉、宋兼采之学;乾隆以后,许、郑之学大明,为专门之汉学;嘉、道以后,又由许、郑之学导源而上,为西汉今文之学⑥。专门之汉学时期,又有吴派与皖派之分。吴派领袖长洲惠栋,与父士奇、祖周惕三世以研经著称。江藩《国朝汉学师承记》以阎若璩、胡渭、张尔歧、马骕为先驱,惠周惕、士奇及沈彤诸子为承继,推惠栋为正宗。后世颇沿述其说。梁启超《近三百年学术史》盛赞顾炎武、阎若璩、胡渭为清代朴学先驱。近百年来,学者大抵主梁说而信江论。然所论师承果足信否?笔者窃有所疑。经学史研究存在诸多误解和片面,吴派师承渊缘有自,并非始自阎、胡诸子。汪琬承东林、复社之绪,与顾炎武、徐乾学及钱谦益等人推重经学,其学虽驳杂不纯,然一时影响远过于阎、胡诸家。惠周惕乃汪琬亲炙弟子,著有《易传》、《春秋问》、《三礼问》、《诗说》,皆以汪氏之学为根柢。汪琬亦是吴派经学近源,江藩《国朝汉学师承记》以阎、胡、张为宗门,意在崇汉鄙宋,然师承渊源又岂能曲说?

  汪琬研经之初,兴趣主要集中在《诗经》、《三礼》、《三传》上。康熙九年(1670)归隐后,又留心小学,详加探讨。著书务疏经义,旁及先儒诸说,参稽异同,以求至当。康熙十二年(1673),以当世丧礼废坏,撰成《古今五服考异》八卷。其学远宗郑玄、朱熹,而不

---

① 陈廷敬《午亭文编》卷四十四《翰林编修汪钝翁墓志铭》,《文渊阁四库全书》集部第1316册第630页,台湾商务印书馆1986年版。
② 计东《改亭文集》卷一《钝翁类稿序》,乾隆刻本。
③ 汪琬《钝翁前后类稿》卷二十七《读书正讹序》,康熙十五年刻本。
④ 汪琬《尧峰文钞》卷三十《拾瑶录序》,康熙三十一年刻本。
⑤ 计东《改亭文集》卷一《钝翁类稿序》,乾隆刻本。
⑥ 皮锡瑞《经学历史》第341页,中华书局1959年版。

株守旧说,如果以专门之汉学的观点来看,可谓庞杂不纯,按照皮锡瑞的说法,就是兼采汉、宋。伴随研讨经学的深入,他强调文本六经,毋为俗学所累。元末重开制科,江浙士子私课之文编为《三衢文会》,录经疑、五经本义及赋策,共二百一十二卷。汪琬叹赏之,《三衢文会记》引《元史·儒学一》所云"经非文,则无以发明其旨趣;而文不本于六艺,又乌足谓之文哉"①,感慨道:"顾后世乃有畔经而以文自命者,何也?"②对后世之文不本于六经,深有不满。《王敬哉先生集序》又说:"孔子之所谓文,盖谓《易》、《诗》、《书》、《礼》、《乐》也,是岂后世辞赋章句,区区俪青妃白之谓与?……夫日月星辰,天之文也;山川草木,地之文也;《易》、《诗》、《书》、《礼》、《乐》诸经,人之文也。人之有文,所以经纬天地之道而成之者也。使其遂流于晦且乱,则人欲日炽,彝伦日斁,天地之道将何所托以传哉?"序末又表白说:"琬亦尝好学深思,力期从事于此,固不敢自安于不贤,而气昏质惰,虽欲勉进贤者之域,以求溯孔子之所谓文,而终不能逮也。"③他的创作也鲜明地体现了这一主张,如《计氏思子亭记》、《刘叙寰七十寿序》、《贺李户部归养郾城序》,本于经传,一些篇章甚至可为解经之助。

这里需要指出,汪琬倡导本之六经,不喜以小说为古文。《跋王于一遗集》云:"小说家与史家异,古文辞之有传也,记事也,此即史家之体也。前代之文有近于小说者,盖自柳子厚始","至于今日,则遂以小说为古文辞矣。太史公曰:'其文不雅驯,搢绅先生难言之。'夫以小说为古文辞,其得谓之雅驯乎?既非雅驯,则其归也,亦流为俗学而已矣。夜与武曾论朝宗《马伶传》、于一《汤琵琶传》,不胜叹息,遂书此语于后"④。王猷定、侯方域乃清初文章名家,史传之作盛传一时。汪琬反对以小说为古文,故有批评之辞。黄宗羲深不以为然,《论文管窥》云:"叙事须有风韵,不可担板。今人见此,遂以为小说家伎俩。不观《晋书》、《南北史》列传,每写一二无关系之事,使其人之精神生动,此颊上三毫也","文必本之六经,始有根本。唯刘向、曾巩多引经语,至于韩、欧,融圣人之意而出之,不必用经,然自经术之文也。近见巨子,动将经文填塞,以希经术,去之远矣"⑤。这里所说"巨子",即汪琬。汪琬讥讽侯方域、王猷定,又曾斥责钱谦益,与归庄交恶。黄宗羲推重侯、王、归、钱,其批评汪琬,除论文不合外,还有着其他复杂的原因。

其次是文以载道。汪琬溯源六经、孔孟,于前代文章家,推重韩愈、欧阳修、朱熹、归有光。韩愈《答李秀才书》云:"愈之所志于古者,不惟其辞之好,好其道焉尔。"⑥他志在"古道",所谓"好其言辞",乃"欲兼通"耳。故门人李汉《昌黎先生集序》云:"文者,贯道之器也。"⑦汪琬论文祖述韩愈,但又认为载道之文不易及,即使韩愈仍不足当之。《与

---

① 宋濂等《元史》卷一百八十九《儒学一》第4314页,中华书局1976年版。
② 汪琬《钝翁前后类稿》卷二十三《三衢文会记》,康熙十五年刻本。
③ 汪琬《钝翁续稿》卷十五《王敬哉先生集序》,康熙二十四年刻本。
④ 汪琬《钝翁前后类稿》卷四十八《跋王于一遗集》,康熙十五年刻本。
⑤ 黄宗羲《黄宗羲全集》第十册《黄宗羲诗文集》第649页,沈善洪主编,浙江古籍出版社2004年版。
⑥ 韩愈《韩昌黎文集校注》第102页,马通伯校注,古典文学出版社1957年版。
⑦ 李汉《昌黎先生集序》,《韩昌黎文集校注》第3页,马通伯校注,古典文学出版社1957年版。

曹木欣先生书二》云："顾先儒必言文为载道之器，琬窃谓此惟六经、《语》、《孟》足以当之，他如退之之《原道》、永叔之《本论》，则犹举其粗而遗其精，沿其流而未溯其原也。……夫惟后之学者，不精求道之大原，而区区守其一得之文，自以为察之皆醇，而养之皆熟，一倡群和，不曰仁义之人其言蔼如，即曰未有不深于道而文至焉者。噫！其果遂深于道邪？抑犹有毫厘千里、是非离合之分也？"①正由于标举"道之大原"，故不轻易以"明道"许人。与陈僖商讨古文，始终不轻言"明道"二字，而专注阐说文法。《答陈霭公论文书一》云："尝闻儒者之言曰：'文者，载道之器。'又曰：'未有不深于道而能文者。'仆窃谓此言亦少夸矣。古之载道之文，自六经、《语》、《孟》而下，惟周子之《通书》、张子之《东西铭》、程朱二子之传注，庶几近之。"②钱肃润评曰："看得道真，故说得道重。通篇反复论文，言意、言才、言气、言力，总不轻许一道字，此真干城斯道之文。"③

与宋儒轻视文章为末技不同的是，汪琬从六经皆至文的角度，认为文章虽号为小技，然不可偏废。《愿息斋集序》云："义理之学一也，经术之学一也，史学一也，辞章之学又一也。学至于辞章，疑若稍易，而世之文士终其身殚精竭神于中，卒未有造其全者。"④《洮浦集序》又云："'文章一小技，于道未为尊。'斯言诚是也"，"而概以小技斥之，其可乎？"⑤其说较宋儒"文以害道"之论通达得多，从中亦知其文章旨趣。

第三是文以用实。在文、经、道合一的观念中，还包含"用实"之意。汪琬慨叹文人好名寡实，鲜能自重特立，故务为"经世有用之学"⑥，居官如此，论学、论文皆然。所著《春秋论》以史证经，当时就有学者责备他解经"不当参以后世事"。汪琬《答李举人论以史证经书》反驳说："今之士大夫，果能上下数千百年，悉取《春秋》与汉、唐、宋之所以安危治乱，以讫君子、小人之用舍进退，或同而异，或异而同者，无不哆口抵掌，驰骋往复其间，而又能著诸文章，成一家言，以为后世有国有家者之龟鉴，此亦旷代之轶才也！……其殆子朱子所云'解经而通世务'者也。惜乎！今犹未见其人。"⑦其文如《复仇论》、《答王玉铭先生论兵饷书》等，为求世用，既不妄发空论，又不屑于角逐文辞。

二、文　法　说

在清初古文家中，力倡文法，并恃此自矜者，莫过于汪琬了。同时与相辩难者甚多，后世对他斤斤于文法也不无贬责之辞。然而，当我们深入考察昌言文法的用意，则不难

---

① 汪琬《钝翁前后类稿》卷十八《与曹木欣先生书二》，康熙十五年刻本。
② 汪琬《钝翁前后类稿》卷十九《答陈霭公论文书一》，康熙十五年刻本。
③ 钱肃润辑评《文澂初编》卷十七《答陈霭公论文书》评语，康熙刻本。
④ 汪琬《钝翁续稿》卷十五《愿息斋集序》，康熙二十四年刻本。
⑤ 汪琬《尧峰文钞》卷二十七《洮浦集序》，康熙三十一年刻本。
⑥ 陈廷敬《午亭文编》卷四十四《翰林编修汪钝翁墓志铭》，《文渊阁四库全书》集部第1316册第631页，台湾商务印书馆1986年版。
⑦ 汪琬《钝翁前后类稿》卷二十《答李举人论以史证经书》，康熙十五年刻本。

发现其文法说与本之六经说相辅相成，蕴含有藉此复兴古文的深意。探讨汪琬文法思想，有必要梳理他与陈僖、魏禧、叶燮有关法度的论争，从而理清其文法说的内容、特点及用意。

陈僖，字蔼公，清苑人。拔贡生，以古文名河北。顺治十七年（1660），致书商讨古文，前后共作三书，汪琬答书今存二。这次论文称得上清初文学史上第一场引人注目的古文论争了。二人争论的焦点集中在三大方面：重法度还是主明道；重寄托还是尚才气；法古还是重今。陈僖第一书《与汪比部论文书》提出三点：一是文章"必有所寄托而后成"，先有寄托，后有文法。此针对汪琬昌言文法而发。二是六经皆明道之书，"文非明道不可"，寄托即"明道"。此针对汪琬本之六经而发。三是近人推重唐宋派，指责七子败坏文道，又诋毁当世名家钱谦益、侯方域，似有不当①。此针对汪琬推重归有光、王慎中，斥责七子派及钱谦益所发。汪琬《答陈蔼公论文书一》逐条辩驳：首先，认为韩愈、李翱等人"未有不深于道而能文者"之说不免有夸大之嫌，不当轻言"明道"。至于寄托，出于立言者之意，"非所谓道也"。其次，针对陈僖所云"惟道为有力"，提出文章令人动心骇魄、改观易听处，在于"才雄而气厚"。复次，认为文章"其原不深者，其流不长"，当探溯六经三史，不以近世名家为法②。汪琬盖以道之难明、学之难积，不赞同文人动辄以"明道"相标榜，导致群言纷错，"圣人之道"充塞不明，故转而强调取法乎上，探溯"道之大原"。复书后，意犹未尽，遂作《答陈蔼公书二》，详陈文法："如以文言之，则大家之有法，犹弈师之有谱，曲工之有节，匠氏之有绳度，不可不讲求而自得者也。后之作者惟其知字而不知句，知句而不知篇，于是有开而无阖，有呼而无应，有前后而无操纵顿挫，不散则乱，辟诸驱乌合之市人，而思制胜于天下，其不立败者几希。"既然学古人法度，自当论工拙，"工者传，不工者不传也，又必其尤工者，然后能传数千百年"③。陈僖不满于汪琬专拈"文法"为说，《再与汪比部论文书》指出："寄托"关乎世道人心，"即所谓道气也"；文章之力有赖于"才雄而气厚"，然"才"与"气"亦是"道为之"，至于工拙，视作者怀抱而定。此外，又反驳了汪琬所谓的道不易言，以为《通书》及程朱传注"乃传道之书，不可以文论"④。汪琬回书今未见，而陈僖《三与汪比部论文书》亦仅针对汪琬二书以作辩论。笔者推测，汪琬实未作第三书，殆持论不同，不愿复作哓哓之辩。有趣的是，汪琬第二书作为前书的补充，专论法度，陈僖第三书作为第二书的补充，也是如此。他承认汪琬"以法为主"是由于"今文之亡，亡于无法"，讲求文法"则古人复起矣"⑤，但又以为持论文法容易使人误解，造成本末颠倒，为害甚巨。

魏禧，字凝叔，宁都人。明季诸生，以遗民终。康熙十一年（1672），自易堂游吴门，两次过访汪琬，商证文章，作《与汪户部书》、《又与汪户部书》。前书今不易见，后书作于

---

① 陈僖《燕山草堂集》卷一《与汪比部论文书》，康熙刻本。
② 汪琬《钝翁前后类稿》卷十九《答陈蔼公论文书一》，康熙十五年刻本。
③ 汪琬《钝翁前后类稿》卷十九《答陈蔼公论文书二》，康熙十五年刻本。
④ 陈僖《燕山草堂集》卷一《再与汪比部论文书》，康熙刻本。
⑤ 陈僖《燕山草堂集》卷一《三与汪比部论文书》，康熙刻本。

是年十月,自称于当世独推重汪文,故作书商讨,"闻者不察,谬谓仆与阁下蹈文人相倾之习,大不然矣"①。盖前书坦诚论文,不察者以为文人相倾,后书故专作辩解。汪琬集中未存相与论文尺牍,殆亦惧时人误解而不录。尽管如此,但二人论文大端仍可从魏禧《答计甫草书》窥知一二。计东致书询问汪文得失,魏禧答云:"侯肆而不醇,某公醇而未肆。"侯,即侯方域。对于汪文之"不肆",书中解释说:"非不能肆,不敢肆也。夫其不敢肆,何也?盖某公奉古人法度,犹贤有司奉朝廷律令,循循缩缩,守之而不敢过。"②魏禧认为自然元气、哀乐性情发于文章,作者不能自主,何法度之有?其重文法之变,异于汪琬。又论文章之弊,尝以"本领"和"家数"概言之。《答毛驰黄》云:"今天下家殊人异,争名文章,然辨之不过二说,曰本领,曰家数而已。有本领者如巨官大贾,家多金银,时出其所有,以买田宅,营园圃,市珍奇玩好,无所不可;有家数者如王谢子弟,容止言谈,自然大雅。有本领无家数,理识虽自卓绝,不合古人法度,不能曲折变化,以自尽其意……有家数无本领,望之居然《史》、《汉》大家,进求之,则有古人而无我,如俳优登场。"③"本领"、"家数"二者既相割剥,魏禧宁择前者,"以本领为最贵",不喜徒有"家数"。汪琬所说的法度也不是一程不变的,如《与梁曰缉论类稿书》云:"某尝自评其文,盖从庐陵入,非从庐陵出者也。假使拘拘步趋,如一手模印,譬诸舆台皂隶,且不堪为古人臣妾,况敢与之揖让进退乎?"④但其变化仍是有限的,文章"不肆",也正如魏禧所云"非不能肆,不敢肆也"。

叶燮,字星期,吴江人。汪琬同郡友人,过从甚密,后恶交,传闻不一。笔者认为二人交恶起因,盖由论文不合所致。今汪琬集中未刻与叶燮商证文字,叶燮指责汪文之谬,录为《汪文摘谬》一卷,仅就汪琬十篇文字,摘句剥篇,条分缕析,以作驳斥,笔墨集力处正在汪琬自矜的法度上。《汪文摘谬引》云:"汪君摹仿古人之文,无异小儿学字,隔纸画印,寻一话头发端,起承转合,自以为得古人之法,其实舛错荒谬,一篇之中自相矛盾,至其虚字转折,文理俱悖。乃佟然以作者自合,耳食之徒群然奉之,以为韩、苏复出,此真傀儡登场,堪为大噱者也。"具体而言,叶氏的摘谬主要在以下几点:一是模仿欧阳修等人,拾前人余唾。如《陈文庄公祠堂庙碑记》摘云:"铺叙不切虎丘,且拾欧公唾余。""以上行文,冗沓无味。捃拾欧、曾两公剩语,毫无生气。"二是标榜起承转合,实多首尾不联,下字无谓,文理相背,颠倒舛错。三是拘于八股滥调,陈陈相因。如《送魏光禄归蔚州序》摘云:"此段纯是烂时文滑调,古文作手有是否?"《吴公绅芙蓉江唱和诗序》摘云:"极恶烂时文调,令人欲呕。"⑤平实而论,汪琬文法说存在不少问题。他自称"非从庐陵出",然仿欧文处仍尚明显。所自矜的起承转合,多有文理相背处,《汪文摘谬》仅就十篇摘评,已自不少。他中岁前以时文称誉一时,其所谓古文法度得力于时文甚多。八

---

① 魏禧《魏叔子文集》外编卷六第287页《又与汪户部书》,中华书局2003年版。
② 魏禧《魏叔子文集》外编卷五第247—248页《答计甫草书》,中华书局2003年版。
③ 魏禧《魏叔子文集》外编卷七第352页《答毛驰黄》,中华书局2003年版。
④ 汪琬《钝翁前后类稿》卷二十《与梁曰缉论类稿书》,康熙十五年刻本。
⑤ 叶燮《汪文摘谬》,民国十四年铅印本。

股讲求文法,对命意、章法、句法、字法、承转起合、浅深开合、虚直详略、顺逆明暗、照应伏应、抑扬顿挫,以及虚字之用等,俱有严格的要求。汪琬援八股文法入古文,不免流于平庸,缺乏生气,其间得失不言而喻。后世对这段文坛公案评价不一,或宗汪黜叶,或尊叶挑汪。要之,二人之争实有功于清文。当我们抛开文人相轻一类的说法,探讨他们有关文法的争鸣,对深入认识清初的古文理论和创作,都是大有裨益的。

从上可知,汪琬文法说包括三层含义:法乎六经及孔孟,溯流穷源,不以近世为归;法度如工师规矩不当废,不应以"明道"排斥"法度";古文无法则亡,作者当讲求字法、句法、篇法,有开阖、操纵、起伏、照应、顿挫,始可成文。汪琬昌言法度,意在藉此复兴古文。因此,他同陈僖、魏禧的论争,与明人李梦阳、何景明之争就有了某些相近性,简言之,即复兴古文的目的相同,而途径各异。

三、"清文"说

顺康之际,汪琬以道德文章为己任,倡立"清文",以求经世之用。明初文章名家如危素、刘基、宋濂等人,皆由元入明。明初之文号为盛大,然论"明文"正传,后世多以为自方孝孺始,七子派甚而称自李梦阳复古始,公安派陶望龄称自阳明立派始。诸说各异,有一点毋庸置疑——"明文"自立不始于故元之士。同样,关于"清文"正传,论者也多不以钱谦益、龚鼎孳等人为始。汪琬《苑西集序》云:"琬论本朝诗文亦然,若常熟,若太仓,若宛平、合肥数公,虽或为文雄,或为诗伯,亦皆前明之遗老也。后之学者而欲求清兴五十年之间文章正传,非先生辈其谁归?"①此文康熙二十九年(1690)为高士奇作。常熟,钱谦益;太仓,吴伟业;宛平,王崇简;合肥,龚鼎孳。"清文"不始于故明之士,虽不是汪琬的发明,却透露出这样的消息:汪琬为摆脱明文苑囿,倡立"清文"。那么,他所说的"清文"有何特质呢?概言之,即"昌明博大"足当盛世之文,"和平尔雅"合于醇厚雅正。

鼎革后,汪琬未像顾炎武、归庄那样选择与新朝决绝的道路,而是承认易代现实,参加清廷开科取士,有志"一扫绝今文陋迹","卓然思起百数十年文运之衰"②。"今文陋迹",主要是指明末以来以公安、竟陵为代表的文章习气。明亡之际,钱谦益将文章之衰与兵燹、阉祸等同视之,将竟陵派归入亡国罪人的行列,斥其"人妖"、"文妖"。这显然是首末颠倒的。但清初持此论者不在少数,汪琬即其一,《金正希先生遗稿序》借时文论云:"呜呼!国运之治乱,人材之贤不肖,吾固于时文验之矣。时文之靡烂诡异,此即《五行传》所谓'言之不从'之孽也。"③即使文体废坏与国家覆亡存在一定的关系,这关系却

---

① 汪琬《尧峰文钞》卷二十八《苑西集序》,康熙三十一年刻本。
② 陈廷敬《午亭文编》卷四十四《翰林编修汪钝翁墓志铭》,《文渊阁四库全书》集部第 1316 册第 630 页,台湾商务印书馆 1986 年版。
③ 汪琬《钝翁续稿》卷十五《金正希先生遗稿序》,康熙二十四年刻本。

不是十分密切的。汪琬力持此说的主要意图是什么呢？一言以蔽之，即古文振世。振颓起衰，是古人很高的理想。汪琬在《文戒示门人》中说："昌明博大，盛世之文也；烦促破碎，衰世之文也；颠倒悖谬，乱世之文也。今幸值右文之时，而后生为文，往往昧于辞义，叛于经旨，专以新奇可喜，嚣然自命作者。"①他以"昌明博大"为文章旨归，既是为了摒弃明末的"乱世之文"，又显然有着革新清初文风之意。明遗民枕戈泣血，文章纪写丧乱，哀思故国，凄怆激怨，十余年间居为文坛主流。在汪琬他看来，社会动荡趋于消歇，清廷顺应世变，励精图治，盛世为期不远，士人当响应文治，闳音鸣世。遗民之文或激怼噍杀，或幽峭哀怨，或粗头乱服，既不合于醇厚之旨，又不合于雅驯之戒，皆与盛世不相合，无补于世用，徒乱人心目。既然如此，他又怎肯视其为古文正宗呢？古人论文有台阁、山林之体的说法，汪琬也将清文分为二体：台阁之体"铺扬德伐"，"春容翱翔"；山林之体"徘徊景光"，"邻于怨诽"②。尽管未对二者作高下区分，但我们结合他屡屡道及的"今幸值右文之时"，不难推知其更倾向于台阁之文。

韩愈曾提出立言者无望速成，须厚其根实，去其陈浮，归于醇厚。汪琬复兴古文即取法昌黎这一门径，以醇厚雅正为归，反对故求"新奇"。这既与他标举的本之六经及古人法度相一致，又有着现实的针对性：纠正明末以来"清新可喜"的文风。公安、竟陵以清新自标，自适性灵，转移了一代风气。崇祯间，陈子龙、李雯指出文章当求"适远"而非"自适"。汪琬进一步掊击"新奇可喜"风气。《文戒示门人》云："嗟乎！人文与天文、地文一也，日月星辰，天之文也；山川草木，地之文也。假令如日夜出，两月并见，日中见斗，又令山涌川斗，桃冬花，李冬实，夫岂不震耀耳目，超于常见习闻之外，其可喜孰甚焉？而经史书之，不曰新，而曰妖；不曰奇，而曰变。然则今之作者专主于新奇可喜，倪亦曾南丰所谓乱道，朱晦翁所谓文中之妖与文中之贼是也。"③

顺便指出，汪琬文章亦求新警，自得处往往在"翻案"二字。《说铃》云："邵比部问予文家宗旨，予谓：'读书十年，只寻得翻案法耳。'邵颇资赏，曰：'钱牧斋意亦尔尔。'"④就"翻案"言，汪琬与钱谦益文章"家数"相近。"翻案"既是他自得处，也备受时人诟病。陆陇其云："张夫子言浙东学弊在欲自立意见，又言汪苕文论文必欲用翻案，亦是此弊。"⑤归庄《再答汪苕文》讥刺说："执事每言作文无他妙诀，惟有翻案。"⑥问题是汪琬嗜好"翻案"，是否有悖于他鄙弃故求"新奇"的初衷呢？笔者认为，在明末清初的文风变迁中，汪琬批评明人故求"新奇"，自也不能尽涤除余习，此时代使然。而他所说的"翻案"与故求"新奇"，旨趣上也存在明显的差异，所以不必等而同之。

---

① 汪琬《钝翁续稿》卷三十《文戒示门人》，康熙二十四年刻本。
② 汪琬《钝翁续稿》卷十六《张青珮诗集序》，康熙二十四年刻本。
③ 汪琬《钝翁续稿》卷三十《文戒示门人》，康熙二十四年刻本。
④ 汪琬《钝翁类稿》附录《说铃》，康熙九年刻本。
⑤ 徐凤辉辑评《国朝二十四家文钞》卷七第2页，乾隆六十年刻本。
⑥ 归庄《归庄集》卷五第345页，上海古籍出版社1984年版。

四、汪琬古文理论的价值

汪琬较早提出"清文"说,无论其古文理论,还是具体创作,都实践着"清文"自立的追求。他宣扬的文、经、道合一、古人法度在清代文学史上具有重要的意义。

明、清两代文论的一个显著不同,即是前者尚情采,后者重学问。清人的这一传统正是汪琬与顾炎武、钱谦益、黄宗羲、朱彝尊等人共同开辟的。发展到清中叶,伴随着纯粹汉学时代的到来,走向极致。学者研经汲古,摒弃文章为小道,专主考据之学,一定程度上背离了汪琬的文、经、道合一之说。乾嘉之际,大量的研经文字取代了传统的古文,笔者戏称之"有篇无文"、"有目无辞"。探其根源,与汪琬等人奠立的重学问的文章传统仍有着密切的关系。

二是文、经、道合一说,促使明末以来的文风发生了显著的变化,不仅截断了七子派复古的潮流,也阻绝了公安派"独抒性灵"的潮流,影响着清初文风的走向。一方面,它否定了七子、公安、竟陵派在文学创新探索中对本于六经传统的悖离,另一方面拓展了时人的古文概念,使人们认识到在情采、新奇、自适之外,尚有本于经传、黜虚用实的文字。当然这种截断明文源流的做法自有其片面性。如前所述,所谓文本六经,仍不过古文的一支而已,即使代表着古文的正宗,公安、竟陵之文也不当尽废。

汪琬标榜"清文",即意味着对"明文"的"反动",同时体现了清初文人的自立意识。一代有一代之文,从这个意义上讲,"清文"作为一种文学观念的变革,既是顺应时代潮流的结果,又是自我创新的体现。我们这样说,并不是偏袒汪琬的文学价值观,否认明文及明遗民文章的巨大价值,而是从文学发展观上指出这种"反动"具有一定的时代意义。

文法之倡对清代古文复兴有着特殊的贡献。明代士子习程、朱传注,以备科举之用,既不免轻视经学,又不免陷于八股,古文日衰。七子派复古,取法秦汉,偏重情采文辞。公安派教人反古,不仅弃经传不顾,而且并弃"古人法度"。"独抒性灵,不拘格套",开启了一代新的文风,其弊端也是明显的,文章流于浅俗,甚至是一味的斗靡争奇、消闲自娱。汪琬重申六经皆至文,取法乎上,以六经、孔孟为法,其说虽非新论,但毕竟有助于士人重新审视古文的源流,拓宽眼界。汪琬的文法思想,某种意义上截断了儒林、道学、文苑长期相割裂的潮流,为清人以学为文开辟了方便之门。"清文"在反思明末文章的"无法"中,形成了重法度的基本特征。可以说,汪琬文法说对"清文"的自立有很大的贡献。当然,他的文法说作为特定历史时期的产物,无论是援八股文法入古文,还是排斥公安派的文无定法,都有其局限性。

刘声木《桐城文学渊源撰述考》卷一将桐城派的渊源追溯至汪琬。《苌楚斋随笔》卷十又极赞叹汪琬《答陈蔼公论文书》反复陈说的文法:"钝翁此论,可谓深切著明。文章必有义法,又须以开阖呼应,操纵顿挫出之,归于自然,实不易之论。千古文章家,不出此数语;千古论文,亦不出此数语,可谓要言不烦矣。"①言下之意,已将汪琬视作桐城派的"先声"了。近世以来,学者多赞同汪琬对桐城派文论深具影响之说。这类说法有其道理,但又不尽然。汪琬的古文理论,与方苞"义法"说及姚鼐"义理、考据、辞章"说,都存在很大的差异。桐城派或借鉴了汪琬之说,并在文章的醇正雅驯上有所继承,但毕竟二者取源不同,旨趣不一,如鱼饮水,冷暖自知,论者不必强为求同之解。

原载《文艺研究》2008年第12期

---

① 刘声木《苌楚斋随笔》卷十第227页,中华书局1998年版。

误读与重释：作为古文家的林纾

慈 波[*]

林纾之蜚声文坛，当归功于其文学翻译，严复所说的"可怜一卷《茶花女》，断尽支那荡子肠"[①]，颇能形容当年林译流行的盛况。及至今日，林译小说更成为这一领域内的专有名称。然而据说林纾对"译才并世数严林"[②]的褒扬并不领情，他所得意的是古文成就，以为"六百年中，震川外无一人敢当我者"[③]。这当然不免有自占地步、高自位置的文人习气，但是"畏庐先生善为古文辞"[④]，足证其自我言说并非全为虚语。1924年林纾辞世，郑振铎以为"盖棺论定，我们现在可以更公正的评判他了"，所下的断语仍是"林琴南先生以翻译家及古文家著名于中国的近三四十年的文坛上"[⑤]。只可惜时过境迁，"文学革命以后，人人都有了骂林先生的权利"[⑥]，林纾的古文成为"谬种"，甚至其译作也因为出以古文笔调而饱受讥弹。当林纾"力延古文之一线，使不至于颠坠"[⑦]的努力作为他晚年"顽固保守"的象征，被定格为现代文学史上的常识时，我们似乎不能忘记，"王敬轩"事件在很大程度上是新文学派出于斗争策略的考虑而精心设计的，林纾作为祭旗的牺牲而落入彀中，是新文化群体共谋的结果[⑧]。在林译小说对新文学的贡献重获认同，甚而被推许为"中国新文学运动所从而发生的'不祧之祖'"时[⑨]，对其古文成就却"选择性地遗忘"，似乎是值得反思的时候了[⑩]。

---

[*] 慈波（1979—），男，安徽安庆人，文学博士，副教授，主要研究方向为中国古代文章学、唐宋文学，曾于《中山大学学报》、《文学遗产》等杂志发表论文十余篇，主持国家社科、教育部哲社课题各一项。
[①] 《甲辰出都呈同里诸公》，《严复集》第365页，中华书局1986年版。
[②] 康有为《琴南先生写〈万木草堂图〉题诗见赠赋谢》，《庸言》第1卷第7期（1913）。
[③] 钱锺书《林纾的翻译》，《七缀集》第111页，三联书店2007年版。
[④] 顾廷龙《春觉斋论画跋》，《顾廷龙文集》第236页，上海科学技术出版社2002年版。此跋作于1935年。
[⑤] 郑振铎《林琴南先生》，《小说月报》第15卷第11号（1924）。
[⑥] 周作人《林琴南与罗振玉》，1924年十二月一日《语丝》第三期。
[⑦] 林纾《送大学文科毕业诸学士序》，《畏庐续集》，文海出版社1973年影印本。其《春觉斋论文·流变论》亦指出"存此国粹，为斯文一线之延"，可与上说参看。
[⑧] 程巍《"王敬轩"案始末》对这一文化事件有透辟的反思，文见2009年3月25日《中华读书报》。惟文章疑钱玄同伪造信件中"遁迹黄冠者已五年矣"当为"遁迹黄门"之误，似不确。因刘半农答信明言"（先生）又是个'遁迹黄冠'的遗老"，且声称"恐怕你这位老道，也不免在韩愈所说的'火其书，庐其居'之列罢"，老道正对应于黄冠。
[⑨] 蒋锡金《关于林琴南》，《江城》1983年第6期。
[⑩] 林薇《百年沉浮——林纾研究综述》（天津教育出版社1990年版）对林纾的研究状况有较全面的总结。郭延礼《20世纪中国近代文学研究学术史》（江西高校出版社2003年版）下编第五章《由对林纾的批判到认同他在翻译文学上的贡献》专门介绍林纾研究，其章节名即鲜明反映了学界对林纾的认识接受过程。章末（第244页）指出："林纾的研究还有可以开拓和深入的领域"，如"古文理论"等，"虽已有涉及但多未能深入，值得进一步探讨"。

一、从文章"宗盟"到"反新文化运动的代表"

在晚清民初文坛,林纾引为自豪的古文大家身份并不缺乏公众认同。其古文集《畏庐文集》1910 年由商务印书馆刊行。姚永概指出,"畏庐名重当世,文集已印行者,售至六千部之多"①,时为民国五年,可见其古文的风行。至民国十三年,古文已出版至三集,"畏庐之文每一集出,行销以万计"②,适与其文坛地位相映照。盛名之下,"当清之季,士大夫言文章者,必以纾为师法",这有力促进了其文坛地位的提升,"大抵崇魏晋者,称太炎为大师;而取唐宋,则推林纾为宗盟云"③。

林纾的文章甚至得到了桐城末期领袖吴汝纶的认可。根据林纾的追述,"光绪中,桐城吴挚甫先生至京师,始见吾文,称曰:是抑遏掩蔽,能伏其光气者"④。苏洵曾在《上欧阳内翰书》称赞韩愈的文章"抑遏蔽掩,不使自露"⑤,对于"治韩文四十年","四十年中,韩之全集凡十数周"⑥的林纾来说,自然明白这一评价的分量。就其造诣而言,"纾之文工为叙事抒情,杂以恢诡,婉媚动人,实前古所未有"⑦,确乎并不仅以译述著称。至于林纾感慨家国时势,以血性为文,更是名动当时,时论许以"尤善叙悲,音吐凄梗,令人不忍卒读"⑧。

林纾的文章与其名山事业译述也颇有关联。"不胫走万本"的《巴黎茶花女遗事》以文言达旨,这一语言选择符合了当时的阅读习惯,又具有提升小说地位的功用,故而人多许以林纾以古文译小说⑨。"闽县林纾初以桐城派古文作家享小名,旋以《茶花女遗事》的译者享大名",其后"竟以桐城文笔大译小说"⑩,这大致反映了人们对林译语言的认知。造成这一错觉的根源与林纾将西方小说与古文笔法常相比照有一定关系。出于"东海西海,心理攸同"的认识,林纾不止一次地指出,"(西文)往往于伏线、接笋、变调、过脉处,大类吾古文家言"(《撒克逊劫后英雄略序》),"西人文体,何乃甚类我史迁也"(《斐洲烟水愁城录序》),"哈氏文章,亦恒有伏线处,用法颇同于《史记》"(《洪罕女郎传跋语》)。不可否认,在具体章法、句法方面,中西原可互通,林译之笔法取径桐城亦属自

---

① 姚永概《畏庐续集·序》,《畏庐续集》卷首。
② 高梦旦《畏庐三集·序》,《畏庐三集》卷首,文海出版社 1973 年影印本。
③ 钱基博《现代中国文学史》第 124 页,上海书店出版社 2004 年版。
④ 《赠马通伯先生序》,《畏庐续集》。
⑤ 按:亦有引作"抑遏掩蔽"者,如《金石例》。
⑥ 《答甘大文书》,《畏庐三集》。
⑦ 钱基博《现代中国文学史》第 128 页。
⑧ 《清史稿·林纾传》,列传二百七十三。
⑨ 如周作人《林琴南与罗振玉》就以为"他介绍外国文学","用了班、马的古文"。即使其弟子,也明言:"吾国自来为古文者,多尚庄简矜重,而以为长篇稗史者绝少;先生乃能锤碎旧贯,以古文译小说。"见朱羲胄《春觉斋著述记》卷三"小说类解题",世界书局 1949 年版。
⑩ 舒芜《论文偶记初月楼古文绪论春觉斋论文校点后记》,《书与现实》第 111 页,三联书店 2006 年版。按,《春觉斋论文》由人民文学出版社 1959 年出版时,点校者署名"范先渊"。

然;然而这属于文章作法或写作学范畴,并不是说林译采用的是古文。钱锺书先生曾力辨其非,指出:"林纾译书所用文体是他心目中认为较通俗、较随便、富于弹性的文言。它虽然保留若干'古文'成分,但比'古文'自由得多;在词汇和句法上,规矩不严密,收容量很宽大。"①

林纾本人对待古文与译作的态度亦可反映这一点。林纾曾自言"余治古文三十年,恒严闭不以示人"②,其友人也证实"独其所为文,颇秘惜"③,可见对于古文创作的谨慎。至于译书则完全不同,"林先生每天早上在学堂上课,一小时内之前,可以很迅速地挥笔作二三千言,平均每天译书四五千言,视为常事"④。林纾自身对传译之迅捷似颇得意,尝描绘情状云"余耳受而手追之,声已笔止,日区四小时,得文字六千言"⑤(《孝女耐儿传序》)。钱锺书先生《林纾的翻译》对其译作中的"讹错"有精到的分析,运笔成风其实正是林纾应对译述时匆忙草率态度的表现。态度的分野正体现了古文与小说在林纾心目中地位的高下,"每为古文,则矜持异甚。或经月不得一字,或涉旬始成一篇;独其译书则运笔如风落霓转,而造次咸有裁制;所杂者,不加点窜,脱手成篇"⑥。无论林译的笔法如何逼肖桐城,其文体风格与他所推重的古文是有很大距离的。

然而林纾文章地位的动摇也正是从小说笔法开始,这首由崇尚魏晋文风的章太炎及其弟子发难。章氏论文崇尚闳雅,对林纾推重的唐宋八家少有许可,以为"六家之文,于八股为近;韩柳名高,不得不取:故遂定为八家耳"⑦。对归方刘姚并有贬词。在他看来,林纾的文章"既不能雅,又不能俗",其格调无疑是很低的:"并世所见,王闿运能尽雅,其次吴汝纶以下,有桐城马其昶为能尽俗。下流所仰,乃在严复、林纾之徒。复辞虽饬,气体比于制举,若将所谓曳行作姿者也。纾视复又弥下,辞无涓选,精采杂污,而更浸润唐人小说之风。"这一评价无疑与章太炎重视析理论辩、蕲向魏晋有关,林纾吸收史传中闲淡之笔以传写家常之事被直接斥为小说之风,而这是古文创作中尤其需要避忌的。桐城古文讲求雅洁,为文辞禁颇严;林纾自身创作也是多有遵循,小说与古文畦径分明,绝不相犯。章氏的批评未免苛严,而归其古文于小说,更足以从根本上颠覆林纾的文坛地位。对于桐城末派对林纾的推许,章太炎采取了釜底抽薪的论述策略:"纾弟

---

① 钱锺书《林纾的翻译》,《七缀集》第100页。孔立《林纾和林译小说》亦指出:"林译小说采用比较通俗的文言小说和笔记的文体,也参考了当时流行的报章杂志上的文章,但又保留着'古文'的成分,译笔简洁古雅。"
② 《赠马通伯先生序》,《畏庐续集》。
③ 张僖《畏庐文集·序》,《畏庐文集》卷首。马其昶《韩柳文研究法序》亦称"其传译稗官杂说遍天下,顾其所自为者,则矜慎敛遏、一根诸性情",见《历代文话》第6440页,复旦大学出版社2007年版。
④ 张若谷《初次见东亚病夫》第20页,收入《异国情调》,世界书局1929年版。
⑤ 其《斐洲烟水愁城录序》亦称"随笔译述,日出五六千言,二年之间,不期成书已近二十余种"。
⑥ 钱基博《现代中国文学史》第125页。林纾曾自述:"适译《洪罕女郎传》,遂以《楞严》之旨,掇拾为序言。颇自毁其杂,幸为游戏之作,不留稿也。"(《春觉斋论文·忌糅杂》,《历代文话》第6407页。)小说序文尚且视为游戏之作,则其视译作可知。
⑦ 章太炎《国学讲演录·文学略说》第209页,江苏文艺出版社2007年版。

子记师言,援吴汝纶语以为重。汝纶既没,其言有无不可知。观汝纶所为文辞,不应与纾同其缪妄,或由性不绝人,好为奖饰之言乎。"①这就完全瓦解了林纾援引文章名宿来增重的意义。

不仅对林纾的古文不以为然,及至其小说,章太炎也不认之为正宗。以章氏的标准,"小说者,列在九流十家,不可妄作。上者宋钘著书,上说下教,其意犹与黄老相似,晚世已失其守"。这显然是学术本位的观点,忽略了此后小说的文学化趋势。以此衡定,"夫蒲松龄、林纾之书,得以小说署者,亦犹大全、讲义诸书,傅于六艺儒家也"②。章太炎对林纾的这一看法具有延续性,在民国二十五年应朱羲胄之请为《畏庐先生年谱》题辞时,其笔法虽稍有回护然而观感未变:"乌乎畏庐,今之蒲留仙也。余博通不如晓岚,固不敢为论定,观其谱庶几知其人。"许林纾为蒲松龄实际上并非褒词,因为题辞潜含了纪晓岚的评价。盛时彦跋其师纪昀《姑妄听之》云:"先生尝曰:《聊斋志异》盛行一时,然才子之笔,非著书者之笔也","今燕昵之词、媟狎之态,细微曲折,摹绘如生。使出自言,似无此理;使出作者代言,则何从而闻见之?又所未解也。留仙之才,余诚莫逮其万一;惟此二事,则夏虫不免疑冰"。盖对蒲氏取法唐人传奇深致不满,以为有失小说古法;而这正是章太炎的主张。实际上林纾本人对蒲松龄也有所保留,在小说《伪观音》篇中曾借狐仙之口云:"蒲留仙以老诸生造谣生事,谬为《聊斋志异》,用以骇世。"因而章太炎对林纾的文章及小说的评价,对"木强多怒"的林纾来说无疑是极大的侮辱。

章太炎对林纾文章的批评是当时文坛主魏晋与宗唐宋的派别之见的映射,因秉持己方观点过甚,讥弹多有过激之处,而这一争议因章氏弟子大举进入北京大学而进一步加剧。1912年,严复以吸食鸦片之由被驱出北大,这被认为是新旧斗争的开始。何燏时任代理校长后,以实学名家而又为民国元勋的章太炎大受推重,其弟子朱希祖、马裕藻、沈兼士、钱玄同、黄侃等先后受聘北大。据被误认作章氏门人而招入北大的沈尹默后来回忆:"太炎先生门下大批涌进北大以后,对严复手下的旧人则采取一致立场,认为那些老朽应当让位,大学堂的阵地应当由我们来占领。"③桐城派的姚永概本在北大为文科学长,在这一争斗中亦愤而离职。与林纾交游的马其昶、姚永朴亦受排斥,林纾本人也在1913年辞职。

这一争斗由文章派别之见发展成为争夺领导权的斗争,正如当日报纸评论所谓:"从前大学讲坛为桐城派古文学所占领者,迄入民国,章太炎学派代之以兴,在姚叔节、林琴南辈,目击刘、黄诸后生之皋比坐拥,已不免有文艺衰微之感。"④任气

---

① 章太炎《与人论文书》,《章太炎全集》(四)第168—169页,上海人民出版社1985年版。章氏所论之"俗","谓土地所生习","非猥鄙之谓"。此书作于1910年,吴汝纶语曾林纾《赠马通伯先生序》,收入《畏庐续集》,当为文集出版(1910)之后而作;而章氏言为其弟子所记,当有所本。
② 《与人论文书》,《章太炎全集》(四)第169页。
③ 沈尹默《我和北大》,《文史资料精选》第5册第428—429页,中国文史出版社1990年版。
④ 《请看北京学界思潮变迁之近状》,《公言报》1918年3月18日。

好辩的林纾在姚永概南归之际不禁黯然："然则讲古学者之既稀，而二三良友复不得常集，而究论之，意斯文绝续之交亦有数存乎？"①对魏晋文派的不满终借文章得以宣泄，在《与姚叔节书》中林纾开始反击："敝在庸妄钜子，剽袭汉人馀唾，以挦撦为能，以饾饤为富，补缀以古子之断句，涂垩以《说文》之奇字，意境义法概置弗讲"，"近者其徒某某腾噪于京师，极力排媢姚氏，昌其师说，意可以口舌之力挠蔑正宗"。其机锋所指，显在章氏，而对魏晋文派的弊病亦颇有抉发。其《慎宜轩文集序》更大肆抨击："今庸妄巨子，饾饤过于汪伯玉，哮勃甚于祝枝山，用险句奇字以震眩俗目，鼓其赝力，斥桐城不值一钱，而无识之谬种，和者嚣声彻天。"②不可否认，这种论辩已有脱离观点本身而演为攻击的意味。章太炎本以进步姿态出现于学界，对桐城文章纠缠义理本来就不甚许可，林纾的争辩在学术观点上也许不落下风，但在话语权方面是明显处于劣势的。

这种传统文学内部的派别之见最终演变成为文化上的新旧之争。新文化运动中多员健将本出章门，此时对林纾的抨击也策略性地由派别趣味转为思想倾向。钱玄同曾暗示："某大文豪用《聊斋志异》文笔和别人对译的外国小说，多失原意，并且自己掺进一种迂谬批评，这种译本，还是不读的好。"③其中对林纾的指责已经转向思想层面，直斥其文字为迂腐落伍。与此同时，钱玄同大力推阐白话文学，致信胡适表示"彼选学妖孽与桐城谬种，方欲以不通之典故与肉麻之句调，戕贼吾青年"；并认同陈独秀的不容置辩的论战策略，"然对于迂谬不化之选学妖孽与桐城谬种，实不能不以如此严厉面目加之"。前此一月，钱玄同已在《新青年》上明言："惟选学妖孽所尊崇之六朝文，桐城谬种所尊崇之唐宋文，则实在不必选读。"话语中心的转移意味着对传统的态度不再是彼此是非的论定，而是对传统的全盘否定。

这中间的策略值得玩味。新文化派所排斥的选学代表在当时并不乏人，而黄侃却俨然是北大的选学中心人物。因而妖孽与谬种口号中真正落实到口诛笔伐层次的其实只有桐城传统，选学只是作为所反对的旧文学的一种陪衬，陈独秀所攻击的"十八妖魔"就无一为选学。但是桐城中人多选择沉默，不愿卷入纷争，只有好辩的林纾强为申诉，导致论辩双方的局势明朗化："在五四的前后，文学革命运动兴起，校内外都发生了反应，校外的反对派代表是林琴南。"④林纾与新派的分歧并非不可弥缝，作为写过白话道情、创作白话乐府的维新人士，林纾并不是顽固的文化保守派。他所主张的正是在白话兴起的同时，不要废弃文言，两者应当并行不废且适当分层。《论古文之不当废》

---

① 《送姚叔节归桐城序》，《畏庐续集》。
② 相关议论可参见林纾《马公琴》、《与本社社长论讲义书》、《再与本社社长论讲义书》、《古文辞类纂选本序》等。
③ 《与陈独秀书》，1917年8月1日《新青年》第三卷第六号。这一批评实际上在同年3月《新青年》第一号已经出现："又如某氏与人对译欧西小说，专用《聊斋志异》文笔，一面又欲引韩柳以自重；此其价值，又在桐城派之下，然世固以'大文豪'目之矣。"(钱玄同《寄陈独秀》)只是尚停留在评述其文字层面。
④ 《周作人回忆录》第334页，湖南人民出版社1982年版。

与《论古文白话之相消长》的中心都在于此。林纾的讨论无疑在学理上是更具合理性的,但新文化派已经认定不能给予反对者置辩的机会,因此这一次争论注定无法产生交集。

伴随新文化运动的深入,林纾的古文自然深受批判,即使是作为通往新文学的津梁的林译,也大为新文化派讥刺。刘半农1917年在《我之文学改良观》中指出:"近人某氏译西文小说,有'其女珠,其母下之'之句,以珠字代'胞珠',转作'孕'字解,以'下'字作'堕胎'解。吾恐无论何人,必不能不观上下文而能明白其意者。是此种不通之字,较诸'附骥'、'借箸'、'越俎'等通用之典,尤为费解。"文中所指实为林译《巴黎茶花女遗事》。所引文字成为使用文言实而不通的典型范例,以此推断,白话之取代文言实在是顺理成章而且极有必要的了。钱玄同随即在11月于《新文学与今韵问题》中呼应:"至某氏'其女珠其母下之'之妙文,则去不通尚有二十年,此公之文,本来连盖酱缸都不配,只有用先生的法子,把他抛入垃圾桶罢了。"从古文大家而径沦为文辞不通,这种评价不可谓不严厉。胡适在次年发表的《建设的文学革命论》中也不忘揶揄一下:"如林琴南的'其女珠,其母下之',早成笑柄,且不必论。"且不去说是否因某句文辞的瑕疵可直接得出文言当废的结论,就是众人传为笑柄的这句译语却也大有问题。林纾的原译是"女接所欢,嬎,而其母下之",过求简省则有之,但并无语病。有意或无意所导致的转述失真,使得批评自然成为无的之矢,但在重重转述之后,无人追究文字本身却又自以为真理在握,其间的心态真堪玩味。

林纾的答辩尚能从文章递嬗角度发明,以为白话之兴并不必然导致文言之废。然而他的回应又一次成为"笑柄"。胡适1917年4月作于纽约,5月发表于《新青年》的《寄陈独秀》即指出:"顷见林琴南先生新著《论古文之不当废》一文,喜而读之,以为定足供吾辈攻击古文者之研究,不意乃大失所望。""林先生曰:'呜呼!有清往矣!论文者独数方、姚,而攻格之者麻起,而方、姚卒不之踣。'此中'而方、姚卒不之踣'一句,不合文法,可谓不通。""林先生为古文大家,而其论'古文之不当废','乃不能道其所以然',则古文之当废也,不亦既明且显耶?"这一次攻击对象由林译直接转为古文。古文大家却不合文法,这一讽刺的冲击力是可想而知的。

林纾令人意外地选择了缄默。新文化派力倡白话文学,却缺乏应和,甚至反对的声音也难得一闻,不禁有沉寂之叹。于是1918年3月,《新青年》上"王敬轩"与刘半农的文字激辩登场了。信件中不忘重提"卒不之踣"的旧话,还以为"林先生的著作","半点儿文学的意味也没有";"其知识实比'不辨菽麦'高不了许多"。对新旧相益的观点,"记者则以为处于现在的时代,非富于新知,具有远大眼光者,断断没有研究旧学的资格"。王敬轩的信中错误连篇,已暗含对旧派文人的讥讽;刘半农的回复更是声色俱厉,几无置喙余地。

接下来的事情便属于文学史上的常规叙事了:"不久林琴南出头与《新青年》为难,先致书蔡子民,在《公言报》公开攻击,不能取胜,又在《新申报》上发表小说《荆生》,即指徐树铮,暗示用武力打倒狄莫(胡适)金心异(钱玄同)等,又在《妖梦》里说那些人都被神道吞吃了。"①林纾以《荆生》、《妖梦》、《致蔡鹤卿书》等展开攻击,新派则理直气壮地一一回应。林纾的"卫道"活动以失败告终,文学革命运动于是日益蓬勃地开展起来。

不过这一切都是胜利者的历史叙述。"荆生"实际上与"小徐将军"没有直接关联,"无拳无勇"的林纾也缺乏干预政治的打算,"文化专制主义"的称呼不免有点名过其实,学界近来对此研究已多。王敬轩事件的最直接效果就是"畏庐身价既倒"②,新文化派失去了一个喋喋不休的辩争者,不过林纾的角色有点诡异,"从胡适《五十年来中国之文学》起到陈炳堃《最近三十年中国文学史》为止,都硬派林氏为反新文化运动的代表"③。倒是胡适对同仁的伪撰举措表示了不满,"认为'化名写这种游戏文章不是正人君子做的',并且不许半农再编《新青年》,要由他一个人独编"。但是遭到了沈尹默、周氏兄弟的抵制④。即便林纾逝后,学界渐有恕词,钱玄同还是不忘提醒刘半农:"我希望您别长前辈底志气,灭自己底威风才好。"周作人宽恕的立场遂又退回:"林琴南的作品我总以为没有价值","我不能因为他是先辈而特别客气"。学界对新文化运动的思想史意义抉发已深,但林纾身份的转变实际上隐喻了传统文化的遭遇,对这一转变的学理思考是思想史无法替代的。

二、教外何妨有别传:林纾与桐城派

在新文化运动中,林纾以桐城派的代言人身份出现。梁启超在总结清代学术时特意点明"纾治桐城派古文"⑤,陈子展更申论为:"严复、林纾同出吴汝纶的门下,世称林、严。他们的古文都可以说是桐城派的嫡传,尤以林纾自谓能谨守桐城义法。"⑥但林纾本人对桐城派态度若即若离,甚至偶有非议;钱基博更以为"或者以桐城家目纾,斯亦皮相之谈"。⑦ 对林纾身份归属的争议反映了这一问题的复杂性,这其实已经脱离了简单的派别认识,更多地指向文化认同⑧。

从交游行迹来看,林纾与桐城派的联系无疑是密切的。吴汝纶甚为欣赏林纾之文章,两人相识于光绪末年,"辛丑(1901)入都,晤吴挚甫先生于五城学堂"。后两人谈《史

---

① 《王敬轩》,周作人《饭后随笔》第344页,河北人民出版社1994年版。
② 《钱基博学术论著选·自传》第5页,华中师范大学出版社1997年版。
③ 寒光《林琴南·思想与热诚》第13页,中华书局1935年版。
④ 沈尹默《我和北大》,《文史资料精选》第5册第435页。
⑤ 梁启超《清代学术概论》第72页,中华书局1954年版。
⑥ 陈子展《最近三十年中国文学史》第196页,上海古籍出版社2000年版。
⑦ 《现代中国文学史》135页。
⑧ 郭延礼《20世纪中国近代文学研究学术史》认为林纾并非桐城派作家,因为桐城名家之称赞不宜作为划定派别的依据;《桐城文学渊源考》未收录林纾;其本人不承认是桐城派;古文创作与理论皆有异于桐城派;且林纾对桐城派弱点有清醒认识。详见该书第198—202页。另外王济民《林纾与桐城派》(《华中师范大学学报》2007年第3期)则以为"整个说来,桐城派主要是一个理论批评流派。桐城派之所以发生深远的影响,根源正在这里","正是在这个意义上,可以把林纾作为桐城派的重要成员。"对此本文持保留意见,"天下文章其在桐城"的赞誉似乎更多地指向于文章创作实绩。

记》，极为相契(《桐城吴先生点勘史记读本序》)。1902年吴汝纶赴日考察学制，临行前托付林纾、冒广生为校《古文四象》。郭立志《桐城吴先生年谱》曾记："新城王树枬晋卿、通州范当世肯堂、侯官严复几道、闽县林纾琴南四人皆执贽请业愿居门下，而公谢不敢当。"林纾则自言："余尊先生如师。"足见两人行迹之近。1907年，与马其昶结识于京师，其昶"称吾文乃过于吴先生也"①。后马其昶为作《韩柳文研究法序》。林纾与姚永概则交谊更深，友于兄弟。林纾早年即于稠人中识姚永概，但正式晤面则晚至1910年。姚永概称："光绪庚戌(1910)，余始识之于京师。壬子癸丑(1912、1913)共事大学堂"，"今年(1915)又同应徐君之聘，教授正志中学校"②。两人既有同事之谊，对古文命运又多共鸣。1915年3月，林纾为姚永概所藏沈周山水长卷作跋。11月姚氏为林纾续集作序。林纾《与姚叔节书》、《送姚叔节归桐城序》、《慎宜轩文集序》皆为姚氏而作，复致慨于文坛之弊，可见两人相契之深。

就创作实绩而言，吴汝纶与马其昶推重林纾文章，显然是引之为同调的。而林纾善于叙悲，亦偏于桐城阴柔一派；至于叙家常而以细节刻挚传神，更是自震川以来的桐城家法。其文章理论亦对桐城传统多有汲纳。林纾学文之取径与轨辙多与桐城派相合。林纾所常读的著作，"诗礼二疏、春秋左氏传、史记、汉书、韩柳文集及广雅疏证而已"，且以为"古今文章归宿者止此"③。平日授业生徒，"恒令取径于左氏传及马之史、班之书、昌黎之文，以为此四者，天下文章之祖庭也"④。经韩柳而上溯史汉，实与桐城轨辙相同。林纾对韩柳文章浸淫多年，曾撰《韩柳文研究法》以开示门径；评析韩文六十七篇，柳文七十二篇，醰醰有味。林纾论文多宗唐宋八家，对韩柳欧曾尤其心服；至于桐城大家，亦推许不置。其《赠姚君愨序》以为"明之归唐，清之方姚，穷老尽气，以四子为归"，而两朝"能古者，必曰归唐方姚，若毗于唐宋之四子焉"，以归唐方姚上承唐宋八家，这也是桐城派所主张的文章谱系。对桐城派的经典文章选本，林纾也甚为看重，以为"精粹之选本，实无如桐城姚先生之《古文辞类纂》一书"⑤。并以此书为基础，慎加选择，予以详评，编为选本之选本，以作古文讲习会之教材。

《春觉斋论文》是林纾文章理论的代表性著述，其中多有桐城传统的影响在。"述旨"所论为文章根本，林纾强调为文应当"溯源于古，多读书，多阅历，范以圣贤之言，成为坚确之论"，又以为当"正言、体要"，"何谓正言？本圣人之言，所以抗万辩也。何谓体要？衷圣人之言，所以铸伟辞也"⑥。并强调"古文一道，非学不足以造其樊，非道不足以立其干"⑦，作为本体论，这并未摆脱义法说的拘囿。"流别论"属于文体论，自骚、赋、

---

① 《赠马通伯先生序》，《畏庐续集》。文中称光绪中见吴汝纶，"越六年，桐城马通伯至京师"。故定为1907年。张俊才《林纾年谱简编》则定于1906年。
② 姚永概《畏庐续集序》，《畏庐续集》卷首。
③ 张僖《畏庐文集序》，《畏庐文集》卷首。
④ 陈希彭《十字军英雄记序》，《十字军英雄记》卷首第1页，商务印书馆1915年版。
⑤ 林纾《古文辞类纂选本序》，《古文辞类纂选本》卷首，商务印书馆1918年版。
⑥ 《春觉斋论文·述旨》，《历代文话》第6334—6335页。
⑦ 《春觉斋论文·忌险怪》，《历代文话》第6389页。

颂赞而下直至章表、书记,皆沿袭《文心雕龙》的文体划分;而书记类中同时列姚鼐之"书说"类,其下之赠序、杂记、序跋,皆受《古文辞类纂》之分类思想影响。"应知八则"为其文章学理论的核心观念,以意境居首,继以识度、气势、声调、筋派、风趣、情韵、神味,实际上不脱"格律声色、神理趣味"的理论构架,更直接秉受了曾国藩《古文四象》的影响。曾氏同治五年《致沅弟》云:"《古文四象》目录抄付查收。所谓'四象'者,识度即太阴之属,气势则太阳之属,情韵少阴之属,趣味少阳之属。其中所选之文,颇失之过于高古。弟若依此四门而另选稍低、平日所嗜者抄读之,必有进益。但趣味一门,除我所抄者外,难再多选耳。"则"四象"其实是对姚鼐阴阳刚柔论文说的进一步细分,而林纾将之列为"应知",其在文章理论方面的认同应属当然。"论文十六忌"属于"古文辞禁"范围,用否定形式示以文章轨范,其归宿则不离"清真雅正"。所论狂谬、轻儇、虚枵等诸多弊病,皆为"雅洁"所不容。从中所总结出的结论,诸如"古文之体极严,宁守范围,勿矜才思"①,"若立志为文,非积理积学,循习于法度,精纯于语言,不可轻着一笔"②,则洵乎桐城家数。至于"用笔八则"、"用字四法",则属于写作学范畴,更是桐城义法中所津津乐道的能事。

但问题并不如此简单,林纾自身对桐城派的体认甚至令人有刻意疏离之感。康有为则责问林纾为何学桐城,林纾则笑而否认:"纾生平读书寥寥,左庄班马、韩柳欧曾外,不敢问津。于归震川则数周其集,方、姚二氏,略为寓目而已。"③在《慎宜轩文集序》中他更直接说明:"吾非桐城弟子为师门捍卫者。"这些表述明确地划清了林纾与桐城派的距离。

在具体文章追求方面,林纾也确能不为桐城所限,强调自摅己意、脱化求变。尽管为文必须经历摹仿阶段,但是活法在于能不受拘牵,"后人极力追古人而力求其肖,则万万不能不出于剽袭","为文当肖自己,不当求肖古人"④。这正是《文微·造作》所说的:"作文时不可专摹古人,须使有个我在。"出于这一考虑,林纾对桐城文弊多有抉发。

林纾反对为文专学桐城,以为这样途径过窄,"专于桐城派文揣摩其声调,虽几无病之境,而亦必无精气神味"⑤。他曾以吴汝纶派宗桐城,所常读者却为韩文为例,力谕后学当广其门径,由桐城而上溯韩愈,甚而推及左庄史汉。并特意指出桐城文章取径不广多导致的弱点:"桐城诸文学欧阳,而仅得其淡,故气息柔弱","桐城之短在专学归欧"⑥。对桐城祖师,林纾也不无讥评。如方苞,《论古文白话之消长》就以为:"桐城诸家即奉震川为圭臬,惜抱能脱身自拔,望溪质而不灵,故木然有死气。"即批评其学而未

---

① 《春觉斋论文·忌繁碎》,《历代文话》第 6407 页。
② 《春觉斋论文·忌轻儇》,《历代文话》,第 6397 页。
③ 《震川集选序》,见《春觉斋著述记》卷二。《方望溪集选序》称:"甚至亦有称余之文学桐城者。某公斥余不应冒入此途。余至是既不能笑,亦不复叹,但心骇其说之奚所自来也。"见《方望溪集选》卷首第 1 页,商务印书馆1924 年版。所论某公当即康有为,而对桐城派保持距离更显有意。
④ 《春觉斋论文·忌剽袭》,《历代文话》第 6384—6386 页。
⑤ 《文微·造作》,《历代文话》第 6537 页。
⑥ 《文微·唐宋元明清文评》,《历代文话》第 6554 页。

化。《方望溪集选序》又以为方苞"一生不悦河东,所以游记中一字与柳不犯,是望溪之所短也。须知柳之游记及骚与寓言之作,虽昌黎尚望而却步",则批评方苞因人废文,缺乏中正的评论态度。虽然很推重姚鼐,但仍指出:"盖姚文严净,吾人喜其严净,一沉溺其中,便成薄弱。法当溯源而上,求诸欧、曾。然归文正习此两家者,离合变化,较姚为优。"①很显然,林纾虽然重视桐城,但并不将之奉为圭臬。

林纾对派别明显排斥,但文章观念、文坛行迹却又与桐城相近,这些看似矛盾的现象之间,是否具有某些共通的质素?这为理解林纾与桐城派的关系提供了一个可能的视角。林纾对派系的反对由来已久,其诗歌即不欲依傍宗派,"至于分唐界宋,必谓余发源于何家,瓣香于某氏,均一笑置之"②。文章方面,"若分划秦汉唐宋,加以统系派别,为此为彼,使读者炫惑其目力,莫知其从,则已格其途而左其趣矣"③,认为重派系非真能古文者之所为。林纾对派别的排斥是有原因的:"夫文字安得有派?学古者得其精髓,取途坦正,后生遵其轨辙而趋,不知者遂目为派。"④真正严肃的追摹与学习是不需要以派别组织相号召的,只需途辙坦正、专力修为即可,并不需以"宗派图"之类来邀浮名、增喧嚣。一旦以门派标榜,更容易虚张声势,依傍前人,流为浮薄习气,这对文章的正常发展实际上是有害的。派别的庞大可能只是一种虚假繁荣,隐匿其中的末流更会戕害文章本真。因而林纾以为:"古文固无所谓派,袭其师说,用以求炫于世,门户始立,古文之道转从而衰。"⑤可以说正是看到了立门户可能导致的负面效应,林纾对派别是心怀戒惧的:"凡侈言宗派,收合徒党,流极未有不衰者也。"⑥

但林纾同时却又毫不掩饰对桐城正宗的敬意,认为文章一事,"天下正宗尊桐城"⑦。这是因为,桐城派在长期的流传过程中,对前人创作经验与批评理论已有较为充分的吸收与把握,其领军人物实为同时代文章之领袖,体现了对文章传统的最高领悟,在这一层面,推重桐城实际上是对文化传统的一种敬重,并非出自私心爱憎:"桐城之派非惜抱先生所自立,后人尊惜抱为正宗,未敢他逸而外轶。转转相承,而姚派以立。仆生平未尝言派,而服膺惜抱者,正以取径端而立言正。"⑧这表明林纾认为姚鼐可以代表一定时代的古文成就,符合文章正轨,推许姚鼐是对文化传统的认同,不关乎派别之见:"古文无所谓派,犹之方言不能定何者为正音,亦唯其近与是而已。近者,得圣人立言之旨;是者,言可为训,不轶于伦常之外。惜抱正深得此意耳。"⑨对优秀的传统不妨继承学习,这与分门别派的观点是有本质差异的,因此林纾可以很自信地在《论古文白

---

① 《桐城派古文说》,《民权素》第13集,1915年12月15日。
② 《自序》,《畏庐诗存》卷首,商务印书馆1931年版。
③ 《国朝文序》,《畏庐文集》。
④ 《震川集选序》,《春觉斋著述记》卷二。
⑤ 《答甘大文书》,《畏庐三集》。
⑥ 《郭兰石先生增默庵遗集序》,《畏庐文集》。
⑦ 《慎宜轩文集序》,《畏庐三集》。
⑧ 《与姚叔节书》,《畏庐续集》。
⑨ 《桐城派古文说》,《民权素》第13集,1915年12月15日。

话之消长》中表示:"实则文无所谓派,有提倡之人,人人咸从而靡,不察者,即指为派。余则但知其有佳文,并不分别其为派。"

可以看出,在林纾的认知中,"派别"是具有两层涵义的。时人所乐道的派别多是张声势、立门户的群体,借重他人以求增重,为文陷于习套而缺乏内涵。这正是末流之习,也是派别最受人诟病之处。而另一层涵义则与这些组织形式无关,纯乎是一种理论认同,体现的是对这一共同文章理论的遵守与接续。在这个层面上,即使不属于"派别组织"中的个人,也完全可以与派别理论产生共鸣,引为同调。林纾极力排斥的正属于前者。而对于桐城派文章理论的精华,林纾实际上是自觉趋同的;当古文遭受质疑与否认时,他也可以毫不顾惜,力为桐城文章申辩。因为这并非派别习气,而是一种文化认同,是对桐城理论中符合文章发展规律的精髓部分的坚守。虽然并非派别中人,但在理论认知方面,林纾不妨可以成为很出色的教外别传。因此林纾的刻意疏离桐城与理性趋向桐城实际上可以并行不悖,"夫桐城岂真有派?惜抱先生亦力追古学,得经史之腴,镕裁以韩欧之轨范,发言既清,析理复粹,自然成为惜抱之文,非有意立派也。学者能溯源于古,多读书,多阅历,范以圣贤之言,成为坚确之论,韩欧之法程自在,何必桐城?即桐城一派,亦岂能超乎韩欧而独立耶"?① 可以看出,林纾心目中的桐城只是作为古文传统的当下代言出现,其合理性存在于文章传统,而不在于派别。派别的"形成"出于对文章轨辙的群体自发认可、企慕,与朋比号召无关。派别之沦为"末流",正由于偏离了理性选择,而堕入附和声气之中。对"派别"进行这样的分疏,似乎可以进一步认识林纾与桐城派的关系,而不必纠结于指认其派系特征。因为从林纾的叙述来看,这应该属于一个伪命题。如果用简单的判定来作断语,所遮蔽的将是背后的复杂文化语境。

三、古文意境说平议

作为古文家的林纾,其文评专书《韩柳文研究法》、《春觉斋论文》与《文微》集中展现了他的文章学观点。就本体论与技法论而言,林纾受桐城传统影响颇深,而其意境说则力拓余地,发前人所未发,成为其艺术论的精华部分。而学界在高度评价其贡献之际,多将其意境说定位于文章所达到的审美境界,且以之作为文章艺术的最高范畴,这似乎偏离了林纾的意旨,有廓清的必要。

意境作为古代文论的重要范畴,正式出现应在唐朝。《诗格》以三境论诗:物境、情境、意境,标志着诗歌"意境说"的正式形成。其后由此生衍开去,境界、境象等相关范畴亦趋成熟。而意境也突破诗歌一体之范围,大有渗入画论、词论、曲论之势。特别是晚清民初,王国维《人间词话》、陈廷焯《白雨斋词话》及况周颐《蕙风词话》等以意境论词,成为学界关注的热点。而与此同时,林纾《春觉斋论文·应知八则》首举意境,以论古文,成为系统阐释这一观点的第一人,尤其值得重视。

---

① 《春觉斋论文·述旨》,《历代文话》第6334—6335页。

前此亦偶见以意境论文者，如胡培翚《章留川先生行略》称"先生古文意境苍郁深厚"，章学诚《论文辨伪》言"可以指定篇章，评一文之意境"，均以之论述文章造诣，只可惜着墨无多。稍集中的阐释开始见于桐城文宗的论述中。方苞论文即颇为重视"境"，强调"境"为文章创作的前提："凡吾为文，必待情与境之自生，而后能措意焉"，"文之意义，必缘情与境而生"①。不过其所指是偏于客观境况，且以境为文章"意义"之前提，这与林纾的观点有根本的差别。姚鼐的认识与之相近，其《述庵文钞序》云"因取异见骇闻之事与境，以发其瑰伟之辞"，"境"指向于客观情境；而《停云堂遗文序》所言"即今日之文体，而通乎古作者文章极盛之境"，则"境"又含有文章成就之义。

　　值得重视的是桐城远祖戴名世的看法，他在评述文章时多次使用"意境"一词。《梅文常稿序》云"诣深而造微，较余曩者之所见，意境若有不同焉"，似已含有"诣"（文章成就）与"造"（表现技巧）两端。《方灵皋稿序》言方方苞赏析文章，"而灵皋尤爱余文，时时循环讽诵，尝举余之所谓妙远不测者，仿佛想象其意境"，所指则为文章所达到的审美效果。《吴七云制义序》所论更为详细，"盖两人之笃行修谨、虚怀乐善固有略同，而其文之阡陌意境，则吾固能言其梗概也"，接下去就析论两者文章之"阡陌意境"，"贻孙好为短音促节而激昂呜咽，时有近于訐露；而七云深入理解、转变不穷，亦有近于漫漶。至于取法于先辈大家，而脱然于世俗者，则两人固未之有异也"，其中"阡陌"指涉于文章程式，而"意境"则体现为审美效果。

　　另外戴名世还以其他相近范畴表达同一意义。如"境诣"，《方百川稿序》比较方苞与方舟的文章，"灵皋之文雄深奇杰，使千人皆废；而百川之文含毫渺然，其旨隽永深秀。两人皆原本于左史欧曾，而其所造之境诣则各不相同也"。如"意度"，《意园制义自序》称"至于用之（天下之景物）于文，则自余始。当夫含毫渺然，意象之间辄拟为一境，以追其所见"，"故余之文章意度各殊，波澜不一"。从这些表述中大致可看出，戴名世所言的"意境"指向于文章所能达到的审美效果与自然景物、心性修为有密切联系。同时又原本于先辈古人，因各人所造有殊，最终所取得的"意境"也各不相同。不过戴名世所论多针对于时文，又多于序跋发之，尚未形成统系。

　　林纾则将"意境"明确为为文应知之列，构成其文章学观念的重要一环。他开章明义地指出："文章唯能立意，方能造境。境者，意中之境也。"可见"意"与"境"是分立的，由意生境，这样"境"就具有与客观情境不同的特点，是经由心象而造就的，是"意"对客观情境进行概括、提炼后形成的，是经艺术提升后产生的新"境"——"意者，心之所造；境者，又意之所造也。"在这里，林纾强调的是"心"的统摄作用，发之于心，然后方能因心生意，由意造境。

　　由于意境本源于心，因而为文之先，必先陶冶心源，"故意境当以高洁诚谨为上着，凡学养深醇之人，思虑必屏却一切胶轕渣滓，先无俗念填委胸次，吐属安有鄙倍之语？须知不鄙倍于言，正由其不鄙倍于心"。这其实就是强调意境当以为文之前的涵养胸趣

---

① 《与吴东岩书》，《方望溪先生全集》集外文卷五，四部丛刊本。

为基础,与刘勰所说的"陶钧文思,贵在虚静,疏瀹五藏,澡雪精神"相近,即创作准备阶段的澄心静虑,酝酿文思。

意境的高洁实可培养而成,其途径则是:"须先把灵府中淘涤干净,泽之以诗书,本之于仁义,深之以阅历,驯习久久,则意境自然远去俗氛,成独造之理解。"可见意境的形成,有三方面重要因素:学识、道理与阅历。学识多有积累而成,古人传承下来的丰富前在文本皆为学习的材料;阅历则强调实践工夫,非亲历亲为难奏其功。二者或偏于内,或趋于外,正能对应于"境"的两个方面。而这二者都需要经过道理的融贯,将书本与外物熔冶为一,形成独到的见解,实则仍统于"意"。林纾对这一见解曾再三致意。在"忌轻儇"中,他指出,"若立志为文,非积理积学,循习于法度,精纯于语言,不可轻着一笔",突出了理与学的重要性。"忌陈腐"中又强调"道"的统摄作用:"吾人平日熟读经史及儒先之书,须镕化为液,储之胸中。临文以简语断之,务协于事理,此便是道。"所论即是"意"对于"学"的提升。

在意境培养途径方面,"取义于经,取材于史,多读儒先之书,留心天下之事,文字所出,自有不可磨灭之光气"①,体现的是书本、道理与阅历的统一。三条路径各有其用,"读经可以濬来源,读史可以广识见,然后参以今世之阅历而求其会通;如此为文,则有根柢而不迂固"。由于意境强调的是临文之先的涵养工夫,因而尤其重视途辙之正,否则"非由学术之邃、阅历之多,安能垂为不朽"②?若不能取法乎上,路途一失,则文章精义全消,"理路不清,用功不得根据,又寡阅历,凡其所得,皆属古人糟粕,虽镕经铸史,出许多伟丽之词,然神朽骨滥,终不厌明人之眼"③,可见意境之培养对于文章造诣实具决定性作用。

意境之确立,"理"尤为重要:"主理之说,实行文之所不能外。凡无意之文,即是无理。无意与理,文中安得有境界?"意境中的意,实即是理,但这并非是指文章须高谈性命,"文字之谨严,不能伪托理学门面,便称好文字"。林纾之重"意",更多地指向于平日的涵咏,"'道理'二字,实纯备于为文之先,断不关系于临文之下。若秉笔为文,即思某者合理,某者中道,拘挛桎梏,不期趋入于陈腐矣"④。因此,文章之有境界,实不在于是否诠释义理,关键在于浸淫其中,与之偕化,"为文不专言道学,斯为活著"⑤。

在林纾的理论中,意境与识度同属创作的准备阶段,一重涵养,一重鉴裁,是文章造诣浅深的前提。这与诗学理论中,将意境作为情境交融、物我两化的艺术境界是有区别的。在诗学理论中,意境多用来评述作品成就的高下,是审美效果的集中体现;而林纾所论的意境重心偏于临文之前的虚静涵养。所以他强调:"须讲究在临文之先,心胸朗徹,名理充备,偶一着想,文字自出正宗。不是每搆一文,立时即虚搆一境。"很明显,这

---

① 《春觉斋论文·忌糅杂》,《历代文话》第 6409 页。
② 《春觉斋论文·忌涂饰》,《历代文话》第 6405 页。
③ 《春觉斋论文·忌熟烂》,《历代文话》第 6412 页。
④ 《春觉斋论文·忌陈腐》,《历代文话》第 6402 页。
⑤ 《文微·造作》,《历代文话》第 6537 页。

是指临文前的运思酝酿阶段。林纾曾借人之口,表述意境之旨,"孝女生时论文,以文气、文境、文词为三大要。三者之中,特重文境。境者,意境也。文章唯能立意,方能造境。凡学养深醇,陶研虑,置身若在空明世界之中,安有尘埃来犯"?从林纾对这段话的欣赏,可以看出这其实也正是其本人的见解。

意境说中"理"占据了中心地位。理直接体现为意,其根本则在于学养。林纾曾指出:"质言之,古文惟其理之获与道无悖者,则味之弥臻于无穷",其途径则不外上述诸端,"获理适道,亦不惟多读书、广阅历,而尤当深究乎古人心身性命之学,言之始衷于理,且与道合"①。文章之足以流传、文人之足以名家,皆与"理"有关,"见道"方能造境,意境生方能成文。《与姚叔节书》即点明大家之成功,正在于对意境的真切把握,"古人因文见道,匪能文即谓之知道。盖古文之境地高、言论约,不本于经术,为言弗腴;不出于阅历,其事无验。唐之作者林立,而韩柳传;宋之作者亦林立,而欧曾传。正以此四家者,意境义法皆足资以导后生而进于古,而所言又必衷之道。此其所以传也"。

义理明澈而导致意境高洁,这也会在文章当中体现出来。"一篇有一篇之局势,意境即寓局势之中。此亦无难分别,但观立言之得体处,即本意境之纯正。"因此林纾特别重视文章体制,以为"读文先看体裁,次看起落,再次看其紧要处"②,这是因为意境必然要通过文字表现出来,"试问若无意者,安能造境?不能造境,安有体制到恰好地位"?由于意境必然以文字形式具体化,故林纾对意境的使用亦有泛化倾向。如其《冰雪因缘序》称:"于是余二人口述神会,笔遂绵绵延延,至于幽渺深沉之中,觉步步咸有意境可寻。"似指文章之脉络;而评欧阳修《岘山亭记》则云"表面轻淡平易,而其意境实有千波万叠",则论文章风格③。《郭兰石先生增默庵遗集序》言,"即就一代人言之,其意境各别",似亦为文章风格之谓。

但就其理论统系而言,意境更多地指向于涵养阶段,是临文之前提,因而并非最高审美艺术标准:"意境者,文之母也,一切奇正之格,皆出于是间。不讲意境,是自塞其途,终身无进道之日矣。"可见,意境说实为林纾文章理论的根本范畴,是其他理论得以建立的基石。最高境界则为"神味","文字有义法,有意境,推其所至,始得神韵与味。神也,韵也,味也,古文之止境也"④。在这一认识上,林纾显然深受姚鼐影响,他甚至以为"论文而及于神味,文之能事毕矣"⑤。从他将意境与义法并举也可以看出,意境不脱为文的纲领性质,而并非文章极诣。《与姚叔节书》指斥"庸妄钜子"为文"意境义法概置弗讲";《送大学文科毕业诸学士序》致慨于文坛之弊病,认为"舍意境废义法,其去古乃愈远",而"狂谬钜子,趣怪走奇","宜乎讲意境守义法者之益不见直也"。都将意境视作为文的根本,而非极则。

---

① 《国朝文序》,《畏庐文集》。
② 《文微·籀诵》,《历代文话》第 6535 页。
③ 评《左传》中城濮之战文字,以为"此等文境,亦大不轻易走到",亦是论其风格。则"意境"与"境"偶可通用。
④ 《桐城派古文说》,《民权素》第 13 集。
⑤ 《春觉斋论文·神味》,《历代文话》第 6380 页。

林纾强调意、理,重视原本经术,实际上仍是桐城义法的别样形式,创见不多。但他在义法之外,拈出"意境",突出文章涵养之重要,对这一范畴的意义、指涉、取径、表现诸端作出了详细的论述,赋予它诗学范畴以外的重要内涵,从而丰富了文章学思想,这是意境说最重要的贡献。"文有道理曰切,有意境曰深"[1],涵咏胸趣,由意造境,林纾于此是深有体会的。

原载《中山大学学报》2009 年第 6 期

---

[1] 《文微·通则》,《历代文话》第 6530 页。

附录　古代文学学科成员近年主要论文辑录
（以姓氏笔画为序）

于淑娟

1. 《〈韩诗外传〉的贫困考验主题及其文学价值》，载《兰州学刊》2006年第3期（人大复印资料《中国古代、近代文学研究》2006年第12期全文转载）。
2. 《〈韩诗外传〉中的享乐考验主题及其文本形态特征》，载《北方论丛》2006年第2期。
3. 《论西汉初期〈诗经〉传播的基本特征》，载《河南大学学报》，2006年第4期。
4. 《汉代经学与早期道教生命理念的异同》，载《河南师范大学学报》2007年第1期（人大复印资料《中国古代、近代文学研究》2007年第7期全文转载）。
5. 《论〈诗经〉出土文献研究与文学研究》，载《北方论丛》2007年第2期。
6. 《夔名之源流》，载《文史知识》2007年第5期。
7. 《先秦史传文学叙事传统与汉代今文诗学的经学叙事》，载《浙江师范大学学报》2008年第4期。
8. 《中国古代人神共名现象的文化解读》，载《河南师范大学学报》2008年第3期。
9. 《向何时何地出发》，载《读书》2008年第11期。
10. 《从〈关雎〉看儒家传诗的发展》，载《东疆学刊》2009年第1期（人大复印资料《中国古代、近代文学研究》2009年第6期全文转载）。
11. 《〈毛诗故训传〉名义考释》，载《孔子研究》2010年第3期。
12. 《从〈左传〉赋诗看〈韩诗外传〉解诗说》，载《河南师范大学学报》2010年第4期。

刘天振

1. 《从唐人传奇到〈聊斋志异〉看文言小说"叙述者"的变异》，载《蒲松龄研究》1999年第3期。
2. 《从唐人传奇到〈聊斋志异〉看文言小说"叙述者"的变异（续）》，载《蒲松龄研究》2000年第1期。
3. 《是妙笔　还是败笔》，载《红楼梦学刊》2001年第1期。
4. 《宋懋澄和他的纪实小说》，载《古典文学知识》2001年第5期。
5. 《唐传奇叙事视角艺术及其叙事文体的独立》，载《北方论丛》2001年第2期（人大复印资料《中国古代、近代文学研究》2001年第7期全文转载）。
6. 《试论宋懋澄小说的纪实性》，载《齐鲁学刊》2002年第3期。
7. 《类书编纂与章回小说的标目》，载《浙江师范大学学报》2003年第4期。
8. 《类书与文言小说总集的编纂》，载《华中科技大学学报》2003年第5期。

9. 《陈老莲〈水浒叶子〉研究述略》,载《绍兴文理学院学报》2004年第6期。
10. 《"两种〈水浒〉说"与"两截〈水浒〉说"论争述评》,载《浙江师范大学学报》2005年第1期。
11. 《20世纪〈荡寇志〉研究的回顾与检讨》,载《绍兴文理学院学报》2005年第5期。
12. 《从"通俗类书"生产看明代后期江南出版业的商业化》,载梅新林、陈国灿主编《江南城市化进程与文化转型研究》一书,浙江大学出版社2005年8月版。
13. 《论胡应麟〈水浒传〉研究之贡献》,载《浙江师范大学学报》2006年第3期。
14. 《20世纪〈水浒传〉研究方法的回顾与检讨》,载《菏泽学院学报》2006年第3期。
15. 《民间类书与明清小说》,载《光明日报》2006年11月3日第七版"文化周刊"。
16. 《论〈水浒传〉"农民起义"说形成的历史根源》,载《菏泽学院学报》2006年第6期。
17. 《〈水浒传〉"农民起义"说与〈荡寇志〉的学术命运》,载《海南大学学报》2007年第1期。
18. 《试论明代民间类书中歌诀的编辑功能》,载《中国典籍与文化》2007年第3期。
19. 《从家书活套透视明代后期家庭伦理危机》,载《齐鲁学刊》2007年第6期。
20. 《试论明清时期散文体蒙学读物的编辑艺术》,载《浙江师范大学学报》2008年第1期。
21. 《〈水浒传〉版画插图研究述略》,载《水浒争鸣》第10辑,武汉:崇文书局2008年10月版。
22. 《论明代后期"通俗类书"性质的嬗变——以〈燕居笔记〉版本演变为考察线索》,载中国社会科学院文学研究所中国古代小说研究中心编《中国古代小说研究》第3辑,人民文学出版社2008年12月版。
23. 《〈水浒传〉"农民起义"说形成的历史根源》,载《文史知识》2008年第12期。
24. 《论〈青琐高议〉中帝王故事的世俗化倾向》,载《浙江师范大学学报》2009年第6期。
25. 《略论明代日用类书中的诗》,载《明代文学论集》,福州:海峡文艺出版社2009年6月版。
26. 《20世纪以来〈水浒传〉人物绰号研究述略》,载《水浒争鸣》第11辑,中央文献出版社2009年10月版。
27. 《类书体例与明代的类书体文言小说集》,载《明清小说研究》2010年第3期。
28. 《明刊日用类书所辑诗歌初探》,载《齐鲁学刊》2010年第3期(人大复印资料《中国古代、近代文学研究》2010年第9期全文转载)。
29. 《宋元南戏与民间生活伦理》,载《山东师范大学学报》2010年第3期。
30. 《早期南戏与民间生活伦理》,载《戏剧艺术》2010年第4期。

刘永良

1. 《〈三国演义〉的抒情艺术》,载《明清小说研究》2002年第1期。
2. 《〈红楼梦〉玩笑摭谈》,载《红楼梦学刊》2004年第4期。
3. 《袭故弥新 点铁成金——〈红楼梦〉对唐宋诗词的借鉴》,载《红楼梦学刊》2004年第4期。
4. 《〈红楼梦〉笑话的艺术特征与文化意蕴》,载《明清小说研究》2004年第4期。
5. 《茅盾眼中的曹雪芹和〈红楼梦〉——重读〈节本红楼梦导言〉和〈关于曹雪芹〉》,载《红楼梦学刊》2007年第6期。
6. 《对鲁迅所谓〈三国演义〉"缺点"的不同看法》,载《齐鲁学刊》2009年第6期。

李圣华

1. 《半是苏州半鄞州——杨基的诗歌人生与诗歌艺术》,载《苏州大学学报》2010年第4期。
2. 《明清区域文学史研究的价值、局限及走向——以近年来地域文学史撰著为中心》,载《西北师大学报》2010年第1期。
3. 《嘉定文派古文观及其创作述略——从嘉定文派之兴谈起》,载《求是学刊》2009年第6期。
4. 《根柢六经　醇而不肆——汪琬古文创作探论》,载《苏州大学学报》2009年第3期。
5. 《朱倓〈明季桐城中江社考〉补正》,载《社会科学辑刊》2009年第2期。
6. 《利玛窦与京师攻禅事件——兼及〈天主实义〉的修订补充问题》,载《中国文化研究》2009年第1期。
7. 《汪琬的古文理论及其价值刍议》,载《文艺研究》2008年第12期。
8. 《文学复古与中原文化传统——从韩愈到李梦阳》,载《文艺争鸣》2008年第3期。
9. 《清初人论竟陵派平议》,载《州大学学报》2007年第5期。
10. 《黄仲则与清中叶考据学风》,载《文艺研究》2007年第8期。
11. 《论韩国诗人对明诗的接受与批评——以韩国诗话为中心》,载《中州学刊》2007年第4期。
12. 《重估明代学术价值建构"明学"研究新体系——从竟陵派"学殖浅陋"谈起》,载《郑州大学学报》2005年第5期。
13. 《论宣城派》,载《苏州大学学报》2005年第6期。
14. 《论竟陵体》,载《山东师范大学学报》2005年第5期。
15. 《黄甫及生平事迹考辨——对陈寅恪〈柳如是别传〉一则重要考证的补正》,载《北方论丛》2005年第4期。
16. 《从名士风流到文学侍从——王渔洋诗歌"三变"及其文化意蕴》,载《甘肃社会科学》2005年第2期。
17. 《论高启由元入明的心态及诗歌创作》,载《中州学刊》2005年第2期。
18. 《近四百年竟陵派散文研究史述》,载《郑州大学学报》2005年第1期。
19. 《严迪昌教授清代八旗诗词史研究述评》,载《满族研究》2004年第3期。
20. 《20世纪明代散文研究述论》,载《中州学刊》2004年第3期。
21. 《钟惺与李维桢诗歌之比较研究》,载《郑州大学学报》2004年第1期。
22. 《略论后七子派后期诗歌运动》,载《郑州大学学报》2002年第2期。
23. 《晚明山人与山人诗》,载《西北师大学报》2002年第4期。
24. 《袁宏道与吴地人文》,载《苏州大学学报》2001年第2期。
25. 《京都攻禅事件与公安派的衰变》,载《西北师大学报》2001年第1期。
26. 《盉山亦诗史——方文"盉山体"述略》,载《中国诗学》第12辑。

邱江宁

1. 《平等理念的树立与创新教育的实施》,载《教育世界》2001年第2期。

2. 《〈史记〉的"复笔"艺术》,载《浙江师范大学学报》2002年第3期。
3. 《论新时期的近现代"知识分子"题材传记》,载《荆门职业技术学院学报》2003年第4期。
4. 《文言与利器》,载《光明日报》2003年2月12日。
5. 《〈中国小说史略〉第二十篇"明之人情小说"(下)所存在的几个问题浅谈》,载《明清小说研究》2003年第2期。
6. 《语言、情境与有意味的形式——以〈聊斋志异·江城〉为例兼辨析胡适〈论短篇小说〉中关于〈聊斋志异〉的批评》,载《社会科学辑刊》2003年第3期。
7. 《徐海、王翠翘事本末考述》,载《浙江师范大学学报》2004年第2期。
8. 《〈玉娇梨〉〈平山冷燕〉的成书时间》,载《光明日报》2004年2月26日。
9. 《从陌生化角度探讨清初才子佳人小说》,载《中国学研究》2004年第7辑。
10. 《才子佳人小说的兴盛》,载《光明日报》2004年9月30日
11. 《是"千部一套"还是"浪漫传奇"》,载《光明日报》2005年10月14日
12. 《〈史通〉选读》,载《中华活页文选》2005年第5期。
13. 《吕祖谦与〈古文关键〉》,载《浙江社会科学》2005年第5期。
14. 《从焦虑角度比较分析潘金莲与林黛玉两个艺术形象》,载《红楼梦学刊》2005年第5期。
15. 《天花藏主人为女性考》,载《复旦学报》,2006年第1期。
16. 《江南女性与清初才子佳人小说的盛行》,载《江苏社会科学》2006年第5期(《江南论坛》2006年第11期全文转载)。
17. 《清初江南文坛风尚与才子佳人小说的创作》,载《浙江师范大学学报》2006年第5期
18. 《八股文与中国传统文学的演进——以明清戏曲创作为例》,载《社会科学辑刊》2007年第4期。
19. 《〈金云翘传〉:叙事模式与人物塑造的双重突破》,载《明清小说研究》2007年第2期。
20. 《柳如是、王微、黄媛介的文学史地位》,载《光明日报》2007年2月8日。
21. 《论小题文与〈金瓶梅〉中的物事运用艺术》,载《江苏社会科学》2008年第2期(《新华文摘》2008年第12期论点摘要)。
22. 《江南文化与吴伟业的戏剧创作》,载《浙江社会科学》2008年第8期。
23. 《晚明人物小传的书写与现代传记的萌芽》,载《浙江师范大学学报》2008年第4期,(《文艺报》2008年10月14日"论文新见"摘要)。
24. 《奎章阁文人与元代文坛》,载《文学评论》2009年第1期(人大复印资料《中国古代、近代文学研究》2009年第5期全文转载)。
25. 《八股文"技法"与明清戏曲、小说艺术》,载《文艺研究》2009年第5期(《新华文摘》2009年第16期转载,《文艺报》2009年8月11日"论文新见"摘要,《中国社会科学文摘》2009年第11期"论点摘要")。
26. 《消费文化与传统文学文体研究》,载《文学评论》2010年第4期。
27. 《消费文化 文人趣味与文体选择——以〈海上花列传〉为例分析》,载《学术月刊》2010年第2期。
28. 《论陈继儒的晚明文坛影响》,载《文学遗产》2010年第4期。
29. 《消费文化与文体形成——从商务印书馆与"林译体"的出现及影响谈起》,载《文学评论丛刊》

2010年第2期。
30. 《现代媒介与文体变革——以王韬报章政论文为核心探讨》，载《南京师大学报》2010年第4期。

陈开勇

1. 《黄庭坚〈题竹石牧牛〉诗考论》，载《中华文化论坛》2000年第4期。
2. 《南朝民歌〈四月歌〉所反映的民俗佛教内容研究》，载《吉首大学学报》2001年第2期。
3. 《〈北征〉与〈妙法莲花经〉》（第一作者），载《文史知识》2001年第6期。
4. 《山谷诗内典发微》（第二作者），载《遵义师院学报》2002年第1期。
5. 《汉晋佛教译经与晋宋民歌的语言》（第一作者），载《敦煌学辑刊》2002年第1期。
6. 《黄庭坚禅林交游考略》（第二作者），载《文献》2002年第3期。
7. 《佛教广律套语研究》，载《河池师专学报》2004年第1期。
8. 《黄庭坚四篇诗文异文校录并本事考》，载《中国古典文献学丛刊》第3卷。
9. 《肠子与儿子——一个中亚佛教观念向宋元民间俗语的转变》，载《东方丛刊》2004年3期。
10. 《〈十二门论〉与〈十二门论疏〉之"论说"疏解》（第一作者），载陈允吉主编《佛经文学研究论集》，复旦大学出版社2004年12月版。
11. 《汉译部派佛教广律之戒缘故事》，载陈允吉主编《佛经文学研究论集》，复旦大学出版社2004年12月版。
13. 《德洪〈临济四喝〉》考，载《河池学院学报》2005年第3期。
14. 《佛经文学的叙述者》，载《河池学院学报》2006年第1期。
15. 《"为世宗儒"：何基理学与文学思想论》，载《浙江师范大学学报》2006年第4期。
16. 《法照〈鹿儿赞文〉考》，载《敦煌学辑刊》2006年第3期。
17. 《失译〈杂譬喻经〉之〈六牙象王本生〉考证》，载《宗教学研究》2007年第2期。
18. 《东西文学影响渊源的典型个案——拉封丹〈乌龟和两只野鸭〉里的部派佛教文学因素》（第二作者），载《当代文坛》2007年4期。
19. 《"黑头虫"考辨——佛藏、道藏及相关文献综理》，载《文史》2007年第3辑（总第80辑）。
20. 《吕夷简与婺州吕氏的家族佛学传统》，载《浙江师范大学学报》2007年第4期。
21. 《〈啄木鸟本生〉——梵、巴、汉诸语文本的比较研究》，载《河池学院学报》2007年第4期。
22. 《须大拏与悉达——唐代俗讲的新倾向及其影响》，载《敦煌学辑刊》2008年第2期。
23. 《经·释·文·史——吕祖谦家族学术文化的四次历史新变》，载《光明日报》2008年12月2日第11版《文学遗产》。
24. 《道化剧〈黄粱梦〉"杀子"情节的佛教渊源》，载《文学评论》2009年第2期。

陈玉兰

1. 《寒士诗群的地域特征及清代江南寒士的文化性格》，载《浙江师范大学学报》2000年第1期。
2. 《"浩态狂香零落尽　芙蓉虽好不成春"——清代嘉道时期诗坛总体态势》，载《浙江学刊》2000

年第 2 期。
3. 《论寒士诗群文化心态的衍变》,载《浙江社会科学》2000 年第 3 期。
4. 《灵性的聚合和性灵的歌唱——评介王英志著〈袁枚暨性灵派诗传〉》,载《宁波大学学报》2000 年第 4 期。
5. 《古来一语伤心甚　诗到穷愁底用工——寒士诗史及寒士诗歌价值评判》,载《福州大学学报》2000 年第 2 期。
6. 《姚椿雅正诗心论》,载《浙江师范大学学报》2001 年第 5 期。
7. 《任兆麟及其清思雅韵》,载《苏州大学学报》2001 年第 1 期。
8. 《袁枚佚文及异文两篇》,载《文献》2002 年第 1 期。
9. 《论"境界"说及其对新诗批评理论建设的意义》,载《文学评论》2003 年第 2 期。
10. 《清代闺阁诗人的崛起及其对寒士诗群的影响》,载《文学前沿》2004 年第 1 期。
11. 《论绝句的结构艺术》,载《文艺研究》2004 年第 6 期。
12. 《论中国古典诗歌研究的文学生态学途径》,载《文学评论》2004 年第 5 期。
13. 《论传统汉诗的语言体系及其表现策略》(第二作者),载《首都师范大学学报》2005 年第 2 期。
14. 《新诗二次革命论》(第二作者),载《西南师范大学学报》2005 年第 1 期。
15. 《传统汉诗的语言策略及其实践》(第二作者),载《中国文学古今演变研究论集二编》,上海古籍出版社 2005 年 12 月版。
16. 《论古诗今译中汉语诗体传统的继承与发展》(第一作者),载《中国社会科学》2006 年第 2 期。
17. 《论古典诗歌的构思理论及其实践》(第二作者),载《浙江社会科学》2006 年第 1 期。
18. 《论诗体及其与思维形态的关系——〈中国诗体：传统与现代〉导论》(第二作者),载《浙江师范大学学报》2007 年第 1 期。
19. 《朱查诗歌比较论》(第二作者),《浙江师范大学学报》2007 年第 6 期。
20. 《论李清照南渡词核心意象之转换及其象征意义》,载《文学遗产》2008 年第 3 期(人大复印资料《中国古代、近代文学研究》2008 年第 9 期全文转载)。
21. 《词的运思结构对新诗的影响》(第一作者),载《河北学刊》2010 年第 1 期。
22. 《论反传统的新诗传统——"新诗二次革命论"之二》(第二作者),载《中国文学古今演变研究论集三编》,上海古籍出版社 2010 年 8 月版。

俞樟华

1. 《读史记匈奴列传》,载《内蒙古师范大学学报》2000 年第 1 期。
2. 《论司马迁的传记文学理论》,载《学术论坛》2000 年第 2 期。
3. 《欧阳修曾巩论墓志铭》,载《浙江师范大学学报》2000 年第 2 期。
4. 《司马迁笔下的鲁仲连》,载《文史知识》2000 年第 10 期。
5. 《时代呼唤史诗般的革命领袖传记》,载《文艺报》2001 年 6 月 30 日(新华文摘 2001 年第 10 期转载;人大复印资料《文艺理论》2001 年第 9 期全文转载)。
6. 《史记研究资料整理和索引编制概述》,载《西安建筑科技大学学报》2001 年第 1 期。
7. 《齐竟陵文宣王行状校正》(第一作者),载《文献》2001 年第 4 期。

8. 《论史记对古代散文的影响》，载《中国学研究》第 4 辑，济南出版社 2001 年 5 月版。
9. 《近十年文艺界三次论战回顾》，载《文艺理论与批评》2001 年第 5 期。
10. 《论史记与古代诗歌》，载《浙江师范大学学报》2002 年第 2 期。
11. 《史记人物传记特点二题》(第一作者)，载《重庆教育学院学报》2002 年第 4 期。
12. 《论金瓶梅是一部史记》，载《司马迁与史记论集》第 5 辑，陕西人民出版社 2002 年 5 月版。
13. 《文化启蒙与文学变革的双重使命——近代旅外游记与中国文学的现代转型》(第二作者)，载《中国文学古今演变研究论集》，上海古籍出版社 2002 年 5 月版。
14. 《论古代六言诗》(第一作者)，载《文学评论》2002 年第 5 期。
15. 《论唐代诗人对史记李将军列传的接受》(第一作者)，载《汉中师范学院学报》2002 年第 5 期。
16. 《走向史记接受史研究》(第一作者)，载《淮阴师范学院学报》2002 年第 6 期。
17. 《论后代传记文学无法超越史记的原因》，载《荆门职业技术学院学报》2003 年第 1 期。
18. 《发奋自强才能有所作为(史记文化精神笔谈)》，载《社会科学战线》2003 年第 1 期。
19. 《行状职能考辨》(第一作者)，载《浙江师范大学学报》2003 年第 2 期。
20. 《实录与文学》(第一作者)，载《文艺理论与批评》2003 年第 3 期。
21. 《李将军列传艺术论》，载《名作欣赏》2004 年第 4 期。
22. 《论宋代三大长篇行状》(第一作者)，载《荆门职业技术学院学报》2004 年第 4 期。
23. 《宋代江浙家族型文学家群体》(第一作者)，载《浙江师范大学学报》2004 年第 5 期。
24. 《项羽本纪接受史综论》(第一作者)，载《史记丛论》第 1 辑，陕西人民出版社 2004 年 8 月版。
25. 《宋代左传学概述》(第一作者)，载《古籍整理研究学刊》2005 年第 1 期。
26. 《司马迁论汉初民族政策的得失》，载《湖北大学学报》2005 年第 1 期(题目收入《新华文摘》2005 年第 8 期《报刊文章篇目辑览》中)。
27. 《论古代行状的理论》(第一作者)，载《中国典籍与文化》2005 年第 1 期。
28. 《论传记文学的不虚美不隐恶》(第一作者)，载《浙江师范大学学报》2005 年第 3 期。
29. 《论宋代诗歌与〈史记〉》(第一作者)，载《龙门论坛》，华文出版社 2005 年 8 月版。
30. 《说说苏轼的散传》(第一作者)，载《中华活页文选》2005 年第 8 期。
31. 《论韩信戏》(第一作者)，载《史记论丛》第 3 集《逐鹿中原》，陕西人民教育出版社 2006 年出版。
32. 《黄宗羲传记理论研究》(第一作者)，载《荆门职业技术学院学报》2006 年第 5 期。
33. 《论朱熹的散传》(第一作者)，载《浙江师范大学学报》2006 年第 5 期，《新华文摘》2007 年第 4 期有摘要介绍。
34. 《论古代集句》(第一作者)，载《江苏社会科学》2007 年第 4 期。
35. 《论传记文学的艺术加工》，载《浙江师范大学学报》2007 年第 5 期《文艺报》2007 年 10 月 30 日"学术新见"栏有摘要、《北京大学学报》2008 年第 1 期有摘要、《高等学校文科学术文摘》2008 年第 1 期有摘要)。
36. 《论曹雪芹对古典诗文的接受》(第一作者)，载《浙江师范大学学报》2008 年第 1 期，《文艺报》2008 年 3 月 25 日"学术新见"有摘要。
37. 《百年全祖望研究综述》(第一作者)，载《古籍整理研究学刊》2008 年第 5 期。
38. 《中国学术史研究的主要体式与成果》(第二作者)，载《浙江师范大学学报》2009 年第 1 期

(《文艺报》2009年1月17日"学术新见"有摘要;《新华文摘》2009年第6期转摘;《中国社会科学文摘》2009年第6期转摘;《高等学校文科学术文摘》2009年第2期转摘;中国人民大学书报资料中心《历史学》2009年第4期全文转载;《北京大学学报》2009年第3期有摘要)。

39. 《中国学术发展阶段的重新审视与划分》(第二作者),载《史学月刊》2009年第8期。
40. 《论〈史记〉中的"对句"》(第一作者),载《渭南师范学院学报》2009年第4期。
41. 《论〈史记〉中的长句》(第一作者),载《史记论丛》第6辑,吉林人民出版社2009年7月版。
42. 《论现代舞台上的项羽形象》,载《乌江论坛》,陕西人民教育出版社2009年5月版。
43. 《论三苏散传的学古与创新》(第一作者),载《荆楚理工学院学报》2009年第6期。
44. 《论悲剧的美育作用》(第一作者),载《文学评论》2009年第6期。
45. 《论三苏散传的艺术成就》(第一作者),载《浙江师范大学学报》2010年第1期(《新华文摘》2010年第6期有摘要、《高等学校文科学术文摘》2010年第2期有摘要)。
46. 《浙东学派编年史的学术创意与构想》(第二作者),载《浙江师范大学学报》2010年第5期。
47. 《浙东学派的学术谱系建构及其路径选择》(第二作者),载《中国社会科学报》2010年10月26日。

高玉海

1. 《〈三国志后传〉君臣形象论》,载《明清小说研究》2000年第4期。
2. 《论魏晋风度在志怪小说中的折射》,载《辽宁大学学报》2000年第5期。
3. 《明末清初的小说续书理论批评》,载《语言文学论丛》,社会科学文献出版社2000年12月版。
4. 《论〈水浒传〉两种续书的艺术缺失》,载《中国文学研究》2001年第1期。
5. 《论郑振铎的古代文学研究》,载《阜阳师范学院学报》2001年第1期。
6. 《明清小说续书理论初探》,载《中国语文论译丛刊》(韩国)2001年第1辑。
7. 《晚清学者对小说续书的批评》,载《沈阳师范学院学报》2001年第6期。
8. 《明清小说续书艺术得失及其成因》,载《中国语文论译丛刊》(韩国)2002年第2辑。
9. 《〈明清小说续书研究〉论文提要》,《中文自学指导》2003年第2期。
10. 《红楼梦续书创作理论及裕瑞的批评》,载《红楼梦学刊》2003年第3辑。
11. 《明末清初小说续书理论及批评》,载《沈阳师范大学学报》2004年第1期。
12. 《文史贯通、纵横交错——评陈大康〈明代小说史〉》,载《中国文学研究》2004年第1期。
13. 《晚清时期的两篇小说理论文章》,载《清末小说研究》(日本)2004年第1期。
14. 《一则长期被误用的材料》,载《文献》2004年第3期。
15. 《〈西游补〉所附"杂记"考辨》,载《古籍整理研究学刊》2005年第1期。
16. 《论续书创作的两难性——小说续书研究之一》,载《中国文学古今演变研究论集二编》,上海古籍出版社2005年12月版。
17. 《论明清小说续书的接续方式》,载《湛江师范学院学报》2006年第1期。
18. 《传统戏曲"翻案"与明清小说续书》,载《浙江师范大学学报》2007年第2期(人大复印资料《中国近代、古代文学研究》2007年第8期全文转载)。
19. 《"水浒续书"面面观》,载《水浒争鸣》第10辑,2008年9月。

20.《袁枚和蒲松龄小说观念比较》,载《明清小说研究》2009年第4期。
21.《近三十年〈红楼梦〉续书述评》,载《红楼梦学刊》2009年第6辑。

梅新林

1. 《游"复仇"之刃于跨文化空间——评〈中国古代复仇文学主题〉》(第一作者),载《中国图书评论》2000年第1期。
2. 《回归文本　超越文本》,载《红楼梦学刊》2000年第1期。
3. 《文献·文本·文化研究的融通和创新——世纪之交红学研究的转型与前瞻》,载《红楼梦学刊》2000年第2期。
4. 《由"游"而"记"的审美熔铸——中国游记文学发生论》(第一作者),载《学术月刊》2000年第10期。
5. 《张舜民〈郴行录〉考论》(第一作者),载《文献》2001第1期。
6. 《"旋转舞台"的神奇效应——〈红楼梦〉的宴会描写及其文化蕴义》,载《红楼梦学刊》2001年第1期。
7. 《深切展现乱世文人的苦难灵魂——评刘明浩著〈元好问传〉》,载《浙江社会科学》2001年第1期。
8. 《让历史启思未来——关于〈红学通史〉编纂的构想与思考》(第二作者),载《红楼梦学刊》2001年第3期。
9. 《走向成熟的唐代游记文学》(第一作者),载《广西民族学院学报》2001年第3期。
10. 《〈红楼梦〉的"金陵情结"》,载《红楼梦学刊》2001年第4期。
11. 《百期之际的回视与期待》,载《浙江社会科学》2001年第6期。
12. 《当代传记文学创作的反思与超越》,载《文艺报》2001年6月16日(《新华文摘》2001年第10期全文转载)。
13. 《"红楼遗产"与二十一世纪的中国小说》,载《光明日报》2001年10月17日(《新华文摘》2002年第1期全文转载)。
14. 《〈三国演义〉研究的百年回顾及前瞻》(第一作者),载《文学评论》2002年第1期。
15. 《〈西游记〉百年研究:回视与超越》(第一作者),载《文艺理论与批评》2002年第2期。
16. 《文化启蒙与文学变革的双重使命——近代旅外游记与中国文学的现代转型》(第一作者),载《中国文学古今演变研究论集》,上海古籍出版社2002年5月版。
17. 《〈金瓶梅〉研究百年回顾(第一作者)》,载《文学评论》2003年第1期。
18. 《贯通红楼艺理与哲理的总纲——〈红楼梦〉艺术原理研究之一》(第一作者),载《红楼梦学刊》2003年第1期。
19. 《过渡、衔接与转型——重新定位中国近代文学》(第二作者),载《社会科学辑刊》2003年第2期(《新华文摘》2003年第7期转载)。
20. 《〈西游记〉文献学百年巡视》(第二作者),载《文献》2003年第3期。
21. 《现实时空与魔幻时空——〈红楼梦〉艺术原理研究之二》(第一作者),载《红楼梦学刊》2003年第3期。

22. 《贯通中国文学版图的四大动脉》，载《光明日报》2003年12月31日。
23. 《论中国近代文学的本位性》（第二作者），载《学习与探索》2004年第6期。
24. 《映像重塑和文化解读：古代小说中的城市——评葛永海〈古代小说与城市文化研究〉》，载《浙江社会科学》2005年第4期。
25. 《游记文体之辨》（第一作者），载《文学评论》2005年第6期。
26. 《江南市镇文学论纲》，载《中国文学古今演变论集二编》上海古籍出版社2005年12月版。
27. 《"中国文学古今演变研究"学科范式的探索与建构》，载《河北学刊》2006年第5期。
28. 《中国文学地理学导论》，载《文艺报》2006年6月1日（《新华文摘》2006年第15期转载，《中国社会科学文摘》2006年第5期转载）。
29. 《从"原欲"到"情本"：晚明至清中叶江南文学的一个研究视角》（第一作者），载《浙江师范大学学报》2007年第4期。（《文艺报》2007年7月17日第三版"学术新见"摘要，《中国社会科学文摘》2007年第6期论点摘编，《新华文摘》2007年第21期论点摘编，《高等学校文科学术文摘》2007年第6期学术卡片）。
30. 《〈红楼梦〉"契约"叙事论》，载《红楼梦学刊》2007年第6期。
31. 《经典"代读"的文化缺失与公共知识空间的重建》（第二作者），载《中国社会科学》2008年第2期（《新华文摘》2008年第15期；《高等学校文科学术文摘》2008年第3期；《作品与争鸣》2008年第11期转载，《文化学刊》2009年第1期转摘）。
32. 《〈红楼梦〉季节叙事论》（第一作者），红楼梦学刊2008年第5期。
33. 《中国学术史研究的主要体式与成果》（第一作者），载《浙江师范大学学报》2009年第1期（《文艺报》2009年1月17日"学术新见"有摘要，《新华文摘》2009年第6期转摘；《中国社会科学文摘》2009年第6期转摘；《高等学校文科学术文摘》2009年第2期转摘；人大复印资料《历史学》2009年第4期全文转载；《北京大学学报》2009年第3期有摘要）。
34. 《文化视野中的文学演变研究》，载《河北学刊》2009年第2期。
35. 《中国学术发展阶段的重新审视与划分》（第一作者），载《史学月刊》2009年第8期。
36. 《陪都文学精神的形成与演变》（第一作者），载《中国文学古今演变论集三编》，上海古籍出版社2010年8月版。
37. 《论王阳明诗歌的心学意蕴》（第一作者），载《南京师范大学文学院学报》2010年第2期。
38. 《世纪之交文学地理研究的进展与趋势》，载《浙江师范大学学报》2010年第3期。
39. 《红学六十年：学术范式的演变及启示》（第一作者），载《红楼梦学刊》2010年第4期。
40. 《浙东学派编年史的学术创意与构想》（第一作者），载《浙江师范大学学报》2010年第5期。
41. 《浙东学派的学术谱系建构及其路径选择》（第一作者），载《中国社会科学报》2010年10月26日。

崔小敬

1. 《一竿风月 无限烟霞——中国古典诗词中渔父意象探源》，载《文史杂志》2000年第1期。
2. 《生存的苦涩与死亡的超越——论阮籍的悲剧人生》，载《浙江师大学报》2000年第2期。
3. 《石头的天路历程与尘世历劫——〈西游记〉与〈红楼梦〉石头原型的文化阐释》，载《红楼梦学刊》2000 年第 2 辑。
4. 《由"游"而"记"的审美熔铸——中国游记文学发生论》，载《学术月刊》2000 年 10 月号，第二作者。
5. 《张舜民〈郴行录〉考论》（第二作者），载《文献》2001 年第 1 期。
6. 《走向成熟的唐代游记文学》（第二作者），载《广西民族学院学报》2001 年第 3 期。
7. 《凡人传记的超凡世界》，载《文艺报》2001 年 8 月 4 日，第 116 期。
8. 《全国部分新闻出版单位"21 世纪中国古代文学研究的前瞻与创新"学术研讨会综述》，载《文学评论》2001 年第 5 期。
9. 《神话与宗教的精神悖论意义——〈西游记〉的文化审视》，载《文学评论》2001 年青年学者专号。
10. 《〈西游记〉百年研究：回视与超越》（第二作者），载《文艺理论与批评》2002 年第 2 期。
11. 《红楼艺理与哲理的总纲——〈红楼梦〉艺术原理研究之一》（第二作者），载《楼梦学刊》2003 年第 1 辑。
12. 《现实时空与魔幻时空——〈红楼梦〉艺术原理研究之二》（第二作者），载《红楼梦学刊》2003 年第 3 辑。
13. 《〈西游记〉文献学百年巡视》（第一作者），载《文献》2003 年第 3 期。
14. 《从"索泪"到"还泪"》，载《光明日报》2004 年 1 月 14 日。
15. 《寒山：亚美三大文化圈的不同接受与启示》，载《光明日报》2004 年 4 月 7 日。
16. 《还泪奇缘》，载《红楼梦学刊》2004 年第 2 辑。
17. 《寒山诗的宗教情怀》，载《寒山寺佛学》第 3 辑，世纪出版集团、上海古籍出版社 2004 年 8 月版。
18. 《南朝僧宝志考略》，载《觉群·学术论文集》第 3 辑，宗教文化出版社 2004 年 7 月版。
19. 《寒山研究的新思路》，载《光明日报》2004 年 11 月 24 日。
20. 《焦虑与救赎——论寒山的心灵世界》，载《寒山寺》2004 年第 4 期。
21. 《佛藏中所见之僧伽别传资料》，载《佛经文学研究论集》，复旦大学出版社 2004 年 12 月版。
22. 《寒山和寒山诗的传奇历程》，载《文史知识》2005 年第 6 期。
23. 《"紫姑"信仰考》（第一作者），载《世界宗教研究》2005 年第 2 期。
24. 《游记文体之辨》（第二作者），载《文学评论》2005 年第 6 期。
25. 《寒山：重构中的传说影像》载，《文学遗产》2006 年第 5 期。
26. 《扬弃与皈依：宗教维度下寒山诗中的社会与自然》，载《扬州大学佛学论丛》第 1 辑，甘肃人民出版社 2006 年 8 月版。
27. 《佛道争锋与寒山形象的演变》，载《宗教学研究》2006 年第 4 期。
28. 《〈西游记〉：秩序与自由的悖论》，载《文学评论》2008 年第 1 期。
30. 《和合神考论》，载《世界宗教研究》2008 年第 1 期。
31. 《〈东游记〉十九回蓝采和歌词考源》，载《文学遗产》2010 年第 2 期。

葛永海

1. 《游"复仇"之刃于跨文化空间——评〈中国古代复仇文学主题〉》（第二作者），载《中国图书评论》2000 年第 1 期。
2. 《营构生命之幻——〈红楼梦〉与〈金瓶梅〉梦幻描写之比较研究》，载《红楼梦学刊》2000 年第 2 辑。
3. 《咀嚼的况味与洞烛的智慧》（署名龙戈），载《中国图书评论》2000 年第 6 期。
4. 《历史题材敦煌变文、话本对历史演义的影响》，载《南通纺织职业技术学院学报》2001 年第 1 期。
5. 《文化人格的压抑与自救——论古代文人的自嘲意识》（第二作者），载《贵州社会科学》2001 年第 2 期。
6. 《〈金瓶梅〉：理和欲的对峙与两难》，载《临沂师院学报》2001 年第 3 期。
7. 《〈金瓶梅〉的果报叙事与色空内涵》，载《上海师范大学学报》2001 年第 8 期。
8. 《古典小说之当代接受的思考》，载《光明日报·文学遗产》2002 年 2 月 27 日。
9. 《斜阳暮鸦两处秋》，载《文史知识》2002 年第 8 期。
10. 《金瓶梅研究百年回顾》（第二作者），载《文学评论》2003 年第 1 期。（人大报刊复印资料《中国古代、近代文学研究》2003 年第 5 期全文转载；获 2003 年度《文学评论》学术论文提名奖；《社会科学论坛》2003 年第 3 期《论点集萃》）。
11. 《告别道学时代——〈金瓶梅〉性描写研究之检视和总结》，载《宁波职业技术学院学报》2004 年第 1 期。（后收入章培恒等著《雪夜煮酒话金瓶——金瓶梅方家谭》，团结出版社 2007 年 11 月版）。
12. 《〈金瓶梅〉人物研究的回顾和思考》，载《文史知识》2004 年第 3 期。
13. 《扬州—上海：晚清小说中都市繁华梦的变迁》，载《江苏社会科学》2004 年第 2 期。
14. 《从富贵长生到风月繁华——古代扬州小说的历史流变》，载《明清小说研究》2004 年第 1 辑。
15. 《〈红楼梦〉与〈儒林外史〉中"金陵情结"之比较》，载《红楼梦学刊》2004 年第 2 辑。
16. 《华彩色相与救赎寓言——〈大块头有大智慧〉的风格解析与主题阐释》，载《写作》2004 年第 6 期。
17. 《明清小说与苏州风情》，载《苏州科技学院学报》2004 年第 3 期。
18. 《古代志怪小说本体价值观的演变》，载《浙江师范大学学报》2004 年第 5 期。
19. 《中国古代小说中的"东京故事"》（第二作者），载《文学评论》2004 年第 4 期（人大报刊复印资料《中国古代、近代文学研究》2004 年第 12 期全文转载）。
20. 《占有与自毁：西门庆形象新解》，载《温州师范学院学报》2004 年第 4 期。
21. 《明清小说中的"金陵情结"》，载《南京社会科学》2004 年第 10 期。
22. 《试论早期京味小说的市井情味》，载《北京社会科学》2004 年第 4 期。
23. 《中州理学之城与欲望之城》，载《河南教育学院学报》2004 年第 4 期。
24. 《〈金瓶梅〉人物形象研究述评》，载《古典文学知识》2004 年第 6 期。
25. 《中国古代小说中的"双城"意象及其文化蕴涵》（第二作者），载《中国社会科学》2004 年第 6 期（《高校文科学报文摘》2005 年第 1 期转载，人大报刊复印资料《中国古代、近代文学研究》2005 年第 2 期全文转载）。
26. 《对〈自娱自乐〉的三重质疑》，载《艺术广角》2004 年第 6 期（人大报刊复印资料《影视艺术》2005 年第 2 期全文转载）。

27. 《明清白话小说中的俗赋及其文学史意义》,载《文学评论》2004年青年学者专号,另载中国社会科学院文学研究所中国古代小说研究中心编《中国古代小说研究》第1辑,人民文学出版社2005年版。

28. 《千古悲调〈卖子叹〉——析明代马柳泉〈卖子叹〉》,载《读书时报》2004年12月15日第2版。

29. 《西门庆死亡分析》,载《读书时报》2005年1月5日第2版。

30. 《〈金瓶梅〉性描写争议》,载《读书时报》2005年2月2日第2版。

31. 《西门庆的发家史》,载《读书时报》2005年3月9日第2版。

32. 《权与钱的亲密接触——西门庆漫谈》,载《读书时报》2005年5月4日第2版。

33. 《〈文学自由谈〉三大倾向批判》,载《读书时报》2005年6月15日第1版。

34. 《古代小说中的"城市情结"》,载《读书时报》2005年8月3日第2版。

35. 《异教徒的逻辑》,载《读书时报》2005年8月17日第2版。

36. 《城市品性与文化格调——论中国第一部城市小说〈风月梦〉》,载《浙江师大学报》2005年第4期。

37. 《古代西湖小说的题材特色及美学价值》,载梅新林、陈国灿主编《江南城市化进程与文化转型研究》,浙江大学出版社2005年8月版。

38. 《近似对读与古典诗词曲欣赏》,载《名作欣赏》2006年第4期。

39. 《宏阔历史视阈与智性本体思辨》,载《文艺报》2007年6月16日《理论与争鸣》版

40. 《从"原欲"到"情本":晚明至清中叶江南文学的一个研究视角》(第二作者),载《浙江师范大学学报》2007年第4期(《文艺报》2007年7月17日第三版"学术新见"摘要,《中国社会科学文摘》2007年第6期论点摘编,《新华文摘》2007年第21期论点摘编,《高等学校文科学术文摘》2007年第6期学术卡片)。

41. 《中国文学地理学:理论奠基与体系建构》,载《光明日报》2007年7月5日。

42. 《论唐代都城民谣的类型与特性》,载《浙江社会科学》2007年第5期。

43. 《经典"代读"的文化缺失与公共知识空间的重建》(第二作者),载《中国社会科学》2008年第2期(《新华文摘》2008年第15期、《高等学校文科学术文摘》2008年第3期.《作品与争鸣》2008年第11期转载,《文化学刊》2009年第1期转摘)。

44. 《行者无疆——试论壮族名士郑献甫纪游诗的文化之维》,载《中央民族大学学报》2008年第2期。

45. 《浙东学术:源流、特征与名家》,载《光明日报》2008年5月1日。

46. 《雅俗消长与两宋词体美学范式的嬗变》,《江南文化研究》(第2辑),学苑出版社2008年3月版。

47. 《营建"金学"巴比塔——域外〈金瓶梅〉研究的学术理路与发展走向》,载《文艺研究》2008年第7期(人大报刊复印资料《中国古代、近代文学研究》2008年第11期全文转载)。

48. 《历史追忆与现世沉迷:唐诗中的金陵与广陵——以江南城市文化圈为研究视阈》,载《浙江社会科学》2009年第2期(《中国社会科学文摘》2009年第7期转载,人大报刊复印资料《中国古代、近代文学研究》2009年第6期全文转载)。

49. 《文学古今演变的临界点之辨》,载《河北学刊》2009年第2期(人大报刊复印资料《中国古代、近代文学研究》2009年第7期全文转载)。

50. 《"双城记"：中国古代小说中的城市意象谱系》（第二作者），载《中国社会科学院报》2009 年 4 月 7 日第 6 版。
51. 《第四届"中国文学古今演变"学术研讨会综述》，载《文学评论》2009 年第 3 期。
52. 《文化消费与经典重读的反思》，载《文艺报》2009 年 9 月 3 日第 2 版"理论与争鸣"。
53. 《金陵守望与长安放歌：唐代都城诗的审美歧异》，载《上海师范大学学报》2009 年第 4 期（《高等学校文科学术文摘》2009 年第 5 期"学术卡片"观点摘编）。
54. 《清代中晚期小说的"粤民走海"叙述及其文化意义》（第一作者），载《文艺研究》2010 年第 1 期（《中国社会科学文摘》2010 年第 5 期转载）。
55. 《唐代传奇小说中的音乐文化考论》（第一作者），载《温州大学学报》2010 年第 1 期。
56. 《独自去面对经典》（第二作者），载《文艺报》2010 年 03 月 22 日。
57. 《二百年王学谱系的立体架构与多维演述——俞樟华〈王学编年〉简评》，载《云梦学刊》2010 年第 6 期。

韩洪举

1. 《杜威现代思想解析》，载《中国成人教育》2001 年第 2 期。
2. 《研究"水浒学"应注意使用正确的批评方法》，载《信阳师范学院学报》2001 年第 31 期。
3. 《李贽〈水浒传〉批评思想的现代阐释》，载《许昌师专学报》2001 年第 6 期。
4. 《论林纾翻译小说的爱国动机》，载《郑州轻工业学院学报》2002 年第 2 期。
5. 《论林纾的文言长篇小说〈剑腥录〉》，载《清末小说研究》[日]2002 年 4 月。
6. 《林纾的"口译者"考》，载《信阳师范学院学报》，2002 年第 3 期。
7. 《叶昼〈水浒传〉批评思想的现代阐释》，载《河南社会科学》2002 年第 4 期。
8. 《论林纾短篇小说的艺术创新及其缺陷》，载《浙江师范大学学报》2004 年第 1 期。
9. 《世界神话宝库中的双璧——〈西游记〉与〈希腊古典神话〉之比较》，载《中国文学研究》04 年第 2 期。
10. 《愤世嫉俗 大胆开拓——论林纾传奇创作的思想及艺术创新》，载《学术前沿》2004 年 12 期。
11. 《林译〈迦茵小传〉的文学价值及其影响》，载《浙江师范大学学报》2005 年第 1 期。
12. 《翻译家林纾的历史地位及其影响》，载《濮阳职业技术学院学报》2005 年第 3 期。
13. 《林译小说对中国文学语言演变的贡献》，载《明清小说研究》2005 年第 4 期（人大复印资料《古代、近代文学研究》2006 年第 4 期全文转载）。
14. 《由林译小说看林纾对中国文学语言演变的贡献》，载《中国文学古今演变研究论集二编》，上海古籍出版社 2005 年 12 月版。
15. 《论林纾小说创作的艺术价值及其创新》，载《学术导刊》2006 年第 1 期。
16. 《〈撒克逊劫后英雄略〉的文学价值及其影响》，载《浙江师范大学学报》2006 年第 5 期。
17. 《高鹗后四十回是续书抑或补著——兼论〈红楼梦〉的署名问题》，载《光明日报》2006 年 6 月 24 日。
18. 《自写风怀 兼贻笑史料——论林纾"时事小说"的认识价值及其艺术创新》，载《中国古代小说研究》第 2 辑，上海古籍出版社 2006 年 10 月版。
19.《王国维〈红楼梦评论〉的方法论问题》，载《红楼梦学刊》2007 年第 6 期。
20.《陈其泰"红楼梦回目拟改"的得与失》，载《浙江师范大学学报》2008 年第 1 期。
21.《赵晔的著述与生卒年考》，《中国古代小说研究》第 3 辑，上海古籍出版社 2008 年 12 月版。
22.《新方法下的〈红楼梦〉研究述评——以近 30 年为考察范围》，载《红楼梦学刊》2010 年第 5 期。

曾礼军

1.《〈太平广记〉的文献学研究综述》，载《文献》2010 年第 4 期。
2.《红学六十年：学术范式的演变及启示》(第二作者)，载《红楼梦学刊》2010 年第 4 期。
3.《中国古代小说中"离恨天"释意》，载《中华文史论丛》2010 年第 1 期。
4.《〈太平广记〉中神仙的考量与分析》，载《浙江师范大学学报》2009 年第 6 期。
5.《〈太平广记〉神仙小说中"青竹"的宗教文化意蕴探析》，载《宗教学研究》2009 年第 3 期。
6.《〈太平广记〉神仙小说中"白鹤"意象探析》，载《江西社会科学》2009 年第 5 期。
7.《异端与信仰——从〈太平广记〉"异僧"小说看佛教文化》，载《井冈山学院学报》2009 年第 1 期。
8.《从"性""情"之变探赜冯梦龙的"情教"说》，载《开封大学学报》2008 年第 1 期。
9.《〈红楼梦〉中"离恨天"的建构》，载《红楼梦学刊》2007 年第 1 期。
10.《祸水论、情悔论与遗民情怀——〈隋唐演义〉与〈长生殿〉之李杨故事比较》，载《山西师大学报》2007 年第 3 期。
11.《佛教：对西方现代思想的矫枉——〈和尚与哲学家〉对话实质探讨》，载《安阳师范学院学报》2007 年第 1 期。
12.《明代印刷出版业对明代小说的影响》，载《浙江师范大学学报》2004 年第 4 期。
13.《史统散而小说兴——论冯梦龙的小说文体意识》，载《语文学刊》2004 年第 1 期。
14.《论唐代诗人对〈史记·留侯世家〉的接受》，载《呼兰师专学报》2004 年第 1 期。
15.《孔子的〈诗〉教观探微》，载《太原教育学院学报》2004 年第 4 期。
16.《杜甫"哭"诗分析》，载《佳木斯教育学院学报》2004 年第 2 期。

慈　波

1.《〈钱锺书手稿集〉论〈樊川诗集注〉》，载《文学遗产》2006 年第 4 期。
2.《陈绎曾与元代文章学》，载《四川大学学报》2007 年第 1 期。
3.《〈文学研究法〉：桐城派文章理论的总结》，载《江淮论坛》2007 年第 5 期。
4.《别具鉴裁　通贯执中——〈文学述林〉与刘咸炘的文章学》，载《上海大学学报》2007 年第 6 期。
5.《宋代：中国文章学的成立》(第二作者)，载《复旦学报》2009 年第 2 期。
6.《应激与自省：晚清民初文话发展的新路向》，载《上海交通大学学报》2009 年第 4 期。

7.《误读与重释:作为古文家的林纾》,载《中山大学学报》2009年第6期。
8.《〈西昆酬唱集〉与宋诗演进》,载《浙江学刊》2010年第1期。
9.《选文与论文:从〈涵芬楼古今文钞〉到〈涵芬楼文谈〉》,载《社会科学研究》2010年第6期。
10.《鲍桂星〈唐诗品〉并非诗话》,载《江海学刊》2010年第6期。

图书在版编目(CIP)数据

中国古代文学研究论集/浙江师范大学人文学院编；梅新林主编.—上海：上海古籍出版社，2011.6
（浙江师范大学中国语言文学论丛）
ISBN 978-7-5325-5888-9

Ⅰ.①中… Ⅱ.①浙…②梅… Ⅲ.①中国文学—古典文学研究 Ⅳ.①I206.2

中国版本图书馆 CIP 数据核字（2011）第 075963 号

浙江师范大学中国语言文学论丛
中国古代文学研究论集
浙江师范大学人文学院　编
梅新林　主编
上海世纪出版股份有限公司 出版
上海古籍出版社
（上海瑞金二路 272 号　邮政编码 200020）
　（1）网址：www.guji.com.cn
　（2）E-mail：guji1@guji.com.cn
　（3）易文网网址：www.ewen.cc
上海世纪出版股份有限公司发行中心发行经销　上海展强印刷有限公司印刷
开本 787×1092　1/16　印张 27.5　插页 4　字数 583,000
2011 年 6 月第 1 版　2011 年 6 月第 1 次印刷
印数：1—1,000
ISBN 978-7-5325-5888-9
Ⅰ·2325　定价：96.00 元
如发生质量问题，读者可向工厂调换